Savinien Cyrano de Bergerac

L'Autre Monde

Les États et Empires de la Lune
Les États et Empires du Soleil

suivi du

Fragment de Physique

*Édition présentée, établie et annotée
par Jacques Prévot*
Professeur à l'Université de Paris X

Gallimard

Édition dérivée de la « Bibliothèque de la Pléiade ».

© *Éditions Gallimard,*
1998, pour l'établissement du texte,
2004, pour la présente édition.

PRÉFACE

Savinien Cyrano de Bergerac (1619-1655) est homme de toutes contradictions, et nulle étude, aussi raisonnée soit-elle, ne peut rendre compte de son inépuisable complexité.

C'est peut-être aussi l'écrivain le plus étonnant — et détonnant — du XVIIe siècle. Sa vie même ne ressemble que partiellement à sa légende : on verra, par exemple, dans sa biographie qu'il n'est point gascon, point issu de la noblesse mais d'une branche familiale de bourgeois, d'abord marchands et petits magistrats, qui ne réussit jamais son anoblissement et le laissa fort dépourvu, lorsqu'il revint, blessé et impécunieux, de campagnes militaires où sa réputation de bravoure ne lui valut ni avantage ni avancement.

Les circonstances particulières de son enfance et de son adolescence expliquent sans doute pourquoi ce fut rapidement un génie indocile.

J'ai toujours été intrigué par l'absence dans son œuvre de toute figure maternelle — si l'on excepte Agrippine ; mais son fils, c'est Caligula ! La figure paternelle, au contraire, est très présente, mais occasion de parodie ou objet de refus violent : Granger dans Le Pédant joué ; Auguste père manquant, Tibère faux père, Sejanus double tragique de Chasteaufort, celui qui rêve de n'être que le fils de lui-même, dans La Mort d'Agrippine ; la gouverne du «fils de l'hôte» supplantant celle du père sélénien dans Les États et Empires de la Lune, ou «le petit homme de la macule» surgissant seul de la tourbe originelle dans Les États et Empires du Soleil.

Cyrano règle ses comptes.

Il les règle également dans des Mazarinades *au moment de
la Fronde, par une réflexion sur la paternité royale :* Mazarin
usurpateur du Roi-Père, ou Condé, *impossible père de substitution, bourreau des Parisiens.*

*Sa culture, édifiée au hasard de lectures personnelles, repose
sur l'alliance des contraires où il forge son sens critique. Rétif
à toute autorité, avec un fond de christianisme mais très récal-
citrant, il aime et lit tout à la fois Lucien et Lucrèce, Descartes
et Gassendi ; il s'initie à la science et à la philosophie antiques
comme à celles de son temps. Négateur des lieux communs et
des vérités toutes faites, il est un disciple caustique de Montaigne. Libertin donc, si l'on veut, au sens qu'il faut donner
à ce terme qui n'est pas synonyme d'athée*[1].

*Pour établir sa biographie l'on dispose d'un nombre réduit
de documents : la* Préface *de Le Bret aux* États et Empires
de la Lune[2], *des documents d'archives*[3] *et un certain nombre
d'informations disséminées dans des textes littéraires.*

*Il est né à Paris, rue des Deux-Portes, dans la paroisse
Saint-Sauveur où il fut baptisé le 6 mars 1619. Et si, dès
1622, il vit avec sa famille dans le sud-ouest de la région
parisienne, à la campagne, dans les fiefs de Mauvières et de
Bergerac acquis par son grand-père, c'est bien à Paris en
1631 qu'il revient achever ses études, sans doute au collège de
Dormans-Beauvais dont le principal, Jean Grangier, fournira
le personnage central du* Pédant joué. *En 1636, son père
Abel vend les propriétés de Mauvières et Bergerac, place probablement les sommes touchées en rentes que les dévaluations
successives vont réduire, et lorsqu'il meurt en 1648 il ne laisse
à ses deux fils Savinien et Abel qu'un maigre capital, ayant*

---

1. Voir les *Libertins du XVIIᵉ siècle*, t. I, Pléiade, Gallimard, 1998.
2. Voir dans le Dossier.
3. J'ai dans ma thèse, en 1975, rassemblé, corrigé et complété le dossier
de documents hérité de Jal, Samaran, Lemoine, Lachèvre. Dans *Cyrano de
Bergerac poète et dramaturge* en 1978, j'ai publié des actes d'archives inédits,
que j'avais retrouvés et déchiffrés.

complètement raté l'ascension sociale que sa parentèle réussira. Savinien vivra dans la gêne financière.

Il a fait dans l'enfance la connaissance de Le Bret, qui paraît avoir voulu jouer plus tard un rôle modérateur — un peu à la façon de Terentius auprès de Sejanus dans La Mort d'Agrippine. C'est avec ce vieil ami qu'en 1638 il s'engage dans la Compagnie des Gardes de Carbon de Casteljaloux, les fameux Cadets de Gascogne. Période de duels et de campagnes militaires. Il est blessé à Mouzon en 1639, puis à Arras en 1640 alors qu'il est peut-être passé dans les troupes du prince de Conti. C'est pour lui la fin des espoirs d'une carrière par les armes. Mais il conserve de nombreux camarades dans le milieu militaire.

Il revient à Paris, loge au collège de Lisieux où il étudie la rhétorique, semble se réengager dans la vie civile, passe en 1641 un marché avec un maître d'armes, puis avec un maître à danser. C'est la période mondaine. Il devient un intime, très intime du jeune Chapelle, fils de François Lhuillier chez qui Gassendi est venu s'établir. Il n'est pas impossible que Cyrano ait pu entendre les leçons de celui qui réhabilitait Épicure, comme il est possible qu'il ait pu entendre ensuite celles de Jacques Rohault, disciple de Descartes. Indices d'une formation intellectuelle continue et très éclectique.

C'est la carrière littéraire qui le tente désormais, mais du côte de ceux qui veulent rompre avec les trop tranquilles traditions. Il est vrai, ainsi que le prétend Le Bret, qu'il est connu de personnages recommandables comme des Billettes, La Morlière, Brienne, ou le célèbre abbé de Villeloin (Michel de Marolles, influent homme de lettres, traducteur et correspondant de l'élite intellectuelle) ; mais ses compagnons préférés, outre le pétulant Chapelle, sont les jeunes gassendistes, comme Bernier, le séduisant Jean Royer de Prade, Dassoucy (pédéraste notoire dont il se séparera sans doute sur une querelle passionnelle[1]). Selon

---

1. Voir dans le Dossier l'affaire Cyrano-Dassoucy.

Nicéron et Brossette il aurait fait la connaissance de Molière
— en tout cas le grand comique français lui a fait de nom-
breux emprunts[1]. *Il est l'ami du turbulent Lignières*[2]. *Il se sou-*
vient dans ses Lettres *de Théophile de Viau, il porte une*
estime particulière à Tristan L'Hermite, autre marginal quoique
très grand écrivain, et qu'il a peut-être rencontré dans l'entou-
rage du duc d'Arpajon dont il a accepté le patronage en 1653.
Il fréquente des cercles où se retrouvent les La Mothe Le Vayer
père et fils, de Brissailles, Scudéry, Beys ou Du Ryer. Il écrit;
mais il est facile de comprendre que, par nature, il résistera
spontanément aux modes littéraires, en introduisant dans les
genres qu'il pratiquera des éléments d'élargissement ou de
contestation.

On dirait aujourd'hui de lui que c'est un « intellectuel »,
vigoureux dans son hétérodoxie, alors même que la plupart
des membres de sa cohorte familiale, par naissance ou par
alliance, les Bellanger (sa mère, Espérance), les Cyrano, les
Robineau, les Zamet, les Feydeau (sa marraine, Marie), les
Scoppart, sont de bons paroissiens, proches même parfois des
milieux les plus conservateurs. Son frère aîné, Denys, entre
dans les ordres en 1639. D'ailleurs, par un dernier paradoxe
jusque dans la mort, le rebelle Savinien, dans les temps de la
maladie qui devait l'emporter, semble s'offrir aux prêches de
deux convertisseuses zélées, la baronne de Neuvillette, sa cou-
sine, et la Mère Marguerite de Jésus, supérieure du couvent
des Dames de la Croix, où en 1641 sa propre sœur Catherine
était devenue religieuse. Et, selon le curé de la paroisse de San-
nois où il s'était retiré chez son cousin Pierre de Cyrano, après
avoir été abandonné par le duc d'Arpajon et avoir quitté son
dernier protecteur, Tanneguy Renault des Boisclairs, il meurt
« chrétiennement » le 28 juillet 1655.

---

1. *Cyrano de Bergerac poète et dramaturge,* pp. 139-141.
2. C'est à propos de la défense de Lignières contre une agression que Le
Bret rapporte l'exploit de Cyrano mettant en déroute une centaine d'as-
saillants.

Son œuvre, trop tôt interrompue par la mort, traduit les tensions de cette âme engagée en de perpétuels débats sur le vrai et le faux. Un recueil de calembours, Les Entretiens Pointus, présente d'abord, et très significativement, l'écrivain débusquant la supercherie des mots et faisant surgir sous la lettre l'imaginaire de la langue. Dans les Lettres se côtoient les pages de poèmes en prose, les pages d'ironie satirique, et celles de batailles idéologiques ; parfois, dans une des Lettres amoureuses, se fait jour l'indice de l'homosexualité de celui dont Rostand a fait le poète exquis du baiser pour Roxane. Le Pédant joué est une comédie foisonnante, comédie du langage et des langages, qui instruit le procès du pédantisme — savoir aliénant — et, posant la question de l'autorité paternelle, s'interroge sur la structure familiale, non sans évoquer la crise des hiérarchies sociales ; Molière lui doit beaucoup. Avec La Mort d'Agrippine Cyrano a écrit une tragédie du mensonge : fausse famille, faux père, faux enfants, empereur faux et fourbe, discours faux, vraie-fausse crapule appelée à finir en héros, passions fausses et fausses gloires ; le titre de la pièce est lui-même un beau mensonge puisque Agrippine ne meurt pas ; c'est la mise au tombeau de l'appareil tragique conventionnel, qui donne vie cependant à une forme du tragique philosophique.

Le bref ensemble est enfin couronné par un roman en deux parties, deux récits de voyage imaginaire vers la Lune, puis vers le Soleil. En s'inscrivant évidemment dans la continuité d'un récit épique comme L'Odyssée, le roman de voyage constitue depuis l'Antiquité un genre bien répertorié qui a déjà engendré des chefs-d'œuvre ; il est, en outre, usuel qu'il soit à la fois roman d'aventures et roman de formation. Mais dès Lucien (Histoire véritable et Icaroménippe [1]), le récit de voyage spatial va hésiter entre le déploiement de l'imaginaire scientifique, la recherche de l'effet parodique, le projet

---

1. Voir p. 18, n. 1 sur ses prédécesseurs.

satirique, et la réflexion philosophique. Le lecteur de L'Autre Monde *sera rapidement convaincu du parti que Cyrano a tiré de toutes les virtualités d'un type romanesque que les découvertes récentes de l'astronomie rendaient inépuisable.*

Ne serait-ce que par ce roman, Cyrano occupe aujourd'hui une place de choix dans notre histoire littéraire. Il est vrai que de son temps il n'était pas ignoré mais rangé parmi des «minores» inclassables : irrégulier, extravagant, fantasque, disait-on. «Un fou nommé Cyrano», peut-on lire chez Tallemant des Réaux, commentant on ne sait quelle représentation de La Mort d'Agrippine. *Sorel le cite élogieusement à deux reprises dans* La Bibliothèque Françoise, *tandis que Boileau évoquera dans son* Art poétique *sa «burlesque audace». Tout en le dépréciant, Guéret en fait, dix-sept ans après sa mort, l'interlocuteur privilégié de Guez de Balzac dans* La Guerre des Auteurs.
     Il n'empêche, son originalité ne sera reconnue que bien plus tard, lorsque la critique aura enfin admis l'existence d'un autre XVIIᵉ siècle, celui de la crise qui ébranle tout l'appareil intellectuel de l'Occident et oblige le monde littéraire à faire le pari de la modernité. Cyrano s'engage avec fougue dans la bataille des idées, inlassable questionneur de la doxa, *déterminé à n'user du verbe* savoir *qu'à la forme interrogative, dénonçant toutes les tentatives de dépossession de l'esprit par le discours du bien-penser. Non seulement il a accepté l'état de crise, mais il l'a maintenu et provoqué, comme une condition naturelle et nécessaire de la survie de l'intelligence.*
     Du coup son écriture même portera la trace de cette rupture radicale. Quand il proclame en tête des Entretiens Pointus *: «la pointe n'est pas d'accord avec la raison», la «raison» dont il s'agit, ce n'est pas celle qui cherche et incite à l'analyse critique, mais cette raison qui renonce à la réflexion personnelle pour s'abandonner à une rhétorique formelle. Dans* L'Autre Monde, *Cyrano se moque de la vieille phraséologie,*

crée une langue seule susceptible de rendre compte du monde nouveau, de l'homme nouveau. Il transgresse les interdits du bien écrire, franchit les frontières des genres, ici parlant en technicien ou en rhéteur, là en polémiste ou poète, en avocat puissant des bonnes causes et ironique des mauvaises; partout saisissant insolemment les mots pour leur faire rendre un sens ou un son imprévu.

*Il n'y a donc pas lieu d'être surpris que le XIX*e *siècle ait vu en lui un auteur insolite, à l'imagination fertile, avant que Rostand n'en fasse un héros du verbe. Des travaux ultérieurs, de plus en plus nombreux et sérieux, mettront en lumière la vertu d'invention de l'écrivain qui voulut redonner à la culture le goût de la liberté. C'est d'ailleurs en vain que la critique a tenté de le contenir dans des définitions réductrices comme « baroque » ou « burlesque ». Une telle réduction ne rend pas justice à cet explorateur du langage, qui est du temps de Pascal, où l'important est la vivacité.*

On ne saurait éditer ou rééditer le roman de Cyrano sans informer le lecteur des conditions particulières dans lesquelles le texte nous est parvenu et des questions qu'elles font naître. Sur la genèse du roman nous ne disposons d'aucun document; ni Cyrano lui-même ni Le Bret, son ami et auteur de la préface de l'édition posthume des États et Empires de la Lune, *ni Abel, frère cadet de Cyrano et responsable de l'édition des* États et Empires du Soleil, *n'apportent d'éléments décisifs à notre connaissance.*

Il nous est permis de penser qu'en 1649 Les États et Empires de la Lune *étaient rédigés, car on trouve une épigramme et un sonnet « À l'auteur des Estats et Empires de la Lune » dans les* Œuvres *poétiques du sieur de P… (Royer de Prade) dont l'achevé d'imprimer date de septembre 1649. Des allusions dans le texte à certains personnages ou faits historiques confirment cette datation et l'élaboration chronologique de l'œuvre : c'est ainsi que le duc de Montbazon fut gouverneur de Paris jusqu'en 1649 et M. de Montmagny vice-roi du Canada jusqu'en 1647. Le Page disgracié de Tristan L'Hermite, évoqué dans* Les États et Empires de la Lune, *a été publié en 1643, tandis que la traduction française du roman de Godwin,* The Man in the Moone, *qui fournit le personnage de Gonsalès, date de 1648. Enfin, un jeu de références et d'échos avec* Le Pédant joué *et les* Lettres *atteste l'activité littéraire de Cyrano à l'époque.*

C'est en 1657 qu'apparaît pour la première fois, dans une édition parisienne chez Charles de Sercy, deux ans après la mort de l'auteur, un texte romanesque préfacé par Le Bret sous le titre de Histoire Comique, par M. Cyrano de Bergerac, contenant les Estats et Empires de la Lune. *Jusqu'au* XIXe *siècle on ne connaîtra que cette version de la première moitié de* L'Autre Monde. *La découverte de deux manuscrits, dits de Paris (B.N. 4558 des Nouvelles Acquisitions) et de Munich (numéro 420 de la Bayerische Staatsbibliothek), avait dès le début du siècle dernier permis de se rendre compte que le texte imprimé par C. de Sercy était un texte tronqué, probablement passé par un travail de censure. Un troisième manuscrit, acquis en 1977 par la Fischer Library de l'Université de Sydney (et dont Margaret Sankey a donné une édition diplomatique*[1]*), confirme ce jugement, d'autant que l'édition de 1657 présente des indices de mutilation (points de suspension, blancs, syntaxe inconséquente, discours interrompus).*

Les trois manuscrits ne sont pas de la main de Cyrano. Difficiles à dater avec précision, ils diffèrent assez peu, et ponctuellement. L'actualisation de la graphie dans notre édition fait disparaître des écarts purement orthographiques. D'une part leurs convergences prouvent que l'édition de 1657 défigure l'état primitif du projet romanesque de Cyrano. D'autre

---

1. *L'Autre Monde, ou les Empires et Estats de la Lune,* collection « Bibliothèque introuvable », Minard, 1995. L'université de Sydney a mis à ma disposition la photocopie de ce manuscrit. C'est évidemment ce que j'ai utilisé pour l'établissement du texte de mon édition de la Pléiade.

part une étude minutieuse permet de supposer qu'ils ont une source manuscrite commune de laquelle des circonstances historiques et les personnalités des copistes ont pu les éloigner en certains passages. Ce qui est certain, c'est qu'on ne peut pas prendre pour base de l'établissement de texte l'édition de 1657. J'ai retenu pour sa cohérence, et sa sobriété, le manuscrit de Paris[1] — mais sans être assuré que si l'auteur n'était pas mort en 1655 il n'aurait pas retouché son texte. Je remarque, d'ailleurs, que tous les passages qu'on pourrait estimer « audacieux » n'ont pas été supprimés ou réécrits dans l'édition de 1657, et que certaines modifications y sont purement stylistiques — j'avais signalé autrefois une intervention analogue de Cyrano entre le manuscrit du *Pédant joué*[2] et le texte imprimé de son vivant. Enfin tout se passe comme si l'éditeur de 1657 ignorait que Les États et Empires de la Lune *avaient une suite et qu'elle serait publiée : alors que* Les États et Empires du Soleil *visent à s'inscrire dans la continuité du récit proposé par les trois manuscrits, la version de l'édition de 1657 la rend impossible, bien qu'elle annonce l'existence d'une* Histoire de l'étincelle *et d'une* Histoire de la République du Soleil *qui auraient été dérobées à l'auteur.*

Or il est clair que Lune *et* Soleil *sont indissociables et que le second récit complète et même redouble le premier. Une même structure narrative s'y répète. Le personnage principal, Je ou Dyrcona, décide d'inventer les moyens de vaincre l'attraction terrestre et de s'envoler, dans le premier récit pour aller par curiosité et passion découvrir sur place la vérité de la Lune, et dans le second pour échapper aux menaces qui pèsent sur sa liberté et sa vie. Une première étape (le Canada, la macule*

---

1. Il est impossible dans cette collection de fournir toutes les variantes. Je m'en tiendrai aux plus importantes, mais il ne sera pas inutile de se reporter pour une compréhension plus approfondie à l'apparat critique du volume de la Pléiade.

2. *Cyrano de Bergerac poète et dramaturge,* pp. 77-168.

*solaire) interrompt son ascension. Non sans difficultés il
atteint sa destination (Lune, Soleil) ; il y trouve des lieux et y
rencontre d'abord des personnages qui suggèrent qu'il est parvenu aux contrées du miraculeux et du merveilleux (Paradis
terrestre, petit peuple des « régions éclairées » du Soleil). Mais
c'est pour être peu après arrêté, emprisonné et jugé par des
sociétés organisées (Séléniens, Oiseaux) qui ne se reconnais-
sent pas en lui et l'estiment inférieur ou nuisible. Il faut, pour
qu'il recouvre la liberté, le plaidoyer d'un personnage qui a
autrefois vécu sur Terre et qui parle la langue des hommes (la
langue, dans ce roman, c'est autant ce qui distingue et sépare
que ce qui rapproche et rend fraternel). La suite du voyage
consistera en une succession de rencontres où des interlocuteurs lui proposent des discours argumentés qui devraient le
tirer de ses erreurs et réussir à l'instruire. Les deux récits
s'achèvent par une rupture : Je redescend de la Lune au cours
d'un épisode de tonalité burlesque, alors que* Les États et
Empires du Soleil *restent en suspens au moment où Dyrcona s'apprête à recevoir les leçons de Descartes.*

*La plupart des éditeurs ont rangé ces deux récits de voyage
sous le même titre,* L'Autre Monde, *et j'ai toujours fait de
même, bien que les manuscrits en réservent l'usage aux* États
et Empires de la Lune. *Il est vrai que* Les États et
Empires du Soleil *constituent, de la volonté de l'auteur, la
suite et le deuxième mouvement des* États et Empires de la
Lune, *et qu'au sein même du premier récit le second est
annoncé comme un texte à lire, double de celui que le narrateur de la Lune produit pour nous et dans lequel il devient à
la fois personnage, auteur et lecteur d'un texte romanesque
dont il sera le héros et qui, rêve devenu réalité ou foisonnant
développement onirique, est proposé à sa propre lecture par le
« démon de Socrate ». Il est vrai aussi que nous ne possédons
aucun manuscrit des* États et Empires du Soleil *et que
nous devons nous borner à reproduire l'état de la première édition réalisée par C. de Sercy en 1662 (la Notice de la Pléiade*

signalant les quelques variantes dues à des corrections sous presse). Cyrano était mort depuis sept ans. Il me semble que la similitude des sous-titres des deux parties vaut preuve et que, si le romancier avait vécu, il les aurait regroupées sous un seul titre d'autant plus naturellement que la proposition des manuscrits, L'Autre Monde ou Les États et Empires[1] de la Lune, *n'est en elle-même nullement exclusive d'un et* Les États et Empires du Soleil, *marquant bien l'unité profonde du projet romanesque.*

Si une question moins formelle et plus sérieuse devait être posée à propos des États et Empires du Soleil, *ce serait celle de son attribution à Cyrano. Aucune preuve convaincante ne permet de nier la paternité proclamée de Savinien :* Les États et Empires du Soleil *ne seraient rien d'autre que l'impression du manuscrit, naguère volé et depuis retrouvé, de l'Histoire de la République du Soleil. Toutefois je ne veux pas ignorer que cette publication s'est faite à l'initiative de son frère cadet, Abel, et que celui-ci fréquentait à l'époque les cercles artistiques parisiens et s'y affichait sous le nom de Cyrano de Mauvières. On peut se demander s'il n'a pas été plus que l'auteur de corrections sous presse, au moins d'aménagements stylistiques. J'ai peine à expliquer que l'auteur du* Soleil *fasse tourner à l'envers une Terre que l'auteur de la* Lune *fait tourner à l'endroit. Le* Fragment de Physique *montre trop visiblement son intelligence de la science pour que cette erreur ne soit pas suspecte. À tout le moins le manuscrit était encore en chantier au moment de la mort de Cyrano, et il a été relu et préparé par un éditeur moins compétent — qui toutefois ne s'est pas autorisé à effacer son caractère fragmentaire : le dialogue avec Descartes n'aura jamais lieu.*

Replacé dans l'histoire du genre romanesque au XVIIe siècle, L'Autre Monde *apparaît comme un roman aux formes peu*

---

1. Le manuscrit de Sydney propose « *Empires et Estats* ».

ordinaires. Fausse autobiographie, récit de voyages imagi-
naires — mais qui s'efforce de donner des indices de vraisem-
blance technique ou scientifique —, il est dépourvu des repères
structurels et rhétoriques que fournit la composition en cha-
pitres. Le lecteur se trouve face à deux aventures qui s'articu-
lent selon la logique de déplacements imprécis dans l'espace et
dans le temps. L'action proprement dite, une fois lancée par
l'arrivée du personnage principal à destination, évolue en
une succession de rencontres — et de dialogues qui à peine
ébauchés se réduisent en monologues didactiques. Dans cette
tentative inouïe de conquête de l'univers céleste[1], on ne relève
ni aventures héroïques ni épisodes sentimentaux. Seul, de
temps à autre, un moment de comédie vient interrompre la série
des discours. Et pourtant c'est bien à la plus vertigineuse et la
plus inquiétante des explorations que nous sommes conviés.

Il faut se représenter l'extraordinaire essor de l'observation
astronomique depuis Copernic, Tycho Brahé, Kepler et Gali-
lée. Parmi les correspondants de Gassendi, vingt sont des
astronomes confirmés, et beaucoup d'autres s'intéressent, et
parfois participent à la recherche menée partout en Europe.
La lunette, inventée par les Hollandais et perfectionnée par
Galilée au début du siècle, ouvre le ciel à l'exploration ; et bon
gré mal gré il faut corriger le livre de la Création. Dans l'es-
pace extraterrestre promis à l'indéfini, si ce n'est à l'infini, la
théorie de l'atomisme épicurien, peu à peu restaurée depuis le
XVIᵉ siècle, rend possible partout dans l'univers la naissance
de la vie, et se rencontre avec la vieille pensée du vitalisme ou

---

1. Cyrano n'a pas inventé le récit de voyage dans l'espace. Parmi les
sources livresques, je veux signaler spécialement : 1) Lucien, *Histoire véritable, Icaroménippe ou le Voyage au-dessus des nuages.* 2) Plutarque, en particulier, dans la traduction d'Amyot (édition de 1618), *De la face qui apparaît
dedans le rond de la Lune.* 3) Johannes Kepler, *Sommium, seu opus posthumum
de astronomia lunari* (1634). 4) Charles Sorel, *Histoire comique de Francion.*
5) John Wilkins, *Discovery of a New World, or a Discourse tending to prove our
Earth is one of the Planets* (Londres, 1640). 6) Francis Godwin, *The Man in the
Moone, or a Discourse of a Voyage thither* (Londres, 1638 ; traduction française
par J. Baudoin, Paris, 1648).

du panpsychisme macrocosmique pour propager l'idée d'une profusion de l'existence aux quatre coins de l'espace. À ceux qui l'observent avec les faibles moyens d'une technique récente, la Lune semble offrir des indices de vie « humaine » analogue à la vie terrestre. Les sélénographies — par exemple la Selenographia de Hevelius en 1646-1647, où sont pour la première fois baptisés les lieux lunaires — font état de montagnes, de mers, puis de rivières, quand ce ne seront pas un peu plus tard des traces évoquant la possibilité d'un travail accompli par des êtres vivants. Chez Descartes et Gassendi l'enquête astronomique se loge au cœur de la réflexion philosophique.

Il y a une place à prendre dans la littérature française pour la fiction spatiale, et l'imaginaire cyranien va saisir l'occasion doublement. D'une part le texte romanesque comble l'écart entre les suggestions implicites de la recherche scientifique et la réalité vécue, et décrite, par le héros du livre ; et le travail de Cyrano romancier a ceci d'unique à l'époque qu'il réussit à convaincre le lecteur que l'impossible n'est pas invraisemblable. D'autre part, sans tomber dans la science-fiction et en se gardant de l'illusion utopique, il va créer un monde — cet « autre monde » — qui vaudra par la force et l'efficacité de ses différences.

Ainsi s'accomplit un second projet, libertin : écrire le roman du doute et de la dénonciation des impostures[1]. Il ne prend tout son sens que dans le contexte intellectuel de l'époque et que si l'on sait voir en lui l'aboutissement d'un passé de réflexion critique dont les grandes figures seraient, parmi les plus récentes, Érasme, Montaigne et Charron. En soumettant Je ou Dyrcona au monde d'en haut, le roman de Cyrano met à l'épreuve d'une analyse radicale le monde d'en bas, son histoire, ses vérités prétendues et toutes les présomptions de son état de civilisation. Il s'agira de demander des comptes à celui

1. Voir l'Introduction du volume des *Libertins du XVII* siècle, t. I.

*qui sur la Lune ou le Soleil incarnera, bon gré mal gré, intel-
ligemment ou sottement, l'humanité tout entière ; probablement de suggérer la substitution à l'anthropologie traditionnelle
d'une anthropologie autrement moins complaisante : libertine ?*

*Lorsque le narrateur s'envole, que représente l'arrachement
à la Terre ?*

*Une libération : des préjugés et du faux savoir s'exprimant
dans un discours métaphorique (vers la Lune, aller voir pour
savoir et pouvoir dire) ; de l'ignorance, de la crédulité et du
risque de mise à mort (vers le Soleil, c'est-à-dire, plus que la
lumière, la source de la lumière). Et le triomphe de la science,
du raisonnement scientifique et de son pouvoir d'accomplissement technologique. La connaissance de la Physique (science
même de la Nature), de sa théorie et de sa pratique, selon les
leçons de Galilée et de Descartes, fait de Je, puis de Dyrcona
plus savamment encore, un ingénieur. L'usage raisonné des
forces naturelles humanise la mythologie prométhéenne ; la
machine inventée permet enfin la réalisation de la vieille espérance de l'homme volant, jusqu'alors pur objet de rêverie.
L'homme de la Physique réussit le miracle de l'ascension. C'est
même la démarche de la Science Nouvelle (observation des phénomènes, formulation d'une hypothèse explicative, vérifica-
tion expérimentale de l'hypothèse) et l'affirmation du primat
de l'expérience qui semblent mises en évidence. Galilée et Gassendi ne sont jamais loin du texte.*

*Parti à la quête du vrai, le voyageur de l'espace va-t-il grâce
à la science pouvoir s'en rendre maître ? La montée vers la
Lune et vers le Soleil sera-t-elle allégoriquement, comme dans
un roman d'apprentissage, un parcours initiatique, le cheminement vers l'intelligence du monde et la connaissance de
soi ? Assurera-t-elle l'acquisition de la Sagesse ?*

*Rien ne serait plus contraire à l'esprit de ce roman et au
projet de ce romancier.*

*Au commencement il y a la Terre, le « monde ». C'est le lieu
d'expression du style figuré, traduction pseudo-poétique de*

*l'ignorance acceptée. Les premières surprises passées, même
« nouvelle » (la Nouvelle-France) la France demeure semblable
à elle-même, répétitive en Amérique de ce qu'elle est en Europe ;
le Nouveau Monde n'est pas encore l'Autre Monde. C'est le
lieu où se tiennent des discours d'explication de l'univers, qui
ignorent toutes les propositions de la science moderne et leurs
conséquences sur les leçons géocentristes et anthropocentristes.
C'est le lieu où se répètent inlassablement et aveuglément les
théories de la tradition cosmologique ; où l'on est facilement
soupçonné de magie, si ce n'est pas — redoutablement — de
sorcellerie, et donc condamnable, lorsque ayant formulé les
hypothèses des savants contemporains on en prouve la justesse
et l'efficacité par une invention minutieusement élaborée.
C'est donc le lieu de la* doxa, *de l'opinion toute faite et du
jugement d'autorité. C'est encore Toulouse, qui pour fournir
l'espace d'un épisode comique n'en est pas moins un siège
inquisitorial, honni de tous ceux qui veulent penser et vivre
librement, et où Vanini a été martyrisé[1]. C'est enfin, symboli-
quement, le lieu que l'on fuit mais où l'on retombe.*

Cette connaissance de la Terre, nous la devons à Je-Dyrcona *dans sa première figure de personnage principal, hétérodoxe, déniaisé, poseur de questions, propagateur sarcastique
des découvertes de l'astronomie — science qui impose progressivement sa rigueur à la cosmologie —, utilisateur de lunettes
d'exploration céleste, ingénieur, inventeur ingénieux de moyens
de transport spatial.*

*Le monde de là-haut, Lune et Soleil, semble lui promettre
des réponses décisives. Guidé dans l'un et l'autre cas par un
Mentor (le démon de Socrate, Campanella[2]), Je-Dyrcona est
entraîné dans une investigation presque exhaustive du réel.
Fruit de ses propres observations ou des informations fournies
par ses interlocuteurs, c'est tout l'inventaire de ce qu'on pour-*

1. *Ibid.*, p. XXXI.
2. Voir p. 231, n. 1 et p. 279, n. 5.

rait appeler la Nature qui se propose à lui : la matière, son origine, sa composition, ses lois ; le mouvement ; la question du vide ; la question de la génération ; le minéral, le végétal et l'animal ; l'infinité ou la finitude, l'éternité ou l'éphémérité du monde ; la vie, la mort ; l'amour ; les principes et les forces qui régissent l'ensemble de ce qui est ; l'existence ou non d'un Dieu et créateur. Systèmes philosophiques et théologie sont sollicités de manière contradictoire sur les sujets de la nature et de la condition humaines, sur les dogmes et les mystères de la doctrine chrétienne : immortalité de l'âme, résurrection des morts, Providence, miracles...

Je-Dyrcona a été lui-même l'observateur et le garant d'une nouvelle conception de l'Univers (ou de la conception d'un nouvel univers), lorsque, se déplaçant sur ses engins interplanétaires, il décrit un système céleste qui confirme Kepler, Galilée ou Giordano Bruno. Emporté verticalement par ses fioles de rosée au-dessus de Paris, il atterrit quelques heures plus tard au Canada : aucun doute, la Terre a tourné, la Terre tourne sur elle-même. Dans son ascension vers la Lune ou le Soleil il constate la rotondité de notre planète ; de ses propres yeux il voit la Terre tourner autour du Soleil, « et non pas le Soleil autour d'elle ». Il brise même les barrières de l'héliocentrisme galiléen pour avancer vers l'hypothèse d'un infini à la façon de Giordano Bruno. Il atteste les effets de la pesanteur et de l'attraction sur ses vols, autre démenti de la théorie aristotélicienne des lieux. C'est toute la cosmologie empruntée à Aristote et plaquée sur la Bible qui est dénoncée.

Ainsi se dessine le roman d'un autre monde. Mais la leçon et, pour ainsi dire, la rééducation ne font que commencer.

Très tôt dans le récit la balade parmi les astres va se transformer en mésaventure et virer au cauchemar. Tombé par accident au Paradis Terrestre, site des absolus commencements où il pourrait espérer satisfaire sa quête d'un savoir vrai, il y est immédiatement puni de son franc-parler, en est chassé comme un second Adam et en ressort à demi abruti. Il ne sera plus sur la Lune que le faire-valoir de tous ceux qu'il rencontrera.

Car la Lune et le Soleil sont habités. Il faut corriger la *Genèse et peut-être douter de la Révélation. Imaginer aussi que malgré l'autorité sacro-sainte du Grand-Livre-de-la-Vérité, en mourant sur la croix pour sauver les Terriens, le fils de Dieu n'aurait pas travaillé à la Rédemption de tous les «hommes»? Blasphème? L'Autre Monde, au moins, double et redouble le cruel enseignement de l'Apologie de Raymond Sebond. La Terre doit abandonner l'empire du milieu, rejoindre le morne troupeau des planètes, tourbillonner sur une orbite. Et l'homme sur elle, dans la honte et la frayeur des bouts du monde, se sait dépouillé de la royauté illusoire qu'il s'était donnée. La Création, si jamais Création il y a, ne connaît plus de créature privilégiée. Tous les êtres vivants sont astreints aux lois générales de la Nature. La Nature est en l'homme-de-la-Terre comme lui en elle. Il ne vaut pas plus qu'un «chou», pas mieux qu'un «arbre»; c'est le mot du démon de Socrate ou des chênes de Dodone. Peut-être n'est-il que le produit de l'union fortuite d'atomes; c'est le mot du «fils de l'hôte». Ou peut-être encore la vie naît-elle de l'action du chaud et de l'humide sur quelque tourbe originelle; c'est le mot du petit homme de la macule, réécrivant le récit de la création du premier homme avec Démocrite, Avicenne et Campanella. Fragile, éphémère, enfermé dans les limites de son corps, réduit à l'animalité ou à la matérialité, l'homme est contraint de douter de posséder cette âme immortelle qui aurait fait de lui, par essence et par la volonté du Dieu chrétien, un être radicalement différent et supérieur. Mais Dieu existe-t-il? Sur la Lune, même cette question inouïe nous est posée.*

C'est donc toute une idéologie et toute une ontologie que dans le roman de Cyrano contestent les habitants du ciel. *L'Autre Monde* est bien le roman de l'homme déchu. Les Séléniens avaient vu en *Je* un être inférieur, moins qu'un *homme, une sorte de singe. Plus tard, avec une terrible sévérité, les Oiseaux mettront Dyrcona en procès et le condamneront à mort parce qu'il est un « homme », c'est-à-dire d'avance coupable : spontanément enclin à la barbarie, liberticide et meurtrier, le pire ennemi de la solidarité et de la fraternité qui doivent unir tous les êtres vivants ; mais aussi, par le plus risible des défis à la raison, auteur d'institutions qui assurent la perte de sa dignité et l'aliénation de sa liberté.*

Car il y a aussi dans L'Autre Monde *une analyse politique qui, sous une forme satirique ou par le procédé apparemment banal du monde renversé, s'en prend en réalité avec l'ironie la plus caustique aux fondements mêmes de la monarchie absolue qui achève de s'installer en France, et qui, associée à l'autorité de l'Église institutionnelle, dispose à son gré des sujets et entrave les consciences. Il faut obéir et croire sans réfléchir ; lois positives et religion positive trahissent les enseignements de la Nature. Certaines pages du roman rappellent les grands thèmes développés dans les mazarinades qu'on peut attribuer à Cyrano.*

Cyrano, comme Érasme, nous invite à prendre la mesure de la folie des hommes et à entreprendre une sorte de catharsis. Dans la Lune il inventorie le discours de la science ; dans le Soleil celui du mythe et de la Fable ; deux discours qui ambitionnent d'exposer ou de révéler le quoi, le pourquoi et le comment des Choses.

Cela ne se réduit pas à un simple répertoire doxographique.

D'une manière très complexe L'Autre Monde *est le roman du Livre. À la source de ce livre je trouve d'autres livres : Plutarque, Lucien, Sorel, Godwin[1] ; ils l'inspirent, il en joue. Plus subtilement et plus intimement, des souvenirs de lecture donnent naissance à la trame romanesque, le livre lu se fait personnage, la citation se métamorphose en discours direct et*

---

1. Francis Godwin (1562-1633) mena une carrière dans l'Église anglicane et fut successivement évêque de Llandaff et de Hereford.

devient l'action même; les matériaux substantiels d'autres livres engendrent la mise en texte d'épisodes ou d'acteurs du roman. Le livre, objet matériel autant qu'intellectuel, est souvent un agent des péripéties : le livre de Cardan au début de la Lune, celui de Descartes au début du Soleil. Il faut être attentif à ce processus singulier de création, qui a été pris parfois malencontreusement pour du plagiat[1]. Il s'agit d'une innutrition créatrice et en même temps critique. Cyrano lecteur trouve dans le texte qu'il lit un véritable pré-texte tenu à distance, qui lui fournit les sources de la fiction, lui en suggère l'invention et les articulations, mais dont le contenu intellectuel demeure constamment soumis à examen, interrogation, soupçon.

Lorsque alourdi encore par son endoctrinement aristotélicien et hébété par son bref séjour au Paradis Terrestre Je fait ses premiers pas sur la Lune et connaît ses premières rencontres avec les Séléniens, c'est pour emprunter le cheminement du De rerum natura. Les pages de Lucrèce s'animent, prennent chair et voix dans les personnages du roman et leurs discours selon l'ordre du Livre I du poème latin : Héraclite, Thalès, Anaximène, Phérécyde, Œnopide, Xénophane, Empédocle, Anaxagore, frayant la voie à Lucrèce-Épicure ici ressuscité dans le « fils de l'hôte ». Cyrano organiserait ainsi un itinéraire d'accession à la vérité épicurienne.

Dans Les États et Empires du Soleil, c'est de la Civitas Solis, du De sensu rerum et magia, de la Realis philosophia epilogistica que surgirait le personnage de Campanella, et à sa suite que le lecteur puiserait dans les rayons de bibliothèque ouvrages ou auteurs qui informent les discours des interlocuteurs privilégiés de Dyrcona : Empédocle, Platon, Anaxagore, Virgile et Ovide, Pline, Philostrate, Anaximandre ou Ésope; on écoute parler les forêts de la mythologie grecque,

---

1. Dans *La Pensée philosophique et scientifique de Cyrano de Bergerac*, Madeleine Alcover multiplie l'usage du terme.

on pénètre dans l'univers de l'alchimie, avant que Descartes, annoncé en personne, ne fasse défaut. *L'Autre Monde* de Cyrano convoque toute l'histoire intellectuelle de l'humanité, des présocratiques aux plus modernes de ses contemporains.

C'est un roman épistémologique. Cette définition que j'ai proposée pour la première fois en 1975 au terme d'une longue analyse justificative a semblé si juste qu'elle est devenue une sorte de lieu commun de la critique cyranienne, qui se contente de la répéter[1]. Elle mérite pourtant quelques commentaires. *L'Autre Monde* est un roman épistémologique, d'abord au sens premier de l'adjectif. Il s'agit bien du récit de la quête du Savoir menée par Je-Dyrcona, dans un parcours qui est celui d'une vraie aventure de l'esprit. Il s'agit aussi d'une enquête méticuleusement discursive et critique sur l'histoire du savoir. Enfin, au sens moderne, le roman de Cyrano paraît célébrer le pouvoir et les vertus de la Science. Les progrès de la Science sont des progrès de la raison. La Science explique le monde mieux que la théologie, mieux que magie, occultisme, ésotérisme, mystique micro-macrocosmique. En lui permettant d'accéder au Ciel, la Science accomplit pour Je-Dyrcona des miracles. Elle remet les choses en ordre et l'homme à sa place. La Science du XVIIᵉ siècle a commencé de disqualifier les systèmes explicatifs hybrides issus des réaménagements de l'aristotélisme. Elle paraît en mesure de promettre une meilleure connaissance de la nature-des-choses. Savoir le vrai, savoir vraiment, serait donc possible ?

Il suffirait pour cela que celui qui là-haut nous représente soit le héros d'un roman d'initiation ou de quelque utopie, et capable d'apprendre. Or la première leçon administrée à Je-Dyrcona, c'est la faiblesse de ses propres facultés. Le «démon de Socrate», le «fils de l'hôte», le «petit roi du peuple des régions éclairées», Campanella, dénoncent l'imperfection de

---

1. C'est le cas de Jean-Charles Darmon, *Philosophie épicurienne et littérature en France au XVIIᵉ siècle*, P.U.F., 1998, p. 211, et de Madeleine Alcover, *Cyrano de Bergerac*, *O.C.*, I, p. CLXXXIV (Champion, 2000).

ses organes de perception, l'infirmité de ses sens qui borne son appréhension des choses aux apparences. La plupart des habitants du Ciel l'estiment même dépourvu de raison, et mettent en lumière son insolente puissance de se tromper, sa constance à se fourvoyer dans les erreurs les plus risibles ou les plus odieuses. Par Je-Dyrcona nous apprenons les misères de notre nature. L'homme-de-la-Terre est peu de chose, presque rien, alors qu'il s'est pris pour le cœur du grand Tout. Quelques années plus tard Pascal le dira ainsi[1].

Les connaissances même des plus savants ne peuvent être que limitées, relatives et éphémères. Autre leçon du texte. Il refuse au discours scientifique le droit de s'instituer en discours de la Vérité. Ce discours a essentiellement une fonction critique : dénoncer le formalisme et les illusions de l'aristotélisme, démonter le principe d'autorité. Et s'il est vrai que le roman se fait éloge du mécanisme naissant, en en révélant la démarche rassurante, soucieuse d'exactitude, propre à décrire et inventive à reproduire une Nature où n'opèrent que des forces mesurables et quantifiables, soudainement, pour maintenir en éveil la conscience du lecteur, la rationalité scientifique se dissout dans la narration en une série d'accidents. Les ascensions vers la Lune et le Soleil, entreprises sur des machines de mieux en mieux inventées techniquement, ne s'achèvent que par des moyens a-scientifiques ou antiscientifiques. Le roman du spationaute devient le roman de l'homme-oiseau. C'est sans doute pourquoi encore, après une première partie où Je subit les discours d'interlocuteurs que le texte a spécialisés dans des explications de type scientifique, il en affrontera dans Les États et Empires du Soleil *qui fondent le sens des choses dans le mythe et la fable.*

L'arrivée à destination se fait toujours en deux temps. Les préparatifs des envols sont précis et réfléchis ; ils font appel à une imagination technologique qui n'est pas en situation

---

1. Sur la « Disproportion de l'homme », édition Le Guern, fragment 185.

d'invraisemblance avec les connaissances scientifiques de l'époque. Mais les vols eux-mêmes passent par un épisode critique qui met en échec la compétence technique du voyageur-ingénieur et le ramène à l'essentiel : son désir. C'est son désir d'atteindre à la Lune et au Soleil qui assure la réussite de l'entreprise. Relisant le rêve d'angoisse de Dyrcona au début des États et Empires du Soleil, on peut dire que si, selon la formule freudienne, le rêve est réalisation du désir, le roman de Cyrano — récits rêvés, récits de rêve, et dont bien des passages ont un caractère onirique — est un rêve plus parfait que le rêve, puisqu'il réalise à la fois l'impossible désir de toute l'humanité et celui, plus intime, du narrateur pour qui s'envoler c'est conquérir sa liberté.

Chez Cyrano le sentiment dominant est le sentiment de l'Espace, dont toute limite marque la modalité négative. Le risque vital est celui de l'enfermement : cage et prison, métaphores de tous les discours doctrinaires.

Du coup l'imagination n'a rien à voir avec la fantaisie. Elle est ce qui va rendre la réflexion critique possible et donner à la raison les moyens de mener ses enquêtes. L'imagination peuple de ses créations le vide produit par la raison. Le roman philosophique se mue en roman tout court, histoire d'un écart entre le réel et le possible. L'esprit d'examen s'accomplit par l'esprit d'invention. La fiction dresse le champ clos où de toute éternité se confrontent, mais aussi se conjuguent la Raison-Remore et la Salamandre-Imagination. Science et fiction s'accordent sans jamais tomber dans les illusions de la science-fiction.

Il y a chez Cyrano cette dynamique de la contradiction : la Raison-discours engendre l'Imagination-fiction, et l'Imagination-fiction engendre contradictoirement la Raison-discours. Une dialectique de la création-destruction ordonne le développement romanesque. Analysant les Lettres naguère[1], j'ai mis en lumière une démarche originale, et comme fondatrice, de

---

1. Dans ma thèse, puis dans *Cyrano de Bergerac poète et dramaturge*, pp. 21-76.

l'écrivain : le monde des Lettres diverses *est un monde binaire aménagé dans lequel l'Un se distingue de l'Autre qui est le plus souvent son contraire. Non seulement il y a le pour et le contre, et le monde s'ordonne en fonction de ces deux pôles, mais chez Cyrano le contre vient toujours en premier. Au-delà de sa propension satirique, l'écrivain découvre ainsi le réel sous ses modalités antithétiques. Le réel est et n'est pas ce qu'il paraît. Tout bouge et se cherche et, dans sa multiplicité, fuit notre appréhension. Mouvances et métamorphoses que le langage peine à fixer. L'écriture est une tentative de remise en ordre sans cesse recommencée, et le recours toujours à renouveler contre l'Accident*[1].

Il faut donc se garder de lire L'Autre Monde *comme une utopie. Au moment où Cyrano prend la plume, le modèle utopique chez More ou Campanella suppose impérativement une topographie géométrique et symbolique de la Cité, une économie de type rural, un régime politique très hiérarchisé, la distribution des « utopiens » en classes ou castes fermées, l'insertion de l'individu dans un réseau de structures sociologiques (système éducatif, institutions, instances rituelles du mariage, etc.), l'établissement du travail comme activité humaine fondamentale et la répartition rigoureuse des tâches de chacun au service de la collectivité, la définition des rôles dans l'appareil des relations de l'État d'utopie avec les États voisins en temps de paix et en temps de guerre. L'utopie des* XVIᵉ *et* XVIIᵉ *siècles proclame la valeur primordiale des liens communautaires. Ce doit être le lieu d'exercice du Bien et de l'Ordre.*

Pas un de ces traits dans L'Autre Monde. *Par leur diversité comme par leurs spécificités, les sociétés du roman se révèlent radicalement non utopiques. La Nouvelle-France redouble les défauts de la Vieille. Le Paradis Terrestre, lieu des origines où seule la nature s'exprime dans sa généreuse et paisible*

---

1. La multiplication des accidents dans le parcours garantit sa nature anti-héroïque.

beauté, n'offre pas le moindre commencement de réponse aux questions du voyageur; paradis de parodie que l'ironie lacère de sarcasmes contre la lecture littérale et abêtissante de la Bible, fustigeant son interprétation corrompue par la superstition populaire, l'anthropomorphisme et la présence d'éléments mythologiques dans le récit de la Genèse.

Au cours d'un périple mouvementé Je-Dyrcona est confronté à des êtres vivants qui semblent certes l'emporter en tout point sur les hommes-de-la-Terre. Ils sont ou se disent plus grands, plus forts, plus intelligents ou plus sensibles; ils vivent plus longtemps, ou mieux, ou plus paisiblement; ils savent plus ou plus efficacement; ils peuvent en quelque sorte se penser plus proches de Dieu. Revenu sur Terre, Je apporte les preuves de l'humaine présomption. Les vérités de l'Autre Monde effacent l'opinion reçue et le préjugé. La supériorité proclamée du monde d'en haut manifeste l'infériorité du monde d'ici-bas. Roman comparatif, L'Autre Monde est le roman de la relativité.

Le paradoxe nous affranchit de la doxa, *déconsidère le dogme. Mais, à l'expérience qu'il en fait et qu'il nous en relate, Je-Dyrcona s'aperçoit à ses dépens — et aux nôtres — que cet autre monde, tout en disqualifiant les modèles arrogants que notre civilisation avait édifiés, n'en a pas de meilleurs à proposer. Tout y est mobile, fuyant, irréductible à la permanence et à l'« alignement ». Choses et gens se déplacent. La seule ville que visite Je se fait et se défait au gré des saisons. Les vices de la Terre ont cours dans le Ciel. On y déclare et on y fait la guerre. L'intolérance y règne comme à Toulouse; sous prétexte que Je-Dyrcona est différent, on le suspecte, on l'encage, on le menace de mort; on attente à sa liberté de parler, de s'enquérir de ce vrai à la recherche duquel il avait quitté la Terre. Sur la Lune le clergé n'a pas plus de lumières que n'en aura le curé de Cussan. La même complaisance finaliste aveugle Séléniens et Oiseaux : quadrupédisme* et ornithocentrisme se substituent au bipédisme et à l'anthropocentrisme. *Une désespérante leçon se dégage : racisme, puissance d'arbitraire, volonté d'exclusion sont les produits spontanés de toute société organisée.* Où qu'il aille, l'explorateur du vrai court le risque du pire, et doit affronter des institutions qui visent à violenter son for intérieur. Le roman de Cyrano nous propose le tableau d'un monde qui, en haut comme en bas, condamne l'individu à l'effacement.

Le thème du Procès et son expression judiciaire par la constitution du Tribunal se trouvent donc naturellement au centre du récit romanesque. Qu'il s'agisse de mettre en évidence par Je-Dyrcona interposé l'inhumanité de l'humanité ou, en face, les injustices du système de justice, le procès suspend le dialogue, pollue sa nature éristique et infertilise l'échange. Ce n'est que lorsque la compassion suscite une puissance rhétorique salvatrice, par une sorte d'accident de l'histoire, que « l'étranger » échappe au châtiment.

De ses voyages Je-Dyrcona ne reviendra pas plus instruit. Ses interlocuteurs se succèdent, les leçons se suivent et proposent des vérités qui, énoncées chacune comme décisive, s'accumulent, se contredisent, s'annulent, se réfutent l'une l'autre. Parfois même le discours d'initiation qu'on lui adresse connaît une suspension, une sorte de syncope, au moment précis où il lui promettait une révélation capitale, le laissant nu de toute certitude.

Prise de distance et dynamique de la contradiction disqualifient jusqu'aux personnages du roman qui pourraient passer pour des maîtres à penser. Le romancier contrarie ainsi lui-même le principe d'adhésion qui risquerait de s'imposer au lecteur. Dans Les États et Empires de la Lune, où Je est rapidement confiné au quia de la doxa pseudo-aristotélicienne, le « fils de l'hôte », dont la structure romanesque devait préparer le triomphe du discours épicurien, est d'avance dénoncé pour son outrance ; son épicurisme sommaire et désuet

*ignore tous les efforts d'actualisation de Gassendi[1] ; il suc-
combe à la tentation du dogmatisme et du discours d'autorité.
En face de lui, le «démon de Socrate» semble une figure plus
sage, voix d'une sceptique plutôt chrétienne à la Montaigne ou
La Mothe Le Vayer; ses interventions s'inscrivent dans un
processus intellectuel qui rappelle la méthode interrogative du
néo-académisme issu de Platon. Mais il est lui-même déconsi-
déré par son identification au Corbineli du* Pédant joué*, et sa
confrontation avec le «fils de l'hôte» n'a pas de conclusion
claire. Depuis bien des pages* Je *et le «fils de l'hôte» forment un
couple dont Molière se souviendra[2] lorsqu'il fera dialoguer*

1. L'épicurisme est un système d'explication complet et autarcique : il
répond aux questions scientifiques ; il répond aux questions d'éthique et de
valeur, qui déterminent le sens de la vie humaine ; il libère l'humanité de
toutes ses craintes ; il suppose une matière sans cesse en activité de création,
par les atomes, de tout ce qui constitue le réel ; la Nature est une puissance
de production, en perpétuelle tentation de métamorphose ; il propose une
conciliation matérialiste de l'éternel et de l'éphémère ; il rend inutile le
recours à la création continue par Dieu ; il rend même la Création et Dieu
inutiles : métaphysique et théologie chrétiennes sont niées puisque les
atomes sont éternels et incréés, et que le simple jeu de leurs rencontres crée
tout ce qui existe. Cependant les découvertes de la science moderne rendent la plupart de ses explications, par exemple des mécanismes de la perception, totalement irrecevables. Or ce sont précisément ces explications
désuètes que professe le «fils de l'hôte». Gassendi, qui voit bien tous les
mérites de l'épicurisme, et qui estime qu'il constituait dans l'Antiquité pré-
chrétienne le meilleur système de pensée possible, le réhabilite. Il en
approuve la démarche intellectuelle générale et la théorie de la connaissance, le sens du concret, la volonté d'expliquer, le recours à l'expérience
et la mesure de l'humain. Non seulement il va donc en moderniser l'appareil scientifique et en rendre les principes compatibles avec ceux de la
science nouvelle, mais il va l'adapter à la modernité chrétienne. Il suffit
pour cela d'abord de reconnaître en Épicure un homme de vertu ; ensuite
de réactualiser quelques points de doctrine : infinité et éternité ne sont que
des «possibilités logiques» («*imaginaria*» de saint Augustin, chap. II du *Syntagma Philosophiae Epicuri*, p. 93) ; Dieu est l'auteur, donc la cause produc-
trice du monde (*ibid.*, p. 107) ; Dieu est le régent et la cause conductrice du
monde (*ibid.*, p. 129) ; Dieu crée les atomes et les forces au travail dans le
monde. Sur Gassendi et l'épicurisme, je ne saurais trop recommander la
lecture des remarquables travaux de Sylvie Taussig. Par exemple, «Le cas
Épicure : un procès en réhabilitation par Gassendi» (*Bruniana et Campanel-
liana*, VII, 2001, 1-pp. 155 *sq.*).
2. Molière a beaucoup emprunté à Cyrano. J'ai relevé tous ces emprunts
dans ma thèse : voir *Cyrano de Bergerac poète et dramaturge*, pp. 139 *sq.*, et *Cyrano*

Dom Juan et Sganarelle, et au dénouement de sa comédie. La fin burlesque et inattendue de la première partie du roman jette un dernier doute sur l'enseignement du trilogue.

Dyrcona ne découvrira pas davantage la vérité dans la mythologie des États et Empires du Soleil. *Suspecté de diablerie sur Terre, revenu moins docile et moins influençable de son séjour lunaire, il se tiendra désormais à quelque distance des récits de genèse de ses compagnons successifs, tous plus ou moins inspirés du syncrétisme pansensualiste et panpsychiste de Campanella, lui-même mentor fantasmagorique dans la traversée des royaumes solaires. Le narrateur maintient un écart prudent ; il laisse parler, mais n'en pense pas moins. C'est distraitement qu'il écoute les fables du Phénix ou du « petit homme de la macule ». La montée vers Descartes est ponctuée d'instants de méfiance et d'ironie. De même sur la Lune l'auteur nous avait alertés lorsque Gonsalès tombait dans les excès du style figuré, ou que le « fils de l'hôte » s'abandonnait à la colère.*

Je vois dans L'Autre Monde *un roman philosophique, de cette philosophie de la conscience critique aguerrie par le scepticisme*[1] *qui questionne la prétention de la pensée doctrinaire à la Vérité. L'homme n'a aucun accès à l'absolu au nom duquel il s'enorgueillit de définir des modèles. Page après page, personnage après personnage, le texte de Cyrano enquête sur les théories par lesquelles depuis l'origine l'esprit humain a tenté d'expliquer ce qui est. Cette aventure intellectuelle, qui ne peut avoir de fin, permet tout juste d'espérer que, sans pouvoir viser au vrai, on passera du moins au plus vraisemblable. J'en retrouve la proposition au début du* Fragment de Physique. *On est au degré zéro de la certitude.*

---

de Bergerac romancier, p. 103. O. R. Bloch a repris mes analyses dans « Cyrano, Molière et l'écriture libertine » (*La Lettre clandestine*, 1996).

1. La pratique sceptique est monnaie courante chez les intellectuels du XVIIe siècle, tous confrontés à la nécessité du doute, même temporaire. Sur ce point, consulter *Libertins du XVIIe siècle*, Introduction.

Les métaphores du récit, ascension-chute et lumière-obscurité, et leur traduction dans les péripéties narratives, disent cette impossibilité d'accéder à toute connaissance certaine. Par un mouvement redoublé de négation, le discours épicurien du «fils de l'hôte», qui semblait se promettre au lecteur en discours de Vérité, se dissout dans la dérision du récit; l'ascension s'achève en dégringolade, et par une retombée sur Terre. Et la lente ascension des États et Empires du Soleil vers la «révélation» cartésienne ne mène qu'au vide d'une parole impossible. La Lune, avec son éclat emprunté, ne brille pour l'homme que de loin; et dans la lumière éblouissante du Soleil Dyrcona n'avance que de mirage à mirage.

Cyrano nous donne bien plus qu'une leçon de scepticisme; il nous enseigne l'incrédulité, puisque même le discours sceptique est soumis à contestation dans le roman[1].

C'est le grand naufrage de l'appareil où l'on avait contre vents et marées maintenu Aristote à la barre. Le vide de l'espace s'ouvre à la liberté de l'esprit. Libertin, en effet, le roman qui incite le lecteur à prendre conscience de l'endoctrinement et à lui résister, qui nourrit en lui l'esprit d'examen contre l'esprit de système. Dans L'Autre Monde *retrouvent le droit de penser à haute voix, de proclamer, de revendiquer, d'argumenter, tous ceux à qui les bienséances appliquées à la littérature interdisaient de s'exprimer, un athée par exemple*[2]. *Il n'y a pas de combat idéologique sans mise en question — même ludique — du langage. Il faut réhabiliter les mots, et leur rendre la liberté.*

La plupart des discours que subit Je-Dyrcona ont une nature vigoureusement hétérodoxe : atomistes antiques, vitalistes italiens, auteurs suspects ou condamnés comme Pompo-

1. *Cyrano de Bergerac romancier*, pp. 108 sq.
2. Le «fils de l'hôte» dans *Les États et Empires de la Lune*. Mais il s'agit moins d'affirmer l'athéisme que d'employer à rebours la rhétorique du pari pascalien : montrer qu'il est tout aussi raisonnable, peut-être plus raisonnable, de parier que Dieu n'existe pas que de croire à un *Deus absconditus* qui se joue des hommes.

nazzi, Bruno, Campanella. Le texte les revivifie, en montre l'intérêt, et en fait en tout cas des sources de réflexion. Les savants et philosophes que fréquente Je après son alunissage se réunissent en groupes fermés, à l'abri du «vulgaire» — image des cercles érudits où l'on discutait librement de tout, au risque de passer pour trop libre : libertin. Cyrano n'hésite pas à faire son miel de l'actualité : le «démon de Socrate» est sans doute une des figures de Gassendi, et le «fils de l'hôte» un portrait de Chapelle. Gonsalès annonce, par certains propos, le Campanella du Soleil. Parfois la personne de Cyrano se suggère et s'avoue sous le masque de l'écrivain : tel ou tel passage prend plus de sens si l'on songe à son homosexualité, que j'ai jadis démontrée[1].

L'Autre Monde n'est pas sans raison un roman de la première personne[2]. Comme La Première Journée *de Théophile,* Le Page disgracié *de Tristan,* Les Aventures *de Dassoucy, dans la poursuite de l'entreprise montaignienne, l'usage du Je corrode le consensus exprimé par le Nous, le Ils, le On d'un langage neutralisé, arasé pour convenir à tous et représenter l'opinion générale. Le jugement en conscience personnelle attente à la* doxa. *Le Je ébranle l'ordre collectif décidé par les pouvoirs en place. Il redonne aux mots la force de dire ce qu'ils veulent dire. Il est le premier instrument de la contestation. Le Je pose sur le monde un regard privé, solitaire, inassimilable à une vision idéologiquement correcte et au prêt-à-penser. Mais dans le Je de Cyrano il faut évidemment voir aussi une fonction romanesque. L'Autre Monde n'est pas une autobiographie. Si l'auteur s'y confie, c'est*

---

1. Dans ma thèse en 1975 (*Cyrano de Bergerac écrivain*), puis dans *Cyrano de Bergerac poète et dramaturge* (1978), pp. 45-50. Cette homosexualité est la source immédiate d'un rapport conflictuel au monde que j'ai analysé (*op. cit.*, pp. 54 *sq.*). L'analyse a semblé suffisamment féconde pour que J.-Ch. Darmon et M. Alcover la reprennent à leur tour. Voir par exemple le récit de l'accouplement de *Je* avec Gonsalès (p. 87-88).

2. Mon analyse ne coïncide pas tout à fait avec celle de René Démoris, *Le Roman à la première personne* (Armand Colin, 1975).

indirectement. Quant au lecteur, le texte l'invite à se tenir constamment à distance du Je *du narrateur.*

Tout est ironie dans L'Autre Monde *: invention, dessein, démarche, écriture.*

Pour les besoins de ses démonstrations ou pour contredire les vérités officielles, Cyrano dote le «fils de l'hôte», le «démon de Socrate» ou les Oiseaux d'une parfaite capacité d'argumentation. Parfois le Je *évoque l'écrivain engagé dans la bataille des idées. Le fonds même du roman est puissamment ironique. Tantôt la parodie est modalité efficace de la dénonciation; tantôt* Je *par une candeur calculée provoque le dévoilement d'opinions absurdes, contraires au simple bon sens, ou aide à instrumenter (voire à ses dépens) une rhétorique de l'ironie dans laquelle l'analogie, le sarcasme ou l'antiphrase servent à mettre en lumière l'erreur et à faire sortir de l'ombre quelque vérité plus probable. Ainsi* Je *en face de M. de Montmagny ou d'Hélie, comme le «fils de l'hôte» en face de* Je *; ou Dyrcona gardant un silence de doute devant «le petit homme de la macule», ou écoutant ébahi le charabia pseudo-poétique de «la jeune femme au condur». Le texte peut se satisfaire, en effet, de quelque calembour ou jeu de mots[1] : au lecteur d'en tirer la révélation.*

Les personnages et le langage sont susceptibles de devenir des objets comiques. Cyrano insère dans la trame romanesque de vraies scènes de comédie : lorsque Je *fait sa première rencontre en Nouvelle-France ou que Dyrcona fuit vainement la maréchaussée dans les rues de Toulouse. Cyrano excelle dans le comique de langage; il explore et exploite les clichés et les stéréotypes du «langage cuit»[2]. Les dialogues de Dyrcona avec le bedeau du curé de Cussan, ou plus tard avec son geôlier, au*

---

1. Il faut lire *Les Entretiens Pointus* (*Œuvres complètes*, Belin, pp. 17-19).
2. Selon le mot de Desnos. Sur les rapports complexes et paradoxaux de l'écrivain avec le langage, défiance et défi, on peut se reporter à *Cyrano de Bergerac poète et dramaturge*. Toute l'œuvre de Cyrano est d'abord lutte avec le langage.

commencement des États et Empires du Soleil, *sont dignes du* Pédant joué. *Il dévoile l'existence au* XVIIᵉ *siècle d'un discours prêt-à-l'emploi véhiculant des idées toutes faites et interdisant d'avance la réflexion personnelle et critique. En déconcertant* Je *ou* Dyrcona, *Cyrano désentrave son lecteur. L'enjeu n'est pas mince ; il s'agit de disposer d'une parole libre pour penser librement. Non pas substituer de nouvelles vérités aux anciennes, ou de nouveaux dogmes aux dogmes mis en question, mais se donner l'espace de la disponibilité d'esprit.*

Une des sources originales de l'anthropologie cyranienne consiste dans une réflexion sur la nature et l'importance du langage. On se rappelle qu'à la fin de la Cinquième Partie du Discours de la Méthode Descartes *revient à la question de la différence entre les hommes et les bêtes :* « C'est une chose bien remarquable qu'il n'y a point d'hommes si hébétés et si stupides, sans en excepter même les insensés, qu'ils ne soient capables d'arranger ensemble diverses paroles, et d'en composer un discours par lequel ils fassent entendre leurs pensées ; et qu'au contraire, il n'y a point d'autre animal, tant parfait et tant heureusement né qu'il puisse être, qui fasse le semblable. Ce qui n'arrive pas de ce qu'ils ont faute d'organes, car on voit que les pies et les perroquets peuvent proférer des paroles ainsi que nous, et toutefois ne peuvent parler ainsi que nous, c'est-à-dire en témoignant qu'ils pensent ce qu'ils disent. [...] Et ceci ne témoigne pas seulement que les bêtes ont moins de raison que les hommes, mais qu'elles n'en ont point du tout... »

Or, dans l'« Autre Monde », *les oiseaux pensent et parlent. Et c'est l'homme qui passe pour dépourvu de raison et de parole sensée ; ici, bête du Roi au milieu de la troupe des singes, espèce d'autruche ou de perroquet sans plumes ressassant Aristote ; là, après avoir essayé de faire oublier sa propre humanité, trop content d'échapper à la solitude et à la mort par la parole de compassion d'une pie et le témoignage de reconnaissance d'un perroquet, au lieu même où l'Oiseau*

*pense, parle, règne et juge. À force d'avoir voulu faire l'ange,
Je-Dyrcona n'a plus qu'à faire la bête.*

*On peut dire que, par son roman, Cyrano réinvente le litté-
raire. Il introduit dans la littérature de son temps, contre tous
les préceptes des doctes, une multiplicité des formes, des discours et des tons, des matériaux scientifiques ou philosophiques,
une exploration des champs du savoir, un questionnement de
la civilisation et des mentalités, qui semblaient devoir demeurer interdits au romanesque.*

*L'Autre Monde est un prototype du roman de l'aventure
spatiale, auquel il propose pour règle d'invention un respect
maîtrisé des données scientifiques. Mais il a encore bien
davantage une ambition qui l'inscrit dans l'héritage de Montaigne proposant une réflexion sur la relativité des modèles ; il
inspire les fictions ironiques des* Voyages de Gulliver, *des*
Lettres Persanes, *de* Micromégas, *petits ou grands romans,
jusqu'à* La Planète des singes *où j'en ai trouvé quelques
souvenirs. Avec* L'Autre Monde *le genre romanesque prouve
dès le* XVIIe *siècle l'inépuisable fécondité de sa nature.*

*Rendue à la jouissance de sa liberté, la prose cyranienne
recouvre son pouvoir de créer. Et c'est tout naturellement que
certaines pages du texte font de* L'Autre Monde *un roman-
poème. Le romancier doit inventer ce qui ne s'est encore
jamais vu ni éprouvé : les effrayantes ascensions, l'éloigne-
ment de la Terre familière[1], le spectacle des infinitudes célestes.
L'imagination aérienne engendre une rêverie poétique. Par la
magie de la langue, même les objets techniques sont transfigu-
rés ; le mot est musique, la métaphore nous fait passer dans
l'irréel ; des allitérations, des cadences prosodiques, des rimes*

---

1. Le roman ne se réduit d'ailleurs pas à l'imagination aérienne. Il y a
chez le voyageur de l'espace une sympathie pour le « plancher solide » de la
macule. De même il éprouve de la « joie » à quitter les régions trop lumineuses du Soleil et à retrouver une contrée « moins resplendissante » en
harmonie avec l'« opacité » de son être terrestre. L'homme-de-la-Terre a
ainsi cette double vocation du Ciel et de la Terre, de la lumière et de
l'ombre.

*imprévues métamorphosent les maisons des Séléniens; des
jeux de couleurs et de lumière irisent la machine à icosaèdre.
La description tendre du Paradis Terrestre, l'arrivée lumineuse sur «la neige embrasée» du soleil, sont l'occasion de
moments d'un lyrisme émouvant et très inventif. Comment ne
pas se rappeler que Cyrano est aussi l'auteur de* La Mort
d'Agrippine *et surtout de* Lettres *qui, reprenant des sujets
poétiques de Théophile de Viau, Saint-Amant ou Tristan
L'Hermite, sont autant de poèmes en prose*[1] *? Verlaine et Rim-
baud s'en souviennent. André Breton le connaît et le cite. En
1961 Éluard préface l'anthologie* La Poésie du passé de
Philippe de Thaun (XIIᵉ siècle) à Cyrano de Bergerac
(XVIIᵉ siècle). *Cyrano de Bergerac est le modèle de l'écrivain
dont la modernité inspire les poètes de tous les temps.*

JACQUES PRÉVOT

---

1. Sur la valeur littéraire des *Lettres* de Cyrano, on lira *Cyrano de Bergerac poète et dramaturge*, pp. 21-76.

L'Autre Monde

Les États et Empires de la Lune

La Lune était en son plein, le ciel était découvert, et neuf heures au soir étaient sonnées lorsque nous revenions d'une maison proche de Paris, quatre de mes amis et moi. Les diverses pensées que nous donna la vue de cette boule de safran nous défrayèrent[1] sur le chemin. Les yeux noyés dans ce grand astre, tantôt l'un le prenait pour une lucarne du ciel par où l'on entrevoyait la gloire des bienheureux, tantôt l'autre protestait que c'était la platine[2] où Diane dresse les rabats d'Apollon, tantôt un autre s'écriait que ce pourrait bien être le Soleil lui-même qui, s'étant au soir dépouillé de ses rayons, regardait par un trou ce qu'on faisait au monde[3] quand il n'y était plus. «Et moi, dis-je, qui souhaite mêler mes enthousiasmes aux vôtres, je crois, sans m'amuser aux imaginations pointues[4] dont vous chatouillez le temps pour le faire marcher plus vite, que la Lune est un monde comme celui-ci, à qui le nôtre sert de lune.»

La compagnie me régala d'un grand éclat de rire.

«Ainsi peut-être, leur dis-je, se moque-t-on maintenant dans la Lune, de quelqu'autre qui soutient que ce globe-ci est un monde[5].» Mais j'eus beau leur alléguer que Pythagore, Épicure, Démocrite et, de notre âge, Copernic et Kepler[6], avaient été de cette opinion, je ne les obligeai qu'à s'égosiller de plus belle.

Cette pensée dont la hardiesse biaisait en[7] mon

humeur, affermie par la contradiction, se plongea si profondément chez moi que, pendant tout le reste du chemin, je demeurai gros de mille définitions de lune, dont je ne pouvais accoucher ; et, à force d'appuyer cette créance burlesque par des raisonnements sérieux, je me le persuadai quasi ; mais écoute, lecteur, le miracle ou l'accident dont la Providence ou la Fortune se servirent pour me le confirmer.

J'étais de retour à mon logis et, pour me délasser de la promenade, j'étais à peine entré dans ma chambre quand sur ma table je trouvai un livre ouvert que je n'y avais point mis. C'était les œuvres de Cardan ; et quoique je n'eusse pas dessein d'y lire, je tombai de la vue, comme par force, justement dans une histoire que raconte ce philosophe[1] : il écrit qu'étudiant un soir à la chandelle, il aperçut entrer, à travers les portes fermées de sa chambre, deux grands vieillards, lesquels, après beaucoup d'interrogations qu'il leur fit, répondirent qu'ils étaient habitants de la Lune et, cela dit, ils disparurent. Je demeurai si surpris, tant de voir un livre qui s'était apporté là tout seul, que du temps et de la feuille où il s'était rencontré ouvert, que je pris toute cette enchaînure d'incidents pour une inspiration de Dieu qui me poussait à faire connaître aux hommes que la Lune est un monde.

« Quoi ! disais-je en moi-même, après avoir tout aujourd'hui parlé d'une chose, un livre, qui peut-être est le seul au monde où cette matière se traite, voler de ma bibliothèque sur ma table, devenir capable de raison, pour s'ouvrir justement à l'endroit d'une aventure si merveilleuse et fournir en suite à ma fantaisie[2] les réflexions et à ma volonté les desseins que je fais !... Sans doute, continuais-je, les deux vieillards qui apparurent à ce grand homme sont ceux-là même qui ont dérangé mon livre, et qui l'ont ouvert sur cette page pour s'épargner la peine de me faire cette harangue qu'ils ont faite à Cardan.

— Mais, ajoutais-je, je ne saurais m'éclaircir de ce doute, si je ne monte jusque-là ?

— Et pourquoi non ? me répondais-je aussitôt. Prométhée[1] fut bien autrefois au ciel dérober du feu. »

À ces boutades de fièvres chaudes, succéda l'espérance de faire réussir un si beau voyage. Je m'enfermai, pour en venir à bout, dans une maison de campagne assez écartée, où après avoir flatté mes rêveries de quelques moyens capables de m'y porter, voici comme[2] je me donnai au ciel.

Je m'étais attaché tout autour de moi quantité de fioles pleines de rosée, et la chaleur du Soleil qui les attirait m'éleva si haut qu'à la fin je me trouvai au-dessus des plus hautes nuées[3]. Mais comme cette attraction me faisait monter avec trop de rapidité, et qu'au lieu de m'approcher de la Lune, comme je prétendais, elle me paraissait plus éloignée qu'à mon partement, je cassai plusieurs de mes fioles, jusques à ce que je sentis[4] que ma pesanteur surmontait l'attraction et que je descendais vers la Terre. Mon opinion ne fut point fausse, car j'y retombai quelque temps après ; et à compter l'heure que j'en étais parti, il devait être minuit. Cependant je reconnus que le soleil était alors au plus haut de l'horizon, et qu'il était midi. Je vous laisse à penser combien je fus étonné ; certes je le fus de si bonne sorte que, ne sachant à quoi attribuer ce miracle, j'eus l'insolence de m'imaginer qu'en faveur de ma hardiesse, Dieu avait encore une fois recloué le Soleil aux cieux[5], afin d'éclairer une si généreuse entreprise.

Ce qui accrut mon ébahissement, ce fut de ne point connaître le pays où j'étais, vu qu'il me semblait qu'étant monté droit, je devais être descendu au même lieu d'où

j'étais parti[1]. Équipé comme j'étais, je m'acheminai
vers une chaumière, où j'aperçus de la fumée ; et j'en
étais à peine à une portée de pistolet, que je me vis
entouré d'un grand nombre de sauvages. Ils parurent
fort surpris de ma rencontre ; car j'étais le premier, à ce
que je pense, qu'ils eussent jamais vu habillé de bouteilles ; et pour renverser encore toutes les interpréta-
tions qu'ils auraient pu donner à cet équipage, ils
voyaient qu'en marchant je ne touchais presque point
à la terre : aussi ne savaient-ils pas qu'au premier branle
que je donnais à mon corps, l'ardeur des rayons de
midi me soulevait avec ma rosée, et sans que[2] mes fioles
n'étaient plus en assez grand nombre, j'eusse été, possible[3], à leur vue enlevé dans les airs[4].

Je les voulus aborder ; mais comme si la frayeur les
eût changés en oiseaux, un moment les vit perdre
dans la forêt prochaine. J'en attrapai toutefois un,
dont les jambes sans doute avaient trahi le cœur. Je lui
demandai avec bien de la peine (car j'étais essoufflé),
combien on comptait de là à Paris, depuis quand en
France le monde allait tout nu, et pourquoi ils me
fuyaient avec tant d'épouvante. Cet homme à qui je
parlais était un vieillard olivâtre[5], qui d'abord se jeta à
mes genoux et, joignant les mains en haut derrière la
tête[6], ouvrit la bouche et ferma les yeux. Il marmotta
longtemps, mais je ne discernai point qu'il articulât
rien ; de façon que je pris son langage pour le
gazouillement enroué d'un muet[7].

À quelque temps de là, je vis arriver une compagnie
de soldats tambour battant[8], et j'en remarquai deux se
séparer du gros pour me reconnaître. Quand ils furent
assez proches pour être entendu[9], je leur demandai où
j'étais.

« Vous êtes en France, me répondirent-ils ; mais qui
diable vous a mis dans cet état ? et d'où vient que nous

ne vous connaissons point ? Est-ce que les vaisseaux sont arrivés ? En allez-vous donner avis à M. le gouverneur ? Et pourquoi avez-vous divisé votre eau-de-vie en tant de bouteilles ? »

À tout cela, je leur repartis que le Diable ne m'avait point mis en cet état ; qu'ils ne me connaissaient pas, à cause qu'ils ne pouvaient pas connaître tous les hommes ; que je ne savais point que la Seine portât des navires ; que je n'avais point d'avis à donner à M. de Montbazon[1] ; et que je n'étais point chargé d'eau-de-vie.

« Ho, ho », me dirent-ils, me prenants[2] par le bras, « vous faites le gaillard ? M. le gouverneur vous connaîtra bien, lui ! »

Ils me menèrent vers leur gros[3], me disants ces paroles, et j'appris d'eux que j'étais en France et n'étais point en Europe, car j'étais en la Nouvelle-France[4]. Je fus présenté à M. de Montmagny[5], qui en est le vice-roi. Il me demanda mon pays, mon nom et ma qualité ; et après que je l'eus satisfait, en lui racontant l'agréable succès de mon voyage, soit qu'il le crût, soit qu'il feignît de le croire, il eut la bonté de me faire donner une chambre dans son appartement. Mon bonheur fut grand de rencontrer un homme capable de hautes opinions, et qui ne s'étonna point quand je lui dis qu'il fallait que la Terre eût tourné pendant mon élévation ; puisque ayant commencé de monter à deux lieues de Paris, j'étais tombé par une ligne quasi perpendiculaire en Canada.

Le soir, comme je m'allais coucher, je le vis entrer dans ma chambre : « Je ne serais pas venu, me dit-il, interrompre votre repos, si je n'avais cru qu'une personne qui a pu faire neuf cents lieues[6] en demi-journée les a pu faire sans se lasser. Mais vous ne savez pas, ajouta-t-il, la plaisante querelle que je viens d'avoir

pour vous avec nos pères jésuites ? Ils veulent absolument que vous soyez magicien ; et la plus grande grâce
que vous puissiez obtenir d'eux, c'est de ne passer que
pour imposteur. Et en vérité, ce mouvement que vous
attribuez à la Terre, n'est-ce point un beau paradoxe ?
Ce qui fait que je ne suis pas bien fort de votre opinion, c'est qu'encore qu'hier vous fussiez parti de
Paris, vous pouvez être arrivé aujourd'hui en cette
contrée, sans que la Terre ait tourné ; car le Soleil vous
ayant enlevé par le moyen de vos bouteilles, ne doit-il
pas vous avoir amené ici, puisque, selon Ptolémée,
Tycho-Brahé[1], et les philosophes modernes, il chemine du biais que vous faites marcher la Terre ? Et puis
quelles grandes vraisemblances avez-vous pour vous
figurer que le Soleil soit immobile, quand nous le
voyons[2] marcher ? et que la Terre tourne autour de
son centre avec tant de rapidité, quand nous la sentons ferme dessous nous ?

— Monsieur, lui répliquai-je, voici les raisons qui
nous obligent à le préjuger. Premièrement, il est du
sens commun[3] de croire que le Soleil a pris place au
centre de l'Univers, puisque tous les corps qui sont
dans la Nature ont besoin de ce feu radical[4] qui habite
au cœur du royaume pour être en état de satisfaire
promptement à leurs nécessités et que la cause des
générations soit placée également entre les corps où
elle agit, de même que la sage Nature a placé les parties génitales dans l'homme, les pépins dans le centre
des pommes, les noyaux au milieu de leur fruit ; et de
même que l'oignon conserve à l'abri de cent écorces
qui l'environnent le précieux germe où dix millions
d'autres ont à puiser leur essence. Car cette pomme
est un petit univers à soi-même, dont le pépin plus
chaud que les autres parties est le Soleil, qui répand
autour de soi la chaleur conservatrice de son globe ; et

ce germe, dans cet oignon, est le petit Soleil de ce petit monde, qui réchauffe et nourrit le sel végétatif[1] de cette masse. Cela donc supposé, je dis que la Terre ayant besoin de la lumière, de la chaleur, et de l'influence de ce grand feu, elle se tourne autour de lui pour recevoir également en toutes ses parties cette vertu[2] qui la conserve. Car il serait aussi ridicule de croire que ce grand corps lumineux tournât autour d'un point dont il n'a que faire, que de s'imaginer quand nous voyons une alouette rôtie, qu'on a, pour la cuire, tourné la cheminée à l'entour[3]. Autrement si c'était au Soleil à faire cette corvée, il semblerait que la médecine eût besoin du malade ; que le fort dût plier sous le faible, le grand servir au petit ; et qu'au lieu qu'un vaisseau cingle le long des côtes d'une province, on dût faire promener la province autour du vaisseau.

« Que si vous avez de la peine à comprendre comment une masse si lourde se peut mouvoir, dites-moi, je vous prie, les astres et les cieux, que vous faites si solides[4], sont-ils plus légers ? Encore nous, qui sommes assurés de la rondeur de la Terre, il nous est aisé de conclure son mouvement par sa figure ; mais pourquoi supposer le ciel rond, puisque vous ne le sauriez savoir, et que de toutes les figures, s'il n'a pas celle-ci, il est certain qu'il ne se peut pas mouvoir[5] ? Je ne vous reproche point vos excentriques, vos concentriques, ni vos épicycles, tous lesquels vous ne sauriez expliquer que très confusément, et dont je sauve mon système[6]. Parlons seulement des causes naturelles de ce mouvement. Vous êtes contraints, vous autres, de recourir aux intelligences[7] qui remuent et gouvernent vos globes ; mais moi, sans interrompre le repos du Souverain Être, qui sans doute a créé la Nature toute parfaite, et de la sagesse duquel il est de l'avoir achevée de telle sorte que, l'ayant accomplie pour une chose, il ne l'ait pas rendue défectueuse pour une autre ; moi, dis-je, je trouve dans la Terre les vertus qui la font mouvoir. Je dis donc que les rayons du Soleil, avec ses influences, venant à frapper dessus, par leur circulation la font tourner comme nous faisons tourner un globe en le frappant de la main ; ou que les fumées qui s'évaporent continuellement de son sein du côté que le Soleil la regarde, répercutées par le froid de la moyenne région, rejaillissent dessus et, de nécessité, ne la pouvant frapper que de biais, la font ainsi pirouetter[1]. L'explication des deux autres mouvements est encore moins embrouillée, considérez, je vous prie... »

À ces mots, M. de Montmagny m'interrompit et :

« J'aime mieux, dit-il, vous dispenser de cette peine (aussi bien ai-je lu sur ce sujet quelques livres de Gassendi[2]) à la charge que vous écouterez ce que me répondit un jour l'un de nos pères qui soutenait votre opinion :

« "En effet, disait-il, je m'imagine que la Terre tourne, non point pour les raisons qu'allègue Copernic, mais pour ce que le feu d'enfer (ainsi que nous apprend la Sainte Écriture) étant enclos au centre[3] de la Terre, les damnés qui veulent fuir l'ardeur de la flamme, gravissent pour s'en éloigner contre la voûte, et font ainsi tourner la Terre, comme un chien fait tourner une roue, lorsqu'il court enfermé dedans." »

Nous louâmes quelque temps le zèle du bon père, et son panégyrique étant achevé, M. de Montmagny me dit qu'il s'étonnait fort, vu que le système de Ptolémée était si peu probable, qu'il eût été si généralement reçu.

« Monsieur, lui répondis-je, la plupart des hommes, qui ne jugent que par les sens, se sont laissé persuader à[4] leurs yeux ; et de même que celui dont le vaisseau navigue terre à terre croit demeurer immobile et que le rivage chemine, ainsi les hommes tournant avec la Terre autour du ciel, ont cru que c'était le ciel lui-même qui tournait autour d'eux. Ajoutez à cela l'orgueil insupportable des humains, qui leur persuade que la Nature n'a été faite que pour eux ; comme s'il était vraisemblable que le Soleil, un grand corps, quatre cent trente-quatre fois[1] plus vaste que la Terre, n'eût été allumé que pour mûrir ses nèfles et pommer ses choux. Quant à moi, bien loin de consentir à l'insolence de ces brutaux, je crois que les planètes sont des mondes autour du Soleil, et que les étoiles fixes sont aussi des soleils qui ont des planètes autour d'eux, c'est-à-dire des mondes que nous ne voyons pas d'ici à cause de leur petitesse, et parce que leur lumière empruntée ne saurait venir jusques à nous[2]. Car comment, en bonne foi, s'imaginer que ces globes si spacieux ne soient que de grandes campagnes désertes, et que le nôtre, à cause que nous y rampons [devant] une douzaine de glorieux coquins, ait été bâti pour commander à tous ? Quoi ! parce que le Soleil compasse[3] nos jours et nos années, est-ce à dire pour cela qu'il n'ait été construit qu'afin que nous ne cognions pas de la tête contre les murs ? Non, non, si ce Dieu visible éclaire l'homme, c'est par accident, comme le flambeau du roi éclaire par accident au crocheteur qui passe par la rue[4].

— Mais, me dit-il, si comme vous assurez, les étoiles fixes sont autant de soleils, on pourrait conclure de là que le monde serait infini, puisqu'il est vraisemblable que les peuples de ces mondes qui sont autour d'une étoile fixe que vous prenez pour un soleil découvrent encore au-dessus d'eux d'autres étoiles fixes que nous ne saurions apercevoir d'ici, et qu'il en va éternellement de cette sorte[5].

— N'en doutez point, lui répliquai-je ; comme Dieu

a pu faire l'âme immortelle, il a pu faire le monde infini, s'il est vrai que l'éternité n'est rien autre chose qu'une durée sans bornes, et l'infini une étendue sans limites. Et puis Dieu serait fini lui-même, supposé que le monde ne fût pas infini, puisqu'il ne pourrait pas être où il n'y aurait rien, et qu'il ne pourrait accroître la grandeur du monde qu'il n'ajoutât quelque chose à sa propre étendue, commençant d'être où il n'était pas auparavant[1]. Il faut donc croire, que comme nous voyons d'ici Saturne et Jupiter, si nous étions dans l'un ou dans l'autre, nous découvririons beaucoup de mondes que nous n'apercevons pas d'ici, et que l'Univers est éternellement construit de cette sorte.

— Ma foi ! me répliqua-t-il, vous avez beau dire, je ne saurais du tout comprendre cet infini.

— Hé ! dites-moi, lui dis-je, comprenez-vous mieux le rien qui est au-delà ? Point du tout : quand vous songez à ce néant, vous vous l'imaginez tout au moins comme du vent, comme de l'air, et cela est quelque chose ; mais l'infini, si vous ne le comprenez en général, vous le concevez au moins par parties, car il n'est pas difficile de se figurer de la terre, du feu, de l'eau, de l'air, des astres, des cieux. Or l'infini n'est rien qu'une tissure[2] sans bornes de tout cela. Que si vous me demandez de quelle façon ces mondes ont été faits, vu que la Sainte Écriture parle seulement d'un que Dieu créa, je réponds qu'elle ne parle que du nôtre à cause qu'il est le seul que Dieu ait voulu prendre la peine de faire de sa propre main ; mais tous les autres, qu'on voit ou qu'on ne voit pas, suspendus parmi l'azur de l'Univers, ne sont rien que l'écume des soleils qui se purgent[3]. Car comment ces grands feux pourraient-ils subsister, s'ils n'étaient attachés à quelque matière qui les nourrit ? Or comme le feu pousse loin de chez soi la cendre dont il est étouffé, de même que

l'or dans le creuset se détache, en s'affinant, du mar-
cassite[1] qui affaiblit son carat, et de même que notre
cœur se dégage par le vomissement des humeurs indi-
gestes qui l'attaquent, ainsi le Soleil dégorge tous les
jours et se purge des restes de la matière qui nourrit
son feu. Mais lorsqu'il aura tout à fait consommé cette
matière qui l'entretient, vous ne devez point douter
qu'il ne se répande de tous côtés pour chercher une
autre pâture, et qu'il ne s'attache à tous les mondes
qu'il aura construits autrefois, à ceux particulièrement
qu'il rencontrera les plus proches ; alors ce grand feu,
rebrouillant tous les corps, les rechassera pêle-mêle de
toutes parts comme auparavant et, s'étant peu à peu
purifié, il commencera de servir de soleil à ces petits
mondes qu'il engendrera en les poussant hors de sa
sphère. C'est ce qui a fait sans doute prédire aux pythagoriciens l'embrasement universel[2].

   « Ceci n'est pas une imagination ridicule ; la Nouvelle-France, où nous sommes, en produit un exemple
bien convaincant. Ce vaste continent de l'Amérique
est une moitié de la Terre, laquelle, en dépit de nos
prédécesseurs qui avaient mille fois cinglé l'Océan,
n'avait point encore été découverte ; aussi n'y était-elle
pas encore non plus que beaucoup d'îles, de pénin-
sules, et de montagnes, qui se sont soulevées sur notre
globe, quand les rouillures du Soleil qui se nettoie ont
été poussées assez loin et condensées en pelotons assez
pesants pour être attirées[3] par le centre de notre
monde, possible peu à peu en particules menues, peut-
être aussi tout à coup en une masse. Cela n'est pas si
déraisonnable, que saint Augustin n'y eût applaudi, si
la découverte de ce pays eût été faite de son âge ;
puisque ce grand personnage, dont le génie était éclairé
du Saint-Esprit, assure que de son temps la Terre était
plate comme un four, et qu'elle nageait[4] sur l'eau

comme la moitié d'une orange coupée. Mais si j'ai
jamais l'honneur de vous voir en France, je vous ferai
observer, par le moyen d'une lunette[1] fort excellente
que j'ai, que certaines obscurités qui d'ici paraissent
des taches sont des mondes qui se construisent[2]. »

Mes yeux qui se fermaient en achevant ce discours
obligèrent M. de Montmagny à me souhaiter le bonsoir. Nous eûmes, le lendemain et les jours suivants, des
entretiens de pareille nature. Mais comme quelque
temps après l'embarras des affaires de la province
accrocha notre philosophie, je retombai de plus belle
au dessein de monter à la Lune.

Je m'en allais dès qu'elle était levée, rêvant, parmi
les bois, à la conduite et au réussit de mon entreprise.
Enfin, un jour, la veille de Saint-Jean[3], qu'on tenait
conseil dans le fort pour déterminer si on donnerait
secours aux sauvages du pays contre les Iroquois[4], je
m'en fus tout seul derrière notre habitation au coupeau[5] d'une petite montagne, où voici ce que j'exécutai.

Avec une machine que je construisis et que je m'imaginais être capable[6] de m'élever autant que je voudrais, je me précipitai en l'air du faîte d'une roche.
Mais parce que je n'avais pas bien pris mes mesures,
je culbutai rudement dans la vallée. Tout froissé que
j'étais, je m'en retournai dans ma chambre sans pourtant me décourager. Je pris de la moelle de bœuf, dont
je m'oignis tout le corps, car il était meurtri depuis la
tête jusques aux pieds[7] ; et après m'être fortifié le cœur
d'une bouteille d'essence[8] cordiale, je m'en retournai
chercher ma machine. Mais je ne la retrouvai point,
car certains soldats, qu'on avait envoyés dans la forêt
couper du bois pour faire l'échafaudage du feu de la
Saint-Jean qu'on devait allumer le soir, l'ayant rencon-
trée par hasard, l'avaient apportée au fort. Après plusieurs explications de ce que ce pouvait être, quand

on eut découvert l'invention du ressort, quelques-uns avaient dit qu'il fallait attacher autour quantité de fusées volantes, pour ce que, leur rapidité l'ayant enlevée bien haut, et le ressort agitant ses grandes ailes, il n'y aurait personne qui ne prît cette machine pour un dragon de feu[1].

Je la cherchai longtemps, mais enfin je la trouvai au milieu de la place de Québec, comme on y mettait le feu. La douleur de rencontrer l'ouvrage de mes mains en un si grand péril me transporta tellement que je courus saisir le bras du soldat qui l'allumait. Je lui arrachai sa mèche, et me jetai tout furieux dans ma machine pour briser l'artifice[2] dont elle était environnée ; mais j'arrivai trop tard, car à peine y eus-je les deux pieds que me voilà enlevé dans la nue[3].

L'épouvantable horreur dont je fus consterné ne renversa point tellement les facultés de mon âme, que je ne me sois souvenu depuis de tout ce qui m'arriva dans cet instant. Vous saurez donc que la flamme ayant dévoré un rang de fusées[4] (car on les avait disposées six à six par le moyen d'une amorce qui bordait chaque demi-douzaine), un autre étage s'embrasait, puis un autre, en sorte que le salpêtre embrasé éloignait le péril en le croissant. La matière toutefois étant usée fit que l'artifice manqua ; et lorsque je ne songeais plus qu'à laisser ma tête sur celle de quelque montagne, je sentis sans que je remuasse aucunement mon élévation continuer ; et, ma machine prenant congé de moi, je la vis retomber vers la Terre.

Cette aventure extraordinaire me gonfla d'une joie si peu commune que, ravi de me voir délivré d'un danger assuré, j'eus l'impudence de philosopher dessus. Comme donc je cherchais des yeux et de la pensée ce qui pouvait être la cause de ce miracle[5], j'aperçus ma chair boursouflée, et grasse encore de la moelle dont

je m'étais enduit pour les meurtrissures de mon tré-
buchement; je connus qu'étant alors en décours, et la
Lune pendant ce quartier ayant accoutumé de sucer la
moelle des animaux[1], elle buvait celle dont je m'étais
enduit avec d'autant plus de force que son globe était
plus proche de moi, et que l'interposition des nuées
n'en affaiblissait point la vigueur.

Quand j'eus percé, selon le calcul que j'ai fait depuis,
beaucoup plus des trois quarts du chemin qui sépare la
Terre d'avec la Lune, je me vis tout d'un coup choir
les pieds en haut, sans avoir culbuté en aucune façon.
Encore ne m'en fussé-je pas aperçu, si je n'eusse senti
ma tête chargée du poids de mon corps. Je connus
bien à la vérité que je ne retombais pas vers notre
monde; car encore que je me trouvasse entre deux
lunes[2], et que je remarquasse fort bien que je m'éloi-
gnais de l'une à mesure que je m'approchais de l'autre,
j'étais très assuré que la plus grande était notre Terre,
pour ce qu'au bout d'un jour ou deux de voyage, les
réfractions éloignées du Soleil venant à confondre la
diversité des corps et des climats, il ne m'avait plus
paru que comme une grande plaque d'or ainsi que
l'autre; cela me fit imaginer que j'abaissais vers la
Lune, et je me confirmai dans cette opinion, quand je
vins à me souvenir que je n'avais commencé de choir
qu'après les trois quarts du chemin. «Car, disais-je en
moi-même, cette masse étant moindre que la nôtre, il
faut que la sphère de son activité soit aussi moins étendue et que, par conséquent, j'aie senti plus tard la
force de son centre[3]. »

Après avoir été fort longtemps à tomber, à ce que
je préjuge (car la violence du précipice[4] doit m'avoir
empêché de le remarquer), le plus loin dont je me
souviens est que je me trouvai sous un arbre, embarrassé avec trois ou quatre branches assez grosses que

j'avais éclatées[1] par ma chute, et le visage mouillé d'une pomme qui s'était écachée[2] contre.

Par bonheur, ce lieu-là était, comme vous le saurez bientôt, le Paradis Terrestre, et l'arbre sur lequel je tombai se trouva justement l'Arbre de Vie. Ainsi vous pouvez bien juger que sans ce miraculeux hasard, j'étais mille fois mort. J'ai souvent depuis fait réflexion sur ce que le vulgaire assure qu'en se précipitant d'un lieu fort haut, on est étouffé auparavant de toucher la terre ; et j'ai conclu de mon aventure qu'il en avait menti, ou bien qu'il fallait que le jus énergique[3] de ce fruit qui m'avait coulé dans la bouche eût rappelé mon âme, qui n'était pas loin, dans mon cadavre encore tout tiède et encore disposé aux fonctions de la vie. En effet, sitôt que je fus à terre ma douleur s'en alla auparavant même de se peindre en ma mémoire ; et la faim, dont pendant mon voyage j'avais été beaucoup travaillé, ne me fit trouver en sa place qu'un léger souvenir de l'avoir perdue[4].

À peine, quand je fus relevé, eus-je remarqué les bords de la plus large des quatre grandes rivières qui forment un lac en la bouchant, que l'esprit ou l'âme invisible des simples qui s'exhalent sur cette contrée me vint réjouir l'odorat ; les petits cailloux n'étaient raboteux ni durs qu'à la vue ; ils avaient soin de s'amollir quand on marchait dessus[5].

Je rencontrai d'abord une étoile de cinq avenues, dont les chênes qui la composent semblaient par leur excessive hauteur porter au ciel un parterre de haute futaie. En promenant mes yeux de la racine jusques au sommet, puis les précipitant du faîte jusques aux pieds, je doutais si la terre les portait, ou si eux-mêmes ne portaient point la terre pendue à leur[6] racine ; on dirait que leur front superbement élevé plie comme par force sous la pesanteur des globes célestes dont ils

ne soutiennent la charge qu'en gémissant; leurs bras
étendus vers le ciel semblent en l'embrassant demander
aux astres la bénignité toute pure de leurs influences[1],
et la recevoir auparavant qu'elles aient rien perdu de
leur innocence au lit des éléments. Là, de tous côtés,
les fleurs, sans avoir eu d'autres jardiniers que la
Nature, respirent[2] une haleine sauvage qui réveille et
satisfait l'odorat; là l'incarnat d'une rose sur l'églan-
tier, et l'azur éclatant d'une violette sous des ronces,
ne laissants point de liberté pour le choix, vous font
juger qu'elles sont toutes deux plus belles l'une que
l'autre; là le printemps compose toutes les saisons; là
ne germe point de plante vénéneuse que sa naissance
ne trahisse sa conservation; là les ruisseaux racontent
leurs voyages aux cailloux; là mille petites voix emplu-
mées font retentir la forêt au bruit de leurs chansons,
et la trémoussante assemblée de ces gosiers mélodieux
est si générale qu'il semble que chaque feuille dans le
bois ait pris la langue et la figure d'un rossignol[3]; Écho
prend tant de plaisirs à leurs airs qu'on dirait à les lui
entendre répéter qu'elle ait envie de les apprendre. À
côté de ce bois se voient deux prairies dont le vert gai
continu fait une émeraude à perte de vue. Le mélange
confus des peintures que le printemps attache à cent
petites fleurs égare les nuances l'une dans l'autre et
ces fleurs agitées semblent courir après elles-mêmes
pour échapper aux caresses du vent. On prendrait
cette prairie pour un océan, mais parce que c'est une
mer qui n'offre point de rivage, mon œil, épouvanté
d'avoir couru si loin sans découvrir le bord, y envoyait
vitement ma pensée; et ma pensée, doutant que ce fût
là la fin du monde, se voulait persuader que des lieux
si charmants avaient peut-être forcé le ciel de se joindre
à la terre. Au milieu d'un tapis si vaste et si parfait,
court à bouillons d'argent une fontaine rustique qui

couronne ses bords d'un gazon émaillé de pâquerettes, de bassinets, de violettes, et ces fleurs qui se pressent tout à l'entour font croire qu'elles se pressent à qui se mirera la première ; elle est encore au berceau, car elle ne fait que de naître, et sa face jeune et polie ne montre pas seulement une ride. Les grands cercles qu'elle promène, en revenant mille fois sur soi-même, montrent que c'est bien à regret qu'elle sort de son pays natal ; et comme si elle eût été honteuse de se voir caresser auprès de sa mère, elle repoussa toujours en murmurant ma main folâtre qui la voulait toucher. Les animaux qui s'y venaient désaltérer, plus raisonnables que ceux de notre monde, témoignaient être surpris de voir qu'il faisait grand jour sur l'horizon, pendant qu'ils regardaient le Soleil aux antipodes, et n'osaient quasi se pencher sur le bord, de crainte qu'ils avaient de tomber au firmament[1].

Il faut que je vous avoue qu'à la vue de tant de belles choses je me sentis chatouillé de ces agréables douleurs, où on dit que l'embryon se trouve à l'infusion de son âme. Le vieux poil me tomba pour faire place à d'autres cheveux plus épais et plus déliés. Je sentis ma jeunesse se rallumer, mon visage devenir vermeil, ma chaleur naturelle se remêler doucement à mon humide[2] radical ; enfin je reculai sur mon âge environ quatorze ans.

J'avais cheminé demi-lieue à travers une forêt de jasmins et de myrtes, quand j'aperçus couché à l'ombre je ne sais quoi qui remuait : c'était un jeune adolescent, dont la majestueuse beauté me força presque à l'adoration. Il se leva pour m'en empêcher :

« Et ce n'est pas à moi, s'écria-t-il fortement, c'est à Dieu que tu dois ces humilités !

— Vous voyez une personne, lui répondis-je, consternée de tant de miracles, que je ne sais par lequel débu-

ter[1] mes admirations ; car, en premier lieu, venant d'un
monde que vous prenez sans doute ici pour une lune,
je pensais être abordé dans un autre que ceux de mon
pays appellent la Lune aussi ; et voilà que je me trouve
en paradis, aux pieds d'un dieu qui ne veut pas être
adoré, et d'un étranger qui parle ma langue[2].

— Hormis la qualité de dieu, me répliqua-t-il, ce
que vous dites est véritable ; cette terre-ci est la Lune
que vous voyez de votre globe ; et ce lieu-ci où vous
marchez est le paradis, mais c'est le Paradis Terrestre
où n'ont jamais entré que six personnes : Adam, Ève,
Énoch, moi qui suis le vieil Hélie, saint Jean l'Évangéliste, et vous. Vous savez bien comme les deux premiers en furent bannis, mais vous ne savez pas comme
ils arrivèrent en votre monde. Sachez donc qu'après
avoir tâté tous deux de la pomme défendue, Adam,
qui craignait que Dieu, irrité par sa présence, ne rengrégeât[3] sa punition, considéra la Lune, votre Terre,
comme le seul refuge où il se pouvait mettre à l'abri
des poursuites de son Créateur[4]. Or, en ce temps-là,
l'imagination chez l'homme était si forte, pour n'avoir
point encore été corrompue ni par les débauches ni
par la crudité des aliments ni par l'altération des maladies[5], qu'étant alors excité du violent désir d'aborder
cet asile, et que toute sa masse étant devenue légère
par le feu de cet enthousiasme, il y fut enlevé de la
même sorte qu'il s'est vu des philosophes[6], leur imagination fortement tendue à quelque chose, être empor-
tés en l'air par des ravissements que vous appelez
extatiques. Ève, que l'infirmité de son sexe rendait
plus faible et moins chaude, n'aurait pas eu sans doute
l'imaginative assez vigoureuse pour vaincre par la
contention de sa volonté le poids de la matière ; mais
parce qu'il y avait très peu qu'elle avait été tirée du
corps de son mari, la sympathie[7] dont cette moitié

était encore liée à son tout, la porta vers lui à mesure qu'il montait, comme l'ambre se fait suivre de la paille, comme l'aimant se tourne au septentrion d'où il a été arraché ; et Adam attira l'ouvrage de sa côte comme la mer attire les fleuves qui sont sortis d'elle. Arrivés qu'ils furent en votre Terre, ils s'habituèrent[1] entre la Mésopotamie et l'Arabie[2] ; les Hébreux l'ont connu sous le nom d'Adam, et les idolâtres sous le nom de Prométhée[3], que leurs poètes feignirent avoir dérobé le feu du ciel, à cause de ses descendants qu'il engendra pourvus d'une âme aussi parfaite que celle dont Dieu l'avait rempli.

Ainsi pour habiter votre monde, le premier homme laissa celui-ci désert ; mais le Tout-Sage ne voulut pas qu'une demeure si heureuse restât sans habitants ; il permit peu de siècles après qu'Énoch[4], ennuyé de la compagnie des hommes, dont l'innocence se corrompait, eût envie de les abandonner. Mais ce saint personnage ne jugea point de retraite assurée contre l'ambition de ses parents qui s'égorgeaient déjà pour le partage de votre monde[5], sinon la terre bienheureuse, dont jadis, Adam, son aïeul, lui avait tant parlé. Toutefois, comment y aller ? L'échelle de Jacob[6] n'était pas encore inventée. La grâce du Très-Haut y suppléa, car elle fit qu'Énoch s'avisa que le feu du ciel descendait sur les holocaustes des justes et de ceux qui étaient agréables devant la face du Seigneur, selon la parole de sa bouche : "L'odeur des sacrifices du juste est monté[7] jusques à moi." Un jour que cette flamme divine était acharnée à consommer une victime qu'il offrait à l'Éternel, de la vapeur qui s'exhalait il remplit deux grands vases qu'il luta[8] hermétiquement, et se les attacha sous les aisselles. La fumée aussitôt qui tendait à s'élever droit à Dieu, et qui ne pouvait que par miracle pénétrer du métal, poussa les vases en haut, et de la sorte enlevèrent avec eux ce saint homme. Quand il fut monté jusques à la Lune, et qu'il eut jeté les yeux sur ce beau jardin, un épanouissement de joie quasi surnaturel lui fit connaître que c'était le paradis terrestre où son grand-père[1] avait autrefois demeuré. Il délia promptement les vaisseaux qu'il avait ceint[2] comme des ailes autour de ses épaules, et le fit avec tant de bonheur qu'à peine était-il en l'air quatre toises[3] au-dessus de la Lune, lorsqu'il prit congé de ses nageoires. L'élévation cependant était assez grande pour le beaucoup blesser, sans le grand tour de sa robe, où le vent s'engouffra[4], et l'ardeur du feu de la charité qui le soutint aussi. Pour les vases, ils montèrent toujours jusques à ce que Dieu les enchâssa dans le ciel, et c'est ce qu'aujourd'hui vous appelez les Balances[5], qui nous montrent bien tous les jours qu'elles sont encore pleines des odeurs du sacrifice d'un juste par les influences favorables qu'elles inspirent sur l'horoscope de Louis le Juste[6], qui eut les Balances pour ascendant.

Il n'était pas encore toutefois en ce jardin ; il n'y arriva que quelque temps après. Ce fut lorsque déborda le déluge, car les eaux où votre monde s'engloutit montèrent à une hauteur si prodigieuse que l'arche voguait dans les cieux à côté de la Lune. Les humains aperçurent ce globe par la fenêtre[7], mais la réflexion de ce grand corps opaque s'affaiblissant à cause de leur proximité qui partageait sa lumière, chacun d'eux crut que c'était un canton de la terre qui n'avait pas été noyé. Il n'y eut qu'une fille de Noé, nommée Achab[8], qui, à cause peut-être qu'elle avait pris garde qu'à mesure que le navire haussait, ils approchaient de cet astre, soutint à cors[9] et à cri qu'assurément c'était la Lune. On eut beau lui représenter que, la sonde jetée, on n'avait trouvé que quinze coudées[10]

d'eau, elle répondait que le fer avait donc rencontré
le dos d'une baleine qu'ils avaient pris pour la Terre ;
que, quant à elle, elle était bien assurée que c'était
la Lune en propre personne qu'ils allaient aborder.
Enfin, comme chacun opine pour son semblable, toutes
les autres femmes se le persuadèrent ensuite. Les voilà
donc, malgré la défense des hommes, qui jettent l'esquif en mer. Achab était la plus hasardeuse ; aussi
voulut-elle la première essayer le péril. Elle se lance
allégrement dedans, et tout son[1] sexe l'allait joindre,
sans une vague qui sépara le bateau du navire. On eut
beau crier après elle, l'appeler cent fois lunatique,
protester qu'elle serait cause qu'un jour on reproche-
rait à toutes les femmes d'avoir dans la tête un quartier
de la lune[2], elle se moqua d'eux.

La voilà qui vogue hors du monde. Les animaux sui-
virent son exemple, car la plupart des oiseaux qui se
sentirent l'aile assez forte pour risquer le voyage, impa-
tients de la première prison dont on eût encore arrêté
leur liberté, donnèrent jusque-là. Des quadrupèdes
mêmes les plus courageux se mirent à la nage. Il en
était sorti près de mille, avant que les fils de Noé pussent fermer les étables que la foule des animaux qui
s'échappaient tenait ouvertes. La plupart abordèrent
ce nouveau monde. Pour l'esquif, il alla donner contre
un coteau fort agréable où la généreuse Achab descendit, et, joyeuse d'avoir connu qu'en effet cette terre-
là était la Lune, ne voulut point se rembarquer pour
rejoindre ses frères. Elle s'habitua quelque temps dans
une grotte et comme un jour elle se promenait, balançant[3] si elle serait fâchée d'avoir perdu la compagnie
des siens ou si elle en serait bien aise, elle aperçut un
homme qui abattait du gland[4]. La joie d'une telle rencontre la fit voler aux embrassements ; elle en reçut de
réciproques, car il y avait encore plus longtemps que le

vieillard n'avait vu de visage humain. C'était Énoch le
Juste. Ils véquirent[1] ensemble et sans que le naturel
impie de ses enfants, et l'orgueil de sa femme, l'obligea de se retirer dans les bois, ils auraient achevé
ensemble de filer leurs jours avec toute la douceur
dont Dieu bénit le mariage des justes.

Là, tous les jours, dans les retraites les plus sauvages
de ces affreuses solitudes, ce bon vieillard offrait à
Dieu, d'un esprit épuré, son cœur en holocauste, quand
de l'Arbre de Science que vous savez qui est en ce jardin, un jour étant tombé une pomme dans la rivière au
bord de laquelle il est planté, elle fut portée à la merci
des vagues hors le Paradis, en un lieu où le pauvre
Énoch, pour sustenter sa vie, prenait du poisson à la
pêche. Ce beau fruit fut arrêté dans le filet, il le mangea. Aussitôt il connut où était le Paradis terrestre et,
par des secrets que vous ne sauriez concevoir si vous
n'avez mangé comme lui de la pomme de science, il y
vint demeurer.

Il faut maintenant que je vous raconte[2] la façon dont
j'y suis venu. Vous n'avez pas oublié, je pense, que je
me nomme Hélie, car je vous l'ai dit naguère. Vous
saurez donc que j'étais en votre monde et que j'habi-
tais avec Élisée, un Hébreu comme moi, sur les bords
du Jourdain, où je vivais, parmi les livres, d'une vie
assez douce pour ne la pas regretter, encore qu'elle
s'écoulât[3]. Cependant, plus les lumières de mon esprit
croissaient, plus croissait aussi la connaissance de
celles que je n'avais point. Jamais nos prêtres ne me
ramentevaient[4] Adam que le souvenir de cette philosophie[5] parfaite qu'il avait possédée ne me fît soupi-
rer. Je désespérais de la pouvoir acquérir, quand un
jour, après avoir sacrifié pour l'expiation des faiblesses
de mon être mortel, je m'endormis et l'ange du Seigneur[6] m'apparut en songe. Aussitôt que je fus éveillé,

je ne manquai pas de travailler aux choses qu'il m'avait prescrites ; je pris de l'aimant environ deux pieds en carré, je les mis au fourneau, puis lorsqu'il fut bien purgé, précipité et dissous, j'en tirai l'attractif, calcinai tout cet élixir[1] et le réduisis en un morceau de la grosseur environ d'une balle médiocre.

En suite de ces préparations, je fis construire un chariot de fer fort léger et, de là à quelques mois, tous mes engins étant achevés, j'entrai dans mon industrieuse[2] charrette. Vous me demanderez possible à quoi bon tout cet attirail ? Sachez que l'ange m'avait dit en songe que si je voulais acquérir une science parfaite comme je la désirais, je montasse au monde de la Lune, où je trouverais dedans le Paradis d'Adam l'Arbre de Science, parce qu'aussitôt que j'aurais tâté de son fruit mon âme serait éclairée de toutes les vérités dont une créature est capable. Voilà donc le voyage pour lequel j'avais bâti mon chariot. Enfin je montai dedans et lorsque je fus bien ferme et bien appuyé sur le siège, je ruai[3] fort haut en l'air cette boule d'aimant. Or la machine de fer que j'avais forgée tout exprès plus massive au milieu qu'aux extrémités fut enlevée aussitôt et dans un parfait équilibre, à cause qu'elle se poussait toujours plus vite par cet endroit-là. Ainsi donc à mesure que j'arrivais où l'aimant m'avait attiré, et dès que j'étais sauté jusque-là, ma main le faisait repartir.

— Mais, l'interrompis-je, comment lanciez-vous votre balle si droit au-dessus de votre chariot, qu'il ne se trouvât jamais à côté ?

— Je ne vois point de merveille en cette aventure, me dit-il, car l'aimant, poussé qu'il était en l'air, attirait le fer droit à soi ; et par conséquent il était impossible que je montasse jamais à côté. Je vous confesserai bien que, tenant ma boule à ma main, je ne laissais pas de monter, parce que le chariot courait toujours à l'ai-

mant que je tenais au-dessus de lui; mais la saillie[1] de
ce fer pour embrasser ma boule était si vigoureuse
qu'elle me faisait plier le corps en quatre doubles, de
sorte que je n'osai tenter qu'une fois cette nouvelle
expérience. À la vérité, c'était un spectacle à voir bien
étonnant, car le soin avec lequel j'avais poli l'acier
de cette maison volante réfléchissait de tous côtés la
lumière du soleil si vive et si aiguë que je croyais moi-
même[2] être emporté dans un chariot de feu. Enfin,
après avoir beaucoup rué et volé après mon coup, j'arrivai comme vous avez fait en un terme où je tombais
vers ce monde-ci; et par ce qu'en cet instant je tenais
ma boule bien serrée entre mes mains, mon chariot
dont le siège me pressait pour approcher de son attractif ne me quitta point; tout ce qui me restait à craindre
était de me rompre le col; mais pour m'en garantir, je
rejetais ma boule de temps en temps, afin que ma
machine se sentant naturellement rattirée prît du repos
et rompît ainsi la force de ma chute. Puis, enfin,
quand je me vis à deux ou trois cents toises près de
terre, je lançai ma balle de tous côtés à fleur du chariot, tantôt deçà, tantôt delà, jusqu'à ce que mes yeux
le découvrirent. Aussi tôt je ne manquai pas de la ruer
dessus, et ma machine l'ayant suivie, je me laissai tomber tant que[3] je me discernai près de briser contre le
sable, car alors je la jetai seulement un pied par-dessus
ma tête, et ce petit coup-là éteignit tout à fait la roi-
deur que lui avait imprimée le précipice, de sorte que
ma chute ne fut pas plus violente que si je fusse tombé
de ma hauteur. Je ne vous représenterai point l'étonnement dont me saisit la rencontre des merveilles qui
sont céans, parce qu'il fut à peu près semblable à celui
dont je vous viens de voir consterné[4]... Vous saurez seulement que je rencontrai, dès le lendemain, l'Arbre de

Vie par le moyen duquel je m'empêchai de vieillir. Il consomma bientôt et fit exhaler le serpent en fumée. »

À ces mots :

« Vénérable et sacré patriarche, lui dis-je, je serais bien aise de savoir ce que vous entendez par ce serpent qui fut consommé. »

Lui, d'un visage riant, me répondit ainsi :

« J'oubliais, ô mon fils, à vous découvrir un secret dont on ne peut pas vous voir instruit. Vous saurez donc qu'après qu'Ève et son mari eurent mangé de la pomme défendue, Dieu, pour punir le serpent qui les en avait tentés, le relégua dans le corps de l'homme. Il n'est point né depuis de créature humaine qui, en punition du crime de son premier père, ne nourrisse un serpent dans son ventre, issu de ce premier. Vous le nommez les boyaux, et vous les croyez nécessaires aux fonctions de la vie ; mais apprenez que ce ne sont autre chose que des serpents pliés sur eux-mêmes en plusieurs doubles. Quand vous entendez vos entrailles crier, c'est le serpent qui siffle et qui, suivant ce naturel glouton dont jadis il incita le premier homme à trop manger, demande à manger aussi ; car Dieu qui, pour vous châtier, voulait vous rendre mortel comme les autres animaux, vous fit obséder par cet insatiable, afin que si vous lui donniez trop à manger, vous vous étouffassiez ; ou si, lorsque avec les dents invisibles dont cet affamé mord votre estomac, vous lui refusiez sa pitance, il criât, il tempêtât, il dégorgeât ce venin que vos docteurs appellent la bile, et vous échauffât tellement, par le poison qu'il inspire à vos artères, que vous en fussiez bientôt consumé. Enfin pour vous montrer que vos boyaux sont un serpent que vous avez dans le corps, souvenez-vous qu'on en trouva dans les tombeaux d'Esculape, de Scipion, d'Alexandre, de

Charles Martel et d'Édouard d'Angleterre qui se nourrissaient encore des cadavres de leurs hôtes.

— En effet, lui dis-je en l'interrompant, j'ai remarqué que comme ce serpent essaie toujours à s'échapper du corps de l'homme, on lui voit la tête et le col
sortir au bas de nos ventres. Mais aussi Dieu n'a pas
permis que l'homme seul en fût tourmenté, il a voulu
qu'il se bandât contre la femme pour lui jeter son
venin, et que l'enflure durât neuf mois après l'avoir
piquée. Et pour vous montrer que je parle suivant la
parole du Seigneur, c'est qu'il dit au serpent pour le
maudire qu'il aurait beau faire trébucher la femme en
se raidissant contre elle, qu'elle lui ferait enfin baisser
la tête. » Je voulais continuer ces fariboles[1], mais Hélie
m'en empêcha :

« Songez, dit-il, que ce lieu-ci est saint. »

Il se tut ensuite quelque temps, comme pour se
ramentevoir de l'endroit où il était demeuré, puis il
prit ainsi la parole :

« Je ne tâte du fruit de vie que de cent ans en cent
ans, son jus a pour le goût quelque rapport avec l'esprit de vin ; ce fut, je crois, cette pomme[2] qu'Adam
avait mangée qui fut cause que nos premiers pères
véquirent si longtemps, pour ce qu'il était coulé dans
leur semence quelque chose de son énergie jusques à
ce qu'elle s'éteignit dans les eaux du déluge. L'Arbre
de Science est planté vis-à-vis. Son fruit est couvert
d'une écorce qui produit l'ignorance dans quiconque
en a goûté, et qui sous l'épaisseur de cette pelure
conserve les spirituelles vertus de ce docte manger.
Dieu autrefois, après avoir chassé Adam de cette terre
bienheureuse, de peur qu'il n'en retrouvât le chemin,
lui frotta les gencives de cette écorce. Il fut, depuis ce
temps-là, plus de quinze ans à radoter et oublia tellement toutes choses que lui ni ses descendants jusques

à Moïse ne se souvinrent seulement pas de la Création[1]. Mais les restes de la vertu de cette pesante écorce achevèrent de se dissiper par la chaleur et la clarté du génie de ce grand prophète. Je m'adressai par bonheur à l'une de ces pommes que la maturité avait dépouillée de sa peau, et ma salive à peine l'avait mouillée que la philosophie universelle m'absorba. Il me sembla qu'un nombre infini de petits yeux se plongèrent dans ma tête, et je sus le moyen de parler au Seigneur. Quand depuis j'ai fait réflexion sur cet enlèvement miraculeux, je me suis bien imaginé que je n'aurais pas pu vaincre par les vertus occultes d'un simple corps naturel la vigilance du séraphin que Dieu a ordonné pour la garde de ce Paradis. Mais parce qu'il se plaît à se servir de causes secondes, je crus qu'il m'avait inspiré ce moyen pour y entrer, comme il voulut se servir des côtes d'Adam pour lui faire une femme, quoiqu'il pût la former de terre aussi bien que lui[2].

« Je demeurai longtemps dans ce jardin à me promener sans compagnie ; mais enfin, comme l'ange portier[3] du lieu était mon principal hôte, il me prit envie de le saluer. Une heure de chemin termina mon voyage, car, au bout de ce temps, j'arrivai en une contrée où mille éclairs se confondants en un formaient un jour aveugle qui ne servait qu'à rendre l'obscurité visible. Je n'étais pas encore bien remis de cette aventure, que j'aperçus devant moi un bel adolescent :

« "Je suis, me dit-il, l'archange que tu cherches, je viens de lire dans Dieu qu'il t'avait suggéré les moyens de venir ici, et qu'il voulait que tu y attendisses sa volonté."

« Il m'entretint de plusieurs choses et me dit entre autres : que cette lumière dont j'avais paru effrayé n'était rien de formidable[4] ; qu'elle s'allumait presque

tous les soirs, quand il faisait la ronde, parce que, pour
éviter les surprises des sorciers qui entrent partout
sans être vus, il était contraint de jouer de l'espadon
avec son épée flamboyante autour du Paradis terrestre, et que cette lueur était les éclairs qu'engendrait
son acier.

« "Ceux que vous apercevez de votre monde, ajouta-
t-il, sont produits par moi. Si quelquefois vous les
remarquez bien loin, c'est à cause que les nuages d'un
climat éloigné, se trouvant disposés à recevoir cette
impression, font rejaillir jusques à vous ces légères
images de feu, ainsi qu'une vapeur autrement située se
trouve propre à former l'arc-en-ciel[1]. Je ne vous ins-
truirai pas davantage, aussi bien la pomme de science
n'est pas loin d'ici ; aussitôt que vous en aurez mangé,
vous serez docte comme moi. Mais, surtout, gardez-
vous d'une méprise ; la plupart des fruits qui pendent
à ce végétant sont environnés d'une écorce de laquelle
si vous tâtez, vous descendrez au-dessous de l'homme,
au lieu que le dedans vous fera monter aussi haut que
l'ange." »

Hélie en était là des instructions que lui avait données le séraphin quand un petit homme nous vint
joindre.

« C'est ici cet Énoch dont je vous ai parlé », me dit
tout bas mon conducteur.

Comme il achevait ces mots, Énoch nous présenta
un panier plein de je ne sais quels fruits semblables
aux pommes de grenades qu'il venait de découvrir,
ce jour-là même, en un bocage reculé. J'en serrais
quelques-unes dans mes poches par le commandement d'Hélie, lorsqu'il lui demanda qui j'étais.

« C'est une aventure qui mérite un plus long entretien, repartit mon guide ; ce soir, quand nous serons

retirés, il nous contera lui-même les miraculeuses[1] particularités de son voyage. »

Nous arrivâmes, en finissant ceci, sous une espèce
d'ermitage fait de branches de palmier ingénieusement
entrelacées avec des myrtes et des orangers. Là j'aperçus dans un petit réduit des monceaux d'une certaine
filoselle si blanche et si déliée qu'elle pouvait passer
pour l'âme de la neige[2]; je vis aussi des quenouilles
répandues çà et là. Je demandai à mon conducteur à
quoi elles servaient :

« À filer, me répondit-il. Quand le bon Énoch veut
se débander[3] de la méditation, tantôt il habille cette
filasse, tantôt il en tourne du fil, tantôt il tisse de la
toile qui sert à tailler des chemises aux onze mille
vierges[4]. Il n'est pas que vous n'ayez quelquefois rencontré en votre monde je ne sais quoi de blanc qui vol-
tige en automne, environ la saison des semailles ; les
paysans appellent cela "coton de Notre-Dame" ; c'est
la bourre dont Énoch purge son lin quand il le carde. »

Nous n'arrêtâmes guère, sans prendre congé d'Énoch,
dont cette cabane était la cellule, et ce qui nous obligea
de le quitter si tôt fut que, de six en six heures, il fait
oraison et qu'il y avait bien cela qu'il avait achevé la
dernière[5].

Je suppliai en chemin Hélie de nous achever l'histoire des assomptions qu'il m'avait entamée, et lui dis
qu'il en était demeuré, ce me semblait, à celle de saint
Jean l'Évangéliste.

« Alors puisque vous n'avez pas, me dit-il, la patience
d'attendre que la pomme de savoir vous enseigne
mieux que moi toutes ces choses, je veux bien vous
les apprendre : Sachez donc que Dieu… »

À ce mot, je ne sais pas comme le diable s'en mêla,
tant y a que je ne pus pas m'empêcher de l'interrompre pour railler :

«Je m'en souviens, lui dis-je, Dieu fut un jour averti que l'âme de cet évangéliste était si détachée qu'il ne la retenait plus qu'à force de serrer les dents, et cependant l'heure, où il avait prévu qu'il serait enlevé céans, était presque expirée de façon que, n'ayant pas le temps de lui préparer une machine, il fut contraint de l'y faire être vitement sans avoir le loisir de l'y faire aller… »

Hélie, pendant tout ce discours, me regardait avec des yeux capables de me tuer, si j'eusse été en état de mourir d'autre chose que de faim :

«Abominable », dit-il, en se reculant, « tu as l'impudence de railler sur les choses saintes ; au moins ne serait-ce pas impunément si le Tout-Sage ne voulait te laisser aux nations en exemple fameux de sa miséricorde. Va, impie, hors d'ici, va publier dans ce petit monde et dans l'autre[1], car tu es prédestiné à y retourner, la haine irréconciliable que Dieu porte aux athées[2]. »

À peine eut-il achevé cette imprécation qu'il m'empoigna et me conduisit rudement vers la porte. Quand nous fûmes arrivés proche un grand arbre dont les branches chargées de fruits se courbaient presque à terre :

«Voici l'Arbre de Savoir, me dit-il, où tu aurais puisé des lumières inconcevables sans ton irréligion. »

Il n'eut pas achevé ce mot que, feignant de languir de faiblesse, je me laissai tomber contre une branche où je dérobai adroitement une pomme. Il s'en fallait encore plusieurs ajambées que je n'eusse le pied hors de ce parc délicieux ; cependant la faim me pressait avec tant de violence qu'elle me fit oublier que j'étais entre les mains d'un prophète courroucé. Cela fit que je tirai une de ces pommes dont j'avais grossi ma poche, où je cachai mes dents ; mais, au lieu de prendre une de celles dont Énoch m'avait fait présent, ma main tomba sur la pomme que j'avais cueillie à l'Arbre de Science et dont par malheur je n'avais pas dépouillé l'écorce[1].

J'en avais à peine goûté qu'une épaisse nuit tomba sur mon âme; je ne vis plus ma pomme, plus d'Hélie auprès de moi, et mes yeux ne reconnurent pas en tout l'hémisphère une seule trace du paradis terrestre; et avec tout cela je ne laissais pas de me souvenir de tout ce qui m'y était arrivé. Quand depuis j'ai fait réflexion sur ce miracle, je me suis figuré que cette écorce ne m'avait pas tout à fait abruti, à cause que mes dents la traversèrent et se sentirent un peu du jus de dedans, dont l'énergie avait dissipé les malignités de la pelure[2].

Je restai bien surpris de me voir tout seul au milieu d'un pays que je ne connaissais point. J'avais beau promener mes yeux, et les jeter par la campagne, aucune créature ne s'offrait pour les consoler. Enfin je résolus de marcher, jusques à ce que la Fortune me fît[3] rencontrer la compagnie de quelque bête ou de la mort.

Elle m'exauça car au bout d'un demi-quart de lieue je rencontrai deux fort grands animaux, dont l'un s'arrêta devant moi, l'autre s'enfuit légèrement au gîte (au moins, je le pensai ainsi à cause qu'à quelque temps de là je le vis revenir accompagné de plus de sept ou huit cents de même espèce qui m'environnèrent). Quand je les pus discerner de près, je connus qu'ils avaient la taille, la figure et le visage comme nous. Cette aventure me fit souvenir de ce que jadis j'avais ouï conter[4] à ma nourrice, des sirènes, des faunes et des satyres. De temps en temps ils élevaient des huées si furieuses, causées sans doute par l'admiration de me voir, que je croyais quasi être devenu monstre[5].

Une de ces bêtes-hommes m'ayant saisi par le col, de

même que font les loups quand ils enlèvent une brebis, me jeta sur son dos et me mena dans leur ville. Je
fus bien étonné, lorsque je reconnus en effet que
c'étaient des hommes, de n'en rencontrer pas un qui
ne marchât à quatre pattes.

Quand ce peuple me vit passer, me voyant si petit
(car la plupart d'entre eux ont douze coudées de longueur), et mon corps soutenu sur deux pieds seulement, ils ne purent croire que je fusse un homme, car
ils tenaient, eux autres, que, la Nature ayant donné
aux hommes comme aux bêtes deux jambes et deux
bras, ils s'en devaient servir comme eux. Et, en effet,
rêvant depuis sur ce sujet, j'ai songé que cette situation de corps n'était point trop extravagante, quand je
me suis souvenu que nos enfants, lorsqu'ils ne sont
encore instruits que de Nature, marchent à quatre
pieds, et ne s'élèvent sur deux que par le soin de leurs
nourrices qui les dressent dans de petits chariots, et
leur attachent des lanières pour les empêcher de tomber sur les quatre, comme la seule assiette où la figure
de notre masse incline de se reposer.

Ils disaient donc — à ce que je me suis fait depuis
interpréter — qu'infailliblement j'étais la femelle[1] du
petit animal de la reine. Ainsi je fus en qualité de telle
ou d'autre chose mené droit à l'hôtel de ville où je
remarquai, selon le bourdonnement et les postures
que faisaient et le peuple et les magistrats, qu'ils consultaient ensemble ce que je pouvais être[2]. Quand ils
eurent longtemps conféré, un certain bourgeois qui
gardait les bêtes rares supplia les échevins de me prêter à lui, en attendant que la reine m'envoyât quérir
pour vivre avec mon mâle. On n'en fit aucune difficulté. Ce bateleur me porta en son logis, il m'instrui-
sit à faire le godenot[3], à passer des culbutes, à figurer

des grimaces; et les après-dîner faisait prendre à la
porte de l'argent pour me montrer.

Enfin le ciel, fléchi de mes douleurs et fâché de voir
profaner le temple[1] de son maître, voulut qu'un jour,
comme j'étais attaché au bout d'une corde, avec
laquelle le charlatan me faisait sauter pour divertir le
badaud, un de ceux qui me regardaient, après m'avoir
considéré fort attentivement, me demanda en grec[2]
qui j'étais. Je fus bien étonné d'entendre là parler comme en notre monde. Il m'interrogea quelque
temps; je lui répondis, et lui contai ensuite généralement toute l'entreprise et le succès[3] de mon voyage. Il
me consola, et je me souviens qu'il me dit:

«Hé bien! mon fils, vous portez enfin la peine des
faiblesses de votre monde; il y a du vulgaire[4] ici
comme là qui ne peut souffrir la pensée des choses où
il n'est point accoutumé. Mais sachez qu'on ne vous
traite qu'à la pareille, et que si quelqu'un de cette
terre avait monté dans la vôtre avec la hardiesse de se
dire homme, vos docteurs le feraient étouffer comme[5]
un monstre ou comme un singe possédé du diable.»

Il me promit ensuite qu'il avertirait la Cour de mon
désastre; il ajouta qu'aussitôt qu'il m'avait envisagé, le
cœur lui avait dit que j'étais un homme parce qu'il
avait autrefois voyagé au monde d'où je venais, que
mon pays était la Lune, que j'étais gaulois et qu'il avait
jadis demeuré en Grèce, qu'on l'appelait le démon[6]
de Socrate, qu'il avait depuis la mort de ce philosophe
gouverné et instruit à Thèbes Épaminondas; qu'ensuite, étant passé chez les Romains, la justice l'avait
attaché au parti du jeune Caton; puis, après son trépas, qu'il s'était donné à Brutus. Que tous ces grands
personnages n'ayants rien laissé au monde à leur
place que l'image de leurs vertus, il s'était retiré avec

ses compagnons tantôt dans les temples tantôt dans les solitudes.

« Enfin, ajouta-t-il, le peuple de votre Terre devint si stupide et si grossier[1] que mes compagnons et moi perdîmes tout le plaisir que nous avions pris autrefois à l'instruire. Il n'est pas que vous n'ayez entendu parler de nous : on nous appelait oracles, nymphes, génies, fées, dieux foyers, lémures, larves, lamies, farfadets, naïades, incubes, ombres, mânes, spectres, fantômes ; et nous abandonnâmes votre monde sous le règne d'Auguste, un peu après que je me fus apparu à Drusus, fils de Livia, qui portait la guerre en Allemagne, et que je lui défendis de passer outre[2]. Il n'y a pas long-temps que j'en suis arrivé pour la seconde fois ; depuis cent ans en çà, j'ai eu commission d'y faire un voyage ; je rôdai beaucoup en Europe, et conversai avec des personnes que possible vous aurez connues. Un jour, entre autres, j'apparus à Cardan comme il étudiait ; je l'instruisis de quantité de choses, et en récompense il me promit qu'il témoignerait à la postérité de qui il tenait les miracles qu'il s'attendait d'écrire. J'y vis Agrippa, l'abbé Tritème, le docteur Faust, La Brosse, César, et une certaine cabale de jeunes gens que le vulgaire a connus sous le nom de "chevaliers de la Rose-Croix", à qui j'enseignai quantité de souplesses et de secrets naturels, qui sans doute les auront fait passer chez le peuple pour de grands magiciens[3]. Je connus aussi Campanella ; ce fut moi qui l'avisai, pendant qu'il était à l'Inquisition à Rome, de styler[4] son visage et son corps aux grimaces et aux postures ordinaires de ceux dont il avait besoin de connaître l'intérieur afin d'exciter chez soi par une même assiette les pensées que cette même situation avait appelées dans ses adversaires, parce qu'ainsi il ménagerait[5] mieux leur âme quand il la connaîtrait ; il commença à ma prière un livre que nous intitulâmes *De sensu rerum*. J'ai fréquenté pareillement en France La Mothe Le Vayer et Gassendi[1]. Ce second est un homme qui écrit autant en philosophe que ce premier y vit. J'y ai connu aussi quantité d'autres gens, que votre siècle traite de divins, mais je n'ai rien trouvé en eux que beaucoup de babil et beaucoup d'orgueil[2].

« Enfin comme je traversais de votre pays en Angleterre pour étudier les mœurs de ses habitants, je rencontrai un homme, la honte de son pays ; car certes c'est une honte aux grands de votre État de reconnaître en lui, sans l'adorer, la vertu dont il est le trône. Pour abréger son panégyrique, il est tout esprit, il est tout cœur, et si donner à quelqu'un toutes ces deux qualités dont une jadis suffisait à marquer un héros n'était dire Tristan l'Hermite[3], je me serais bien gardé de le nommer, car je suis assuré qu'il ne me pardonnera point cette méprise ; mais comme je n'attends pas de retourner jamais en votre monde, je veux rendre à la vérité ce témoignage de ma conscience. Véritablement, il faut que je vous avoue que, quand je vis une vertu si haute, j'appréhendai qu'elle ne fût pas reconnue ; c'est pourquoi je tâchai de lui faire accepter trois fioles ; la première était pleine d'huile de talc, l'autre de poudre de projection, et la dernière d'or potable, c'est-à-dire de ce sel végétatif dont vos chimistes promettent l'éternité. Mais il les refusa[4] avec un dédain plus généreux que Diogène ne reçut les compliments d'Alexandre quand il le vint visiter à son tonneau. Enfin je ne puis rien ajouter à l'éloge de ce grand homme, si ce n'est que c'est le seul poète, le seul philosophe et le seul homme libre que vous ayez. Voilà les personnes considérables avec qui j'aie conversé ; tous les autres, au moins de ceux que j'ai connus, sont si fort au-dessous de l'homme, que j'ai vu des bêtes un peu plus haut[1].

« Au reste, je ne suis point originaire de votre Terre ni de celle-ci, je suis né dans le Soleil. Mais parce que quelquefois notre monde se trouve trop peuplé, à cause de la longue vie de ses habitants, et qu'il est presque exempt de guerres et de maladies, de temps en temps nos magistrats envoient des colonies dans les mondes d'autour. Quant à moi, je fus commandé pour aller en celui de la Terre et déclaré chef de la peuplade qu'on y envoyait avec moi. J'ai passé depuis en celui-ci, pour les raisons que je vous ai dites ; et ce qui fait que j'y demeure actuellement sans bouger, c'est que les hommes y sont amateurs de la vérité, qu'on n'y voit point de pédants, que les philosophes ne se laissent persuader qu'à la raison, et que l'autorité d'un savant, ni le plus grand nombre, ne l'emportent point sur l'opinion d'un batteur en grange[2], si le batteur en grange raisonne aussi fortement. Bref, en ce pays, on ne compte pour insensés que les sophistes et les orateurs[3]. »

Je lui demandai combien de temps ils vivaient, il me répondit : « Trois ou quatre mille ans. » Et continua de cette sorte :

« Pour me rendre visible comme je suis à présent, quand je sens le cadavre que j'informe presque usé ou que les organes n'exercent plus leurs fonctions assez parfaitement, je me souffle[4] dans un jeune corps nouvellement mort. Encore que les habitants du Soleil ne soient pas en aussi grand nombre que ceux de ce monde, le Soleil toutefois en regorge bien souvent, à cause que le peuple, pour être d'un tempérament[5] fort chaud, est remuant, ambitieux, et digère beaucoup. Ce que je vous dis ne vous doit pas sembler une chose étonnante, car, quoique notre globe soit très vaste et le vôtre petit, quoique nous ne mourions qu'après quatre mille ans et vous après un demi-siècle, apprenez[1] que, tout de même qu'il n'y a pas tant de cailloux que de terre, ni tant d'insectes que de plantes, ni tant d'animaux que d'insectes, ni tant d'hommes que d'animaux, qu'ainsi il n'y doit pas avoir tant de démons que d'hommes, à cause des difficultés qui se rencontrent à la génération d'un composé[2] si parfait. »

Je lui demandai s'ils étaient des corps comme nous ; il me répondit que oui, qu'ils étaient des corps, mais non pas comme nous ni comme aucune chose que nous estimions telle ; parce que nous n'appelons vulgairement « corps » que ce qui peut être touché ; qu'au reste il n'y avait rien en la Nature qui ne fût matériel[3], et que, quoiqu'ils le fussent eux-mêmes, ils étaient contraints, quand ils voulaient se faire voir à nous, de prendre des corps proportionnés à ce que nos sens sont capables de connaître.

Je l'assurai que ce qui avait fait penser à beaucoup de monde que les histoires qui se contaient d'eux n'étaient qu'un effet de la rêverie des faibles, procédait de ce qu'ils n'apparaissent que de nuit. Il me répliqua que, comme ils étaient contraints de bâtir eux-mêmes à la hâte les corps dont il fallait qu'ils se servissent, ils n'avaient bien souvent le temps de les rendre propres qu'à choir seulement dessous un sens, tantôt l'ouïe comme les voix des oracles, tantôt la vue comme les ardents et les spectres ; tantôt le toucher comme les incubes et les cauchemars[4], et que cette masse n'étant qu'air épaissi de telle ou telle façon, la lumière par sa chaleur les détruisait, ainsi qu'on voit qu'elle dissipe un brouillard en le dilatant.

Tant de belles choses qu'il m'expliquait me donnèrent la curiosité de l'interroger sur sa naissance et sur sa mort, si au pays du Soleil l'individu venait au jour par les voies de génération, et s'il mourrait par le désordre de son tempérament[1], ou la rupture de ses organes.

« Il y a trop peu de rapport, dit-il, entre vos sens et l'explication de ces mystères. Vous vous imaginez, vous autres, que ce que vous ne sauriez comprendre est spirituel, ou qu'il n'est point ; la conséquence est très fausse, mais c'est un témoignage qu'il y a dans l'Univers un million peut-être de choses qui, pour être connues, demanderaient en nous un million d'organes tous différents. Moi, par exemple, je conçois par mes sens la cause de la sympathie de l'aimant avec le pôle, celle du reflux de la mer, ce que l'animal devient après la mort ; vous autres ne sauriez donner jusques à ces hautes conceptions à cause que les proportions à ces miracles vous manquent, non plus qu'un aveugle-né ne saurait s'imaginer ce que c'est que la beauté d'un paysage, le coloris d'un tableau, les nuances de l'iris ; ou bien il se les figurera tantôt comme quelque chose de palpable, tantôt comme un manger, tantôt comme un son, tantôt comme une odeur. Tout de même, si je voulais vous expliquer ce que je perçois par les sens qui vous manquent, vous vous le représenteriez comme quelque chose qui peut être ouï, vu, touché, fleuré[2], ou savouré ; et ce n'est rien cependant de tout cela[3]. »

Il en était là de son discours quand mon bateleur s'aperçut que la chambrée commençait à s'ennuyer de notre jargon qu'ils n'entendaient point, et qu'ils prenaient pour un grognement non articulé. Il se remit de plus belle à tirer ma corde pour me faire sauter, jusques à ce que les spectateurs, étant soûls de rire et d'assurer que j'avais presque autant d'esprit que les bêtes de leur pays, ils se retirèrent à leur maison.

J'adoucissais ainsi la dureté des mauvais traitements

de mon maître[1] par les visites que me rendait cet officieux[2] démon ; car de m'entretenir avec d'autres,
outre qu'ils me prenaient pour un animal des mieux
enracinés dans la catégorie des brutes, ni je ne savais
leur langue, ni eux n'entendaient pas la mienne ; et
jugez ainsi quelle proportion. Vous saurez que deux
idiomes sont usités en ce pays, l'un[3] sert aux grands,
l'autre est particulier pour le peuple.

Celui des grands n'est autre chose qu'une différence de tons non articulés, à peu près semblable à
notre musique, quand on n'a pas ajouté les paroles. Et
certes c'est une invention tout ensemble bien utile et
bien agréable ; car quand ils sont las de parler, ou
quand ils dédaignent de prostituer leur gorge à cet
usage, ils prennent tantôt un luth, tantôt un autre instrument, dont ils se servent aussi bien que de la voix à
se communiquer leurs pensées ; de sorte que quelquefois ils se rencontreront jusques à quinze ou vingt de
compagnie, qui agiteront un point de théologie, ou les
difficultés d'un procès, par un concert le plus harmo-
nieux dont on puisse chatouiller l'oreille[4].

Le second, qui est en usage chez le peuple, s'exé-
cute par les trémoussements des membres, mais non
pas peut-être comme on se le figure, car certaines parties du corps signifient un discours tout entier. L'agitation par exemple d'un doigt, d'une main, d'une oreille,
d'une lèvre, d'un bras, d'une joue, feront chacun en
particulier une oraison ou une période avec tous ces
membres. D'autres ne servent qu'à désigner des mots,
comme un pli sur le front, les divers frissonnements
des muscles, les renversements des mains, les bat-
tements de pied, les contorsions de bras ; de façon
qu'alors qu'ils parlent, avec la coutume qu'ils ont prise
d'aller tout nus, leurs membres, accoutumés à gesticuler leurs conceptions[5], se remuent si dru, qu'il ne

semble pas d'un homme qui parle, mais d'un corps qui tremble.

Presque tous les jours le démon me venait visiter, et ses miraculeux entretiens me faisaient passer sans ennui les violences de ma captivité. Enfin, un matin, je vis entrer dans ma loge un homme que je ne connaissais point, qui, m'ayant fort longtemps léché, m'engueula[1] doucement par l'aisselle, et, de l'une des pattes dont il me soutenait de peur que je ne me blessasse, me jeta sur son dos, où je me trouvai assis si mollement et si à mon aise, qu'avec l'affliction que me faisait sentir un traitement de bête, il ne me prit aucune envie de me sauver, et puis ces hommes-là qui marchent à quatre pieds vont bien d'une autre vitesse que nous, puisque les plus pesants attrapent les cerfs à la course.

Je m'affligeais cependant outre mesure de n'avoir point de nouvelles de mon courtois démon ; et, le soir de la première traite[2], arrivé que je fus au gîte, je me promenais dans la cuisine du cabaret en attendant que le manger fût prêt, lorsque voici mon porteur, dont le visage était fort jeune et assez beau, qui me vient rire auprès du nez, et jeter à mon col ses deux pieds[3] de devant. Après que je l'eus quelque temps considéré :

« Quoi ? » me dit-il en français[4], « vous ne connaissez plus votre ami ? »

Je vous laisse à penser ce que je devins alors. Certes ma surprise fut si grande, que dès lors je m'imaginai que tout le globe de la Lune, tout ce qui m'y était arrivé, et tout ce que j'y voyais, n'était qu'enchantement ; et cet homme-bête qui m'avait servi de monture continua de me parler ainsi :

« Vous m'aviez promis que les bons offices que je vous rendais ne vous sortiraient jamais de la mémoire. »

Moi, je lui protestai que je ne l'avais jamais vu.

Enfin il me dit :

«Je suis ce démon de Socrate qui vous ai diverti pendant le temps de votre prison. Je partis hier selon ce que je vous avais promis pour aller avertir le roi de votre désastre et j'ai fait trois cents lieues en dix-huit heures car je suis arrivé céans à midi pour vous attendre, mais…

— Mais, l'interrompis-je, comment tout cela se peut-il faire, vu que vous étiez hier d'une taille extrêmement longue, et qu'aujourd'hui vous êtes très court; que vous aviez hier une voix faible et cassée, et qu'aujourd'hui vous en avez une claire et vigoureuse; qu'hier enfin vous étiez un vieillard tout chenu, et que vous n'êtes aujourd'hui qu'un jeune homme? Quoi donc! au lieu qu'en mon pays on chemine de la naissance à la mort, les animaux de celui-ci vont-ils de la mort à la naissance, et rajeunit-on à force de vieillir[1]?

— Sitôt que j'eus parlé au prince, me dit-il, après avoir reçu l'ordre de vous amener, je sentis le corps que j'informais si fort atténué de lassitude, que toutes[2] les organes refusaient leurs fonctions. Je m'enquis du chemin de l'hôpital, j'y fus et, dès que j'entrai dans la première chambre, je trouvai un jeune homme qui venait de rendre l'esprit; je m'approchai du corps et, feignant d'y avoir reconnu quelque mouvement, je protestai à tous les assistants qu'il n'était point mort, que sa maladie n'était pas même dangereuse; et adroitement, sans être aperçu, je m'inspirai dedans par un souffle. Mon vieil cadavre tomba aussitôt à la renverse; moi, dans ce jeune, je me levai; on cria miracle et moi, sans arraisonner[3] personne, je recourus promptement chez votre batelier, où je vous ai pris.»

Il m'en eût conté davantage si on ne nous fût venu quérir pour nous mettre à table; mon conducteur me

mena dans une salle magnifiquement meublée, mais
je ne vis rien de préparé pour manger. Une si grande
solitude de viande, lorsque je périssais de faim, m'obligea de lui demander où c'était qu'on avait dressé[1]. Je
n'écoutai point ce qu'il me répondit, car trois ou
quatre jeunes garçons, enfants de l'hôte, s'approchèrent de moi dans cet instant, qui avec beaucoup de
civilité me dépouillèrent jusques à la chemise. Cette
nouvelle façon de cérémonie m'étonna si fort que je
n'en osai pas seulement demander la cause à mes
beaux valets de chambre; et je ne sais comment à mon
guide, qui s'enquit par où je voulais commencer, je
pus répondre ces deux mots : « Un potage. » Aussitôt je
sentis l'odeur du plus succulent mitonné qui frappa
jamais le nez du mauvais riche[2]. Je voulus me lever de
ma place pour chercher du naseau la source de cette
agréable fumée, mais mon porteur m'en empêcha :

« Où voulez-vous aller? me dit-il, tantôt nous sorti-
rons à la promenade, mais maintenant il est saison de
manger, achevez votre potage, et puis nous ferons venir
autre chose.

— Hé! où diantre est ce potage?» lui criai-je tout
en colère; «avez-vous fait gageure de vous moquer
tout aujourd'hui de moi?

— Je pensais, me répliqua-t-il, que vous eussiez vu, à
la ville d'où nous venons, votre maître, ou quelque
autre, prendre ses repas; c'est pourquoi je ne vous
avais point entretenu de la façon de se nourrir en ce
pays. Puis donc que vous l'ignorez encore, sachez
qu'on ne vit ici que de fumée[3]. L'art de la cuisinerie
est de renfermer dans de grands vaisseaux[4] moulés
exprès l'exhalaison qui sort des viandes, et en ayant
ramassé de plusieurs sortes et de différents goûts,
selon l'appétit de ceux que l'on traite, on débouche le
vaisseau où cette odeur est assemblée, on en découvre

après cela un autre, puis un autre ensuite, jusques à ce que la compagnie soit tout à fait repue. À moins que vous ayez déjà vécu de cette sorte, vous ne croirez jamais que le nez, sans dents et sans gosier, fasse pour nourrir l'homme l'office de sa bouche, mais je m'en vais vous le faire voir par expérience[1]. »

Il n'eut pas plutôt achevé de promettre que je sentis entrer successivement dans la salle tant d'agréables vapeurs, et si nourrissantes, qu'en moins de demi-quart d'heure je me sentis tout à fait rassasié[2]. Quand nous fûmes levés :

« Ceci n'est pas, dit-il, une chose qui vous doive causer beaucoup d'admiration[3], puisque vous ne pouvez pas avoir tant vécu sans observer qu'en votre monde les cuisiniers et les pâtissiers qui mangent moins que les personnes d'une autre vacation[4] sont pourtant bien plus gras. D'où procède leur embonpoint, si ce n'est de la fumée des viandes dont sans cesse ils sont environnés, qui pénètre leurs corps et les nourrit ? Aussi les personnes de ce monde-ci jouissent d'une santé bien moins interrompue et plus vigoureuse, à cause que la nourriture n'engendre presque point d'excréments, qui sont l'origine de quasi toutes les maladies. Vous avez possible été surpris lorsque avant le repas on vous a déshabillé, parce que cette coutume n'est pas usitée en votre pays[5]; mais c'est la mode de celui-ci et l'on s'en sert afin que l'animal soit plus transpirable[6] à la fumée.

— Monsieur, lui repartis-je, il y a très grande apparence à ce que vous dites, et je viens moi-même d'en expérimenter quelque chose; mais je vous avouerai que, ne pouvant pas me débrutaliser[7] si promptement, je serais bien aise de sentir un morceau palpable sous mes dents. »

Il me le promit, et toutefois ce fut pour le lendemain, à cause, disait-il, que de manger si tôt après le repas me produirait quelque indigestion[1]. Nous discourûmes encore quelque temps, puis nous montâmes à la chambre pour nous coucher.

Un homme au haut de l'escalier se présenta à nous, qui, nous ayant envisagés fort attentivement, me mena dans un cabinet dont le plancher était couvert de fleurs d'orange à la hauteur de trois pieds, et mon démon dans un autre rempli d'œillets et de jasmin ; il me dit, voyant que je paraissais étonné de cette magnificence, que c'était la mode des lits du pays. Enfin nous nous couchâmes chacun dans notre cellule ; et dès que je fus étendu sur mes fleurs, j'aperçus, à la lueur d'une trentaine de gros vers luisants enfermés dans un cristal (car on ne se sert point d'autre chandelle) ces trois ou quatre jeunes garçons qui m'avaient déshabillé à souper, dont l'un se mit à me chatouiller les pieds, l'autre les cuisses, l'autre les flancs, l'autre les bras, et tous avec tant de mignoteries[2] et de délicatesse qu'en moins d'un moment je me sentis assoupir.

Je vis entrer le lendemain mon démon avec le soleil et :

« Je vous tiens parole, me dit-il ; vous déjeunerez plus solidement que vous ne soupâtes hier. »

À ces mots, je me levai, et il me conduisit par la main derrière le jardin du logis, où l'un des enfants de l'hôte nous attendait avec une arme à la main, presque semblable à nos fusils. Il demanda à mon guide si je voulais une douzaine d'alouettes, parce que les magots[3] (il me prenait pour tel) se nourrissaient de cette viande. À peine eus-je répondu « oui », que le chasseur décharge en l'air un coup de feu, et vingt ou trente alouettes churent à nos pieds toutes cuites. Voilà, m'imaginai-je aussitôt, ce qu'on dit par proverbe en notre monde d'un pays où les alouettes tombent toutes rôties! Sans doute quelqu'un était revenu d'ici.

«Vous n'avez qu'à manger, me dit mon démon; ils ont l'industrie[1] de mêler, parmi la composition qui tue, plume et rôtit le gibier, les ingrédients dont il le faut assaisonner.»

J'en ramassai quelques-unes, dont je mangeai sur sa parole[2], et en vérité je n'ai jamais en ma vie rien goûté de si délicieux.

Après ce déjeuner nous nous mîmes en état de partir, et avec mille grimaces dont ils se servent quand ils veulent témoigner de l'affection, l'hôte reçut un papier de mon démon. Je lui demandai si c'était une obligation[3] pour la valeur de l'écot. Il me repartit que non; qu'il ne lui devait plus rien, et que c'étaient des vers.

«Comment, des vers? lui répliquai-je, les taverniers sont donc curieux en rimes?

— C'est, me répondit-il, la monnaie du pays, et la dépense que nous venons de faire céans s'est trouvée monter à un sixain que je lui viens de donner. Je ne craignais pas de demeurer court; car quand nous ferions ici ripaille pendant huit jours, nous ne saurions dépenser un sonnet, et j'en ai quatre sur moi, avec neuf épigrammes, deux odes et une églogue.

— Ha! vraiment, dis-je en moi-même, voilà justement la monnaie dont Sorel fait servir Hortensius dans *Francion*[4], je m'en souviens. C'est là sans doute, qu'il l'a dérobé; mais de qui diable peut-il l'avoir appris? Il faut que ce soit de sa mère, car j'ai ouï dire qu'elle était lunatique.»

J'interrogeai mon démon ensuite si ces vers monnayés servaient toujours, pourvu qu'on les transcrivît. Il me répondit que non, et continua ainsi:

«Quand on en a composé, l'auteur les porte à la Cour des monnaies, où les poètes jurés du royaume

font leur résidence. Là les vérificateurs officiers mettent les pièces à l'épreuve, et, si elles sont jugées de
bon aloi, on les taxe non pas selon leur poids, mais
selon leur pointe[1] ; et de cette sorte, quand quelqu'un
meurt de faim, ce n'est jamais qu'un buffle, et les personnes d'esprit font toujours grande chère. »

J'admirais, tout extasié, la police[2] judicieuse de ce
pays-là ; et il poursuivit de cette façon :

« Il y a encore d'autres personnes qui tiennent cabaret d'une manière bien différente. Lorsque vous sortez
de chez eux, ils vous demandent à proportion des frais
un acquit pour l'autre monde ; et dès qu'on le leur a
abandonné, ils écrivent dans un grand registre qu'ils
appellent les comptes de Dieu, à peu près ainsi :
"Item, la valeur de tant de vers délivrés un tel jour, à
un tel, que Dieu me doit rembourser aussitôt l'acquit
reçu du premier fonds qui se trouvera" ; lorsqu'ils se
sentent malades en danger de mourir, ils font hacher
ces registres en morceaux, et les avalent, parce qu'ils
croient que, s'ils n'étaient ainsi digérés, Dieu ne les
pourrait pas lire[3]. »

Cet entretien n'empêchait pas que nous ne conti-
nuassions de marcher, c'est-à-dire mon porteur à quatre
pattes sous moi et moi à califourchon sur lui. Je ne
particulariserai[4] point davantage les aventures qui
nous arrêtèrent sur le chemin, tant y a que nous arrivâmes enfin où le roi fait sa résidence. Je fus mené
droit au palais. Les grands me reçurent avec des admirations plus modérées que n'avait fait le peuple quand
j'étais passé dans les rues. Leur conclusion néanmoins
fut semblable, à savoir que j'étais sans doute la femelle[5]
du petit animal de la reine. Mon guide me l'interpré-
tait ainsi ; et cependant lui-même n'entendait point
cet[6] énigme, et ne savait qui était ce petit animal de la
reine ; mais nous en fûmes bientôt éclaircis, car le roi,

quelque temps après, commanda qu'on l'amenât. À une demi-heure de là je vis entrer, au milieu d'une troupe de singes qui portaient la fraise et le haut-de-chausses, un petit homme bâti presque tout comme moi, car il marchait à deux pieds[1]; sitôt qu'il m'aperçut, il m'aborda par un *criado de vuestra mercede*[2]. Je lui ripostai sa révérence à peu près en mêmes termes. Mais, hélas! ils ne nous eurent pas plus tôt vus parler ensemble qu'ils crurent tous le préjugé véritable; et cette conjoncture n'avait garde de produire un autre succès[3], car celui de tous les assistants qui opinait pour nous avec plus de faveur protestait que notre entretien était un grognement que la joie d'être rejoints par un instinct naturel nous faisait bourdonner.

Ce petit homme me conta qu'il était européen, natif de la Vieille Castille, qu'il avait trouvé moyen avec des oiseaux de se faire porter jusques au monde de la Lune où nous étions à présent[4]; qu'étant tombé entre les mains de la reine, elle l'avait pris pour un singe, à cause qu'ils habillent, par hasard, en ce pays-là, les singes[5] à l'espagnole, et que, l'ayant à son arrivée trouvé vêtu de cette façon, elle n'avait point douté qu'il ne fût de l'espèce.

«Il faut bien dire, lui répliquai-je, qu'après leur avoir essayé toutes sortes d'habits, ils n'en aient point rencontré de plus ridicule et que c'était pour cela qu'ils les équipent de la sorte, n'entretenants ces animaux que pour se donner du plaisir.

— Ce n'est pas connaître, dit-il, la dignité de notre nation, en faveur de qui l'Univers ne produit des hommes que pour nous donner des esclaves, et pour qui la Nature ne saurait engendrer que des matières de rire[6].»

Il me supplia ensuite de lui apprendre comment je m'étais osé hasarder de gravir à la Lune avec la machine dont je lui avais parlé; je lui répondis que c'était à cause qu'il avait emmené les oiseaux sur lesquels j'y pensais aller. Il sourit de cette raillerie; et, environ un quart d'heure après, le roi commanda aux gardeurs des singes de nous ramener, avec ordre exprès de nous faire coucher ensemble, l'Espagnol et moi, pour faire en son royaume multiplier notre espèce.

On exécuta de point en point[1] la volonté du prince, de quoi je fus très aise pour le plaisir que je recevais d'avoir quelqu'un qui m'entretînt pendant la solitude de ma brutification. Un jour, mon mâle (car on me tenait pour la femelle) me conta que ce qui l'avait véritablement obligé de courir toute la Terre, et enfin de l'abandonner pour la Lune, était qu'il n'avait pu trouver un seul pays où l'imagination même fût en liberté[2].

«Voyez-vous, me dit-il, à moins de porter un bonnet carré, un chaperon ou une soutane[3], quoi que vous puissiez dire de beau, s'il est contre le principe de ces docteurs de drap, vous êtes un idiot, un fol, ou un athée. On m'a voulu mettre à mon pays à l'Inquisition pour ce qu'à la barbe des pédants aheurtés[4] j'avais soutenu qu'il y avait du vide dans la Nature et que je ne connaissais point de matière au monde plus pesante l'une que l'autre[5].»

Je lui demandai de quelles probabilités il appuyait une opinion si peu reçue.

«Il faut, me répondit-il, pour en venir à bout, supposer qu'il n'y a qu'un[6] élément; car, encore que nous voyions de l'eau, de la terre, de l'air et du feu séparés, on ne les trouve jamais pourtant si parfaitement purs qu'ils ne soient encore engagés les uns avec les autres. Quand, par exemple, vous regardez du feu, ce n'est pas du feu, ce n'est rien que de l'air beaucoup étendu; l'air n'est que de l'eau fort dilatée; l'eau n'est que de la terre qui se fond ; et la terre elle-même n'est autre chose que de l'eau beaucoup resserrée ; et ainsi à pénétrer sérieusement la matière, vous trouverez qu'elle n'est qu'une qui, comme une excellente comédienne, joue ici-bas toutes sortes de personnages, sous toutes sortes d'habits. Autrement il faudrait admettre autant d'éléments qu'il y a de sortes de corps ; et si vous me demandez pourquoi donc le feu brûle et l'eau refroidit, vu que ce n'est qu'une même matière, je vous réponds que cette matière agit par sympathie, selon la disposition où elle se trouve dans le temps qu'elle agit. Le feu, qui n'est rien que de la terre encore plus répandue qu'elle ne l'est pour constituer l'air, tâche à changer en elle par sympathie ce qu'elle rencontre. Ainsi la chaleur du charbon, étant le feu le plus subtil et le plus propre à pénétrer un corps, se glisse entre les pores de notre masse, nous fait dilater au commencement, parce que c'est une nouvelle matière qui nous remplit, nous fait exhaler en sueur ; cette sueur étendue par le feu se convertit en fumée et devient air ; cet air encore davantage fondu par la chaleur de l'antipéristase[1] ou des astres qui l'avoisinent, s'appelle feu, et la terre abandonnée par le froid et par l'humide qui liaient toutes nos parties tombe en terre. L'eau d'autre part, quoiqu'elle ne diffère de la matière du feu qu'en ce qu'elle est plus serrée, ne nous brûle pas, à cause qu'étant serrée elle demande par sympathie à resserrer les corps qu'elle rencontre, et le froid que nous sentons n'est autre chose que l'effet de notre chair qui se replie sur elle-même par le voisinage de la terre ou de l'eau qui la contraint de lui ressembler. De là vient que les hydropiques remplis d'eau changent en eau toute la nourriture qu'ils prennent ; de là vient que les bilieux changent en bile tout le sang que forme leur foie. Supposé donc qu'il n'y ait qu'un seul élément, il est certissime que tous les corps, chacun selon sa quantité, inclinent également au centre de la Terre[1].

« Mais vous me demanderez pourquoi donc l'or, le fer, les métaux, la terre, le bois, descendent plus vite à ce centre qu'une éponge, si ce n'est à cause qu'elle est pleine d'air qui tend naturellement[2] en haut ? Ce n'est point du tout la raison, et voici comme je vous réponds : quoiqu'une roche tombe avec plus de rapidité qu'une plume, l'une et l'autre ont même inclination pour ce voyage ; mais un boulet de canon, par exemple, s'il trouvait la terre percée à jour se précipiterait plus vite à son cœur qu'une vessie grosse de vent ; et la raison est que cette masse de métal est beaucoup de terre recognée[3] en un petit canton, et que ce vent est fort peu de terre étendue en beaucoup d'espace ; car toutes les parties de la matière qui loge dans ce fer, embrassées qu'elles sont les unes aux autres, augmentent leur force par l'union, à cause que, s'étant resserrées, elles se trouvent à la fin beaucoup à combattre contre peu, vu qu'une parcelle d'air, égale en grosseur au boulet, n'est pas égale en quantité, et qu'ainsi, pliant sous le faix de gens plus nombreux qu'elle et aussi hâtés, elle se laisse enfoncer pour leur laisser le chemin libre[4].

« Sans prouver ceci par une enfilure de raisons, comment, par votre foi, une pique, une épée, un poignard, nous blessent-ils si ce n'est à cause que l'acier étant une matière où les parties sont plus proches et plus enfoncées les unes dans les autres que non pas votre chair, dont les pores et la mollesse montrent qu'elle contient fort peu de terre répandue en un grand lieu, et que la pointe de fer qui nous pique étant une quantité presque innombrable de matière contre fort peu de chair, il la contraint de céder au plus fort, de même qu'un escadron bien pressé pénètre une face entière de bataille qui est de beaucoup d'étendue ; car pourquoi une loupe d'acier embrasée est-elle plus chaude qu'un tronçon de bois allumé, si ce n'est qu'il y a plus de feu dans la loupe[1] en peu d'espace, y en ayant d'attaché à toutes les parties du morceau de métal, que dans le bâton qui, pour être fort spongieux, enferme par conséquent beaucoup de vuide, et que le vuide, n'étant qu'une privation de l'être, ne peut pas être susceptible de la forme du feu ? Mais[2], m'objecterez-vous, vous supposez du vuide comme si vous l'aviez prouvé, et c'est cela dont nous sommes en dispute ! Eh bien, je vais donc vous le prouver, et quoique cette difficulté soit la sœur du nœud gordien, j'ai les bras assez bons pour en devenir l'Alexandre[3].

« Qu'il me réponde donc, je l'en supplie, cet hébété vulgaire qui ne croit être homme que parce qu'un docteur lui a dit. Supposé qu'il n'y ait qu'une matière, comme je pense l'avoir assez prouvé, d'où vient qu'elle se relâche et se restreint selon son appétit ? d'où vient qu'un morceau de terre, à force de se condenser, s'est fait caillou ? Est-ce que les particules de ce caillou se sont placées les unes dans les autres en telle sorte que, là où s'est fiché ce grain de sablon, là même et dans le même point loge un autre grain de sablon ? Non, cela ne se peut, et selon leur principe même puisque les corps ne se pénètrent point ; mais il faut que cette matière se soit rapprochée et, si vous le voulez, raccourcie en remplissant le vuide de sa maison. De dire que cela n'est pas compréhensible qu'il y eût du rien dans le monde, que nous fussions en partie composés de rien : hé ! pourquoi non ? le monde entier n'est-il pas enveloppé[4] de rien ? Puisque vous m'avouez cet article, confessez donc qu'il est aussi aisé que le monde ait du rien dedans soi qu'autour de soi.

« Je vois fort bien que vous me demanderez pourquoi donc l'eau restreinte par la gelée dans un vase le fait crever, si ce n'est pour empêcher qu'il se fasse du vuide ? Mais je réponds que cela n'arrive qu'à cause que l'air de dessus qui tend aussi bien que la terre et l'eau au centre, rencontrant sur le droit chemin de ce pays une hôtellerie vacante, y va loger ; s'il trouve les pores de ce vaisseau, c'est-à-dire les chemins qui conduisent à cette chambre de vuide trop étroits, trop longs et trop tortus, il satisfait, en le brisant, à son impatience pour arriver plus tôt au gîte[1].

« Mais, sans m'amuser à répondre à toutes leurs objections, j'ose bien dire que s'il n'y avait point de vuide il n'y aurait point de mouvement[2], ou il faut admettre la pénétration des corps ; car il serait trop ridicule de croire que, quand une mouche pousse de l'aile une parcelle d'air, cette parcelle en fit reculer devant elle une autre, cette autre encore une autre, et qu'ainsi l'agitation du petit orteil d'une puce allât faire une bosse derrière le monde[3]. Quand ils n'en peuvent plus, ils ont recours à la raréfaction[4] ; mais, par leur foi, comme se peut-il faire quand un corps se raréfie, qu'une particule de la masse s'éloigne d'une autre particule, sans laisser ce milieu vuide ? N'aurait-il pas fallu que ces deux corps qui se viennent de séparer eussent été en même temps au même lieu où était celui-ci, et que de la sorte ils se fussent pénétrés tous trois ? Je m'attends bien que vous me demanderez pourquoi donc par un chalumeau, une seringue ou une pompe, on fait monter l'eau contre son inclination : mais je vous répondrai qu'elle est violentée, et que ce n'est pas la peur qu'elle a du vuide[5] qui l'oblige à se détourner de son chemin, mais qu'étant jointe avec l'air d'une nuance imperceptible, elle s'élève quand on élève en haut l'air qui la tient embrassée[6].

« Cela n'est pas fort épineux à comprendre pour qui connaît le cercle parfait et la délicate enchaînure des éléments ; car, si vous considérez attentivement ce limon qui fait le mariage de la terre et de l'eau, vous trouverez qu'il n'est plus terre, qu'il n'est plus eau, mais qu'il est l'entremetteur du contrat de ces deux ennemis[1] ; l'eau tout de même avec l'air s'envoient réciproquement un brouillard qui penche aux humeurs de l'un et de l'autre pour moyenner leur paix, et l'air se réconcilie avec le feu par le moyen d'une exhalaison médiatrice qui les unit. »

Je pense qu'il voulait encore parler ; mais on nous apporta notre mangeaille[2], et parce que nous avions faim, je fermai les oreilles et lui la bouche pour ouvrir l'estomac.

Il me souvient qu'une autre fois, comme nous philosophions, car nous n'aimions guère ni l'un ni l'autre à nous entretenir de choses frivoles et basses :

« Je suis bien fâché, dit-il, de voir un esprit de la trempe du vôtre infecté des erreurs du vulgaire. Il faut donc que vous sachiez, malgré le pédantisme d'Aristote, dont retentissent aujourd'hui toutes les classes de votre France, que tout est en tout[3], c'est-à-dire que dans l'eau par exemple, il y a du feu ; dedans le feu, de l'eau ; dedans l'air, de la terre ; et dedans la terre, de l'air. Quoique cette opinion fasse écarquiller les yeux aux scolares[4], elle est plus aisée à prouver qu'à persuader. Je leur demande premièrement si l'eau n'engendre pas du poisson ; quand ils me le nieront, je leur ordonnerai de creuser un fossé, le remplir du sirop de l'aiguière, qu'ils passeront encore s'ils veulent à travers un bluteau[5] pour échapper aux objections des aveugles ; et je veux, en cas qu'ils n'y trouvent du poisson dans quelque temps, avaler toute l'eau qu'ils y auront versée, mais s'ils y en trouvent[6], comme je n'en

doute point, c'est une preuve convaincante qu'il y a du
sel et du feu ; par conséquent, de trouver ensuite de
l'eau dans le feu ce n'est pas une entreprise fort difficile : car qu'ils choisissent le feu même le plus détaché
de la matière comme les comètes, il y en a toujours, et
beaucoup, puisque si cette humeur onctueuse dont ils
sont engendrés, réduite en soufre par la chaleur de
l'antipéristase qui les allume, ne trouvait un obstacle à
sa violence dans l'humide froideur qui la tempère et la
combat, elle se consommerait brusquement comme
un éclair[1]. Qu'il y ait maintenant de l'air dans la terre,
ils ne le nieront pas, ou bien ils n'ont jamais entendu
parler des frissons effroyables dont les montagnes de
Sicile ont été si souvent agitées[2]. Outre cela, nous
voyons la terre toute poreuse, jusques aux grains de
sablon qui la composent. Cependant personne n'a dit
encore que ces creux fussent remplis de vuide[3] : on ne
trouvera donc pas mauvais que l'air y fasse son domicile. Il me reste à prouver que dans l'air il y a de la
terre, mais je n'en daigne quasi pas prendre la peine,
puisque vous en êtes convaincu autant de fois que vous
voyez battre sur vos têtes ces légions d'atomes[4] si nombreuses qu'elles en étouffent l'arithmétique.

« Mais passons des corps simples aux composés ; ils
me fourniront des sujets beaucoup plus fréquents
pour montrer que toutes choses sont en toutes choses,
non point qu'elles se changent les unes aux autres,
comme le gazouillent vos péripatéticiens ; car je veux
soutenir à leur barbe que les principes se mêlent, se
séparent et se remêlent derechef en telle sorte que ce
qui a une fois été fait eau par le sage Créateur du
monde le sera toujours ; je ne suppose point, à leur
mode, de maxime que je ne prouve. C'est pourquoi
prenez, je vous prie, une bûche[5] ou quelque autre
matière combustible, et mettez-y le feu : ils diront, eux,

quand elle sera embrasée, que ce qui était bois est
devenu feu. Mais je leur soutiens que non, moi, et
qu'il n'y a point davantage de feu maintenant qu'elle
est tout en flammes, que tantôt auparavant qu'on en
eût approché l'allumette ; mais celui qui était caché
dans la bûche que le froid et l'humide empêchaient
de s'étendre et d'agir, secouru par l'étranger, a rallié
ses forces contre le flegme[1] qui l'étouffait, et s'est
emparé du champ qu'occupait son ennemi ; aussi se
montre-t-il sans obstacles et triomphant de son geôlier ; ne voyez-vous pas comme l'eau s'enfuit par les
deux bouts du tronçon, chaude et fumante encore du
combat qu'elle a rendu ? Cette flamme que vous voyez
en haut est le feu[2] le plus subtil, le plus dégagé de la
matière, et le plus tôt prêt par conséquent à retourner
chez soi. Il s'unit pourtant en pyramide jusques à certaine hauteur pour enfoncer l'épaisse humidité de
l'air qui lui résiste ; mais, comme il vient en montant à
se dégager peu à peu de la violente compagnie de ses
hôtes, alors il prend le large parce qu'il ne rencontre
plus rien d'antipathique à son passage, et cette négligence est bien souvent la cause d'une seconde prison ;
car lui qui chemine séparé s'égarera quelquefois dans
un nuage. S'il s'y rencontre d'autres feux en assez
grand nombre pour faire tête à la vapeur, ils se joignent, ils grondent, ils tonnent, ils foudroient, et la
mort des innocents est bien souvent l'effet de la colère
animée des choses mortes. Si, quand il se trouve embarrassé dans ces crudités[3] importunes de la moyenne
région, il n'est pas assez fort pour se défendre, il
s'abandonne à la discrétion de la nue qui, contrainte
par sa pesanteur de retomber en terre, y mène son prisonnier avec elle, et ce malheureux, enfermé dans une
goutte d'eau, se rencontrera peut-être au pied d'un
chêne, de qui le feu animal[4] invitera ce pauvre égaré

de se loger avec lui. Ainsi le voilà recouvrant le même sort dont il était parti quelques jours auparavant.

« Mais voyons la fortune des autres éléments[1] qui composaient cette bûche. L'air se retire à son quartier encore pourtant mêlé de vapeur, à cause que le feu tout en colère les a brusquement chassés pêle-mêle. Le voilà donc qui sert de ballons aux vents, fournit aux animaux de respiration, remplit le vuide que la Nature fait, et possible encore que, s'étant enveloppé dans une goutte de rosée, il sera sucé et digéré par les feuilles altérées de cet arbre, où s'est retiré notre feu. L'eau que la flamme avait chassée de ce trône, élevée par la chaleur jusques au berceau des météores, retombera en pluie sur notre chêne aussi tôt que sur un autre, et la terre devenue cendre, guérie de sa stérilité par la chaleur nourrissante d'un fumier où on l'aura jetée, par le sel végétatif de quelques plantes voisines, par l'eau féconde des rivières, se rencontrera peut-être près de ce chêne qui, par la chaleur de son germe, l'attirera, et en fera une partie de son tout.

« De cette façon voilà ces quatre éléments qui recouvrent le même sort dont ils étaient partis quelques jours auparavant. De cette façon, dans un homme il y a tout ce qu'il faut pour composer un arbre ; de cette façon dans un arbre il y a tout ce qu'il faut pour composer un homme. Enfin de cette façon toutes choses se rencontrent en toutes choses ; mais il nous manque un Prométhée pour faire cet extrait[2]. »

Voilà les choses à peu près dont nous amusions le temps ; et véritablement ce petit Espagnol avait l'esprit joli. Notre entretien n'était que la nuit, à cause que dès six heures du matin jusques au soir la grande foule de monde qui nous venait contempler à notre loge nous eût détournés ; d'aucuns nous jetaient des pierres, d'autres des noix, d'autres de l'herbe. Il n'était bruit que des bêtes du roi[1]. On nous servait tous les jours à manger à nos heures, et le roi et la reine prenaient plaisir eux-mêmes assez souvent en la peine de me tâter le ventre pour connaître si je n'emplissais point[2], car ils brûlaient d'une envie extraordinaire d'avoir de la race de ces petits animaux. Je ne sais si ce fut pour avoir été plus attentif que mon mâle à leurs simagrées[3] et à leurs tons; tant y a que j'appris à entendre leur langue et l'écorcher un peu. Aussitôt les nouvelles coururent par tout le royaume qu'on avait trouvé deux hommes sauvages, plus petits que les autres, à cause des mauvaises nourritures que la solitude nous avait fournies, et qui, par un défaut de la semence de leurs pères, n'avaient pas eu les jambes de devant assez fortes pour s'appuyer dessus.

Cette créance allait prendre racine à force de cheminer, sans les prêtres du pays qui s'y opposèrent, disants que c'était une impiété épouvantable de croire que non seulement des bêtes, mais des monstres[4] fussent de leur espèce. «Il y aurait bien plus d'apparence, ajoutaient les moins passionnés, que nos animaux domestiques participassent au privilège de l'humanité, et de l'immortalité par conséquent, à cause qu'ils sont nés dans notre pays, qu'une bête monstrueuse qui se dit née je ne sais où dans la Lune; et puis considérez la différence qui se remarque entre nous et eux : nous autres, nous marchons à quatre pieds, parce que Dieu ne se voulut pas fier d'une chose si précieuse à une moins ferme assiette; il eut peur qu'il arrivât fortune[5] de l'homme; c'est pourquoi il prit lui-même la peine de l'asseoir sur quatre piliers, afin qu'il ne pût tomber; mais dédaigna de se mêler de la construction de ces deux brutes; il les abandonna au caprice de la Nature, laquelle, ne craignant pas la perte de si peu de chose, ne les appuya que sur deux pattes[6].

« Les oiseaux mêmes, disaient-ils, n'ont pas été si maltraités qu'elles, car au moins ils ont reçu des plumes pour subvenir à la faiblesse de leurs pieds, et se jeter en l'air quand nous les éconduirions de chez nous ; au lieu que la Nature en ôtant les deux pieds à ces monstres les a mis en état de ne pouvoir échapper à notre justice.

« Voyez un peu outre cela comme ils ont la tête tournée devers le ciel ! C'est la disette où Dieu les a mis de toutes choses qui les a situés de la sorte, car cette posture suppliante témoigne qu'ils cherchent au ciel pour se plaindre à Celui qui les a créés, et qu'ils Lui demandent permission de s'accommoder de nos restes. Mais nous autres nous avons la tête penchée en bas pour contempler les biens dont nous sommes seigneurs, et comme n'y ayant rien au ciel à qui notre heureuse condition puisse porter envie[1]. »

J'entendais tous les jours, à ma loge, les prêtres faire ces contes-là ou de semblables ; enfin ils bridèrent si bien la conscience des peuples sur cet article qu'il fut arrêté que je ne passerais tout au plus que pour un perroquet plumé ; ils confirmaient les persuadés sur ce que non plus qu'un oiseau je n'avais que deux pieds. On me mit donc en cage par ordre exprès du Conseil d'en haut[2].

Là tous les jours l'oiseleur de la reine prenait le soin de me venir siffler la langue comme on fait ici aux sansonnets, j'étais heureux à la vérité en ce que ma volière ne manquait point de mangeaille. Cependant parmi les sornettes dont les regardants me rompaient les oreilles, j'appris à parler comme eux. Quand je fus assez rompu dans l'idiome pour exprimer la plupart de mes conceptions, j'en contai des plus belles. Déjà les compagnies ne s'entretenaient plus que de la gentillesse de mes bons mots, et l'estime qu'on faisait de

mon esprit vint jusques là que le clergé fut contraint
de faire publier un arrêt, par lequel on défendait de
croire que j'eusse de la raison[1], avec un commandement très exprès à toutes personnes de quelque qualité et condition qu'elles fussent, de s'imaginer, quoi
que je pusse faire de spirituel, que c'était l'instinct[2]
qui me le faisait faire.

Cependant la définition de ce que j'étais partagea la
ville en deux factions. Le parti qui soutenait en ma
faveur grossissait tous les jours. Enfin, en dépit de
l'anathème et de l'excommunication des prophètes
qui tâchaient par là d'épouvanter le peuple, mes sec-
tateurs demandèrent une assemblée des États[3], pour
résoudre cet accroc de religion. On fut longtemps sur
le choix de ceux qui opineraient[4]; mais les arbitres
pacifièrent l'animosité par le nombre des intéressés
qu'ils égalèrent. On me porta tout brandi dans la salle
de justice où je fus sévèrement traité des examinateurs.
Ils m'interrogèrent entre autres choses de philosophie : je leur exposai tout à la bonne foi ce que jadis
mon régent[5] m'en avait appris, mais ils ne mirent
guère à me la réfuter par beaucoup de raisons très
convaincantes à la vérité. Quand je me vis tout à fait
convaincu, j'alléguai pour dernier refuge les principes
d'Aristote qui ne me servirent pas davantage que ces
sophismes; car en deux mots ils m'en découvrirent
la fausseté. «Aristote, me dirent-ils, accommodait des
principes à sa philosophie, au lieu d'accommoder sa
philosophie aux principes[6]. Encore, ces principes, les
devait-il prouver au moins plus raisonnables que ceux
des autres sectes, ce qu'il n'a pu faire. C'est pourquoi
le bon homme ne trouvera pas mauvais si nous lui bai-
sons les mains.»

Enfin comme ils virent que je ne leur clabaudais
autre chose, sinon qu'ils n'étaient pas plus savants

qu'Aristote, et qu'on m'avait défendu de discuter contre ceux qui niaient les principes, ils conclurent tous d'une commune voix que je n'étais pas un homme, mais possible quelque espèce d'autruche[1], vu que je portais comme elle la tête droite; de sorte qu'il fut ordonné à l'oiseleur de me reporter en cage. J'y passais mon temps avec assez de plaisir, car à cause de leur langue que je possédais correctement, toute la Cour se divertissait à me faire jaser. Les filles de la reine entre autres fourraient toujours quelque bribe dans mon panier; et la plus gentille de toutes avait conçu quelque amitié pour moi. Elle était si transportée de joie lorsque, étant en secret, je lui découvrais les mystères de notre religion, et principalement quand je lui parlais de nos cloches et de nos reliques[2], qu'elle me protestait les larmes aux yeux que, si jamais je me trouvais en état de revoler à notre monde, elle me suivrait de bon cœur.

Un jour de grand matin, je m'éveillai en sursaut; je la vis qui tambourinait contre les bâtons de ma cage:

«Réjouissez-vous, me dit-elle, hier dans le Conseil on conclut la guerre contre le grand roi ♫. J'espère parmi l'embarras des préparatifs, cependant que notre monarque et ses sujets seront éloignés, faire naître l'occasion de vous sauver.

— Comment, la guerre? l'interrompis-je aussitôt. Arrive-t-il des querelles entre les princes de ce monde ici comme entre ceux du nôtre[3]? Hé! je vous prie, exposez moi leur façon de combattre.

— Quand les arbitres, reprit-elle, élus au gré des deux partis, ont désigné le temps accordé pour l'armement, celui de la marche, le nombre des combattants, le jour et le lieu de la bataille, et tout cela avec tant d'égalité qu'il n'y a pas dans une armée un seul homme plus que dans l'autre, les soldats estropiés d'un côté sont tous enrôlés dans une compagnie et, lorsqu'on en vient aux mains, les maréchaux[1] de camp ont soin de les opposer aux estropiés de l'autre côté, les géants ont en tête les colosses; les escrimeurs, les adroits; les vaillants, les courageux; les débiles, les faibles; les indisposés, les malades; les robustes, les forts; et si quelqu'un entreprenait de frapper un autre que son ennemi désigné, à moins qu'il pût justifier que c'était par méprise, il est condamné de couard[2]. Après la bataille donnée on compte les blessés, les morts, les prisonniers; car pour de[3] fuyards, il ne s'en voit point; si les pertes se trouvent égales de part et d'autre, ils tirent à la courte paille à qui se proclamera victorieux.

« Mais encore qu'un roi eût défait son ennemi de bonne guerre, ce n'est encore rien fait, car il y a d'autres armées peu nombreuses de savants et d'hommes d'esprit, des disputes desquels dépend entièrement le vrai triomphe ou la servitude des États.

« Un savant est opposé à un autre savant, un spirituel à un autre spirituel, et un judicieux à un autre judicieux. Au reste le triomphe que remporte un État en cette façon est compté pour trois victoires à force ouverte[4]. La nation proclamée victorieuse, on rompt l'assemblée, et le peuple vainqueur choisit pour être son roi ou celui des ennemis ou le sien. »

Je ne pus m'empêcher de rire de cette façon scrupuleuse de donner des batailles; et j'alléguais pour exemple d'une bien plus forte politique les coutumes de notre Europe, où le monarque n'avait garde d'omettre aucun de ses avantages pour vaincre[5]; et voici comme elle me parla :

« Apprenez-moi, me dit-elle, vos princes ne prétextent-ils leurs armements que du droit de force ?

— Si fait, lui répliquai-je, de la justice de leur cause.

— Pourquoi donc, continua-t-elle, ne choisissent-ils des arbitres non suspects pour être accordés[1] ? et s'il se trouve qu'ils aient autant de droit l'un que l'autre, qu'ils demeurent comme ils étaient, ou qu'ils jouent en un cent de piquet la ville ou la province dont ils sont en dispute ? Et[2] cependant qu'ils font casser la tête à plus de quatre millions d'hommes qui valent mieux qu'eux, ils sont dans leur cabinet à goguenarder sur les circonstances du massacre de ces badauds. Mais je me trompe de blâmer ainsi la vaillance de vos braves sujets : ils font bien de mourir pour leur patrie ; l'affaire est importante, car il s'agit d'être le vassal d'un roi qui porte une fraise ou de celui qui porte un rabat[3].

— Mais vous, lui repartis-je, pourquoi toutes ces circonstances en votre façon de combattre ? ne suffit-il pas que les armées soient pareilles en nombre d'hommes ?

— Vous n'avez guère de jugement, me répondit-elle. Croiriez-vous, par votre foi, ayant vaincu sur le pré votre ennemi seul à seul, l'avoir vaincu de bonne guerre, si vous étiez maillé[4] et lui non ; s'il n'avait qu'un poignard, et vous une estocade[5] ; enfin, s'il était manchot, et que vous eussiez deux bras ?

— Cependant avec toute l'égalité que vous recommandez tant à vos gladiateurs, ils ne se battent jamais pareils ; car l'un sera de grande, l'autre de petite taille ; l'un sera adroit, l'autre n'aura jamais manié l'épée ; l'un sera robuste, l'autre faible ; et quand même ces disproportions seraient égalées, qu'ils seraient aussi grands, aussi adroits et aussi forts l'un que l'autre, encore ne seraient-ils pas pareils, car l'un des deux aura peut-être plus de courage que l'autre ; et sous ombre que ce brutal ne considérera pas le péril, qu'il sera bilieux, et qu'il aura plus de sang, qu'il aura le cœur plus serré avec toutes ces qualités qui font le courage (comme si ce n'était pas, aussi bien qu'une épée, une arme que son ennemi n'a point), il s'ingère de se ruer éperdument sur lui, de l'effrayer, et d'ôter la vie à ce pauvre homme qui prévoit le danger, dont la chaleur est étouffée dans la pituite, de qui le cœur est trop vaste pour unir les esprits[1] nécessaires à dissiper cette glace qu'on nomme poltronnerie. Ainsi vous louez cet homme d'avoir tué son ennemi avec avantage et, le louant de hardiesse, vous le louez d'un péché contre nature, puisque la hardiesse tend à sa destruction[2].

— Vous saurez qu'il y a quelques années qu'on fit une remontrance au Conseil de guerre, pour apporter un règlement plus circonspect et plus consciencieux dans les combats, car le philosophe qui donnait l'avis parlait ainsi :

« "Vous vous imaginez, messieurs, avoir bien égalé les avantages des deux ennemis, quand vous les avez choisis tous deux roides, tous deux grands, tous deux adroits, tous deux pleins de courage ; mais ce n'est pas encore assez, puisqu'il faut enfin que le vainqueur surmonte par adresse, par force ou par fortune. Si ç'a été par adresse, il a frappé sans doute son adversaire par un endroit où il ne l'attendait pas, ou plus vite qu'il n'était vraisemblable ; ou, feignant de l'attaquer d'un côté, il l'a assailli de l'autre. Tout cela, c'est affiner[3], c'est tromper, c'est trahir. Or la finesse, la tromperie, la trahison ne doivent pas faire l'estime d'un véritable généreux. S'il a triomphé par force, estimerez-vous son ennemi vaincu, puisqu'il a été violenté ? Non, sans doute, non plus que vous ne direz pas qu'un homme ait perdu la victoire, encore qu'il soit accablé de la chute d'une montagne, parce qu'il n'a pas été en puissance de la gagner. Tout de même cettui-là n'a point été surmonté, à cause qu'il ne s'est pas trouvé dans ce moment disposé à pouvoir résister aux violences de

son adversaire. Si ç'a été par hasard qu'il a terrassé son
ennemi, c'est la Fortune et non pas lui que l'on doit
couronner : il n'y a rien contribué ; et enfin le vaincu
n'est non plus blâmable que le joueur de dés, qui sur
dix-sept points en voit faire dix-huit." On lui confessa
qu'il avait raison, mais qu'il était impossible, selon les
apparences humaines, d'y mettre ordre, et qu'il valait
mieux subir un petit inconvénient que de s'abandonner à mille de plus grande importance[1]. »

Elle ne m'entretint pas cette fois davantage, parce
qu'elle craignait d'être trouvée toute seule avec moi, et
si matin. Ce n'est pas qu'en ce pays l'impudicité soit
un crime ; au contraire, hors les coupables convaincus,
tout homme a pouvoir sur toute femme, et une femme
tout de même pourrait appeler un homme en justice
qui l'aurait refusée[2]. Mais elle ne m'osait pas fréquen-
ter publiquement, à ce qu'elle me dit, à cause que les
prêtres avaient prêché au dernier sacrifice que c'étaient
les femmes principalement qui publiaient que j'étais
homme, afin de couvrir sous ce prétexte le désir exécrable qui les brûlait de se mêler aux bêtes, et de commettre avec moi sans vergogne des péchés contre
nature. Cela fut cause que je demeurai longtemps sans
la voir, ni pas une du sexe.

Cependant il fallait bien que quelqu'un eût réchauffé
les querelles de la définition de mon être, car comme
je ne songeais plus qu'à mourir en cage, on me vint
quérir encore une fois, pour me donner audience. Je
fus donc interrogé, en présence de force courtisans
sur quelque point de physique ; et mes réponses, à ce
que je crois, satisfirent aucunement, car, d'un accent
non magistral, celui qui présidait m'exposa fort au
long ses opinions sur la structure du monde. Elles me
semblèrent ingénieuses ; et sans qu'il passa jusques à
son origine qu'il soutenait éternelle, j'eusse trouvé sa

philosophie beaucoup plus raisonnable que la nôtre ; mais sitôt que je l'entendis soutenir une rêverie si contraire à ce que la foi nous apprend, je lui demandai ce qu'il pourrait répondre à l'autorité de Moïse et que ce grand patriarche avait dit expressément que Dieu l'avait créé en six jours[1]. Cet ignorant ne fit que rire au lieu de me répondre. Je ne pus alors m'empêcher de lui dire que, puisqu'il en venait là, je commençais à croire que leur monde n'était qu'une lune. « Mais, me dirent-ils tous, vous y voyez de la terre, des forêts, des rivières, des mers, que serait-ce donc tout cela ?

— N'importe, repartis-je, Aristote assure que ce n'est que la Lune ; et si vous aviez dit le contraire dans les classes où j'ai fait mes études, on vous aurait sifflé. »

Il se fit sur cela un grand éclat de rire. Il ne faut pas demander si ce fut de leur ignorance[2] ; et l'on me reconduisit dans ma cage.

Les prêtres, cependant, furent avertis que j'avais osé dire que la Lune était un monde dont je venais, et que leur monde n'était qu'une lune. Ils crurent que cela leur fournissait un prétexte assez juste pour me faire condamner à l'eau[3] (c'était la façon d'exterminer les athées). Ils vont en corps à cette fin faire leur plainte au roi qui leur promet justice ; on ordonne que je serais remis sur la sellette.

Me voilà donc décagé pour la troisième fois[4] ; le grand pontife prit la parole et plaida contre moi. Je ne me souviens pas de sa harangue, à cause que j'étais trop épouvanté pour recevoir les espèces[5] de la voix sans désordre, et parce aussi qu'il s'était servi pour déclamer d'un instrument dont le bruit m'étourdissait : c'était une trompette qu'il avait tout exprès choisie, afin que la violence de ce ton martial échauffât leurs esprits à ma mort, et afin d'empêcher par cette émotion que le raisonnement ne pût faire son office, comme il arrive dans nos armées, où ce tintamarre de trompettes et de tambours empêche le soldat de réfléchir sur l'importance de sa vie[1]. Quand il eut dit, je me levai pour défendre ma cause, mais j'en fus délivré de la peine par une aventure que vous allez entendre.

Comme j'avais déjà la bouche ouverte, un homme, qui avait eu grande difficulté à traverser la foule, vint choir aux pieds du roi, et se traîna longtemps sur le dos. Cette façon de faire ne me surprit pas, car je savais bien dès longtemps que c'était la posture où ils se mettaient quand ils voulaient discourir en public. Je rengainai seulement ma harangue, et voici celle que nous eûmes de lui :

« Justes, écoutez-moi ! vous ne sauriez condamner cet homme, ce singe, ou ce perroquet, pour avoir dit que la Lune était un monde d'où il venait ; car s'il est homme, quand même il ne serait pas venu de la Lune, puisque tout homme est libre, ne lui est-il pas libre de s'imaginer ce qu'il voudra ? Quoi ! pouvez-vous le contraindre à n'avoir que vos visions ? Vous le forcerez bien à dire qu'il croit que la Lune n'est pas un monde, mais il ne le croira pas pourtant ; car pour croire quelque chose, il faut qu'il se présente à son imagination certaines possibilités plus grandes au oui qu'au non de cette chose ; ainsi, à moins que vous lui fournissiez ce vraisemblable, ou qu'il vienne de soi-même s'offrir à son esprit, il vous dira bien qu'il croit, mais il ne croira pas pour cela[2].

« J'ai maintenant à vous prouver qu'il ne doit pas être condamné, si vous le posez dans la catégorie des bêtes.

« Car supposez qu'il soit animal sans raison, quelle raison vous-mêmes avez-vous de l'accuser d'avoir péché contre elle ? Il a dit que la Lune était un monde ; or les brutes n'agissent que par un instinct de Nature ; donc c'est la Nature qui le dit, et non pas lui. De croire maintenant que cette savante Nature qui a fait et la Lune et ce monde-ci ne sache elle-même ce que c'est, et que vous autres, qui n'avez de connaissance que ce que vous en tenez d'elle, le sachiez plus certainement, cela serait bien ridicule. Mais quand même la passion vous faisant renoncer à vos premiers principes, vous supposeriez que la Nature ne guidât point les brutes, rougissez à tout le moins des inquiétudes que vous causent les caprioles[1] d'une bête. En vérité, messieurs, si vous rencontriez un homme d'âge mûr qui veillât à la police d'une fourmilière, pour tantôt donner un soufflet à la fourmi qui aurait fait choir sa compagne, tantôt en emprisonner une qui aurait dérobé à sa voisine un grain de blé, tantôt mettre en justice une autre qui aurait abandonné ses œufs, ne l'estimeriez-vous pas insensé de vaquer à des choses trop au-dessous de lui, et de prétendre assujettir à la raison des animaux qui n'en ont pas l'usage ? Comment donc, vénérables pontifes, appellerez-vous l'intérêt que vous prenez aux caprioles de ce petit animal ? Justes, j'ai dit. »

Dès qu'il eut achevé, une forte musique d'applaudissements fit retentir toute la salle ; et après que les opinions eurent été débattues un gros quart d'heure, voici ce que le roi prononça :

« Que dorénavant je serais censé homme, comme tel mis en liberté, et que la punition d'être noyé serait modifiée en une amende honteuse (car il n'en est point en ce pays-là d'honorable[2]) ; dans laquelle amende je me dédirais publiquement d'avoir enseigné que la Lune était un monde, et ce à cause du scandale que la nouveauté[3] de cette opinion aurait pu causer dans l'âme des faibles. »

Cet arrêt prononcé, on m'enlève hors du palais, on m'habille par ignominie fort magnifiquement, on me porte sur la tribune d'un superbe chariot ; et, traîné que je fus par quatre princes[1] qu'on avait attachés au joug, voici ce qu'ils m'obligèrent de prononcer à tous les carrefours de la ville :

« Peuple, je vous déclare que cette Lune ici n'est pas une lune, mais un monde ; et que ce monde de là-bas n'est point un monde, mais une lune. Tel est ce que les prêtres trouvent bon que vous croyiez[2]. »

Après que j'eus crié la même chose aux cinq grandes places de la cité, j'aperçus mon avocat qui me tendait la main pour m'aider à descendre. Je fus bien étonné de reconnaître, quand je l'eus envisagé, que c'était mon ancien démon. Nous fûmes une heure à nous embrasser :

« Et venez-vous-en, me dit-il, chez moi, car de retourner en Cour après une amende honteuse, vous n'y seriez pas vu de bon œil. Au reste, il faut que je vous die[3] que vous seriez encore avec les singes, aussi bien que l'Espagnol, votre compagnon, si je n'eusse publié dans les compagnies la vigueur et la force de votre esprit, et brigué contre les prophètes, en votre faveur, la protection des grands[4]. »

La fin de mes remerciements nous vit entrer chez lui ; il m'entretint jusques au repas des ressorts qu'il avait fait jouer pour contraindre les prêtres, malgré tous les plus spécieux scrupules dont ils avaient emba-bouiné[5] la conscience du peuple, de lui permettre de m'ouïr. Nous étions assis devant un grand feu à cause que la saison était froide et il allait poursuivre à me raconter (je pense) ce qu'il avait fait pendant que je ne l'avais point vu, mais on nous vint dire que le souper était prêt.

« J'ai prié, continua-t-il, pour ce soir deux profes-seurs d'académie de cette ville de venir manger avec nous ; je les ferai tomber sur la philosophie qu'ils enseignent en ce monde-ci ; par même moyen vous verrez le fils de mon hôte. C'est un jeune homme autant plein d'esprit que j'en aie jamais rencontré, et ce serait un second Socrate s'il pouvait régler ses lumières et ne point étouffer dans le vice les grâces dont Dieu continuellement le visite, et ne plus affecter l'impiété par ostentation. Je me suis logé céans pour épier les occasions de l'instruire[1]. »

Il se tut comme pour me laisser à mon tour la liberté de discourir ; puis il fit signe qu'on me dévêtît les honteux ornements dont j'étais encore tout brillant.

Les deux professeurs que nous attendions entrèrent presque aussitôt ; nous fûmes tous quatre ensemble dans le cabinet du souper où nous trouvâmes ce jeune garçon dont il m'avait parlé qui mangeait déjà. Ils lui firent de grandes saluades, et le traitèrent d'un respect aussi profond que d'esclave à seigneur ; j'en demandai la cause à mon démon, qui me répondit que c'était à cause de son âge, parce qu'en ce monde-là les vieux rendaient toute sorte d'honneur et de déférence aux jeunes ; bien plus, que les pères obéissaient à leurs enfants aussitôt que, par l'avis du Sénat des philosophes, ils avaient atteint l'usage de raison[2].

« Vous vous étonnez, continua-t-il, d'une coutume si contraire à celle de votre pays ? elle ne répugne point toutefois à la droite raison ; car en conscience, dites-moi, quand un homme jeune et chaud est en force d'imaginer, de juger et d'exécuter, n'est-il pas plus capable de gouverner une famille qu'un infirme sexagénaire ? Ce pauvre hébété dont la neige de soixante hivers a glacé l'imagination se conduit sur l'exemple des heureux succès et cependant c'est la Fortune qui les a rendus tels contre toutes les règles et toute l'économie de la prudence humaine. Pour du jugement, il en a aussi peu, quoique le vulgaire de votre monde en fasse un apanage à la vieillesse ; et pour le désabuser, il faut qu'il sache que ce qu'on appelle en un vieillard prudence n'est qu'une appréhension panique, une peur enragée de rien entreprendre qui l'obsède. Ainsi, mon fils, quand il n'a pas risqué un danger où un jeune homme s'est perdu, ce n'est pas qu'il en préjugeât la catastrophe, mais il n'avait pas assez de feu pour allumer ces nobles élans qui nous font oser, et l'audace en ce jeune homme était comme un gage de la réussite de son dessein, parce que cette ardeur qui fait la promptitude et la facilité d'une exécution était celle qui le poussait à l'entreprendre. Pour ce qui est d'exécuter, je ferais tort à votre esprit de m'efforcer à le convaincre de preuves. Vous savez que la jeunesse seule est propre à l'action ; et si vous n'en êtes pas tout à fait persuadé, dites-moi, je vous prie, quand vous respectez un homme courageux, n'est-ce pas à cause qu'il vous peut venger de vos ennemis ou de vos oppresseurs ? Pourquoi donc le considérez-vous encore, si ce n'est par habitude, quand un bataillon de septante janviers a gelé son sang et tué de froid tous les nobles enthousiasmes dont les jeunes personnes sont échauffées pour la justice ? Lorsque vous déférez au fort, n'est-ce pas afin qu'il vous soit obligé d'une victoire que vous ne lui sauriez disputer ? Pourquoi donc vous soumettre à lui, quand la paresse a fondu ses muscles, débilité ses artères, évaporé ses esprits, et sucé la moelle de ses os ? Si vous adoriez une femme, n'était-ce pas à cause de sa beauté ? pourquoi donc continuer vos génuflexions après que la vieillesse en a fait un fantôme à menacer les vivants de la mort ? Enfin lorsque vous honoriez un homme spirituel, c'était à cause que par la vivacité de son génie il pénétrait une affaire mêlée et la débrouillait, qu'il défrayait[1] par son biendire l'assemblée du plus haut carat, qu'il digérait les

sciences d'une seule pensée et que jamais une belle
âme ne forma de plus violents désirs que pour lui ressembler. Et cependant vous lui continuez vos hom-
mages, quand ses organes usés rendent sa tête imbécile
et pesante, et lorsqu'en compagnie il ressemble plutôt par son silence la statue d'un dieu foyer[1] qu'un
homme capable de raison. Concluez par là, mon fils,
qu'il vaut mieux que les jeunes gens soient pourvus du
gouvernement des familles que les vieillards. Certes,
vous seriez bien faible de croire qu'Hercule, Achille,
Épaminondas, Alexandre et César, qui sont tous morts
au-deçà de quarante ans, fussent des personnes à qui
on ne devait que des honneurs vulgaires, et qu'à un
vieil radoteux, parce que le soleil a quatre-vingt-dix
fois épié sa moisson, vous lui deviez de l'encens.

« Mais, direz-vous, toutes les lois de notre monde
font retentir avec soin ce respect qu'on doit aux
vieillards? Il est vrai; mais aussi tous ceux qui ont
introduit des lois ont été des vieillards qui craignaient
que les jeunes ne les dépossédassent justement de l'autorité qu'ils avaient extorquée[2] et ont fait comme les
législateurs aux fausses religions un mystère de ce
qu'ils n'ont pu prouver.

« Oui, mais, direz-vous, ce vieillard est mon père et
le Ciel me promet une longue vie si je l'honore[3]. Si
votre père, ô mon fils, ne vous ordonne rien de
contraire aux inspirations du Très-Haut, je vous l'avoue;
autrement marchez sur le ventre du père qui vous
engendra, trépignez sur le sein de la mère qui vous
conçut, car de vous imaginer que ce lâche respect que
des parents vicieux ont arraché de votre faiblesse soit
tellement agréable au Ciel qu'il en allonge pour cela
vos fusées[4], je n'y vois guère d'apparence. Quoi! ce
coup de chapeau dont vous chatouillez et nourrissez la
superbe de votre père crève-t-il un abcès que vous avez

dans le côté, répare-t-il votre humide radical, fait-il la cure d'une estocade à travers votre estomac, vous casse-t-il une pierre dans la vessie ? Si cela est, les médecins ont grand tort, au lieu de potions infernales dont ils empestent la vie des hommes, qu'ils n'ordonnent pour la petite vérole trois révérences à jeun, quatre "grand merci" après dîner, et douze "bonsoir, mon père et ma mère" avant que s'endormir. Vous me répliquerez que, sans lui, vous ne seriez pas ; il est vrai, mais aussi lui-même sans votre grand-père n'aurait jamais été, ni votre grand-père sans votre bisaïeul, ni sans vous, votre père n'aurait pas de petit-fils. Lorsque la Nature le mit au jour, c'était à condition de rendre ce qu'elle lui prêtait[1] ; ainsi quand il vous engendra, il ne vous donna rien, il s'acquitta ! Encore je voudrais bien savoir si vos parents songeaient à vous quand ils vous firent. Hélas ! point du tout ! Et toutefois vous croyez leur être obligé d'un présent qu'ils vous ont fait sans y penser. Comment ! parce que votre père fut si paillard qu'il ne put résister aux beaux yeux de je ne sais quelle créature, qu'il en fit le marché[2] pour assouvir sa passion et que de leur patrouillis vous fûtes le maçonnage[3], vous révérerez ce voluptueux comme un des sept sages de Grèce ! Quoi ! parce que cet autre avare acheta les riches biens de sa femme par la façon d'un enfant, cet enfant ne lui doit parler qu'à genoux ? Ainsi votre père fit bien d'être ribaud et cet autre d'être chiche, car autrement ni vous ni lui n'auriez jamais été ; mais je voudrais bien savoir si quand il eut été certain que son pistolet eût pris un rat[4], s'il n'eût point tiré le coup ? Juste Dieu ! qu'on en fait accroire au peuple de votre monde !

« Vous ne tenez, ô mon fils, que le corps de votre architecte mortel ; votre âme part des cieux, qu'il pouvait engainer aussi bien dans un autre fourreau. Votre

père serait possible né votre fils comme vous êtes né le
sien. Que savez-vous même s'il ne vous a point empêché d'hériter d'un diadème? Votre esprit était peut-
être parti du ciel à dessein d'animer le roi des Romains
au ventre de l'impératrice; en chemin, par hasard, il
rencontra votre embryon; pour abréger son voyage, il
s'y logea. Non, non, Dieu ne vous eût point rayé du
calcul qu'il avait fait des hommes, quand votre père fût
mort petit garçon. Mais qui sait si vous ne seriez point
aujourd'hui l'ouvrage de quelque vaillant capitaine,
qui vous aurait associé à sa gloire comme à ses biens.
Ainsi peut-être vous n'êtes non plus redevable à votre
père de la vie qu'il vous a donnée que vous le seriez au
pirate qui vous aurait mis à la chaîne, parce qu'il vous
nourrirait. Et je veux même qu'il vous eût engendré
roi; un présent perd son mérite, lorsqu'il est fait sans
le choix de celui qui le reçoit. On donna la mort à
César, on la donna pareillement à Cassius; cependant
Cassius en est obligé à l'esclave dont il l'impétra[1], non
pas César à ses meurtriers, parce qu'ils le forcèrent de
la prendre. Votre père consulta-t-il votre volonté lorsqu'il embrassa votre mère? vous demanda-t-il si vous
trouveriez bon de voir ce siècle-là, ou d'en attendre
un autre? si vous vous contenteriez d'être le fils d'un
sot, ou si vous auriez l'ambition de sortir d'un brave
homme? Hélas! vous que l'affaire concernait tout
seul, vous étiez le seul dont on ne prenait point l'avis!
Peut-être qu'alors, si vous eussiez été enfermé autre
part que dans la matrice des idées de la Nature, et que
votre naissance eût été à votre option, vous auriez dit à
la Parque: "Ma chère damoiselle, prends le fuseau
d'un autre; il y a fort longtemps que je suis dans le
rien, et j'aime mieux demeurer encore cent ans à
n'être pas que d'être aujourd'hui pour m'en repentir
demain!" Cependant il vous fallut passer par là; vous

eûtes beau piailler pour retourner à la longue et noire
maison dont on vous arrachait, on faisait semblant de
croire que vous demandiez à téter.

«Voilà, ô mon fils! à peu près les raisons qui sont
cause du respect que les pères portent à leurs enfants;
je sais bien que j'ai penché du côté des enfants plus
que la justice ne demande, et que j'ai parlé en leur
faveur un peu contre ma conscience; mais, voulant
corriger cet insolent orgueil dont les pères bravent la
faiblesse de leurs petits, j'ai été obligé de faire comme
ceux qui veulent redresser un arbre tortu, ils le retor-
tuent de l'autre côté, afin qu'il revienne également
droit entre les deux contorsions. Ainsi j'ai fait restituer
aux pères la tyrannique déférence qu'ils avaient usur-
pée, et leur en ai beaucoup dérobé qui leur apparte-
nait, afin qu'une autre fois ils se contentassent du leur.
Je sais bien que j'ai choqué, par cette apologie, tous les
vieillards; mais qu'ils se souviennent qu'ils sont fils
auparavant que d'être pères, et qu'il est impossible
que je n'aie parlé fort à leur avantage, puisqu'ils n'ont
pas été trouvés sous une pomme de chou[1]. Mais enfin,
quoi qu'il puisse arriver, quand mes ennemis se met-
traient en bataille contre mes amis, je n'aurai que du
bon, car j'ai servi tous les hommes, et n'en ai desservi
que la moitié[2].»

À ces mots il se tut, et le fils de notre hôte prit ainsi
la parole:

«Permettez-moi, lui dit-il, puisque je suis informé
par votre soin de l'origine, de l'histoire, des coutumes
et de la philosophie du monde de ce petit homme,
que j'ajoute quelque chose à ce que vous avez dit, et
que je prouve que les enfants ne sont point obligés à
leurs pères de leur génération, parce que leurs pères
étaient obligés en conscience de les engendrer.

«La philosophie de leur monde la plus étroite

confesse qu'il est plus à souhaiter de mourir, à cause que pour mourir il faut avoir vécu, que de n'être point. Or, puisqu'en ne donnant pas l'être à ce rien, je le mets en un état pire que la mort, je suis plus coupable de ne le pas produire que de le tuer. Tu croirais, ô mon petit homme, avoir fait un parricide indigne de pardon, si tu avais égorgé ton fils ; il serait énorme à la vérité ; cependant il est bien plus exécrable de ne pas donner l'être à qui le peut recevoir ; car cet enfant, à qui tu ôtes la lumière, a toujours eu la satisfaction d'en jouir quelque temps ; encore nous savons qu'il n'en est privé que pour peu de siècles ; mais ces quarante pauvres petits riens, dont tu pouvais faire quarante bons soldats à ton roi, tu les empêches malicieusement de venir au jour, et les laisses corrompre dans tes reins, au hasard d'une apoplexie qui t'étouffera. Qu'on ne m'objecte point les beaux panégyriques de la virginité ; cet honneur n'est qu'une fumée ; car enfin tous ces respects dont le vulgaire l'idolâtre ne sont rien, même entre vous autres, que de conseil ; mais de ne pas tuer, mais de ne pas faire son fils, en ne le faisant point, plus malheureux qu'un mort, c'est de commandement[1]. Pourquoi je m'étonne fort, vu que la continence au monde d'où vous venez est tenue si préférable à la propagation charnelle, pourquoi Dieu ne vous a pas fait naître à la rosée du mois de mai comme les champignons, ou, tout au moins, comme les crocodiles du limon gras[2] de la terre échauffé par le soleil. Cependant il n'envoie point chez vous d'eunuques que par accident, il n'arrache point les génitoires à vos moines, à vos prêtres, ni à vos cardinaux. Vous me direz que la Nature les leur a données ; oui, mais il est le maître de la Nature ; et s'il avait reconnu que ce morceau fût nuisible à leur salut, il aurait commandé de le couper, aussi bien que le prépuce aux Juifs dans l'ancienne loi.

Mais ce sont des visions trop ridicules. Par votre foi, y a-t-il quelque place sur votre corps plus sacrée ou plus maudite l'une que l'autre ? Pourquoi commets-je un péché quand je me touche par la pièce du milieu et non pas quand je touche mon oreille ou mon talon ? Est-ce à cause qu'il y a du chatouillement ? Je ne dois donc pas me purger au bassin, car cela ne se fait point sans quelque sorte de volupté ; ni les dévots ne doivent pas non plus s'élever à la contemplation de Dieu, car ils y goûtent un grand plaisir d'imagination. En vérité, je m'étonne, vu combien la religion de votre pays est contre nature[1] et jalouse de tous les contentements des hommes, que vos prêtres n'ont fait un crime de se gratter, à cause de l'agréable douleur qu'on y sent ; avec tout cela, j'ai remarqué que la prévoyante Nature a fait pencher tous les grands personnages, et vaillants et spirituels, aux délicatesses de l'Amour, témoin Samson, David, Hercule, César, Annibal, Charlemagne ; était-ce afin qu'ils se moissonnassent l'organe de ce plaisir d'un coup de serpe[2] ? Hélas ! elle alla jusque sous un cuvier à débaucher Diogène maigre, laid, et pouilleux, et le contraindre de composer, du vent dont il soufflait les carottes, des soupirs à Laïs[3]. Sans doute elle en usa de la sorte pour l'appréhension qu'elle eut que les honnêtes gens ne manquassent au monde. Concluons de là que votre père était obligé en conscience de vous lâcher à la lumière, et quand il penserait vous avoir beaucoup obligé de vous faire en se chatouillant, il ne vous a donné au fond que ce qu'un taureau banal donne aux veaux tous les jours dix fois pour se réjouir.

— Vous avez tort, interrompit alors mon démon, de vouloir régenter la sagesse de Dieu. Il est vrai qu'il nous a défendu l'excès de ce plaisir ; mais que savez-vous[4] s'il ne l'a point ainsi voulu afin que les difficultés que nous trouverions à combattre cette passion nous fissent mériter la gloire qu'il nous prépare ? Mais que savez-vous si ce n'a point été pour aiguiser l'appétit par la défense ? Mais que savez-vous s'il ne prévoyait point qu'abandonnant la jeunesse aux impétuosités de la chair, le coït trop fréquent énerverait[1] leur semence et marquerait la fin du monde aux arrière-neveux du premier homme ? Mais que savez-vous s'il ne voulut point empêcher que la fertilité de la terre ne manquât au besoin de tant d'affamés ? Enfin que savez-vous s'il ne l'a point voulu faire contre toute apparence de raison, afin de récompenser justement ceux qui, contre toute apparence de raison, se seront fiés en sa parole[2] ? »

Cette réponse ne satisfit pas, à ce que je crois, le petit hôte, car il en hocha deux ou trois fois la tête ; mais notre commun précepteur[3] se tut parce que le repas était en impatience de s'envoler.

Nous nous étendîmes sur des matelas fort mollets, couverts de grands tapis où les fumées nous vinrent trouver comme autrefois dedans l'hôtellerie. Un jeune serviteur prit le plus vieil de nos deux philosophes pour le conduire dans une petite salle séparée et :

« Revenez nous trouver ici, lui cria mon précepteur, aussitôt que vous aurez mangé. »

Il nous le promit.

Cette fantaisie de manger à part me donna la curiosité d'en demander la cause :

« Il ne goûte point, me dit-on, de l'odeur de viande, ni même de celle des herbes, si elles ne sont mortes d'elles-mêmes, à cause qu'il les pense capables de douleur.

— Je ne m'ébahis pas tant, répliquai-je, qu'il s'abstienne de la chair et de toutes choses qui ont eu vie sensitive ; car en notre monde les pythagoriciens, et

même quelques saints anachorètes, ont vécu de ce
régime ; mais de n'oser, par exemple, couper un chou
de peur de le blesser, cela me semble tout à fait risible.

— Et moi, répondit le démon, je trouve beaucoup
d'apparence à son opinion ; car, dites-moi, ce chou
dont vous parlez n'est-il pas autant créature de Dieu
que vous ? N'avez-vous pas également tous deux pour
père et mère Dieu et la privation[1] ? Dieu n'a-t-il pas eu,
de toute éternité, son intellect occupé de sa naissance
aussi bien que de la vôtre ? Encore semble-t-il qu'il ait
pourvu plus nécessairement à celle du végétant que
du raisonnable, puisqu'il a remis la génération d'un
homme au caprice de son père, qui pouvait pour son
plaisir l'engendrer ou ne l'engendrer pas ; rigueur
dont cependant il n'a pas voulu traiter avec le chou ;
car, au lieu de remettre à la discrétion du père de germer le fils, comme s'il eût appréhendé davantage que
la race des choux pérît que celle des hommes, il les
contraint, bon gré mal gré, de se donner l'être les uns
aux autres, et non pas ainsi que les hommes, qui tout
au plus n'en sauraient engendrer en leur vie qu'une
vingtaine, ils en produisent, eux, des quatre cent mille
par tête. De dire pourtant que Dieu a plus aimé
l'homme que le chou, c'est que nous nous chatouillons
pour nous faire rire ; étant incapable de passion, il ne
saurait ni haïr ni aimer personne ; et, s'il était susceptible d'amour, il aurait plutôt des tendresses pour ce
chou que vous tenez, qui ne saurait l'offenser, que
pour cet homme dont il a déjà devant les yeux les
injures qu'il lui doit faire[2]. Ajoutez à cela qu'il ne saurait naître sans crime, étant une partie du premier
homme qui le rendit coupable ; mais nous savons fort
bien que le premier chou n'offensa point son Créateur au Paradis terrestre. Dira-t-on que nous sommes
faits à l'image du Souverain Être, et non pas les

choux ? Quand il serait vrai, nous avons, en souillant notre âme par où nous lui ressemblions, effacé cette ressemblance, puisqu'il n'y a rien de plus contraire à Dieu que le péché. Si donc notre âme n'est plus son portrait[1], nous ne lui ressemblons pas davantage par les mains, par les pieds, par la bouche, par le front et par les oreilles, que le chou par ses feuilles, par ses fleurs, par sa tige, par son trognon et par sa tête. Ne croyez-vous pas en vérité, si cette pauvre plante pouvait parler quand on la coupe, qu'elle ne dît : "Homme, mon cher frère, que t'ai-je fait qui mérite la mort ? Je ne croîs que dans tes jardins, et l'on ne me trouve jamais en lieu sauvage où je vivrais en sûreté ; je dédaigne d'être l'ouvrage d'autres mains que les tiennes, mais à peine en suis-je sorti que, pour y retourner, je me lève de terre, je m'épanouis, je te tends les bras, je t'offre mes enfants en graine ; et pour récompense de ma courtoisie, tu me fais trancher la tête !"

« Voilà les discours que tiendrait ce chou s'il pouvait s'exprimer. Hé ! comment, à cause qu'il ne saurait se plaindre, est-ce dire que nous pouvons justement lui faire tout le mal qu'il ne saurait empêcher ? Si je trouve un misérable lié, puis-je sans crime le tuer, à cause qu'il ne peut se défendre ? Au contraire, sa faiblesse aggraverait ma cruauté ; car combien que cette malheureuse créature soit pauvre, soit dénuée de tous nos avantages, elle ne mérite pas la mort pour cela. Quoi ! de tous les biens de l'être, elle n'a que celui de végéter[2], et nous le lui arrachons. Le péché de massacrer un homme n'est pas si grand, parce qu'un jour il revivra, que de couper un chou et lui ôter la vie, à lui qui n'en a point d'autre à espérer. Vous anéantissez l'âme d'un chou en le faisant mourir : mais, en tuant un homme, vous ne faites que changer son domicile ;

et je dis bien plus : puisque Dieu, le Père commun de toutes choses, chérit également ses ouvrages, n'est-il pas raisonnable qu'il ait partagé ses bienfaits également entre nous et les plantes? Il est vrai que nous naquîmes les premiers, mais dans la famille de Dieu, il n'y a point de droit d'aînesse; si donc les choux n'eurent point leur part avec nous du fief de l'immortalité, ils furent sans doute avantagés de quelque autre qui par sa grandeur récompense sa brièveté; c'est peut-être un intellect universel, une connaissance parfaite de toutes les choses dans leurs causes, et c'est peut-être aussi pour cela que ce Sage Moteur[1] ne leur a point taillé d'organes semblables aux nôtres[2], qui n'ont, pour tout effet, qu'un simple raisonnement faible et souvent trompeur, mais d'autres plus ingénieusement travaillés, plus forts et plus nombreux, qui leur servent à l'opération de leurs spéculatifs[3] entretiens. Vous me demanderez peut-être ce qu'ils nous ont jamais communiqué de ces grandes pensées? Mais, dites-moi, que nous ont jamais enseigné les anges non plus qu'eux? Comme il n'y a point de proportion, de rapport ni d'harmonie entre les facultés imbéciles de l'homme et celles de ces divines créatures, ces choux intellectuels auraient beau s'efforcer de nous faire comprendre la cause occulte de tous les événements merveilleux, il nous manque des sens capables de recevoir ces hautes espèces.

« Moïse, le plus grand[4] de tous les philosophes, puisqu'il puisait, à ce que vous dites, la connaissance de la Nature dans la source de la Nature même, signifiait cette vérité, lorsqu'il parla de l'Arbre de Science; il voulait nous enseigner sous cet énigme que les plantes possèdent privativement[5] la philosophie parfaite. Souvenez-vous donc, ô de tous les animaux le plus superbe ! qu'encore qu'un chou que vous coupez ne dise mot, il

n'en pense pas moins. Mais le pauvre végétant n'a pas
des organes propres à hurler comme nous ; il n'en a
pas pour frétiller ni pour pleurer ; il en a toutefois par
lesquels il se plaint du tour que vous lui faites, par lesquels il attire sur vous la vengeance du Ciel. Que si
vous me demandez comme je sais que les choux ont
ces belles pensées, je vous demande comme vous savez
qu'ils ne les ont point, et que tel, par exemple, à votre
imitation ne dise pas le soir en s'enfermant : "Je suis,
monsieur le Chou Frisé, votre très humble serviteur,
chou cabus."»

Il en était là de son discours, quand ce jeune garçon,
qui avait emmené notre philosophe, le ramena.

«Hé ! quoi, déjà dîné ?» lui cria mon démon.

Il répondit que oui, à l'issue[1] près, d'autant que le
physionome[2] lui avait permis de tâter de la nôtre. Le
jeune hôte n'attendit pas que je lui demandasse l'explication de ce mystère :

«Je vois bien, dit-il, que cette façon de vivre vous
étonne. Sachez donc, quoique en votre monde on
gouverne la santé plus négligemment, que le régime[3]
de celui-ci n'est pas à mépriser.

«Dans toutes les maisons, il y a un physionome,
entretenu du public, qui est à peu près ce qu'on appel-
lerait chez vous un médecin, hormis qu'il ne gouverne
que les sains, et qu'il ne juge des diverses façons dont
il nous faut traiter que par la proportion, figure et
symétrie de nos membres, par les linéaments du visage,
le coloris de la chair, la délicatesse du cuir, l'agilité de
la masse, le son de la voix, la teinture[4], la force et la
dureté du poil. N'avez-vous point tantôt pris garde à un
homme de taille assez courte qui vous a si longtemps
considéré ? C'était le physionome de céans. Assurez-
vous que, selon qu'il a reconnu votre complexion, il
a diversifié l'exhalaison[5] de votre dîner. Remarquez

combien le matelas où l'on vous a fait coucher est éloigné de nos lits ; sans doute il vous a jugé d'un tempérament bien différent du nôtre, puisqu'il a craint que l'odeur qui s'évapore de ces petits robinets sur[1] votre nez ne s'épandît jusques à nous, ou que la nôtre ne fumât jusques à vous. Vous le verrez ce soir qui choisira des fleurs pour votre lit avec les mêmes circonspections. »

Pendant tout ce discours, je faisais signe à mon hôte qu'il tâchât d'obliger ces philosophes à tomber sur quelque chapitre de la science qu'ils professaient. Il m'était trop ami pour n'en faire naître aussitôt l'occasion. Je ne vous déduirai point ni les discours ni les prières qui firent l'ambassade de ce traité ; aussi bien la nuance du ridicule[2] au sérieux fut trop imperceptible pour pouvoir être imitée. Tant y a que le dernier venu de ces docteurs, en suite d'autres choses, continua ainsi :

« Il me reste à vous prouver qu'il y a des mondes infinis dans un monde infini. Représentez-vous donc l'univers comme un grand animal[3], les étoiles qui sont des mondes comme d'autres animaux dedans lui qui servent réciproquement de mondes à d'autres peuples, tels qu'à nous, qu'aux chevaux et qu'aux éléphants ; et nous, à notre tour, sommes aussi les mondes de certaines gens encore plus petits, comme des chancres, des poux, des vers, des cirons ; ceux-ci sont la terre d'autres imperceptibles ; ainsi de même que nous paraissons un grand monde à ce petit peuple, peut-être que notre chair, notre sang et nos esprits ne sont autre chose qu'une tissure de petits animaux qui s'entretiennent, nous prêtent mouvement par le leur, et, se laissants aveuglément conduire à notre volonté[4] qui leur sert de cocher, nous conduisent nous-mêmes, et produisent tout ensemble cette action que nous appe-

lons la vie[1]. Car, dites-moi, je vous prie : est-il malaisé à
croire qu'un pou prenne notre corps pour un monde,
et que quand quelqu'un d'eux a voyagé depuis l'une
de vos oreilles jusques à l'autre, ses compagnons disent
de lui qu'il a voyagé aux deux bouts du monde, ou
qu'il a couru de l'un à l'autre pôle ? Oui, sans doute,
ce petit peuple prend votre poil pour les forêts de son
pays, les pores pleins de pituite pour des fontaines, les
bubes[2] et les cirons pour des lacs et des étangs, les
apostumes[3] pour des mers, les fluxions pour des
déluges ; et quand vous vous peignez en devant et en
arrière, ils prennent cette agitation pour le flux et
reflux de l'océan[4].

« La démangeaison ne prouve-t-elle pas mon dire ?
Ce ciron qui la produit, qu'est-ce autre chose qu'un
de ces petits animaux qui s'est dépris de la société
civile pour s'établir tyran de son pays ? Si vous me
demandez d'où vient qu'ils sont plus grands que ces
autres petits imperceptibles, je vous demande pourquoi les éléphants sont plus grands que nous, et les
Hibernois[5] que les Espagnols ? Quant à cette ampoule[6]
et cette croûte dont vous ignorez la cause, il faut
qu'elles arrivent ou par la corruption des charognes
de leurs ennemis que ces petits géants ont massacrés,
ou que la peste[7] produite par la nécessité des aliments
dont les séditieux se sont gorgés ait laissé pourrir
parmi la campagne des monceaux de cadavres, ou que
ce tyran, après avoir tout autour de soi chassé ses compagnons qui de leurs corps bouchaient les pores du
nôtre, ait donné passage à la pituite, laquelle, étant
extravasée hors la sphère de la circulation de notre
sang, s'est corrompue[8]. On me demandera peut-être
pourquoi un ciron en produit cent autres ? Ce n'est
pas chose malaisée à concevoir ; car, de même qu'une
révolte en éveille une autre, ainsi ces petits peuples,

poussés du mauvais exemple de leurs compagnons
séditieux, aspirent chacun en particulier au commandement, allumant partout la guerre, le massacre et la
faim. Mais, me direz-vous, certaines personnes sont
bien moins sujettes à la démangeaison que d'autres ;
cependant chacun est rempli également de ces petits
animaux, puisque ce sont eux, dites-vous, qui font la
vie. Il est vrai ; aussi remarquons-nous que les fleg-
matiques sont moins en proie à la grattelle[1] que les
bilieux, à cause que le peuple, sympathisant au climat
qu'il habite, est plus lent dans un corps froid qu'un
autre échauffé par la température de sa région, qui
pétille, se remue, et ne saurait demeurer en une place.
Ainsi le bilieux est bien plus délicat que le flegmatique
parce qu'étant animé en bien plus de parties, et l'âme
n'étant que l'action de ces petites bêtes, il est capable
de sentir en tous les endroits où ce bétail se remue, là
où, le flegmatique n'étant pas assez chaud pour faire
agir qu'en peu d'endroits cette remuante populace, il
n'est sensible qu'en peu d'endroits.

« Et pour prouver encore cette cironalité universelle,
vous n'avez qu'à considérer quand vous êtes blessé
comme le sang accourt à la plaie. Vos docteurs disent
qu'il est guidé par la prévoyante Nature qui veut
secourir les parties débilitées ; mais voilà de belles chi-
mères : donc outre l'âme et l'esprit il y aurait encore
en nous une troisième substance intellectuelle[2] qui
aurait ses fonctions et ses organes à part. Il est bien
plus croyable que ces petits animaux, se sentant attaqués, envoient chez leurs voisins demander du secours,
et qu'en étant arrivés de tous côtés, et le pays se trouvant incapable de tant de gens, ils meurent étouffés à
la presse ou de faim. Cette mortalité arrive quand
l'apostume est mûre ; car pour témoignage qu'alors
ces animaux de vie sont éteints, c'est que la chair

pourrie devient insensible; que, si bien souvent la saignée qu'on ordonne pour divertir la fluxion profite, c'est à cause que, s'en étant perdus beaucoup par l'ouverture que ces petits animaux tâchaient de boucher, ils refusent d'assister leurs alliés, n'ayants que fort médiocrement la puissance de se défendre chacun chez soi. »

Il acheva ainsi. Et quand le second philosophe s'aperçut que nos yeux assemblés sur les siens l'exhortaient de parler à son tour :

« Hommes, dit-il, vous voyant curieux d'apprendre à ce petit animal notre semblable quelque chose de la science que nous professons, je dicte maintenant un traité que je serais fort aise de lui produire, à cause des lumières qu'il donne à l'intelligence de notre physique, c'est l'explication de l'origine éternelle[1] du monde. Mais comme je suis empressé de faire travailler à mes soufflets (car demain sans remise la ville part), vous pardonnerez au temps, avec promesse toutefois qu'aussitôt qu'elle sera ramassée, je vous satisferai. »

À ce mot, le fils de l'hôte appela son père, et, lorsqu'il fut arrivé, la compagnie lui demanda l'heure. Le bonhomme répondit : « Huit heures. » Son fils alors, tout en colère :

« Hé ! venez çà, coquin, lui dit-il. Ne vous avais-je pas commandé de nous avertir à sept ? Vous savez que les maisons s'en vont demain, que les murailles sont déjà parties, et la paresse vous cadenasse jusques à la bouche.

— Monsieur, répliqua le bonhomme, on a tantôt publié depuis que vous êtes à table une défense expresse de marcher avant après-demain.

— N'importe », repartit-il en lui lâchant une ruade, « vous devez obéir aveuglément, ne point pénétrer dans mes ordres, et vous souvenir seulement de ce que je vous ai commandé. Vite, allez quérir votre effigie[2]. »

Lorsqu'il l'eut apportée, le jouvenceau la saisit par le bras, et la fouetta durant un gros quart d'heure.

«Or sus! vaurien, continua-t-il, en punition de votre désobéissance, je veux que vous serviez aujourd'hui de risée à tout le monde; et, pour cet effet, je vous commande de ne marcher que sur deux pieds le reste de la journée.»

Ce pauvre vieillard sortit fort éploré et son fils continua :

«Messieurs, je vous prie d'excuser les friponneries de ce poste[1]; j'en espérais faire quelque chose de bon, mais il a abusé de mon amitié. Pour moi, je pense que ce coquin-là me fera mourir; en vérité, il m'a déjà mis plus de dix fois sur le point de lui donner ma malédiction[2].»

J'avais bien de la peine, quoique je me mordisse les lèvres, à m'empêcher de rire de ce monde renversé. Cela fut cause que, pour rompre cette burlesque pédagogie qui m'aurait à la fin sans doute fait éclater, je le suppliai de me dire ce qu'il[3] entendait par ce voyage de la ville, dont tantôt il avait parlé, si les maisons et les murailles cheminaient. Il me répondit :

«Nos cités, ô mon cher compagnon, se divisent en mobiles et en sédentaires; les mobiles, comme par exemple celle où nous sommes à présent, sont construites ainsi :

«L'architecte construit chaque palais, ainsi que vous voyez, d'un bois fort léger, y pratique dessous quatre roues; dans l'épaisseur de l'un des murs, il place des soufflets gros et nombreux et dont les tuyaux passent d'une ligne horizontale à travers le dernier étage de l'un à l'autre pignon. De cette sorte, quand on veut traîner les villes autre part (car on les change d'air à toutes les saisons), chacun déplie sur l'un des côtés de son logis quantité de larges voiles au-devant des soufflets ; puis ayant bandé un ressort pour les faire jouer, leurs maisons en moins de huit jours, avec les bouffées continues que vomissent ces monstres à vent et qui s'engouffrent dans la toile, sont emportées, si l'on veut, à plus de cent lieues[1].

« Voici l'architecture des secondes que nous appelons sédentaires : les logis sont presque semblables à vos tours, hormis qu'ils sont de bois, et qu'ils sont percés au centre d'une grosse et forte vis, qui règne de la cave jusques au toit, pour les pouvoir hausser ou baisser à discrétion. Or la terre est creusée aussi profonde que l'édifice est élevé, et le tout est construit de cette sorte, afin qu'aussitôt que les gelées commencent à morfondre[2] le ciel, ils descendent leurs maisons en les tournant au fond de cette fosse et que, par le moyen de certaines grandes peaux dont ils couvrent et cette tour et son creusé circuit, ils se tiennent à l'abri des intempéries de l'air. Mais aussitôt que les douces haleines du printemps viennent à le radoucir, ils remontent au jour par le moyen de cette grosse vis dont j'ai parlé. »

Il voulait, je pense, arrêter là son poumon quand je pris ainsi la parole :

« Par ma foi, monsieur, je ne croirai jamais qu'un maçon si expert puisse être philosophe si je ne vous en ai vous-même pour témoin. C'est pourquoi, puisque l'on ne part pas encore aujourd'hui, vous aurez bien le loisir de nous expliquer cette origine éternelle du monde, dont tantôt vous nous faisiez fête[3]. Je vous promets, en récompense sitôt que je serai de retour dans la Lune, d'où mon gouverneur (je lui montrai mon démon) vous témoignera que je suis venu, d'y semer votre gloire, en y racontant les belles choses que vous m'aurez dites. Je vois bien que vous riez de cette promesse, parce que vous ne croyez[4] pas que la Lune soit un monde, et encore moins que j'en sois un habitant ; mais je vous puis assurer aussi que les peuples de ce monde-là qui ne prennent cettui-ci que pour une lune se moqueront de moi quand je leur dirai que leur Lune est un monde, que les campagnes ici sont de terre et que vous êtes des gens. »

Il ne me répondit que par un souris, puis il commença son discours de cette sorte :

« Puisque nous sommes contraints quand nous voulons remonter à l'origine de ce grand Tout, d'encourir trois ou quatre absurdités, il est bien raisonnable de prendre le chemin qui nous fait moins broncher[1]. Le premier obstacle qui nous arrête, c'est l'éternité du monde ; et l'esprit des hommes n'étant pas assez fort pour la concevoir, et ne pouvant non plus s'imaginer que ce grand univers si beau, si bien réglé, peut s'être fait de soi-même, ils ont eu recours à la Création. Mais, semblables à celui qui s'enfoncerait dans la rivière de peur d'être mouillé de la pluie, ils se sauvent des bras d'un nain à la miséricorde d'un géant. Encore ne s'en sauvent-ils pas, car cette éternité, qu'ils ôtent au monde pour ne l'avoir pu comprendre, ils la donnent à Dieu, comme s'il leur était plus aisé de l'imaginer dedans l'un que dans l'autre. Cette absurdité donc, ou ce géant duquel j'ai parlé, est la Création ; car, dites-moi, en vérité, a-t-on jamais conçu comment de rien il se peut faire quelque chose ? Hélas ! entre rien et un atome seulement, il y a des disproportions tellement infinies que la cervelle la plus aiguë n'y saurait pénétrer ; il faudra donc, pour échapper à ce labyrinthe inexplicable, que vous admettiez une matière éternelle avec Dieu, et alors il ne sera plus besoin d'admettre un Dieu, puisque le monde aura pu être sans lui. Mais, me direz-vous, quand je vous accorderais la matière éternelle, comment ce chaos s'est-il arrangé de soi-même ? Ha ! je vous le vais expliquer[1].

« Il faut, ô mon petit animal, après avoir séparé mentalement chaque petit corps visible en une infinité de petits corps[2] invisibles, s'imaginer que l'Univers infini n'est composé d'autre chose que de ces atomes infinis, très solides, très incorruptibles et très simples, dont les uns sont cubiques, d'autres parallélogrammes, d'autres angulaires, d'autres ronds, d'autres pointus, d'autres pyramidaux, d'autres hexagones, d'autres ovales[3], qui tous agissent diversement chacun selon sa figure. Et qu'ainsi ne soit[4], posez une boule d'ivoire fort ronde sur un lieu fort uni : la moindre impression que vous lui donnerez, elle sera demi-quart d'heure sans s'arrêter. J'ajoute que si elle était aussi parfaitement ronde comme le sont quelques-uns de ces atomes dont je parle, elle ne s'arrêterait jamais[5]. Si donc l'art est capable d'incliner un corps au mouvement perpétuel, pourquoi ne croirons-nous pas que la Nature le puisse faire ? Il en va de même des autres figures : l'une, comme la carrée, demande le repos perpétuel, d'autres un mouvement de côté, d'autres un demi-mouvement comme de trépidation ; et la ronde, dont l'être est de se remuer, venant à se joindre à la pyramidale, fait peut-être ce que nous appelons le feu, parce que non seulement le feu s'agite sans se reposer, mais perce et pénètre facilement[6]. Le feu a outre cela des effets différents selon l'ouverture et la quantité des angles, où la figure ronde se joint, comme par exemple le feu du poivre est autre chose que le feu du sucre, le feu du sucre que celui de la cannelle, celui de la cannelle que celui du clou de girofle, et celui-ci que le feu d'un fagot. Or le feu, qui est le constructeur et destructeur des parties et du Tout de l'Univers[7], a poussé et ramassé dans un chêne la quantité des figures nécessaires à composer ce chêne. "Mais, me direz-vous, comment le hasard[1] peut-il avoir assemblé en un lieu toutes les choses qui étaient nécessaires à produire ce chêne ?" Je réponds que ce n'est pas merveille que la matière ainsi disposée eût formé un chêne, mais que la merveille eût été bien grande si, la matière ainsi disposée, le chêne n'eût pas été formé ; un peu moins de certaines figures[2], c'eût été un orme, un peuplier, un saule, un sureau, de la bruyère, de la mousse ; un peu plus de certaines autres figures, c'eût été la plante sensitive, une huître à l'écaille, un ver, une mouche, une grenouille, un moineau, un singe, un homme. Quand, ayant jeté trois dés sur une table, il arrive ou rafle de deux, ou bien trois, quatre et cinq, ou bien deux, six et un, direz-vous : "Ô le grand miracle[3] !" À chaque dé il est arrivé même point, tant d'autres points pouvant arriver ! "Ô le grand miracle !" il est arrivé en trois dés trois points qui se suivent. "Ô le grand miracle !" il est arrivé justement deux six, et le dessous de l'autre six ! Je suis très assuré qu'étant homme d'esprit, vous ne ferez point ces exclamations ; car puisqu'il n'y a sur les dés qu'une certaine quantité de nombres, il est impossible qu'il n'en arrive quelqu'un.

« Vous vous étonnez comme cette matière, brouillée pêle-mêle, au gré du hasard, peut avoir constitué un homme, vu qu'il y avait tant de choses nécessaires à la construction de son être ; mais vous ne savez pas que cent millions de fois cette matière, s'acheminant au dessein d'un homme, s'est arrêtée à former tantôt une pierre, tantôt du plomb, tantôt du corail, tantôt une fleur, tantôt une comète, pour le trop ou trop peu de certaines figures qu'il fallait ou ne fallait pas à désigner[4] un homme ? Si bien que ce n'est pas merveille qu'entre une infinie quantité de matière qui change et se remue incessamment, elle ait rencontré à faire le peu d'animaux, de végétaux, de minéraux que nous voyons ; non plus que ce n'est pas merveille qu'en cent coups de dés il arrive un rafle[1]. Aussi bien est-il impossible que de ce remuement il ne se fasse quelque chose, et cette chose sera toujours admirée d'un étourdi qui ne saura pas combien peu s'en est fallu qu'elle n'ait pas été faite[2]. Quand la grande rivière de ▰▰▰ fait moudre un moulin, conduit les ressorts d'une horloge, et que le petit ruisseau de ▰▰▰ ne fait que couler et se déborder quelquefois, vous ne direz pas que cette rivière ait bien de l'esprit, parce que vous savez qu'elle a rencontré les choses disposées à faire tous ces beaux chefs-d'œuvre ; car si un moulin ne se fût point trouvé dans son cours, elle n'aurait pas pulvérisé le fourment ; si elle n'eût point rencontré d'horloge, elle n'eût point marqué les heures ; et si le petit ruisseau dont j'ai parlé avait eu les mêmes rencontres, il aurait fait les mêmes miracles. Il en va tout ainsi de ce feu qui se meut de soi-même ; car, ayant trouvé les organes propres à l'agitation nécessaire pour raisonner, il a raisonné ; quand il en a trouvé de propres à sentir seulement, il a senti ; quand il en a trouvé de propres à végéter, il a végété ; et qu'ainsi ne soit, qu'on crève les yeux de cet homme que ce feu ou cette âme fait voir, il cessera de voir, de même que notre grande rivière ne marquera plus les heures, si l'on abat l'horloge[3].

« Enfin ces premiers et indivisibles atomes font un cercle sur qui roulent sans difficulté les difficultés les plus embarrassantes de la physique. Il n'est pas jusques à l'opération des sens, que personne encore n'a pu bien concevoir, que je n'explique fort aisément avec les petits corps. Commençons[4] par la vue : elle mérite, comme la plus incompréhensible, notre premier début.

« Elle se fait donc, à ce que je m'imagine, quand les tuniques de l'œil, dont les pertuis sont semblables à ceux du verre, mettent[1] cette poussière de feu qu'on appelle rayons visuels, et qu'elle est arrêtée par quelque matière opaque, qui la fait rejaillir chez soi ; car alors rencontrant en chemin l'image de l'objet qui l'a repoussée et cette image n'étant qu'un nombre infini de petits corps qui s'exhalent continuellement en égales superficies du sujet regardé, elle la pousse jusques à notre œil.

« Vous ne manquerez pas de m'objecter que le verre est un corps opaque et fort serré, que cependant au lieu de rechasser ces autres petits corps, il s'en laisse percer. Mais je vous réponds que les pores du verre sont taillés de même figure que ces atomes de feu qui le traversent ; et que, de même qu'un crible à froment n'est pas propre à cribler de l'avoine, ni un crible à avoine à cribler du froment, ainsi une boîte de sapin, quoique ténue, qui laisse échapper les sons, n'est pas pénétrable à la vue ; et une pièce de cristal, quoique transparente, qui se laisse percer à la vue, n'est pas pénétrable à l'ouïe. »

Je ne pus m'empêcher de l'interrompre.

« Mais comment, lui dis-je, monsieur, par ces principes-là, expliqueriez-vous la façon de nous peindre dans un miroir ?

— Il est fort aisé, me répliqua-t-il ; car[2] figurez-vous que ces feux de notre œil ayant traversé la glace, et rencontrant, derrière, un corps non diaphane qui les rejette, ils repassent par où ils étaient venus ; et trouvant ces petits corps partis du nôtre cheminants en superficies égales, étendus sur le miroir, ils les ramènent à nos yeux ; et notre imagination, plus chaude que les autres facultés de l'âme, en attire le plus subtil, dont elle fait chez elle un portrait en raccourci.

« L'opération de l'ouïe[3] n'est pas plus malaisée à concevoir. Pour être un peu succinct, considérons-la

seulement dans l'harmonie. Voilà donc un luth touché par les mains d'un maître de l'art. Vous me
demanderez comment se peut-il faire que j'aperçoive
si loin de moi une chose que je ne vois point. De mes
oreilles sort-il des éponges qui boivent cette musique
pour me la rapporter ? ou ce joueur engendre-t-il dans
ma tête un autre petit joueur avec un petit luth, qui ait
ordre de me chanter les mêmes airs ? Non, mais ce
miracle procède de ce que, la corde tirée venant à
frapper les petits corps dont l'air est composé, elle le
chasse dans mon cerveau, le perçant doucement avec
ces petits riens corporels ; et selon que la corde est
bandée, le son est haut, à cause qu'elle pousse les
atomes plus vigoureusement ; et l'organe ainsi péné-
trée, en fournit à la fantaisie assez de quoi faire son
tableau ; si trop peu, il arrive que notre mémoire
n'ayant pas encore achevé son image, nous sommes
contraints de lui répéter le même son, afin que, des
matériaux que lui fournissent, par exemple, les mesures
d'une sarabande, elle en dérobe assez pour achever le
portrait de cette sarabande[1].

« Mais cette opération n'est presque rien ; le merveilleux, c'est lorsque, par son ministère, nous sommes
émus tantôt à la joie, tantôt à la rage, tantôt à la pitié,
tantôt à la rêverie, tantôt à la douleur. Cela se fait, je
m'imagine, si le mouvement que ces petits corps reçoivent rencontre dedans nous d'autres petits corps remués
de même sens ou que leur propre figure rend susceptibles du même ébranlement ; car alors les nouveaux
venus excitent leurs hôtes à se remuer comme eux ; et,
de cette façon, lorsqu'un air violent rencontre le feu
de notre sang incliné au même branle, il anime ce feu
à se pousser dehors, et c'est ce que nous appelons
"ardeur de courage". Si le son est plus doux, et qu'il
n'ait la force de soulever qu'une moindre flamme plus

ébranlée, à cause que la matière est plus volatile en la promenant le long des nerfs, des membranes et des pertuis de notre chair, elle excite ce chatouillement qu'on appelle "joie[1]". Il en arrive ainsi de l'ébullition des autres passions, selon que ces petits corps sont jetés plus ou moins violemment sur nous, selon le mouvement qu'ils reçoivent par la rencontre d'autres branles, et selon ce qu'ils trouvent à remuer chez nous. Voici quant à l'ouïe.

« La démonstration du toucher n'est pas maintenant plus difficile. De toute matière palpable se faisant une émission[2] perpétuelle de petits corps, à mesure que nous la touchons, s'en évaporant davantage, parce que nous les épreignons[3] du sujet manié, comme l'eau d'une éponge quand nous la pressons, les durs viennent faire à l'organe rapport de leur solidité, les souples de leur mollesse, les raboteux de leur âpreté, les brûlants de leur ardeur, les gelés de leur glace. Et qu'ainsi ne soit, nous ne sommes plus si fins à discerner par l'attouchement avec des mains usées de travail, à cause de l'épaisseur du cal, qui pour n'être ni poreux, ni animé, ne transmet pas que malaisément ces fumées de la matière. Quelqu'un désirera d'apprendre où l'organe du toucher tient son siège. Pour moi, je crois qu'il est répandu dans toutes les superficies de la masse, vu qu'il se fait par l'entremise des nerfs dont notre cuir n'est qu'une tissure imperceptible et continue. Je m'imagine toutefois que, plus nous tâtons par un membre proche de la tête, plus vite nous distinguons ; cela se peut expérimenter quand les yeux clos nous patinons[4] quelque chose, car nous la devinons aussitôt ; et si, au contraire, nous la tâtons du pied, nous travaillons beaucoup à la connaître. Cela provient de ce que notre peau étant partout criblée de petits trous, nos nerfs (dont la matière n'est pas plus serrée) perdent en chemin beaucoup de ces petits atomes par les menus pertuis de leur contexture, auparavant d'être arrivés jusques au cerveau, où aboutit leur voyage. Il me reste à prouver que l'odorat et le goût se fassent aussi par l'entremise des mêmes petits corps.

« Dites-moi donc, lorsque je goûte un fruit, n'est-ce pas à cause de l'humidité de la bouche qui le fond ? Avouez-moi donc qu'y ayant dans une poire d'autres sels, et la dissolution les partageant en petits corps d'autre figure que ceux qui composent la saveur d'une prune, il faut qu'ils percent notre palais d'une manière bien différente ; tout ainsi que l'escarre[1] enfoncé par le fer d'une pique qui me traverse n'est pas semblable à ce que me fait souffrir en sursaut la balle d'un pistolet, et de même que la balle d'un pistolet m'imprime une autre douleur que celle d'un carreau[2] d'acier.

« De l'odorat, je n'ai rien à dire, puisque vos philosophes mêmes confessent qu'il se fait par une émission continuelle de petits corps qui se déprennent de leur masse et qui frappent notre nez en passant.

« Je m'en vais sur ce principe vous expliquer la création, l'harmonie et l'influence des globes célestes avec l'immuable variété des météores[3]. »

Il allait continuer ; mais le vieil hôte entra là-dessus, qui fit songer notre philosophe à la retraite. Il apportait les cristaux pleins de vers luisants pour éclairer la salle ; mais comme ces petits feux insectes perdent beaucoup de leur éclat quand ils ne sont pas frais amassés, ceux-ci, vieux de dix jours, ne flambaient presque point.

Mon démon n'attendit pas que la compagnie en fût incommodée ; il monta à son cabinet, et en redescendit aussitôt avec deux boules de feu si brillantes que chacun s'étonna comme il ne se brûlait point les doigts.

« Ces flambeaux incombustibles, dit-il, nous servi-
ront mieux que vos pelotons de vers. Ce sont des
rayons de Soleil que j'ai purgés de leur chaleur, autrement les qualités corrosives de son feu auraient blessé
votre vue en l'éblouissant, j'en ai fixé la lumière, et l'ai
renfermée dedans ces boules transparentes que je
tiens. Cela ne vous doit pas fournir un grand sujet
d'admiration, car il ne m'est non plus difficile à moi
qui suis né dans le Soleil de condenser des rayons qui
sont la poussière de ce monde-là qu'à vous d'amasser
de la poussière ou des atomes qui sont la terre pulvé-
risée de celui-ci. »

Quand on eut achevé le panégyrique de cet enfant
du Soleil, le jeune hôte envoya son père reconduire les
deux philosophes[1], parce qu'il était tard, avec une
douzaine de globes à vers pendus à ses quatre pieds.
Pour nous autres, à savoir le jeune hôte, mon précepteur et moi[2], nous nous couchâmes par l'ordre du physionome. Il me mit cette fois-là dans une chambre de
violettes et de lys, m'envoya chatouiller[3] à l'ordinaire
pour m'endormir, et le lendemain sur les neuf heures,
je vis entrer mon démon, qui me dit qu'il venait du
palais où ♪♪♪, l'une des damoiselles de la reine,
l'avait mandé, qu'elle s'était enquise de moi, et témoi-
gnait qu'elle persistait toujours dans le dessein de me
tenir parole, c'est-à-dire que de bon cœur elle me suivrait, si je la voulais mener avec moi dans l'autre
monde[4].

« Ce qui m'a fort édifié, continua-t-il, c'est quand j'ai
reconnu que le motif principal de son voyage ne bute[5]
qu'à se faire chrétienne. Aussi je lui ai promis d'aider
son dessein de toutes mes forces, et d'inventer pour
cet effet une machine capable de tenir trois ou quatre
personnes dedans laquelle vous pourrez monter
ensemble. Dès aujourd'hui, je vais m'appliquer sérieu-

sement à l'exécution de cette entreprise[1] : c'est pourquoi, afin de vous divertir pendant que je ne serai point avec vous, voici un livre que je vous laisse. Je l'apportai jadis de mon pays natal ; il est intitulé *Les États et Empires du Soleil*[2]. Je vous donne encore celui-ci que j'estime beaucoup davantage ; c'est le grand œuvre des philosophes, qu'un des plus forts esprits du Soleil a composé[3]. Il prouve là-dedans que toutes choses sont vraies, et déclare la façon d'unir physiquement les vérités de chaque contradictoire, comme par exemple que le blanc est noir et que le noir est blanc ; qu'on peut être et n'être pas en même temps ; qu'il peut y avoir une montagne sans vallée[4] ; que le néant est quelque chose, et que toutes les choses qui sont ne sont point. Mais remarquez qu'il prouve ces inouïs paradoxes, sans aucune raison captieuse, ni sophistique. Quand vous serez ennuyé de lire, vous pourrez vous promener, ou bien vous entretenir, avec notre jeune hôte, votre compagnon : son esprit a beaucoup de charmes ; ce qui me déplaît en lui, c'est qu'il est impie ; mais s'il lui arrive de vous scandaliser, ou de faire par les raisonnements chanceler votre foi, ne manquez pas aussitôt de venir me les proposer, je vous en résoudrai les difficultés. Un autre vous ordonnerait de rompre compagnie lorsqu'il voudrait philosopher sur ces matières : mais comme il est extrêmement vain, je suis assuré qu'il prendrait cette fuite pour une défaite, et se figurerait que votre créance serait contre la raison, si vous refusiez d'entendre les siennes. Songez à librement vivre[5]. »

Il me quitta en achevant ce mot, car c'est l'adieu dont, en ce pays-là, on prend congé de quelqu'un comme le « bonjour » ou le « monsieur, votre serviteur » s'exprime par ce compliment : « Aime-moi, sage, puisque je t'aime. » À peine fut-il hors de présence que

je me mis à considérer attentivement mes livres. Les
boîtes, c'est-à-dire leurs couvertures, me semblèrent
admirables pour leur richesse ; l'une était taillée d'un
seul diamant, plus brillant sans comparaison que les
nôtres; la seconde ne paraissait qu'une monstrueuse
perle fendue en deux. Mon démon avait traduit ces
livres en langage de ce monde-là ; mais parce que je
n'ai point encore parlé de leur imprimerie, je m'en
vais expliquer la façon de ces deux volumes.

À l'ouverture de la boîte, je trouvai dedans un je
ne sais quoi de métal quasi tout semblable à nos hor-
loges, plein d'un nombre infini de petits ressorts et de
machines imperceptibles. C'est un livre à la vérité,
mais c'est un livre miraculeux qui n'a ni feuillets ni
caractères; enfin c'est un livre où, pour apprendre, les
yeux sont inutiles; on n'a besoin que d'oreilles. Quand
quelqu'un donc souhaite lire, il bande, avec une grande
quantité de toutes sortes de clefs, cette machine, puis
il tourne l'aiguille sur le chapitre qu'il désire écouter,
et au même temps il sort de cette noix comme de la
bouche d'un homme, ou d'un instrument de musique,
tous les sons distincts et différents qui servent, entre
les grands lunaires, à l'expression du langage[1].

Lorsque j'eus réfléchi sur cette miraculeuse invention de faire des livres, je ne m'étonnai plus de voir
que les jeunes hommes de ce pays-là possédaient davantage de connaissance à seize et à dix-huit ans que les
barbes grises du nôtre ; car, sachant lire aussitôt que
parler, ils ne sont jamais sans lecture ; dans la chambre,
à la promenade, en ville, en voyage, à pied, à cheval,
ils peuvent avoir dans la poche, ou pendus à l'arçon de
leurs selles, une trentaine de ces livres dont ils n'ont
qu'à bander un ressort pour en ouïr un chapitre seulement, ou bien plusieurs, s'ils sont en humeur d'écouter tout un livre : ainsi vous avez éternellement autour

de vous tous les grands hommes et morts et vivants qui vous entretiennent de vive voix[1].

Ce présent m'occupa plus d'une heure ; et enfin, me les étant attachés en forme de pendants d'oreille, je sortis en ville pour me promener. Je n'eus pas achevé d'arpenter la rue qui tombe vis-à-vis de notre maison que je rencontrai à l'autre bout une troupe assez nombreuse de personnes tristes.

Quatre d'entre eux portaient sur leurs épaules une espèce de cercueil enveloppé de noir. Je m'informai d'un regardant que[2] voulait dire ce convoi semblable aux pompes funèbres de mon pays ; il me répondit que ce méchant ▰▰▰ et nommé du peuple par une chiquenaude sur le genou droit, qui avait été convaincu d'envie et d'ingratitude, était décédé d'hier, et que le Parlement l'avait condamné il y avait plus de vingt ans à mourir de mort naturelle et dans son lit, et puis d'être enterré après sa mort. Je me pris à rire de cette réponse ; et lui m'interrogeant pourquoi :

« Vous m'étonnez, lui répliquai-je, de dire que ce qui est une marque de bénédiction dans notre monde, comme une longue vie, une mort paisible, une sépulture pompeuse, serve en celui-ci de châtiment exemplaire.

— Quoi ? vous prenez la sépulture pour une marque de bénédiction ? » me repartit cet homme. « Hé ! par votre foi, pouvez-vous concevoir quelque chose de plus épouvantable qu'un cadavre marchant sur les vers dont il regorge, à la merci des crapauds qui lui mâchent les joues ; enfin la peste revêtue du corps d'un homme ? Bon Dieu ! la seule imagination d'avoir, quoique mort, le visage embarrassé d'un drap, et sur la bouche une pique[3] de terre me donne de la peine à respirer ! Ce misérable que vous voyez porter, outre l'infamie d'être jeté dans une fosse, a été condamné d'être assisté dans son convoi de cent cinquante de ses amis, et commandement à eux, en punition d'avoir aimé un envieux et un ingrat, de paraître à ses funérailles avec le visage triste ; et sans que les juges en ont eu pitié, imputant en partie ses crimes à son peu d'esprit, ils leur auraient ordonné d'y pleurer[1]. Hormis les criminels, tout le monde est brûlé : aussi est-ce une coutume très décente et très raisonnable, car nous croyons que le feu, ayant séparé le pur de l'impur, et de sa chaleur rassemblé par sympathie cette chaleur naturelle qui faisait l'âme, il lui donne la force de s'élever toujours, en montant jusques à quelque astre, la terre de certains peuples plus immatériels que nous, plus intellectuels, parce que leur tempérament doit correspondre et participer à la pureté du globe qu'ils habitent, et que cette flamme radicale, s'étant encore rectifiée par la subtilité des éléments de ce monde-là, elle vient à composer un des bourgeois de ce pays enflambé[2].

« Ce n'est pas pourtant encore notre façon d'inhumer la plus belle. Quand un de nos philosophes est venu en un âge où il sent ramollir son esprit, et la glace des ans engourdir les mouvements de son âme, il assemble ses amis par un banquet somptueux ; puis ayant exposé les motifs qui l'ont fait résoudre à prendre congé de la Nature, le peu d'espérance qu'il a de pouvoir ajouter quelque chose à ses belles actions, on lui fait ou grâce, c'est-à-dire on lui ordonne la mort, ou un sévère commandement de vivre. Quand donc, à la pluralité de voix, on lui a mis son souffle entre ses mains, il avertit ses plus chers et du jour et du lieu ; ceux-ci se purgent et s'abstiennent de manger pendant vingt-quatre heures ; puis arrivés qu'ils sont au logis du sage, après avoir sacrifié au Soleil, ils entrent dans la chambre où le généreux[3] les attend appuyé sur un lit de parade. Chacun vole à son rang aux embrassements et quand ce vient à celui qu'il aime le mieux, après l'avoir baisé tendrement, il l'appuie sur son estomac et joignant sa bouche à sa bouche, de la main droite, qu'il a libre, il se baigne un poignard dans le cœur. L'amant[1] ne détache point ses lèvres de celles de son amant qu'il ne le sente expiré ; alors il retire le fer de son sein, et fermant de sa bouche la plaie, il avale son sang et suce toujours jusques à ce qu'il n'en puisse boire davantage. Aussitôt, un autre lui succède et l'on porte cettui-ci au lit. Le second rassasié, on le mène coucher pour faire place au troisième. Enfin, toute la troupe repue, on introduit à chacun au bout de quatre ou cinq heures une fille de seize ou dix-sept ans et, pendant trois ou quatre jours qu'ils sont à goûter les délices de l'amour, ils ne sont nourris que de la chair du mort qu'on leur fait manger toute crue, afin que, si de ces embrassements il peut naître quelque chose, ils soient comme assurés que c'est leur ami qui revit[2]. »

Je ne donnai pas la patience à cet homme de discourir davantage, car je le plantai là pour continuer ma promenade.

Quoique je la fisse assez courte, le temps que j'employai aux particularités de ces spectacles et à visiter[3] quelques endroits de la ville fut cause que j'arrivai plus de deux heures après le dîner préparé. On me demanda pourquoi j'étais arrivé si tard.

« Ce n'a pas été ma faute », répondis-je au cuisinier qui s'en plaignait ; « j'ai demandé plusieurs fois parmi les rues quelle heure il était, mais on ne m'a répondu qu'en ouvrant la bouche, serrant les dents, et tordant le visage de guingois !

— Quoi ! s'écria toute la compagnie, vous ne savez pas que par là ils vous montraient l'heure ?

— Par ma foi, repartis-je, ils avaient beau[1] exposer au soleil leurs grands nez avant que je l'apprisse.

— C'est une commodité, me dirent-ils, qui leur sert à se passer d'horloge, car de leurs dents ils font un cadran si juste, qu'alors qu'ils veulent instruire quelqu'un de l'heure, ils desserrent les lèvres, et l'ombre de ce nez qui vient tomber dessus marque comme sur un cadran celle dont le curieux est en peine[2]. Maintenant, afin que vous sachiez pourquoi tout le monde en ce pays a le nez grand, apprenez qu'aussitôt qu'une femme est accouchée, la matrone porte l'enfant au prieur du séminaire ; et justement au bout de l'an les experts étant assemblés, si son nez est trouvé plus court qu'une certaine mesure que tient le syndic, il est censé camus, et mis entre les mains des prêtres qui le châtrent. Vous me demanderez possible la cause de cette barbarie, comment se peut-il faire que nous, chez qui la virginité est un crime, établissions des continents par force ? Sachez que nous le faisons après avoir observé depuis trente siècles qu'un grand nez est à la porte de chez nous une enseigne qui dit : "Céans loge un homme spirituel, prudent, courtois, affable, généreux et libéral", et qu'un petit est le bouchon[3] des vices opposés. C'est pourquoi des camus on bâtit les eunuques, parce que la République aime mieux n'avoir point d'enfants d'eux, que d'en avoir de semblables à eux[4]. »

Il parlait encore, lorsque je vis entrer un homme tout nu. Je m'assis aussitôt, et me couvris pour lui faire honneur, car ce sont les marques du plus grand respect[5] qu'on puisse en ce pays-là témoigner à quelqu'un.

« Le royaume, dit-il, souhaite que vous avertissiez les magistrats avant que de partir pour votre pays, à cause qu'un mathématicien vient tout à l'heure de promettre au Conseil que, pourvu qu'étant de retour en votre monde vous vouliez construire une certaine machine qu'il vous enseignera correspondante à une autre qu'il tiendra prête en celui-ci, il l'attirera à lui et le joindra à notre globe. »

Sitôt qu'il fut sorti :

« Hé ! je vous prie », m'adressant au jeune hôte, « apprenez-moi que veut dire ce bronze figuré[1] en parties honteuses qui pendent à la ceinture de cet homme. »

J'en avais bien vu quantité à la Cour, du temps que je vivais en cage, mais parce que j'étais quasi toujours environné des filles de la reine, j'appréhendais de violer le respect qui se doit à leur sexe et à leur condition, si j'eusse en leur présence attiré l'entretien d'une matière si grasse[2].

« Les femelles ici, non plus que les mâles, ne sont pas assez ingrates pour rougir à la vue de celui qui les a forgées ; et les vierges n'ont pas honte d'aimer sur nous, en mémoire de leur mère Nature, la seule chose qui porte son nom. Sachez donc que l'écharpe[3] dont cet homme est honoré, où pend pour médaille la figure d'un membre viril, est le symbole du gentilhomme et la marque qui distingue le noble d'avec le roturier[4]. »

J'avoue que ce paradoxe me sembla si extravagant que je ne pus m'empêcher d'en rire.

« Cette coutume me semble bien extraordinaire, disje à mon petit hôte, car en notre monde la marque de noblesse est de porter l'épée. »

Mais lui, sans s'émouvoir :

« Ô mon petit homme ! s'écria-t-il, que les grands de votre monde sont enragés de faire parade d'un instrument qui désigne un bourreau, qui n'est forgé que pour nous détruire, enfin l'ennemi juré de tout ce qui vit ; et de cacher, au contraire, un membre sans qui

nous serions au rang de ce qui n'est pas, le Prométhée[1] de chaque animal, et le réparateur infatigable
des faiblesses de la Nature ! Malheureuse contrée, où
les marques de génération sont ignominieuses, et où
celles d'anéantissement sont honorables. Cependant,
vous appelez ce membre-là les parties honteuses,
comme s'il y avait quelque chose de plus glorieux que
de donner la vie, et rien de plus infâme que de l'ôter ! »

Pendant tout ce discours, nous ne laissions pas de
dîner ; et sitôt que nous fûmes levés de dessus nos lits,
nous allâmes au jardin prendre l'air.

Les occurrences[2] et la beauté du lieu nous entretin-
rent quelque temps ; mais comme la plus noble envie
dont je fusse alors chatouillé, c'était de convertir à
notre religion une âme si fort élevée au-dessus du vulgaire, je l'exhortai mille fois de ne pas embourber de
matière ce beau génie dont le Ciel l'avait pourvu, qu'il
tirât de la presse des animaux cet esprit capable de la
vision de Dieu ; enfin qu'il avisât sérieusement à voir
unir quelque jour son immortalité au plaisir plutôt
qu'à la peine.

« Quoi ! me répliqua-t-il en s'éclatant de rire, vous
estimez votre âme immortelle privativement à celle des
bêtes ? Sans mentir, mon grand ami, votre orgueil est
bien insolent ! Et d'où argumentez-vous, je vous prie,
cette immortalité au préjudice de celle des bêtes !
Serait-ce à cause que nous sommes doués de raisonnement et non pas elles ? En premier lieu, je vous le nie,
et je vous prouverai quand il vous plaira, qu'elles raisonnent comme nous[3]. Mais encore qu'il fût vrai que
la raison nous eût été distribuée en apanage et qu'elle
fût un privilège réservé seulement à notre espèce, est-
ce à dire pour cela qu'il faille que Dieu enrichisse
l'homme de l'immortalité, parce qu'il lui a déjà prodi-
gué la raison ? Je dois donc, à ce compte-là, donner

aujourd'hui à ce pauvre une pistole parce que je lui donnai hier un écu[1] ? Vous voyez bien vous-même la fausseté de cette conséquence, et qu'au contraire, si je suis juste, plutôt que de donner une pistole à celui-ci, je dois donner un écu à l'autre, puisqu'il n'a rien touché de moi. Il faut conclure de là, ô mon cher compagnon, que Dieu, plus juste encore mille fois que nous, n'aura pas tout versé aux uns pour ne rien laisser aux autres. D'alléguer l'exemple des aînés de votre monde, qui emportent dans leur partage quasi tous les biens de la maison, c'est une faiblesse des pères qui, voulant perpétuer leur nom, ont appréhendé qu'il ne se perdît ou ne s'égarât dans la pauvreté[2]. Mais Dieu, qui n'est point capable d'erreur, n'a eu garde d'en commettre une si grande ; et puis, n'y ayant[3] dans l'éternité de Dieu ni avant ni après, les cadets chez lui ne sont pas plus jeunes que les aînés. »

Je ne le cèle point, que ce raisonnement m'ébranla.

« Vous me permettrez, lui dis-je, de briser sur cette matière, parce que je ne me sens pas assez fort pour vous répondre ; je m'en vais quérir la solution de cette difficulté chez notre commun précepteur[4]. »

Je montai aussitôt, sans attendre qu'il me répliquât, en la chambre de cet habile démon, et, tous préambules à part, je lui proposai ce qu'on venait de m'objecter touchant l'immortalité de nos âmes. Et voici ce qu'il me répondit :

« Mon fils, ce jeune étourdi[5] passionné de vous persuader qu'il n'est pas vraisemblable que l'âme de l'homme soit immortelle parce que Dieu serait injuste, Lui qui se dit Père commun de tous les êtres, d'en avoir avantagé une espèce et d'avoir abandonné généralement toutes les autres au néant ou à l'infortune, ces raisons[6], à la vérité, brillent un peu de loin. Et quoi que je pusse lui demander comme il sait que ce qui est

juste à nous soit aussi juste à Dieu, comme il sait que
Dieu se mesure à notre aune, comme il sait que nos
lois et nos coutumes, qui n'ont été instituées que pour
remédier à nos désordres, servent aussi pour tailler les
morceaux de la toute-puissance de Dieu, je passerai
toutes ces choses, avec tout ce qu'ont si divinement
répondu sur cette matière les Pères de votre Église[1], et
je vous découvrirai un mystère qui n'a point encore
été révélé :

« Vous[2] savez, ô mon fils, que de la terre il se fait un
arbre, d'un arbre un pourceau, d'un pourceau un
homme. Ne pouvons-nous donc pas croire, puisque
tous les êtres en la Nature tendent au plus parfait,
qu'ils aspirent à devenir hommes, cette essence étant
l'achèvement du plus beau mixte, et le mieux imaginé
qui soit au monde, étant le seul qui fasse le lien de la
vie brutale avec l'angélique[3] ? Que ces métamorphoses
arrivent, il faut être pédant pour le nier. Ne voyons-
nous pas qu'un pommier, par la chaleur de son germe,
comme par une bouche, suce et digère le gazon qui
l'environne ; qu'un pourceau dévore ce fruit et le fait
devenir une partie de soi-même ; et qu'un homme,
mangeant le pourceau, réchauffe cette chair morte, la
joint à soi, et fait enfin revivre cet animal sous une plus
noble espèce ? Ainsi ce grand pontife que vous voyez la
mitre sur la tête était il n'y a que soixante ans une
touffe d'herbe en mon jardin. Dieu donc, étant le Père
commun de toutes ses créatures, quand il les aimerait
toutes également, n'est-il pas bien croyable qu'après
que, par cette métempsycose plus raisonnée que la
pythagorique, tout ce qui sent, tout ce qui végète, enfin
après que toute la matière aura passé par l'homme,
alors ce grand jour du Jugement arrivera où font aboutir les prophètes les secrets de leur philosophie[4] ? »

Je redescendis très satisfait au jardin et je commen-

çais à réciter à mon compagnon ce que notre maître
m'avait appris, quand le physionome arriva pour nous
conduire à la réfection et au dortoir. J'en tairai les particularités parce que je fus nourri et couché comme le
jour précédent[1].

Le lendemain, dès que je fus éveillé, je m'en allai
faire lever mon antagoniste.

« C'est un aussi grand miracle, lui dis-je en l'abordant, de trouver un fort esprit comme le vôtre enseveli
de sommeil que de voir du feu sans action. »

Il sourit de ce mauvais compliment.

« Mais », s'écria-t-il avec une colère passionnée
d'amour, « ne déferez-vous jamais votre bouche aussi
bien que votre raison de ces termes fabuleux de
"miracles"? Sachez que ces noms-là diffament le nom
de philosophe. Comme le sage ne voit rien au monde
qu'il ne conçoive ou qu'il ne juge pouvoir être conçu,
il doit abominer toutes ces expressions de miracles, de
prodiges, d'événements contre nature qu'ont inventées les stupides pour excuser les faiblesses de leur
entendement[2]. »

Je crus alors être obligé en conscience de prendre la
parole pour le détromper.

« Encore, lui répliquai-je, que vous ne croyez pas aux
miracles, il ne laisse pas de s'en faire, et beaucoup. J'en
ai vu de mes yeux. J'ai connu plus de vingt malades
guéris miraculeusement.

— Vous le dites, interrompit-il, que ces gens-là ont
été guéris par miracle ; mais vous ne savez pas que la
force de l'imagination[3] est capable de combattre toutes
les maladies à cause d'un certain baume naturel répandu
dans nos corps contenant toutes les qualités contraires
à toutes celles de chaque mal qui nous attaque ; et notre
imagination, avertie par la douleur, va choisir en son
lieu le remède spécifique qu'elle oppose au venin et

nous guérit. C'est là d'où vient que le plus habile médecin de notre monde conseille au malade de prendre
plutôt un médecin ignorant qu'il estimera fort habile
qu'un fort habile qu'il estimera ignorant[1], parce qu'il
se figure que notre imagination travaille à notre santé ;
pour peu qu'elle fût aidée des remèdes, elle était
capable de nous guérir ; mais que les plus puissants
étaient trop faibles, quand l'imagination ne les appliquait pas ! Vous étonnez-vous que les premiers hommes
de votre monde vivaient tant de siècles sans avoir aucune
connaissance de la médecine ? Leur nature était forte,
ce baume universel n'était pas dissipé par les drogues
dont vos médecins vous consomment. Ils n'avaient
pour rentrer en convalescence qu'à souhaiter fortement et s'imaginer d'être guéris. Aussitôt leur fantaisie, nette, vigoureuse et bandée, s'allait plonger dans
cette huile vitale, appliquait l'actif au passif, et presque
en un clin d'œil les voilà sains comme auparavant. Il ne
laisse pas toutefois de se faire encore aujourd'hui des
cures étonnantes, mais le populaire les attribue à
miracle. Pour moi, je n'en crois point du tout, et ma
raison est qu'il est plus facile que tous ces diseurs-là
se trompent que cela n'est facile à faire. Car je leur
demande : ce fiévreux qui vient de guérir a souhaité
bien fort, comme il est vraisemblable, pendant sa maladie, de se revoir en santé ; il a fait des vœux ; or, il fallait nécessairement, étant malade, qu'il mourût, qu'il
demeurât en son mal, ou qu'il guérît ; s'il fût mort, on
eût dit : Dieu l'a voulu récompenser de ses peines ; on
le fera peut-être malicieusement équivoquer, disant
que, selon les prières du malade, il l'a guéri de tous ses
maux ; s'il fût demeuré dans son infirmité, on aurait dit
qu'il n'avait pas la foi ; mais, parce qu'il est guéri, c'est
un miracle tout visible. N'est-il pas bien plus vraisemblable que sa fantaisie, excitée par les violents désirs de

sa santé, a fait cette opération ? Car je veux qu'il soit réchappé beaucoup de ces messieurs qui s'étaient voués, combien davantage en voyons-nous qui sont péris misérablement avec leurs vœux[1] ?

— Mais à tout le moins, lui repartis-je, si ce que vous dites de ce baume est véritable, c'est une marque de la raisonnabilité de notre âme, puisque sans se servir des instruments de notre raison, ni s'appuyer du concours de notre volonté, elle sait d'elle-même, comme si elle était hors de nous, appliquer l'actif au passif. Or si, étant séparée de nous, elle est raisonnable, il faut nécessairement qu'elle soit spirituelle ; et si vous la confessez spirituelle, je conclus qu'elle est immortelle, puisque la mort n'arrive aux animaux que par le changement des formes dont la matière seule est capable. »

Ce jeune homme alors s'étant mis à son séant sur le lit, et m'ayant fait asseoir de même, discourut à peu près de cette sorte :

« Pour l'âme des bêtes qui est corporelle, je ne m'étonne pas qu'elle meure, vu qu'elle n'est possible qu'une harmonie des quatre qualités[2], une force de sang, une proportion d'organes bien concertés ; mais je m'étonne bien fort que la nôtre, incorporelle, intellectuelle et immortelle, soit contrainte de sortir de chez nous pour les mêmes causes qui font périr celle d'un bœuf. A-t-elle fait pacte avec notre corps que, quand il aurait un coup d'épée dans le cœur, une balle de plomb dans la cervelle, une mousquetade à travers le corps, d'abandonner aussitôt sa maison trouée ? Encore manquerait-elle souvent à son contrat, car quelques-uns meurent d'une blessure dont les autres réchappent ; il faudrait que chaque âme eût fait un marché particulier avec son corps. Sans mentir, elle qui a tant d'esprit, à ce qu'on nous a fait accroire, est bien enragée de sortir d'un logis quand elle voit qu'au partir de là on lui va marquer son appartement en enfer. Et si cette âme était spirituelle, et par soi-même raisonnable, comme ils disent, qu'elle fût aussi capable d'intelligence quand elle est séparée de notre masse qu'alors qu'elle en est revêtue, pourquoi les aveugles-nés, avec tous les beaux avantages de cette âme intellectuelle, ne sauraient-ils même s'imaginer ce que c'est que de voir ? Pourquoi les sourds n'entendent-ils point ? Est-ce à cause qu'ils ne sont pas encore privés par le trépas de tous les sens ? Quoi ? je ne pourrai donc me servir de ma main droite, parce que j'en ai aussi une gauche ? Ils allèguent, pour prouver qu'elle ne saurait agir sans les sens, encore qu'elle soit spirituelle, l'exemple d'un peintre qui ne saurait faire un tableau s'il n'a des pinceaux. Oui, mais ce n'est pas à dire que le peintre qui ne peut travailler sans pinceaux, quand, avec ses pinceaux, il aura perdu ses couleurs, ses crayons, ses toiles et ses coquilles, qu'[1]alors il le pourra mieux faire. Bien au contraire ! Plus d'obstacles s'opposeront à son labeur, plus il lui sera impossible de peindre. Cependant ils veulent que cette âme, qui ne peut agir qu'imparfaitement à cause de la perte d'un de ses outils dans le cours de la vie, puisse alors travailler avec perfection, quand après notre mort elle les aura tous perdus. S'ils nous viennent rechanter qu'elle n'a pas besoin de ces instruments pour faire les fonctions, je leur rechanterai qu'il faut fouetter les quinze-vingts[2], qui font semblant de ne voir goutte[3].

— Mais, lui dis-je, si notre âme mourait, comme je vois bien que vous voulez conclure, la résurrection que nous attendons ne serait donc qu'une chimère, car il faudrait que Dieu les recréât, et cela ne serait pas résurrection. »

Il m'interrompit par un hochement de tête :

« Hé, par votre foi ! s'écria-t-il, qui vous a bercé de ce

Peau-d'Âne[1] ? Quoi ? vous ? Quoi ? moi ? Quoi ? ma servante ressusciter ?

— Ce n'est point, lui répondis-je, un conte fait à plaisir ; c'est une vérité indubitable que je vous prouverai.

— Et moi, dit-il, je vous prouverai le contraire :
« Pour commencer donc, je suppose que vous mangiez un mahométan ; vous le convertissez, par conséquent, en votre substance, n'est-il pas vrai ? Ce mahométan, digéré, se change partie en chair, partie en sang, partie en sperme ? Vous embrasserez votre femme et de la semence, tirée tout entière du cadavre mahométan, vous jetez en moule un beau petit chrétien ; je demande : le mahométan aura-t-il son corps ? Si la terre lui rend, le petit chrétien n'aura pas le sien, puisqu'il n'est tout entier qu'une partie de celui du mahométan. Si vous me dites que le petit chrétien aura le sien, Dieu dérobera donc au mahométan ce que le petit chrétien n'a reçu que de celui du mahométan. Ainsi il faut absolument que l'un ou l'autre manque de corps ! Vous me répondrez peut-être que Dieu reproduira de la matière pour suppléer à celui qui n'en aura pas assez ? Oui, mais une autre difficulté nous arrête, c'est que le mahométan damné ressuscitant, et Dieu lui fournissant un corps tout neuf à cause du sien que le chrétien lui a volé, comme le corps tout seul, comme l'âme toute seule, ne fait pas l'homme, mais l'un et l'autre joints en un seul sujet, et comme le corps et l'âme sont parties aussi intégrantes de l'homme l'une que l'autre, si Dieu pétrit à ce mahométan un autre corps que le sien, ce n'est plus le même individu[2]. Ainsi Dieu damne un autre homme que celui qui a mérité l'enfer ; ainsi ce corps a paillardé, ce corps a criminellement abusé de tous ses sens, et Dieu, pour châtier ce corps, en jette un autre au feu, lequel est vierge, lequel est pur, et qui n'a

jamais prêté ses organes à l'opération du moindre crime. Et ce qui serait encore bien ridicule, c'est que ce corps aurait mérité l'Enfer et le Paradis tout ensemble, car, en tant que mahométan, il doit être damné ; en tant que chrétien, il doit être sauvé ; de sorte que Dieu ne le saurait mettre en Paradis qu'il ne soit injuste, récompensant de la gloire la damnation qu'il avait méritée comme mahométan et ne le peut jeter en Enfer qu'il ne soit injuste aussi, récompensant de la mort éternelle la béatitude qu'il avait méritée comme chrétien. Il faut donc, s'il veut être équitable, qu'il damne et sauve éternellement cet homme-là[1]. »

Alors je pris la parole et :

« Eh ! je n'ai rien à répondre, lui repartis-je, à vos arguments sophistiques contre la résurrection, tant y a que Dieu l'a dit, Dieu qui ne peut mentir.

— N'allez pas si vite, me répliqua-t-il, vous en êtes déjà à "Dieu l'a dit" ; il faut prouver auparavant qu'il y ait un Dieu, car pour moi je vous le nie tout à plat[2].

— Je ne m'amuserai point, lui dis-je, à vous réciter les démonstrations évidentes dont les philosophes se sont servis pour l'établir ; il faudrait redire tout ce qu'ont jamais écrit les hommes raisonnables. Je vous demande seulement quel inconvénient vous encourez de le croire ; je suis bien assuré que vous ne m'en sauriez prétexter aucun. Puisque donc il est impossible d'en tirer que de l'utilité, que ne vous le persuadez-vous ? Car s'il y a un Dieu, outre qu'en ne le croyant pas, vous vous serez mécompté, vous aurez désobéi au précepte qui commande d'en croire ; et s'il n'y en a point, vous n'en serez pas mieux que nous[3] !

— Si fait, me répondit-il, j'en serai mieux que vous, car s'il n'y en a point, vous et moi serons à deux de jeu ; mais, au contraire, s'il y en a, je n'aurai pas pu avoir offensé une chose que je croyais n'être point, puisque, pour pécher, il faut ou le savoir ou le vouloir[1]. Ne voyez-vous pas qu'un homme, même tant soit peu sage, ne se piquerait pas qu'un crocheteur l'eût injurié, si le crocheteur aurait pensé ne le pas faire, s'il l'avait pris pour un autre ou si c'était le vin qui l'eût fait parler ? À plus forte raison Dieu, tout inébranlable, s'emportera-t-il contre nous pour ne l'avoir pas connu, puisque c'est Lui-même qui nous a refusé les moyens de le connaître ? Mais, par votre foi, mon petit animal, si la créance de Dieu nous était si nécessaire, enfin si elle nous importait de l'éternité, Dieu lui-même ne nous en aurait-il pas infus à tous des lumières aussi claires que le soleil qui ne se cache à personne ? Car de feindre qu'il ait voulu entre les hommes, à cligne-musette, faire comme les enfants : "Toutou, le voilà[2]", c'est-à-dire tantôt se masquer, tantôt se démasquer, se déguiser à quelques-uns pour se manifester aux autres, c'est se forger un Dieu ou sot ou malicieux, vu que si ç'a été par la force de mon génie que je l'ai connu, c'est lui qui mérite et non pas moi, d'autant qu'il pouvait me donner une âme ou des organes imbéciles qui me l'auraient fait méconnaître. Et si, au contraire, il m'eût donné un esprit incapable de le comprendre, ce n'aurait pas été ma faute, mais la sienne, puisqu'il pouvait m'en donner un si vif que je l'eusse compris[3]. »

Ces opinions diaboliques et ridicules me firent naître un frémissement par tout le corps ; je commençai alors de contempler cet homme avec un peu plus d'attention et je fus bien ébahi de remarquer sur son visage je ne sais quoi d'effroyable, que je n'avais point encore aperçu : ses yeux étaient petits et enfoncés, le teint basané, la bouche grande, le menton velu, les ongles noirs. « Ô Dieu, me songeai-je aussitôt, ce misérable est réprouvé dès cette vie et possible même que c'est l'Antéchrist dont il se parle tant dans notre monde[4]. »

Je ne voulus pas pourtant lui découvrir ma pensée, à cause de l'estime que je faisais de son esprit, et véritablement les favorables aspects[1] dont Nature avait regardé son berceau m'avaient fait concevoir quelque amitié pour lui. Je ne pus toutefois si bien me contenir que je n'éclatasse avec des imprécations qui le menaçaient d'une mauvaise fin[2]. Mais lui, renviant sur ma colère : « Oui, s'écria-t-il, par la mort... » Je ne sais pas ce qu'il préméditait de dire, car sur cette entrefaite, on frappa à la porte de notre chambre et je vois entrer un grand homme noir tout velu. Il s'approcha de nous et saisissant le blasphémateur à fois de corps[3], il l'enleva par la cheminée.

La pitié que j'eus du sort de ce malheureux m'obligea de l'embrasser[4] pour l'arracher des griffes de l'Éthiopien[5] ; mais il fut si robuste qu'il nous enleva tous deux, de sorte qu'en un moment nous voilà dans la nue. Ce n'était plus l'amour du prochain qui m'obligeait à le serrer étroitement, mais l'appréhension de tomber. Après avoir été je ne sais combien de jours à percer le ciel, sans savoir ce que je deviendrais, je reconnus que j'approchais de notre monde. Déjà je distinguais l'Asie de l'Europe et l'Europe de l'Afrique. Déjà même mes yeux, par mon abaissement, ne pouvaient se courber[6] au-delà de l'Italie, quand le cœur me dit que ce diable, sans doute, emportait mon hôte aux Enfers, en corps et en âme, et que c'était pour cela qu'il le passait par notre Terre à cause que l'Enfer est dans son centre[7]. J'oubliai toutefois cette réflexion et tout ce qui m'était arrivé depuis que le diable était notre voiture, à la frayeur que me donna la vue d'une montagne[8] tout en feu que je touchais quasi. L'objet de ce brûlant spectacle me fit crier « Jésus Maria ». J'avais encore à peine achevé la dernière lettre que je me trouvai étendu sur des bruyères au coupeau d'une petite colline et deux ou trois pasteurs autour de moi qui récitaient les litanies et me parlaient italien. « Ô ! m'écriai-je alors, Dieu soit loué ! J'ai donc enfin trouvé des chrétiens au monde de la Lune. Hé ! dites-moi mes amis, en quelle province de votre monde suis-je maintenant ? — En Italie », me répondirent-ils. — Comment ! interrompis-je. Y a-t-il une Italie aussi au monde de la Lune ? » J'avais encore si peu réfléchi sur cet accident que je ne m'étais pas encore aperçu qu'ils me parlaient italien et que je leur répondais de même[1].

Quand donc je fus tout à fait désabusé et que rien ne m'empêcha plus de connaître que j'étais de retour en ce monde, je me laissai conduire où ces paysans voulurent me mener. Mais je n'étais pas encore arrivé aux portes de… que tous les chiens de la ville se vinrent précipiter sur moi, et sans que la peur me jeta dans une maison où je mis barre entre nous, j'étais infailliblement englouti.

Un quart d'heure après, comme je me reposai dans ce logis, voici qu'on entend à l'entour un sabbat de tous les chiens, je crois, du royaume ; on y voyait depuis le dogue jusqu'au bichon, hurlants de plus épouvantable furie que s'ils eussent fait l'anniversaire de leur premier Adam[2].

Cette aventure ne causa pas peu d'admiration à toutes les personnes qui la virent ; mais, aussitôt que j'eus éveillé mes rêveries sur cette circonstance, je m'imaginai tout à l'heure[3] que ces animaux étaient acharnés contre moi à cause du monde d'où je venais ; « car, disais-je en moi-même, comme ils ont accoutumé d'aboyer à la Lune, pour la douleur qu'elle leur fait de si loin, sans doute ils se sont voulu jeter dessus moi parce que je sens la Lune dont l'odeur les fâche. »

Pour me purger de ce mauvais air, je m'exposai tout nu au soleil dessus une terrasse. Je m'y hâlai quatre ou

cinq heures durant, au bout desquelles je descendis ;
et les chiens, ne sentant plus l'influence qui m'avait
fait leur ennemi, s'en retournèrent chacun chez soi.

Je m'enquis au port quand un vaisseau partirait
pour la France et, lorsque je fus embarqué, je n'eus
l'esprit tendu qu'à ruminer aux merveilles de mon
voyage. J'admirai mille fois la providence de Dieu, qui
avait reculé ces hommes, naturellement impies, en un
lieu où ils ne pussent corrompre ses bien-aimés, et les
avait punis de leur orgueil en les abandonnant à leur
propre suffisance. Aussi je ne doute point qu'il n'ait différé jusqu'ici d'envoyer leur prêcher l'Évangile[1] parce
qu'il savait qu'ils en abuseraient et que cette résistance
ne servirait qu'à leur faire mériter une plus rude punition en l'autre[2] monde.

Les États et Empires du Soleil

Enfin notre vaisseau surgit au havre de Toulon[1]; et d'abord après avoir rendu grâces aux vents et aux étoiles pour la félicité du voyage, chacun s'embrassa sur le port, et se dit adieu. Pour moi, parce qu'au monde de la Lune d'où j'arrivais, l'argent se met au nombre des contes faits à plaisir, et que j'en avais comme perdu la mémoire, le pilote se contenta, pour le naulage, de l'honneur d'avoir porté dans son navire un homme tombé du ciel. Rien ne nous empêcha donc d'aller jusques auprès de Toulouse, chez un de mes amis. Je brûlais de le voir, pour la joie que j'espérais lui causer, au récit de mes aventures. Je ne serai point ennuyeux à vous réciter tout ce qui m'arriva sur le chemin; je me lassai, je me reposai, j'eus soif, j'eus faim, je bus, je mangeai au milieu de vingt ou trente chiens qui composaient sa meute. Quoi que je fusse en fort mauvais ordre, maigre, et rôti du hâle, il ne laissa pas de me reconnaître. Transporté de ravissement, il me sauta au col[2], et, après m'avoir baisé plus de cent fois, tout tremblant d'aise, il m'entraîna dans son château, où sitôt que les larmes eurent fait place à la voix : «Enfin, s'écria-t-il, nous vivons et nous vivrons, malgré tous les accidents dont la Fortune a ballotté notre vie Mais, bons dieux ! il n'est donc pas vrai, le bruit qui courut que vous aviez été brûlé en Canada, dans ce grand feu d'artifice duquel vous fûtes l'inventeur ? Et

cependant deux ou trois personnes de créance, parmi
ceux qui m'en apportèrent les tristes nouvelles, m'ont
juré avoir vu et touché cet oiseau de bois dans lequel
vous fûtes ravi. Ils me contèrent que par malheur vous
étiez entré dedans au moment qu'on y mit le feu, et
que la rapidité des fusées qui brûlaient tout alentour,
vous enlevèrent si haut que l'assistance vous perdit de
vue. Et vous fûtes, à ce qu'ils protestent, consommé de
telle sorte que la machine, étant retombée, on n'y
trouva que fort peu de vos cendres. — Ces cendres, lui
répondis-je, monsieur, étaient donc celles de l'artifice
même, car le feu ne m'endommagea en façon quelconque. L'artifice était attaché en dehors, et sa chaleur par conséquent ne pouvait pas m'incommoder.

« Or vous saurez qu'aussitôt que le salpêtre fut à
bout, l'impétueuse ascension des fusées ne soutenant
plus la machine, elle tomba en terre. Je la vis choir ; et
lorsque je pensais culbuter avec elle, je fus bien étonné
de sentir que je montais vers la Lune. Mais il faut vous
expliquer la cause d'un effet que vous prendriez pour
un miracle[1].

« Je m'étais le jour de cet accident, à cause de certaines meurtrissures, frotté de moelle tout le corps ;
mais parce que nous étions en décours, et que la Lune
pour lors attire la moelle, elle absorba si goulûment
celle dont ma chair était imbue, principalement quand
ma boîte fut arrivée au-dessus de la moyenne région,
où il n'y avait point de nuages interposés pour en affai-
blir l'influence, que mon corps suivit cette attraction.
Et je vous proteste qu'elle continua de me sucer si
longtemps qu'à la fin j'abordai ce monde qu'on appelle
ici la Lune[2]. »

Je lui racontai ensuite fort au long toutes les particularités de mon voyage ; et M. de Colignac[3] ravi d'entendre des choses si extraordinaires me conjura de les

rédiger par écrit[1]. Moi qui aime le repos je résistai longtemps, à cause des visites qu'il était vraisemblable que cette publication m'attirerait. Toutefois, honteux du reproche dont il me rebattait[2] de ne pas faire assez de compte de ses prières, je me résolus enfin de le satisfaire. Je mis donc la plume à la main, et à mesure que j'achevais un cahier[3], impatient de ma gloire qui lui démangeait plus que la sienne, il allait à Toulouse le prôner[4] dans les plus belles assemblées. Comme on l'avait en réputation d'un des plus forts génies de son siècle, mes louanges dont il semblait l'infatigable écho me firent connaître de tout le monde. Déjà les graveurs, sans m'avoir vu, avaient buriné mon image ; et la ville retentissait, dans chaque carrefour, du gosier enroué[5] des colporteurs qui criaient à tue-tête : « Voilà le portrait de l'auteur des *États et Empires de la Lune*[6]. » Parmi les gens qui lurent mon livre, il se rencontra beaucoup d'ignorants qui le feuilletèrent. Pour contrefaire les esprits de la grande volée[7], ils applaudirent comme les autres, jusqu'à battre des mains à chaque mot, de peur de se méprendre, et tout joyeux s'écrièrent : « Qu'il est bon ! » aux endroits qu'ils n'entendaient point. Mais la superstition travestie en remords, de qui les dents sont bien aiguës sous la chemise d'un sot, leur rongea tant le cœur, qu'ils aimèrent mieux renoncer à la réputation de philosophe[8] (laquelle aussi bien leur était un habit mal fait), que d'en répondre au jour du Jugement.

Voilà donc la médaille renversée[9], c'est à qui chantera la palinodie. L'ouvrage dont ils avaient fait tant de cas n'est plus qu'un pot-pourri de contes ridicules, un amas de lambeaux décousus, un répertoire de Peaud'Âne[10] à bercer les enfants ; et tel n'en connaît pas seulement la syntaxe, qui condamne l'auteur à porter une bougie à saint Mathurin[11].

Ce contraste d'opinions entre les habiles et les idiots augmenta son crédit. Peu après, les copies en manuscrit se vendirent sous le manteau ; tout le monde, et ce qui est hors du monde, c'est-à-dire depuis le gentilhomme jusqu'au moine, acheta cette pièce : les femmes même prirent parti. Chaque famille se divisa, et les intérêts de cette querelle allèrent si loin, que la ville fut partagée en deux factions, la lunaire et l'antilunaire[1].

On était aux escarmouches de la bataille, quand un matin je vis entrer dans la chambre de Colignac neuf ou dix barbes[2] à longue robe, qui d'abord lui parlèrent ainsi : « Monsieur, vous savez qu'il n'y a pas un de nous en cette compagnie qui ne soit votre allié, votre parent ou votre ami, et que par conséquent il ne vous peut rien arriver de honteux qui ne nous rejaillisse sur le front. Cependant nous sommes informés de bonne part que vous retirez[3] un sorcier dans votre château. — Un sorcier ! s'écria Colignac ; ô dieux ! nommez-le-moi ! Je vous le mets entre les mains. Mais il faut prendre garde que ce ne soit une calomnie. — Hé quoi ! monsieur », interrompit l'un des plus vénérables, « y a-t-il aucun Parlement qui se connaisse en sorciers comme le nôtre[4] ? Enfin, mon cher neveu, pour ne vous pas davantage tenir en suspens, le sorcier que nous accusons est l'auteur des *États et Empires de la Lune* ; il ne saurait pas nier qu'il ne soit le plus grand magicien de l'Europe, après ce qu'il avoue lui-même. Comment ! avoir monté à la Lune, cela se peut-il, sans l'entremise de… Je n'oserais nommer la bête[5] ; car enfin, dites-moi, qu'allait-il faire chez la Lune ? — Belle demande ! interrompit un autre ; il allait assister au sabbat qui s'y tenait possible ce jour-là : et, en effet vous voyez qu'il eut accointance avec le démon[6] de Socrate. Après cela, vous étonnez-vous que le Diable l'ait, comme il dit[7], rapporté en ce monde ? Mais quoi

qu'il en soit, voyez-vous, tant de lunes, tant de chemi-
nées, tant de voyages par l'air, ne valent rien, je dis
rien du tout; et entre vous et moi » (à ces mots, il
approcha sa bouche de son oreille) « je n'ai jamais vu[1]
de sorcier qui n'eût commerce avec la Lune. » Ils se
turent après ces bons avis; et Colignac demeura tellement ébahi de leur commune extravagance, qu'il ne
put jamais dire un mot. Ce que voyant, un vénérable
butor, qui n'avait point encore parlé : « Voyez-vous,
dit-il, notre parent, nous connaissons où vous tient
l'enclouûre[2]; le magicien est une personne que vous
aimez, mais n'appréhendez rien; à votre considération[3], les choses iront à la douceur : vous n'avez seulement qu'à nous le mettre entre les mains; et pour
l'amour de vous, nous engageons notre honneur de le
faire brûler sans scandale. »

À ces mots, Colignac, quoique ses poings dans ses
côtés, ne put se contenir; un éclat de rire le prit, qui
n'offensa pas peu messieurs ses parents; de sorte qu'il
ne fut pas en son pouvoir de répondre à aucun point
de leur harangue, que par des « ha a a a », ou des « ho
o o o »; si bien que nos messieurs très scandalisés s'en
allèrent, je dirais avec leur courte honte[4], si elle n'avait
duré jusqu'à Toulouse. Quand ils furent partis, je tirai
Colignac dans son cabinet, où sitôt que j'eus fermé la
porte dessus nous : « Comte, lui dis-je, ces ambassadeurs
à long poil me semblent des comètes chevelues[5]; j'ap-
préhende que le bruit dont ils ont éclaté ne soit le tonnerre de la foudre qui s'ébranle pour choir. Quoique
leur accusation soit ridicule, et possible un effet de
leur stupidité, je ne serais pas moins mort, quand une
douzaine d'habiles gens qui m'auraient vu griller
diraient que mes juges sont des sots. Tous les arguments dont ils prouveraient mon innocence ne me res-
susciteraient pas; et mes cendres demeureraient tout

aussi froides dans un tombeau, qu'à la voirie[1]. C'est pourquoi, sauf votre meilleur avis, je serais fort joyeux de consentir à la tentation qui me suggère de ne leur laisser en cette province que mon portrait; car j'enragerais au double de mourir pour une chose à laquelle je ne crois[2] guère.» Colignac n'eut quasi pas la patience d'attendre que j'eusse achevé pour répondre. D'abord, toutefois, il me railla; mais quand il vit que je le prenais sérieusement : «Ha! par la mort!» s'écriat-il d'un visage alarmé, «on ne vous touchera point au bord du manteau, que moi, mes amis, mes vassaux, et tous ceux qui me considèrent, ne périssent auparavant. Ma maison est telle qu'on ne la peut forcer sans canon; elle est très avantageuse d'assiette, et bien flanquée. Mais je suis fou de me précautionner contre des tonnerres de parchemin[3]. — Ils sont, lui répliquai-je, quelquefois plus à craindre que ceux de la moyenne région.»

De là en avant nous ne parlâmes que de nous réjouir. Un jour nous chassions, un autre nous allions à la promenade, quelquefois nous recevions visite, et quelquefois nous en rendions; enfin nous quittions toujours chaque divertissement, avant que ce divertissement eût pu nous ennuyer[4].

Le marquis de Cussan[5], voisin de Colignac, homme qui se connaît aux bonnes choses, était ordinairement avec nous, et nous avec lui; et pour rendre les lieux de notre séjour encore plus agréables par ce changement, nous allions de Colignac à Cussan, et revenions de Cussan à Colignac. Les plaisirs innocents dont le corps est capable ne faisaient que la moindre partie. De tous ceux que l'esprit peut trouver dans l'étude et la conversation, aucun ne nous manquait; et nos bibliothèques unies comme nos esprits appelaient tous les doctes dans notre société. Nous mêlions la lecture à l'entretien ; l'entretien à la bonne chère, celle-là à la pêche ou à la chasse, aux promenades ; et en un mot, nous jouissions pour ainsi dire et de nous-mêmes, et de tout ce que la Nature a produit de plus doux pour notre usage, et ne mêlions que la raison pour borne à nos désirs[1]. Cependant ma réputation contraire à mon repos courait les villages circonvoisins, et les villes mêmes de la province. Tout le monde, attiré par ce bruit, prenait prétexte de venir voir le seigneur pour voir le sorcier. Quand je sortais du château, non seulement les enfants et les femmes, mais aussi les hommes, me regardaient comme la Bête, surtout le pasteur[2] de Colignac, qui par malice ou par ignorance, était en secret le plus grand de mes ennemis. Cet homme simple en apparence, et dont l'esprit bas et naïf était infiniment plaisant en ses naïvetés, était en effet très méchant ; il était vindicatif jusqu'à la rage ; calomniateur, comme quelque chose de plus qu'un Normand[3] ; et si chicaneur, que l'amour de la chicane était sa passion dominante. Ayant longtemps plaidé[4] contre son seigneur, qu'il haïssait d'autant plus qu'il l'avait trouvé ferme contre ses attaques, il en craignait le ressentiment, et, pour l'éviter, avait voulu permuter son bénéfice[5]. Mais soit qu'il eût changé de dessein, ou seulement qu'il eût différé pour se venger de Colignac en ma personne, pendant le séjour qu'il ferait en ses terres, il s'efforçait de persuader le contraire, bien que des voyages qu'il faisait bien souvent à Toulouse en donnassent quelque soupçon. Il y faisait mille contes ridicules de mes enchantements ; et la voix de cet homme malin[6], se joignant à celle des simples et des ignorants, y mettait mon nom en exécration[7]. On n'y parlait plus de moi que comme d'un nouvel Agrippa[8], et nous sûmes qu'on y avait même informé contre moi à la poursuite[9] du curé, lequel avait été précepteur de ses enfants. Nous en eûmes avis par plusieurs personnes qui étaient dans les intérêts de Colignac et du marquis ; et bien que l'humeur grossière de tout un pays nous fût un sujet d'étonnement et de risée, je ne laissai pas de m'en effrayer en secret, lorsque je considérais de plus près les suites fâcheuses que pourrait avoir cette erreur. Mon bon génie sans doute m'inspirait cette frayeur, il éclairait ma raison de toutes ces lumières pour me faire voir le précipice où j'allais tomber ; et, non content de me conseiller ainsi tacitement, se voulut déclarer plus expressément en ma faveur[1].

Une nuit des plus fâcheuses qui fut jamais, ayant succédé à un des jours les plus agréables que nous eussions eus à Colignac, je me levai aussitôt que l'aurore ; et pour dissiper les inquiétudes et les nuages dont mon esprit était encore offusqué[2], j'entrai dans le jardin, où la verdure, les fleurs et les fruits, l'artifice et la Nature, enchantaient l'âme par les yeux, lors qu'en même instant j'aperçus le marquis qui s'y promenait seul dans une grande allée, laquelle coupait le parterre en deux. Il avait le marcher lent et le visage pensif. Je restai fort surpris de le voir contre sa coutume si matineux[3] ; cela me fit hâter mon abord pour lui en demander la cause. Il me répondit que quelques fâcheux songes dont il avait été travaillé l'avaient contraint de venir, plus matin qu'à son ordinaire, guérir un mal au jour que lui avait causé l'ombre. Je lui confessai qu'une semblable peine m'avait empêché de dormir, et je lui en allais conter le détail ; mais comme j'ouvrais la bouche, nous aperçûmes, au coin d'une palissade[4] qui croisait dans la nôtre, Colignac qui marchait à grands pas. De loin[5] qu'il nous aperçut : « Vous voyez, s'écria-t-il, un homme qui vient d'échapper aux plus affreuses visions dont le spectacle soit capable de

faire tourner le cerveau. À peine ai-je eu le loisir de
mettre mon pourpoint, que je suis descendu pour vous
le conter ; mais vous n'étiez plus ni l'un, ni l'autre,
dans vos chambres. C'est pourquoi je suis accouru au
jardin, me doutant que vous y seriez. » En effet le pauvre
gentilhomme était presque hors d'haleine. Sitôt qu'il
l'eut reprise, nous l'exhortâmes de se décharger d'une
chose qui, pour être souvent fort légère, ne laisse pas
de peser beaucoup. « C'est mon dessein, nous répliqua-t-il ; mais auparavant assoyons-nous. » Un cabinet
de jasmins nous présenta tout à propos de la fraîcheur
et des sièges ; nous nous y retirâmes, et, chacun s'étant
mis à son aise, Colignac poursuivit ainsi : « Vous saurez
qu'après deux ou trois sommes durant lesquels je me
suis trouvé parmi beaucoup d'embarras, dans celui
que j'ai fait environ[1] le crépuscule de l'aurore, il m'a
semblé que mon cher hôte que voilà était entre le
marquis et moi, et que nous le tenions étroitement
embrassé, quand un grand monstre noir qui n'était
que de têtes, nous l'est venu tout d'un coup arracher.
Je pense même qu'il l'allait précipiter dans un bûcher
allumé proche de là, car il le balançait déjà sur les
flammes ; mais une fille semblable à celle des Muses
qu'on nomme Euterpe[2], s'est jetée aux genoux d'une
dame qu'elle a conjurée de le sauver (cette dame avait
le port et les marques dont se servent nos peintres
pour représenter la Nature). À peine a-t-elle eu le loisir d'écouter les prières de sa suivante, que, tout étonnée : "Hélas ! a-t-elle crié, c'est un de mes amis !"
Aussitôt elle a porté à sa bouche une espèce de sarbatane[3], et a tant soufflé par le canal, sous les pieds de
mon cher hôte, qu'elle l'a fait monter dans le ciel, et
l'a garanti des cruautés du monstre à cent têtes. J'ai
crié après lui fort longtemps ce me semble, et l'ai
conjuré de ne pas s'en aller sans moi ; quand une infi-

nité de petits anges tout ronds, qui se disaient enfants
de l'Aurore, m'ont enlevé au même pays, vers lequel il
paraissait voler, et m'ont fait voir des choses que je ne
vous raconterai point, parce que je les tiens trop ridicules. » Nous le suppliâmes de ne pas laisser de nous
les dire. « Je me suis imaginé, continua-t-il, être dans le
Soleil, et que le Soleil était un monde[1]. Je n'en serais
pas même encore désabusé, sans le hannissement de
mon barbe[2], qui, me réveillant, m'a fait voir que j'étais
dans mon lit. » Quand le marquis connut que Colignac
avait achevé : « Et vous, dit-il, monsieur Dyrcona[3], quel
a été le vôtre ? — Pour le mien, répondis-je, encore
qu'il ne soit pas des vulgaires, je le mets en compte de
rien. Je suis bilieux, mélancolique ; c'est la cause pourquoi depuis que je suis au monde, mes songes m'ont
sans cesse représenté des cavernes et du feu. Dans
mon plus bel âge il me semblait en dormant que,
devenu léger, je m'enlevais jusqu'aux nues, pour éviter
la rage d'une troupe d'assassins qui me poursuivaient ;
mais qu'au bout d'un effort fort long et fort vigoureux,
il se rencontrait toujours quelque muraille, après avoir
volé[4] par-dessus beaucoup d'autres, au pied de laquelle,
accablé de travail[5], je ne manquais point d'être arrêté.
Ou bien si je m'imaginais prendre ma volée droit en
haut, encore que j'eusse avec les bras nagé fort longtemps dans le ciel, je ne laissais pas de me rencontrer
toujours proche de terre ; et contre toute raison, sans
qu'il me semblât être devenu ni las ni lourd, mes ennemis ne faisaient qu'étendre la main, pour me saisir par
le pied, et m'attirer à eux. Je n'ai guère eu que des
songes semblables à celui-là, depuis que je me connais ;
hormis que, cette nuit, après avoir longtemps volé
comme de coutume, et m'être plusieurs fois échappé
de mes persécuteurs, il m'a semblé qu'à la fin je les ai
perdus de vue, et que, dans un ciel libre et fort éclairé,

mon corps soulagé de toute pesanteur, j'ai poursuivi mon voyage jusque dans un palais, où se composent la chaleur et la lumière[1]. J'y aurais sans doute remarqué bien d'autres choses; mais mon agitation pour voler m'avait tellement approché du bord du lit, que je suis tombé dans la ruelle, le ventre tout nu sur le plâtre, et les yeux fort ouverts. Voilà, messieurs, mon songe tout au long, que je n'estime qu'un pur effet de ces deux qualités qui prédominent à mon tempérament; car encore que celui-ci diffère un peu de ceux qui m'arrivent toujours, en ce que j'ai volé jusqu'au ciel sans rechoir, j'attribue ce changement au sang, qui s'est répandu par la joie de nos plaisirs d'hier plus au large qu'à son ordinaire, a pénétré la mélancolie[2], et lui a ôté en la soulevant cette pesanteur qui me faisait retomber. Mais après tout c'est une science où il y a fort à deviner. — Ma foi, continua Cussan, vous avez raison, c'est un pot-pourri de toutes les choses à quoi nous avons pensé en veillant, une monstrueuse chimère, un assemblage d'espèces confuses que la fantaisie qui, dans le sommeil n'est plus guidée par la raison, nous présente sans ordre, et dont toutefois en les tordant nous croyons épreindre[3] le vrai sens, et tirer des songes comme des oracles une science de l'avenir; mais par ma foi je n'y trouvais aucune autre conformité, sinon que les songes comme les oracles ne peuvent être entendus. Toutefois jugez par le mien qui n'est point extraordinaire, de la valeur de tous les autres. J'ai songé que j'étais fort triste, je rencontrais partout Dyrcona qui nous réclamait[4]. Mais, sans davantage m'alambiquer le cerveau[5] à l'explication de ces noires énigmes, je vous développerai en deux mots leur sens mystique[6]. C'est par ma foi qu'à Colignac on fait de fort mauvais songes et que, si j'en suis cru nous irons essayer d'en faire de meilleurs à Cussan.

— Allons-y donc, me dit le comte, puisque ce trouble-fête en a tant envie. » Nous délibérâmes de partir le jour même. Je les suppliai de se mettre donc en chemin devant, parce que j'étais bien aise, ayants[1] (comme ils venaient de conclure) à y séjourner un mois, d'y faire porter quelques livres. Ils en tombèrent d'accord, et aussitôt après déjeuner, mirent le cul sur la selle. Ma foi ! cependant je fis un ballot des volumes que je m'imaginai n'être pas à la bibliothèque de Cussan[2], dont je chargeai un mulet ; et je sortis environ sur les trois heures, monté sur un très bon coureur[3]. Je n'allais pourtant qu'au pas, afin d'accompagner ma petite bibliothèque, et pour enrichir mon âme avec plus de loisir des libéralités de ma vue. Mais écoutez[4] une aventure qui vous surprendra.

J'avais avancé plus de quatre lieues, quand je me trouvai dans une contrée que je pensais indubitablement avoir vue autre part. En effet je sollicitai tant ma mémoire de me dire d'où je connaissais ce paysage que, la présence des objets excitant les images, je me souvins que c'était justement le lieu que j'avais vu en songe la nuit passée. Ce rencontre[5] bizarre eût occupé mon intention plus de temps qu'il ne l'occupa, sans une étrange apparition par qui j'en fus réveillé. Un spectre (au moins je le pris pour tel), se présentant à moi au milieu du chemin, saisit mon cheval par la bride. La taille de ce fantôme était énorme, et par le peu qui paraissait de ses yeux, il avait le regard triste et rude. Je ne saurais pourtant dire s'il était beau ou laid, car une longue robe tissue des feuillets d'un livre de plain-chant[6], le couvrait jusqu'aux ongles, et son visage était caché d'une carte où l'on avait écrit l'*In principio*[7]. Les premières paroles que le fantôme proféra : « *Satanus Diabolas*[8] *!* » cria-t-il tout épouvanté, « je te conjure par le grand Dieu vivant… » À ces mots il

hésita ; mais répétant toujours « le grand Dieu vivant »,
et cherchant d'un visage effaré son pasteur pour lui
souffler le reste, quand il vit que, de quelque côté qu'il
allongeât la vue, son pasteur ne paraissait point, un si
effroyable tremblement le saisit, qu'à force de claquer,
la moitié de ses dents en tombèrent, et les deux tiers
de la gamme sous lesquels il était gisant, s'écartèrent
en papillotes[1]. Il se retourna pourtant vers moi, et
d'un regard ni doux ni rude, où je voyais son esprit
flotter pour résoudre lequel serait plus à propos de
s'irriter ou s'adoucir : « Ho bien, dit-il, *Satanus Diabolas*, par le sangué[2] ! je te conjure, au nom de Dieu, et
de M. saint Jean, de me laisser faire ; car si tu grouilles[3]
ni pied ni patte, diable emporte[4], je t'étriperai. » Je
tiraillais contre lui la bride de mon cheval ; mais les
éclats de rire qui me suffoquaient m'ôtèrent toute force.
Ajoutez à cela qu'une cinquantaine de villageois sorti-
rent de derrière une haie, marchant sur leurs genoux,
et s'égosillants à chanter *Kyrie Eleison*. Quand ils furent
assez proche[5], quatre des plus robustes, après avoir
trempé leurs mains dans un bénitier que tenait tout
exprès le serviteur du presbytère, me prirent au collet.
J'étais à peine arrêté, que je vis paraître messire Jean,
lequel tira dévotement son étole dont il me garrotta ;
et ensuite une cohue de femmes et d'enfants, qui malgré toute ma résistance me cousirent dans une grande
nappe ; au reste j'en fus si bien entortillé, qu'on ne me
voyait que la tête. En cet équipage, ils me portèrent à
Toulouse comme s'ils m'eussent porté au monument[6].
Tantôt l'un s'écriait que sans cela il y aurait eu famine,
parce que lorsqu'ils m'avaient rencontré, j'allais assurément jeter le sort sur les blés ; et puis j'en entendais
un autre qui se plaignait que le claveau[7] n'avait commencé dans sa bergerie que d'un dimanche qu'au sortir de vêpres je lui avais frappé sur l'épaule. Mais ce

qui, malgré tous mes désastres[1], me chatouilla de quelque émotion[2] pour rire, fut le cri plein d'effroi d'une jeune paysanne après son fiancé, autrement[3] le fantôme, qui m'avait pris mon cheval (car vous saurez que le rustre s'était acalifourchonné[4] dessus, et déjà comme sien le talonnait de bonne guerre) : «Misérable, glapissait son amoureuse, es-tu donc borgne? Ne vois-tu pas que le cheval du magicien est plus noir que charbon, et que c'est le diable en personne qui t'emporte au sabbat?» Notre pitaut[5] d'épouvante en culbuta par-dessus la croupe; ainsi mon cheval eut la clef des champs. Ils consultèrent s'ils se saisiraient du mulet, et délibérèrent qu'oui; mais ayant décousu le paquet, et au premier volume qu'ils ouvrirent s'étant rencontré la *Physique* de M. Descartes[6], quand ils aperçurent tous les cercles par lesquels ce philosophe a distingué le mouvement de chaque planète, tous d'une voix hurlèrent que c'était les cernes[7] que je traçais pour appeler Belzébut. Celui qui le tenait le laissa choir d'appréhension, et par malheur en tombant il s'ouvrit dans une page où sont expliquées les vertus de l'aimant; je dis par malheur, pour ce qu'à l'endroit dont je parle il y a une figure de cette pierre métallique, où les petits corps qui se déprennent de sa masse pour accrocher le fer sont représentés comme des bras[8]. À peine un de ces marauds l'aperçut, que je l'entendis s'égosiller que c'était là le crapaud qu'on avait trouvé dans l'auge de l'écurie de son cousin Fiacre, quand ses chevaux moururent[9]. À ce mot, ceux qui avaient paru les plus échauffés, rengainèrent leurs mains dans leur sein, ou se regantèrent de leurs pochettes[10]. Messire Jean de son côté criait, à gorge déployée, qu'on se gardât de toucher à rien, que tous ces livres-là étaient de francs grimoires[11], et le mulet un satan. La canaille ainsi épouvantée, laissa partir le mulet en paix. Je vis pourtant Mathurine, la servante de M. le curé, qui le chassait vers l'étable du presbytère, de peur qu'il n'allât dans le cimetière polluer l'herbe des trépassés.

Il était bien sept heures du soir, quand nous arrivâmes à un bourg, où pour me rafraîchir on me traîna dans la geôle ; car le lecteur ne me croirait pas, si je disais qu'on m'enterra dans un trou, et cependant il est si vrai qu'avec une pirouette[1] j'en visitai toute l'étendue. Enfin il n'y a personne qui, me voyant en ce lieu, ne m'eût pris pour une bougie allumée sous une ventouse. D'abord que[2] mon geôlier me précipita dans cette caverne : « Si vous me donnez, lui dis-je, ce vêtement de pierre pour un habit, il est trop large ; mais si c'est pour un tombeau, il est trop étroit. On ne peut ici compter les jours que par nuits ; des cinq sens il ne me reste l'usage que de deux, l'odorat et le toucher : l'un, pour me faire sentir les puanteurs de ma prison ; l'autre, pour me la rendre palpable[3]. En vérité je vous l'avoue, je croirais être damné, si je ne savais qu'il n'entre point d'innocents en Enfer. »

À ce mot d'«innocent», mon geôlier s'éclata de rire : « Et par ma foi, dit-il, vous êtes donc de nos gens, car je n'en ai jamais tenu sous ma clef que de ceux-là. » Après d'autres compliments de cette nature, le bonhomme prit la peine de me fouiller, je ne sais pas à quelle intention ; mais par la diligence qu'il employa, je conjecture que c'était pour mon bien. Ses recherches étant demeurées inutiles, à cause que durant la bataille de *Diabolas*, j'avais glissé mon or dans mes chausses ; quand, au bout d'une très exacte anatomie, il se trouva les mains aussi vuides qu'auparavant, peu s'en fallut que je ne mourusse de crainte, comme il pensa mourir de douleur.

« Ho ! vertubleu[4] ! » s'écria-t-il, l'écume dans la bouche, « je l'ai bien vu d'abord, que c'était un sorcier ! il est gueux comme le Diable. Va, va, continua-t-il, mon camarade, songe de bonne heure à ta conscience. »

Il avait à peine achevé ces paroles, que j'entendis le carillon d'un trousseau de clefs, où il choisissait celle de mon cachot. Il avait le dos tourné ; c'est pourquoi, de peur qu'il ne se vengeât du malheur de sa visite, je tirai dextrement de leur cache trois pistoles, et je lui dis :

« Monsieur le concierge, voilà une pistole ; je vous supplie de me faire apporter un morceau, je n'ai pas mangé depuis onze heures. » Il la reçut fort gracieusement, et me protesta que mon désastre le touchait. Quand je connus son cœur adouci :

« En voilà encore une, continuai-je, pour reconnaître la peine que je suis honteux de vous donner. »

Il ouvrit l'oreille, le cœur et la main ; et j'ajoutai, lui en comptant trois, au lieu de deux, que par cette troisième je le suppliais de mettre auprès de moi l'un de ses garçons pour me tenir compagnie, parce que les malheureux doivent craindre la solitude.

Ravi de ma prodigalité, il me promit toutes choses, m'embrassa les genoux, déclama contre la Justice, me dit qu'il voyait bien que j'avais des ennemis, mais que j'en viendrais à mon honneur[1], que j'eusse bon courage, et qu'au reste il s'engageait, auparavant qu'il fût trois jours, de faire blanchir mes manchettes[2]. Je le remerciai très sérieusement de sa courtoisie, et après mille accolades dont il pensa m'étrangler, ce cher ami verrouilla et reverrouilla la porte.

Je demeurai tout seul, et fort mélancolique, le corps arrondi sur un boteau[3] de paille en poudre : elle n'était pas pourtant si menue, que plus de cinquante rats ne la broyassent encore. La voûte, les murailles et le plancher étaient composés de six pierres de tombe, afin qu'ayant la mort dessus, dessous, et à l'entour de moi, je ne pusse douter de mon enterrement. La froide bave des limas[1], et le gluant venin des crapauds me coulaient sur le visage ; les poux y avaient les dents plus longues que le corps. Je me voyais travaillé de la pierre[2], qui ne me faisait pas moins de mal pour être externe ; enfin je pense que pour être Job, il ne me manquait plus qu'une femme et un pot cassé[3].

Je vainquis là pourtant toute la dureté de deux heures très difficiles, quand le bruit d'une grosse[4] de clefs, joint à celui des verrous de ma porte, me réveilla de l'attention que je prêtais à mes douleurs. En suite[5] du tintamarre, j'aperçus, à la clarté d'une lampe, un puissant rustaud. Il se déchargea d'une terrine entre mes jambes : « Eh là, là, dit-il, ne vous affligez point ; voilà du potage aux choux, que quand ce serait... Tant y a, c'est de la propre soupe de notre maîtresse ; et si[6] par ma foi, comme dit l'autre, on n'en a pas ôté une goutte de graisse. » Disant cela, il trempa ses cinq doigts jusqu'au fond, pour m'inviter d'en faire autant. Je travaillai après[7] l'original, de peur de le décourager ; et lui d'un œil de jubilation : « Morguienne[8], s'écria-t-il, vous êtes bon frère ! On dit qu'où savez[9] des envieux, jerniguay[10] sont des traîtres, oui, testiguay sont des traîtres : hé ! qu'ils y viennent donc pour voir ! Oh ! bien, bien, tant y a, toujours va qui danse[11]. » Cette naïveté m'enfla par deux ou trois fois la gorge pour en rire. Je fus pourtant si heureux que de m'en empêcher. Je voyais que la Fortune semblait m'offrir en ce maraud une occasion pour ma liberté ; c'est pourquoi il m'était très important de choyer ses bonnes grâces ; car d'échapper par d'autres voies, l'architecte qui bâtit ma prison, y ayant fait plusieurs entrées, ne s'était pas souvenu d'y faire une sortie. Toutes ces considérations furent cause que pour le sonder, je lui parlai ainsi : « Tu es pauvre, mon grand ami, n'est-il

pas vrai ? — Hélas ! monsieur, répondit le rustre, quand
vous arriveriez de chez le devin, vous n'auriez pas
mieux frappé au but. — Tiens donc, continuai-je,
prends cette pistole. »

Je trouvai sa main si tremblante, lorsque je la mis
dedans, qu'à peine la put-il fermer. Ce commencement
me sembla de mauvais augure ; toutefois je connus
bientôt par la ferveur de ses remerciements, qu'il
n'avait tremblé que de joie ; cela fut cause que je pour-
suivis : « Mais si tu étais homme à vouloir participer à
l'accomplissement d'un vœu que j'ai fait, vingt pistoles
(outre le salut de ton âme) seraient à toi comme ton
chapeau ; car tu sauras qu'il n'y a pas un bon quart
d'heure, enfin un moment auparavant ton arrivée,
qu'un ange m'est apparu et m'a promis de faire
connaître la justice de ma cause, pourvu que j'aille
demain faire dire une messe à Notre-Dame de ce
bourg, au grand autel. J'ai voulu m'excuser sur ce
que[1] j'étais enfermé trop étroitement ; mais il m'a
répondu qu'il viendrait un homme envoyé du geôlier
pour me tenir compagnie, auquel je n'aurais qu'à
commander de sa part de me conduire à l'église, et me
reconduire en prison ; que je lui recommandasse le
secret, et d'obéir sans réplique, sur peine de mourir
dans l'an ; et s'il doutait de ma parole, je lui dirais, aux
enseignes[2], qu'il est confrère du Scapulaire[3]. » Or le
lecteur saura qu'auparavant j'avais entrevu par la fente
de sa chemise un scapulaire qui me suggéra toute la
tissure de cette apparition : « Et oui-dea[4], dit-il, mon
bon seigneur, je ferons ce que l'ange nous a commandé. Mais il faut donc que ce soit à neuf heures,
parce que notre maître sera pour lors à Toulouse aux
accordailles de son fils avec la fille du maître des hautes
œuvres[5]. Dame, écoutez, le bouriau a un nom aussi
bien qu'un ciron. On dit qu'elle aura de son père, en

mariage, autant d'écus comme il en faut pour la rançon d'un roi. Enfin elle est belle et riche ; mais ces morceaux-là n'ont garde d'arriver à un pauvre garçon. Hélas ! mon bon monsieur, faut que vous sachiez… » Je ne manquai pas à cet endroit de l'interrompre ; car je pressentais par ce commencement de digression, une longue enchaînure de coq-à-l'âne. Or après que nous eûmes bien digéré notre complot, le rustaud prit congé de moi. Il ne manqua pas le lendemain de me venir déterrer justement à l'heure promise. Je laissai mes habits dans la prison, et je m'équipai de guenilles ; car afin de n'être pas[1] reconnu, nous l'avions ainsi concerté la veille. Sitôt que nous fûmes à l'air, je n'oubliai pas de lui compter ses vingt pistoles. Il les regarda fort, et même avec de grands yeux. « Elles sont d'or et de poids, lui dis-je, sur ma parole. — Hé ! monsieur, me répliqua-t-il, ce n'est pas à cela que je songe, mais je songe que la maison du grand Macé[2] est à vendre, avec son clos et sa vigne. Je l'aurai bien pour deux cents francs ; il faut huit jours à bâtir le marché, et je voudrais vous prier, mon bon monsieur, si c'était votre plaisir, de faire que jusqu'à tant que le grand Macé tienne bien comptées vos pistoles dans son coffre, elles ne deviennent point feuilles de chêne[3]. » La naïveté de ce coquin me fit rire. Cependant nous continuâmes de marcher vers l'église, où nous arrivâmes. Quelque temps après on y commença la grand-messe ; mais sitôt que je vis mon garde qui se levait à son rang pour aller à l'offrande[4], j'arpentai la nef de trois sauts, et en autant d'autres je m'égarai prestement dans une ruelle détournée. De toutes les diverses pensées qui m'agitèrent en cet instant, celle que je suivis fut de gagner Toulouse, dont ce bourg-là n'était distant que d'une demi-lieue, à dessein d'y prendre la poste[5]. J'arrivai aux faubourgs d'assez bonne heure ; mais je restai si

honteux de voir tout le monde qui me regardait, que
j'en perdis contenance. La cause de leur étonnement
procédait de mon équipage ; car comme en matière de
gueuserie j'étais assez nouveau, j'avais arrangé sur moi
mes haillons si bizarrement qu'avec une démarche qui
ne convenait point à l'habit, je paraissais moins un
pauvre qu'un mascarade[1], outre que je passais vite,
la vue basse et sans demander. À la fin, considérant
qu'une attention si universelle me menaçait d'une
suite dangereuse, je surmontai ma honte. Aussitôt que
j'apercevais quelqu'un me regarder, je lui tendais la
main. Je conjurais[2] même la charité de ceux qui ne me
regardaient point. Mais admirez comme bien souvent,
pour vouloir accompagner de trop de circonspection
les desseins où la Fortune veut avoir quelque part,
nous les ruinons en irritant cette orgueilleuse ! Je fais
cette réflexion au sujet de mon aventure ; car ayant
aperçu un homme vêtu en bourgeois médiocre[3], de
qui le dos était tourné vers moi : « Monsieur, lui dis-je,
le tirant par son manteau, si la compassion peut toucher… » Je n'avais pas entamé le mot qui devait suivre,
que cet homme tourna la tête. Ô dieux ! que devint-il ?
Mais, ô dieux ! que devins-je moi-même ? Cet homme
était mon geôlier. Nous restâmes tous deux consternés
d'admiration[4] de nous voir où nous nous voyions.
J'étais tout dans ses yeux : il employait toute ma vue.
Enfin le commun intérêt, quoique bien différent, nous
tira, l'un et l'autre, de l'extase où nous étions plongés.
« Ha ! misérable que je suis, s'écria le geôlier, faut-il
donc que je sois attrapé[5] ? » Cette parole à double sens
m'inspira aussitôt le stratagème que vous allez entendre.
« Hé ! main-forte, messieurs, main-forte à la Justice ! »
criai-je tant que je pus glapir. « Ce voleur a dérobé les
pierreries de la comtesse des Mousseaux ; je le cherche
depuis un an. Messieurs », continuai-je tout échauffé,

«cent pistoles pour qui l'arrêtera!» J'avais à peine lâché ces mots, qu'une tourbe de canaille éboula sur le pauvre ébahi. L'étonnement où mon extraordinaire impudence l'avait jeté, joint à l'imagination qu'il avait que, sans avoir comme un corps glorieux[1] pénétré sans fraction[2] les murailles de mon cachot je ne pouvais m'être sauvé, le transit tellement, qu'il fut longtemps hors de lui-même. À la fin toutefois il se reconnut, et les premières paroles qu'il employa pour détromper le petit peuple, furent qu'on se gardât de se méprendre, qu'il était fort homme d'honneur. Indubitablement il allait découvrir tout le mystère; mais une douzaine de fruitières, de laquais et de porte-chaises[3], désireux de me servir pour mon argent, lui fermèrent la bouche à coups de poing; et d'autant[4] qu'ils se figuraient que leur récompense serait mesurée aux outrages dont ils insulteraient à la faiblesse de ce pauvre dupé, chacun accourait y toucher du pied ou de la main. «Voyez l'homme d'honneur!» clabaudait cette racaille. «Il n'a pourtant pas su s'empêcher de dire, dès qu'il a reconnu monsieur, qu'il était attrapé!» Le bon de la comédie, c'est que mon geôlier étant en ses habits de fête, il avait honte de s'avouer marguillier[5] du bourreau, et craignait même se découvrant d'être encore mieux battu. Moi, de mon côté, je pris l'essor durant le plus chaud de la bagarre. J'abandonnai mon salut à mes jambes : elles m'eurent bientôt mis en franchise. Mais pour mon malheur, la vue que tout le monde recommençait à jeter sur moi, me rejeta tout de nouveau dans mes premières alarmes. Si le spectacle de cent guenilles, qui comme un branle de petits gueux dansaient à l'entour de moi, excitait un bayeur[6] à me regarder, je craignais qu'il ne lût sur mon front que j'étais un prisonnier échappé. Si un passant sortait la main de dessous son manteau, je me le figurais un ser-

gent[1] qui allongeait le bras pour m'arrêter. Si j'en
remarquais un autre, arpentant le pavé sans me rencontrer des yeux, je me persuadais qu'il feignait de ne
m'avoir pas vu, afin de me saisir par-derrière. Si j'apercevais un marchand entrer dans sa boutique, je disais :
« Il va décrocher sa hallebarde ! » Si je rencontrais un
quartier plus chargé de peuple qu'à l'ordinaire : « Tant
de monde, pensais-je, ne s'est point assemblé là sans
dessein ! » Si un autre était vuide : « On est ici près à
me guetter. » Un embarras s'opposait-il à ma fuite :
« On a barricadé les rues, pour m'enclore ! » Enfin ma
peur subornant ma raison, chaque homme me semblait un archer ; chaque parole, « arrêtez », et chaque
bruit, l'insupportable croassement des verrous de ma
prison passée. Ainsi travaillé de cette terreur panique,
je résolus de gueuser encore, afin de traverser sans
soupçon le reste de la ville jusqu'à la poste ; mais de
peur qu'on ne me reconnût à la voix, j'ajoutai à l'exercice de quaisman[2] l'adresse de contrefaire le muet. Je
m'avance donc vers ceux que j'aperçois qui me regardent ; je pointe un doigt dessous le menton, puis dessus la bouche, et je l'ouvre en bâillant, avec un cri non
articulé, pour faire entendre par ma grimace qu'un
pauvre muet demande l'aumône. Tantôt par charité
on me donnait un compatissement d'épaule ; tantôt je
me sentais fourrer une bribe[3] au poing ; et tantôt j'entendais des femmes murmurer, que je pourrais bien
en Turquie avoir été de cette façon martyrisé pour la
foi. Enfin j'appris que la gueuserie est un grand livre
qui nous enseigne les mœurs des peuples à meilleur
marché que tous ces grands voyages de Colomb et de
Magellan[4].

   Ce stratagème pourtant ne put encore lasser l'opiniâtreté de ma destinée, ni gagner[5] son mauvais naturel. Mais à quelle autre invention pouvais-je recourir ?

Car de traverser[1] une grande ville comme Toulouse, où mon estampe m'avait fait connaître même aux harengères, bariolé de guenilles aussi bourrues que celles d'un Arlequin, n'était-il pas vraisemblable que je serais observé et reconnu incontinent, et que le contre-charme[2] de ce danger était le personnage de gueux, dont le rôle se joue sous toutes sortes de visages? Et puis quand cette ruse n'aurait pas été projetée avec toutes les circonspections qui la devaient accompagner, je pense que parmi tant de funestes conjonctures, c'était avoir le jugement bien fort de ne pas devenir insensé.

J'avançais donc chemin, quand tout à coup je me sentis obligé de rebrousser arrière; car mon vénérable geôlier, et quelque douzaine d'archers de sa connaissance, qui l'avaient tiré des mains de la racaille, s'étant ameutés, et patrouillants toute la ville pour me trouver, se rencontrèrent malheureusement sur mes voies. D'abord qu'ils m'aperçurent avec leurs yeux de lynx, voler de toute leur force, et moi voler de toute la mienne, fut une même chose. J'étais si légèrement poursuivi, que quelquefois ma liberté sentait dessus mon cou l'haleine des tyrans qui la voulaient opprimer; mais il semblait que l'air qu'ils poussaient en courant derrière moi me poussât devant eux. Enfin le Ciel ou la peur me donnèrent quatre ou cinq ruelles d'avance. Ce fut pour lors que mes chasseurs perdirent le vent et les traces; moi la vue et le charivari de cette importune vénerie[3]. Certes qui n'a franchi, je dis en original[4], des agonies semblables, peut difficilement mesurer la joie dont je tressaillis, quand je me vis échappé. Toutefois, parce que mon salut me demandait tout entier, je résolus de ménager bien avaricieusement le temps qu'ils consommaient pour m'atteindre. Je me barbouillai le visage, frottai mes cheveux de

poussière, dépouillai mon pourpoint, dévalai[1] mon
haut-de-chausses, jetai mon chapeau dans un soupi-
rail ; puis ayant étendu mon mouchoir dessus le pavé,
et disposé aux coins quatre petits cailloux, comme les
malades de la contagion[2], je me couchai vis-à-vis, le
ventre contre terre, et d'une voix piteuse me mis à
geindre fort langoureusement. À peine étais-je là, que
j'entendis les cris de cette enrouée populace longtemps avant le bruit de leurs pieds ; mais j'eus encore
assez de jugement pour me tenir en la même posture,
dans l'espérance de n'en être point connu, et je ne fus
point trompé ; car me prenant tous pour un pestiféré,
ils passèrent fort vite, en se bouchant le nez, et jetèrent
la plupart un double[3] sur mon mouchoir.

L'orage ainsi dissipé, j'entre sous une allée, je
reprends mes habits, et m'abandonne encore à la Fortune ; mais j'avais tant couru qu'elle s'était lassée de
me suivre. Il le faut bien croire ainsi : car à force de traverser des places et des carrefours, d'enfiler et couper
des rues, cette glorieuse déesse n'étant pas accoutu-
mée de marcher si vite, pour mieux dérober ma route[4]
me laissa choir aveuglément aux mains des archers qui
me poursuivaient. À ma rencontre ils foudroyèrent[5] une
huée si furieuse, que j'en demeurai sourd. Ils crurent n'avoir point assez de bras pour m'arrêter, ils y
employèrent les dents, et ne s'assuraient pas encore de
me tenir ; l'un me traînait par les cheveux, un autre
par le collet, pendant que les moins passionnés me
fouillaient. La quête fut plus heureuse que celle de la
prison, ils trouvèrent le reste de mon or.

Comme ces charitables médecins s'occupaient à guérir l'hydropisie de ma bourse, un grand bruit s'éleva,
toute la place retentit de ces mots : « Tue ! tue ! » et en
même temps je vis briller des épées. Ces messieurs qui
me traînaient, crièrent que c'étaient les archers du

grand prévôt[1] qui leur voulaient dérober cette capture. «Mais prenez garde», me dirent-ils, me tirant plus fort qu'à l'ordinaire, «de choir entre leurs mains, car vous seriez condamné en vingt-quatre heures, et le roi ne vous sauverait pas.» À la fin pourtant effrayés eux-mêmes du chamaillis qui commençait à les atteindre, ils m'abandonnèrent si universellement, que je demeurai tout seul au milieu de la rue, cependant que les agresseurs faisaient boucherie de tout ce qu'ils rencontraient. Je vous laisse à penser si je pris la fuite, moi qui avais également à craindre l'un et l'autre parti. En peu de temps je m'éloignai de la bagarre; mais comme déjà je demandais le chemin de la poste, un torrent de peuple qui fuyait la mêlée, dégorgea dans ma rue. Ne pouvant résister à la foule, je la suivis; et me fâchant de courir si longtemps, je gagnai à la fin une petite porte fort sombre, où je me jetai pêle-mêle avec d'autres fuyards. Nous la bâclâmes[2] dessus nous, puis quand tout le monde eut repris haleine: «Camarades, dit un de la troupe, si vous m'en croyez, passons les deux guichets, et tenons fort[3] dans le préau.» Ces épouvantables paroles frappèrent mes oreilles d'une douleur si surprenante, que je pensai tomber mort sur la place. Hélas! tout aussitôt, mais trop tard, je m'aperçus qu'au lieu de me sauver dans un asile comme je croyais, j'étais venu me jeter moi-même en prison, tant il est impossible d'échapper à la vigilance de son étoile. Je considérai cet homme plus attentivement, et je le reconnus pour un des archers qui m'avaient si longtemps couru. La sueur froide m'en monta au front, et je devins pâle, prêt à m'évanouir. Ceux qui me virent si faible, émus de compassion, demandèrent de l'eau; chacun s'approcha pour me secourir, et par malheur ce maudit archer fut des plus hâtés; il n'eut pas jeté les yeux sur moi, qu'aussitôt il me reconnut. Il fit signe à

ses compagnons, et en même temps on me salua d'un :
«Je vous fais prisonnier de par le roi.» Il ne fallut pas
aller loin pour m'écrouer.

Je demeurai dans la morgue[1] jusqu'au soir, où
chaque guichetier l'un après l'autre, par une exacte
dissection des parties de mon visage, venait tirer mon
tableau sur la toile de sa mémoire.

À sept heures sonnantes, le bruit d'un trousseau de
clefs donna le signal de la retraite. On me demanda si
je voulais être conduit à la chambre d'une pistole ; je
répondis d'un baissement de tête : «De l'argent donc ! »
me répliqua ce guide. Je connus bien que j'étais en
lieu où il m'en faudrait avaler bien d'autres ; c'est
pourquoi je le priai, en cas que sa courtoisie ne pût se
résoudre à me faire crédit jusqu'au lendemain, qu'il
dît de ma part au geôlier de me rendre la monnaie
qu'on m'avait prise. «Ho! par ma foi, répondit ce
maraud, notre maître a bon cœur, il ne rend rien[2].
Est-ce donc que pour votre beau nez[3]... ? Hé! allons,
allons aux cachots noirs.» En achevant ces paroles, il
me montra le chemin par un grand coup de son trousseau de clefs, la pesanteur duquel me fit culbuter et
griller[4] du haut en bas d'une montée obscure, jusqu'au pied d'une porte qui m'arrêta ; encore n'aurais-
je pas reconnu que c'en était une, sans l'éclat du choc
dont je la heurtai, car je n'avais plus mes yeux[5] : ils
étaient demeurés au haut de l'escalier sous la figure
d'une chandelle que tenait à quatre-vingts marches au-
dessus de moi mon bourreau de conducteur. Enfin
cet homme tigre, *pian piano* descendu, démêla trente
grosses serrures, décrocha autant de barres et, le guichet seulement entre-bâillé, d'une secousse de genouil[6]
il m'engouffra dans cette fosse dont je n'eus pas le
temps de remarquer toute l'horreur, tant il retira vite
après lui la porte. Je demeurai dans la bourbe jus-

qu'aux genoux. Si je pensais gagner le bord, j'enfonçais jusqu'à la ceinture. Le gloussement terrible des crapauds qui pataugeaient dans la vase, me faisait souhaiter d'être sourd; je sentais des lézards monter le long de mes cuisses; des couleuvres m'entortiller le col : et j'en entrevis une à la sombre clarté de ses prunelles étincelantes, qui de sa gueule toute noire de venin dardait une langue à trois pointes[1], dont la brusque agitation paraissait une foudre, où ses regards mettaient le feu.

D'exprimer le reste, je ne puis : il surpasse toute créance; et puis je n'ose tâcher à m'en ressouvenir, tant je crains que la certitude où je pense être d'avoir franchi ma prison, ne soit un songe duquel je me vais éveiller[2]. L'aiguille avait marqué dix heures au cadran de la grosse tour, avant que personne eût frappé à mon tombeau. Mais, environ ce temps-là, comme déjà la douleur d'une amère tristesse commençait à me serrer le cœur, et désordonner ce juste accord qui fait la vie[3], j'entendis une voix laquelle m'avertissait de saisir la perche qu'on me présentait. Après avoir parmi l'obscurité, tâtonné l'air assez longtemps pour la trouver, j'en rencontrai un bout, je le pris tout ému, et mon geôlier tirant l'autre à soi, me pêcha du milieu de ce marécage. Je me doutai que mes affaires avaient pris une autre face, car il me fit de profondes civilités, ne me parla que la tête nue, et me dit que cinq ou six personnes de condition attendaient dans la cour pour me voir. Il n'est pas jusqu'à cette bête sauvage, qui m'avait enfermé dans la cave que je vous ai décrite, lequel eut l'impudence de m'aborder : avec un genouil en terre, m'ayant baisé les mains, de l'une de ses pattes[4], il m'ôta quantité de limas qui s'étaient collés à mes cheveux, et, de l'autre, il fit choir un gros tas de sangsues dont j'avais le visage masqué.

Après cette admirable courtoisie : « Au moins, me dit-il, mon bon seigneur, vous vous souviendrez de la peine et du soin qu'a pris auprès de vous le gros Nicolas[1]. Pardi écoutez, quand c'eût été pour le roi, ce n'est pas pour vous le reprocher, déa. » Outré de l'effronterie du maraud, je lui fis signe que je m'en souviendrais. Par mille détours effroyables, j'arrivai enfin à la lumière, et puis dans la cour, où sitôt que je fus entré, deux hommes me saisirent, que d'abord je ne pus connaître[2], à cause qu'ils s'étaient jetés sur moi en même temps, et me tenaient l'un et l'autre, la face attachée contre la mienne. Je fus longtemps sans les deviner ; mais les transports de leur amitié prenant un peu de trêve, je reconnus mon cher Colignac et le brave marquis. Colignac avait le bras en écharpe, et Cussan fut le premier qui sortit de son extase. « Hélas ! dit-il, nous n'aurions jamais soupçonné un tel désastre, sans votre coureur et le mulet qui sont arrivés cette nuit aux portes de mon château : leur poitrail, leurs sangles, leur croupière, tout était rompu, et cela nous a fait présager[3] quelque chose de votre malheur. Nous sommes montés aussitôt à cheval, et n'avons pas cheminé deux ou trois lieues vers Colignac, que tout le pays ému de cet accident nous en a particularisé[4] les circonstances. Au galop en même temps nous avons donné jusqu'au bourg où vous étiez en prison ; mais y ayant appris votre évasion, sur le bruit qui courait que vous aviez tourné du côté de Toulouse, avec ce que nous avions de nos gens, nous y sommes venus à toute bride. Le premier à qui nous avons demandé de vos nouvelles, nous a dit qu'on vous avait repris. En même temps nous avons poussé nos chevaux vers cette prison ; mais d'autres gens nous ont assuré que vous vous étiez évanoui de la main des sergents. Et comme nous avancions toujours chemin, des bourgeois se contaient

l'un à l'autre que vous étiez devenu invisible[1]. Enfin à
force de prendre langue, nous avons su qu'après vous
avoir pris, perdu, et repris je ne sais combien de fois,
on vous menait à la prison de la grosse tour. Nous
avons coupé chemin à vos archers, et d'un bonheur
plus apparent que véritable nous les avons rencontrés
en tête[2], attaqués, combattus et mis en fuite ; mais
nous n'avons pu apprendre des blessés même que
nous avons pris, ce que vous étiez devenu, jusqu'à ce
matin qu'on nous est venu dire que vous étiez aveuglément venu vous-même vous sauver en prison. Colignac
est blessé en plusieurs endroits, mais fort légèrement.
Au reste, nous venons de mettre ordre que vous fussiez
logé dans la plus belle chambre d'ici. Comme vous
aimez le grand air, nous avons fait meubler un petit
appartement pour vous seul tout au haut de la grosse
tour, dont la terrasse vous servira de balcon ; vos yeux
du moins seront en liberté, malgré le corps qui les
attache.

— Ha ! mon cher Dyrcona, s'écria le comte prenant
alors la parole, nous fûmes bien malheureux de ne pas
t'emmener quand nous partîmes de Colignac ! Mon
cœur, par une tristesse aveugle dont j'ignorais la cause,
me prédisait je ne sais quoi d'épouvantable. Mais n'importe ; j'ai des amis, tu es innocent, et en tout cas je
sais fort bien comme on meurt glorieusement. Une
seule chose me désespère. Le maraud sur lequel je
voulais essayer les premiers coups de ma vengeance
(tu conçois bien que je parle de mon curé) n'est plus
en état de la ressentir : ce misérable a rendu l'âme.
Voici le détail de sa mort. Il courait avec son serviteur
pour chasser ton coureur dans son écurie, quand ce
cheval, d'une fidélité par qui peut-être les secrètes
lumières de son instinct[3] ont redoublé, tout fougueux,
se mit à ruer, mais avec tant de furie et de succès,

qu'en trois coups de pied, contre qui la tête de ce buffle[1] échoua, il fit vaquer son bénéfice. Tu ne comprends pas sans doute les causes de la haine de cet insensé, mais je te les veux découvrir. Sache donc, pour prendre l'affaire de plus haut, que ce saint homme, Normand de nation et chicaneur de son métier, qui desservait, selon l'argent des pèlerins, une chapelle abandonnée[2], jeta un dévolu sur la cure de Colignac, et que malgré tous mes efforts pour maintenir le possesseur dans son bon droit, le drôle patelina[3] si bien ses juges, qu'à la fin malgré nous il fut notre pasteur. Au bout d'un an il me plaida aussi sur ce qu'il entendait que je payasse la dîme[4]. On eut beau lui représenter que, de temps immémorial, ma terre était franche[5], il ne laissa pas d'intenter son procès qu'il perdit ; mais dans les procédures, il fit naître tant d'incidents, qu'à force de pulluler, plus de vingt autres procès ont germé de celui-là qui demeureront au croc[6], grâce au cheval dont le pied s'est trouvé plus dur que la cervelle de M. Jean. Voilà tout ce que je puis conjecturer du vertigo[7] de notre pasteur. Mais admirez avec quelle prévoyance il conduisait sa rage ! On me vient d'assurer que, s'étant mis en tête le malheureux dessein de ta prison, il avait secrètement permuté la cure de Colignac contre une autre cure en son pays, où il s'attendait de se retirer aussitôt que tu serais pris. Son serviteur même a dit que, voyant ton cheval près de son écurie, il lui avait entendu murmurer que c'était de quoi le mener en lieu où on ne l'atteindrait pas. »

En suite de ce discours, Colignac m'avertit de me défier des offres et des visites que me rendrait peut-être une personne très puissante qu'il me nomma ; que c'était par son crédit que messire Jean avait gagné le procès du dévolu[8], et que cette personne de qualité avait sollicité l'affaire pour lui en payement des services que ce bon prêtre, du temps qu'il était cuistre, avait rendus au collège à son fils. « Or, continua Colignac, comme il est bien malaisé de plaider sans aigreur et sans qu'il reste à l'âme un caractère d'inimitié qui ne s'efface plus, encore qu'on nous ait rapatriés[1], il a toujours depuis cherché secrètement les occasions de me traverser[2]. Mais il n'importe ; j'ai plus de parents que lui dans la robe, et ai beaucoup d'amis, ou tout au pis nous saurons y interposer l'autorité royale. »

Après que Colignac eut dit, ils tâchèrent l'un et l'autre de me consoler ; mais ce fut par les témoignages d'une douleur si tendre que la mienne s'en augmenta.

Sur ces entrefaites, mon geôlier nous vint retrouver pour nous avertir que la chambre était prête. « Allons la voir », répondit Cussan. Il marcha, et nous le suivîmes. Je la trouvai fort ajustée[3]. « Il ne me manque rien, leur dis-je, sinon des livres[4]. » Colignac me promit de m'envoyer dès le lendemain tous ceux dont je lui donnerais la liste. Quand nous eûmes bien considéré et bien reconnu par la hauteur de ma tour, par les fossés à fonds de cuve[5] qui l'environnaient et par toutes les dispositions de mon appartement, que de me sauver était une entreprise hors du pouvoir humain, mes amis, se regardants l'un et l'autre, et puis jetant les yeux sur moi, se mirent à pleurer[6] ; mais comme si tout à coup notre douleur eût fléchi la colère du ciel, une soudaine joie s'empara de mon âme, la joie attira l'espérance, et l'espérance de secrètes lumières, dont ma raison se trouva tellement éblouie que, d'un emportement contre ma volonté qui me semblait ridicule à moi-même : « Allez, leur dis-je, allez m'attendre à Colignac : j'y serai dans trois jours, et envoyez-moi tous les instruments de mathématique dont je travaille ordinairement. Au reste vous trouverez dans une grande boîte force cristaux taillés de diverses façons ; ne les oubliez pas ; toutefois j'aurai plus tôt fait de spécifier dans un mémoire les choses dont j'ai besoin. »

Ils se chargèrent du billet que je leur donnai, sans pouvoir pénétrer mon intention. Après quoi, je les congédiai.

Depuis leur départ je ne fis que ruminer à l'exécution des choses que j'avais préméditées, et j'y ruminais encore le lendemain, quand on m'apporta de leur part tout ce que j'avais marqué au catalogue. Un valet de chambre de Colignac me dit qu'on n'avait point vu son maître depuis le jour précédent, et qu'on ne savait ce qu'il était devenu. Cet accident ne me troubla point, parce qu'aussitôt il me vint à la pensée qu'il serait possible allé en Cour solliciter ma sortie[1]. C'est pourquoi sans m'étonner, je mis la main à l'œuvre. Huit jours durant je charpentai, je rabotai, je collai, enfin je construisis la machine que je vous vais décrire.

Ce fut une grande boîte fort légère et qui fermait fort juste ; elle était haute de six pieds[2] ou environ, et large de trois en carré. Cette boîte était trouée par en bas ; et par-dessus la voûte qui l'était aussi, je posai un vaisseau[3] de cristal troué de même, fait en globe, mais fort ample, dont le goulot aboutissait justement, et s'enchâssait dans le pertuis[4] que j'avais pratiqué au chapiteau.

Le vase était construit exprès à plusieurs angles, et en forme d'icosaèdre[5], afin que chaque facette étant convexe et concave, ma boule produisît l'effet d'un miroir ardent[6].

Le geôlier, ni ses guichetiers, ne montaient jamais à ma chambre, qu'ils ne me rencontrassent occupé à ce travail ; mais ils ne s'en étonnaient point, à cause de toutes gentillesses[7] de mécanique qu'ils voyaient dans ma chambre, dont je me disais l'inventeur. Il y avait entre autres une horloge à vent, un œil artificiel avec lequel on voit la nuit, une sphère où les astres suivent le mouvement qu'ils ont dans le ciel[1]. Tout cela leur persuadait que la machine où je travaillais était une curiosité semblable; et puis l'argent dont Colignac leur graissait les mains, les faisait marcher doux en beaucoup de pas difficiles. Or il était neuf heures du matin, mon geôlier était descendu, et le ciel était obscurci, quand j'exposai cette machine au sommet de ma tour, c'est-à-dire au lieu le plus découvert de ma terrasse. Elle fermait si close, qu'un seul grain d'air, hormis par les deux ouvertures, ne s'y pouvait glisser, et j'avais emboîté par-dedans un petit ais[2] fort léger qui servait à m'asseoir.

Tout cela disposé de la sorte, je m'enfermai dedans, et j'y demeurai près d'une heure, attendant ce qu'il plairait à la Fortune d'ordonner de moi.

Quand le Soleil débarrassé de nuages commença d'éclairer ma machine, cet icosaèdre transparent qui recevait à travers ses facettes les trésors du Soleil, en répandait par le bocal la lumière dans ma cellule; et comme cette splendeur s'affaiblissait à cause des rayons qui ne pouvaient se replier jusqu'à moi sans se rompre beaucoup de fois[3], cette vigueur de clarté tempérée convertissait ma châsse en un petit ciel de pourpre émaillé d'or[4].

J'admirais avec extase la beauté d'un coloris si mélangé, et voici que tout à coup je sens mes entrailles émues de la même façon que les sentirait tressaillir quelqu'un enlevé par une poulie[5].

J'allais ouvrir mon guichet pour connaître la cause de cette émotion; mais comme j'avançais la main, j'aperçus par le trou du plancher de ma boîte, ma tour déjà fort basse au-dessous de moi; et mon petit château en l'air, poussant mes pieds contre-mont, me fit voir en un tournemain Toulouse qui s'enfonçait en terre. Ce prodige m'étonna, non point à cause d'un essor si subit, mais à cause de cet épouvantable emportement de la raison humaine au succès[1] d'un dessein qui m'avait même effrayé en l'imaginant. Le reste ne me surprit pas, car j'avais bien prévu que le vuide[2] qui surviendrait dans l'icosaèdre à cause des rayons unis du Soleil par les verres concaves, attirerait pour le remplir une furieuse abondance d'air, dont ma boîte serait enlevée, et qu'à mesure que je monterais, l'horrible vent qui s'engouffrerait par le trou ne pourrait s'élever jusqu'à la voûte, qu'en[3] pénétrant cette machine avec furie il ne la poussât en haut. Quoique mon dessein fût digéré[4] avec beaucoup de précaution, une circonstance toutefois me trompa, pour n'avoir pas assez espéré de la vertu de mes miroirs. J'avais disposé autour de ma boîte une petite voile facile à contourner, avec une ficelle dont je tenais le bout, qui passait par le bocal du vase ; car je m'étais imaginé qu'ainsi quand je serais en l'air, je pourrais prendre autant de vent qu'il m'en faudrait pour arriver à Colignac ; mais en un clin d'œil le Soleil qui battait à plomb[5] et obliquement sur les miroirs ardents de l'icosaèdre, me guinda[6] si haut, que je perdis Toulouse de vue. Cela me fit abandonner ma ficelle et, fort peu de temps après, j'aperçus par une des vitres que j'avais pratiquées aux quatre côtés de la machine, ma petite voile arrachée qui s'envolait au gré d'un tourbillon entonné[7] dedans.

Il me souvient qu'en moins d'une heure je me trouvai au-dessus de la moyenne région. Je m'en aperçus bientôt, parce que je voyais grêler et pleuvoir plus bas que moi. On me demandera peut-être d'où venait alors ce vent (sans lequel ma boîte ne pouvait monter) dans un étage du ciel exempt de météores[8]. Mais pourvu qu'on m'écoute, je satisferai à cette objection[9].

Je vous ai dit que le Soleil qui battait vigoureusement sur mes miroirs concaves, unissant les rais dans le milieu du vase, chassait avec son ardeur[1] par le tuyau d'en haut l'air dont il était plein, et qu'ainsi le vase demeurant vide, la Nature qui l'abhorre[2] lui faisait rehumer par l'ouverture basse d'autre air pour se remplir[3] : s'il en perdait beaucoup, il en recouvrait autant ; et de cette sorte on ne doit pas s'ébahir que dans une région au-dessus de la moyenne où sont les vents, je continuasse de monter, parce que l'éther[4] devenait vent, par la furieuse vitesse avec laquelle il s'engouffrait pour empêcher le vuide, et devait par conséquent pousser sans cesse ma machine.

Je ne fus quasi pas travaillé de la faim, hormis lorsque je traversai cette moyenne région ; car véritablement la froideur du climat me la fit voir de loin ; je dis de loin, à cause qu'une bouteille d'essence[5] que je portais toujours, dont j'avalai quelques gorgées, lui défendit d'approcher.

Pendant tout le reste de mon voyage, je n'en sentis aucune atteinte ; au contraire, plus j'avançais vers ce monde enflammé, plus je me trouvais robuste. Je sentais mon visage un peu chaud, et plus gai qu'à l'ordinaire ; mes mains paraissaient colorées d'un vermeil agréable, et je ne sais quelle joie coulait parmi mon sang qui me faisait être au-delà de moi.

Il me souvient que réfléchissant sur cette aventure, je raisonnai[6] une fois ainsi. « La faim sans doute ne me saurait atteindre, à cause que cette douleur n'étant qu'un instinct de Nature, avec lequel elle oblige les animaux à réparer par l'aliment ce qui se perd de leur substance, aujourd'hui qu'elle sent que le Soleil par sa pure, continuelle, et voisine irradiation, me fait plus réparer de chaleur radicale[7] que je n'en perds, elle ne me donne plus cette envie qui me serait inutile. » J'ob-

jectais pourtant à ces raisons, que puisque le tempérament qui fait la vie consistait non seulement en chaleur naturelle, mais en humide radical, où ce feu se
doit attacher comme la flamme à l'huile d'une lampe,
les rayons seuls de ce brasier vital ne pouvaient faire
l'âme[1], à moins de rencontrer quelque matière onctueuse qui les fixât. Mais tout aussitôt je vainquis cette
difficulté, après avoir pris garde que dans nos corps
l'humide radical et la chaleur naturelle ne sont rien
qu'une même chose ; car ce que l'on appelle « humide »,
soit dans les animaux, soit dans le Soleil, cette grande
âme du Monde, n'est qu'une fluxion d'étincelles plus
continues, à cause de leur mobilité ; et ce que l'on
nomme « chaleur » est une brouine[2] d'atomes de feu
qui paraissent moins déliés, à cause de leur interruption.
Mais quand l'humide et la chaleur radicale seraient
deux choses distinctes, il est constant que l'humide ne
serait pas nécessaire pour vivre si proche du Soleil ; car
puisque cet humide ne sert dans les vivants que pour
arrêter la chaleur qui s'exhalerait trop vite, et ne serait
pas réparée assez tôt, je n'avais garde d'en manquer
dans une région où de ces petits corps de flamme qui
font la vie, il s'en réunissait davantage à mon être qu'il
ne s'en détachait[3].

Une autre chose peut causer de l'étonnement, à
savoir pourquoi les approches de ce globe ardent ne
me consommaient[4] pas, puisque j'avais presque atteint
la pleine activité de sa sphère ; mais en voici la raison.
Ce n'est point, à proprement parler, le feu même qui
brûle, mais une matière plus grosse que le feu pousse
çà et là par les élans de sa nature mobile : et cette
poudre de bluettes[5] que je nomme « feu », par elle-
même mouvante, tient possible toute son action de la
rondeur de ces atomes, car ils chatouillent, échauffent,
ou brûlent, selon la figure des corps qu'ils traînent

avec eux. Ainsi la paille ne jette pas une flamme si ardente que le bois ; le bois brûle avec moins de violence que le fer ; et cela procède de ce que le feu de fer, de bois et de paille, quoique en soi le même feu, agit toutefois diversement selon la diversité des corps qu'il remue. C'est pourquoi dans la paille, le feu (cette poussière quasi spirituelle[1]) n'étant embarrassé qu'avec un corps mou, il est moins corrosif ; dans le bois, dont la substance est plus compacte, il entre plus durement ; et dans le fer, dont la masse est presque tout à fait solide, et liée de parties angulaires, il pénètre et consomme ce qu'on y jette en un tournemain. Toutes ces observations étant si familières, on ne s'étonnera point que j'approchasse du Soleil sans être brûlé, puisque ce qui brûle n'est pas le feu[2], mais la matière où il est attaché ; que le feu du Soleil ne peut être mêlé d'aucune matière[3]. N'expérimentons-nous pas même que la joie[4], qui est un feu, pour ce qu'il ne remue qu'un sang aérien dont les particules fort déliées glissent doucement contre les membranes de notre chair, chatouille et fait naître je ne sais quelle aveugle volupté ? et que cette volupté, ou pour mieux dire ce premier progrès de douleur, n'arrivant pas jusqu'à menacer l'animal de mort, mais jusqu'à lui faire sentir qu'il [est] en vie, cause un mouvement à nos esprits que nous appelons «joie»? Ce n'est pas que la fièvre, encore qu'elle ait des accidents tout contraires, ne soit un feu aussi bien que la joie, mais c'est un feu enveloppé dans un corps, dont les grains sont cornus, tel qu'est la bile âtre[5], ou la mélancolie, qui venant à darder ses pointes crochues partout où sa nature mobile le promène, perce, coupe, écorche, et produit par cette agitation violente ce qu'on appelle «ardeur de fièvre[6]». Mais cette enchaînure de preuves est fort inutile ; les expériences les plus vulgaires suffisent pour

convaincre les aheurtés. Je[1] n'ai pas de temps à perdre,
il faut penser à moi. Je suis à l'exemple de Phaéton[2],
au milieu d'une carrière où je ne saurais rebrousser, et
dans laquelle si je fais un faux pas, toute la Nature
ensemble n'est point capable de me secourir.

Je connus très distinctement, comme autrefois j'avais
soupçonné en montant à la Lune, qu'en effet c'est la
Terre qui tourne d'Orient en Occident[3] à l'entour du
Soleil, et non pas le Soleil autour d'elle ; car je voyais
en suite de la France, le pied de la botte d'Italie, puis
la mer Méditerranée, puis la Grèce, puis le Bosphore,
le Pont-Euxin, la Perse, les Indes, la Chine, et enfin le
Japon, passer successivement vis-à-vis du trou de ma
loge ; et quelques heures après mon élévation, toute la
mer du Sud ayant tourné laissa mettre à sa place le
continent de l'Amérique[4].

Je distinguai clairement toutes ces révolutions[5], et je
me souviens même que longtemps après je vis encore
l'Europe remonter une fois sur la scène, mais je n'y
pouvais plus remarquer séparément les États, à cause
de mon exaltation[6] qui devint trop haute. Je laissai sur
ma route, tantôt à gauche, tantôt à droite, plusieurs
terres comme la nôtre, où pour peu que j'atteignisse
les sphères de leur activité, je me sentais fléchir[7]. Toutefois, la rapide vigueur de mon essor[8] surmontait
celle de ces attractions.

Je côtoyai la Lune qui pour lors se trouvait entre le
Soleil et la Terre, et je laissai Vénus à main droite. Mais
à propos de cette étoile[9], la vieille astronomie a tant
prêché que les planètes sont des astres qui tournent à
l'entour de la Terre, que la moderne n'oserait en douter. Et je remarquai toutefois, que durant tout le temps
que Vénus parut au-deçà du Soleil, à l'entour duquel
elle tourne, je la vis toujours en croissant[10] ; mais achevant son tour, j'observai qu'à mesure qu'elle passa der-

rière, ses cornes se rapprochèrent et son ventre noir se
redora. Or cette vicissitude de lumières et de ténèbres,
montre bien évidemment que les planètes sont, comme
la Lune et la Terre, des globes sans clarté, qui ne sont
capables que de réfléchir celle qu'ils empruntent[1].

En effet, à force de monter, je fis encore la même
observation de Mercure. Je remarquai de plus, que
tous ces mondes ont encore d'autres petits mondes[2]
qui se meuvent à l'entour d'eux. Rêvant[3] depuis aux
causes de la construction de ce grand Univers, je me
suis imaginé qu'au débrouillement du Chaos, après
que Dieu eut créé la matière, les corps semblables se
joignirent par ce principe d'amour[4] inconnu, avec
lequel nous expérimentons que toute chose cherche
son pareil. Des particules formées de certaine façon
s'assemblèrent, et cela fit l'air. D'autres à qui la figure
donna possible un mouvement circulaire, composè-
rent en se liant les globes qu'on appelle astres, qui non
seulement à cause de cette inclination de pirouetter
sur leurs pôles, à laquelle leur figure les nécessite, ont
dû s'amasser en rond, comme nous les voyons, mais
ont dû même s'évaporant de la masse, et cheminant
dans leur fuite d'une allure semblable, faire tourner
les orbes moindres qui se rencontraient dans la sphère
de leur activité[5]. C'est pourquoi Mercure, Vénus, la
Terre, Mars, Jupiter et Saturne, ont été contraints de
pirouetter et rouler tout ensemble à l'entour du Soleil.
Ce n'est pas qu'on ne se puisse imaginer qu'autrefois
tous ces autres globes n'aient été des soleils, puisqu'il
reste encore à la Terre, malgré son extinction présente, assez de chaleur pour faire tourner la Lune
autour d'elle par le mouvement circulaire des corps
qui se déprennent de sa masse, et qu'il en reste assez à
Jupiter, pour en faire tourner quatre[6]. Mais ces soleils,
à la longueur du temps, ont fait une perte de lumière

et de feu si considérable par l'émission continuelle des petits corps[1] qui font l'ardeur et la clarté, qu'ils sont demeurés un marc froid, ténébreux, et presque impuissant. Nous découvrons même que ces taches qui sont au Soleil[2], dont les Anciens ne s'étaient point aperçus, croissent de jour en jour. Or que sait-on si ce n'est point une croûte qui se forme en sa superficie, sa masse qui s'éteint à mesure que la lumière s'en déprend; et s'il ne deviendra point, quand tous ces corps mobiles l'auront abandonné, un globe opaque comme la Terre[3]? Il y a des siècles fort éloignés, au-delà desquels il ne paraît aucun vestige du genre humain. Peut-être qu'auparavant la Terre était un soleil peuplé d'animaux[4] proportionnés au climat qui les avait produits; et peut-être que ces animaux-là étaient les démons de qui l'Antiquité raconte tant d'exemples. Pourquoi non? Ne se peut-il pas faire que ces animaux depuis l'extinction de la Terre y ont encore habité quelque temps, et que l'altération de leur globe n'en avait pas détruit encore toute la race? En effet leur vie a duré jusqu'à celle d'Auguste, au témoignage de Plutarque[5]. Il semble même que le Testament prophétique et sacré de nos premiers Patriarches, nous ait voulu conduire à cette vérité par la main; car on y lit, auparavant qu'il soit parlé de l'homme, la révolte des anges[6]. Cette suite de temps que l'Écriture observe, n'est-elle pas comme une demi-preuve que les anges ont habité la Terre auparavant nous? et que ces orgueilleux qui avaient habité notre monde, du temps qu'il était soleil, dédaignants peut-être depuis qu'il fût éteint d'y continuer leur demeure, et sachants que Dieu avait posé son trône dans le Soleil, osèrent entreprendre de l'occuper? Mais Dieu qui voulut punir leur audace, les chassa même de la Terre, et créa l'homme, moins parfait, mais par conséquent moins superbe, pour occuper leurs places vuides.

Environ au bout de quatre mois de voyage, du moins autant qu'on saurait supputer, quand il n'arrive point de nuit pour distinguer le jour, j'abordai une de ces petites terres qui voltigent à l'entour du Soleil (que les mathématiciens[1] appellent des macules), où à cause des nuages interposés, mes miroirs ne réunissant plus tant de chaleur, et l'air par conséquent ne poussant plus ma cabane avec tant de vigueur, ce qui resta de vent ne fut capable que de soutenir ma chute, et me descendre sur la pointe d'une fort haute montagne où je baissai[2] doucement.

Je vous laisse à penser la joie que je sentis de voir mes pieds sur un plancher solide, après avoir si longtemps joué le personnage d'oiseau. En vérité des paroles sont faibles pour exprimer l'épanouissement dont je tressaillis, lorsqu'en fin j'aperçus ma tête couronnée de la clarté des cieux. Cet extase[3] pourtant ne me transporta pas si fort, que je ne songeasse, au sortir de ma boîte, de couvrir son chapiteau avec ma chemise auparavant de m'éloigner, parce que j'appréhendais si l'air devenant serein le Soleil eût rallumé mes miroirs, comme il était vraisemblable, de ne plus retrouver ma maison[4].

Par des crevasses que des ruines[5] d'eau témoignaient avoir creusées, je dévalai dans la plaine, où pour l'épaisseur du limon dont la terre était grasse, je ne pouvais quasi marcher. Toutefois au bout de quelque espace de chemin, j'arrivai dans une fondrière où je rencontrai un petit homme tout nu assis sur une pierre, qui se reposait. Je ne me souviens pas si je lui parlai le premier, ou si ce fut lui qui m'interrogea ; mais j'ai la mémoire toute fraîche, comme si je l'écoutais encore, qu'il me discourut pendant trois grosses heures en une langue que je sais bien n'avoir jamais ouïe, et qui n'a aucun rapport avec pas une de ce monde-ci, laquelle toutefois je compris plus vite et plus intelligiblement que celle de ma nourrice[1]. Il m'expliqua, quand je me fus enquis d'une chose si merveilleuse, que dans les sciences[2] il y avait un vrai, hors lequel on était toujours éloigné du facile ; que plus un idiome s'éloignait de ce vrai, plus il se rencontrait au-dessous de la conception[3] et de moins facile intelligence. «De même, continuait-il, dans la musique ce vrai ne se rencontre jamais, que l'âme aussitôt soulevée ne s'y porte aveuglément. Nous ne le voyons pas, mais nous sentons que Nature le voit ; et sans pouvoir comprendre en quelle sorte nous en sommes absorbés, il ne laisse pas de nous ravir, et si[4] nous ne saurions remarquer où il est. Il en va des langues tout de même. Qui rencontre cette vérité de lettres, de mots, et de suite[5], ne peut jamais en s'exprimant tomber au-dessous de sa conception : il parle toujours égal à sa pensée ; et c'est pour n'avoir pas la connaissance de ce parfait idiome que vous demeurez court, ne connaissant pas l'ordre ni les paroles qui puissent expliquer ce que vous imaginez.» Je lui dis que le premier homme de notre monde s'était indubitablement servi de cette langue matrice[6], parce que chaque nom qu'il avait imposé à chaque chose, déclarait son essence. Il m'interrompit, et continua : «Elle n'est pas simplement nécessaire pour exprimer tout ce que l'esprit conçoit, mais sans elle on ne peut pas être entendu de tous. Comme cet idiome est l'instinct ou la voix de la Nature[7], il doit être intelligible à tout ce qui vit sous le ressort de Nature, c'est pourquoi si vous en aviez l'intelligence, vous pourriez communiquer et discourir de toutes vos pensées aux bêtes, et les bêtes à vous de toutes les leurs, à cause que c'est le langage même de la Nature, par qui elle se fait entendre à tous les animaux.

« Que la facilité donc avec laquelle vous entendez le sens d'une langue qui ne sonna jamais à votre ouïe ne vous étonne plus. Quand je parle votre âme rencontre, dans chacun de mes mots, ce vrai qu'elle cherche à tâtons ; et quoique sa raison ne l'entende pas, elle a chez soi Nature qui ne saurait manquer de l'entendre.

— Ha ! c'est sans doute, m'écriai-je, par l'entremise de cet énergique idiome, qu'autrefois notre premier père conversait avec les animaux, et qu'il était entendu d'eux ? Car comme la domination sur toutes les espèces lui avait été donnée[1], elles lui obéissaient, parce qu'il le faisait en une langue qui leur était connue ; et c'est aussi pour cela (cette langue matrice étant perdue) qu'elles ne viennent point aujourd'hui comme jadis, quand nous les appelons, à cause qu'elles ne nous entendent plus. »

Le petit homme ne fit pas semblant de me vouloir répondre ; mais reprenant le fil de son discours, il allait continuer, si je ne l'eusse interrompu encore une fois. Je lui demandai donc en quel monde nous respirions ; s'il était beaucoup habité, et quelle sorte de gouvernement maintenait leur police[2]. « Je vais, répliqua-t-il, vous étaler des secrets qui ne sont point connus en votre climat. Regardez bien la terre où nous marchons ! Elle était, il n'y a guère, une masse indigeste et brouillée, un chaos de matière confuse, une crasse noire et gluante dont le Soleil s'était purgé. Or après que par la vigueur des rais qu'il dardait contre, il a eu mêlé, pressé, et rendu compacts ces nombreux nuages d'atomes ; après, dis-je, que par une longue et puissante coction[3], il a eu séparé dans cette boule les corps les plus contraires, et réuni les plus semblables, cette masse outrée de chaleur a tellement sué, qu'elle a fait un déluge qui l'a couverte plus de quarante jours[1]; car il fallait bien à tant d'eau cet espace de temps pour s'écouler aux régions les plus penchantes et les plus basses de notre globe.

« De ces torrents d'humeur[2] assemblés, il s'est formé la mer, qui témoigne encore par son sel que ce doit être un amas de sueur, toute sueur étant salée[3]. Ensuite de la retraite des eaux, il est demeuré sur la terre une bourbe grasse et féconde où, quand le Soleil eut rayonné, il s'éleva comme une ampoule, qui ne put à cause du froid pousser son germe dehors. Elle reçut donc une autre coction ; et cette coction la rectifiant encore, et la perfectionnant par un mélange plus exact, elle rendit ce germe, qui n'était en puissance que de végéter, capable de sentir. Mais parce que les eaux qui avaient si longtemps croupi sur le limon l'avaient trop morfondu[4], la bube[5] ne se creva point ; de sorte que le Soleil la recuisit encore une fois ; et après une troisième digestion, cette matrice étant si fort échauffée que le froid n'apportait plus d'obstacle à son accouchement, elle s'ouvrit et enfanta un homme lequel a retenu dans le foie, qui est le siège de l'âme végétative et l'endroit de la première coction, la puissance de croître ; dans le cœur, qui est le siège de l'activité et la place de la seconde coction, la puissance vitale ; et dans le cerveau, qui est le siège de l'intellectuelle et le lieu de la troisième coction, la puissance de raisonner[6]. Sans cela pourquoi serions-nous plus longtemps dans le ventre de nos mères que tout le reste des animaux, si ce n'était qu'il faut que notre embryon reçoive trois coctions distinctes pour former les trois facultés distinctes de notre âme ; et les bêtes, seulement deux, pour former ses deux puissances ? Je sais bien que le cheval ne s'achève qu'en dix, douze ou quatorze mois, au ventre de la jument[7]. Mais comme il est d'un tempérament si contraire à celui qui nous fait hommes, que jamais il n'a vie qu'aux mois (remarquez!) tout à fait antipathiques à la nôtre quand nous restons dans la matrice outre[1] le cours naturel; ce n'est pas merveille que le période[2] du temps, dont Nature a besoin pour délivrer une jument, soit autre que celui qui fait accoucher une femme. "Oui, mais enfin dira quelqu'un[3], le cheval demeure plus de temps que nous au ventre de sa mère; et par conséquent il y reçoit des coctions ou plus parfaites ou plus nombreuses!" Je réponds qu'il ne s'ensuit pas; car sans m'appuyer des[4] observations que tant de doctes ont faites sur l'énergie des nombres[5], quand ils prouvent que, toute matière étant en mouvement, certains êtres s'achèvent dans une certaine révolution de jours, qui se détruisent dans un autre; ni sans me faire fort des preuves qu'ils tirent, après avoir expliqué la cause de tous ces mouvements, que le nombre de neuf est le plus parfait; je me contenterai de répondre que, le germe de l'homme étant plus chaud, le Soleil y travaille et finit plus d'organes en neuf mois, qu'il n'en ébauche en un an dans celui du poulain. Or qu'un cheval ne soit beaucoup plus froid qu'un homme, on n'en saurait douter, puisque cette bête ne meurt que d'enflure de rate, ou d'autres maux qui procèdent de mélancolie. "Cependant, me direz-vous, on ne voit point dans notre monde aucun homme engendré de boue, et produit de cette façon?" Je le crois bien, votre monde est aujourd'hui trop échauffé; car sitôt que le Soleil attire un germe de la Terre, ne rencontrant point ce froid humide, ou pour mieux dire ce période certain d'un mouvement achevé qui le contraigne à plusieurs coctions, il en forme aussitôt un végétant; ou s'il se fait deux coctions, comme la seconde n'a pas le loisir de s'achever parfaitement, elle n'engendre qu'un insecte[1]. Aussi j'ai remarqué que le singe, qui porte comme nous ses petits près de neuf mois, nous ressemble par tant de biais, que beaucoup de naturalistes[2] ne nous ont point distingué d'espèce ; et la raison c'est que leur semence à peu près tempérée comme la nôtre pendant ce temps a presque eu le loisir d'achever les trois digestions.

« Vous me demanderez indubitablement de qui je tiens l'histoire que je vous ai contée ? Vous me direz que je ne saurais l'avoir apprise de ceux qui n'y étaient pas ? Il est vrai que je suis le seul qui s'y soit rencontré, et que par conséquent je n'en puis rendre témoignage, à cause qu'elle était arrivée auparavant que je naquisse[3]. Cela est encore vrai ; mais apprenez aussi que, dans une région voisine du Soleil comme la nôtre, les âmes pleines de feu sont plus claires, plus subtiles, et plus pénétrantes, que celles des autres animaux aux sphères[4] plus éloignées. Or puisque dans votre monde même il s'est jadis rencontré des prophètes[5] de qui l'esprit échauffé par un vigoureux enthousiasme ont eu des pressentiments du futur, il n'est pas impossible que dans celui-ci, beaucoup plus proche du Soleil et par conséquent beaucoup plus lumineux que le vôtre, il ne vienne à un fort génie quelque odeur du passé ; que sa raison, mobile, ne se remue aussi bien en arrière qu'en avant, et qu'elle ne soit capable d'atteindre la cause par les effets, vu qu'elle peut arriver aux effets par la cause. »

Il acheva son récit de cette sorte ; mais après une conférence[6] encore plus particulière de secrets fort cachés qu'il me révéla, dont je veux taire une partie, et dont l'autre m'est échappée de la mémoire[7], il me dit qu'il n'y avait pas encore trois semaines qu'une motte de terre, engrossée par le Soleil, avait accouché de lui. « Regardez bien cette tumeur ! » Alors il me fit remarquer sur de la bourbe je ne sais quoi d'enflé comme une taupinière : «C'est, dit-il, une apostume, ou pour mieux parler, une matrice[1] qui recèle depuis neuf mois l'embryon d'un de mes frères[2]. J'attends ici à dessein de lui servir de sage-femme.»

Il aurait continué, s'il n'eût aperçu à l'entour de ce gazon d'argile le terrain qui palpitait. Cela lui fit juger, avec la grosseur du bubon, que la terre était en travail, et que cette secousse était déjà l'effort des tranchées[3] de l'accouchement. Il me quitta aussitôt pour y courir, et moi j'allai rechercher ma cabane[4].

Je regrimpai donc la montagne que j'avais descendue, au sommet de laquelle je parvins avec beaucoup de lassitude. Vous pouvez croire combien je fus en peine quand je ne la trouvai plus où je l'avais laissée. J'en soupirais déjà la perte, comme[5] je l'aperçus fort loin qui voltigeait. Autant que mes jambes purent fournir, j'y courus à perte d'haleine, et certes c'était un passe-temps agréable de contempler cette nouvelle façon d'aller à la chasse[6]; car quelquefois que j'avais presque la main dessus, il survenait dans la boule de verre une légère augmentation de chaleur, qui tirant l'air avec plus de force, et cet air devenu plus raide enlevant ma boîte au-dessus de moi, me faisait sauter après comme un chat au croc où il voit pendre un lièvre. Sans que ma chemise était demeurée[7] sur le chapiteau pour s'opposer à la force des miroirs, elle eût fait le voyage toute seule.

Mais à quoi bon me rafraîchir la mémoire d'une aventure dont je ne saurais me souvenir qu'avec la même douleur que je ressentis alors? Il suffira de savoir qu'elle bondit, courut, et vola tant, et que je sautai, je marchai et j'arpentai tant, qu'enfin je la vis choir au pied d'une fort haute montagne. Elle m'eût mené possible encore plus loin, si de cette orgueilleuse

enflure de la terre les ombres, qui noircissaient le ciel
bien avant sur la plaine, n'eussent répandu tout autour
une nuit de demi-lieue ; car se rencontrant parmi ces
ténèbres, son verre n'en eut pas plus tôt senti la fraîcheur qu'il ne s'y engendra plus de vuide, plus de vent
par le trou, et conséquemment plus d'impulsion qui la
soutînt ; de sorte qu'elle chut, et se fût brisée en mille
éclats, si par bonheur une mare où elle tomba n'eût
plié sous le faix[1] ; je la tirai de l'eau, remis en état ce
qui était froissé ; puis après l'avoir embrassée[2] de toute
ma force, je la portai sur le sommet d'un coteau qui se
rencontra[3] tout proche. Là je développai[4] ma chemise
d'à l'entour du vase, mais je ne la pus vêtir, parce
que mes miroirs commençant leur effet, j'aperçus ma
cabane qui frétillait déjà pour voler. Je n'eus le loisir
que d'entrer vitement dedans, où je m'enfermai comme
la première fois.

La sphère[5] de notre monde ne me paraissait plus
qu'un astre à peu près de la grandeur que nous paraît
la Lune ; encore il s'étrécissait, à mesure que je montais, jusqu'à devenir une étoile, puis une bluette, et
puis rien, d'autant que ce point lumineux s'aiguisa si
fort pour s'égaler à celui qui termine le dernier rayon
de ma vue, qu'enfin elle le laissa s'unir à la couleur des
cieux.

Quelqu'un peut-être s'étonnera que[6] pendant un si
long voyage, le sommeil ne m'ait point accablé, mais
comme le sommeil n'est produit que par la douce
exhalaison des viandes qui s'évaporent de l'estomac au
cerveau, ou par un besoin que sent Nature de lier
notre âme, pour réparer pendant le repos autant d'esprits[7] que le travail en a consommés, je n'avais garde
de dormir, vu que je ne mangeais pas, et que le Soleil
me restituait beaucoup plus de chaleur radicale que je
n'en dissipais. Cependant mon élévation continuait et,

à mesure qu'elle m'approchait de ce monde enflammé, je sentais couler dans mon sang une certaine joie qui le rectifiait, et passait jusqu'à l'âme. De temps en temps je regardais en haut pour admirer la vivacité des nuances qui rayonnaient dans mon petit dôme de cristal, et j'ai la mémoire encore présente, que je pointais alors mes yeux dans le bocal du vase, comme voici que tout en sursaut je sens je ne sais quoi de lourd qui s'envole de toutes les parties de mon corps. Un tourbillon de fumée fort épaisse et quasi palpable suffoqua mon verre de ténèbres; et, quand je voulus me mettre debout pour contempler ce noir dont j'étais aveuglé, je ne vis plus ni vase, ni miroirs, ni verrière, ni couverture à ma cabane. Je baissai donc la vue à dessein de regarder ce qui faisait ainsi choir mon chef-d'œuvre en ruine : mais je ne trouvai à sa place, et à celle des quatre côtés et du plancher, que le ciel tout autour de moi. Encore ce qui m'effraya davantage, ce fut de sentir, comme si le vague de l'air se fût pétrifié, je ne sais quel obstacle invisible qui repoussait mes bras quand je les pensais étendre. Il me vint alors dans l'imagination qu'à force de monter, j'étais sans doute arrivé dans le firmament, que certains philosophes et quelques astronomes ont dit être solide[1]. Je commençai à craindre d'y demeurer enchâssé; mais l'horreur dont me consterna[2] la bizarrerie de cet accident, s'accrut bien davantage par ceux qui succédèrent; car ma vue qui vaguait çà et là, étant par hasard tombée sur ma poitrine, au lieu de s'arrêter à la superficie de mon corps, passa tout à travers; puis un moment ensuite je m'avisai que je regardais par-derrière, et presque sans aucun intervalle. Comme si mon corps n'eût plus été qu'un organe de voir, je sentis ma chair, qui s'étant décrassée de son opacité, transférait les objets à mes yeux, et mes yeux aux objets par chez elle. Enfin après avoir heurté mille fois sans la

voir, la voûte, le plancher, et les murs de ma chaise, je
connus que par une secrète nécessité de la lumière
dans sa source[1], nous étions ma cabane et moi devenus
transparents. Ce n'est pas que je ne la dusse apercevoir, quoique diaphane, puisqu'on aperçoit bien le
verre, le cristal, et les diamants, qui le sont ; mais je me
figure que le Soleil, dans une région si proche de lui,
purge bien plus parfaitement les corps de leur opacité,
en arrangeant plus droits les pertuis imperceptibles de
la matière[2], que dans notre monde, où sa force presque
usée par un si long chemin est à peine capable de
transpirer[3] son éclat aux pierres précieuses ; toutefois à
cause de l'interne égalité de leurs superficies, il leur
fait rejaillir à travers de[4] leurs glaces, comme par de
petits yeux, ou le vert des émeraudes, ou l'écarlate des
rubis, ou le violet des améthystes, selon que les différents pores de la pierre, ou plus droits, ou plus sinueux,
éteignent ou rallument par la quantité des réflexions
cette lumière affaiblie[5]. Une difficulté peut embarras-
ser le lecteur, à savoir comment je pouvais me voir, et
ne point voir ma loge, puisque j'étais devenu diaphane
aussi bien qu'elle. Je réponds à cela que sans doute le
Soleil agit autrement sur les corps qui vivent que sur
les inanimés, puisque aucun endroit, ni de ma chair,
ni de mes os, ni de mes entrailles, quoique transparents, n'avait perdu sa couleur naturelle ; au contraire,
mes poumons conservaient encore sous un rouge
incarnat leur molle délicatesse ; mon cœur toujours
vermeil, balançait aisément entre le systole et le diastole ; mon foie semblait brûler dans un pourpre de feu
et, cuisant l'air que je respirais, continuait la circulation du sang[6] ; enfin je me voyais, me touchais, me sentais le même, et si pourtant[7] je ne l'étais plus.

   Pendant que je considérais cette métamorphose, mon
voyage s'accourcissait toujours, mais pour lors avec

beaucoup de lenteur, à cause de la sérénité de l'éther qui se raréfiait à proportion que je m'approchais de la source du jour; car, comme la matière en cet étage est fort déliée pour le grand vuide[1] dont elle est pleine, et que cette matière est par conséquent fort paresseuse à cause du vuide qui n'a point d'action, cet air ne pouvait produire en passant par le trou de ma boîte qu'un petit vent à peine capable de la soutenir.

Je ne réfléchis jamais au malicieux caprice de la Fortune, qui toujours s'opposait au succès de mon entreprise avec tant d'opiniâtreté, que je ne m'étonne comment le cerveau ne me tourna point. Mais écoutez un miracle[2] que les siècles futurs auront de la peine à croire.

Enfermé dans une boîte à jour[3] que je venais de perdre de vue, et mon essor tellement appesanti, que je faisais beaucoup de ne pas tomber; enfin dans un état où tout ce que renferme la machine entière du Monde était impuissant à me secourir, je me trouvais réduit au période d'une extrême infortune. Toutefois comme alors que nous expirons nous sommes intérieurement poussés à vouloir embrasser ceux qui nous ont donné l'être, j'élevai mes yeux au Soleil, notre père commun[4]. Cette ardeur de ma volonté non seulement soutint mon corps, mais elle le lança vers la chose qu'il aspirait[5] d'embrasser. Mon corps poussa ma boîte, et de cette façon je continuai mon voyage. Sitôt que je m'en aperçus, je roidis avec plus d'attention que jamais toutes les facultés de mon âme, pour les attacher d'imagination[6] à ce qui m'attirait; mais ma tête chargée de ma cabane, contre le chapiteau de laquelle les efforts de ma volonté me guindaient malgré moi, m'incommoda de telle sorte qu'à la fin cette pesanteur me contraignit de chercher à tâtons l'endroit de sa porte invisible. Par bonheur je la rencon-

trai, je l'ouvris, et me jetai dehors ; mais cette naturelle
appréhension de choir qu'ont tous les animaux, quand
ils se surprennent soutenus de rien, me fit pour m'accrocher brusquement étendre le bras[1]. Je n'étais guidé
que de la Nature, qui ne sait pas raisonner[2] ; et c'est
pourquoi la Fortune son ennemie poussa malicieusement ma main sur le chapiteau de cristal. Hélas ! quel
coup de tonnerre fut à mes oreilles le son de l'icosaèdre que j'entendis se casser en morceaux : un tel
désordre, un tel malheur, une telle épouvante, sont
au-delà de toute expression. Les miroirs n'attirèrent
plus d'air, car il ne se faisait plus de vuide ; l'air ne
devint plus vent, par la hâte de le remplir ; le vent cessa
de pousser ma boîte en haut ; bref aussitôt après ce
débris[3] je la vis choir fort longtemps à travers ces vastes
campagnes du Monde ; elle recontracta dans la même
région l'opaque ténébreux qu'elle avait exhalé ; d'autant que l'énergique vertu de la lumière cessant en cet
endroit, elle se rejoignit avidement à l'obscure épaisseur qui lui était comme essentielle[4] ; de la même
façon qu'il s'est vu des âmes longtemps après la sépa-
ration venir chercher leurs corps et, pour tâcher de s'y
rejoindre, errer cent ans durant à l'entour de leurs
sépultures[5]. Je me doute qu'elle perdit ainsi sa diapha-
néité, car je l'ai vue depuis en Pologne[6] au même état
qu'elle était quand j'y entrai la première fois. Or j'ai su
qu'elle tomba sous la ligne équinoxiale au royaume de
Bornéo ; qu'un marchand portugais l'avait achetée de
l'insulaire qui la trouva, et que, de main en main, elle
était venue en la puissance de cet ingénieur polonais,
qui s'en sert maintenant à voler[7].

  Ainsi donc suspendu dans le vague des cieux, et déjà
consterné de la mort que j'attendais par ma chute, je
tournai, comme je vous ai dit, mes tristes yeux au
Soleil ; ma vue y porta ma pensée, et mes regards fixe-

ment attachés à son globe[1], marquèrent une voie dont ma volonté suivit les traces pour y enlever mon corps.

Ce vigoureux élan de mon âme ne sera pas incompréhensible à qui considérera les plus simples effets de notre volonté ; car on sait bien, par exemple, que quand je veux sauter ma volonté soulevée par ma fantaisie[2], ayant suscité tout le microcosme[3], elle tâche de le transporter jusqu'au but qu'elle s'est proposé. Si elle n'y arrive pas toujours, c'est à cause que les principes dans la Nature, qui sont universels, prévalent aux particuliers[4], et que la puissance de vouloir étant particulière aux choses sensibles, et celle de choir au centre[5] étant généralement répandue par toute la matière, mon saut est contraint de cesser dès que la masse après avoir vaincu l'insolence de la volonté qui l'a surprise, se rapproche du point où elle tend[6].

Je tairai tout ce qui survint au reste de mon voyage, de peur d'être aussi longtemps à le conter qu'à le faire. Tant y a[7] qu'au bout de vingt-deux mois j'abordai enfin très heureusement les grandes plaines du Jour.

Cette terre est semblable à des flocons de neige embrasée, tant elle est lumineuse ; cependant c'est une chose assez incroyable, que je n'aie jamais su comprendre depuis que ma boîte tomba, si je montai ou si je descendis[8] au Soleil. Il me souvient seulement quand j'y fus arrivé, que je marchais légèrement dessus ; je ne touchais le plancher que d'un point, et je roulais souvent comme une boule, sans que je me trouvasse incommodé de cheminer avec la tête, non plus qu'avec les pieds[9]. Encore que j'eusse quelquefois les jambes vers le ciel[10], et les épaules contre terre, je me sentais dans cette posture aussi naturellement situé, que si j'eusse eu les jambes contre terre, et les épaules vers le ciel. Sur quelque endroit de mon corps que je me plantasse, sur le ventre, sur le dos, sur un coude, sur une oreille, je m'y trouvais debout. Je connus par là que le Soleil est un monde qui n'a point de centre et que, comme j'étais bien loin hors de la sphère active du nôtre, et de tous ceux que j'avais rencontrés, il était par conséquent impossible que je pesasse encore, puisque la pesanteur n'est qu'une attraction du centre dans la sphère de son activité.

Le respect avec lequel j'imprimais de mes pas cette lumineuse campagne suspendit pour un temps l'ardeur dont je pétillais d'avancer mon voyage. Je me sentais tout honteux de marcher sur le jour. Mon corps même étonné se voulant appuyer de mes yeux, et cette terre transparente qu'ils pénétraient, ne les pouvant soutenir, mon instinct malgré moi devenu maître de ma pensée, l'entraînait au plus creux d'une lumière sans fond. Ma raison pourtant peu à peu désabusa mon instinct ; j'appuyai sur la plaine des vestiges[1] assurés et non tremblants, et je comptai mes pas si fièrement que, si les hommes avaient pu m'apercevoir de leur monde, ils m'auraient pris pour ce grand dieu qui marche sur les nues[2]. Après avoir, comme je crois, cheminé durant quinze jours, je parvins en une contrée du Soleil moins resplendissante que celle dont je sortais ; je me sentis tout ému de joie, et je m'imaginai qu'indubitablement cette joie procédait d'une secrète sympathie que mon être gardait encore pour son opacité. La connaissance que j'en eus ne me fit point pourtant désister[3] de mon entreprise ; car alors je ressemblais à ces vieillards endormis, lesquels encore qu'ils sachent que le sommeil leur est préjudiciable[4] et qu'ils aient commandé à leurs domestiques de les en arracher, sont pourtant bien fâchés dans ce temps-là, quand on les réveille. Ainsi quoique mon corps s'obscurcissant à mesure que j'atteignais des provinces plus ténébreuses, il recontractât les faiblesses qu'apporte cette infirmité de la matière (je devins las et le sommeil me saisit), ces mignardes langueurs, dont les approches du sommeil nous chatouillent, coulaient[1] dans mes sens tant de plaisir, que mes sens gagnés par la volupté forcèrent mon âme de savoir bon gré au tyran qui enchaînait ses domestiques ; car le sommeil, cet ancien tyran de la moitié de nos jours, qui à cause de sa vieillesse ne pouvant supporter la lumière ni la regarder sans s'évanouir, avait été contraint de m'abandonner à l'entrée des brillants climats[2] du Soleil, et était venu m'attendre sur les confins de la région ténébreuse dont je parle, où m'ayant rattrapé il m'arrêta prisonnier, enferma mes yeux, ses ennemis déclarés, sous la noire voûte de mes paupières ; et de peur que mes autres sens, le trahissant comme ils m'avaient trahi, ne l'inquiétassent dans la paisible possession de sa conquête, il les garrotta chacun contre leur lit. Tout cela veut dire en deux mots, que je me couchai sur le sable[3] fort assoupi. C'était une rase campagne tellement découverte que ma vue, de sa plus longue portée[4], n'y rencontrait pas seulement un buisson ; et cependant, à mon réveil, je me trouvai sous un arbre, en comparaison de qui[5] les plus hauts cèdres ne paraîtraient que de l'herbe. Son tronc était d'or massif, ses rameaux d'argent, et ses feuilles d'émeraudes qui, dessus l'éclatante verdeur de leur précieuse superficie, se représentaient comme dans un miroir les images du fruit qui pendait alentour. Mais jugez si le fruit devait rien aux feuilles : l'écarlate enflammée d'un gros escarboucle[6] composait la moitié de chacun, et l'autre mettait en suspens si elle tenait sa matière d'une chrysolite[7], ou d'un morceau d'ambre doré ; les fleurs épanouies étaient des roses de diamant fort larges, et les boutons de grosses perles en poire.

Un rossignol, que son plumage uni rendait beau par excellence, perché tout au coupeau[1], semblait avec sa mélodie vouloir contraindre les yeux de confesser aux oreilles qu'il n'était pas indigne du trône où il était assis.

Je restai longtemps interdit à la vue de ce riche spectacle, et je ne pouvais m'assouvir de le regarder. Mais comme j'occupais toute ma pensée à contempler entre les autres fruits une pomme de grenade extraordinairement belle, dont la chair était un essaim de plusieurs gros rubis en masse, j'aperçus remuer cette petite couronne qui lui tient lieu de tête, laquelle s'allongea autant qu'il le fallait pour former un col. Je vis ensuite bouillonner[2] au-dessus je ne sais quoi de blanc, qui à force de s'épaissir, de croître, d'avancer et de reculer la matière en certains endroits, parut enfin le visage d'un petit buste de chair. Ce petit buste se terminait en rond vers la ceinture, c'est-à-dire qu'il gardait encore par en bas sa figure de pomme. Il s'étendit pourtant peu à peu, et sa queue s'étant convertie en deux jambes, chacune de ses jambes se partagea en cinq orteils. Humanisée que fut la grenade, elle se détacha de sa tige ; et d'une légère culbute tomba justement[3] à mes pieds. Certes je l'avoue, quand j'aperçus marcher fièrement devant moi cette pomme raisonnable, ce petit bout de nain pas plus grand que le pouce[4], et cependant assez fort pour se créer soi-même, je demeurai saisi de vénération. « Animal humain », me dit-il (en cette langue matrice dont je[5] vous ai autrefois discouru), « après t'avoir longtemps considéré du haut de la branche où je pendais, j'ai cru lire dans ton visage que tu n'étais pas originaire de ce monde ; c'est à cause de cela que je suis descendu pour en être éclairci au vrai. » Quand j'eus satisfait sa curiosité à propos de toutes les matières dont il me questionna...[1] «Mais vous, lui dis-je, découvrez-moi qui vous êtes? Car ce que je viens de voir est si fort étonnant, que je désespère d'en connaître jamais la cause, si vous ne me l'apprenez. Quoi! un grand arbre tout de pur or, dont les feuilles sont d'émeraudes, les fleurs de diamants, les boutons de perles, et parmi tout cela, des fruits qui se font hommes en un clin d'œil! Pour moi j'avoue que la compréhension d'un tel miracle surpasse ma capacité.» En suite de cette exclamation, comme j'attendais sa réponse: «Vous ne trouverez pas mauvais, me dit-il, étant le roi de tout le peuple qui compose cet arbre, que je l'appelle pour me suivre.» Quand il eut ainsi parlé, je pris garde qu'il se recueillit en soi-même. Je ne sais si bandant les ressorts intérieurs de sa volonté, il excita hors de soi quelque mouvement qui fit arriver ce que vous allez entendre, mais tant y a qu'aussitôt après, tous les fruits, toutes les fleurs, toutes les feuilles, toutes les branches, enfin tout l'arbre tomba[2] par pièces en petits hommes, voyants, sentants, et marchants, lesquels, comme pour célébrer le jour de leur naissance au moment de leur naissance même, se mirent à danser à l'entour de moi. Le rossignol, entre tous, resta dans[3] sa figure, et ne fut point métamorphosé; il se vint jucher sur l'épaule de notre petit monarque, où il chanta un air si mélancolique et si amoureux, que toute l'assemblée, et le prince même, attendris par les douces langueurs de sa voix mourante, en laissa couler quelques larmes. La curiosité d'apprendre d'où venait cet oiseau, me saisit pour lors d'une démangeaison de langue si extraordinaire, que je ne la pus contenir: «Seigneur», dis-je, m'adressant au roi, «si je ne craignais d'importuner Votre Majesté, je lui demanderais pourquoi parmi tant de métamorphoses[4] le rossignol

tout seul a gardé son être ? » Ce petit prince m'écouta
avec une complaisance qui marquait bien sa bonté
naturelle ; et connaissant ma curiosité : « Le rossignol,
me répliqua-t-il, n'a point comme nous changé de
forme, parce qu'il ne l'a pu. C'est un véritable oiseau
qui n'est que ce qu'il vous paraît[1]. Mais marchons vers
les régions opaques, et je vous conterai en chemin faisant qui je suis, avec l'histoire du rossignol. » À peine
lui eus-je témoigné la satisfaction que je recevais de son
offre, qu'il sauta légèrement sur l'une de mes épaules.
Il se haussa sur ses petits ergots pour atteindre de sa
bouche à mon oreille ; et tantôt se balançant à mes
cheveux, tantôt s'y donnant l'estrapade[2] : « Ma foi ! me
dit-il, excuse une personne qui se sent déjà hors d'haleine. Comme dans un corps étroit j'ai les poumons
serrés et la voix par conséquent si déliée que je suis
contraint de me peiner[3] beaucoup pour me faire ouïr,
le rossignol trouvera bon de parler lui-même de soi-
même. Qu'il chante donc si bon lui semble ! Au
moins nous aurons le plaisir d'écouter son histoire en
musique. » Je lui répliquai que je n'avais point encore
assez d'habitude au langage d'oiseau ; que véritablement un certain philosophe[4] que j'avais rencontré en
montant au Soleil, m'avait bien donné quelques principes généraux pour entendre celui des brutes[5] ; mais
qu'ils ne suffisaient pas pour entendre généralement
tous les mots, ni pour être touché de toutes les délicatesses qui se rencontrent dans une aventure telle que
devait être celle-là[6]. « Hé bien, dit-il, puisque tu le
veux, tes oreilles ne seront pas simplement sevrées des
belles chansons du rossignol, mais de quasi toute son
aventure, de laquelle je ne te puis raconter que ce qui
est venu à ma connaissance. Toutefois tu te contente-
ras de cet échantillon[7] ; aussi bien quand je la saurais
tout entière, la brièveté de notre voyage en son pays où

je le vais reconduire, ne me permettrait pas de prendre mon récit de plus loin. » Ayant ainsi parlé, il sauta de dessus mon épaule à terre ; ensuite il donna la main à tout son petit peuple, et se mit à danser avec eux d'une sorte de mouvement que je ne saurais représenter, parce qu'il ne s'en est jamais vu de semblable. Mais écoutez, peuples de la Terre, ce que je ne vous oblige pas de croire, puisqu'au monde où vos miracles ne sont que des effets naturels, celui-ci a passé pour un miracle [1] ! Aussitôt que ces petits hommes se furent mis à danser, il me sembla sentir leur agitation dans moi, et mon agitation dans eux. Je ne pouvais regarder cette danse, que je ne fusse entraîné sensiblement de ma place, comme par un vortice [2] qui remuait de son même branle, et de l'agitation particulière d'un chacun, toutes les parties de mon corps ; et je sentais épanouir sur mon visage la même joie [3] qu'un mouvement pareil avait étendu sur le leur. À mesure que la danse se serra, les danseurs se brouillèrent d'un trépignement beaucoup plus prompt et plus imperceptible : il semblait que le dessein du ballet fût de représenter un énorme géant, car à force de s'approcher et de redoubler la vitesse de leurs mouvements, ils se mêlèrent de si près, que je ne discernai plus qu'un grand colosse à jour [4] et quasi transparent ; mes yeux toutefois les virent entrer l'un dans l'autre. Ce fut en ce temps-là que je commençai à ne pouvoir davantage distinguer la diversité des mouvements de chacun, à cause de leur extrême volubilité [5], et parce aussi que cette volubilité s'étrécissant toujours à mesure qu'elle s'approchait du centre, chaque vortice occupa enfin si peu d'espace qu'il échappait à ma vue. Je crois pourtant que les parties s'approchèrent encore ; car cette masse humaine auparavant démesurée, se réduisit peu à peu à former un jeune homme de taille médiocre [6], dont tous les

membres étaient proportionnés avec une symétrie où
la perfection dans sa plus forte idée n'a jamais pu
voler. Il était beau au-delà de ce que tous les peintres
ont élevé leur fantaisie[1] ; mais ce que je trouvai de bien
merveilleux, c'est que la liaison de toutes les parties
qui achevèrent ce parfait microcosme se fit en un clin
d'œil. Tels d'entre les plus agiles de nos petit danseurs
s'élancèrent par une capriole à la hauteur, et dans la
posture essentielle à former une tête ; tels, plus chauds
et moins déliés[2], formèrent le cœur ; et tels beaucoup
plus pesants, ne fournirent que les os, la chair et l'embonpoint[3].

Quand ce beau grand jeune homme fut entièrement fini, quoique sa prompte construction ne m'eût
quasi pas laissé de temps pour remarquer aucun intervalle dans son progrès, je vis entrer, par la bouche, le
roi de tous les peuples dont il était un chaos[4] ; encore
il me semble qu'il fut attiré dans ce corps par la respiration du corps même. Tout cet amas de petits hommes
n'avait point encore auparavant donné aucune marque
de vie ; mais sitôt qu'il eut avalé son petit roi, il ne se
sentit plus être qu'un[5]. Il demeura quelque temps à me
considérer ; et s'étant comme apprivoisé par ses regards,
il s'approcha de moi, me caressa, et me donnant la
main : «C'est maintenant que, sans endommager la
délicatesse de mes poumons, je pourrai t'entretenir
des choses que tu passionnais de savoir, me dit-il ;
mais il est bien raisonnable de te découvrir auparavant
les secrets cachés de notre origine. Sache donc que
nous sommes des animaux natifs du Soleil dans les
régions éclairées. La plus ordinaire, comme la plus
utile de nos occupations, c'est de voyager[6] par les
vastes contrées de ce grand monde. Nous remarquons
curieusement les mœurs des peuples, le génie des climats et la nature de toutes les choses qui peuvent méri-

ter notre attention; par le moyen de quoi nous nous
formons une science certaine de ce qui est [1]. Or tu sauras que mes vassaux voyageaient sous ma conduite,
et qu'afin d'avoir le loisir d'observer les choses plus
curieusement [2], nous n'avions pas gardé cette confor-
mation particulière à notre corps, qui ne peut tomber
sous tes sens [3], dont la subtilité nous eût fait cheminer
trop vite. Mais nous nous étions faits oiseaux; tous mes
sujets par mon ordre étaient devenus aigles; et quant à
moi, de peur qu'ils ne s'ennuyassent, je m'étais métamorphosé en rossignol, pour adoucir leur travail [4] par
les charmes de la musique. Je suivais sans voler la
rapide volée de mon peuple, car je m'étais perché sur
la tête d'un de mes vassaux, et nous suivions toujours
notre chemin, quand un rossignol habitant d'une province du pays opaque [5] que nous traversions alors,
étonné de me voir en la puissance d'un aigle (car il ne
nous pouvait prendre que pour tels qu'il nous voyait [6])
se mit à plaindre mon malheur; je fis faire halte à mes
gens, et nous descendîmes au sommet de quelques
arbres où soupirait ce charitable oiseau. Je pris tant de
plaisir à la douceur de ses tristes chansons, qu'afin
d'en jouir plus longtemps et plus à mon aise, je ne le
voulus pas détromper. Je feignis sur-le-champ une histoire [7] dans laquelle je lui contai les malheurs imaginaires qui m'avaient fait tomber aux mains de cet
aigle. J'y mêlai des aventures si surprenantes, où les
passions étaient si adroitement soulevées et le chant si
bien choisi pour la lettre [8], que le rossignol en était
tout hors de lui-même. Nous gazouillions l'un après
l'autre réciproquement l'histoire en musique de nos
mutuelles amours. Je chantais dans mes airs que non
seulement je me consolais, mais que je me réjouissais
encore de mon désastre, puisqu'il m'avait procuré la
gloire d'être plaint par de si belles chansons; et ce

petit inconsolable me répondait dans les siens qu'il
accepterait avec joie toute l'estime que je faisais de lui,
s'il savait qu'elle lui pût faire mériter l'honneur de
mourir à ma place ; mais que la Fortune n'ayant pas
réservé tant de gloire à un malheureux comme lui, il
acceptait de cette estime seulement ce qu'il en fallait
pour m'empêcher de rougir de mon amitié. Je lui
répondais encore à mon tour avec tous les transports,
toutes les tendresses et toutes les mignardises d'une
passion si touchante, que je l'aperçus deux ou trois
fois sur la branche prêt à mourir d'amour[1]. À la vérité,
je mêlais tant d'adresse à la douceur de ma voix, et je
surprenais son oreille par des traits si savants, et des
routes si peu fréquentées à ceux de son espèce, que
j'emportais sa belle âme à toutes les passions dont je la
voulais maîtriser. Nous occupâmes en cet exercice l'espace de vingt-quatre heures ; et je crois que jamais
nous ne nous fussions lassés de faire l'amour[2], si nos
gorges ne nous eussent refusé de la voix. Ce fut l'obstacle seul qui nous empêcha de passer outre ; car
sentant que le travail[3] commençait à me déchirer la
gorge, et que je ne pouvais plus continuer sans choir
en pâmoison, je lui fis signe de s'approcher de moi. Le
péril où il crut que j'étais au milieu de tant d'aigles lui
persuada que je l'appelais à mon aide. Il vola aussitôt
à mon secours ; et me voulant donner un glorieux
témoignage qu'il savait pour un ami braver la mort
jusque dans son trône, il se vint asseoir fièrement sur
le grand bec crochu de l'aigle où j'étais perché. Certes
un courage si fort dans un si faible animal me toucha de
quelque vénération ; car encore que je l'eusse réclamé
comme il se le figurait, et qu'entre les animaux de
semblable espèce aider au malheureux soit une loi[4],
l'instinct pourtant de sa timide nature le devait faire
balancer ; et toutefois il ne balança[5] point ; au contraire

il partit avec tant de hâte, que je ne sais qui vola le premier, du signal ou du rossignol. Glorieux de voir sous ses pieds la tête de son tyran, et ravi de songer qu'il allait être, pour l'amour de moi, sacrifié presque entre mes ailes, et que de son sang peut-être quelques gouttes bienheureuses rejailliraient sur mes plumes, il tourna doucement la vue de mon côté, et m'ayant comme dit adieu d'un regard par lequel il semblait me demander permission de mourir, il précipita si brusquement son petit bec dedans les yeux de l'aigle, que je les vis plutôt crevés que frappés. Quand mon oiseau se sentit aveugle, il se forma derechef une vue toute neuve[1]. Je réprimandai doucement le rossignol de son action trop précipitée ; et jugeant qu'il serait dangereux de lui cacher plus longtemps notre véritable être, je me découvris à lui, je lui contai qui nous étions. Mais le pauvre petit, prévenu[2] que ces barbares dont j'étais prisonnier me contraignaient à feindre cette fable, n'ajouta nulle foi à tout ce que je lui pus dire. Quand je connus que toutes les raisons par lesquelles je prétendais le convaincre s'en allaient au vent, je donnai tout bas quelques ordres à dix ou douze mille de mes sujets, et incontinent le rossignol aperçut à ses pieds une rivière couler[3] sous un bateau, et le bateau flotter dessus ; il n'était grand que ce qu'il devait l'être pour me contenir deux fois. Au premier signal que je leur fis paraître, mes aigles s'envolèrent, et je me jetai dans l'esquif, d'où je criai au rossignol que, s'il ne pouvait encore se résoudre à m'abandonner sitôt, qu'il[4] s'embarquât avec moi. Dès qu'il fut entré dedans, je commandai à la rivière de prendre son flux vers la région où mon peuple volait. Mais la fluidité de l'onde étant moindre que celle de l'air, et par conséquent la rapidité de leur vol plus grande que celle de notre navigation, nous demeurâmes un peu derrière. Durant tout

le chemin, je m'efforçai de détromper mon petit hôte ;
je lui remontrai qu'il ne devait attendre aucun fruit de
sa passion, puisque nous n'étions pas de même espèce ;
qu'il pouvait bien l'avoir reconnu, quand l'aigle, à qui
il avait crevé les yeux, s'en était forgé de nouveaux
en sa présence, et lorsque par mon commandement
douze mille de mes vassaux s'étaient métamorphosés
en cette rivière et ce bateau sur lequel nous voguions.
Mes remontrances n'eurent point de succès ; il me
répondait que, pour l'aigle que je voulais faire accroire
qui s'était forgé des yeux[1] il n'en avait pas eu besoin,
n'ayant point été aveugle, à cause qu'il[2] n'avait pas
bien adressé du bec dans ses prunelles ; et pour la
rivière et le bateau que je disais n'avoir été engendrés
que d'une métamorphose de mon peuple, ils étaient
dans le bois dès la création du Monde, mais qu'on n'y
avait pas pris garde[3]. Le voyant si fort ingénieux à se
tromper[4], je convins avec lui que mes vassaux et moi
nous nous métamorphoserions à sa vue en ce qu'il
voudrait, à la charge qu'après cela il s'en retournerait
en sa patrie. Tantôt il demanda que ce fût en arbre,
tantôt il souhaita que ce fût en fleur, tantôt en fruit,
tantôt en métal, tantôt en pierre. Enfin pour satisfaire
tout à la fois à toute son envie, quand nous eûmes
atteint ma Cour au lieu où je lui[5] avais commandé de
m'attendre, nous nous métamorphosâmes aux yeux
du rossignol en ce précieux arbre que tu as rencontré
sur ton chemin, duquel nous venons d'abandonner la
forme. Au reste, maintenant que je vois ce petit oiseau
résolu de s'en retourner en son pays, nous allons mes
sujets et moi reprendre notre figure et la route de
notre voyage.

« Mais il est raisonnable de te découvrir auparavant
qui nous sommes : des animaux natifs et originaires du
Soleil dans la partie éclairée, car il y a une différence

bien remarquable entre les peuples que produit la région lumineuse et les peuples du pays opaque. C'est nous qu'au monde de la Terre vous appelez des "esprits", et votre présomptueuse stupidité nous a donné ce nom, à cause que n'imaginant point d'animaux plus parfaits que l'homme, et voyant faire à de certaines créatures des choses au-dessus du pouvoir humain, vous avez cru ces animaux-là des esprits[1]. Vous vous trompez toutefois ; nous sommes des animaux comme vous ; car encore que quand il nous plaît nous donnions à notre matière, comme tu viens de voir, la figure et la forme essentielle des choses auxquelles nous voulons nous métamorphoser, cela ne conclut pas que nous soyons des esprits. Mais écoute, et je te découvrirai comment toutes ces métamorphoses, qui te semblent autant de miracles, ne sont rien que de purs effets naturels[2]. Il faut que tu saches qu'étant nés habitants de la partie claire de ce grand monde, où le principe de la matière est d'être en action[3], nous devons avoir l'imagination beaucoup plus active que ceux des régions opaques, et la substance du corps aussi beaucoup plus déliée. Or cela supposé, il est infaillible que notre imagination ne rencontrant aucun obstacle dans la matière qui nous compose[4], elle l'arrange comme elle veut, et devenue maîtresse de toute notre masse, elle la fait passer, en remuant toutes ses particules, dans l'ordre nécessaire à constituer en grand cette chose qu'elle avait formée en petit. Ainsi chacun de nous s'étant imaginé l'endroit et la partie de ce précieux arbre auquel il se voulait changer[5], et ayant par cet effort d'imagination excité notre matière aux mouvements nécessaires à les produire, nous nous y sommes métamorphosés. Ainsi mon aigle ayant les yeux crevés, n'a eu pour se les rétablir qu'à s'imaginer un aigle clairvoyant, car toutes nos transformations arrivent par le mouvement. C'est pourquoi quand de feuilles, de fleurs et de fruits que nous étions, nous avons été transmués en hommes, tu nous as vus danser encore quelque temps après, parce que nous n'étions pas encore remis du branle qu'il avait fallu donner à notre matière pour nous faire hommes : à l'exemple des cloches, qui quoiqu'elles soient arrêtées, brouissent encore quelque temps après, et suivent sourdement le même son que le batail[1] causait en les frappant. Aussi[2] est-ce pourquoi tu nous as vus danser auparavant de faire ce grand homme, parce qu'il a fallu pour le produire nous donner tous les mouvements généraux et particuliers qui sont nécessaires à le constituer, afin que cette agitation serrant nos corps peu à peu et les absorbant en un, chacun de nous par son mouvement créât en chaque partie le mouvement[3] spécifique qu'elle doit avoir. Vous autres hommes ne pouvez pas les mêmes choses, à cause de la pesanteur de votre masse, et de la froideur de votre imagination. »

Il continua sa preuve, et l'appuya d'exemples si familiers et si palpables, qu'enfin je me désabusai d'un grand nombre d'opinions mal prouvées dont nos docteurs aheurtés préviennent l'entendement des faibles. Alors je commençai de comprendre qu'en effet l'imagination de ces peuples solaires, laquelle à cause du climat doit être plus chaude, leurs corps, pour la même raison, plus légers, et leurs individus plus mobiles (n'y ayant point, en ce monde-là comme au nôtre, d'activité de centre qui puisse détourner la matière[4] du mouvement que cette imagination lui imprime) je conçus, dis-je, que cette imagination pouvait produire sans miracle tous les miracles qu'elle venait de faire. Mille exemples[5] d'événements quasi pareils, dont les peuples de notre globe font foi, achevèrent de me persuader. Cippus[6], roi d'Italie, qui pour avoir assisté à un

combat de taureaux, et avoir eu toute la nuit son imagination occupée à des cornes, trouva son front cornu
le lendemain ; Gallus Vitius[1], qui banda son âme et
l'excita si vigoureusement à concevoir l'essence de la
folie, qu'ayant donné à sa matière par un effort d'imagination les mêmes mouvements que cette matière
doit avoir pour constituer la folie, devint fou. Le roi
Codrus[2], poulmonique, qui fichant ses yeux et sa pensée sur la fraîcheur d'un jeune visage, et cette florissante
allégresse qui regorgeait jusqu'à lui de l'adolescence
du garçon prenant dans son corps le mouvement[3] par
lequel il se figurait la santé d'un jeune homme, se
remit en convalescence. Enfin plusieurs femmes grosses
qui ont fait monstres leurs enfants déjà formés dans la
matrice, parce que leur imagination, qui n'était pas
assez forte pour se donner à elles-mêmes la figure des
monstres qu'elles concevaient, l'était assez pour arranger la matière du fœtus, beaucoup plus chaude et plus
mobile que la leur, dans l'ordre essentiel à la production de ces monstres[4]. Je me persuadai même que, si
quand ce fameux hypocondre[5] de l'Antiquité s'imaginait être cruche, sa matière trop compacte et trop
pesante avait pu suivre l'émotion[6] de sa fantaisie, elle
aurait formé de tout son corps une cruche parfaite ; et
il aurait paru à tout le monde véritablement cruche,
comme il se le paraissait à lui seul. Tant d'autres
exemples dont je me satisfis me convainquirent en
telle sorte que je ne doutai plus d'aucune des merveilles que l'homme-esprit m'avait racontées. Il me
demanda si je ne souhaitais plus rien de lui ; je le
remerciai de tout mon cœur. Et ensuite il eut encore
la bonté de me conseiller que, puisque j'étais habitant
de la Terre, je suivisse le rossignol aux régions opaques
du Soleil, parce qu'elles étaient plus conformes aux
plaisirs qu'appète[7] la nature humaine. À peine eut-il

achevé ce discours, qu'ayant ouvert[1] la bouche fort
grande, je vis sortir du fond de son gosier le roi de ces
petits animaux en forme de rossignol. Le grand homme
tomba aussitôt, et en même temps tous ses membres
par morceaux s'envolèrent sous la figure d'aigles[2]. Ce
rossignol, créateur de soi-même, se percha sur la tête
du plus beau d'entre eux, d'où il entonna un air admirable avec lequel je pense qu'il me disait adieu. Le véritable rossignol prit aussi sa volée, mais non pas de leur
côté, ni ne monta pas si haut. Aussi je ne le perdis
point de vue ; nous cheminions à peu près de même
force ; car comme je n'avais pas dessein d'aborder plutôt une terre que l'autre, je fus bien aise de l'accompagner, outre que les régions opaques des oiseaux
étant plus conformes à mon tempérament, j'espérais y
rencontrer aussi des aventures plus correspondantes à
mon humeur[3]. Je voyageai sur cette espérance pour le
moins trois semaines avec toute sorte de contente-
ment, si je n'eusse eu que mes oreilles à satisfaire ; car
le rossignol ne me laissait point manquer de musique ;
quand il était las, il venait se reposer sur mon épaule ;
et, quand je m'arrêtais, il m'attendait[4]. À la fin j'arrivai
dans une contrée du royaume de ce petit chantre, qui
alors ne se soucia plus de m'accompagner. L'ayant
perdu de vue, je le cherchai, je l'appelai, mais enfin je
restai si las d'avoir couru après lui vainement que je
résolus de me reposer. Pour cet effet je m'étendis sur
un gazon d'herbe molle qui tapissait les racines[5] d'un
superbe rocher. Ce rocher était couvert de plusieurs
arbres dont la gaillarde et verte fraîcheur exprimait la
jeunesse ; mais comme déjà tout amolli par les charmes
du lieu je commençais de m'endormir à l'ombre..

HISTOIRE DES OISEAUX[1]

Je commençais de m'endormir à l'ombre, comme j'aperçus en l'air un oiseau merveilleux qui planait sur ma tête ; il se soutenait d'un mouvement si léger et si imperceptible, que je doutai plusieurs fois si ce n'était point encore un petit univers balancé[2] par son propre centre. Il descendit pourtant peu à peu, et arriva enfin si proche de moi, que mes yeux soulagés furent tout pleins de son image. Sa queue paraissait verte, son estomac d'azur émaillé, ses ailes incarnates, et sa tête de pourpre faisait briller en s'agitant une couronne d'or, dont les rayons jaillissaient de ses yeux[3].

Il fut longtemps à voler dans la nue, et je me tenais tellement collé à tout ce qu'il devenait, que mon âme s'étant toute repliée et comme raccourcie à la seule opération de voir, elle n'atteignit presque pas jusqu'à celle d'ouïr, pour me faire entendre que l'oiseau parlait en chantant.

Ainsi peu à peu débandé[4] de mon extase, je remarquai distinctement les syllabes, les mots et le discours qu'il articula[5].

Voici donc, au mieux qu'il m'en souvient, les termes dont il arrangea le tissu de sa chanson :

« Vous êtes étranger », siffla l'oiseau fort agréablement, « et naquîtes dans un monde d'où je suis originaire[6]. Or cette propension secrète dont nous sommes émus pour nos compatriotes, est l'instinct qui me pousse à vouloir que vous sachiez ma vie.

« Je vois votre esprit tendu à comprendre comment il est possible que je m'explique à vous d'un discours suivi, vu qu'encore que les oiseaux contrefassent votre parole, ils ne la conçoivent[7] pas ; mais aussi quand vous contrefaites l'aboi d'un chien ou le chant d'un rossignol, vous ne concevez pas non plus ce que le chien ou le rossignol ont voulu dire. Tirez donc conséquence de là que ni les oiseaux ni les hommes ne sont pas pour cela moins raisonnables[1].

«Cependant de même qu'entre vous autres, il s'en est trouvé de si éclairés, qu'ils ont entendu et parlé notre langue comme Apollonius Tianeus, Anaximander, Ésope[2], et plusieurs dont je vous tais les noms, pour ce qu'ils ne sont jamais venus à votre connaissance; de même parmi nous il s'en trouve qui entendent et parlent la vôtre. Quelques-uns, à la vérité, ne savent que celle d'une nation. Mais tout ainsi qu'il se rencontre des oiseaux qui ne disent mot, quelques-uns qui gazouillent, d'autres qui parlent, il s'en rencontre encore de plus parfaits qui savent user de toutes sortes d'idiomes; quant à moi j'ai l'honneur d'être de ce petit nombre.

«Au reste vous saurez qu'en quelque monde que ce soit, Nature a imprimé aux oiseaux une secrète envie de voler jusqu'ici, et peut-être que cette émotion de notre volonté est ce qui nous a fait croître des ailes, comme les femmes grosses produisent sur leurs enfants la figure des choses qu'elles ont désirées; ou plutôt comme ceux qui passionnant de savoir nager ont été vus tous[3] endormis se plonger au courant des fleuves, et franchir avec plus d'adresse qu'un expérimenté nageur, des hasards qu'étant éveillés ils n'eussent osé seulement regarder[4]; ou comme ce fils du roi Crésus[5], à qui un véhément désir de parler pour garantir son père, enseigna tout d'un coup une langue; ou bref comme cet ancien qui, pressé de son ennemi et surpris sans armes, sentit croître sur son front des cornes de taureau, par le désir qu'une fureur semblable à celle de cet animal lui en inspira.

«Quand donc les oiseaux sont arrivés au Soleil, ils vont joindre la république de leur espèce. Je vois bien

que vous êtes gros[1] d'apprendre qui je suis. C'est moi
que parmi vous on appelle phénix. Dans chaque monde
il n'y en a qu'un à la fois, lequel y habite durant l'espace de cent ans ; car au bout d'un siècle, quand sur
quelque montagne d'Arabie il s'est déchargé d'un
gros œuf au milieu des charbons de son bûcher, dont
il a trié la matière de rameaux d'aloès, de cannelle et
d'encens, il prend son essor, et dresse sa volée au
Soleil, comme la patrie où son cœur a longtemps aspiré.
Il a bien fait auparavant tous ses efforts pour ce
voyage ; mais la pesanteur de son œuf, dont les coques
sont si épaisses qu'il faut un siècle à le couver, retardait
toujours l'entreprise[2].

« Je me doute bien que vous aurez de la peine à
concevoir cette miraculeuse production ; c'est pourquoi je veux vous l'expliquer. Le phénix est hermaphrodite[3] ; mais entre les hermaphrodites, c'est encore
un autre phénix tout extraordinaire, car...[4] »

Il resta un demi-quart d'heure sans parler, et puis il
ajouta : « Je vois bien que vous soupçonnez de fausseté
ce que je vous viens d'apprendre ; mais si je ne dis vrai,
je veux jamais n'aborder votre globe, qu'un[5] aigle ne
fonde sur moi. »

Il demeura encore quelque temps à se balancer
dans le ciel, et puis il s'envola.

L'admiration[6] qu'il m'avait causée par son récit me
donna la curiosité de le suivre ; et, parce qu'il fen-
dait le vague des cieux d'un essor non précipité, je le
conduisis[7] de la vue et du marcher assez facilement.

Environ au bout de cinquante lieues, je me trouvai
dans un pays si plein d'oiseaux, que leur nombre éga-
lait presque celui des feuilles qui les couvraient. Ce qui
me surprit davantage fut que ces oiseaux, au lieu de
s'effaroucher à ma rencontre, voltigeaient à l'entour
de moi ; l'un sifflait à mes oreilles, l'autre faisait la roue

sur ma tête ; bref après que leurs petites gambades eurent occupé mon attention fort longtemps, tout à coup je sentis mes bras chargés de plus d'un million de toutes sortes d'espèces, qui pesaient dessus si lourdement, que je ne les pouvais remuer.

Ils me tinrent en cet état jusqu'à ce que je vis arriver quatre grandes aigles[1], dont les unes m'ayant de leurs serres accolé par les jambes, les deux autres par les bras m'enlevèrent fort haut.

Je remarquai parmi la foule une pie, qui tantôt deçà tantôt delà, volait et revolait avec beaucoup d'empressement ; et j'entendis qu'elle me cria que je ne me défendisse point, à cause que ses compagnons tenaient déjà conseil de me crever les yeux. Cet avertissement empêcha toute la résistance que j'aurais pu faire ; de sorte que ces aigles m'emportèrent à plus de mille lieues[2] de là dans un grand bois, qui était (à ce que dit ma pie) la ville où leur roi faisait sa résidence.

La première chose qu'ils firent fut de me jeter en prison dans le tronc creusé d'un grand chêne, et quantité des plus robustes se perchèrent sur les branches, où ils exercèrent les fonctions d'une compagnie de soldats sous les armes.

Environ au bout de vingt-quatre heures, il en entra d'autres en garde[3] qui relevèrent ceux-ci. Cependant que j'attendais avec beaucoup de mélancolie ce qu'il plairait à la Fortune d'ordonner de mes désastres, ma charitable pie m'apprenait tout ce qui se passait.

Entre autres choses, il me souvient qu'elle m'avertit que la populace des oiseaux avait fort crié de ce qu'on me gardait si longtemps sans me dévorer ; qu'ils avaient remontré que j'amaigrirais tellement qu'on ne trouverait plus sur moi que des os à ronger.

La rumeur pensa[4] s'échauffer en sédition, car ma pie s'étant émancipée de représenter que c'était un procédé barbare, de faire ainsi mourir sans connaissance de cause[1] un animal qui approchait en quelque sorte de leur raisonnement, ils la pensèrent mettre en pièces, alléguant que cela serait bien ridicule de croire qu'un animal tout nu, que la Nature même en mettant au jour ne s'était pas souciée de fournir des choses nécessaires à le conserver, fût comme eux capable de raison[2] : «Encore, ajoutaient-ils, si c'était un animal qui approchât un peu davantage de notre figure, mais justement le plus dissemblable, et le plus affreux ; enfin une bête chauve, un oiseau plumé, une chimère amassée[3] de toutes sortes de natures, et qui fait peur à toutes : l'homme, dis-je[4], si sot et si vain, qu'il se persuade que nous n'avons été faits que pour lui ; l'homme qui avec son âme si clairvoyante, ne saurait distinguer le sucre d'avec l'arsenic, et qui avalera de la ciguë que son beau jugement lui aurait fait prendre pour du persil[5] ; l'homme qui soutient qu'on ne raisonne que par le rapport des sens[6], et qui cependant a les sens les plus faibles, les plus tardifs et les plus faux d'entre toutes les créatures ; l'homme enfin que la Nature, pour faire de tout, a créé comme les monstres, mais en qui pourtant elle a infus l'ambition de commander à tous les animaux, de les exterminer. »

Voilà ce que disaient les plus sages : pour la commune[7], elle criait que cela était horrible, de croire qu'une bête qui n'avait pas le visage[8] fait comme eux, eût de la raison. «Hé ! quoi, murmuraient-ils l'un à l'autre, il n'a ni bec, ni plumes, ni griffes, et son âme serait spirituelle[9] ! Ô dieux ! quelle impertinence ! »

La compassion qu'eurent de moi les plus généreux n'empêcha point qu'on n'instruisît mon procès criminel : on en dressa toutes les écritures dessus l'écorce d'un cyprès[10] ; et puis au bout de quelques jours je fus porté au tribunal des oiseaux. Il n'y avait pour avocats, pour conseillers, et pour juges, à la séance, que des pies, des geais et des étourneaux ; encore n'avait-on choisi que ceux qui entendent ma langue.

Au lieu de m'interroger sur la sellette[1], on me mit à califourchon sur un chicot[2] de bois pourri, d'où celui qui présidait à l'auditoire, après avoir claqué du bec deux ou trois coups, et secoué majestueusement ses plumes, me demanda d'où j'étais, de quelle nation, et de quelle espèce. Ma charitable pie m'avait donné auparavant quelques instructions qui me furent très salutaires, et entre autres que je me gardasse bien d'avouer que je fusse homme. Je répondis donc que j'étais de ce petit monde qu'on appelait la Terre, dont le phénix et quelques autres que je voyais dans l'assemblée, pouvaient leur avoir parlé ; que le climat qui m'avait vu naître était assis sous la zone tempérée du pôle arctique[3], dans une extrémité de l'Europe qu'on nommait la France ; et quant à ce qui concernait mon espèce, que je n'étais point homme comme ils se figuraient, mais singe ; que des hommes m'avaient enlevé au berceau fort jeune, et nourri parmi eux ; que leur mauvaise éducation m'avait ainsi rendu la peau délicate ; qu'ils m'avaient fait oublier ma langue naturelle, et instruit à la leur ; que pour complaire à ces animaux farouches, je m'étais accoutumé à ne marcher que sur deux pieds ; et qu'enfin, comme on tombe plus facilement qu'on ne monte d'espèce, l'opinion, la coutume, et la nourriture[4] de ces bêtes immondes avaient tant de pouvoir sur moi, qu'à peine mes parents qui sont singes d'honneur[5] me pourraient eux-mêmes reconnaître. J'ajoutai, pour ma justification, qu'ils me fissent visiter par des experts, et qu'en cas que je fusse trouvé homme, je me soumettais à être anéanti comme un monstre.

« Messieurs », s'écria une arondelle de l'assemblée

dès que j'eus cessé de parler, «je le tiens convaincu ;
vous n'avez pas oublié qu'il vient de dire que le pays
qui l'avait vu naître était la France ; mais vous savez
qu'en France les singes n'engendrent point[1] : après
cela jugez s'il est ce qu'il se vante d'être. »

Je répondis à mon accusatrice que j'avais été enlevé
si jeune du sein de mes parents, et transporté en
France, qu'à bon droit je pouvais appeler mon pays
natal celui duquel je me souvenais le plus loin.

Cette raison, quoique spécieuse[2], n'était pas suffi-
sante ; mais la plupart, ravis d'entendre que je n'étais
pas homme, furent bien aises de le croire ; car ceux
qui n'en avaient jamais vu ne pouvaient se persuader
qu'un homme ne fût bien plus horrible que je ne leur
paraissais, et les plus sensés ajoutaient que l'homme
était quelque chose de si abominable, qu'il était utile
qu'on crût que ce n'était qu'un être imaginaire[3].

De ravissement tout l'auditoire en battit des ailes, et
sur l'heure on me mit pour m'examiner au pouvoir
des syndics[4], à la charge de me représenter le lendemain, et d'en faire à l'ouverture des chambres le rapport à la compagnie[5]. Ils s'en chargèrent donc, et me
portèrent dans un bocage reculé. Là pendant qu'ils
me tinrent, ils ne s'occupèrent qu'à gesticuler[6] autour
de moi cent sortes de culbutes, à faire la procession
des[7] coques de noix sur la tête. Tantôt ils battaient des
pieds l'un contre l'autre, tantôt ils creusaient de petites
fosses pour les remplir, et puis j'étais tout étonné que
je ne voyais plus personne.

Le jour et la(nuit se passèrent à ces bagatelles, jusqu'au lendemain que, l'heure prescrite étant venue,
on me reporta derechef comparaître devant mes juges,
où mes syndics interpellés de dire la vérité, répondirent que pour la décharge de leur conscience, ils se
sentaient tenus d'avertir la Cour qu'assurément je

n'étais pas singe comme je me vantais : « Car, disaient-
ils, nous avons eu beau sauter, marcher, pirouetter et
inventer en sa présence cent tours de passe, par lesquels nous prétendions l'émouvoir à faire de même,
selon la coutume des singes. Or quoiqu'il eût été nourri
parmi les hommes, comme le singe est toujours[1] singe,
nous soutenons qu'il n'eût pas été en sa puissance de
s'abstenir de contrefaire nos singeries. Voilà, messieurs,
notre rapport. »

Les juges alors s'approchèrent pour venir aux opinions ; mais on s'aperçut que le ciel se couvrait et
paraissait chargé. Cela fit lever l'assemblée.

Je m'imaginais que l'apparence du mauvais temps
les y avait conviés, quand l'avocat général me vint dire,
par ordre de la Cour, qu'on ne me jugerait point ce
jour-là ; que jamais on ne vuidait un procès criminel
lorsque le ciel n'était pas serein, parce qu'ils craignaient que la mauvaise température de l'air n'altérât
quelque chose à la bonne constitution de l'esprit des
juges ; que le chagrin dont l'humeur des oiseaux se
charge durant la pluie, ne dégorgeât sur la cause, ou
qu'enfin la Cour ne se vengeât de sa tristesse sur l'accusé[2] ; c'est pourquoi mon jugement fut remis à un
plus beau[3] temps. On me ramena donc en prison, et je
me souviens que pendant le chemin ma charitable pie
ne m'abandonna guère, elle vola toujours à mes côtés,
et je crois qu'elle ne m'eût point quitté, si ses compagnons ne se fussent approchés de nous.

Enfin j'arrivai au lieu de ma prison, où pendant ma
captivité je ne fus nourri que du pain du roi[4] : c'était
ainsi qu'ils appelaient une cinquantaine de vers, et
autant de guillots[5], qu'ils m'apportaient à manger de
sept heures en sept heures.

Je pensais recomparaître dès le lendemain, et tout le
monde le croyait ainsi ; mais un de mes gardes me

conta au bout de cinq ou six jours, que tout ce temps-
là avait été employé à rendre justice à une communauté de chardonnerets[1], qui l'avait implorée contre
un de leurs compagnons. Je demandai à ce garde de
quel crime ce malheureux était accusé : «Du crime,
répliqua le garde, le plus énorme dont un oiseau
puisse être noirci. On l'accuse… le pourrez-vous bien
croire? On l'accuse… mais, bons dieux! d'y penser
seulement les plumes m'en dressent à la tête… Enfin
on l'accuse de n'avoir pas encore depuis six ans mérité
d'avoir un ami[2]; c'est pourquoi il a été condamné à
être roi, et roi d'un peuple différent de son espèce[3].

«Si ses sujets eussent été de sa nature, il aurait pu
tremper au moins des yeux et du désir dedans leurs
voluptés; mais comme les plaisirs d'une espèce n'ont
point du tout de relation avec les plaisirs d'une autre
espèce, il supportera toutes les fatigues[4], et boira
toutes les amertumes de la royauté, sans pouvoir en
goûter aucune des douceurs.

«On l'a fait partir ce matin environné de beaucoup
de médecins, pour veiller à ce qu'il ne s'empoisonne
dans le voyage.» Quoique mon garde fût grand cau-
seur de sa nature, il ne m'osa pas entretenir seul plus
longtemps, de peur d'être soupçonné d'intelligence.

Environ sur la fin de la semaine, je fus encore
ramené devant mes juges.

On me nicha sur le fourchon[5] d'un petit arbre sans
feuilles. Les oiseaux de longue robe[6], tant avocats,
conseillers que présidents, se juchèrent tous par étage,
chacun selon sa dignité, au coupeau d'un grand cèdre.
Pour les autres qui n'assistaient à l'assemblée que par
curiosité, ils se placèrent pêle-mêle tant que les sièges
furent remplis, c'est-à-dire tant que les branches du
cèdre furent couvertes de pattes.

Cette pie que j'avais toujours remarquée pleine de

compassion pour moi, se vint percher sur mon arbre,
où, feignant de se divertir à becqueter la mousse : « En
vérité, me dit-elle, vous ne sauriez croire combien votre
malheur m'est sensible, car encore que je n'ignore pas
qu'un homme parmi les vivants est une peste dont on
devrait purger tout État bien policé ; quand je me souviens toutefois d'avoir été dès le berceau élevée parmi
eux, d'avoir appris leur langue[1] si parfaitement, que
j'en ai presque oublié la mienne, et d'avoir mangé de
leur main des fromages mous si excellents que je ne
saurais y songer sans que l'eau m'en vienne aux yeux
et à la bouche[2], je sens pour vous des tendresses qui
m'empêchent d'incliner au plus juste parti. »

Elle achevait ceci, quand nous fûmes interrompus
par l'arrivée d'un aigle[3] qui se vint asseoir entre les
rameaux d'un arbre assez proche du mien. Je voulus
me lever pour me mettre à genoux devant lui, croyant
que ce fût le roi, si ma pie de sa patte ne m'eût contenu
en mon assiette. « Pensiez-vous donc, me dit-elle, que
ce grand aigle fût notre souverain ? C'est une imagination de vous autres hommes qui, à cause que vous lais-
sez commander aux plus grands, aux plus forts et aux
plus cruels de vos compagnons, avez sottement cru,
jugeant de toutes choses par vous, que l'aigle nous
devait commander. Mais notre politique est bien autre ;
car nous ne choisissons pour nos rois que les plus
faibles, les plus doux, et les plus pacifiques ; encore les
changeons-nous tous les six mois, et nous les pre-
nons faibles, afin que le moindre à qui ils auraient fait
quelque tort, se pût venger de lui. Nous le choisissons
doux, afin qu'il ne haïsse ni ne se fasse haïr de personne, et nous voulons qu'il soit d'une humeur pacifique, pour éviter la guerre[4], le canal de toutes les
injustices. Chaque semaine[5], il tient les États, où tout
le monde est reçu à se plaindre de lui. S'il se rencontre

seulement trois oiseaux mal satisfaits de son gouvernement, il en est dépossédé, et l'on procède à une nouvelle élection. Pendant la journée que durent les états,
notre roi est monté au sommet d'un grand if[1] sur le
bord d'un étang, les pieds et les ailes liés. Tous les
oiseaux l'un après l'autre passent par-devant lui ; et si
quelqu'un d'eux le sait coupable du dernier supplice,
il le peut jeter à l'eau. Mais il faut que sur-le-champ
il justifie la raison qu'il en a eue, autrement il est
condamné à la mort triste[2]. »

Je ne pus m'empêcher de l'interrompre pour lui
demander ce qu'elle entendait par la « mort triste », et
voici ce qu'elle me répliqua :

« Quand le crime d'un coupable est jugé si énorme,
que la mort est trop peu de chose pour l'expier, on
tâche d'en choisir une qui contienne la douleur de
plusieurs, et l'on y procède de cette façon : ceux d'entre
nous qui ont la voix la plus mélancolique et la plus
funèbre sont délégués vers le coupable qu'on porte
sur un funeste[3] cyprès. Là ces tristes musiciens s'amas-
sent tout autour, et lui remplissent l'âme par l'oreille
de chansons si lugubres et si tragiques, que l'amer-
tume de son chagrin désordonnant l'économie[4] de ses
organes et lui pressant le cœur, il se consume à vue
d'œil, et meurt suffoqué de tristesse.

« Toutefois un tel spectacle n'arrive guère ; car comme
nos rois sont fort doux, ils n'obligent jamais personne à
vouloir pour se venger encourir une mort si cruelle.

« Celui qui règne à présent est une colombe dont
l'humeur est si pacifique, que l'autre jour qu'il fallait accorder deux moineaux, on eut toutes les peines
du monde à lui faire comprendre ce que c'était qu'inimitié. »

Ma pie ne put continuer un si long discours, sans
que quelques-uns des assistants y prissent garde ; et

parce qu'on la soupçonnait déjà de quelque intelligence[1], les principaux de l'assemblée lui firent mettre
la main sur le collet par un aigle de la garde qui se saisit de sa personne. Le roi colombe arriva sur ces entrefaites; chacun se tut, et la première chose qui rompit
le silence, fut la plainte que le grand censeur des
oiseaux dressa contre la pie. Le roi pleinement informé
du scandale dont elle était cause, lui demanda son
nom, et comment elle me connaissait. «Sire», répondit-elle fort étonnée[2], «je me nomme Margot; il y a ici
force oiseaux de qualité qui répondront de[3] moi. J'appris un jour au monde de la Terre d'où je suis native,
par Guillery[4] l'Enrhumé que voilà (qui, m'ayant enten-
due crier en cage, me vint visiter à la fenêtre où j'étais
pendue[5]), que mon père était Courte-queue, et ma
mère Croque-noix. Je ne l'aurais pas su sans lui; car
j'avais été enlevée de dessous l'aile de mes parents au
berceau, fort jeune. Ma mère quelque temps après
en mourut de déplaisir, et mon père désormais hors
d'âge de faire d'autres enfants, désespéré de se voir
sans héritiers, s'en alla à la guerre des geais, où il fut
tué d'un coup de bec dans la cervelle[6]. Ceux qui me
ravirent furent certains animaux sauvages qu'on appelle
"porchers[7]", qui me portèrent vendre à un château,
où je vis cet homme à qui vous faites maintenant le
procès. Je ne sais s'il conçut quelque bonne volonté
pour moi, mais il se donnait la peine d'avertir[8] les ser-
viteurs de me hacher de la mangeaille. Il avait quelquefois la bonté de me l'apprêter lui-même. Si en hiver
j'étais morfondue, il me portait auprès du feu, cal-
feutrait ma cage ou commandait au jardinier de me
réchauffer dans sa chemise. Les domestiques n'osaient
m'agacer[9] en sa présence, et je me souviens qu'un jour
il me sauva de la gueule du chat qui me tenait entre ses
griffes, où le petit laquais de ma dame m'avait expo-

sée. Mais il ne sera pas mal à propos de vous apprendre la cause de cette barbarie. Pour complaire à Verdelet (c'est le nom du petit laquais) je répétais un jour les sottises qu'il m'avait enseignées. Or il arriva, par malheur, quoique je récitasse toujours mes quolibets[1] de suite, que je vins à dire en son ordre justement comme il entrait pour faire un faux message : "Taisez-vous, fils de putain, vous avez menti !" Cet homme accusé que voilà, qui connaissait le naturel menteur du fripon, s'imagina que je pourrais bien avoir parlé par prophétie, et envoya sur les lieux s'enquérir si Verdelet y avait été : Verdelet fut convaincu de fourbe[2], Verdelet fut fouetté, et Verdelet en punition m'avait voulu faire manger au matou, sans lui. » Le roi d'un baissement de tête, témoigna qu'il était content de la pitié qu'elle avait eue de mon désastre ; il lui défendit toutefois de me plus[3] parler en secret. Ensuite il demanda à l'avocat de ma partie, si son plaidoyer était prêt. Il fit signe de la patte qu'il allait parler, et voici, ce me semble, les mêmes[4] points dont il insista contre moi :

> *Plaidoyé fait au Parlement des oiseaux,*
> *les chambres assemblées,*
> *contre un animal accusé d'être homme*

« Messieurs, la partie de ce criminel est Guillemette la Charnue, perdrix de son extraction, nouvellement arrivée du monde de la Terre, la gorge encore ouverte d'une balle de plomb que lui ont tirée les hommes, demanderesse à l'encontre du genre humain, et par conséquent à l'encontre d'un animal que je prétends être un membre de ce grand corps. Il ne nous serait pas malaisé d'empêcher par sa mort les violences qu'il peut faire ; toutefois comme le salut ou la perte de tout ce qui vit[5] importe à la République des vivants, il me

semble que nous mériterions d'être nés hommes, c'est-
à-dire dégradés de la raison et de l'immortalité que
nous avons par-dessus eux[1], si nous leur avions ressem-
blé par quelqu'une de leurs injustices.

« Examinons donc, messieurs, les difficultés de ce
procès avec toute la contention de laquelle nos divins
esprits sont capables.

« Le nœud de l'affaire consiste à savoir si cet animal
est homme ; et puis en cas que nous avérions qu'il le
soit, si pour cela il mérite la mort.

« Pour moi, je ne fais point de difficulté qu'il ne le
soit, premièrement, puisqu'il est si effronté de mentir,
en soutenant qu'il ne l'est pas ; secondement, en ce
qu'il rit comme un fol ; troisièmement, en ce qu'il
pleure comme un sot ; quatrièmement, en ce qu'il se
mouche comme un vilain[2] ; cinquièmement, en ce qu'il
est plumé comme un galeux[3] ; sixièmement, en ce
qu'il porte la queue devant ; septièmement, en ce qu'il
a toujours une quantité de petits grès carrés dans la
bouche[4] qu'il n'a pas l'esprit de cracher ni d'avaler ;
huitièmement, et pour conclusion, en ce qu'il lève en
haut tous les matins ses yeux, son nez et son large bec,
colle ses mains ouvertes la pointe au ciel plat contre
plat, et n'en fait qu'une attachée, comme s'il s'en-
nuyait d'en avoir deux libres, se casse les jambes par la
moitié, en sorte qu'il tombe sur ses gigots[5], puis avec
des paroles magiques qu'il bourdonne, j'ai pris garde
que ses jambes rompues se rattachent, et qu'il se relève
après aussi gai qu'auparavant. Or vous savez, messieurs, que de tous les animaux il n'y a que l'homme
seul dont l'âme soit assez noire pour s'adonner à la
magie[6], et par conséquent celui-ci est homme. Il faut
maintenant examiner si pour être homme, il mérite la
mort.

« Je pense, messieurs, qu'on n'a jamais révoqué en

doute que toutes les créatures sont produites par notre commune mère pour vivre en société[1]. Or si je prouve que l'homme semble n'être né que pour la rompre, ne prouverai-je pas qu'allant contre la fin de sa création, il mérite que la Nature se repente de son ouvrage ?

« La première et la plus fondamentale loi pour la manutention[2] d'une république, c'est l'égalité[3] ; mais l'homme ne la saurait endurer éternellement : il se rue sur nous pour nous manger ; il se fait accroire que nous n'avons été faits que pour lui ; il prend, pour argument de sa supériorité prétendue, la barbarie avec laquelle il nous massacre, et le peu de résistance qu'il trouve à forcer notre faiblesse, et ne veut pas cependant avouer pour ses maîtres, les aigles, les condurs[4], et les griffons, par qui les plus robustes d'entre eux sont surmontés. Mais pourquoi cette grandeur et disposition de membres marquerait-elle diversité d'espèce, puisque entre eux-mêmes il se rencontre des nains et des géants ?

« Encore est-ce un droit imaginaire que cet empire[5] dont ils se flattent ; ils sont au contraire si enclins à la servitude, que de peur de manquer à servir ils se vendent les uns aux autres leur liberté[6]. C'est ainsi que les jeunes sont esclaves des vieux, les pauvres des riches, les paysans des gentilshommes, les princes des monarques, et les monarques mêmes des lois qu'ils ont établies[7]. Mais avec tout cela ces pauvres serfs ont si peur de manquer de maîtres que, comme s'ils appréhendaient que la liberté ne leur vînt de quelque endroit non attendu, ils se forgent des dieux de toutes parts, dans l'eau, dans l'air, dans le feu, sous la terre ; ils en feront plutôt de bois, qu'ils n'en aient, et je crois même qu'ils se chatouillent des fausses espérances de l'immortalité, moins par l'horreur dont le non-être les effraye, que par la crainte qu'ils ont de n'avoir pas qui leur com-

mande après la mort[1]. Voilà le bel effet de cette fantastique monarchie et de cet empire si naturel[2] de
l'homme sur les animaux et sur nous-mêmes, car son
insolence a été jusque-là. Cependant en conséquence
de cette principauté[3] ridicule, il s'attribue tout joliment sur nous le droit de vie et de mort ; il nous dresse
des embuscades, il nous enchaîne, il nous jette en prison, il nous égorge, il nous mange, et, de la puissance
de tuer ceux qui sont demeurés libres, il fait un prix à
la noblesse[4]. Il pense que le Soleil s'est allumé pour
l'éclairer à nous faire la guerre[5] ; que Nature nous a
permis d'étendre nos promenades dans le ciel, afin
seulement que de notre vol il puisse tirer de malheureux ou favorables auspices[6] ; et quand Dieu mit des
entrailles dedans notre corps, qu'il n'eut intention
que de faire un grand livre où l'homme pût apprendre
la science des choses futures.

« Hé ! bien, ne voilà[7] pas un orgueil tout à fait insupportable ? celui qui l'a conçu pouvait-il mériter un
moindre châtiment que de naître homme ? Ce n'est
pas toutefois sur[8] quoi je vous presse de condamner
celui-ci. La pauvre bête n'ayant pas comme nous l'usage
de raison, j'excuse ses erreurs quant à celles que produit son défaut d'entendement ; mais pour celles qui
ne sont filles que de la volonté, j'en demande justice :
par exemple, de ce qu'il nous tue, sans être attaqué
par nous ; de ce qu'il nous mange, pouvant repaître sa
faim de nourriture plus convenable, et ce que j'estime
beaucoup plus lâche, de ce qu'il débauche le bon
naturel de quelques-uns des nôtres, comme des laniers[9],
des faucons et des vautours, pour les instruire au massacre des leurs, à faire gorge chaude[10] de leur semblable, ou nous livrer entre ses mains.

« Cette seule considération est si pressante, que je

demande à la Cour qu'il soit exterminé de la mort triste. »

Tout le barreau frémit de l'horreur d'un si grand supplice ; c'est pourquoi afin d'avoir lieu de le modérer, le roi fit signe à mon avocat de répondre.

C'était un étourneau[1], grand jurisconsulte, lequel après avoir frappé trois fois de sa patte contre la branche qui le soutenait, parla ainsi à l'assemblée :

« Il est vrai, messieurs, qu'ému de pitié j'avais entrepris la cause pour cette malheureuse bête ; mais sur le point de la plaider, il m'est venu un remords de conscience, et comme une voix secrète[2] qui m'a défendu d'accomplir une action si détestable. Ainsi, messieurs, je vous déclare, et à toute la Cour, que pour faire le salut de mon âme, je ne veux contribuer en façon quelconque à la durée[3] d'un monstre tel que l'homme. »

Toute la populace claqua du bec en signe de réjouissance, et pour congratuler à la sincérité d'un si oiseau de bien.

Ma pie se présenta pour plaider à sa place ; mais il lui fut imposé de se taire, à cause qu'ayant été nourrie parmi les hommes, et peut-être infectée de leur morale, il était à craindre qu'elle n'apportât à ma cause un esprit prévenu ; car la Cour des oiseaux ne souffre point que l'avocat qui s'intéresse davantage[4] pour un client que pour l'autre soit ouï, à moins qu'il puisse justifier que cette inclinaison[5] procède du bon droit de la partie.

Quand mes juges virent que personne ne se présentait pour me défendre, ils étendirent leurs ailes qu'ils secouèrent, et volèrent[6] incontinent aux opinions.

La plus grande partie, comme j'ai su depuis, insista fort que je fusse exterminé de la mort triste ; mais toutefois, quand on aperçut que le roi penchait à la dou-

ceur, chacun revint à son opinion. Ainsi mes juges se
modérèrent, et au lieu de la mort triste dont ils me
firent grâce, ils trouvèrent à propos pour faire sympa-
thiser mon châtiment à quelqu'un de mes crimes, et
m'anéantir par un supplice qui servît à me détromper[1], en bravant ce prétendu empire de l'homme sur
les oiseaux, que je fusse abandonné à la colère des plus
faibles d'entre eux ; cela veut dire qu'ils me condam-
nèrent à être mangé des mouches[2].

En même temps, l'assemblée se leva, et j'entendis
murmurer qu'on ne s'était pas davantage étendu à
particulariser les circonstances de ma tragédie, à cause
de l'accident arrivé à un oiseau de la troupe, qui venait
de tomber en pâmoison comme[3] il voulait parler au
roi. On crut qu'elle était causée par l'horreur qu'il
avait eu de regarder trop fixement un homme. C'est
pourquoi[4] on donna ordre de m'emporter.

Mon arrêt me fut prononcé auparavant, et sitôt que
l'orfraie[5] qui servait de greffier criminel, eut achevé de
me le lire, j'aperçus à l'entour de moi le ciel tout noir
de mouches, de bourdons, d'abeilles, de guiblets[6], de
cousins et de puces qui brouissaient d'impatience.

J'attendais encore que mes aigles m'enlevassent
comme à l'ordinaire, mais je vis à leur place une grande
autruche noire qui me mit honteusement à califourchon sur son dos (car cette posture est entre eux la
plus ignominieuse où l'on puisse appliquer un criminel, et jamais oiseau, pour quelque offense qu'il ait
commise, n'y peut être condamné).

Les archers[7] qui me conduisirent au supplice étaient
une cinquantaine de condurs et autant de griffons
devant ; et derrière ceux-ci volait fort lentement une
procession de corbeaux qui croassaient je ne sais quoi
de lugubre, et il me semblait ouïr comme de plus loin
des chouettes qui leur répondaient.

Au partir du lieu où mon jugement m'avait été rendu, deux oiseaux de paradis, à qui on avait donné charge de m'assister à la mort, se vinrent asseoir sur mes épaules.

Quoique mon âme fût alors fort troublée à cause de l'horreur du pas que j'allais franchir, je me suis pourtant souvenu de quasi tous les raisonnements[1] par lesquels ils tâchèrent de me consoler.

« La mort, me dirent-ils (me mettant le bec à l'oreille), n'est pas sans doute un grand mal, puisque Nature notre bonne mère y assujettit tous ses enfants ; et ce ne doit pas être une affaire de grande conséquence, puisqu'elle arrive à tout moment, et pour si peu de chose ; car si la vie était si excellente, il ne serait pas en notre pouvoir de ne la point donner[2] ; ou si la mort traînait après soi des suites de l'importance que tu te fais accroire, il ne serait pas en notre pouvoir de la donner. Il y a beaucoup d'apparence, au contraire, puisque l'animal commence par jeu, qu'il finit de même. Je[3] parle à toi ainsi, à cause que ton âme n'étant pas immortelle comme la nôtre[4], tu peux bien juger, quand tu meurs, que tout meurt avec toi. Ne t'afflige donc point de faire plus tôt ce que quelques-uns de tes compagnons feront plus tard. Leur condition est plus déplorable que la tienne ; car si la mort est un mal, elle n'est mal qu'à ceux qui ont à mourir, et ils seront, au prix de toi, qui n'as plus qu'une heure entre ci et là, cinquante ou soixante ans en état de pouvoir mourir[5]. Et puis, dis-moi, celui qui n'est pas né n'est pas malheureux. Or tu vas être comme celui qui n'est pas né ; un clin d'œil après la vie, tu seras ce que tu étais un clin d'œil devant[6], et ce clin d'œil passé, tu seras mort d'aussi longtemps que celui qui mourut il y a mille siècles. Mais en tout cas, supposé que la vie soit un bien, le même rencontre[7] qui parmi l'infinité du temps a pu faire que tu sois, ne peut-il pas faire quelque jour que tu sois encore un autre coup ? La matière, qui à force de se mêler est enfin arrivée à ce nombre, cette disposition et cet ordre nécessaire[1] à la construction de ton être, peut-elle pas en se remêlant arriver à une disposition requise pour faire que tu te sentes être[2] encore une autre fois ? Oui ; mais, me diras-tu, je ne me souviendrai pas d'avoir été ? Hé ! mon cher frère, que t'importe, pourvu que tu te sentes être ? Et puis ne se peut-il pas faire que pour te consoler de la perte de ta vie, tu imagineras les mêmes raisons que je te représente maintenant ?

« Voilà des considérations assez fortes pour t'obliger à boire cette absinthe en[3] patience ; il m'en reste toutefois d'autres encore plus pressantes qui t'inviteront sans doute à la souhaiter. Il faut, mon cher frère, te persuader que, comme toi et les autres brutes êtes matériels, et comme la mort, au lieu d'anéantir la matière, elle n'en fait que troubler l'économie, tu dois, dis-je, croire avec certitude que, cessant d'être ce que tu étais, tu commenceras d'être quelqu'autre chose. Je veux donc que tu ne deviennes qu'une motte de terre, ou un caillou, encore seras-tu quelque chose de moins méchant que l'homme[4]. Mais j'ai un secret à te découvrir, que je ne voudrais pas qu'aucun de mes compagnons eût entendu de ma bouche : c'est qu'étant mangé, comme tu vas être, de nos petits oiseaux, tu passeras en leur substance[5]. Oui, tu auras l'honneur de contribuer, quoique aveuglément, aux opérations intellectuelles de nos mouches, et de participer à la gloire, si tu ne raisonnes toi-même, de les faire au moins raisonner[6]. »

Environ à cet endroit de l'exhortation, nous arrivâmes au lieu destiné pour mon supplice.

Il y avait quatre arbres fort proches l'un de l'autre,

et quasi en même distance, sur chacun desquels à hauteur pareille un grand héron s'était perché. On me descendit de dessus l'autruche noire, et quantité de cormorans m'élevèrent où les quatre hérons m'attendaient. Ces oiseaux vis-à-vis l'un de l'autre appuyés fermement chacun sur son arbre, avec leur col de longueur prodigieuse, m'entortillèrent comme avec une corde, les uns par les bras, les autres par les jambes, et me lièrent si serré, qu'encore que chacun de mes membres ne fût garrotté que du col d'un seul, il n'était pas en ma puissance de me remuer le moins du monde[1].

Ils devaient demeurer longtemps en cette posture ; car j'entendis qu'on donna charge à ces cormorans qui m'avaient élevé, d'aller à la pêche pour les hérons, et de leur couler la mangeaille dans le bec.

On attendait encore les mouches, à cause qu'elles n'avaient pas fendu l'air d'un vol si puissant que nous : toutefois on ne resta guère sans les ouïr.

Pour la première chose qu'ils exploitèrent[2] d'abord, ils s'entre-départirent mon corps, et cette distribution fut faite si malicieusement[3], qu'on assigna mes yeux aux abeilles, afin de me les crever en me les mangeant ; mes oreilles aux bourdons, afin de me les étourdir et me les dévorer tout ensemble ; mes épaules aux puces, afin de les entamer d'une morsure qui me démangeât, et ainsi du reste. À peine leur avais-je entendu disposer de leurs ordres, qu'incontinent après je les vis approcher. Il semblait que tous les atomes dont l'air est composé, se fussent convertis en mouches ; car je n'étais presque pas[4] visité de deux ou trois faibles rayons de lumière qui semblaient de dérober pour venir jusqu'à moi, tant ces bataillons étaient serrés et voisins de ma chair[5].

Mais comme chacun d'entre eux choisissait déjà du

désir la place qu'il devait mordre, tout à coup je les
vis brusquement reculer, et parmi la confusion d'un
nombre infini d'éclats qui retentissaient jusqu'aux
nues, je distinguai plusieurs fois ce mot de : « Grâce !
grâce ! grâce ! »

Ensuite, deux tourterelles[1] s'approchèrent de moi.
À leur venue, tous les funestes appareils de ma mort se
dissipèrent ; je sentis mes hérons relâcher les cercles
de ces longs cous qui m'entortillaient, et mon corps
étendu en sautoir, griller[2] du faîte des quatre arbres
jusqu'aux pieds de leurs racines.

Je n'attendais de ma chute que de briser[3] à terre
contre quelque rocher ; mais au bout de ma peur je fus
bien étonné de me trouver à[4] mon séant sur une
autruche blanche[5], qui se mit au galop dès qu'elle me
sentit sur son dos.

On me fit faire un autre chemin que celui par où
j'étais venu, car il me souvient que je traversai un
grand bois de myrtes, et un autre de térébinthes, abou-
tissant à une vaste forêt d'oliviers[6] où m'attendait le roi
colombe au milieu de toute sa Cour.

Sitôt qu'il m'aperçut il fit signe qu'on m'aidât à descendre. Aussitôt deux aigles de la garde me tendirent
les pattes, et me portèrent à leur prince. Je voulus par
respect embrasser et baiser les petits ergots de Sa
Majesté, mais elle se retira[7]. « Et je vous demande, dit-
elle auparavant, si vous connaissez cet oiseau ? »

À ces paroles, on me montra un perroquet qui se
mit à rouer[8] et à battre des ailes, comme il aperçut que
je le considérais : « Et il me semble, criai-je au roi, que
je l'ai vu quelque part ; mais la peur et la joie ont chez
moi tellement brouillé les espèces[9], que je ne puis
encore marquer bien clairement où ç'a été. »

Le perroquet à ces mots me vint de ses deux ailes
accoler le visage, et me dit : « Quoi ! vous ne connaissez

plus César, le perroquet de votre cousine, à l'occasion de qui vous avez tant de fois soutenu que les oiseaux raisonnent[1]? C'est moi qui tantôt pendant votre procès ai voulu, après l'audience, déclarer les obligations que je vous ai : mais la douleur de vous voir en un si grand péril, m'a fait tomber en pâmoison.» Son discours acheva de me dessiller la vue. L'ayant donc reconnu, je l'embrassai et le baisai; il m'embrassa et me baisa. «Donc, lui dis-je, est-ce toi, mon pauvre César, à qui j'ouvris la cage pour te rendre la liberté[2] que la tyrannique coutume de notre monde t'avait ôtée?»

Le roi interrompit nos caresses, et me parla de la sorte : «Homme, parmi nous une bonne action n'est jamais perdue[3]; c'est pourquoi, encore qu'étant homme tu mérites de mourir seulement à cause que tu es né, le Sénat te donne la vie. Il peut bien accompagner de cette reconnaissance les lumières dont Nature éclaira ton instinct[4], quand elle te fit pressentir en nous la raison que tu n'étais pas capable de connaître. Va donc en paix, et vis joyeux!»

Il donna tout bas quelques ordres, et mon autruche blanche, conduite par deux tourterelles, m'emporta de l'assemblée.

Après m'avoir galopé[5] environ un demi-jour, elle me laissa proche d'une forêt, où je m'enfonçai dès qu'elle fut partie. Là je commençai à goûter le plaisir de la liberté, et celui de manger le miel[6] qui coulait le long de l'écorce des arbres.

Je pense que je n'eusse jamais fini ma promenade; car l'agréable diversité[7] du lieu me faisait toujours découvrir quelque chose de plus beau, si mon corps eût pu résister au travail. Mais comme enfin je me trouvai tout à fait amolli de lassitude, je me laissai couler sur l'herbe.

Ainsi étendu à l'ombre de ces arbres, je me sentais inviter au sommeil par la douce fraîcheur et le silence de la solitude, quand un bruit incertain de voix confuses qu'il me semblait entendre voltiger autour de moi me réveille en sursaut.

Le terrain paraissait fort uni, et n'était hérissé d'aucun buisson qui pût rompre la vue ; c'est pourquoi la mienne s'allongeait fort avant par entre les arbres de la forêt. Cependant le murmure qui venait à mon oreille ne pouvait partir que de fort proche de moi ; de sorte que m'y étant rendu encore plus attentif, j'entendis fort distinctement une suite de paroles grecques[1] ; et parmi beaucoup de personnes qui s'entretenaient, j'en démêlai une qui s'exprimait ainsi :

« Monsieur le médecin[2], un de mes alliés, l'orme à trois têtes, me vient d'envoyer un pinson, par lequel il me mande qu'il est malade d'une fièvre étique[3], et d'un grand mal de mousse, dont il est couvert depuis la tête jusqu'aux pieds. Je vous supplie, par l'amitié que vous me portez, de lui ordonner quelque chose. »

Je demeurai quelque temps sans rien ouïr ; mais, au bout d'un petit espace, il me semble qu'on répliqua ainsi : « Quand l'orme à trois têtes ne serait point votre allié, et quand, au lieu de vous qui êtes mon ami, le plus étrange[4] de notre espèce me ferait cette prière, ma profession m'oblige de secourir tout le monde. Vous ferez donc dire à l'orme à trois têtes, que pour la guérison de son mal il a besoin de sucer le plus d'humide et le moins de sec qu'il pourra ; que, pour cet effet, il doit conduire les petits filets de ses racines vers l'endroit le plus moite de son lit, ne s'entretenir que de choses gaies[5], et se faire tous les jours donner la musique par quelques rossignols excellents. Après, il vous fera savoir comment il se sera trouvé de ce régime de vivre ; et puis selon le progrès de son mal, quand nous aurons préparé ses humeurs, quelque cigogne de mes amies lui donnera de ma part un clystère[1] qui le remettra tout à fait en convalescence. »

Ces paroles achevées, je n'entendis plus le moindre bruit ; sinon qu'un quart d'heure après, une voix que je n'avais point encore, ce me semble, remarquée, parvint à mon oreille ; et voici comment elle parlait : « Holà, Fourchu, dormez-vous ? » J'ouïs qu'une autre voix répliquait ainsi : « Non, Fraîche Écorce ; pourquoi ? — C'est », reprit celle qui la première avait rompu le silence, « que je me sens ému[2] de la même façon que nous avons accoutumé de l'être, quand ces animaux qu'on appelle hommes nous approchent ; et je voudrais vous demander si vous sentez la même chose. »

Il se passa quelque temps avant que l'autre répondît, comme s'il eût voulu appliquer à cette découverte ses sens les plus secrets. Puis, il s'écria : « Mon Dieu ! vous avez raison, et je vous jure que je trouve mes organes tellement pleins des espèces d'un homme, que je suis le plus trompé du monde, s'il n'y en a quelqu'un fort proche d'ici. »

Alors plusieurs voix se mêlèrent, qui disaient qu'assurément elles sentaient un homme.

J'avais beau distribuer ma vue de tous côtés, je ne découvrais point d'où pouvait provenir cette parole. Enfin après m'être un peu remis de l'horreur[3] dont cet événement m'avait consterné, je répondis à celle qu'il me sembla remarquer que c'était elle qui demandait s'il y avait là un homme, qu'il y en avait un : « Mais je vous supplie, continuai-je aussitôt, qui que vous soyez qui parlez à moi, de me dire où vous êtes ? » Un moment après j'écoutai ces mots :

« Nous sommes en ta présence : tes yeux nous regardent, et tu ne nous vois pas ! Envisage les chênes où nous sentons[4] que tu tiens ta vue attachée : c'est nous

qui te parlons[1]; et si tu t'étonnes que nous parlions
une langue usitée au monde d'où tu viens, sache que
nos premiers pères en sont originaires; ils demeu-
raient en Épire dans la forêt de Dodonne, où leur
bonté naturelle les convia de rendre des oracles aux
affligés qui les consultaient[2]. Ils avaient pour cet effet
appris la langue grecque, la plus universelle[3] qui fût
alors, afin d'être entendus; et parce que nous descendons d'eux, de père en fils, le don de prophétie a
coulé jusques à nous. Or tu sauras qu'une grande aigle
à qui nos pères de Dodonne donnaient retraite, ne
pouvant aller à la chasse à cause d'une main[4] qu'elle
s'était rompue, se repaissait du gland que leurs rameaux
lui fournissaient, quand un jour, ennuyée[5] de vivre
dans un monde où elle souffrait tant, elle prit son vol
au[6] Soleil, et continua son voyage si heureusement,
qu'enfin elle aborda le globe lumineux où nous
sommes; mais à son arrivée, la chaleur du climat la fit
vomir : elle se déchargea de force gland[7] non encore
digéré; ce gland germa, il en crût des chênes qui
furent nos ayeuls.

«Voilà comment nous changeâmes d'habitation.
Cependant encore que vous nous entendiez parler
une langue humaine, ce n'est pas à dire que les autres
arbres s'expliquent de même; il n'y a rien que nous
autres chênes, issus de la forêt de Dodonne, qui parlions comme vous; car pour les autres végétants, voici
leur façon de s'exprimer. N'avez-vous point pris garde
à ce vent doux et subtil, qui ne manque jamais de respirer à l'orée des bois? C'est l'haleine de leur parole;
et ce petit murmure ou ce bruit délicat dont ils rom-
pent le sacré silence de leur solitude, c'est proprement
leur langage[8]. Mais encore que le bruit des forêts
semble toujours le même, il est toutefois si différent,
que chaque espèce de végétant garde le sien particu-

lier, en sorte que le bouleau ne parle pas comme l'érable, ni le hêtre comme le cerisier. Si le sot peuple de votre monde m'avait entendu parler comme je fais, il croirait que ce serait un diable enfermé sous mon écorce[1]; car bien loin de croire que nous puissions raisonner, il ne s'imagine pas même que nous ayons l'âme sensitive[2]; encore que, tous les jours, il voie qu'au premier coup dont le bûcheron assaut[3] un arbre, la cognée entre dans la chair quatre fois plus avant qu'au second; et qu'il doive conjecturer qu'assurément le premier coup l'a surpris et frappé au dépourvu, puisque aussitôt qu'il a été averti par la douleur, il s'est ramassé en soi-même, a réuni ses forces pour combattre, et s'est comme pétrifié pour résister à la dureté des armes de son ennemi[4]. Mais mon dessein n'est pas de faire comprendre la lumière aux aveugles; un particulier m'est toute l'espèce, et toute l'espèce ne m'est qu'un particulier, quand le particulier n'est point infecté des erreurs de l'espèce; c'est pourquoi soyez attentif, car je crois parler, en vous parlant, à tout le genre humain[5].

«Vous saurez donc, en premier lieu, que presque tous les concerts, dont les oiseaux font musique, sont composés à la louange des arbres; mais, aussi, en récompense du soin qu'ils prennent de célébrer nos belles actions, nous nous donnons celui de cacher leurs amours[6]; car ne vous imaginez pas, quand vous avez tant de peine à découvrir un de leurs nids, que cela provienne de la prudence avec laquelle ils l'ont caché. C'est l'arbre qui lui-même a plié ses rameaux tout autour du nid pour garantir des cruautés de l'homme la famille de son hôte. Et qu'ainsi ne soit, considérez l'aire[7] de ceux, ou qui sont nés à la destruction des oiseaux leurs concitoyens, comme des éperviers, des houbereaux[8], des milans, des faucons,

etc.; ou qui ne parlent que pour quereller, comme des
geais et des pies; ou qui prennent plaisir à nous faire
peur, comme des hiboux et des chatshuants[1]. Vous
remarquerez que l'aire de ceux-là est abandonnée à la
vue de tout le monde, parce que l'arbre en a éloigné
ses branches, afin de la donner en proie[2].

« Mais il n'est pas besoin de particulariser tant de
choses, pour prouver que les arbres exercent, soit du
corps, soit de l'âme, toutes vos fonctions. Y a-t-il quelqu'un parmi vous qui n'ait remarqué qu'au printemps,
quand le Soleil a réjoui notre écorce d'une sève féconde,
nous allongeons nos rameaux, et les étendons chargés
de fruits sur le sein de la Terre dont nous sommes
amoureux? La Terre, de son côté, s'entrouvre et
s'échauffe d'une même ardeur; et comme si chacun de
nos rameaux était un…, elle s'en approche pour s'y
joindre; et nos rameaux, transportés de plaisir, se
déchargent, dans son giron, de la semence qu'elle
brûle de concevoir. Elle est pourtant neuf mois à former cet embryon auparavant que de le mettre au jour;
mais l'arbre, son mari, qui craint que la froidure de l'hiver ne nuise à sa grossesse, dépouille sa robe verte pour
la couvrir, se contentant, pour cacher quelque chose de
sa nudité, d'un vieux manteau de feuille morte[3].

« Hé bien, vous autres hommes, vous regardez éternellement ces choses, et ne les contemplez[4] jamais; il
s'en est passé à vos yeux de plus convaincantes encore,
qui n'ont pas seulement ébranlé les aheurtés. »

J'avais l'attention fort bandée aux discours dont
cette voix arborique[5] m'entretenait, et j'attendais la
suite, quand tout à coup elle cessa d'un ton semblable
à celui d'une personne que la courte haleine empê-
cherait de parler.

Comme je la vis tout à fait obstinée au silence, je la
conjurai, par toutes les choses que je crus qui la pou-

vaient davantage émouvoir, qu'elle daignât instruire une personne qui n'avait risqué les périls d'un si grand voyage que pour apprendre[1]. J'ouïs dans ce temps-là deux ou trois voix qui lui faisaient, pour l'amour de moi, les mêmes prières; et j'en distinguai une qui lui dit comme si elle eût été fâchée :

« Or bien, puisque vous plaignez tant vos poumons, reposez-vous; je lui vais conter l'histoire[2] des arbres amants. — Oh! qui que vous soyez », m'écriai-je en me jetant à genoux, « le plus sage de tous les chênes de Dodonne qui daignez prendre la peine de m'instruire, sachez que vous ne ferez pas leçon à un ingrat; car je fais vœu, si jamais je retourne à mon globe natal, de publier les merveilles dont vous me faites l'honneur de pouvoir être témoin. » J'achevais cette protestation, lorsque j'entendis la même voix continuer ainsi : « Regardez, petit homme, à douze ou quinze pas de votre main droite, vous verrez deux arbres jumeaux de médiocre[3] taille, qui confondant leurs branches et leurs racines, s'efforcent par mille sortes de moyens de ne devenir qu'un. »

Je tournai les yeux vers ces plantes d'amour, et j'observai que les feuilles de toutes les deux légèrement agitées d'une émotion[4] quasi volontaire, excitaient en frémissant un murmure si délicat qu'à peine effleurait-il l'oreille, avec lequel pourtant on eût dit qu'elles tâchaient de s'interroger et de se répondre[5].

Après qu'il se fut passé environ le temps nécessaire à remarquer ce double végétant, mon bon ami le chêne reprit ainsi le fil de son discours :

« Vous ne sauriez avoir tant vécu sans que la fameuse amitié de Pylade et d'Oreste soit venue à votre connaissance? Je vous décrirais toutes les joies d'une douce passion, et je vous conterais tous les miracles dont ces amants ont étonné leur siècle, si je ne craignais que tant de lumière n'offensât les yeux de votre raison, c'est pourquoi je peindrai ces deux jeunes soleils seulement dans leur éclipse[1].

« Il vous suffira donc de savoir qu'un jour le brave Oreste, engagé dans une bataille, cherchait son cher Pylade pour goûter le plaisir de vaincre ou de mourir en sa présence[2]. Quand il l'aperçut au milieu de cent bras de fer[3] élevés sur sa tête, hélas! que devint-il? Désespéré, il se lança à travers une forêt de piques, il cria, il hurla, il écuma. Mais que j'exprime mal l'horreur des mouvements de cet inconsolable! Il s'arracha les cheveux, il mangea ses mains, il déchira ses plaies. Encore, au bout de cette description, suis-je obligé de dire que le moyen d'exprimer sa douleur mourut avec lui[4]. Quand avec son épée il se croyait faire un chemin pour aller secourir Pylade, une montagne d'hommes s'opposait à son passage. Il les pénétra pourtant; et après avoir longtemps marché sur les sanglants trophées de sa victoire, il s'approcha peu à peu de Pylade; mais Pylade lui sembla si proche du trépas, qu'il n'osa presque plus parer aux ennemis, de peur de survivre à la chose[5] pour laquelle il vivait. On eût dit même, à voir ses yeux déjà tout pleins des ombres de la mort, qu'il tâchait avec ses regards d'empoisonner les meurtriers de son ami. Enfin Pylade tomba sans vie; et l'amoureux Oreste, qui sentait pareillement la sienne sur le bord de ses lèvres, la retint toujours, jusqu'à ce que d'une vue égarée ayant cherché parmi les morts, et retrouvé Pylade, il sembla, collant sa bouche, vouloir jeter son âme dedans le corps de son ami.

« Le plus jeune[6] de ces héros expira de douleur sur le cadavre de son ami mort, et vous saurez que de la pourriture de leur tronc qui sans doute avait engrossé la terre, on vit germer par entre les os déjà blancs de leurs squelettes, deux jeunes arbrisseaux dont la tige et les branches, se joignant pêle-mêle, semblaient ne se hâter de croître qu'afin de s'entortiller davantage. On connut bien qu'ils avaient changé d'être sans oublier ce qu'ils avaient été ; car leurs boutons parfumés se penchaient l'un sur l'autre, et s'entre-chauffaient de leur haleine, comme pour se faire éclore plus vite. Mais que dirai-je de l'amoureux partage qui maintenait leur société[1] ? Jamais le suc, où réside l'aliment, ne s'offrait à leur souche, qu'ils ne le partageassent avec cérémonie ; jamais l'un n'était mal nourri, que l'autre ne fût malade d'inanition ; ils tiraient tous deux pardedans les mamelles de leur nourrice[2], comme vous autres les tétez par-dehors. Enfin ces amants bienheureux produisirent des pommes, mais des pommes miraculeuses qui firent encore plus de miracles que leurs pères[3]. On n'avait pas sitôt mangé des pommes de l'un, qu'on devenait éperdument passionné pour quiconque avait mangé du fruit de l'autre. Et cet accident arrivait quasi tous les jours, parce que tous les jets[4] de Pylade environnaient ou se trouvaient environnés de ceux d'Oreste ; et leurs fruits presque jumeaux ne se pouvaient résoudre à s'éloigner.

« La Nature pourtant avait distingué l'énergie de leur double essence avec tant de précaution, que quand le fruit de l'un des arbres était mangé par un homme, et le fruit de l'autre arbre par un autre homme, cela engendrait l'amitié réciproque ; et quand la même chose arrivait entre deux personnes de sexe différent, elle engendrait l'amour, mais un amour vigoureux qui gardait toujours le caractère de sa cause[5] ; car encore que ce fruit proportionnât son effet à la puissance, amollissant sa vertu dans une femme, il conservait pourtant toujours je ne sais quoi de mâle.

« Il faut encore remarquer que celui des deux qui en avait mangé le plus était le plus aimé. Ce fruit n'avait

garde qu'il ne fût[1] et fort doux et fort beau, n'y ayant
rien de si beau ni de si doux que l'amitié. Aussi fut-ce
ces deux qualités de beau et de bon, qui ne se rencontrent guère en un même sujet, qui le mirent en vogue.
Oh! combien de fois, par sa miraculeuse vertu, multi-
plia-t-il les exemples de Pylade et d'Oreste! On vit
depuis ce temps-là des Hercules et des Thésées, des
Achilles et des Patrocles, des Nises et des Euryales[2];
bref, un monde innombrable de ceux qui par des amitiés plus qu'humaines, ont consacré leur mémoire au
temple de l'Éternité[3]; on en porta des rejetons au
Péloponèse, et le parc des exercices où les Thébains
dressaient la jeunesse en fut orné. Ces arbres jumeaux
étaient plantés à la ligne[4]; et dans la saison que[5] le
fruit pendait aux branches, les jeunes gens qui tous les
jours allaient au parc, tentés par sa beauté, ne s'abstin-
rent pas d'en manger; leur courage selon l'ordinaire
en sentit incontinent l'effet. On les vit pêle-mêle s'en-
tredonner leurs âmes, chacun d'eux devenir la moitié
d'un autre, vivre moins en soi qu'en son ami, et le plus
lâche entreprendre pour le sien des choses téméraires.

« Cette céleste maladie échauffa leur sang d'une si
noble ardeur, que, par l'avis des plus sages, on enrôla
pour la guerre cette troupe d'amants dans une même
compagnie. On la nomma depuis, à cause des actions
héroïques qu'elle exécutait, la "Bande sacrée[6]". Ses
exploits allèrent beaucoup au-dessus de ce que Thèbes
s'en était promis; car chacun de ces braves au combat,
pour garantir son amant, ou pour mériter d'en être
aimé, hasardait des efforts si incroyables, que l'Antiquité n'a rien vu de pareil; aussi tant que subsista cette
amoureuse compagnie, les Thébains qui passaient auparavant pour les pires soldats d'entre les Grecs, battirent
et surmontèrent toujours depuis les Lacédémoniens
mêmes, les plus belliqueux peuples de la Terre[7].

«Mais entre un nombre infini de louables actions dont ces pommes furent cause, ces mêmes pommes en produisirent innocemment de bien honteuses.

«Mirra, jeune demoiselle de qualité, en mangea avec Cinyre son père[1]; malheureusement l'une était de Pylade et l'autre d'Oreste. L'amour aussitôt absorba la Nature, et la confondit en telle sorte que Cinyre pouvait jurer: "Je suis mon gendre"; et Mirra: "Je suis ma marâtre." Enfin je crois que c'est assez pour vous apprendre tout ce crime, d'ajouter qu'au bout de neuf mois le père devint ayeul de ceux qu'il engendra, et que la fille enfanta ses frères[2].

«Encore le hasard ne se contenta pas de ce crime, il voulut qu'un taureau étant entré dans les jardins du roi Minos, trouva malheureusement sous un arbre d'Oreste quelques pommes qu'il engloutit; je dis malheureusement, parce que la reine Pasiphaé tous les jours mangeait de ce fruit. Les voilà donc furieux d'amour l'un pour l'autre. Je n'en expliquerai point toutefois l'énorme jouissance; il suffira de dire que Pasiphaé[3] se plongea dans un crime qui n'avait point encore eu d'exemple.

«Le fameux sculpteur Pygmalion, précisément dans ce temps-là[4], taillait au palais une Vénus de marbre. La reine qui aimait les bons ouvriers, par régal[5] lui fit présent d'une couple[6] de ces pommes: il en mangea la plus belle; et parce que l'eau qui comme vous savez est nécessaire à l'incision du marbre, vint hasardeusement à lui manquer, il humecta sa statue. Le marbre en même temps pénétré par ce suc s'amollit peu à peu; et l'énergique vertu de cette pomme, conduisant son labeur selon le dessein[7] de l'ouvrier, suivit au-dedans de l'image les traits qu'elle avait rencontrés à la superficie, car elle dilata, échauffa et colora, à proportion de la nature des lieux qui se rencontrèrent dans son passage. Enfin le marbre devenu vivant, et touché de la passion de la pomme, embrassa Pygmalion de toutes les forces de son cœur ; et Pygmalion, transporté d'un amour réciproque, le reçut pour sa femme.

« Dans cette même province la jeune Iphis[1] avait mangé de ce fruit avec la belle Yante, sa compagne, dans toutes les circonstances requises pour causer une amitié réciproque. Leur repas fut suivi de son effet accoutumé ; mais parce qu'Iphis l'avait trouvé d'un goût fort savoureux, il[2] en mangea tant que son amitié, qui croissait avec le nombre des pommes dont il ne se pouvait rassasier, usurpa toutes les fonctions de l'amour, et cet amour, à force d'augmenter peu à peu, devint plus mâle et plus vigoureux. Car comme tout son corps imbu[3] de ce fruit, brûlait de former des mouvements qui répondissent aux enthousiasmes de sa volonté, il remua chez soi la matière si puissamment qu'il se construisit des organes beaucoup plus forts, capables de suivre sa pensée et de contenir pleinement son amour dans sa plus virile étendue, c'est-à-dire qu'Iphis devint ce qu'il faut être pour épouser une femme. J'appellerais cette aventure-là un miracle, s'il me restait un nom pour intituler l'événement qui suit.

« Un jeune homme fort accompli qui s'appelait Narcisse, avait mérité par son amour l'affection d'une fille fort belle, que les poètes ont célébrée sous le nom d'Écho ; mais comme vous savez que les femmes, plus que ceux de notre[4] sexe, ne sont jamais assez chéries à leur gré, ayant ouï vanter la vertu des pommes d'Oreste, elle fit tant qu'elle en recouvra de plusieurs endroits ; et parce qu'elle appréhendait, l'amour étant toujours craintif, que celles d'un arbre eussent moins de force que de l'autre, elle voulut qu'il goûtât de toutes les deux ; mais à peine les eut-il mangées, que l'image d'Écho[5] s'effaça de sa mémoire, tout son amour se

tourna vers celui qui avait digéré le fruit, il fut l'amant
et l'aimé ; car la substance tirée de la pomme de Pylade,
embrassa dedans lui celle de la pomme d'Oreste. Ce
fruit jumeau répandu par toute la masse de son sang
excita[1] toutes les parties de son corps à se caresser ;
son cœur où s'écoulait leur double vertu rayonna ses
flammes en dedans ; tous ses membres, animés de sa
passion, voulurent se pénétrer l'un l'autre. Il n'est pas
jusqu'à son image qui, brûlant encore parmi la froideur des fontaines, n'attirât son corps pour s'y joindre ;
enfin le pauvre Narcisse devint éperdument amoureux
de soi-même. Je ne serai point ennuyeux à vous raconter sa déplorable catastrophe ; les vieux siècles en ont
assez parlé. Aussi bien, il me reste deux aventures à
vous réciter qui consommeront[2] mieux ce temps-là.

« Vous saurez donc que la belle Salmacis fréquentait
le berger Hermaphrodite, mais sans autre privauté que
celle que le voisinage de leur maison pouvait souffrir,
quand la Fortune, qui se plaît à troubler les vies les
plus tranquilles, permit que dans une assemblée de
jeux, où le prix de la beauté et celui de la course étaient
deux de ces pommes, Hermaphrodite eût celle de la
course, et Salmacis celle de la beauté. Elles avaient
été cueillies, quoiqu'ensemble, à divers rameaux parce
que ces fruits amoureux se mêlaient avec tant de ruse
qu'un de Pylade se rencontrait toujours avec un
d'Oreste ; et cela était cause que, paraissant[3] jumeaux,
on en détachait ordinairement une couple. La belle
Salmacis mangea sa pomme, et le gentil Hermaphrodite serra[4] la sienne dedans sa panetière. Salmacis ins-
pirée des enthousiasmes de sa pomme, et de la pomme
du berger qui commençait à s'échauffer dans sa panetière, se sentit attirer vers lui par le flux et reflux sym-
pathique de la sienne vers l'autre.

« Les parents du berger, qui s'aperçurent des amours

de la nymphe, tâchèrent, à cause de l'avantage qu'ils
trouvaient en cette alliance, de l'entretenir et de la
croître. C'est pourquoi, ayant ouï vanter les pommes
jumelles pour un fruit dont le suc inclinait les esprits à
l'amour, ils en distillèrent, et de la quintessence la plus
rectifiée[1] ils trouvèrent moyen d'en faire boire à leur
fils, et à son amante. Son énergie, qu'ils avaient sublimée[2] au plus haut degré qu'elle pouvait monter, alluma
dans le cœur de ces amoureux un si véhément désir de
se joindre, qu'à la première vue Hermaphrodite s'absorba dans Salmacis, et Salmacis se fondit entre les
bras d'Hermaphrodite. Ils passèrent l'un dans l'autre,
et de deux personnes de sexe différent, ils en[3] compo-
sèrent un double je ne sais quoi qui ne fut ni homme
ni femme. Quand Hermaphrodite voulut jouir de Salmacis, il se trouva être la nymphe ; et quand Salmacis
voulut qu'Hermaphrodite l'embrassât, elle se sentit
être le berger. Ce double je ne sais quoi gardait pourtant son unité ; il engendrait et concevait, sans être ni
homme ni femme ; enfin la Nature en lui fit voir une
merveille qu'elle n'a jamais su depuis empêcher d'être
unique[4].

« Hé bien, ces histoires-là ne sont-elles pas étonnantes ? Elles le sont, car de voir une fille s'accoupler
à son père, une jeune princesse assouvir les amours
d'un taureau, un homme aspirer à la jouissance d'une
pierre, une autre se marier avec soi-même ; celle-ci célébrer fille un mariage qu'elle consomme garçon, cesser
d'être homme sans commencer d'être femme, devenir
besson[5] hors du ventre de la mère, et jumeau d'une
personne qui ne lui est point parent, tout cela est bien
éloigné du chemin ordinaire de la Nature ; et cependant
ce que je vous vais conter vous surprendra davantage.

« Parmi la somptueuse diversité de toutes sortes de
fruits qu'on avait apportés des plus lointains climats,

pour le festin des noces de Cambyse[1], on lui présenta une greffe d'Oreste, qu'il fit enter[2] sur un platane ; et parmi les autres délicatesses du dessert, on lui servit des pommes du même arbre.

« La friandise du mets le convia d'en manger beaucoup ; et la substance de ce fruit étant convertie après les trois coctions[3] en un germe parfait, il en forma au ventre de la reine l'embryon de son fils Artaxerce[4], car toutes les particularités de sa vie ont fait conjecturer à ses médecins qu'il doit avoir été produit de la sorte[5].

« Quand le jeune cœur de ce prince fut en âge de mériter la colère d'amour, on ne remarqua point qu'il soupirât pour ses semblables : il n'aimait que les arbres, les vergers et les bois ; mais, par-dessus tous ceux pour lesquels il parut sensible, le beau platane sur lequel son père Cambyse avait jadis fait enter cette greffe d'Oreste le consomma d'amour.

« Son tempérament[6] suivait avec tant de scrupule le progrès du platane, qu'il semblait croître avec les branches de cet arbre ; tous les jours il l'allait embrasser ; dans le sommeil il ne songeait que de lui ; et dessous le contour de ses vertes tapisseries il ordonnait de toutes ses affaires. On connut bien que le platane, piqué d'une ardeur réciproque, était ravi de ses caresses, car à tous coups, sans aucune raison apparente, on apercevait ses feuilles trémousser et comme tressaillir de joie, les rameaux se courber en rond sur sa tête comme pour lui faire une couronne, et descendre si près de son visage qu'il était facile à connaître que c'était plutôt pour le baiser que par inclination naturelle de tendre en bas. On remarquait même que de jalousie il arrangeait et pressait ses feuilles l'une contre l'autre, de peur que les rayons du jour, se glissant à travers, ne le baisassent aussi bien que lui[7]. Le roi de son côté ne garda plus de bornes dans son amour. Il fit dresser son lit au pied du platane, et le platane, qui ne savait comment se revancher de tant d'amitié, lui donnait ce que les arbres ont de plus cher, c'était son miel[1] et sa rosée qu'il distillait tous les matins sur lui.

« Leurs caresses auraient duré davantage, si la mort ennemie des belles choses ne les eût terminées : Artaxerce expira d'amour dans les embrassements[2] de son cher platane ; et tous les Perses affligés de la perte d'un si bon prince, voulurent, pour lui donner encore quelque satisfaction après sa mort, que son corps fût brûlé avec les branches de cet arbre, sans qu'aucun autre bois fût employé à le consommer.

« Quand le bûcher fut allumé, on vit sa flamme s'entortiller avec celle de la graisse du corps ; et leurs chevelures ardentes qui se bouclaient l'une à l'autre, s'effiler en pyramide jusqu'à perte de vue.

« Ce feu pur et subtil ne se divisa point ; mais quand il fut arrivé au Soleil, où comme vous savez toute matière ignée aboutit[3], il forma le germe du pommier d'Oreste que vous voyez là à votre main droite.

« Or l'engeance de ce fruit s'est perdue en votre monde ; et voici comment ce malheur arriva :

« Les pères et les mères qui, comme vous savez, au gouvernement de leurs familles ne se laissent conduire que par l'intérêt, fâchés que leurs enfants, aussitôt qu'ils avaient goûté de ces pommes, prodiguaient[4] à leur ami tout ce qu'ils possédaient, brûlèrent autant de ces plantes qu'ils en purent découvrir. Ainsi l'espèce étant perdue, c'est pour cela qu'on ne trouve plus aucun ami véritable[5].

« À mesure donc que ces arbres furent consommés par le feu, les pluies qui tombèrent dessus en calcinèrent[6] la cendre, si bien que ce suc congelé se pétrifia de la même façon que l'humeur de la fougère brûlée se métamorphose en verre[7] ; de sorte qu'il se forma, par tous les climats de la Terre, des cendres de ces arbres jumeaux, deux pierres métalliques qu'on appelle aujourd'hui le fer et l'aimant[1], qui à cause de la sympathie des fruits de Pylade et d'Oreste, dont ils ont toujours conservé la vertu, aspirent encore tous les jours de s'embrasser ; et remarquez que si le morceau d'aimant est plus gros, il attire le fer ; ou si la pièce de fer excède en quantité, c'est elle qui attire l'aimant, comme il arrivait jadis dans le miraculeux effet des pommes de Pylade et d'Oreste, de l'une desquelles quiconque avait mangé davantage était le plus aimé par celui qui avait mangé de l'autre.

« Or le fer se nourrit d'aimant, et l'aimant se nourrit de fer si visiblement, que celui-là s'enrouille et celui-ci perd sa force, à moins qu'on les produise l'un à l'autre pour réparer ce qui se perd de leur substance.

« N'avez-vous jamais considéré un morceau d'aimant appuyé sur de la limaille de fer ? Vous voyez l'aimant se couvrir, en un tournemain, de ces atomes métalliques ; et l'amoureuse[2] ardeur avec laquelle ils s'accrochent est si subite et si impatiente, qu'après s'être embrassés partout, vous diriez qu'il n'y a pas un grain d'aimant qui ne veuille baiser un grain de fer, et pas un grain de fer qui ne veuille s'unir avec un grain d'aimant ; car le fer ou l'aimant séparés[3] envoient continuellement de leur masse les petits corps[4] les plus mobiles à la quête de ce qu'ils aiment. Mais quand ils l'ont trouvé, n'ayant plus rien à désirer, chacun termine ses voyages ; et l'aimant occupe son repos à posséder le fer, comme le fer ramasse[5] tout son être à jouir de l'aimant. C'est donc de la sève de ces deux arbres qu'a découlé l'humeur dont ces deux métaux ont pris naissance. Devant cela, ils étaient inconnus ; et si vous voulez savoir de quelle matière on fabriquait des armes pour la guerre, Samson s'armait d'une mâchoire d'âne contre les Philis-

tins ; Jupiter, roi de Crète, de feux artificiels, par lesquels il imitait la foudre pour subjuguer ses ennemis[1] ;
Hercule enfin avec une massue vainquit des tyrans, et
dompta des monstres. Mais ces deux métaux ont encore
une relation bien plus spécifique avec nos deux arbres :
vous saurez qu'encore que cette couple d'amoureux
sans vie inclinent vers le pôle, ils ne s'y portent jamais
qu'en compagnie l'un de l'autre ; et je vous en vais
découvrir la raison, après que je vous aurai un peu
entretenu[2] des pôles.

« Les pôles sont les bouches du ciel[3], par lesquelles il
reprend la lumière, la chaleur, et les influences qu'il a
répandues sur la Terre : autrement si tous les trésors du
Soleil ne remontaient à leur source, il y aurait longtemps (toute sa clarté n'étant qu'une poussière d'atomes
enflammés qui se détachent de son globe) qu'elle
serait éteinte, et qu'il ne luirait plus ; ou que cette abondance de petits corps ignés qui s'amoncellent sur la
Terre pour n'en plus sortir, l'auraient déjà consom-
mée[4]. Il faut donc, comme je vous ai dit, qu'il y ait au
ciel des soupiraux par où se dégorgent les réplétions de
la Terre, et d'autres par où le ciel puisse réparer ses
pertes, afin que l'éternelle[5] circulation de ces petits
corps de vie pénètre successivement tous les globes de
ce grand univers. Or les soupiraux du ciel sont les pôles
par où il se repaît des âmes de tout ce qui meurt dans
les mondes de chez lui, et tous les astres sont les
bouches, et les pores par où s'exhalent derechef ses
esprits[6]. Mais pour vous montrer que ceci n'est pas une
imagination si nouvelle, quand vos poètes anciens, à
qui la philosophie avait découvert les plus cachés
secrets de la Nature, parlaient d'un héros dont ils voulaient dire que l'âme était allée habiter avec les dieux,
ils s'exprimaient ainsi : "Il est monté au pôle", "Il est
assis sur le pôle", "Il a traversé le pôle[7]", parce qu'ils

savaient que les pôles étaient les seules entrées par où le
ciel reçoit tout ce qui est sorti de chez lui. Si l'autorité
de ces grands hommes ne vous satisfait pleinement,
l'expérience de vos modernes qui ont voyagé vers le
nord vous contentera peut-être. Ils ont trouvé que plus[1]
ils approchaient de l'Ourse, pendant les six mois de
nuit dont on a cru que ce climat était tout noir[2], une
grande lumière éclairait l'horizon[3], qui ne pouvait partir que du pôle, parce qu'à mesure qu'on s'en approchait et qu'on s'éloignait par conséquent du Soleil,
cette lumière devenait plus grande. Il est donc bien
vraisemblable qu'elle procède des rayons du jour et
d'un grand monceau d'âmes, lesquelles comme vous
savez ne sont faites que d'atomes lumineux[4] qui s'en
retournent au ciel par leurs portes accoutumées.

« Il n'est pas difficile après cela de comprendre pourquoi le fer frotté d'aimant, ou l'aimant frotté de fer, se
tourne vers le pôle ; car étant un extrait du corps de
Pylade et d'Oreste et ayant toujours conservé les incli-
nations des deux arbres, comme les deux arbres celles
des deux amants, ils doivent aspirer de se rejoindre à
leur âme ; c'est pourquoi ils se guindent vers le pôle par
où il sent[5] qu'elle est montée, avec cette retenue pourtant que le fer ne s'y tourne point, s'il n'est frotté d'aimant, ni l'aimant, s'il n'est frotté de fer, à cause que le
fer ne veut point abandonner un monde, privé de son
ami l'aimant ; ni l'aimant, privé de son ami le fer ; et
qu'ils ne peuvent se résoudre à faire ce voyage l'un sans
l'autre. »

Cette voix allait je pense entamer un autre discours ;
mais le bruit d'une grande alarme qui survint l'en
empêcha. Toute la forêt en rumeur ne retentissait que
de ces mots : « Gare la peste ! » et « Passe parole[6] ! ».

Je conjurai l'arbre qui m'avait si longtemps entretenu, de m'apprendre d'où procédait un si grand désordre.

« Mon ami, me dit-il, nous ne sommes pas en ces quartiers-ci encore bien informés des particularités du mal. Je vous dirai seulement en trois mots que cette peste, dont nous sommes menacés, est ce qu'entre les hommes on appelle "embrasement"; nous pouvons bien le nommer ainsi, puisque parmi nous il n'y a point de maladie si contagieuse. Le remède que nous y allons apporter, c'est de roidir nos haleines, et de souffler tous ensemble vers l'endroit d'où part l'inflammation[1], afin de repousser ce mauvais air. Je crois que ce qui nous aura apporté cette fièvre ardente est une bête à feu[2] qui rôde depuis quelques jours à l'entour de nos bois; car comme elles ne vont jamais sans feu et ne s'en peuvent passer, celle-ci sera sans doute venue le mettre à quelqu'un de nos arbres.

« Nous avions mandé l'animal glaçon[3] pour venir à notre secours; cependant il n'est pas encore arrivé. Mais adieu, je n'ai pas le temps de vous entretenir, il faut songer au salut commun; et vous-même prenez la fuite, autrement vous courez risque d'être enveloppé dans notre ruine. »

Je suivis son conseil, sans toutefois me beaucoup presser, parce que je connaissais mes jambes[4]. Cependant je savais si peu la carte du pays, que je me trouvai au bout de dix-huit heures de chemin au derrière de la forêt dont je pensais fuir; et pour surcroît d'appréhension, cent éclats épouvantables de tonnerre m'ébranlaient le cerveau, tandis que la funeste et blême lueur de mille éclairs venait éteindre[5] mes prunelles.

De moment en moment les coups redoublaient avec tant de furie, qu'on eût dit que les fondements du Monde allaient s'écrouler; et malgré tout cela le ciel ne parut jamais plus serein. Comme je me vis au bout

de mes raisons[1], enfin le désir de connaître la cause
d'un événement si extraordinaire m'invita de marcher
vers le lieu d'où le bruit semblait s'épandre.

Je cheminai environ l'espace de quatre cents stades[2],
à la fin desquels j'aperçus au milieu d'une fort grande
campagne comme deux boules qui, après avoir en
brouissant tourné longtemps à l'entour l'une de l'autre,
s'approchaient et puis se reculaient ; et j'observai que,
quand le heurt se faisait, c'était alors qu'on entendait
ces grands coups ; mais à force de marcher plus avant,
je reconnus que ce qui de loin m'avait paru deux boules,
était deux animaux ; l'un desquels, quoique rond par
en bas, formait un triangle par le milieu ; et sa tête fort
élevée, avec sa rousse chevelure qui flottait contre-
mont, s'aiguisait en pyramide. Son corps était troué
comme un crible, et à travers ces pertuis déliés qui
lui servaient de pores, on apercevait glisser de petites
flammes qui semblaient le couvrir d'un plumage de
feu[3].

En cheminant là autour, je rencontrai un vieillard
fort vénérable qui regardait ce fameux combat avec
autant de curiosité que moi. Il me fit signe de m'approcher : j'obéis, et nous nous assîmes l'un auprès de
l'autre.

J'avais dessein de lui demander le motif qui l'avait
amené en cette contrée, mais il me ferma la bouche
par ces paroles : « Hé bien, vous le saurez, le motif qui
m'amène en cette contrée ! » Et là-dessus il me raconta
fort au long toutes les particularités de son voyage. Je
vous laisse à penser si je demeurai interdit. Cependant,
pour accroître ma consternation[4], comme déjà je brûlais de lui demander quel démon lui révélait mes pensées : « Non, non, s'écria-t-il, ce n'est point un démon
qui me révèle vos pensées… » Ce nouveau tour de
devin me le fit observer avec plus d'attention qu'aupa-

ravant, et je remarquai qu'il contrefaisait mon port, mes gestes, ma mine, situait[1] tous ses membres et figurait toutes les parties de son visage sur le patron des miennes[2]; enfin mon ombre en relief ne m'eût pas mieux représenté. «Je vois, continua-t-il, que vous êtes en peine de savoir pourquoi je vous contrefais, et je veux bien vous l'apprendre. Sachez donc qu'afin de connaître votre intérieur, j'arrangeai toutes les parties de mon corps dans un ordre semblable au vôtre; car étant de toutes parts situé comme vous, j'excite en moi par cette disposition de matière, la même pensée que produit en vous cette même disposition de matière[3].

«Vous jugerez cet effet-là possible, si autrefois vous avez observé que les gémeaux[4] qui se ressemblent ont ordinairement l'esprit, les passions, et la volonté semblables; jusque-là qu'il s'est rencontré à Paris deux bessons qui n'ont jamais eu que les mêmes maladies et la même santé; se sont mariés, sans savoir le dessein l'un de l'autre, à même heure et à même jour; se sont réciproquement écrit des lettres, dont le sens, les mots et la constitution étaient de même, et qui enfin ont composé sur un même sujet une même sorte de vers, avec les mêmes pointes, le même tour et le même ordre. Mais ne voyez-vous pas qu'il était impossible que la composition des organes de leurs corps étant pareille dans toutes ces circonstances, ils n'opérassent d'une façon pareille, puisque deux instruments égaux touchés également doivent rendre une harmonie égale? Et qu'ainsi conformant tout à fait mon corps au vôtre, et devenant pour ainsi dire votre gémeau, il est impossible qu'un même branle de matière ne nous cause à tous deux un même branle d'esprit[5].»

Après cela il se remit encore à me contrefaire, et poursuivit ainsi: «Vous êtes maintenant fort en peine de l'origine du combat de ces deux monstres, mais je veux vous l'apprendre. Sachez donc que les arbres de la forêt que nous avons à dos[1], n'ayant pu repousser avec leurs souffles les violents efforts de la bête à feu, ont eu recours à l'animal glaçon.

— Je n'ai encore, lui dis-je, entendu parler de ces animaux-là qu'à un chêne de cette contrée, mais fort à la hâte, car il ne songeait qu'à se garantir. C'est pourquoi je vous supplie de m'en faire savant. »

Voici comment il me parla : « On verrait en ce globe où nous sommes les bois fort clair-semés, à cause du grand nombre de bêtes à feu qui les désolent, sans les animaux glaçons qui tous les jours, à la prière des forêts leurs amies, viennent guérir les arbres malades ; je dis guérir, car à peine de leur bouche gelée ont-ils soufflé sur les charbons de cette peste, qu'ils l'éteignent.

« Au monde de la Terre d'où vous êtes, et d'où je suis, la bête à feu s'appelle "salemandre[2]", et l'animal glaçon y est connu par celui de "remore[3]". Or vous saurez que les remores habitent vers l'extrémité du pôle, au plus profond de la mer glaciale ; et c'est la froideur évaporée de ces poissons à travers leurs écailles, qui fait geler en ces quartiers-là l'eau de la mer, quoique salée.

« La plupart des pilotes, qui ont voyagé pour la découverte du Groenland[4], ont enfin expérimenté qu'en certaine saison les glaces qui d'autres fois les avaient arrêtés, ne se rencontraient plus ; mais encore que cette mer fût libre dans le temps où l'hiver y est le plus âpre, ils n'ont pas laissé d'en attribuer la cause à quelque chaleur secrète qui les avait fondues ; mais il est bien plus vraisemblable que les remores qui ne se nourrissent que de glaces, les avaient pour lors absorbées. Or vous devez savoir que, quelques mois après qu'elles se sont repues, cette effroyable digestion leur rend l'estomac si morfondu, que la seule haleine qu'elles expirent reglace derechef toute la mer du pôle. Quand elles sortent sur la terre (car elles vivent dedans l'un et dans l'autre élément[1]) elles ne se rassasient que de ciguë, d'aconit, d'opium et de mandragore[2].

«On s'étonne en notre monde d'où procèdent ces frileux vents du nord qui traînent toujours la gelée; mais si nos compatriotes savaient, comme nous, que les remores habitent en ce climat, ils connaîtraient, comme nous, qu'ils proviennent du souffle avec lequel elles essayent de repousser la chaleur du Soleil qui les approche.

«Cette eau stigiade[3] de laquelle on empoisonna le grand Alexandre, et dont la froideur pétrifia les entrailles, était du pissat d'un de ces animaux. Enfin la remore contient si éminemment tous les principes de froidure, que, passant par-dessus un vaisseau, le vaisseau se trouve saisi du froid en sorte qu'il en demeure tout engourdi jusqu'à ne pouvoir démarrer de sa place. C'est pour cela que la moitié de ceux qui ont cinglé vers le nord à la découverte du pôle n'en sont point revenus, parce que c'est un miracle si les remores, dont le nombre est si grand dans cette mer[4], n'arrêtent leurs vaisseaux. Voilà pour ce qui est des animaux glaçons.

«Mais quant aux bêtes à feu, elles logent dans terre, sous des montagnes de bitume allumé, comme l'Etna, le Vésuve et le cap Rouge[5]. Ces boutons que vous voyez à la gorge de celui-ci, qui procèdent de l'inflammation de son foie, ce sont...»

Nous restâmes après cela sans parler[6], pour nous rendre attentifs à ce fameux duel.

La salemandre attaquait avec beaucoup d'ardeur; mais la remore soutenait impénétrablement. Chaque heurt qu'elles se donnaient, engendrait un coup de tonnerre, comme il arrive dans les mondes d'ici autour, où la rencontre d'une nue chaude avec une froide excite le même bruit[1].

Des yeux de la salemandre il sortait à chaque œillade de colère qu'elle dardait contre son ennemi, une rouge lumière dont l'air paraissait allumé : en volant, elle suait de l'huile bouillante, et pissait de l'eau-forte[2].

La remore de son côté grosse, pesante et carrée, montrait un corps tout écaillé de glaçons. Ses larges yeux paraissaient deux assiettes de cristal, dont les regards charriaient une lumière si morfondante, que je sentais frissonner l'hiver sur chaque membre de mon corps où elle les attachait. Si je pensais mettre ma main au-devant, ma main en prenait l'onglée ; l'air même autour d'elle, atteint de sa rigueur, s'épaississait en neige, la terre durcissait sous ses pas ; et je pouvais compter les traces de la bête par le nombre des engelures qui m'accueillaient quand je marchais dessus[3].

Au commencement du combat, la salemandre à cause de la vigoureuse contention de sa première ardeur, avait fait suer la remore ; mais à la longue cette sueur s'étant refroidie, émailla toute la plaine d'un verglas si glissant, que la salemandre ne pouvait joindre la remore sans tomber. Nous connûmes bien le philosophe et moi, qu'à force de choir et se relever tant de fois, elle s'était fatiguée ; car ces éclats de tonnerre, auparavant si effroyables, qu'enfantait le choc dont elle heurtait son ennemie, n'étaient plus que le bruit sourd de ces petits coups qui marquent la fin d'une tempête, et ce bruit sourd, amorti peu à peu, dégénéra en un frémissement semblable à celui d'un fer rouge plongé dans de l'eau froide[4].

Quand la remore connut que le combat tirait aux abois, par l'affoiblissement du choc dont elle se sentait à peine ébranlée, elle se dressa sur un angle de son cube et se laissa tomber de toute sa pesanteur sur l'es-

tomac de la salemandre, avec un tel succès, que le
cœur de la pauvre salemandre où tout le reste de son
ardeur s'était concentré, en se crevant fit un éclat si
épouvantable que je ne sais rien dans la Nature pour le
comparer.

Ainsi mourut la bête à feu sous la paresseuse résistance de l'animal glaçon.

Quelque temps après que la remore se fut retirée,
nous nous approchâmes du champ de bataille ; et le
vieillard s'étant enduit les mains de la terre sur laquelle
elle avait marché comme d'un préservatif contre la
brûlure, il empoigna le cadavre de la salemandre. « Avec
le corps de cet animal, me dit-il, je n'ai que faire de feu
dans ma cuisine ; car pourvu qu'il soit pendu à la crémillée[1], il fera bouillir et rôtir tout ce que j'aurai mis à
l'âtre. Quant aux yeux, je les garde soigneusement ;
s'ils étaient nettoyés des ombres de la mort, vous les
prendriez pour deux petits soleils. Les Anciens de
notre monde les savaient bien mettre en œuvre ; c'est
ce qu'ils nommaient des "lampes ardentes", et l'on ne
les appendait qu'aux sépultures pompeuses des personnes illustres[2].

« Nos modernes en ont rencontré en fouillant
quelques-uns de ces fameux tombeaux, mais leur igno-
rante curiosité les a crevés, en pensant trouver derrière les membranes rompues ce feu qu'ils y voyaient
reluire[3]. »

Le vieillard marchait toujours, et moi je le suivais,
attentif aux merveilles qu'il me débitait. Or à propos
du combat, il ne faut pas que j'oublie l'entretien que
nous eûmes touchant l'animal glaçon.

« Je ne crois pas, me dit-il, que vous ayez jamais vu de
remores, car ces poissons ne s'élèvent guère à fleur
d'eau ; encore n'abandonnent-ils quasi point l'Océan
septentrional. Mais sans doute vous aurez vu de cer-

tains animaux qui en quelque façon se peuvent dire de
leur espèce. Je vous ai tantôt dit que cette mer en
tirant[1] vers le pôle est toute pleine de remores, qui jettent leur frai sur la vase comme les autres poissons.
Vous saurez donc que cette semence extraite de toute
leur masse en contient si éminemment toute la froideur, que si un navire est poussé par-dessus, le navire
en contracte un ou plusieurs vers qui deviennent
oiseaux, dont le sang privé de chaleur fait qu'on les
range, quoiqu'ils aient des ailes, au nombre des poissons. Aussi le souverain pontife, lequel connaît leur
origine, ne défend pas d'en manger en carême. C'est
ce que vous appelez des "macreuses[2]". »

Je cheminais toujours sans autre dessein que de le
suivre, mais tellement ravi d'avoir trouvé un homme,
que je n'osais détourner les yeux de dessus lui, tant
j'avais peur de le perdre : « Jeune mortel, me dit-il (car
je vois bien que vous n'avez pas encore comme moi
satisfait au tribut que nous devons à la Nature[3]), aussitôt que je vous ai vu, j'ai rencontré sur votre visage ce
je ne sais quoi qui donne envie de connaître les gens.
Si je ne me trompe aux circonstances[4] de la conforma-
tion de votre corps, vous devez être français et natif de
Paris ? Cette ville est le lieu, où après avoir promené
mes disgrâces par toute l'Europe, je les ai terminées.

« Je me nomme Campanella[5], et suis calabrais de
nation. Depuis ma venue au Soleil, j'ai employé mon
temps à visiter les climats de ce grand globe pour en
découvrir les merveilles : il est divisé en royaumes, en
républiques, États et principautés, comme la Terre[6].
Ainsi les quadrupèdes, les volatiles, les plantes, les
pierres, chacun y a le sien ; et quoique quelques-uns de
ceux-là n'en permettent point l'entrée aux animaux
d'espèce étrangère, particulièrement aux hommes que
les oiseaux par-dessus tout haïssent de mort[7], je puis

voyager partout sans courre de risque à cause qu'une
âme de philosophe est tissue de parties bien plus
déliées que les instruments dont on se servirait à la
tourmenter. Je me suis trouvé heureusement dans la
province des Arbres, quand les désordres de la salemandre ont commencé ; ces grands éclats de tonnerre,
que vous devez avoir entendus aussi bien que moi,
m'ont conduit à leur champ de bataille, où vous êtes
venu un moment après. Au reste je m'en retourne à la
province des Philosophes...

— Quoi, lui dis-je, il y a donc aussi des philosophes
dans le Soleil ? — S'il y en a ! répliqua le bon homme,
oui, certes, et ce sont les principaux habitants du Soleil
et ceux-là mêmes dont la renommée de votre monde a
la bouche si pleine[1]. Vous pourrez bientôt converser
avec eux, pourvu que vous ayez le courage de me suivre,
car j'espère mettre le pied dans leur ville, avant qu'il
soit trois jours. Je ne crois pas que vous puissiez concevoir de quelle façon ces grands génies se sont transportés ici ? — Non, certes, m'écriai-je ; car tant d'autres
personnes auraient-elles eu jusqu'à présent les yeux
bouchés, pour n'en pas trouver le chemin ? Ou bien
est-ce qu'après la mort nous tombions entre les mains
d'un examinateur des esprits[2], lequel selon notre capacité nous accorde ou nous refuse le droit de bourgeoisie[3] au Soleil ?

— Ce n'est rien de tout cela, repartit le vieillard : les
âmes viennent par un principe de ressemblance se
joindre à cette masse de lumière, car ce monde-ci n'est
formé d'autre chose que des esprits[4] de tout ce qui
meurt dans les orbes d'autour, comme sont Mercure,
Vénus, la Terre, Mars, Jupiter et Saturne.

« Ainsi dès qu'une plante, une bête, ou un homme,
expirent, leurs âmes[5] montent, sans s'éteindre, à sa
sphère, de même que vous voyez la flamme d'une chan-

delle y voler en pointe, malgré le suif qui la tient par les pieds[1]. Or toutes ces âmes, unies qu'elles sont à la source du jour, et purgées de la grosse matière[2] qui les empêchait, elles exercent des fonctions bien plus nobles que celles de croître, de sentir, et de raisonner, car elles sont employées à former le sang et les esprits vitaux du Soleil, ce grand et parfait animal[3]. Et c'est aussi pourquoi vous ne devez point douter que le Soleil n'opère de l'esprit bien plus parfaitement que vous, puisque c'est par la chaleur d'un million de ces âmes rectifiées, dont la sienne est un élixir, qu'il connaît le secret de la vie, qu'il influe[4] à la matière de vos mondes la puissance d'engendrer, qu'il rend des corps capables de se sentir être, et enfin qu'il se fait voir et fait voir toutes choses[5].

« Il me reste maintenant à vous expliquer pourquoi les âmes des philosophes ne se joignent pas essentiellement à la masse du Soleil comme celles des autres hommes.

« Il y a trois ordres d'esprits[6] dans toutes les planètes, c'est-à-dire dans les petits mondes qui se meuvent à l'entour de celui-ci.

« Les plus grossiers servent simplement à réparer l'embonpoint du Soleil. Les subtils s'insinuent à la place de ses rayons ; mais ceux des philosophes, sans avoir rien contracté d'impur dans leur exil, arrivent tout entiers à la sphère du jour pour en être habitants. Or elles ne deviennent pas comme les autres une partie intégrante de sa masse, pour ce que la matière qui les compose, au point de leur génération, se mêle si exactement que rien ne la peut plus déprendre, semblable à celle qui forme l'or, les diamants, et les astres, dont toutes les parties sont mêlées par tant d'enlacements, que le plus fort dissolvant[7] n'en saurait relâcher l'étreinte.

« Or ces âmes de philosophes sont tellement à l'égard des autres âmes, ce que l'or, les diamants et les astres sont à l'égard des autres corps, qu'Épicure[1] dans le Soleil est le même Épicure qui vivait jadis sur la Terre. »

Le plaisir que je recevais en écoutant ce grand homme, m'accourcissait le chemin et j'entamais[2] souvent tout exprès des matières savantes et curieuses, sur lesquelles je sollicitais sa pensée, afin de m'instruire[3]. Et certes je n'ai jamais vu de bonté si grande que la sienne ; car quoiqu'il pût, à cause de l'agilité de sa substance[4], arriver tout seul en fort peu de journées au royaume[5] des Philosophes, il aima mieux s'ennuyer[6] longtemps avec moi que de m'abandonner parmi ces vastes solitudes.

Cependant il était pressé ; car je me souviens que m'étant avisé de lui demander pourquoi il s'en retournait avant d'avoir reconnu toutes les régions de ce grand monde, il me répondit que l'impatience de voir un de ses amis, lequel était nouvellement arrivé[7], l'obligeait à rompre son voyage. Je reconnus par la suite de son discours, que cet ami était ce fameux philosophe de notre temps, M. Descartes, et qu'il ne se hâtait que pour le joindre.

Il me répondit encore sur ce que je lui demandai en quelle estime il avait sa *Physique*[8], qu'on ne la devait lire qu'avec le même respect qu'on écoute prononcer des oracles. « Ce n'est pas, ajouta-t-il, que la science des choses naturelles n'ait besoin, comme les autres sciences, de préoccuper[9] notre jugement d'axiomes qu'elle ne prouve point ; mais les principes de la sienne sont simples et si naturels qu'étant supposés, il n'y en a aucune qui satisfasse plus nécessairement à toutes les apparences. »

Je ne pus en cet endroit m'empêcher de l'interrompre : «Mais, lui dis-je, il me semble que ce philosophe a toujours impugné[1] le vuide; et cependant, quoiqu'il fût épicurien[2], afin d'avoir l'honneur de donner un principe aux principes d'Épicure, c'est-à-dire aux atomes, il a établi pour commencement des choses un chaos de matière tout à fait solide, que Dieu divisa en un nombre innombrable de petits carreaux, à chacun desquels il imprima des mouvements opposés[3]. Or il veut que ces cubes, en se froissant l'un contre l'autre, se soient égrugés[4] en parcelles de toutes sortes de figures. Mais comment peut-il concevoir que ces pièces carrées aient commencé de tourner séparément, sans avouer qu'il s'est fait du vuide entre leurs angles? Ne s'en rencontrait-il pas nécessairement dans les espaces que les angles de ces carreaux étaient contraints d'abandonner pour se mouvoir? Et puis ces carreaux qui n'occupaient qu'une certaine étendue, avant que de tourner, peuvent-ils s'être mus en cercle, qu'ils n'en aient occupé dans leur circonférence encore une fois autant[5]? La géométrie nous enseigne que cela ne se peut; donc la moitié de cette espace a dû nécessairement demeurer vuide, puisqu'il n'y avait point encore d'atomes pour la remplir. »

Mon philosophe me répondit que M. Descartes nous rendrait raison de cela lui-même, et qu'étant né aussi obligeant que philosophe, il serait assurément ravi de trouver en ce monde un homme mortel pour l'éclaircir de cent doutes[6] que la surprise de la mort l'avait contraint de laisser à la Terre qu'il venait de quitter; qu'il ne croyait pas qu'il eût grande difficulté à y répondre, suivant ses principes, que je n'avais examinés qu'autant que la faiblesse de mon esprit me le pouvait permettre; « Parce, disait-il, que les ouvrages de ce grand homme sont si pleins et si subtils, qu'il faut une attention pour les entendre qui demande l'âme d'un vrai et consommé philosophe. Ce qui fait qu'il n'y a pas un philosophe dans le Soleil qui n'ait de la vénération pour lui ; jusque-là que l'on ne veut pas lui contester le premier rang[1], si sa modestie ne l'en éloigne.

« Pour tromper la peine que la longueur du chemin pourrait vous apporter, nous en discourrons suivant ses principes, qui sont assurément si clairs, et semblent si bien satisfaire à tout par l'admirable lumière de ce grand génie, qu'on dirait qu'il a concouru à la belle et magnifique structure de cet univers[2].

« Vous vous souvenez bien qu'il dit que notre entendement est fini. Ainsi la matière étant divisible à l'infini, il ne faut pas douter que c'est une de ces choses qu'il[3] ne peut comprendre ni imaginer, et qu'il est bien au-dessus de lui d'en rendre raison. "Mais, dit-il[4], quoique cela ne puisse tomber sous les sens, nous ne laissons pas de concevoir que cela se fait par la connaissance que nous avons de la matière ; et nous ne devons pas, dit-il, hésiter à déterminer notre jugement sur les choses que nous concevons[5]." En effet, pouvons-nous imaginer la manière dont l'âme agit sur le corps ? Cependant on ne peut nier cette vérité, ni la révoquer en doute ; au lieu que c'est une absurdité bien plus grande d'attribuer au vuide cette qualité de céder au corps et cette espace, qui sont les dépendances d'une étendue qui ne peut convenir qu'à la substance, vu que l'on confondrait l'idée du rien avec celle de l'être, et que l'on lui donnerait des qualités à lui qui ne peut rien produire, et ne peut être auteur de quoi que ce soit[6]. "Mais, dit-il, pauvre mortel, je sens que ces spéculations te fatiguent, parce que comme dit cet excellent homme, tu n'as jamais pris peine à bien épurer ton esprit d'avec la masse de ton corps, et parce que tu l'as rendu si paresseux qu'il ne veut plus faire aucunes fonctions sans le secours des sens[7]." »

Je lui allais repartir[1], lorsqu'il me tira par le bras
pour me montrer un vallon de merveilleuse beauté.
«Apercevez-vous, me dit-il, cette enfonçure de terrain
où nous allons descendre? On dirait que le coupeau[2]
des collines qui la bornent se soit exprès couronné
d'arbres, pour inviter par la fraîcheur de son ombre
les passants au repos.

«C'est au pied de l'un de ces coteaux que le lac du
Sommeil prend sa source; il n'est formé que de la
liqueur[3] des cinq fontaines. Au reste s'il ne se mêlait
aux trois fleuves, et par sa pesanteur n'engourdissait
leurs eaux, aucun animal de notre monde ne dormirait.»

Je ne puis exprimer l'impatience qui me pressait de
le questionner sur ces trois fleuves, dont je n'avais
point encore ouï parler; mais je restai content, quand
il m'eut promis que je verrais tout. Nous arrivâmes
bientôt après dans le vallon, et quasi au même temps
sur le tapis qui borde ce grand lac.

«En vérité, me dit Campanella, vous êtes bien heureux de voir avant de mourir toutes les merveilles de
ce monde; c'est un bien pour les habitants de votre
globe, d'avoir porté un homme qui lui puisse apprendre
les merveilles[4] du Soleil, puisque sans vous ils étaient
en danger de vivre dans une grossière ignorance, et de
goûter cent douceurs sans savoir d'où elles viennent;
car on ne saurait imaginer les libéralités que le Soleil
fait à tous vos petits globes; et ce vallon seul répand
une infinité de biens par tout l'Univers, sans lesquels
vous ne pourriez vivre, et ne pourriez pas seulement
voir le jour. Il me semble que c'est assez d'avoir vu
cette contrée, pour vous faire avouer que le Soleil est
votre père, et qu'il est l'auteur de toutes choses. Pour
ce que ces cinq ruisseaux[5] viennent se dégorger dedans,
ils ne courent que quinze ou seize heures; et cependant ils paraissent si fatigués quand ils arrivent, qu'à

peine se peuvent-ils remuer ; mais ils témoignent leur
lassitude par des effets bien différents, car celui de la
Vue s'étrécit à mesure qu'il s'approche de l'étang du
Sommeil ; l'Ouïe à son embouchure se confond, s'égare
et se perd dans la vase ; l'Odorat excite un murmure
semblable à celui d'un homme qui ronfle ; le Goût,
affadi du chemin, devient tout à fait insipide ; et le
Toucher, n'a guère si puissant qu'il logeait tous ses
compagnons[1], est réduit à cacher sa demeure. De son
côté la nymphe de la Paix qui fait sa demeure au
milieu du lac reçoit ses hôtes à bras ouverts, les couche
dans son lit, et les dorlote avec tant de délicatesse, que
pour les endormir elle prend elle-même le soin de les
bercer. Quelque temps après s'être ainsi confondus
dans ce vaste rond d'eau, on les voit à l'autre bout se
partager derechef en cinq ruisseaux qui reprennent
les mêmes noms en sortant qu'ils avaient laissés en
entrant. Mais les plus hâtés de partir, et qui tiraillent
leurs compagnons pour se mettre en chemin, c'est
l'Ouïe et le Toucher[2] ; car pour les trois autres ils
attendent que ceux-ci les éveillent, et le Goût spécialement demeure toujours derrière les autres. »

Le noir concave d'une grotte se voûte par-dessus le
lac du Sommeil. Quantité de tortues se promènent à
pas lents sur les rivages ; mille fleurs de pavot communiquent à l'eau en s'y mirant la vertu d'endormir ; on voit
jusqu'à des marmottes arriver de cinquante lieues pour
y boire ; et le gazouillis de l'onde est si charmant, qu'il
semble qu'elle se froisse contre les cailloux avec mesure,
et tâche de composer une musique assoupissante[3].

Le sage Campanella prévit sans doute que j'en allais
sentir quelque atteinte, c'est pourquoi il me conseilla
de doubler le pas. Je lui eusse obéi, mais les charmes
de cette eau m'avaient tellement enveloppé la raison,
qu'il ne m'en resta presque pas assez pour entendre

ces dernières paroles. « Dormez donc, dormez ! je vous laisse ; aussi bien les songes qu'on fait ici sont tellement parfaits, que vous serez quelque jour bien aise de vous ressouvenir de celui que vous allez faire. Je me divertirai cependant à visiter les raretés du lieu, et puis je vous viendrai rejoindre. » Je crois qu'il ne discourut pas davantage, ou bien la vapeur du sommeil m'avait déjà mis hors d'état de pouvoir l'écouter.

J'étais au milieu d'un songe le plus savant et le mieux conçu du monde, quand mon philosophe me vint éveiller. Je vous en ferai le récit lorsque cela n'interrompra point le fil de mon discours[1] ; car il est tout à fait important que vous le sachiez, pour vous faire connaître avec quelle liberté l'esprit des habitants du Soleil agit pendant que le sommeil captive les sens. Pour moi je pense que ce lac évapore un air qui a la propriété d'épurer entièrement l'esprit de l'embarras des sens, car il ne se présente rien à votre pensée qui ne semble vous perfectionner et vous instruire : c'est ce qui fait que j'ai le plus grand respect du monde pour ces philosophes qu'on nomme « rêveurs[2] », dont nos ignorants se moquent.

J'ouvris donc[3] les yeux comme en sursaut : il me semble que j'ouïs qu'il disait : « Mortel[4], c'est assez dormir ! levez-vous si vous désirez voir une rareté qu'on n'imaginerait jamais dans votre monde. Depuis une heure environ que je vous ai quitté, pour ne point troubler votre repos, je me suis toujours promené le long des cinq fontaines qui sortent de l'étang du Sommeil. Vous pouvez croire avec combien d'attention je les ai toutes considérées ; elles portent le nom des cinq sens, et coulent fort près l'une de l'autre. Celle de la Vue semble un tuyau fourchu plein de diamants[5] en poudre, et de petits miroirs qui dérobent et restituent les images de tout ce qui se présente ; elle environne

de son cours le royaume des Lynx[1]. Celle de l'Ouïe est
pareillement double ; elle tourne en s'insinuant[2] comme
un dédale, et l'on oit retentir au plus creux des conca-
vités de sa couche un écho de tout le bruit qui résonne
alentour ; je suis fort trompé si ce ne sont des renards
que j'ai vus s'y curer les oreilles. Celle de l'Odorat
paraît comme les précédentes, qui se divise en deux
petits canaux cachés sous une seule voûte[3] ; elle extrait
de tout ce qu'elle rencontre je ne sais quoi d'invisible,
dont elle compose mille sortes d'odeurs qui lui tiennent lieu d'eau ; on trouve aux bords de cette source
force chiens qui s'affinent le nez. Celle du Goût coule
par saillies, lesquelles n'arrivent ordinairement que
trois ou quatre fois le jour[4] ; encore faut-il qu'une
grande vanne de corail[5] soit levée, et, par-dessous celle-
là quantité d'autres fort petites qui sont d'ivoire[6] ; sa
liqueur ressemble à de la salive. Mais quant à la cinquième, celle du Toucher, elle est si vaste et si profonde qu'elle environne toutes ses sœurs, jusqu'à se
coucher de son long dans leur lit, et son humeur
épaisse se répand au large sur des gazons tout verts de
plantes sensitives. Or vous saurez que j'admirais, glacé
de vénération, les mystérieux détours de toutes ces
fontaines, quand à force de cheminer je me suis trouvé
à l'embouchure où elles se dégorgent dans les trois
rivières. Mais suivez-moi, vous comprendrez beaucoup
mieux la disposition de toutes ces choses en les
voyant. »

Une promesse si forte selon moi acheva de m'éveiller ;
je lui tendis le bras, et nous marchâmes par le même
chemin qu'il avait tenu le long des levées qui compri-
ment les cinq ruisseaux chacun dans son canal.

Au bout environ d'une stade, quelque chose d'aussi
luisant qu'un lac parvint à nos yeux. Le sage Campanella ne l'eut pas plutôt aperçu qu'il me dit : « Enfin,

mon fils, nous touchons au port : je vois distinctement
les trois rivières. » À cette nouvelle, je me sentis transporter d'une telle ardeur, que je pensais être devenu
aigle. Je volai plutôt que je ne marchai, et courus tout
autour, d'une curiosité si avide qu'en moins d'une
heure mon conducteur et moi nous remarquâmes ce
que vous allez entendre.

Trois grands fleuves arrosent les campagnes brillantes
de ce monde embrasé. Le premier et le plus large se
nomme la « Mémoire » ; le second, plus étroit, mais
plus creux, l'« Imagination » ; le troisième, plus petit
que les autres, s'appelle « Jugement ».

Sur les rives de la Mémoire, on entend jour et nuit
un ramage importun de geais, de perroquets, de pies,
d'étourneaux, de linottes, de pinsons[1], de toutes les
espèces qui gazouillent ce qu'elles ont appris. La nuit
ils ne disent mot, car ils sont pour lors occupés à
s'abreuver de la vapeur épaisse qu'exhalent ces lieux
aquatiques. Mais leur estomac cacochyme[2] la digère si
mal qu'au matin quand ils pensent l'avoir convertie en
leur substance, on la voit tomber de leur bec aussi
pure qu'elle était dans la rivière. L'eau de ce fleuve
paraît gluante, et roule avec beaucoup de bruit ; les
échos, qui se forment dans ses cavernes, répètent la
parole jusque plus de mille fois ; elle engendre de certains monstres, dont le visage approche du visage de
femme[3]. Il s'y en voit d'autres plus furieux, qui ont la
tête cornue et carrée, et à peu près semblable à celle
de nos pédants. Ceux-là ne s'occupent qu'à crier, et ne
disent pourtant que ce qu'ils se sont entendu dire les
uns aux autres[4].

Le fleuve de l'Imagination coule plus doucement ;
sa liqueur légère et brillante étincelle de tous côtés. Il
semble, à regarder cette eau d'un torrent de bluettes
humides, qu'elles n'observent en voltigeant aucun ordre

certain. Après l'avoir considérée plus attentivement, je
pris garde que l'humeur qu'elle roulait dans sa couche
était de pur or potable, et son écume de l'huile de
talc[1]. Le poisson qu'elle nourrit, ce sont des remores,
des sirènes et des salemandres[2]; on y trouve, au lieu de
gravier, de ces cailloux dont parle Pline[3], avec lesquels
on devient pesant quand on les touche par l'envers, et
léger quand on se les applique par l'endroit. J'y en
remarquai de ces autres encore, dont Gygès[4] avait un
anneau, qui rendent invisibles, mais surtout un grand
nombre de pierres philosophales éclatent parmi son
sable. Il y avait sur les rivages force arbres fruitiers,
principalement de ceux que trouva Mahomet en Paradis[5], les branches fourmillaient de phénix, et j'y remarquai des sauvageons de ce fruitier où la Discorde cueillit
la pomme qu'elle jeta aux pieds des trois déesses[6]; on
avait enté dessus des greffes du jardin des Hespérides[7].
Chacun de ces deux larges fleuves se divise en une
infinité de bras qui s'entrelacent; et j'observai que
quand un grand ruisseau de la Mémoire en approchait
un plus petit de l'Imagination, il éteignait aussitôt
celui-là; mais qu'au contraire si le ruisseau de l'Imagination était plus vaste, il tarissait celui de la Mémoire.
Or comme ces trois fleuves, soit dans leur canal, soit
dans leurs bras, [cheminent] toujours à côté l'un de
l'autre, partout où la Mémoire est forte, l'Imagination diminue; et celle-ci grossit, à mesure que l'autre
s'abaisse[8].

Proche de là coule d'une lenteur incroyable la rivière
du Jugement; son canal est profond, son humeur
semble froide; et lorsqu'on en répand sur quelque
chose, elle sèche[9] au lieu de mouiller. Il croît parmi la
vase de son lit des plantes d'ellébore[10], dont la racine
qui s'étend en longs filaments nettoie l'eau de sa
bouche. Elle nourrit des serpents[11], et dessus l'herbe

molle qui tapisse ses rivages un million d'éléphants[1] se reposent. Elle se distribue comme ses deux germaines[2] en une infinité de petits rameaux ; elle grossit en cheminant et, quoiqu'elle gagne toujours pays, elle va et revient éternellement sur soi-même.

De l'humeur de ces trois rivières tout le Soleil est arrosé ; elle sert à détremper les atomes brûlants de ceux qui meurent[3] dans ce grand monde ; mais cela mérite bien d'être traité plus au long.

La vie des animaux du Soleil est fort longue, ils ne finissent que de mort naturelle qui n'arrive qu'au bout de sept à huit mille ans[4] quand, pour les continus excès d'esprit où leur tempérament de feu les incline, l'ordre de la matière se brouille ; car aussitôt que dans un corps la Nature[5] sent qu'il faudrait plus de temps à réparer les ruines de son être qu'à en composer un nouveau, elle aspire à se dissoudre, si bien que de jour en jour on voit non pas pourrir, mais tomber l'animal en particules semblables à de la cendre rouge.

Le trépas n'arrive guère que de cette sorte. Expiré donc qu'il est, ou pour mieux dire éteint, les petits corps ignés[6] qui composaient sa substance, entrent dans la grosse matière de ce monde allumé, jusqu'à ce que le hasard les ait abreuvés de l'humeur des trois rivières ; car alors devenus mobiles par leur fluidité, afin d'exercer vitement les facultés dont cette eau leur vient d'imprimer l'obscure connaissance, ils s'attachent en longs filets, et par un flux de points lumineux, s'aiguisent en rayons[7] et se répandent aux sphères d'alentour, où ils ne sont pas plutôt enveloppés, qu'ils arrangent eux-mêmes la matière autant qu'ils peuvent dedans la forme propre à exercer toutes les fonctions dont ils ont contracté l'instinct[8] dans l'eau des trois rivières, des cinq fontaines, et de l'étang. C'est pourquoi ils se laissent attirer aux plantes pour végéter ; les

plantes se laissent brouter aux animaux pour sentir ; et
les animaux se laissent manger aux hommes[1] afin
qu'étant passés en leur substance, ils viennent à réparer ces trois facultés, de la mémoire, de l'imagination
et du jugement dont les rivières du Soleil leur avaient
fait pressentir la puissance.

Or selon que les atomes ont ou plus ou moins
trempé dedans l'humeur de ces trois fleuves, ils apportent aux animaux plus ou moins de mémoire, d'imagination ou de jugement, et selon que dans les trois
fleuves ils ont plus ou moins contracté de la liqueur
des cinq fontaines et de celle du petit lac, ils leur éla-
borent des sens plus ou moins parfaits, et produisent
des âmes plus ou moins endormies[2].

Voici à peu près ce que nous observâmes touchant la
nature de ces trois fleuves. On en rencontre partout de
petites veines[3] écartées çà et là ; mais pour les bras
principaux, ils vont droit aboutir à la province des Philosophes. Aussi nous rentrâmes dans le grand chemin
sans nous éloigner du courant que[4] ce qu'il faut pour
monter sur la chaussée. Nous vîmes toujours les trois
grandes rivières qui flottaient à côté de nous ; mais
pour les cinq fontaines, nous les regardions de haut en
bas serpenter dans la prairie. Cette route est fort
agréable, quoique solitaire ; on y respire un air libre
et subtil qui nourrit l'âme et la fait régner sur les
passions[5].

Au bout de cinq ou six journées de chemin, comme
nous divertissions nos yeux à considérer le différent et
riche aspect des paysages, une voix languissante comme
d'un malade qui gémirait, parvint à nos oreilles. Nous
nous approchâmes du lieu d'où nous jugions qu'elle
pouvait venir, et nous trouvâmes, sur la rive du fleuve
Imagination, un vieillard tombé à la renverse qui poussait de grands cris. Les larmes de compassion m'en

vinrent aux yeux; et la pitié que j'eus du mal de ce misérable, me convia d'en demander la cause. «Cet homme», me répondit Campanella se tournant vers moi, «est un philosophe réduit à l'agonie, car nous mourons plus d'une fois[1]; et comme nous ne sommes que des parties de cet univers, nous changeons de forme pour aller reprendre la vie ailleurs; ce qui n'est point un mal, puisque c'est un chemin pour perfectionner son être, et pour arriver à un nombre infini de connaissances[2]. Son infirmité est celle qui fait mourir presque tous les grands hommes.»

Son discours m'obligea de considérer le malade plus attentivement, et dès la première œillade j'aperçus qu'il avait la tête grosse comme un tonneau, et ouverte par plusieurs endroits. «Or sus! me dit Campanella, me tirant par le bras, toute l'assistance que nous croirions donner à ce moribond serait inutile et ne ferait que l'inquiéter. Passons outre, aussi bien son mal est incurable. L'enflure de sa tête provient d'avoir trop exercé son esprit; car encore que les espèces dont il a rempli les trois organes ou les trois ventricules de son cerveau, soient des images fort petites, elles sont corporelles[3], et capables par conséquent de remplir un grand lieu quand elles sont fort nombreuses. Or vous saurez que ce philosophe a tellement grossi sa cervelle, à force d'entasser image sur image[4], que ne les pouvant plus contenir, elle s'est éclatée. Cette façon de mourir est celle des grands génies, et cela s'appelle "crever d'esprit[5]".»

Nous marchions toujours en parlant; et les premières choses qui se présentaient à nous nous fournissaient matière d'entretien. J'eusse pourtant bien voulu sortir des régions opaques du Soleil pour rentrer dans les lumineuses; car le lecteur saura que toutes les contrées n'en sont pas diaphanes; il y en a qui sont obscures, comme celles de notre monde[1], et qui sans la lumière d'un soleil qu'on aperçoit de là, seraient couvertes de ténèbres. Or à mesure qu'on entre dans les opaques, on le devient insensiblement ; et de même, lorsqu'on approche des transparentes, on se sent dépouiller de cette noire obscurité par la vigoureuse irradiation du climat.

Je me souviens qu'à propos de cette envie dont je brûlais, je demandai à Campanella si la province des Philosophes était brillante ou ténébreuse : « Elle est plus ténébreuse que brillante, me répondit-il ; car comme nous sympathisons encore beaucoup avec la Terre[2] notre pays natal, qui est opaque de sa nature, nous n'avons pas pu nous accommoder dans les régions de ce globe les plus éclairées. Nous pouvons toutefois par une vigoureuse contention de la volonté nous rendre diaphanes lorsqu'il nous en prend envie ; et même la plus grande part des philosophes ne parlent pas avec la langue, mais quand ils veulent communiquer leur pensée, ils se purgent par les élans de leur fantaisie[3] d'une sombre vapeur, sous laquelle ordinairement ils tiennent leurs conceptions à couvert ; et sitôt qu'ils ont fait redescendre en son siège cette obscurité de rate[4] qui les noircissait, comme leur corps est alors diaphane, on aperçoit à travers leur cerveau ce dont ils se souviennent, ce qu'ils imaginent, ce qu'ils jugent : et dans leur foie et leur cœur, ce qu'ils désirent et ce qu'ils résolvent[5] ; car quoique ces petits portraits soient plus imperceptibles qu'aucune chose que nous puissions figurer, nous avons en ce monde-ci les yeux assez clairs pour distinguer facilement jusqu'aux moindres idées.

« Ainsi, quand quelqu'un de nous veut découvrir à son ami l'affection qu'il lui porte, on aperçoit son cœur élancer des rayons jusque dans sa mémoire[6] sur l'image de celui qu'il aime ; et quand au contraire il

veut témoigner son aversion, on voit son cœur darder
contre l'image de celui qu'il hait des tourbillons d'étincelles brûlantes, et se retirer tant qu'il peut en arrière ;
de même quand il parle en soi-même, on remarque
clairement les espèces, c'est-à-dire les caractères de
chaque chose qu'il médite, qui s'imprimant ou se
soulevant, viennent présenter aux yeux de celui qui
regarde, non pas un discours articulé, mais une histoire en tableaux de toutes ses pensées[1]. »

Mon guide voulait continuer, mais il en fut détourné
par un accident jusqu'à cette heure inouï ; et ce fut
que tout à coup nous aperçûmes la terre se noircir
sous nos pas, et le ciel allumé de rayons s'éteindre sur
nos têtes, comme si on eût développé entre nous et le
Soleil un dais large de quatre lieues.

Il me paraît malaisé de vous dire ce que nous nous
imaginâmes dans cette conjoncture. Toutes sortes de
terreurs nous vinrent assaillir, jusqu'à celle de la fin du
monde[2], et nulle de ces terreurs ne nous sembla hors
d'apparence ; car de voir la nuit au Soleil, ou l'air obscurci de nuages, c'est un miracle qui n'y arrive point.
Ce ne fut pas toutefois encore tout ; incontinent après,
un bruit aigre et criard, semblable au son d'une poulie
qui tournerait avec rapidité, vint frapper nos oreilles,
et tout au même temps nous vîmes choir à nos pieds
une cage. À peine eut-elle joint le sable, qu'elle s'ouvrit pour accoucher d'un homme et d'une femme ; ils
traînaient une ancre qu'ils accrochèrent aux racines
d'un roc. En suite de quoi nous les aperçûmes venir à
nous. La femme conduisait l'homme, et le tiraillait en
le menaçant. Quand elle en fut fort près[3] : « Messieurs »,
dit-elle d'une voix un peu émue, « n'est-ce pas ici la province des Philosophes ? » Je répondis que non, mais que
dans vingt-quatre heures nous espérions y arriver ; que
ce vieillard qui me souffrait en sa compagnie était un

des principaux officiers de cette monarchie[1]. «Puisque vous êtes philosophe, répondit cette femme, adressant la parole à Campanella, il faut que sans aller plus loin je vous décharge ici mon cœur.

«Pour vous raconter donc en peu de mots le sujet qui m'amène, vous saurez que je viens me plaindre d'un assassinat commis en la personne du plus jeune de mes enfants; ce barbare que je tiens l'a tué deux fois, encore qu'il fût son père[2].» Nous restâmes fort embarrassés de ce discours; c'est pourquoi je voulus savoir ce qu'elle entendait par un enfant tué deux fois. «Sachez, répondit cette femme, qu'en notre pays il y a parmi les autres statuts d'amour une loi qui règle le nombre des baisers auxquels un mari est obligé à sa femme[3]. C'est pourquoi tous les soirs chaque médecin dans son quartier va par toutes les maisons, où après avoir visité le mari et la femme, il les taxe pour cette nuit-là, selon leur santé forte ou faible, à tant ou tant d'embrassements. Or le mien que voilà avait été mis à sept. Cependant piqué de quelques paroles un peu fières que je lui avais dites en nous couchant, il ne m'approcha point tant que nous demeurâmes au lit. Mais Dieu[4] qui venge la cause des affligés, permit qu'en songe ce misérable, chatouillé par le ressouvenir des baisers qu'il me retenait injustement, laissa perdre un homme[5]. Je vous ai dit que son père l'a tué deux fois pour ce que l'empêchant d'être il a fait qu'il n'est point, voilà son premier assassinat, et a fait qu'il n'a point été, voilà son second; au lieu qu'un meurtrier ordinaire sait bien que celui qu'il prive du jour n'est plus mais il ne saurait faire qu'il n'ait point été. Nos magistrats en auraient fait bonne justice; mais l'artificieux a dit, pour excuse, qu'il aurait satisfait au devoir conjugal, s'il n'eût appréhendé (me baisant au fort de la colère où je l'avais mis) d'engendrer un homme furieux[1].

« Le Sénat embarrassé de cette justification, nous a ordonné de nous venir présenter aux philosophes, et de plaider devant eux notre cause[2]. Aussitôt que nous eûmes reçu l'ordre de partir, nous nous mîmes dans une cage pendue au cou de ce grand oiseau que vous voyez, d'où par le moyen d'une poulie que nous y attachâmes, nous dévalons à terre et nous nous guindons en l'air. Il y a des personnes dans notre province établies exprès pour les apprivoiser jeunes, et les instruire aux travaux qui nous sont utiles. Ce qui les attrait principalement contre leur nature féroce[3] à se rendre disciplinables, c'est qu'à leur faim, qui ne se peut presque assouvir, nous abandonnons les cadavres[4] de toutes les bêtes qui meurent. Au reste, quand nous voulons dormir (car à cause des excès d'amour trop continus qui nous affaiblissent nous avons besoin de repos), nous lâchons à la campagne d'espace en espace vingt ou trente de ces oiseaux attachés chacun à une corde, qui prenant l'essor avec leurs grandes ailes, déploient dans le ciel une nuit plus large que l'horizon. » J'étais fort attentif et à son discours et à considérer, tout extasié, l'énorme taille de cet oiseau géant ; mais sitôt que Campanella l'eut un peu regardé : « Ha ! vraiment, s'écria-t-il, c'est un de ces monstres à plume, appelés condurs[5], qu'on voit dans l'île de Mandragore[6] à notre monde, et par toute la zone torride ; ils y couvrent de leurs ailes un arpent de terre. Mais comme ces animaux deviennent plus démesurés, à proportion que le Soleil qui les a vus naître est plus échauffé, il ne se peut qu'ils ne soient au monde du Soleil d'une épouvantable grandeur.

« Toutefois », ajouta-t-il, se tournant vers la femme, « il faut nécessairement que vous acheviez votre voyage ;

car c'est à Socrate[1] auquel on a donné la surinten-
dance des mœurs, qu'appartient de vous juger. Je vous
conjure cependant de nous apprendre de quelle
contrée vous êtes, parce que comme il n'y a que trois
ou quatre[2] ans que je suis arrivé en ce monde-ci, je
n'en connais encore guère la carte.

— Nous sommes, répondit-elle, du royaume des
Amoureux : ce grand État confine d'un côté à la république de la Paix, et de l'autre à celle des Justes.

«Au pays d'où je viens[3], à l'âge de seize ans, on met
les garçons au Noviciat d'amour; c'est un palais fort
somptueux, qui contient presque le quart de la cité.
Pour les filles, elles n'y entrent qu'à treize. Ils font là
les uns et les autres leur année de probation, pendant
laquelle les garçons ne s'occupent qu'à mériter l'affection des filles, et les filles à se rendre dignes de l'amitié
des garçons. Les douze mois expirés, la Faculté de
médecine va visiter en corps ce séminaire d'amants.
Elle les tâte tous l'un après l'autre, jusqu'aux parties
de leurs personnes les plus secrètes, les fait coupler à
ses yeux, et puis selon que le mâle se rencontre à
l'épreuve vigoureux et bien conformé, on lui donne
pour femmes dix, vingt, trente ou quarante filles de
celles qui le chérissaient, pourvu qu'ils s'aiment réciproquement. Le marié cependant ne peut coucher
qu'avec deux à la fois, et il ne lui est pas permis
d'en embrasser aucune, tandis qu'elle est grosse. Celles
qu'on reconnaît stériles ne sont employées qu'à servir ;
et des[4] hommes impuissants se font les esclaves qui se
peuvent mêler charnellement avec les bréhaignes[5]. Au
reste quand une famille a plus d'enfants qu'elle n'en
peut nourrir, la république les entretient; mais c'est
un malheur qui n'arrive guère, pour ce qu'aussitôt
qu'une femme accouche dans la cité, l'Épargne[6] fournit une somme annuelle pour l'éducation de l'enfant,

selon sa qualité, que les trésoriers d'État portent eux-mêmes à certain jour à la maison du père. Mais si vous voulez en savoir davantage, entrez dans notre manne-quin[1], il est assez grand pour quatre. Puisque nous allons même route, nous tromperons en causant la longueur du voyage. »

Campanella fut d'avis que nous acceptassions l'offre. J'en fus pareillement fort joyeux pour éviter la lassi-tude, mais quand je vins pour leur aider à lever l'ancre, je fus bien étonné d'apercevoir qu'au lieu d'un gros câble qui la devait soutenir, elle n'était pendue qu'à un brin de soie aussi délié qu'un cheveu. Je deman-dai à Campanella comment il se pouvait faire qu'une masse lourde comme était cette ancre, ne fît point rompre par sa pesanteur une chose si frêle ; et le bon homme me répondit que cette corde ne se rompait point pour ce qu'ayant été filée très égale partout, il n'y avait point de raison pourquoi elle dût se rompre plutôt à un endroit qu'à l'autre[2]. Nous nous entas-sâmes tous dans le panier, et ensuite nous nous pou-liâmes[3] jusques au faîte du gosier de l'oiseau, où nous ne paraissions qu'un grelot qui pendait à son cou. Quand nous fûmes tout contre la poulie, nous arrê-tâmes le câble, où notre cage était pendue, à une des plus légères plumes de son duvet, qui pourtant était grosse comme le pouce ; et dès que cette femme eut fait signe à l'oiseau de partir, nous nous sentîmes fendre le ciel d'une rapide violence. Le condur modérait ou forçait son vol, haussait ou baissait, selon les volontés de sa maîtresse, dont la voix lui servait de bride. Nous n'eûmes pas volé deux cents lieues, que nous aper-çûmes sur la terre à main gauche une nuit semblable à celle que produisait dessous lui notre vivant parasol[4]. Nous demandâmes à l'étrangère ce qu'elle pensait que ce fût : « C'est un autre coupable qui va aussi pour être

jugé à la province où nous allons; son oiseau sans
doute est plus fort que le nôtre, ou bien nous nous
sommes beaucoup amusés[1], car il n'est parti que
depuis moi[2]. » Je lui demandai de quel crime ce malheureux était accusé : « Il n'est pas simplement accusé,
nous répondit-elle; il est condamné à mourir, parce
qu'il est déjà convaincu de ne pas craindre la mort.
— Comment donc? lui dit Campanella, les lois de
votre pays ordonnent de craindre la mort? — Oui,
répliqua cette femme, elles l'ordonnent à tous, hormis
à ceux qui sont reçus au Collège des sages; car nos
magistrats ont éprouvé, par de funestes expériences,
que qui ne craint pas de perdre la vie est capable de
l'ôter à tout le monde[3]. »

Après quelques autres discours qu'attirèrent ceux-ci,
Campanella voulut s'enquérir plus au long des mœurs
de son pays. Il lui demanda donc quelles étaient les
lois et les coutumes du royaume des Amants; mais elle
s'excusa d'en parler, à cause que n'y étant pas née, et
ne le connaissant qu'à demi, elle craignait d'en dire
plus ou moins. «J'arrive à la vérité de cette province,
continua cette femme, mais je suis, moi et tous mes
prédécesseurs, originaire du royaume de Vérité. Ma
mère y accoucha de moi, et n'a point eu d'autre enfant[4].
Elle m'éleva dans le pays jusqu'à l'âge de treize ans,
que le roi, par avis des médecins, lui commanda de me
conduire au royaume des Amants d'où je viens, afin
qu'étant élevée dans ce palais d'amour, une éducation
plus joyeuse et plus molle que celle de notre pays, me
rendît plus féconde qu'elle[5]. Ma mère m'y transporta
et me mit dans cette maison de plaisance[6].

«J'eus bien de la peine auparavant que de m'apprivoiser à leurs coutumes : d'abord elles me semblèrent
fort rudes; car, comme vous savez, les opinions que
nous avons sucées avec le lait nous paraissent toujours

les plus raisonnables, et je ne faisais encore que d'arriver du royaume de Vérité, mon pays natal.

« Ce n'est pas que je ne connusse bien que cette nation des Amants vivait avec beaucoup plus de douceur et d'indulgence que la nôtre ; car[1] encore que chacun publiât que ma vue blessait dangereusement, que mes regards faisaient mourir, et qu'il sortait de mes yeux de la flamme qui consumait les cœurs, la bonté cependant de tout le monde, et principalement des jeunes hommes, était si grande, qu'ils me caressaient, me baisaient et m'embrassaient, au lieu de se venger du mal que je leur avais fait. J'entrai même en colère contre moi[2] pour les désordres dont j'étais cause, et cela fit qu'émue de compassion, je leur découvris un jour la résolution que j'avais prise de m'enfuir. "Mais hélas ! comment vous sauver ? s'écrièrent-ils tous, se jetant à mon col, et me baisant les mains : votre maison de toutes parts est assiégée d'eau, et le danger paraît si grand, qu'indubitablement sans un miracle, vous et nous serions déjà noyés…" — Quoi donc ! interrompis-je, la contrée des Amants est-elle sujette aux inondations ? — Il le faut bien dire, me répliqua-t-elle, car l'un de mes amoureux (et cet homme ne m'aurait pas voulu tromper, puisqu'il m'aimait[3]) m'écrivit que du regret de mon départ il venait de répandre un océan de pleurs. J'en vis un autre qui m'assura que ses prunelles depuis trois jours avaient distillé une source de larmes ; et comme je maudissais pour l'amour d'eux l'heure fatale où ils m'avaient vue, un de ceux qui se comptaient du nombre de mes esclaves, m'envoya dire que la nuit précédente ses yeux débordés avaient fait un déluge[4]. Je m'allais ôter du monde, afin de n'être plus la cause de tant de malheurs, si le courrier n'eût ajouté ensuite que son maître lui avait donné charge de m'assurer qu'il n'y avait rien à craindre, parce que la fournaise de sa poitrine avait desséché ce déluge. Enfin vous pouvez conjecturer que le royaume des Amants doit être bien aquatique, puisque entre eux ce n'est pleurer qu'à demi, quand il ne sort de dessous leurs paupières que des ruisseaux, des fontaines et des torrents.

« J'étais fort en peine dans quelle machine je me sauverais de toutes ces eaux qui m'allaient gagner ; mais un de mes amants, qu'on appelait "le Jaloux", me conseilla de m'arracher le cœur, et puis que je m'embarquasse dedans ; qu'au reste je ne devais pas appréhender de n'y pouvoir tenir, puisqu'il y en tenait tant d'autres ; ni d'aller à fond, parce qu'il était trop léger ; que tout ce que j'aurais à craindre serait l'embrasement, d'autant que la matière d'un tel vaisseau était fort sujette au feu ; que je partisse donc sur la mer de ses larmes, que le bandeau de son amour me servirait de voile, et que le vent favorable de ses soupirs, malgré la tempête de ses rivaux, me pousserait à bon port[1].

« Je fus longtemps à rêver comment je pourrais mettre cette entreprise à exécution. La timidité naturelle à mon sexe m'empêchait de l'oser ; mais enfin l'opinion que j'eus que si la chose n'était possible, un homme ne serait pas si fou de la conseiller, et encore moins un amoureux à son amante, me donna de la hardiesse.

« J'empoignai un couteau, me fendis la poitrine ; déjà même avec mes deux mains je fouillais dans la plaie, et d'un regard intrépide je choisissais mon cœur pour l'arracher[2], quand un jeune homme qui m'aimait survint. Il m'ôta le fer malgré moi, et puis me demanda le motif de cette action qu'il appelait désespérée. Je lui en fis le conte ; mais je restai bien surprise

quand un quart d'heure après je sus qu'il avait déféré
le Jaloux en justice. Les magistrats néantmoins qui
peut-être craignirent de donner trop à l'exemple ou à
la nouveauté de l'accident, envoyèrent cette cause au
Parlement du royaume des Justes. Là il fut condamné[1],
outre le bannissement perpétuel, d'aller finir ses jours
en qualité d'esclave sur les terres de la république de
Vérité, avec défenses à tous ceux qui descendront de
lui auparavant la quatrième génération, de remettre le
pied dans la province des Amants ; même il lui fut
enjoint de n'user jamais d'hyperbole, sur peine de la
vie.

« Je conçus, depuis ce temps-là, beaucoup d'affection pour ce jeune homme qui m'avait conservée[2] ; et
soit à cause de ce bon office, soit à cause de la passion
avec laquelle il m'avait servie, je ne lui refusai point,
son noviciat et le mien étant achevés, quand il me
demanda pour être l'une de ses femmes.

« Nous avons toujours bien vécu ensemble, et nous
vivrions bien encore, sans qu'il a tué, comme je vous ai
dit, un de mes enfants par deux fois, dont je m'en vas[3]
implorer vengeance au royaume des Philosophes. »

Nous étions, Campanella et moi, fort étonnés[4] du
grand silence de cet homme ; c'est pourquoi je tâchai
de le consoler, jugeant bien qu'une si profonde taci-
turnité était fille d'une douleur très profonde, mais sa
femme m'en empêcha. « Ce n'est pas, dit-elle, l'excès
de sa tristesse qui lui ferme la bouche, ce sont nos lois
qui défendent à tout criminel cité en justice de parler
que devant les juges[5]. »

Pendant cet entretien, l'oiseau avançait toujours
pays. Je fus tout étonné quand j'entendis Campanella,
d'un visage plein de joie et de transport s'écrier : « Soyez
le très bien venu, le plus cher de tous mes amis !
Allons, messieurs, allons », continua ce bon homme,

« au-devant de M. Descartes ; descendons, le voilà qui
arrive, il n'est qu'à trois lieues d'ici. » Pour moi, je
demeurai fort surpris de cette saillie ; car je ne pouvais
comprendre comment il avait pu savoir l'arrivée d'une
personne de qui nous n'avions point reçu de nouvelles. « Assurément, lui dis-je, vous venez de le voir en
songe ? — Si vous appelez songe, dit-il, ce que votre
âme peut voir avec autant de certitude que vos yeux le
jour quand il luit, je le confesse. — Mais, m'écriai-je,
n'est-ce pas une rêverie, de croire que M. Descartes
que vous n'avez point vu depuis votre sortie du monde
de la Terre, est à trois lieues d'ici, parce que vous vous
l'êtes imaginé[1] ? »

Je proférais la dernière syllabe, comme nous vîmes
arriver Descartes. Aussitôt Campanella courut l'embrasser. Ils se parlèrent longtemps ; mais je ne pus être
attentif à ce qu'ils se dirent réciproquement d'obligeant, tant je brûlais d'apprendre de Campanella son
secret pour deviner. Ce philosophe qui lut ma passion
sur mon visage, en fit le conte à son ami, et le pria de
trouver bon qu'il me contentât. M. Descartes riposta
d'un souris, et mon savant précepteur discourut de
cette sorte : « Il s'exhale de tous les corps des espèces[2],
c'est-à-dire des images corporelles qui voltigent en
l'air. Or ces images conservent toujours malgré leur
agitation, la figure, la couleur et toutes les autres proportions de l'objet dont elles parlent ; mais comme
elles sont très subtiles et très déliées, elles passent au
travers de nos organes sans y causer aucune sensation ;
elles vont jusqu'à l'âme, où elles s'impriment à cause
de la délicatesse de sa substance, et lui font ainsi voir
des choses très éloignées que les sens ne peuvent apercevoir : ce qui arrive ici ordinairement, où l'esprit n'est
point engagé dans un corps formé de matière grossière, comme dans ton monde[3]. Nous te dirons com-

ment cela se fait, lorsque nous aurons eu le loisir de satisfaire pleinement l'ardeur que nous avons mutuellement de nous entretenir[1] ; car assurément tu mérites bien qu'on ait pour toi la dernière complaisance[2]. »

. . . .

DOSSIER

CHRONOLOGIE[1]

1619-1655

1619. 6 mars : baptême de Savinien Cyrano, né à Paris rue des Deux-Portes, à l'église Saint-Sauveur. Il a pour marraine «Marie Feydeau, femme de noble homme M° Louis Perrot, conseiller et secrétaire du Roi», et pour parrain «noble homme Anthoine Fanny, conseiller du Roi et auditeur en sa chambre des comptes». Famille bourgeoise où les affaires d'intérêt auront une grande importance et où l'on recherchera les emplois et offices qui font manier l'argent et devraient permettre l'ascension sociale, mais dont la branche aînée à laquelle appartient notre auteur périclitera.

Tout commence, pour le biographe, avec *le grand-père*, Savinien I.

20 mai 1555 : il est qualifié de «marchand et bourgeois de Paris[2]».

7 avril 1573 : «conseiller du Roi, maison et couronne de France[3]».

27 novembre 1582 : «aveu» de l'achat à Thomas Forbois des fiefs de Mauvières et Sousforest (Sousforest nommé «de Bergerac» à cause des anciens propriétaires) à Saint-Forget, près de Chevreuse (*ibid.*).

Juillet 1590 : mort de Savinien I, qui laisse en héritage des biens

---

1. Les éléments de cette chronologie ont pour sources :
— la préface de Le Bret ;
— le Cabinet des Titres de la Bibliothèque nationale (vol. 957, dossier 21084) ;
— le dossier Y 13848 des Archives nationales, et les Insinuations du Châtelet;
— les actes notariés du Minutier central des Archives nationales ;
— les Archives de Seine-et-Oise, séries D et E ;
— les travaux de A. Jal, A. Brun, J. Roman, P. Frédy de Coubertin, C. Samaran, J. Lemoine et F. Lachèvre
que j'ai minutieusement exploités dans ma thèse de 1975, et en partie publiés.
2. Archives nationales Y 106, Insinuations du Châtelet. Madeleine Alcover, *op. cit.*, p. XVIII, reproduit l'erreur des premiers lecteurs de cet acte : «marchand de poisson de Paris», que j'ai pourtant rectifiée à plusieurs reprises.
3. B.N. 957, 21084.

fonciers, de nombreuses rentes sur le clergé, l'Hôtel de Ville et les gabelles.

Sa femme, Anne le Maire, lui a donné quatre enfants : Abel I (1565 ?-1648), Anne, Pierre I et Samuel.

Le père, Abel I, a hérité des deux fiefs. Il épouse le 3 septembre 1612 à Saint-Eustache Espérance Bellanger, « fille de défunt noble homme Estienne Bellanger Conseiller du Roi et Trésorier de ses Finances ».

Six enfants : Denys (1614- ?), Anthoine (1616- ?), Honoré (1617- ?) — ces deux derniers morts jeunes —, Savinien II, Abel II, Catherine (?- ?).

1622. Abel I, avocat au Parlement de Paris, s'isole du milieu des gens de robe et de justice et s'installe avec sa famille à Mauvières : « sieur de Mauvières ». Savinien II fait l'expérience de la vie rurale. Son père le confie à « un bon prêtre de la campagne qui tenait de petits pensionnaires » selon Le Bret, cet ami dont Savinien fait alors la connaissance et qui sera son premier biographe.

1631. Savinien est à Paris, peut-être au collège de Beauvais, dont le principal, Jean Grangier, docte redoutable et personnage équivoque, servira de modèle au *Pédant joué*.

1636. Abel I vend Mauvières et Bergerac à Anthoine Arbalestrier : « de Bergerac » n'a jamais été qu'un pseudonyme. L'argent de la vente est probablement placé en rentes que des dévaluations successives vont réduire[1].

Abel I ne tirera jamais profit de l'élan social donné par son père, alors que le reste de la famille connaît une meilleure réussite par des alliances dans les milieux de la finance (les Scoppart ou les Zamet, par exemple), de l'art (une des filles d'Abel II, Catherine, épousera un Wleughels) ou même de la noblesse (un des frères d'Abel I, Samuel, voit une de ses petites-filles, Anne, épouser Charles de Poussemothe, tandis qu'une cousine, Madeleine Robineau, deviendra baronne de Neuvillette).

Période héroïque : *Le Cid*, le *Discours de la Méthode*.

On peut penser que le jeune Savinien complète son instruction par des lectures libres. La bibliothèque de son père, telle qu'elle apparaît dans le contrat de mariage passé avec Espérance le 3 septembre 1612 devant Mᵉˢ Le Camus et Le Voyer, est d'ailleurs riche. J'y trouve livres juridiques, auteurs grecs et latins, écrivains italiens et français, dictionnaires et grammaires.

1638. Savinien s'engage avec Le Bret dans la Compagnie des cadets de Gascogne. Garnisons, et peut-être duels, dans lesquels il est

1. Archives de Seine-et-Oise, série E.

redoutable. La France est en guerre contre l'Empire des Habsbourg.

1639. Blessé dans Mouzon en Champagne d'«un coup de mousquet au travers du corps» (Le Bret). Le 30 juin les troupes du maréchal de Châtillon brisent le siège.

Le 2 mars, donation par Abel I à son fils Denys d'une rente au moment où il s'engage dans la prêtrise[1]. Denys disparaîtra peu après. De toute évidence l'ensemble de la famille est proche des milieux ecclésiastiques. Par deux actes[2] Abel I et Espérance attribuent une somme de 3 000 livres à Catherine pour son entrée en religion chez les Dames de la Croix.

1640. 9 août : peut-être passé dans les troupes de Conti, Savinien participe à la prise d'Arras. Blessé d'«un coup d'épée dans la gorge» (Le Bret). Fin d'une aventure militaire où par la modestie de ses origines il n'a pas d'avenir.

1641. Il est au Collège de Lisieux ; il reprend des études. Retour aussi à la vie civile : marché avec un maître d'armes, engagement avec un maître à danser[3].

Gassendi est venu de Provence loger chez son ami François Lhuillier, et joue le rôle de précepteur du fils de son hôte, le jeune Chapelle. Cyrano, qui connaît une période de difficultés d'argent, réussit à s'introduire dans le cercle des familiers du philosophe, et s'y lie d'intimité avec Chapelle. Y rencontre-t-il Molière, comme le prétendra Nicéron (*Mémoires pour servir à l'histoire des hommes illustres*) ? Beaucoup, en tout cas, les rapproche, et Molière se souviendra de bien des passages de l'œuvre de Cyrano.

C'est probablement l'époque où Cyrano a pour amis Bernier, Dassoucy, Royer de Prade ; peut-être Tristan L'Hermite, aîné qu'il admire.

C'est aussi le moment où il aurait accompli un exploit de légende pour défendre le turbulent poète Lignières, en mettant en fuite à lui seul une centaine de spadassins qui devaient faire un mauvais sort à son ami près de la porte de Nesle. Il est vraiment «le Démon de la bravoure», comme l'appelaient ses camarades d'armée avec lesquels il a gardé de solides relations : outre Le Bret lui-même et son frère, Cuigy, Cavois, Brissailles, Zeddé, Duret de Monchenin, Chavagne, Châteaufort, etc. Le maréchal de Gassion lui propose de le prendre à son service ; Cyrano refuse par haine de la «sujétion» (Le Bret).

1. Insinuations du Châtelet, Y 179.
2. 23 juin 1637, puis 15 avril 1641 — M.C., XCVI 28 et M.C., XIX 421.
3. A.N., M.C., C 195.

1645. Il poursuit la rédaction, depuis longtemps entreprise, des *Lettres*, et se met à celle du *Pédant joué*, peut-être représenté en 1646. Il est malade, « détenu d'une maladie secrète[1] ».

1648. Il préface d'une épître « Au sot lecteur et non au Sage » le *Jugement de Pâris* de Dassoucy.

Le 18 janvier Abel I meurt, en assez mauvais termes avec Savinien et Abel II. La succession est compliquée, l'exécution testamentaire lente, et l'héritage est modeste (10 450 livres en février 1649).

1649. La Fronde.

Entre 1649 et 1651 Cyrano rédige *Sept Mazarinades* et la *Lettre contre les Frondeurs*.

1650. Un huitain de circonstance pour *Ovide en belle humeur* de Dassoucy.

Préface aux *Œuvres complètes* de Royer de Prade, esquisse d'art poétique. Bien qu'il n'ait rien publié encore, ses œuvres manuscrites circulent. *Le Parasite Mormon* de La Mothe Le Vayer fils cite *Le Pédant joué*. Royer de Prade évoque *L'Autre Monde*.

Jusqu'à sa mort il ne cesse de se déplacer d'un logement à l'autre.

Il rompt brutalement avec Dassoucy.

Il se passionne pour l'œuvre de Descartes prolongée par l'enseignement de Jacques Rohault dont il est devenu un ami. C'est ce qui explique le contenu de *L'Autre Monde* et l'existence parmi les manuscrits d'un *Fragment de Physique* publié dans les *Nouvelles Œuvres* en 1662.

1653. À bout de ressources financières, il accepte de se donner un protecteur, le duc d'Arpajon, auquel il a dû être recommandé par Bernier qui avait accompagné le duc dans son ambassade de Pologne.

La Mort d'Agrippine est jouée. La pièce fait scandale, selon Tallemant des Réaux et le *Menagiana*. Mais grâce à l'appui du duc d'Arpajon, les *Œuvres diverses* et *La Mort d'Agrippine* sont publiées par Charles de Sercy (1654).

1654. Attentat ? accident ? suites des blessures de guerre ou d'un combat ? Cyrano va mal. Le Bret parle de « maladie ». Un coup reçu sur la tête lui a-t-il fait perdre la raison ? Le duc d'Arpajon l'abandonne. Il trouve refuge chez Tanneguy Renault des Boisclairs, « Grand Prévôt de Bourgogne et Bresse », lointainement lié à sa famille. Il est possible que Rohault ait tenté de le soigner, et que sa sœur, aidée des Dames de la Croix, ait travaillé à « sauver son âme ».

---

1. Marché de soins avec Élie Pigou, M.C., CV, 614.

1655. 23 juillet : Cyrano se fait toutefois transporter à Sannois chez
      son cousin germain Pierre, trésorier général des offrandes du
      Roi, et fils de son oncle Samuel et de Marie Sequeville, auquel
      il est lié depuis l'enfance.
      Il meurt le 28, chrétiennement, si l'on se fie au certificat de
      décès signé par le curé de Sannois.
      La même année meurt Gassendi.
1657. Édition du texte des *États et Empires de la Lune*, « censuré », pré-
      cédé de la préface de Le Bret.
1661-1662. Charles de Sercy publie *Œuvres diverses* et *Nouvelles Œuvres*
      où aux textes précédents s'ajoutent *Les Entretiens Pointus, Les
      États et Empires du Soleil*, et le *Fragment de Physique*. Les *Mazari-
      nades* ne seront connues qu'au xxᵉ siècle.

BIBLIOGRAPHIE

PRINCIPALES ÉDITIONS

Histoire Comique, par M. Cyrano de Bergerac, contenant les Estats et Empires de la Lune, Paris, Ch. de Sercy, 1657.

Les Œuvres diverses et les Nouvelles Œuvres de M. Cyrano de Bergerac, Paris, Ch. de Sercy, 1661-1662.

Œuvres comiques, galantes et littéraires de Cyrano de Bergerac, éd. de P. L. Jacob (Paul Lacroix), A. Delahays, 1858. Réédité encore en 1962.

L'Autre Monde ou les États et Empires de la Lune, éd. de Leo Jordan, Gesellschaft für Romanische Literatur 23, Dresde, 1910.

Les Œuvres libertines de Cyrano de Bergerac, Parisien (1619-1655), éd. de Frédéric Lachèvre, Champion, 1921.

L'Autre Monde (*États et Empires de la Lune*; extraits des *États et Empires du Soleil*), éd. d'Henri Weber, Éditions Sociales, 1959.

Histoire comique des État et Empire de la Lune et du Soleil (sic), éd. de Claude Mettra et Jean Suyeux, Pauvert, 1962. Édition reprise dans le volume : *Voyages aux pays de nulle part*, Laffont, « Bouquins », 1990 (où on trouvera également *La Cité du soleil* de Campanella).

Voyage dans la Lune, éd. de Maurice Laugaa, Garnier-Flammarion, 1970. Remanié en 1984.

Œuvres complètes, éd. de Jacques Prévot, Belin, 1977.

L'Autre Monde ou les Estats et Empires de la Lune, éd. critique de Madeleine Alcover, Champion, 1978.

L'Autre Monde, ou les Empires et Estats de la Lune, éd. de Margaret Sankey, Minard, « Bibliothèque introuvable », 1995.

L'Autre Monde, in *Libertins du XVII⁰ siècle*, tome I, éd. critique de Jacques Prévot, Gallimard, « Bibliothèque de la Pléiade », 1998.

Œuvres complètes, Champion, 3 vol. Tome I, 2000 : *L'Autre Monde ou les États et Empires de la Lune*; *Les États et Empires du Soleil*; *Fragment de Physique*, éd. de Madeleine Alcover. Tome II, 2001 : *Lettres, Les Entretiens Pointus*, éd. de Luciano Erba ; *Mazarinades*, éd. d'Hubert Carrier. Tome III, théâtre, 2001 : *Le Pédant joué*, *La Mort d'Agrippine*, éd. d'André Blanc.

Les États et Empires du Soleil, éd. de Bérengère Parmentier, GF-Flammarion, 2003.

TRAVAUX CRITIQUES

Voyages, récits et imaginaire, Actes du colloque de Montréal 1983, *Papers on French 17th Century Literature*, 1984 :
— WALKER (Hallam), « *L'Autre Monde*. Cyrano's philosophical voyages ».
— HARRY (Patricia), « Critique of Hallam Walker's paper ».
— WOOD (Allen), « L'alouette canadienne de Cyrano ».
— NORMAN (Buford), « Autour d'une alouette. Commentaire ».

ALCOVER (Madeleine), *La Pensée philosophique et scientifique de Cyrano de Bergerac*, Minard, 1970.
— « L'édition des *Estats et Empires du Soleil*. Corrections sous presse et iconographie », *PFSCL*, XIV, 1987.
— *Cyrano relu et corrigé*, Genève, Droz, 1990.

BLANCHOT (Maurice), « L'Homme Noir du XVIIᵉ siècle », *Saisons*, 1946, nᵒ 2 (repris en 1962 dans le tome I du *Tableau de la littérature française*, Gallimard).

BLOCH (Olivier), « Cyrano et la philosophie », *XVIIᵉ siècle*, XXXVIII, 1985.

CALLE-GRUBER (Mireille), « Cyrano. Un art de (ne pas) dire », *Micromégas*, V, 1978.
— « Au non-lieu du texte. L'Utopie de Cyrano », *XVIIᵉ siècle*, XXXI, 1979.
— « La métaphore. Une machine à voyager en Utopie », *Cahiers de littérature du XVIIᵉ siècle*, 3, Université de Toulouse-Le Mirail, 1981.

CAMPAGNOLI (Ruggero), « Cyrano e il discorso perverso del mago », *Lectures*, I, 1979.

CARRÉ (Rose-Marie), *Cyrano. Voyages imaginaires à la recherche de la vérité humaine*, Minard, 1977.

CENERINI (Lucia), « Metafora in Utopia », *Micromégas*, V, 1978.
— « L'utopia scientifica di Cyrano », in *Scritti in onore di Giovanni Macchia*, Milan, Mondadori, 1983.

CHEVREL (Yves), « *L'Autre Monde* à l'épreuve de l'étranger », *L'Information littéraire*, 1985-3.

CHIBANI (Abdelali), *L'Aéronautique et les utopies anglaise et française de la première moitié du XVIIᵉ siècle à travers les machines volantes décrites dans « L'Homme dans la Lune » de Godwin et « L'Autre Monde » de Cyrano*, thèse de 3ᵉ cycle de l'Université de Paris X, 1984.

COTIN (Martine), *Étude de « L'Autre Monde » de Cyrano de Bergerac*, thèse de doctorat d'État de l'Université de Besançon, 1988, sous la direction de Jean Peytard et Jacques Prévot.

GUTHKE (Karl), « Das Risiki der Vernunft Descartes und Cyrano », *Der Mythos der Neuzeit*, Berne, Francke, 1983.

HERVIER (Julien), « Cyrano et le voyage spatial. De la fantaisie à la science-fiction », *Actes du Xᵉ congrès de l'Association internationale de littérature comparée (New York, 1982)*, New York-Londres, 1985.

HILGAR (Marie-France), « Scientific Fantasy in Cyrano », *Papers on French 17th Century Literature*, 1983.

KOYRÉ (Alexandre), *Du monde clos à l'univers infini*, P.U.F., 1962.

LAFOND (Jean), « Le monde à l'envers dans *Les États et Empires de la Lune* », *Actes du colloque international de Tours 1977*, Vrin, 1979.

— « Burlesque et *spoudogeloion* dans *Les États et Empires de la Lune* », Actes du colloque du Mans 1986, *PFSCL*, 1987.

LAUGAA (Maurice), « Lune, ou l'Autre », *Poétique*, 1, 1970.

— « Cyrano : sound and language », *Yale French Studies*, 49, 1973.

— « La langue de Dyrcona », *Trente-quatre/quarante-quatre*, 7, 1980.

LENOBLE (Robert), *Mersenne ou la naissance du mécanisme*, Vrin, 1943.

— *Esquisse d'une histoire de l'idée de Nature*, Albin Michel, 1969.

MARCHI (Giovanni), « Cyrano o "l'imagination en liberté" », *Micromégas*, IX, 1982.

MASON (Haydn), *Cyrano, « L'Autre Monde »*, Critical Guides to French Texts, Londres, Grant and Cutler, 1984.

— « Cyrano's Space-inventions », *Romance Studies*, 6, 1985.

NIERENBERG (W. A.), « Cyrano and Pascal. A similarity of method », *L'Esprit Créateur*, XIX, 1979.

NORMAN (Buford), « Cyrano, physicist », *Proc. of the American Philosophical Society*, CXXX, 1979.

PINHAS-DELPUECH (Rosy), *« L'Autre Monde ». Étude sur l'univers romanesque de Cyrano*, thèse dactylographiée de 3ᵉ cycle, Université de Paris III, 1977.

— « Les machines cyraniennes. De la parodie au fantasme », *Revue des Sciences humaines*, 185-186, 1982.

PRÉVOT (Jacques), « Cyrano de Bergerac », *Histoire de la littérature française*, tome 3, Éditions sociales, 1975.

— *Cyrano de Bergerac romancier*, Belin, 1977.

— *Cyrano de Bergerac poète et dramaturge*, Belin, 1978.

— « Cyrano de Bergerac et la science de son temps », *Pour la Science*, 1979.

— « Cyrano de Bergerac au concours », *L'Information littéraire*, 1985-1.

— « *L'Autre Monde* de Cyrano de Bergerac ou le voyage libertin », *Actes du colloque de la Sorbonne 1985*, « Métamorphoses du récit de voyage », Champion, 1986.

REISS (Timothy), « Cyrano and the experimental discourse », *The Discourse of Modernism*, Cornelle U. P., 1982.

RENARD (Pierrette), « Cyrano ou la chevauchée fantastique du savoir », *Recherches et travaux*, Université de Grenoble, 1983.

SRAMEK (Jiri), « *L'Autre Monde* de Cyrano. Merveilleux et burlesque », *Études romanes de Brno*, XIII, 1982.

STALLONI (Yves), « Cyrano. Utopie et baroque », *L'École des Lettres*, LXXVI, 6, 1984.

TOMA (Dolores), *Étude sur le discours baroque. Cyrano*, thèse de l'Université de Bucarest, 1978.

— *Cyrano, un model al barocului*, Université de Bucarest, 1982.

TUZET (Hélène), *Le Cosmos et l'Imagination*, Corti, 1965.

DOCUMENTS

Fragment de Physique

Ce texte apparaît pour la première fois dans le volume des Nouvelles Œuvres de 1662.

Comme la Physique de Jacques Rohault, dont elle est proche, la Physique cyranienne a reçu les enseignements de Descartes. Il est vrai qu'il reprend la leçon des Principes de la Philosophie, du Monde, ou de L'Homme, sur l'indéfinité du monde, la divisibilité de la matière, le problème du vide et de la raréfaction, le mouvement, et le lieu, ou qu'il en diffère peu sur la définition de la sensation, ou de la matière en tant qu'« étendue », etc.

Il s'en écarte pourtant sur des points très importants. Parlant de la nécessité pour le savant de vérifier toujours ses hypothèses par des expériences — ce n'est déjà plus tout à fait du Descartes —, il écrit : « Que d'une disconvenance manifeste s'ensuit la fausseté absolüe de nostre suposition, et que de la convenance generale à toutes les aparences, il ne s'ensuit que la simple vray-semblance. Que la Physique ne peut estre qu'une Science conjecturale.

Que son incertitude est augmentée par l'ignorance dans laquelle nous sommes des secrets de Dieu. »

Donc, sur le problème fondamental de la vérité et de la certitude, il s'oppose à l'optimisme cartésien : Dieu même ne peut lever le doute hyperbolique. Comment ne pas penser que, d'une certaine façon, c'est aussi Descartes qu'il vise, lorsqu'il ajoute plus loin : « Donc encore que par la Physique on puisse se proposer (comme nos superbes et ridicules Pedans) une connoissance certaine et évidente dans leurs causes, qui est à la verité ce qu'on pouvoit souhaiter, nous ne le devons pas attendre de la foiblesse de nos raisonnemens, à moins que nous ne fussions aidez des revelations d'un Dieu qui ne peut manquer, et dont la conduite est à l'avanture toute autre que ce que nous nous figurons. C'est ce qui doit encore augmenter notre incertitude, et nous empescher de parler avec bravade. »

Il n'y a donc de science que du vraisemblable. Interprétation proprement libertine. Ce texte hybride confirme et explique en tout cas l'importance du discours scientifiques dans L'Autre Monde, et illustre une démarche qu'on pourrait qualifier d'éclectisme sceptique.

LA PHYSIQUE
OU
LA SCIENCE
DES CHOSES NATURELLES

Préface

Lecteur, comme on estoit encor apres les épreuves des Estats du Soleil, un Génie obligeant, qui peut-estre est celuy-là mesme avec lequel nostre Autheur a tant eu de conversations dans ses voyages, a suscité une Personne de qualité de nous donner ce commencement de Physique, que nous te presentons encor. Je ne doute point qu'il n'y aye de l'indiscretion à t'engager si souvent avec des Ouvrages qui ne sont pas achevez : mais d'un autre costé il y a de la justice de faire voir que le sieur de Bergerac estoit Philosophe. Je n'aurois pas tant eu de peine à te le prouver ; et je t'aurois moins ennuyé dans la Préface que j'ay faite aux Estats du Soleil, si j'eusse veu ce petit Traitté qui seul a plus de force que tous les raisonnemens du monde. Pour peu que tu sois juste, tu me pardonneras une faute dont je me repens fort volontiers ; et pour peu que tu sois reconnoissant des divertissemens que sa belle humeur t'a donnez jusqu'à present, non seulement tu n'auras point de peine à le voir aujourd'huy plus serieux qu'à l'ordinaire, puis qu'il y va de sa gloire ; mais tu ne m'accuseras point, quand tu le verras prendre congé de toy en mesme temps qu'il entrera en matiere, et tu ne déchargeras ton chagrin que sur la mort qui nous l'a enlevé comme il commençoit a paroistre. Il y a beaucoup de grands Autheurs que nous n'avons point, dont nous supportons la perte, et dont le nom nous seroit inconnu, sans le secours de ceux qui en ont écrit. Je mets le sieur de Bergerac au nombre de ces malheureux, puis qu'estant privez de sa doctrine, nous pouvons dire que nous ne l'avons point : Car enfin bien loin de voir son nom dans les travaux d'un Philosophe, nous ne le voyons que dans ceux d'un Poëte et d'un Autheur comique. Il est vray qu'il excelle en ce genre d'écrire, et qu'il n'est rien de si surprenant que de voir le feu de son Esprit prendre l'essor dans des sujets de recreation, témoin son *Pedant Joüé*, qui met à bout les plus serieux ; et son *Agrippine*, qui a les sentimens d'une Romaine aussi fiere, et dont les termes sont aussi pompeux qu'il en aye paru sur le Theatre. Mais tu n'as qu'à lire ce fragment, pour juger de ce qu'il eut fait, s'il eut eu le temps de répandre ce beau feu tout entier dans des matieres plus riches et plus élevées.

IDÉE GÉNÉRALE
DE LA
PHYSIQUE

Première partie

L'EXPLICATION du nom de Physique, & le but qu'on s'y propose en y etudiant.

Que nous l'acquerons à l'aide des facultez connoissantes qui sont en nous.

Examen de nos connoissances premieres & immediates, ou bien secondes & reflechies.

Que les premieres connoissances ne sont autre chose que les sensations.

Qu'elles sont causées pour l'ordinaire (c'est à dire nos sensations) par les objets exterieurs au moyen de quelque sorte de correspondance qu'ils ont avec les parties de nostre corps.

Reflexion sur ce que ces sensations sont en nous, & qu'il se faut bien garder de les confondre avec leur cause qui est exterieure.

Induction du toucher, du goust & de l'odorat, par laquelle on découvre qu'en connoissant les qualitez tactiles, comme les saveurs, les odeurs, &c, nous ne connoissons que nos sensations.

Qu'il y a de la difficulté à concevoir la mesme chose des sons, de la lumiere & des couleurs.

Raison tirée des experiences convaincantes, par lesquelles l'entendement reconnoist que les sons, la lumiere, & les couleurs, sont aussi bien que la douleur, l'odeur & la saveur des sensations qui sont en nous les effets de quelque chose d'exterieur.

Conclusion generale, que horsmis nous-mesme, nous ne connoissons rien sans raisonnement.

Doute si notre vie n'est pas un songe continuel, entrecoupé de plusieurs songes particuliers.

La solution de ce doute absolument parlant impossible, encor que nous ne puissions nous persuader d'estre toujours trompez.

Que la foi dissipe entierement ce doute.

Que sans elle nous n'aurions qu'une certitude morale qu'il y a quelques choses hors de nous.

Qu'il n'y a que l'ame qui puisse deviner quelles sont les choses exterieures.

La voye pour les connoistre est de faire certaines supositions, & voir si elles s'accordent avec nos experiences.

Que d'une disconvenance manifeste s'ensuit la fausseté absoluë de nostre suposition, & que de la convenance generale à toutes les aparences, il ne s'ensuit que la simple vray-semblance.

Que la Physique ne peut estre qu'une Science conjecturale.

Que son incertitude est augmentée par l'ignorance dans laquelle nous sommes des secrets de Dieu.

Avis de pezer la valeur des raisons, & d'estre juste estimateur de nos raisonnemens.

Vice des Pedans, d'expliquer une chose obscure par des moyens qu'on n'entend pas.

Avis second de ne rien admettre sans necessité, & que c'est une licence d'expliquer par le plus, ce qui se peut aussi bien expliquer par le moins.

Establissement de la matiere pour principe des choses sensibles.

Que la matiere n'est pas couleur, chaleur, saveur, dureté, pesanteur, &c.

Que par la matiere nous ne connoissons qu'une chose étenduë.

Qu'il resulte de là l'impossibilité du vuide.

Ce que c'est que la rarefaction & la condensation.

Que le monde est indefiny.

Que le plomb ne contient pas plus de matiere, qu'une masse de cire esgale en grosseur.

Qu'il n'y peut avoir qu'un seul monde.

Les proprietez de la matiere, sont d'avoir des parties au moyen desquelles elle est divisible à l'infiny.

Les proprietez des parties, sont d'estre figurées & capables du mouvement & du repos.

Que la Geometrie enseigne les diferentes divisions & les figures.

Du mouvement & du repos.

Que le mouvement dit rapport aux corps environnans, desquels le corps qu'on conçoit mobile se détache.

Que ce détachement est reciproque.

Quel motif on doit avoir pour nommer un corps mobile ou immobile.

Du ralentissement du mouvement.

De la composition du mouvement.

De la diversion du mouvement.

Des refractions.

L'ordre & disposition des corps durs mis dans des liqueurs.

Que jusques là sont expliquées en general les proprietez absoluës de la matiere.

Que les autres proprietez disent rapport à nos organes.

Abregé de l'explication vulgaire des autres proprietez, suposant dans les sujets des accidens tous semblables aux sensations que nous en avons.

Defaut & contradiction de cette explication.

Que les accidens sont inutils pour expliquer les aparences.

Qu'il est libre de supposer tout ce qu'on voudra dans les sujets, pourveu que par ces supositions on rende raison de leurs aparences.

Quel doit estre un corps pour estre dit dur.

Premiere connoissance de la terre.

Quel doit estre un corps pour estre dit liquide.

Premiere connoissance de l'eau, de l'air & du feu.

De la molesse.

Que l'on appelle ordinairement humide ce qui est pour le moins un peu liquide.

Qu'on nomme sec ce qui est dur & quelquefois ce qui est liquide.

Solution du doute comment le Soleil & le feu durcissent la bouë & amolissent la cire.

De la chaleur.

Continuation pour expliquer le feu.

De la chaleur du fumier & de la chaux.

Pourquoy l'air poussé de nos poulmons, paroist tantost chaud, tantost froid.

Des saveurs.

De l'acre, de l'amer, du doux et des principes de Chymie.

Des odeurs.

Des sons.

Establissement d'une matiere autrement figurée que la terre, l'eau & l'air.

De la lumiere en general.

Explication de celle dont éclaire le bois poury, les escailles, ou la peau fort lissée du Poisson qui se corrompent, & les Vers luisans.

Des couleurs.

Explication des miroirs.

Qu'est-ce que diafane & opaque.

Du passage de la lumiere & des couleurs au travers des corps diafanes, à cause des pertuis arangez & figurez de certaine façon.

Des miroirs ardens.

Qu'on en taille de glace.

Histoire de l'œil & de ses parties.

De l'apulsement de la lumiere & des couleurs sur les parties de l'œil.

Experiences confirmantes cette doctrine.

Comment nous connoissons les objets, avec leur figure, leur ordre, & leur situation.

Pourquoy les lunetes plus espaisses au milieu qu'au bord, font voir les objets renversez.

Conjecture pourquoy on ne voit pas l'objet renversé, puis que l'image qui s'en fait dans notre cerveau doit estre renversée.

Autre conjecture pourquoy nous ne voyons pas les objets doubles, s'imprimant de chaque objet une image dans chacun de nos yeux, & pourquoy pourtant cela arrive quelquefois.

Explication des lunetes qui multiplient.

Pourquoy les lunetes plus espaisses au milieu qu'au bord, font voir plus gros ; & celles qui sont plus minces au milieu qu'au bord, font voir plus petit.

Pourquoy un tison alumé agité en rond fait voir un cercle de feu.

Des rayons qui paroissent autour d'une chandelle en clignant les yeux.

Explication de toutes les particularitez de cette experience.

Du brillement des estoilles, & le moyen de les appercevoir sans brillement.

Pourquoy les lunetes d'approche nous font voir les estoilles fixes autant plus petites qu'elles grossissent l'aparence des autres objets.

Pourquoy une chandelle regardée au soir de loin, nous paroist si grande.

Pourquoy la teste d'un camion mis fort pres de notre œil, nous paroist celle d'une fort grosse épingle, & comment transparante.

De la distinction & de la netteté de la vision.

Pourquoy l'on se peine à regarder de trop pres.

Pourquoy un Pré tout vestu d'herbe verte, où il n'y aura que bien peu de fleuretes blanches semées par cy par là, regardé de loin, paroist tout blanc.

De la distance.

De certains vices des yeux.

Du moyen de les corriger à l'aide de diferentes lunetes.

DE LA
PHYSIQUE

Seconde partie
De la cosmographie

Du nom de Cosmographie, & qu'est ce qu'elle se propose à expliquer.

Qu'elle est née des observations, des supositions, et des reflexions physiques.

Prénotions Geometriques.

Observations generales qu'on peut faire en un jour.

Qu'on satisfait à ces observations en suposant que les parties du

Ciel correspondent successivement sur differentes parties de la masse composée de la terre, de l'eau & de l'air.

Que le détachement de la masse elementaire d'avec le reste du monde est reciproque.

Qu'il n'y a que cette masse qu'on puisse concevoir distinctement se mouvoir.

Qu'on ne peut s'empescher d'atribuer du mouvement à cette masse, quand on luy veut nier.

Qu'encore qu'on fasse mobile la masse elementaire, la terre pourtant est absolument immobile.

Incommoditez qui suivent le mouvement qu'on attribuë aux Cieux.

Que dans cette hypothese on n'a point encor connu qu'est-ce que pesanteur, ou cét effort que font les corps terrestres pour aller vers le centre de la terre, non plus que la cause du flux & reflux de la mer, ny des Cometes, & de leur mouvement.

La necessité de la pesanteur, suposé que ce soit la masse elementaire qui se meuve.

Que de cette suposition s'ensuivent les mesmes experiences sur la terre, que de son immobilité.

En quel sens le monde peut estre appellé une sphere.

Des poincts, lignes & cercles qu'on conçoit dans la Sphere du monde.

Comment il faut se figurer ces cercles, si on pose la masse elementaire mobile.

Aparences du Soleil & des Estoilles fixes.

Hypothese particuliere pour satisfaire à ces aparences, tout le mouvement estant attribué aux Cieux.

Des jours & des nuits, & de leur diference en divers endroits de la terre.

Reflexion physique.

Hypothese qui satisfait aux aparences du Soleil, apres avoir suposé la masse elementaire mobile.

Autre reflexion physique.

Comment le Soleil éclaire & échaufe.

Du temperament des Saisons.

La cause de l'apogée du Soleil, ou de l'aphelie de la terre.

Observations particulieres des Estoilles fixes.

Hypothese pour satisfaire à leurs aparences, faisant la masse elementaire immobile.

Hypothese pour la mesme fin, la suposant mobile.

Reflexion physique à propos de leur lumiere.

Aparences de la Lune.

Explication de ses aparences, suposant la masse elementaire mobile.

Reflexion physique.

La cause de ses apogées.

Des diverses faces de la Lune, de ses Eclypses, & de cette lumiere debile qui paroist dans la partie qui n'est pas tournée vers le Soleil.

Explication des aparences de la Lune, suposant la masse elementaire immobile.

Reflexion physique.

Du flux & reflux de la mer.

De l'heure à laquelle il doit arriver.

Sa diversité pendant un mois.

Sa diversité annuelle.

Sa diversité en diverses parties du monde.

Aparences de Mercure & de Venus, & des taches du Soleil.

Hypothese Geometrique satisfaisant à toutes ces aparences, soit que le mouvement soit entierement du costé des Cieux, soit en partie dans les Elemens.

Erreur des Anciens touchant les Cieux de ces deux Planetes.

Experience & raison convaincante de l'hypothese moderne.

Aparences de Mars, Jupiter & Saturne.

Hypothese pour y satisfaire en suite de l'immobilité des Elemens.

Retrogradations de ces Planetes merveilleuses.

Hypothese pour satisfaire aux aparences des mesmes Planetes suposant la masse elementaire mobile.

Necessité des retrogradations, de leur quantité & du temps auquel elles nous paroissent arriver.

Des Compagnons de Jupiter & de Saturne.

De la lumiere des cinq Planetes, & pourquoy elles ne brillent pas tant que les Estoilles fixes.

Des Cometes & Estoilles nouvelles.

Que posant la masse elementaire immobile, le monde total est un monstre composé de pieces rapportées sans aucune liaison.

Liaison & simplicité du monde, attribuant du mouvement à la masse elementaire.

TABLE DES MINERAUX
Où il est traité

De l'Aimant.

Des metheores.

Des Planetes.

Et du Corps animé.

FRAGMENT
DE
PHYSIQUE

Chapitre I
De la Physique & de son origine

Ce mot Physique est originaire de Gréce, il signifie seulement Naturelle, mais il sous-entend Science, comme qui diroit Science naturelle, c'est à dire une connoissance de tout ce qui est dans la Nature.

Quiconque y aspire se propose pour but de sçavoir l'estat de toutes les choses, & la cause des changemens qu'on y remarque. Or pour connoistre la cause de ces changemens, cela dépend des premieres connoissances que nous avons des objets, ou de leurs simples apprehensions, sur lesquelles ensuite se forment tous nos raisonnemens; car si cette dépendance n'estoit point nécessaire, comment seroit-il possible de penetrer dans les proprietez des choses qui n'auroient fait aucune impression sur nous? C'est donc une necessité d'observer ce que les objets causent en nous, auparavant de rechercher ce qu'ils sont en eux-mesmes. Mais afin de ne nous pas laisser emporter à quantité de préjugez que nous acquerons avec l'âge, mettons-nous en un estat de pure ignorance : c'est pourquoy ne suposons rien du tout, dépoüillons-nous de toute Science, & considerons nous seulement capables de sentir, sans pourtant que nous ayons encore jamais rien senty. N'est-il pas vrai que si dans cét estat une espingle nous pique, nous nous trouvons un peu mal, & dans un estat plus incommode que celui auquel nous estions avant d'estre piquez (c'est ce qu'on appelle estat ou sentiment de douleur.) Ainsi encor que l'espingle soit quelque chose differente de nous mesme, elle cause pourtant en nous cette douleur : Mais afin que vous ne vous trompiez par l'équivoque des termes que le vulgaire ignorant a mis en usage pour expliquer son préjugé, c'est-à dire les choses comme il les entendoit; gardez-vous bien de separer la sensation d'avec la douleur; car quoyque vous disiez ces mots : « j'ay senty de la douleur », vous jugez bien que la douleur ne peut pas estre dans l'espingle, puisque l'espingle ne vît pas, qu'elle n'est pas aussi hors de vous, inferez de là qu'elle est en vous. Il faut pourtant de cette regle-cy excepter de certains rencontres, comme par exemple celui cy : « Je sens quelqu'un qui me touche » ; car il differe du premier, en ce que dans le premier ce que vous appellez douleur n'est qu'une façon de sentir. On pourroit à la verité se servir de ces termes au pied de la lettre, « j'ay senty de la douleur », separant le sentiment d'avec la douleur mesme, & alors ils signifieroient une connoissance refléchie dont les paroles voudroient dire, « j'ay reconnu que je sentois, ou j'ay raisonné à propos de ce que je sentois » : mais parce que ce ne sera pas dans ces sortes de connoissances que vous serez si sujets à manquer, & que ce sera dans les premieres, il est important que vous soyez atentifs, & que vous consideriez plutost la chose signifiée, que la façon avec laquelle on l'exprime. Revenant donc à cette douleur ou cette sensation causée par l'espingle, je me doute bien que vous l'admettrez tout à fait du costé de la personne sentante, sans concevoir rien de semblable dans l'espingle ; mais cette dificulté se rencontre à divers degrez dans d'autres exemples, & en voicy un. Si vous appliquez votre main devant le feu, il naistra dans vous un certain chatoüillement, qui estant mediocre, s'appellera chaleur, & qui allant à l'excez s'appellera bruslure ; ce sont deux façons de sentir qu'il faut concevoir estre en vous, comme vous concevez en vous la douleur causée par la piqure d'une espingle. Je ne suis pourtant pas si severe de vous defendre d'admettre quelque chose dans le feu tel que vous voudrez le figurer, qui cause cette chaleur, ou cette bruslure ; mais je me contente pour cette heure de vous faire établir de la diference entre le sentiment qui est en vous, & ce que vous vous figurez d'exterieur pour vous faire sentir. Corrigez donc cette façon d'imaginer & de parler ; J'ay senty le feu ; & pensez à la place, le feu a été appliqué à ma main, d'où s'est ensuivi en moy une certaine façon de sentir, qu'on nomme chaleur ou bruslure. Ainsi quelque chose que vous vous persuadiez estre dans les viandes, dans les parfums & dans un tambour frappé, ces saveurs, ces odeurs, & ce bruit desquels vous vous ressouvenez, apres mesmes que les objets sont éloignez de vous, ne peuvent de toute possibilité estre autre chose que des chatoüillemens divers & des façons de sentir diferentes qui sont en vous, causées par quelque chose d'exterieur. Ainsi vous entendrez que cette façon de parler, le feu est chaud, la perdrix est savoureuse, le musc est odorant, & le tambour est sonoreux, ne veulent dire autre chose, sinon que le feu peut exciter en nous cette sensation de chaleur, la perdrix celle de la saveur, le musc de l'odeur, & le tambour du son. Tout cela se conçoit assez facilement ; mais il n'en est pas de mesme de l'impression des objets sur l'œil, & du sentiment qui en resulte, lequel est ce qu'on nomme lumiere ou couleur, parce que nous les rapportons au dehors & loin de nous, & cependant la faute vient de ce que nous ne reconnoissons aucune application des objets à l'œil, comme on sçait que le feu s'applique à la main, la viande à la langue, les parfums au nez, & peut-estre l'air meu à l'oreille. Si toutefois on est attentif au ressouvenir des couleurs & à leur idée qui est en nous, principalement dans les songes, durant lesquels on voit des couleurs aussi distinctes que si l'on veilloit, & toutes semblables à celles que l'on voit en veillant ; de mesme que les couleurs qu'on voit en songe sont en nous, ou à tout le moins sont des sensations qui sont en nous, il faudra juger le mesme des couleurs que l'on voit en veillant, avec cette diference, que les dernieres couleurs sont excitées en nous par quelque chose d'exterieur qui est dans les objets, ou bien que celles des songes ont leurs causes en nous : De cette sorte ce que voyent les phrenetiques n'estant pas hors d'eux, il est necessaire que ces idées que les phrenetiques se forment si fortement & qu'ils rapportent au dehors, soient quelque chose en eux : mais si vous n'osez pas vous fier au jugement de ces malades, non plus qu'à vos songes, afin de vous faire connoistre que c'est mal raisonner de rapporter les couleurs au dehors, parce qu'elles vous paroissent au dehors, considerez qu'agitant en rond un tison alumé, vous voyez un cercle de feu, que vous raportez aussi opiniastrement au dehors que le tison mesme. Sçachant donc qu'il n'y a rien de semblable au lieu où vous vous le figurez, & encore moins ailleurs hors de vous, pourquoy ne conclurez vous pas que cette aparence est seulement en vous? De mesme quand à quatre pieds vous regarderez dedans une glace, & qu'alors vous verrez vostre image quatre pieds au delà de la glace, qui sera possible adossée contre un mur opaque, puisque cette figure & ces couleurs ne peuvent pas estre au lieu où vous les rapportez, vous les devez conclure en vous mesme : Regardant un seul objet au travers d'un cristal taillé à plusieurs faces, on le voit multiplié ; regardant au travers d'un verre plus espais au milieu qu'au bord, pourveu qu'on ne l'approche pas trop prés de l'œil, l'objet éloigné paroist renversé ; regardant au travers d'un verre moins espais au milieu qu'au bord, l'objet paroist plus petit : Or cette multiplication, ce renversement & ce rapetissement, ne sont pas dans l'objet, donc ils sont en nous. Je finis par cette experience, qui vous semblera sans doute plus convaincante, parce qu'elle est moins connuë avec ses circonstances. Si vous regardez au soir d'un bout à l'autre d'une chambre une chandelle allumée, vous remarquez en clignant les yeux, partir des rayons de la chandelle vers le haut & vers le bas, que vous rapportez aussi opiniastrement au dehors, que vous rapportez au dehors la lumière de la flâme. Vous sçavez neantmoins que les rayons ne sont pas en ce lieu là, où vous ne les verriez pas si vous ne clignez les yeux, & où un autre que vous ne les apperçoit ni au mesme lieu, ni au mesme temps, ni de la mesme grandeur & figure. Inferez donc avec certitude, puisque ces rayons ou cette lumiere rayonnante ne sont pas autour de la chandelle, ni encore moins ailleurs hors de vous, qu'ils sont en vous : mais pour découvrir davantage votre tromperie, tandis que vous clignez les yeux, essayez avec quelque corps opaque, comme un livre ou autre chose, de cacher les rayons de la chandelle qui vous semblent aller vers le bas, ce que vous ferez élevant petit à petit ce corps opaque, jusqu'à ce qu'il vous

cache une partie de la chandelle ; alors, contre vostre attente vous verrez évanoüir les rayons d'enhaut ; & quant à ceux d'en bas, parce que
vous estes certain que vous ne les sçauriez voir au travers d'un corps
opaque, vous ne les rapporterez plus au lieu où vous les rapportiez
auparavant : neantmoins à cause de la coustume que vous avez de rapporter cette sensation au dehors, vous vous imaginerez les rayons le
plus loin de vous qu'il vous sera possible, & vous les jugerez sur la surface du corps opaque ; mais enfin parce que si vous approchez ce
corps opaque encore plus prés de votre œil, vous les remarquerez plus
prés, & ainsi de plus prés en plus prés à force de l'approcher, vous
argumenterez que ces rayons ne pouvant pas estre en tous ces lieux
diferens, ils sont infailliblement dans vostre œil. Ainsi quoy que l'habitude de voir que vous avez acquise de long-temps vous fasse trouver
de la difficulté à concevoir que la lumiere & les couleurs que vous
connoissez, soient en vous à la presence des objets, il ne faut pas pour
cela que vous fassiez dificulté de les y établir ; mais vous devez ensuite
employer vostre curiosité à rechercher comment cela arrive.

De tout ce que je viens de dire, puisque la douleur, la chaleur, la
saveur, l'odeur, le son, la lumiere, ou les couleurs, ne sont que des
façons de sentir toutes diferentes, causées par divers objets, des
organes qui ont aussi de diferentes facultez de sentir ; puisque l'espingle ou le feu estant appliquez à la main, nous ne connoissons
immediatement & distinctement que ce qu'ils y excitent, & non pas
l'espingle ny le feu ; de mesme les viandes, les parfums, l'air poussé
par un canon, & la flâme, estant appliquez chacun à son organe, nous
ne sçaurions connoistre sans raisonnement que les seules sensations,
& non pas ce qui les cause. Il resulte de là cette consequence universelle, que tout ce que nous connoissons clairement, certainement, distinctement, & sans détours, sont les sensations qui sont en nous, & que
nous ne connoissons rien du tout du costé des objets, si ce n'est par
conjectures & par raisonnemens.

Chapitre II
Du progrès de la Physique, & avis pour la conduite de celui qui y étudie

La verité de cette consequence reconnuë, & nous ressouvenant
aussi que nous avons eu quelquefois des songes, pendant lesquels nous
pensions toucher, gouster, fleurer, oüir & voir clairement, distinctement & certainement des choses que nous raportions au dehors, bien
que depuis nous ayons esté convaincus qu'il n'y avoit rien de semblable, & que toutes ces sensations naissoient & se conservoient en
nous seulement ; nous pourrions entrer en défiance que nostre vie
seroit un songe continuel, & qu'il n'y auroit rien du tout hors de

nous : mais parce que de semblables sensations se ressuscitent en nous avec de certaines circonstances, & que nous considerons que d'autres témoignent avoir les mesmes sentimens, nous concluons qu'il y a quelque chose d'exterieur qui en est la cause. C'est pourquoy après avoir remarqué les effets, nous devons rechercher quels peuvent être les sujets, afin de les produire. Pour cela nous sommes obligez de faire quelque suposition, & ensuite examiner si elle s'accorde avec les aparences ; car si nous y trouvons une seule repugnance qui soit évidente, nous devons conclure que toute nostre invention n'est qu'une pure chimere ; & quand mesme on n'en remarqueroit aucune, il ne faut pas toutefois estre si vain, que de croire certainement avoir trouvé le vray, parce que nous pourrions bien soupçonner qu'un autre possible quelque jour donnera une explication diferente de celle-cy, laquelle satisfera et s'accordera de mesme à toutes les experiences dont la nostre rend raison : c'est pourquoy tout ce que nous pouvons juger en faveur de nostre hypotese, c'est de la faire passer pour vray-semblable, & non pas pour vraye. Donc encore que par la Physique on puisse se proposer (comme nos superbes & ridicules Pedans) une connoissance certaine & évidente des choses dans leurs causes, qui est à la verité ce qu'on pouroit souhaiter, nous ne le devons pas attendre de la foiblesse de nos raisonnemens, à moins que nous ne fussions aidez des revelations d'un Dieu qui ne peut manquer, & dont la conduite est à l'avanture toute autre que ce que nous nous figurons. C'est ce qui doit encore augmenter notre incertitude, & nous empescher de parler avec bravade. Après cela si nous nous confessons inferieurs à ceux qui se vantent d'avoir trouvé la verité, nous obtiendrons au moins par dessus eux l'avantage d'estre plus justes estimateurs de la valeur des choses, & nous éviterons ce vice que tous les jeunes Escoliers apprennent de leurs Maistres, qui defendent avec opiniâtreté ce qui n'est pour le plus que vraysemblable, & mesme bien souvent ce qu'ils n'entendent pas : mais quand ils l'ont une fois proposé, s'imaginant qu'il leur seroit honteux de se dédire, apres avoir reconnu leur faute, ils la soustiennent opiniâtrement, comme si c'estoit une loi necessaire, que tout ce qu'ils disent fût la verité seulement parce qu'ils le disent. Tout homme sage n'est pas obligé à trouver toutes les veritez : mais si on luy demande son jugement sur quelque proposition du cru d'un autre, ou il n'est pas amy de la verité, ou il doit dire que cela est veritable qu'il reconnoist pour tel, & traiter de vraysemblable seulement ce qui ne fait pas assez de poids sur son esprit pour le convaincre, agissant toûjours de bonne foi, sans malice, sans finesse, & toûjours selon la verité des choses ; & à plus forte raison le doit-il faire, s'il s'agit de son invention, dont la modestie ne lui permet pas de parler avantageusement.

Cette conduite est de très-grande importance à ceux qui s'adonnent à la recherche des Sciences, & principalement de la Physique, laquelle demande qu'en l'abordant vous suiviez encore les conseils que vous allez entendre. Premierement, de tenir plutost votre jugement en balance, que de le déterminer à aucune opinion dans des choses qui ne se font pas comprendre, & dire plutost je n'en sçay rien, je n'y comprens rien, que de faire de vains efforts pour expliquer une chose obscure par une plus obscure.

Après cet avis, vous vous devez encore proposer cette maxime, d'éviter toûjours les grands détours, & d'expliquer les choses le plus briévement, & avec le moins d'embarras qu'il vous sera possible, suivant les preceptes de l'Ecole (quoiqu'elle ne l'observe guere) qui defend de faire par le plus, ce qui se peut faire par le moins.

Tout ce que j'ay dit jusqu'à cette heure, servira pour la methode, & pour vous faire discerner ce qui est en vous, d'avec ce qui est hors de vous : En suite de quoy nous pouvons maintenant rechercher quels doivent estre les estres exterieurs, pour se faire sentir & encore auparavant dequoy ils sont composez, qui est ce qu'on nomme leurs principes.

Chapitre III
Des Principes des Estres sensibles, ou de la matiere

Establissant quelque chose dont les estres sensibles soient composez, il importe tout à fait d'en sçavoir la nature, & non pas de quel nom on la doive appeller. C'est pourquoy nous tenant a la façon de parler des autres, nous la nommerons matiere ou corps : Mais puisque nous avons dessein de rechercher quelle est cette matiere qui constituë tout ce qu'il y a au monde, & quelle est son essence, afin de ne pas tomber dans quelques erreurs fort prejudiciales, il faut se ressouvenir qu'elle ne nous peut pas estre connuë immediatement, puisqu'en cette façon nous ne connoissons que les sensations qui sont de notre costé : Ainsi il n'y aura que l'esprit qui la pourra observer en raisonnant. Or par le raisonnement nous apprendrons en premier lieu, qu'estre matériel, ce n'est pas estre dur, puisque l'eau n'est pas dure, & ne laisse pas d'estre matiere ; joint aussi que le plomb & les autres metaux peuvent se fondre & se rendre liquides, sans cesser d'estre materiels : De mesme nous conclurons qu'estre coloré n'est pas estre materiel, puisque l'eau, l'air & le verre sont des estres materiels sans couleur. Apres cette remarque, nous sçaurons encore, qu'estre materiel n'est pas estre chaud, froid, savoureux, &c. puisque nous concevons bien la matiere sans chaleur, froideur, saveur, &c. Mais parce que nous ne la sçaurions comprendre sans y concevoir de l'extension, vous infererez, qu'estre matiere est estre étendu ; tellement que pour vous proposer le corps, ou la matiere hors de vous, il ne faut qu'établir une chose étenduë. Par ce mot de chose je n'entens pas une parole ou une pensée chimerique, mais une realité, c'est à-dire quelque chose qui soit en effet hors du neant, laquelle pour faire diferer de quelque chose spirituelle, nous concevons étenduë.

Si donc ayant médité sérieusement cette proposition, Dieu ne peut il pas oster tout l'air qui est dans une chambre, sans y en substituer d'autre, & faire que les murailles demeurent en leur lieu, gardant seulement entr'elles un espace sans corps ou matiere? d'abord tout ce que vous pourrez faire pour concevoir cet espace, sera de ne plus imaginer de dureté, de resistance à se mouvoir, plus de lumiere ou de couleur, en quoy ne consiste pas la matiere; mais vous ne pourrez pas vous empescher de concevoir par cet espace quelque chose qui est veritablement, & quelque chose qui est veritablement étenduë, laquelle est toute la notion claire & distincte que nous pouvons avoir de la matiere. C'est pourquoy si vos paroles expriment vos pensees, vous prononcerez que cette proposition envelope contradiction, & qu'elle est de la nature de ces autres, faire une montagne sans valée, un bâton sans deux bouts, une boule qui ne soit pas ronde, puisqu'il s'agit en celle là d'oster la matiere de la matiere mesme que l'on supose.

La chose est donc impossible dans la condition sous laquelle elle est avancée: car si Dieu ostoit l'air qui est entre les murailles, & n'y laissoit plus rien, vous devriez entendre que les murailles se toucheroient. Le vuide tel qu'on le propose ordinairement est donc une chimere, puisque si un corps a plus d'étenduë qu'il n'en avoit auparavant, ce n'est pas qu'il contienne du vuide, mais bien d'autres corps qu'il a peut être reçeus sans que vous vous en soyez apperçeu, & sans que vous les ayez pû discerner parmi cette matiere dans laquelle ils sont entrez. De mesme si un corps n'est plus sous une si grande masse qu'auparavant, vous devez juger que certaines parties en sont sorties, & que les restantes se touchent plus immediatement: ce que vous estimerez faisable, si vous considerez qu'il n'est pas necessaire que tout ce qu'il y a au monde, & mesme aupres de vous, soit sensible, veu qu'il est asseuré que certaines personnes peuvent sentir quelque odeur, ou voir quelque couleur, lorsque vous ne flairez ni ne voyez rien du tout. De la vous entendrez aussi une consequence de juger le monde sans bornes, qui est ce qu'on nomme infiny, ou plutôt indéfiny, parce que de le concevoir avec des bornes, c'est ne rien concevoir au dela; mais c'est ce qu'on ne sçauroit faire, puisqu'on ne sçauroit empescher d'admettre encore de l'étenduë au dehors; c'est-à-dire qu'on ne sçauroit tellement limiter la matiere du monde, que je n'en conçoive encore d'autre au dela des limites. C'est pourquoy à moins que la revelation divine ne nous apprenne que le monde est borné, qui pour lors nous obligeroit de le croire sans le comprendre, estant obligez de captiver notre esprit sous le joug de la Foy, nous devons concevoir que le monde est indefiny.

Or vous devez sçavoir que c'est encore une consequence de notre doctrine, que de deux corps de pareille étenduë, comme du plomb et du bois, l'un ne contient pas plus de matiere que l'autre, encore que vous ayez plus de difficulté à empescher l'un d'estre meu vers la terre que l'autre, parce que cette sorte de mouvement n'est pas en quoy consiste la matiere.

Chapitre IV
Du progrez[1] de la matiere en general

Meditant sur cette étenduë, & nous la representant à l'esprit distinctement, nous connoissons quelque chose d'extréme, quelque chose qui fait le milieu, & encore quelque chose qui fait l'autre extremité que nous distinguons clairement : ainsi nous reconnoissons des parties dans la matiere ; mais parce que quelqu'une de ces parties estant derechef examinée, on y fait encore une semblable division, nous jugeons qu'une des premieres parties est divisible dans d'autres, & celle-cy encor dans de moindres, parce qu'une de ces parties si petites qu'on se les voudra peindre, estant mise sur une surface unie, nous concevons toûjours qu'elle ne la touche que d'un costé quelque effort que nous fassions du contraire. Quand donc nous aurons fait reflexion sur toutes ces pensées, nous ne nous sçaurions empescher de reconnoistre la matiere divisible à l'infiny. Que si nous avons du scrupule à le dire, c'est à cause de la difficulté que nous sentons de nostre costé pour faire cette division. Mais appliquant encor notre esprit sur ces parties de la matiere, & observant l'ordre qu'elles tiennent, parce que nous pouvons placer par pensée la premiere en suite de la derniere, ce que nous concevons la faisant passer par le milieu, ou bien les laissant toutes comme elles sont ; de là nous concluons en nous-mesme que la matiere est capable de mouvement, & par consequent capable d'estre en tel ordre & en telle posture que nous nous la pourrions imaginer.

Ainsi les proprietez plus immediates de la matiere, sont d'estre divisible, mobile, immobile, & figurée.

Il faudroit estre Geometre, pour entendre distinctement toutes les figures & toutes les divisions de la matiere : toutefois parce que toutes ne sont pas à notre sujet, je ne supose pas en vous cette science ; car il me sufira de vous faire concevoir aux occasions, ce qu'il y aura d'utile dans les divisions & dans les figures : c'est pourquoy j'éplucheray ici avec curiosité le seul mouvement.

---

1. Il faut probablement lire : Des proprietez.

Chapitre V
Du mouvement & du repos

Ayant serieusement medité sur la nature du mouvement, il me semble que tout ce que nous pouvons dire pour expliquer la connoissance que nous en avons, consiste à dire qu'il est le passage d'un corps du voisinage de certains estres dans le voisinage d'autres estres. Et en cela je m'éloigne un peu du sentiment du vulguaire qui le définit le passage d'un corps d'un lieu en un autre ; car il conçoit tous les corps logez dans une étenduë ou espace de laquelle ils diferent réellement ; de sorte qu'attribuant des parties à cette étenduë, il conçoit le corps mobile appliqué successivement au lieu dont il est contenu. Cette pensée seroit raisonnable, si ce qu'il supose estoit vray : mais comme nous avons rejetté cette prétenduë extension, parce qu'elle est la matiere mesme, nous sommes obligez de considerer cette mobilité à l'égard des parties de la matiere, & non pas de ce lieu imaginaire qui n'a point de parties, puisqu'il n'a pas d'extension. Se mouvoir donc, c'est se détacher de certaines parties d'un corps, pour s'appliquer à d'autres : & parce que tout détachement est reciproque, c'est-à-dire qu'un corps ne se sçauroit détacher d'un autre, que cet autre ne se détache en mesme temps de luy ; il s'ensuit que l'on ne sçauroit concevoir qu'un corps se meuve au respect d'un autre, que cet autre ne se meuve au respect de celuy-cy ; & par consequent si je fais une piroüette dans le Monde à l'entour de mon propre centre, ou bien si je demeure sans bouger dans le mesme lieu (ce qui est encore la mesme chose) il s'ensuit à cause que les parties du Monde qui m'environnent se détachent de certaines parties de la surface de mon corps pour s'appliquer à d'autres ; il s'ensuit, dis-je, la mesme chose, si je me suis meu dans le Monde autour de mon centre, que si toutes les parties du Monde se sont meuës à l'entour de moy. Vous ne sçauriez donc prononcer que l'un se meuve plutost que l'autre, si ce n'est sous certaines considerations, dont la meilleure que vous puissiez avoir, c'est d'attribuer le mouvement au corps dans lequel est la cause du détachement, & le repos à l'autre. C'est pourquoy lorsque dans le monde quelqu'un fera une piroüette, vous direz que c'est cet Homme là qui se meut & non pas le monde, parce que c'est luy qui est la cause du détachement : Nonobstant cette regle, toutefois pour discerner le corps mobile d'avec l'immobile, si un homme dans un bateau estoit emporté au courant de l'onde & de l'air, encore qu'il ne se détache pas des parties du corps voisin qui l'environne, ou si un autre dans un fleuve fait autant d'effort pour monter contre le fil de l'eau, comme le fleuve en employe à l'entraisner vers le bas ; car quoy qu'il demeurast toûjours vis-à-vis le mesme endroit du rivage, il ne lairoit pas de se remuer, puisqu'il se détacheroit continuellement de certaines parties d'eau pour s'appliquer à d'autres, & que la cause de ce détachement seroit en luy; cependant on peut dire que ce nageur seroit immobile, si l'on le compare avec les parties du rivage vis à vis desquelles il correspond toûjours; & mobile, ce naviguer considérant qu'il s'éloigne d'un certain endroit du bord : Mais de sçavoir si on a raison d'attribuer du mouvement ou du repos à un corps, le comparant avec quelque chose éloignée, plutost qu'à ce qui l'environne immediatement, je m'en raporte. En tout cas ce n'est qu'une question de nom, & c'est pedantesquement disputer d'une façon de parler, de laquelle quand quelqu'un se sert sans s'expliquer davantage, on n'est pas obligé de luy donner une interpretation plutost qu'une autre.

Chapitre VI
Des causes du mouvement & du repos

La Foy nous enseigne que Dieu a créé toutes choses dans le temps, donnant certains mouvemens à quelques parties du Monde, qu'il a dénié à d'autres parties. Elle nous apprend en second lieu que comme il n'y auroit rien sans luy que lui-mesme, s'il ne continuoit toûjours l'action par laquelle il nous a tirez du neant pour nous conserver, que nous cesserions d'estre tout à coup. Ce que connoissant, nous ne sommes plus en peine de la cause premiere de tout ce que nous remarquons dans la machine de l'Univers, parce que nous croyons qu'il fuit la regle des volontez de Dieu. Toutefois quand nous considerons les estres hors de luy, & seulement selon notre façon de raisonner, parce que nous n'appercevons comment le Monde auroit pû estre creé de rien; de-là provient que recherchant quel il auroit pû estre auparavant notre naissance, nous penchons à croire qu'il estoit comme il est aujourd'huy; & lorsqu'en remontant vers nos premiers Peres, nous recherchons encore quel il auroit esté, nous nous le figurons encore le mesme : car ne pouvant jamais faire le saut de l'estre au non estre, nous ne sçaurions établir le Monde si ancien, que nous ne le puissions concevoir encore plus vieux, c'est-à-dire eternel, d'une eternité pour le moins anterieure. En suite de cela si nous raisonnons sur sa future destinée, nous nous persuaderons qu'il doit toûjours durer pour deux causes : la première, parce qu'il ne nous est pas intelligible que ce qui n'a pû sortir du neant y puisse entrer; & la seconde parce que nous ne sçaurions imaginer ce rien auquel il faudroit qu'il fut reduit; tant il est vray que nous sommes enclins à concevoir qu'une chose estant en certaine façon, elle y doit demeurer. Or, cette propension naturelle, puisqu'on ne la sçauroit convaincre d'erreur, nous doit faire penser que si une chose est immobile, elle le doit toûjours estre, & qu'estant quarée elle doit durer quarée; car il est certain que cette chose peut demeurer de la sorte à l'avenir, puisqu'elle y a demeuré jusqu'à present ; Nous devons bien plutost nous étonner des nouveautez, & rechercher la cause du changement, que de la durée des choses qui devoient persister dans l'estat où elles estoient, à cause qu'elles y estoient. Ce que si nous observons, suposé qu'un corps ait autrefois esté avec le mouvement, nous devons juger qu'il doit toûjours continuer de se mouvoir : De mesme s'il avoit autrefois esté en repos, nous devrions juger qu'il y a donc perseveré, & conclure par-là le mouvement perpetuel de sa nature. L'experience mesme des choses que nous mouvons, nous rend cette verité trop claire : par exemple, une pierre laquelle continuë de se mouvoir, pour cela seulement qu'à l'aîde de nostre main elle a déjà commencé, & continuë toûjours de son agitation prompte ou lente, selon qu'elle a commencé avec vitesse ou lenteur. C'est pourquoy quand nous voyons qu'un corps s'arreste, c'est alors seulement que nous devons en rechercher la cause.

Chapitre VII
Du ralentissement du mouvement

Nous reconnoissons divers degrez de vitesse dans le mouvement, & en mesme temps divers degrez de force, avec laquelle un corps peut tendre vers un certain endroit lequel s'appelle pesanteur, lorsqu'il est porté vers la terre ; quoy qu'on ne se serve pas de ce nom pour expliquer l'action de toutes sortes de mouvemens, cela dépend toutefois de nostre liberté, car nous ne reconnoissons pas de diference entre l'effort d'un boulet poussé par un Canon contre la muraille d'une Ville, & celuy qu'il fait tombant de haut en bas, puisqu'en ces deux rencontres l'action du boulet est de presser le corps qu'il trouve à son passage. Nous nous servirons donc de ce mot pour expliquer generalement l'effort par lequel un corps tend d'un lieu en un autre, & du mot de lieu semblablement, par lequel toutefois je n'entens pas cet espace dans lequel le vulgaire croit que le corps soit logé, mais seulement la surface du corps environnant. De plus pour prevenir certains scrupules que vous pourriez avoir dans ce que je vais dire, je vous advertis que je ne traitte icy du mouvement qu'en general, reservant de parler en un autre lieu de cet effort de la matiere pour tendre vers la terre. C'est pourquoy à present je souhaite que vous ne le consideriez point du tout, & que vous laissiez aux corps une indiference à toutes sortes de mouvemens.

Donc dans cette supposition, si nous jugeons de la pesanteur d'un corps, comme de la force que nous avons de nous mouvoir, & de celle par laquelle un corps est porté vers la terre, ce corps estant meu, & rencontrant dans son chemin quelqu'autre corps immobile, & qui par consequent resiste plus ou moins, pourveu que sa resistance n'excede pas la pesanteur, ou si vous l'aimez mieux, la force du mobile, il en sera emporté, & sa pesanteur sera diminuée de la quantité de la resistance qu'elle aura rencontré dans l'obstacle à qui elle aura communiqué ce qu'elle a perdu de mouvement par ce choc ; de mesme qu'un poids allant vers le bas comme quatre livres, & traisnant après soi un contrepoids qui resiste comme une livre, il n'ira plus que comme trois livres, ne sera plus capable de traisner pour le plus que trois livres, & continuëra de se mouvoir de mesme qu'il a commencé, aussi-tost qu'il a cessé d'avoir en la donnant la pesanteur de l'une des quatre livres contre le corps qui au mesme temps a commencé de se mouvoir comme une ; ce corps donc qui vient d'aquerir du mouvement, continuëra de se mouvoir avec la mesme force qu'il a commencé, & enfin persevereront tous deux jusques à ce que rencontrant d'autres corps, ils leur communiquent encor du mouvement au prejudice du leur, qu'on concevra diminuer à mesure, & se perdre en suite tout à fait, quand avec le peu de mouvement qu'il leur restera, ils viendront à rencontrer des corps de telle resistance, qu'ils leur départiront à la fin tout le mouvement qu'ils avoient. Ainsi l'on entendra comment le mouvement se doit ralentir dans un corps, à proportion qu'il le communiquera à d'autres, lesquels de leur costé continuëront de se mouvoir, jusques à ce qu'ils ayent encore donné tout leur mouvement. De cette explication il est facile à juger que dans le Monde le mouvement n'augmente ny ne diminuë, puisque ce qu'un corps en perd se conçoit possedé par un autre.

Pour confirmation de cette doctrine, & pour vous faire entendre qu'un corps ne cesse de se mouvoir que parce qu'il a donné son mouvement à un autre, vous n'avez qu'à remarquer que disposant un mobile en sorte seulement qu'il ait à déplacer moins de parties du milieu, des lors il se meut beaucoup plus longtemps que s'il estoit continuellement appliqué à de nouvelles parties. Ainsi ayant employé moins de force pour faire tourner une rouë de dix pieds de circonférence, que je n'en aurois employé pour jetter une pierre peut-estre à quarante pas de moy ; j'ay veu la rouë faire plus deux cens tours à l'entour de son essieu : d'où s'ensuit qu'une partie de la circonférence s'estoit meuë dans l'étenduë de plus de deux mille pieds. Cette rouë estoit de bois de chesne, construite par un Menuisier, à la façon des autres, fuzelée de rayons, & la plus ronde que son Art avoit pû : elle estoit soustenuë d'un essieu de fer qui la traversoit, dont les pivots arrondis à la Lune[1] avoient un demy-poulce de diametre, & s'appuyoient sur deux pieces de bois de trois pouces. Au lieu de cette structure, si l'on avoit suposé…

FIN

1. Lacroix a préféré à la métaphore la lecture « lime ».

L'affaire Cyrano-Dassoucy
Et si Chap-on était Chap-elle ?

Étudiant autrefois les *Lettres* de Cyrano (voir *Cyrano de Bergerac poète et dramaturge*) j'y avais trouvé des preuves de son homosexualité. Une des *Lettres Amoureuses*, la lettre VII, existe sous une forme manuscrite sur laquelle l'écrivain a procédé à un travail de féminisation par diverses corrections : cette lettre amoureuse était en réalité adressée à un homme. Dans d'autres lettres telle expression, telle allusion, telle comparaison ne peuvent s'appliquer qu'à des destinataires masculins, féminisés pour la publication, ou demeurés tels parce que le texte est resté manuscrit.

L'ensemble des *Lettres Amoureuses* n'est d'ailleurs inspiré par aucune passion réelle pour les femmes, et semble justifier tout à fait l'expression précautionneuse de Le Bret évoquant « une si grande retenue envers le beau sexe, qu'on peut dire qu'il n'est jamais sorti du respect que le nôtre lui doit ».

Plus d'un passage de *L'Autre Monde* corrobore cette lecture.

Je m'étais également interrogé sur un passage des *Aventures* de Dassoucy décrivant les relations entre Cyrano, Chapelle et lui, où je crois qu'on ne peut douter de la nature de ce qui les réunissait, et que les jeux sur les mots ne masquent que par une malice révélatrice :

Feu B.[1] *avoit raison de me vouloir tuer, puisque dans son plus famelique accés je fus assez inhumain pour soustraire à sa necessité un chappon du Mans, qu'en vain, au sortir de la broche, je fis cacher sous mon lit, puis que la fumée qui en mesme temps luy ouvrit l'appetit et luy serra le cœur, luy fit assez connoistre qu'il n'avoit plus en moy qu'un cruel et barbare amy. Mais avec l'amy C.*[2] *je n'ay jamais eu de si mortel different ; au contraire nous n'avons jamais eu ensemble d'autre dispute que pource qu'il vouloit toujours mettre la main à la bourse. Sa generosité, son esprit et sa conversation m'estoient cheres, et, quoy qu'il n'eust pas lieu de m'estimer beaucoup, il ne laissoit pas d'admirer*

1. Cyrano de Bergerac.
2. Chapelle.

en moy avec peu de raison ce que j'admirois en luy avec beaucoup de justice. Je ne pouvois vivre sans luy, et luy avoit de la peine à vivre sans moy. Toute autre compagnie que la sienne me paroissoit ennuyeuse ; et, si je l'en dois croire, il ne trouvoit point de conversation plus agreable que la mienne.

[...] Mais vous ne sçavez pas non plus que le feu sieur D. B.[1], fâché de m'avoir fâché, venant en mon logis pour se rapatrier avec moy, la peur que j'eus d'un fourreau de pistolet qu'il portoit raccommoder chez un guaignier, me fit fuir de France en Italie ; et qu'après sa mort, allant de Paris à Thurin, et voyageant au clair de la Lune, la peur que j'eus de mon ombre me fit jetter dans une riviere, croyant que ce fust l'ombre vengeresse de ce furieux soldat, la terreur des vivres, et l'épouventail des braves, qui, pour se venger de l'affaire du chappon, estoit encore à mes trousses.

Intrigué par ce mot de « chapon », j'avais suggéré qu'il s'agissait sans doute de masquer un de ces jeunes garçons dont Dassoucy aimait à s'entourer et qu'il utilisait comme chantres dans sa bohème musicale, ainsi Pierrotin un peu plus tard.

Je m'interroge de nouveau aujourd'hui et, par une attention redoublée à la pratique de l'équivoque verbale et du jeu de mots chez Dassoucy et chez Cyrano (cf. les calembours des *Entretiens Pointus*), je me demande si « *chap-on* » ne serait pas tout aussi bien *Chap-elle*, de sept ans le cadet de Cyrano avec lequel Le Bret nous rappelle qu'il fut amicalement lié. Simple hypothèse, mais qui aurait l'avantage de boucler une boucle et d'expliquer la double rupture de Cyrano avec Dassoucy et avec son jeune ami.

1. Cyrano de Bergerac.

NOTES

LES ÉTATS ET EMPIRES DE LA LUNE

Page 45.

1. Défrayer : prêter à rire.

2. Platine : « rond de cuivre jaune » (Furetière) sur lequel on posait le linge à sécher ou repasser (« dresser »).

3. Style burlesque.

4. Pointues : comportant une « pointe », c'est-à-dire un jeu de mots ou d'esprit. Voir dans *Cyrano de Bergerac, Œuvres complètes* (Belin) les *Entretiens Pointus.*

5. Dans le *Francion* de Sorel, Hortensius tient à peu près les mêmes propos, que ses auditeurs jugent ridicules (livre XI, éd. Folio, p. 547).

6. Dans l'édition de 1657 les noms disparaissent et sont remplacés par « plusieurs grands hommes ». On peut y voir une opération de censure (ou d'autocensure ?). Démocrite et Épicure, atomistes et matérialistes, inquiétaient ; Copernic et Kepler avaient précédé Galilée dans la réfutation de la cosmologie officielle.

7. Biaiser en : se rapprocher de.

Page 46.

1. Souvenir de la lecture du chapitre XIX du *De subtilitate* de Cardan, « *Daemonum septem historia mira* ». Sept démons apparaissent au père de Cardan, aux « ides d'août 1491 » ; deux d'entre eux lui révèlent un certain nombre de secrets (par exemple : longévité de leur vie — 300 ans ; à notre mort rien ne subsiste de notre âme). Le texte ne précise pas qu'ils viennent de la Lune ; mais ils sont de nature aérienne (« *homines esse quasi aereos* »). Pendant les trois heures qu'ils passent avec le père de Cardan, ils abordent entre eux des sujets que l'on retrouve plus tard dans le roman de Cyrano : existence ou non de Dieu, Création ou non, etc. Ce bref passage de Cardan peut donc avoir été aussi une source de la démarche cyranienne du dialogue contradictoire.

2. Fantaisie : imagination créative ou inventive.

Page 47

1. La figure de Prométhée, dont le sens symbolique est très fort, est maintes fois évoquée dans le texte de Cyrano. Elle dit l'audace du projet.

2. Comme : comment.

3. Au xviiᵉ siècle on faisait une expérience qui consistait à percer et vider un œuf, à y introduire de la rosée liquide, à boucher le trou avec de la cire et à l'exposer au soleil. Il s'élevait légèrement en l'air sous l'effet de la chaleur et de la condensation.

4. On remarquera dans toutes les ascensions décrites par Cyrano la place de la sensation, des impressions du corps.

5. Par ce miracle, Dieu avait permis à Josué d'achever la défaite de ses ennemis (Josué, 10, 12-13).

Page 48.

1. Le récit va dans son déroulement même chercher à prouver la justesse de la nouvelle astronomie. La preuve, ici, est fausse. On peut se reporter aussi dans les *Œuvres complètes* à la lettre *Pour les sorciers*.

2. *Sans que* suivi de l'indicatif signifie « sans le fait que ».

3. Possible : peut-être.

4. Exemple de contre-miracle.

5. Description sommaire d'un Indien d'Amérique, tel qu'on peut se le figurer à partir des relations des missionnaires jésuites, à l'époque (par exemple, le P. Lejeune et ses *Relations de ce qui s'est passé en Nouvelle-France*).

6. Geste qui répond à un hypothétique « Haut les mains ! ».

7. Première apparition de la question centrale du langage, de la possibilité ou non de la communication et de la compréhension.

8. Qui battaient tambour.

9. Pour que je puisse être entendu.

Page 49.

1. M. de Montbazon fut gouverneur de Paris jusqu'en 1649. Cela fait référence pour dater le texte. L'édition de 1657 propose d'ailleurs « Monsieur le Maréchal de l'Hospital », qui lui succéda.

2. Le xviiᵉ siècle pratique généralement l'accord du participe présent.

3. Le gros de la troupe.

4. Le Canada, où la France est présente depuis 1524. Champlain a fondé Québec en 1608.

5. M. de Montmagny fut vice-roi du Québec jusqu'en 1647.

6. La lieue de Paris mesurait 3,933 km. Certaines lieues régionales allaient jusqu'à plus de 5 kilomètres. La distance réelle est d'environ

6 000 kilomètres. — Tout le passage vise à démontrer que la Terre a tourné. Mais on sait bien que, si le voyageur s'élève à la verticale sans déplacement, il tourne avec l'atmosphère terrestre et redescend à son point de départ. La démonstration est donc erronée. L'intention l'emporte sur l'exactitude scientifique.

Page 50.

1. Tycho Brahé, grand astronome danois (1546-1601) et observateur remarquable des mouvements célestes, s'opposa toujours à la théorie copernicienne de l'héliocentrisme. Il inventa un système dans lequel les planètes tournaient autour du Soleil, mais le Soleil autour de la Terre, centre du cosmos.

2. À l'époque toute théorie de la connaissance posait la primauté de la perception, selon l'axiome scolastique célèbre : « il n'y a rien dans l'intellect qui n'ait d'abord été dans les sens ». Seul un effort de raisonnement permettra à la « science nouvelle » de se libérer de la tyrannie des apparences. — Le mot de « vraisemblance » est intéressant, car c'est justement au nom du plus vraisemblable que *Je* réfutera la cosmologie officielle.

3. Appel à la raison contre l'absurde.

4. L'adjectif « radical », employé plusieurs fois dans le texte, a une signification forte au XVIIe siècle, en particulier en biologie ; il renvoie à la notion de racine vitale, principe de vie : une fois ce principe épuisé, c'est la mort.

Page 51.

1. Dans l'ancienne chimie on appelait « sel » une substance acide entrant dans la composition des corps et en étant un des « principes ». Le « sel végétatif » répond à la « puissance végétative », forme la plus primaire de la vie — celle des plantes.

2. Le terme de « vertu » renvoie aussi à une science ancienne, pour laquelle chaque corps possédait une qualité innée (« vertu ») qui suffisait à expliquer son être ou son action : la « vertu attractive » de l'aimant par exemple.

3. L'image est fréquente chez les coperniciens. Lachèvre cite un des vers de Claude de Chaulnes à la même époque :

> *D'ailleurs nous suivons ric à ric*
> *L'opinion de Copernic…*
> *Trouveriez-vous mieux que le feu*
> *Roulât à l'entour de la broche ?*

Cyrano retrouve l'ironie du Montaigne de l'*Apologie de Raymond Sebond.*

4. Le cosmos aristotélo-ptoléméen était géocentriste. Autour de la Terre des sphères concentriques et cristallines à mouvement circulaire et à vitesse constante entraînaient les planètes, le soleil et les étoiles fixes. Mouvement parfait commandé par la sphère ultime, celle de Dieu, « premier moteur ».

5. La cosmologie antique considérait la sphère comme le volume parfait, le cercle comme la figure idéale, et le mouvement circulaire comme le mouvement sans défaut. Ce passage s'inspire de la physique des atomistes, pour lesquels la forme ou figure implique repos ou type de mouvement. Mais c'est Kepler qui est allé le plus loin jusqu'alors dans la réfutation de la cosmologie ancienne.

6. Pour « sauver les apparences » et maintenir un système qui ne rendait plus compte des mouvements réels observés dans le ciel (c'est le cas en particulier de Vénus), Ptolémée et ses successeurs avaient imaginé des mouvements circulaires annexes de plus en plus compliqués : « épicycles », orbites circulaires dont le centre se situait à la surface d'une des sphères concentriques ; « excentriques », orbites circulaires dont le centre se situait sur une ligne droite allant de la Terre au Soleil.

7. Dans l'ancienne cosmologie, des êtres spirituels étaient assignés aux objets célestes et avaient pour tâche de les faire tourner.

Page 52.

1. Cyrano n'hésite jamais à tourner à la plaisanterie les passages sérieux.

2. Parmi les hypothèses exposées par *Je* il y en a donc dont Gassendi est l'inspirateur. Voir l'*Institutio astronomica*, livres II et III, et le *De motu impresso a motore translato.*

3. Les Anciens plaçaient les Enfers sous la Terre (voir Homère et Virgile). Le monde chrétien reprend ces croyances populaires de la division en étages, qui n'a rien à voir avec la théologie. Les sarcasmes du texte évoquent le spectacle d'animaux domestiques enfermés dans des roues à des fins comiques ou utilitaires (faire monter de l'eau, enrouler un câble, etc.).

4. À : par.

Page 53.

1. Selon les auteurs cette appréciation variait : 166 fois pour Pétrus Borel, 1 000 fois pour Kircher, 139 pour Tycho Brahé. Le rapport aujourd'hui est estimé à environ 1 300 fois.

2. Adoption des hypothèses de Bruno, Borel et Wilkins sur la pluralité des mondes. Dans la cosmologie antique la sphère des étoiles fixes tournait autour de la Terre en vingt-quatre heures. Mais il y a aussi le Montaigne de l'*Apologie de Raymond Sebond.*

3. Compasse : règle et mesure avec minutie.

4. Il y a dans la phrase une double construction du verbe « éclairer ». « Éclairer à » est une construction vieillie et qui s'emploie exclusivement au sens physique de « apporter de la lumière à ». — La page est très forte contre l'anthropocentrisme, après avoir été très forte contre le géocentrisme.

5. Il faut noter la présence de deux notions très polémiques, infini et éternité du monde, qui avaient valu à Giordano Bruno sa condamnation et qui manifestent le refus de la doctrine officielle. Elles pourraient mettre en cause le dogme de la Création. Cela explique peut-être la correction de l'édition de 1657 : « à l'infini », à la place de « éternellement ».

Page 54.

1. C'est la formulation de Bruno dans le *Del infinito*, reprenant Nicole Oresme et Jean de Ripa. La Contre-Réforme a durci la doctrine.

2. Éclatement des limites qui va engendrer l'angoisse. Cf. Pascal : « le silence éternel de ces espaces infinis m'effraie » (éd. Le Guern, fr. 187). Oresme avait supposé qu'au-delà de la dernière sphère il pouvait y avoir le vide. Le mot « tissure » est déjà dans Montaigne (*Essais*, I, 26 et 31).

3. C'est l'explication d'Héraclite reprise par les stoïciens, et de Parménide. Cette hypothèse étaie la découverte des taches solaires.

Page 55.

1. « Marchasite » dans Furetière, nom plutôt féminin, qui désignait la gangue de pierre ou de glèbe enfermant un métal.

2. Encore Héraclite : « tout vient du feu et tout finit en feu ». Presque toutes les philosophies antiques le reprennent.

3. La notion d'attraction, liée à celle de gravité, est ancienne. Mais tout au long du XVIIe siècle, de Kepler à Newton, elle ne cesse de s'imposer.

4. Bien au contraire en deux passages au moins saint Augustin refuse la lecture littérale de la Genèse (*De la Genèse au sens littéral, Discours sur le Psaume CXXXV*). Les Anciens ont cru la terre plate longtemps : pour Thalès elle flotte même sur les eaux.

Page 56.

1. Lunette : l'instrument inventé au début du XVIIe siècle bouleverse la conception du monde. Ce qui était jusqu'alors indiscernable peut être observé. Imagination et esprit de système font place à la science expérimentale.

2. Cette idée d'une dynamique de la Nature — création, destruc-

tion — est exprimée fortement et à plusieurs reprises par différents personnages du roman.

3. Du 23 au 24 juin cette nuit était marquée par des cérémonies datant du paganisme, et plus ou moins christianisées. Fête de l'arbre et du feu, assurant le lien entre Terre et Ciel.

4. Les Iroquois passaient pour les plus belliqueux des Indiens.

5. Coupeau : sommet.

6. On remarquera qu'une phase de réflexion précède l'invention de la machine. Les deux parties du roman progressent dans la prétention de la science à s'appliquer, à donner naissance à une technologie et à des fabrications.

7. On utilisait la moelle de bœuf pour oindre les parties du corps humain tuméfiées par des chocs.

8. « Essence », c'est-à-dire un concentré liquide pur. « Cordiale », parce qu'elle est censée revigorer le cœur.

Page 57.

1. « Dragon de feu », ou « oiseau de bois » (*États et Empires du Soleil*). Cette machine évoque celle qu'avait inventée en Pologne un ingénieur vénitien, Buratini, et qui avait intrigué les cercles parisiens informés par Bernier. Elle possédait des ailes mobiles, comme bon nombre d'automates en forme d'oiseaux mécaniques, à l'époque.

2. Artifice : « se dit aussi des feux qui se font avec art, soit pour le divertissement soit pour la guerre » (Furetière).

3. Tout ce début du roman est ponctué par la série des ascensions.

4. Le mot « fusée » apparaît au début du xvᵉ siècle avec l'usage de la poudre à canon. Voir dans Furetière une très belle planche.

5. Première occurrence du mot « miracle », qui sera plus loin d'un emploi bien plus périlleux. La science accomplit des « miracles » ; elle humanise le mot et réduit le champ religieux de son application.

Page 58

1. Expression de la crédulité populaire. Dans ses *Entretiens sur la philosophie*, Jacques Rohault rapporte : « On estime par exemple que... les os des animaux sont pleins de moelle dans le croissant de la lune et qu'ils en sont presque vides et ne contiennent presque que du sang dans le décours... »

2. Deux lunes : l'expression prépare les disputes à venir.

3. Sans aller jusqu'à prétendre que Cyrano avait la prescience des lois de l'astronomie moderne, on peut dire qu'il retenait les leçons de Kepler et qu'il les exprime avec une clarté qui distingue son texte de celui de Godwin, par exemple. Il est le plus précis possible dans les notations scientifiques et techniques. — Sur Francis Godwin, voir

p. 24, n. 1 ; par exemple, la machine grâce à laquelle « l'homme » de
Godwin atteint la Lune a pour moteur une simple volée d'oiseaux et
ne répond à aucune des exigences de vraisemblance scientifique ou
biologique d'une telle ascension.

4. Précipice : chute la tête la première.

Page 59.

1. Éclatées : emploi transitif rare du verbe.

2. Écachée : aplatie, écrasée.

3. Énergique : cet adjectif est d'usage récent. Cyrano y recourra fré-
quemment pour caractériser une physique des forces et du mouvement.

4. L'épisode du Paradis Terrestre est complexe. Chez plusieurs
auteurs de l'Antiquité la Lune a été lieu de séjour ou de passage des
esprits, des démons ou des âmes défuntes : Plutarque (*Le Démon de
Socrate, De la face qui apparaît dedans le rond de la Lune*), Lucien (*Histoire
véritable, Icaroménippe*, dont Cyrano suit partiellement la structure narrative). La Genèse fournit l'Arbre de la connaissance et l'Arbre de vie.
Mais la localisation du Paradis Terrestre dans la Lune procède d'un
dérivé populaire médiéval. Dante est évidemment présent dans l'ar-
rière-fond. Le passage doit aussi à l'Arioste, car dans le chant XXXIV
du *Roland furieux*, Astolphe monte jusqu'à « la cime du mont que l'on
croit voisine du cercle de la Lune », se promène dans une prairie toute
en fleurs, y rencontre « l'apôtre Jean », qui « habite en société du
patriarche Énoch et d'Élie » ; ce « paisible séjour », c'est le Paradis Terrestre sur la Lune de Cyrano. Enfin il existe une tradition juive
du *Livre d'Hénoch*, livre apocryphe. Texte blasphématoire ? Ou plutôt
parodie burlesque, comme des grandes épopées ? En tout cas moquerie des dérives populaires de la lecture de la Genèse. Cette arrivée
conclut une série de péripéties où l'accident le dispute au miracle. Le
ton évoluera du merveilleux poétique au merveilleux dérisoire, avant
de donner dans la parodie sarcastique.

5. Cette peinture du Paradis est presque identique à celle de la
Lettre diverse XI, D'une maison de campagne (*O. C.*, Belin, pp. 54-56).

6. Leur : on disait au XVIIᵉ siècle aussi bien une racine que des
racines.

Page 60.

1. Influences : effets produits par les astres sur les gens et les choses,
en particulier en astrologie.

2. Respirent : exhalent.

3. Rossignol : cet oiseau privilégié va jouer un rôle important dans
Les États et Empires du Soleil.

Page 61.

1. Le texte des manuscrits est moins élaboré et moins poétique que celui des *Lettres diverses* et que celui de l'édition de 1657. L'auteur des corrections ne peut être que Cyrano lui-même. Du coup il n'est pas illégitime de supposer qu'il travaillait à une édition de *L'Autre Monde* et que la version publiée par les soins de Le Bret avait été, au moins en partie, revue à cette fin par Cyrano — travail analogue à celui qu'il avait effectué sur *Le Pédant joué*.

2. Dans la médecine des humeurs de Galien, l'humide radical est « l'humeur » (le fluide, le liquide) qui est à la source de la vie et de sa conservation.

Page 62.

1. Débuter : le verbe existe depuis le xvıᵉ siècle au sens de « déplacer ». Au xvııᵉ il prend le sens de « jouer le premier coup » aux cartes. Cyrano semble être le premier à l'employer au sens transitif de « commencer ».

2. Le Paradis, lieu où, sitôt énoncées, les contradictions sont levées.

3. Rengrégeât : augmentât.

4. On peut donc échapper à la justice divine ? Le premier homme est un fugitif. — Depuis « mais c'est le Paradis Terrestre » le propos d'Hélie a été supprimé dans l'édition de 1657, jusqu'à « son Créateur ». C'est dire que le passage était trop audacieux. Hélie réécrit la Genèse : c'est surtout l'énoncé des causes et des motifs qui a un caractère provocateur.

5. Sur l'imagination, dont le roman de Cyrano donne de nombreux exemples, il faut se souvenir de Montaigne (« De la force de l'imagination », *Essais*, I, 21), qui a Pomponazzi pour source. Il y a une tradition de la croyance à la puissance de l'imagination, et la pensée, au xvıᵉ siècle, des rapports d'analogie de l'homme-microcosme avec l'univers-macrocosme n'a pu qu'accroître cette croyance. Voir p. 215, n. 3.

6. Philosophes : quels « philosophes » ? L'extase est le propre des mystiques. On rapporte des lévitations semblables d'Apollonios de Tyane, double forgé du Christ.

7. Principe de l'ancienne physique, selon lequel deux objets s'attirent, se complaisent, s'associent. On ne peut attribuer ce discours à Cyrano, connaisseur et adepte de la physique nouvelle. L'auteur se tient évidemment à distance des propos de son personnage, comme plus tard de Gonsalès ou d'autres protagonistes. Furetière rapporte que l'ambre « chauffé » attire la paille. L'aimant a donné lieu à beaucoup de travaux (Gilbert ou Kircher, par exemple). Descartes, cité au début des *États et Empires du Soleil*, et donc connu de Cyrano, se garde bien d'utiliser le vieux terme de « sympathie ». Sur la définition et la

critique de ces «qualités occultes», voir Mersenne, *Questions théologiques*, XXII.

Page 63.

1. S'habituèrent : s'établirent, habitèrent.

2. C'était une des régions où l'on imaginait que le Paradis Terrestre avait été situé.

3. Ce rapprochement entre texte biblique et récit mythologique confirme que dans les milieux savants c'était chose commune. Mais pour la plupart des écrivains, cela ne signifiait pas la réduction de la religion à la mythologie, mais que l'humanité avait partout vécu la même aventure de jeunesse. Pour quelqu'un comme La Mothe Le Vayer c'est le récit biblique qui est à la source des récits mythologiques.

4. Énoch est un personnage particulièrement intéressant. Il apparaît plusieurs fois dans la Bible : Genèse, 5, 21-24 ; l'Ecclésiastique, 44, 16 ; Siracide, 49, 14-15. Il est celui qui «marcha avec Dieu» ; «Dieu le prit», «il fut enlevé». Il est par excellence la figure qui introduit le thème de l'ascension miraculeuse, dont *Je* devient la réplique scientifique et technicienne.

5. Regard sombre sur la barbarie d'un monde que les élus de Dieu abandonnent.

6. Rappel comique de Genèse, 28, 12-22, où l'échelle de Jacob symbolisait le lien entre Ciel et Terre, et était promesse divine d'alliance.

7. Odeur : le mot reste longtemps masculin.

8. Luta : ferma avec du lut, espèce de mortier. — Le texte qui rappelle l'épisode récent des fioles de rosée annonce et énonce curieusement le principe des montgolfières.

Page 64.

1. Ce grand-père serait Adam.

2. L'absence d'accord du participe passé est fréquente au XVIIe siècle.

3. À Paris la toise mesurait 1,949 m.

4. À propos du parachute, voir Duhem, *Histoire des idées aéronautiques avant Montgolfier* et *Musée aéronautique avant Montgolfier* (1943). Mais on se rappellera que Léonard de Vinci en avait eu l'idée et que Fausto Vernazio, un Vénitien, en avait imaginé et dessiné un dans ses *Machinae Novae* (la B.N. en possède un exemplaire de 1617).

5. Dans 1657, le texte s'arrête à «Balances». Et reprend quatre paragraphes plus bas à «Il faut maintenant que je vous raconte...». Les paragraphes supprimés dans l'édition de 1657 ont-ils un caractère plus scandaleux que ceux qui les précèdent et ont été maintenus ? Certainement pas. On peut donc supposer que leur suppression a plutôt des motifs esthétiques.

6. Louis XIII était né sous le signe zodiacal de la Balance, emblème de la justice.

7. Genèse, 8, 6 : «Au bout de quarante jours Noé ouvrit la fenêtre qu'il avait faite à l'arche. »

8. Dans l'Ancien Testament Achab n'est pas un prénom féminin. Noé n'a pas de fille et d'après la Genèse il n'y a dans l'arche que lui et ses fils, sa femme et les femmes de ses fils. En revanche Achab, roi d'Israël, est intimement lié à la vie d'Élie (Premier Livre des Rois). Hélie radote.

9. Furetière : «Les Hébreux se servaient de cors faits de cornes de bélier pour annoncer le Jubilé. »

10. La coudée était d'environ 0,50 m.

Page 65.

1. Toutes les personnes de son sexe.

2. Lunatique : «fantasque» (Furetière) ; on le disait des fous et des épileptiques. Dans Rabelais, *Pantagruel*, XXXIV : «Comment il visita les régions de la lune pour savoir si, à la vérité, la lune n'était entière, mais que les femmes en avaient trois quartiers en la tête ». Les plaisanteries misogynes sont fréquentes au xviie siècle.

3. Balançant : se demandant.

4. Abattait du gland : sens obscène de «se masturber » ?

Page 66.

1. Véquirent : vécurent.

2. Le récit d'Hélie se fait fable plutôt que relation.

3. Ce sera la vie de Dyrcona au début des *États et Empires du Soleil.*

4. Se ramentevoir : se souvenir.

5. Adam, dans tous les textes de magie et d'alchimie, est considéré comme possesseur d'un pouvoir et d'un savoir perdus. Voir Naudé, *Apologie pour tous les grands personnages qui ont été faussement soupçonnés de magie,* in *Libertins du xviie siècle,* t. I (Pléiade, Gallimard).

6. Expression biblique du messager divin. Hélie fait un récit parallèle à celui de la Bible. Dans les Rois, I, 19, 5 il y a un songe d'Élie : «Et voici, un ange le toucha... » En II, 2 on aura le récit de l'ascension d'Élie. Élie suit en quelque sorte des prescriptions de fabrication comme celles qui avaient été données à Noé. Mais il invente également une machine comme *Je* au début du roman. Hélie chez Cyrano, Élie dans la Bible : on peut s'interroger sur l'orthographe du nom du personnage chez Cyrano. Hélie, ce peut être Hélios, le soleil en grec. Il y aurait ici la suggestion d'une explication mythologique de l'ascension céleste du personnage biblique sur son char de feu.

Page 67.

1. Le lexique du passage est emprunté à celui de la chimie-alchimie (peu différenciées au xviie siècle). « Attractif » : qui a la « vertu » d'attirer, comme l'aimant. Cyrano, auteur du *Fragment de Physique*, ne peut être un alchimiste.

2. Industrieuse : faite avec adresse.

3. Ruai : jetai avec force.

Page 68.

1. Saillie : élan, poussée.

2. La réduction du miracle ou du merveilleux chrétien ne se fait pas seulement par l'irruption du scientifique, mais aussi par la reconnaissance de l'illusion.

3. Suivi de l'indicatif, « tant que » a le sens de « jusqu'à ce que ».

4. Consterné : le mot signifie ici non pas « abattu » mais « renversé d'étonnement ». — L'édition de 1657 supprime plusieurs pages des manuscrits, jusqu'à « J'en avais à peine goûté qu'une épaisse nuit... » p. 75. Le texte était sans doute trop irrévérencieux.

Page 70.

1. Le terme « faribole », diminutif de « fable », qualifie justement le caractère de dégradation burlesque du passage. — Henri Corneille Agrippa, dans le traité *De originali peccato* (1529), et Rabelais, *Quart Livre*, XXXVIII, ont précédé Cyrano. Mais ce qui, au xvie siècle, ne provoquait guère de scandale était devenu après la Contre-Réforme exclusivement lisible comme sacrilège et attentatoire à la religion.

2. Dans Genèse, 3, 6, Adam mange la « pomme » (le fruit, en réalité) de « l'arbre qui est au milieu du jardin ». Mais dans Genèse, 2, 9, « au milieu du jardin » il y a « l'arbre de vie et l'arbre de la connaissance ». C'est seulement la suite du texte biblique qui précisera que le fruit présenté par Ève à Adam vient du second. La « lecture » d'Hélie est donc inexacte.

Page 71.

1. La forte ironie du texte de Cyrano procède toutefois de la condamnation d'Adam par Dieu (Genèse, 3, 12) : la transformation par Hélie de l'Arbre de la connaissance du bien et du mal en Arbre de Science (= savoir) n'est pas anodine. Sur l'attribution des cinq livres du Pentateuque à Moïse, exégètes et théologiens ont longuement débattu ; mais depuis le xvie siècle les humanistes érudits, rompus à l'analyse des textes, posaient de sérieuses questions. On sait que cette attribution est impossible.

2. Il y a deux récits de la création de l'homme dans la Genèse ; dans

le premier on lit simplement : « il créa l'homme et la femme ». — On disait communément que Dieu agit par les causes secondes. Cette causalité est philosophiquement la plus discutée, par exemple par Spinoza.

3. Genèse, 3, 24 : « les chérubins qui agitent une épée flamboyante pour garder le chemin de l'arbre de vie ».

4. Formidable : au sens étymologique, terrifiant.

Page 72.

1. Cyrano joue, dans ces pages, des explications de phénomènes naturels colportées par l'ignorance de la superstition.

Page 73.

1. Le miracle peut donc être le produit d'une activité humaine.

2. Filoselle : espèce de bourre de soie. — L'« âme » d'une chose est ce qui la caractérise de manière intime et essentielle.

3. Se reposer (débander).

4. Allusion à la légende des vierges martyres de Cologne (avant l'an 350), dont le nombre fut multiplié par le récit hagiographique de 11 à 11 000.

5. Horaire monastique.

Page 74.

1. C'est le phénomène d'inversion qui se poursuit : « le petit monde », c'est la Lune ; « l'autre », c'est la Terre.

2. Athées : on voit ici l'extension du terme, qui qualifie toutes les hétérodoxies, et non le refus de croire en Dieu.

Page 75.

1. Écorce : le vrai savoir suppose le dépouillement des apparences.

2. Au terme de ces pages, que dire ? Si les contemporains de Cyrano avaient pu lire les manuscrits, ils auraient été choqués. La version de l'édition de 1657 est déjà très insolente, et il est intéressant qu'elle ait pu franchir la censure. Il se pourrait d'ailleurs que le texte ait été amendé par Cyrano lui-même. Cyrano applique à des fragments de l'Ancien Testament et aux légendes qui en sont tirées le traitement burlesque par travestissement. La question qui se pose est de savoir si c'est le texte sacré lui-même qui est visé par les sarcasmes ou si, comme je serais enclin à le penser, c'est l'obligation de la lecture littérale, renforcée par la Contre-Réforme, avec son cortège d'absurdités, qui est attaquée. En mettant ce passage en relation avec le passage analogue des *États et Empires du Soleil*, lorsque Dyrcona rencontre le « Peuple des régions éclairées », on constate le projet de démystification générale du merveilleux. De nos jours Jean Delumeau met au

jour l'appareil mythologique du Paradis dans la Genèse (*Une histoire du paradis*, Fayard, 1992). Reste que, parti pour répondre aux questions de l'origine et de la vérité, *Je*, tombé dans ce lieu où tout est censé avoir commencé, en sort abruti et plus ignorant qu'il n'y était entré. Le parcours initiatique commence mal.

3. Jusques à ce que (et jusqu'à ce que) se construisent indifféremment avec le subjonctif ou l'indicatif au xviie siècle.

4. Poursuite de l'exploration de l'imaginaire populaire, entamée avec l'examen des fables paradisiaques.

5. Le thème du monstre est central dans la lutte contre l'anthropomorphisme. C'est la dynamique de la contradiction.

Page 76.

1. Voici même le personnage poussé à l'ambiguïté de la désexualisation. Nouvelle monstruosité.

2. Son identité ne lui appartient plus. Refus de la différence, refus de l'Autre, conduisent à une identité forcée et dégradante.

3. Godenot : figurine de bois que les escamoteurs utilisaient pour faire rire le public. Ensuite le mot qualifie un homme petit et ridicule, comme le Ragotin du *Roman comique* de Scarron.

Page 77.

1. Temple : terme religieux : l'homme est la création de Dieu et porte en lui-même une âme immortelle.

2. Le langage, c'est ce qui permet l'échange. Parler « le grec », sans doute le grec ancien, est réservé aux érudits, aux plus cultivés. *Je* et son interlocuteur appartiennent à l'Internationale des Lettrés.

3. Succès : résultat.

4. Vulgaire : l'ensemble des hommes sans instruction et sans esprit critique.

5. Comparer, c'est donc exprimer son refus de la différence.

6. Démon de Socrate : dès l'Antiquité on désignait ainsi le génie supposé inspirer à Socrate sagesse et sens moral. Voir Plutarque, *op. cit.*, et Naudé, *Apologie pour tous les grands personnages…*

Page 78.

1. L'histoire de l'humanité ainsi retracée suppose une période de recul de la culture qui s'étendrait de l'Antiquité gréco-latine à la Renaissance.

2. Il y a une tirade semblable dans la bouche de Corbineli (*Le Pédant joué*, IV, 2, in *O.C.*, Belin, p. 210), et à la fin de la lettre *Pour les sorciers* (*O.C.*, Belin, p. 60). En outre Drusus, c'est-à-dire Germanicus, mari assassiné d'Agrippine, est la cause de la haine mortelle que se

portent sa veuve et l'empereur Tibère dans la tragédie de Cyrano, *La Mort d'Agrippine*. Le romancier cultive les références internes.

3. Tous ces personnages sont en bonne place chez Naudé, *op. cit.*, dont Cyrano semble s'inspirer. Corneille Agrippa de Nettesheim est cité dans la lettre *Pour les sorciers*. Campanella sera personnage des *États et Empires du Soleil* (voir n. 5 de la p. 279). Corneille Agrippa de Nettesheim (1486-1535), auteur du *De Occulta Philosophia*, étudié par Naudé (*Apologie pour tous les grands personnages...*). Soupçonné de magie. Simple imposteur pour Naudé. Johannes Trithemius (1462-1516), bénédictin, auteur d'ouvrages ecclésiastiques, mais aussi occultistes. Soupçonné, de son vivant, de sorcellerie et de nécromancie. Faust, personnage historique de la fin du XVe siècle, probablement alchimiste et astrologue, qui devient rapidement personnage légendaire, dès 1587, d'un *Livre populaire* anonyme, puis du *Docteur Faustus* de Marlowe, et enfin d'un ouvrage intitulé *Véridiques histoires des horribles et exécrables péchés et vices*, etc., où il est tenu pour magicien et nécromancien. Guy de La Brosse, mort en 1641, issu d'une famille de médecins, astrologues, alchimistes, et dont la Faculté de médecine de Paris avait condamné le père comme charlatan. Rangé parmi les libertins proches du néo-épicurisme. César : dans *Les Aventures de M. Dassoucy* (Pléiade, *Libertins du XVIIe siècle*, t. I, p. 832), il est question de ce grand et fameux faiseur d'horoscopes. Rose-Croix : la secte des Rose-Croix naît en Allemagne au début du XVIIe siècle, et se manifeste à Paris en 1622 au moyen d'affiches. Elle projette d'établir la paix dans le monde et une religion universelle. Naudé la dénonce dès 1623 dans son *Instruction à la France sur la vérité de l'histoire des Frères de la Rose-Croix*.

4. Styler : conformer à, donner l'apparence de.

5. Ménagerait : conduirait avec ordre. Ce thème revient dans *Les États et Empires du Soleil*. Les « adversaires » de Campanella sont ceux qui le mirent en prison de 1599 à 1626.

Page 79.

1. François de La Mothe Le Vayer (1588-1672) : philosophe rangé parmi les « libertins érudits », qui passa de son temps pour le « Plutarque français ». Proche de Naudé et Gassendi. Auteur de très nombreux ouvrages où il pratique avec méthode la « sceptique chrétienne », il fut le précepteur du duc d'Orléans et de Louis XIV. Gassendi (1592-1655), homme d'Église, grand philosophe français, anti-aristotélicien, réhabilite Épicure et l'épicurisme, et entretient avec Descartes un dialogue très critique. Passionné d'astronomie, correspondant de nombreux savants et intellectuels de son époque, il exerça une influence profonde sur les jeunes générations contemporaines.

2. Cette page du roman est curieuse. La reprise des passages du

Pédant joué et de la lettre *Pour les sorciers* semble discréditer un peu le personnage du démon de Socrate, appelé pourtant à incarner une forme de sagesse ultérieurement. D'autre part, si les histoires de sorciers sont généralement chez Cyrano considérées comme des «fariboles», elles peuvent prendre aussi un caractère tragique (lettre *Contre les sorciers*). Quant aux «magiciens», l'auteur n'y croit évidemment pas. Le fait que Campanella s'y voie mêlé, puisqu'il leur succède dans le monologue, jette un doute sur le sérieux qu'il faut lui prêter, ainsi qu'au *De sensu rerum et magia*, tellement présent dans *Les États et Empires du Soleil*. La part du jeu et de l'ironie est considérable dans *L'Autre Monde*.

3. Tristan L'Hermite (1602-1655) : poète sensible, dramaturge inventif, auteur du *Page disgracié*, c'est un des grands écrivains de la première moitié du XVIIᵉ siècle. Dans sa brièveté même, l'hommage de Cyrano (car cette fois-ci le personnage parle pour lui) est à la fois beau et touchant.

4. Résumé du chapitre XIX de la première partie du *Page disgracié*, si ce n'est que, dans le roman de Tristan, le héros accepte les fioles (toutefois, il en casse une).

Page 80.

1. Ainsi se justifiera que les hommes-bêtes de la Lune et les Oiseaux du Soleil maltraitent le Terrien.

2. Batteur en grange : ouvrier manuel qui battait le blé dans les granges pour en extraire les grains.

3. Le démon de Socrate proclame fortement les droits de la raison individuelle. Mais son propos s'inscrit plus précisément dans la lignée des écrivains qui de Montaigne à Bayle condamnent le principe d'autorité. Cf., chez Cyrano, la lettre *Contre les sorciers*.

4. Souffle : ce verbe rappelle l'opération divine du souffle de vie. Cette puissance du souffle resurgit chez les sorciers ou les magiciens qui imposent ainsi leur volonté à un être humain.

5. Tempérament : notation conforme à la médecine galéniste.

Page 81.

1. Le démon de Socrate cesse ici de raconter pour commencer d'instruire.

2. Composé : axiome de la médecine (ou de la biologie) du temps. Il y a une hiérarchie des êtres, et plus on monte plus les opérations préparant à la génération supposent la multiplication des étapes et des «coctions» (épisode du «petit homme de la macule» dans l'ascension vers le Soleil). L'homme est délogé de sa situation de créature privilégiée.

3. Matériel : matérialisme à la Gassendi, car cette proposition n'exclut pas qu'il existe quelque chose au-delà ou au-dessus de la Nature,

et qui soit spirituel. Le démon de Socrate réaffirmera plus loin la nécessité de la Création par Dieu.

4. Ardents : feux follets. Toutes sortes de légendes couraient sur eux. Incubes : démons qui abusent des femmes pendant leur sommeil. Cauchemars : rêves d'angoisse provoqués par le Diable.

Page 82.

1. Tempérament : constitution naturelle d'un individu, état qui dépend de l'équilibre entre les quatre humeurs (pituite ou flegme, sang, bile, atrabile ou mélancolie).

2. Fleuré : utilisé anciennement au sens de « respirer », le verbe désigne aussi la perception olfactive.

3. Faiblesse et erreurs des sens ont été longuement soulignées par Montaigne dans l'*Apologie de Raymond Sebond*.

Page 83.

1. *Je* paraît avoir consenti à sa situation.

2. Officieux : serviable.

3. Cyrano s'inspire peut-être du modèle chinois — bien étudié par Paul Cornelius dans *Languages in 17th and early 18th century imaginary voyages* (Genève, Droz, 1965) : langage mondain d'un côté, langage du peuple de l'autre. Il se souvient également de Godwin (*The Man in the Moone*). Ou encore : « nos muets disputent, argumentent et content des histoires par des signes » (Montaigne, *Apologie de Raymond Sebond*).

4. La Lune est d'abord un lieu d'harmonie.

5. Conceptions : idées, pensées.

Page 84.

1. Tout le vocabulaire semble qualifier un comportement animal. *Je* est une proie. Engueuler : prendre dans sa gueule.

2. Traite : étape.

3. « Pieds » ici, « pattes » là : l'animalité circule, fluctue. L'humanité hésite de corps.

4. Leur première conversation eut lieu en grec. La Lune sera le pays de toutes les langues, parce que c'est le lieu où le discours part à la quête de la Raison.

Page 85.

1. Comme dans le Paradis terrestre.

2. « Organe » pouvait être féminin.

3. Arraisonner : rendre raison à, s'expliquer avec.

Page 86.

1. Où c'était qu'on avait dressé : « où l'on avait mis le couvert » (édition de 1657).

2. Mitonné : ce terme culinaire est rarement substantivé. La parabole du mauvais riche se trouve dans l'Évangile (Luc, 16, 19-30).

3. Dans l'*Histoire véritable*, Lucien rapporte que dans le royaume lunaire d'Endymion les Séléniens se nourrissent de fumée et donc « ne font ni eau ni ordure » (livre I).

4. Le mot « vaisseau » est un diminutif de « vase ». « Viandes » signifie « aliments ».

Page 87.

1. Dépasser le « croire » par la pratique de l'expérience.

2. Dans l'expérience, *Je* n'est pas seulement témoin. Il est à la fois acteur et matière d'application. C'est l'expérience vécue.

3. Admiration : étonnement.

4. Vacation : profession.

5. On est bien dans un monde autre.

6. Transpirable : perméable. Ambroise Paré utilise l'adjectif dans le sens de : à travers lequel la transpiration peut se faire.

7. Débrutaliser, néologisme burlesque : sortir de la condition d'animal.

Page 000.

1. Du paradoxe à l'ironie.

2. Mignoteries : caresses, gentillesses.

3. Magots : singes. La qualité d'« homme » est sur la Lune constamment déniée à *Je*. Au Royaume des Oiseaux au contraire, accusé d'être un homme, il essaiera de passer pour singe. — Le voyage dans l'*autre monde* est une succession de métamorphoses imposées où le voyageur est désidentifié et dépersonnalisé. Tandis que le roman d'apprentissage permet au héros de répondre à la question du « qui suis-je ? », dans le roman de Cyrano *Je* ou Dyrcona connaît la perpétuelle épreuve d'être autre que lui-même, inidentifiable par la référence sociale.

Page 89.

1. Industrie : habileté.

2. En lui faisant confiance.

3. Obligation : reconnaissance de dette.

4. Au livre XI de l'édition de 1626 de l'*Histoire comique de Francion*, (cf. éd. Folio, p. 582). Ce livre XI est celui des délires inspirateurs d'Hortensius.

Page 90.

1. Pointe : trait d'esprit.

2. Police : organisation sociale et politique.

3. Ce pourrait être une satire du système des «indulgences» de l'Église catholique.

4. Particulariserai : détaillerai.

5. Femelle : le mot revient. Y a-t-il quelque allusion dans ce retour? J'ai peine à croire que celui qui passait pour un monstre de la bravoure y avoue son homosexualité.

6. «Énigme» est un mot masculin à l'époque.

Page 91.

1. L'identité se définit par le plus sommaire des attributs, la bipédie.

2. (Je suis le) serviteur de votre seigneurie. L'entrée du petit homme, dont l'habit est démodé (la fraise), fait sourire par son caractère comique.

3. N'avait garde de : ne manquait pas de. «Succès» = résultat.

4. Dans le roman de Godwin, dont il est le personnage principal, Gonsalès se fait transporter jusqu'à la Lune par un attelage d'oies. Il faut remarquer ce dialogue de Cyrano avec l'œuvre récente d'un de ses contemporains.

5. Deuxième «homme», deuxième singe. Cette moquerie à l'égard du personnage le disqualifie sans doute, avant même qu'il ait pris la parole.

6. Plaisanterie sur l'arrogance castillane.

Page 92.

1. Il ne s'agit donc pas seulement du plaisir de la conversation… Indice de l'homosexualité de l'auteur?

2. Dans *The Man in the Moone*, Gonsalès a dû fuir parce que en duel il a tué un membre de sa famille et qu'il est accusé d'être magicien. Qui réécrit l'histoire? Est-ce Gonsalès lui-même, ainsi présenté comme un vantard? Est-ce Cyrano pour accentuer le caractère polémique de son texte? L'imagination, principe intime de liberté? Sans la raison, elle n'est que fantaisie.

3. Tous accessoires vestimentaires des gens de l'Université et de l'Église. «Docteurs de drap» : selon Paul Lacroix, licenciés versant pour épices à leur professeur une pièce d'étoffe avant de (en vue de) être proclamés docteurs.

4. Aheurtés : qui ont des préjugés, des préventions.

5. Toute discussion scientifique a, dans le siècle de Cyrano, des conséquences religieuses. L'aristotélisme officiel refuse l'existence du vide et distingue dans la matière quatre éléments repris à Empédocle ·

deux graves (lourds), la terre et l'eau, et deux légers, l'air et le feu. Pascal, poursuivant Torricelli, prouve expérimentalement dès 1646 l'existence du vide, sans se soucier de savoir s'il sera accusé de réhabiliter les théories d'Épicure : la science est la science.

6. La réduction de la matière à un seul élément date d'avant Aristote : l'eau pour Thalès par exemple. Chez Anaximandre on trouve l'idée d'un « principe » unique qui produit tous les éléments, sans se confondre avec aucun d'entre eux. Ce monisme revient sous diverses formes chez Anaximène, Héraclite (le feu), Platon (la matière primordiale du *Timée*).

Page 93.

1. Antipéristase : rencontre de deux qualités opposées dont l'une renforce l'autre. Ce principe héraclitéen se retrouve chez les péripatéticiens.

Page 94.

1. Toutes les pages où s'exprime Gonsalès donnent une idée de ce que pouvaient être les théories de la physique jusqu'au début du XVIIᵉ siècle : amalgame des systèmes antiques redécouverts par l'humanisme, influences de l'alchimie et de l'astrologie, emprunts au naturalisme italien, hypothèses paracelsiennes, etc. On ne peut, en aucun cas, voir dans Gonsalès un porte-parole de Cyrano. L'auteur de *L'Autre Monde* fait en réalité un état des lieux.

2. Retour inattendu à la physique aristotélicienne.

3. Recognée : enfoncée, refoulée.

4. Ces propos, qui ne tiennent aucun compte des travaux de Galilée sur la chute des corps, bien connus de Gassendi et de son entourage, dont Cyrano, et qui avaient donné lieu à de nombreuses expériences, sont anachroniques. C'est de la vieille science.

Page 95.

1. Loupe : depuis le XVᵉ siècle le mot désigne une masse de fer portée à incandescence et travaillée par le forgeron.

2. Démonstration du type de celles de Lucrèce : dans le contenu sur le vide (chant I, v. 330 *sq.*), et dans les structures rhétoriques d'argumentation.

3. À la mort de Gordias, roi de Phrygie, son fils Midas avait attaché le joug du char de son père par un nœud, dans le temple de Zeus à Gordion. Selon un oracle, celui qui le dénouerait deviendrait maître de l'Asie. Alexandre, n'ayant pu le dénouer, le trancha de son glaive.

4. Cet argument suppose un cosmos limité et fini, au-delà de la limite duquel se situe le rien, contrairement au point de vue défendu par *Je* devant Montmagny.

Page 96.

1. Alors que comparaison et images peuvent parfois aider à la compréhension du discours scientifique, leur surabondance dans la démonstration de Gonsalès déconsidère sa scientificité.

2. C'est le principe épicurien, que Lucrèce reprend contre Aristote.

3. Sous une forme facétieuse, l'argument est traditionnel.

4. C'est ici la théorie cartésienne de refus du vide qui est visée.

5. Célèbre formule aristotélicienne : « la Nature a horreur du vide ».

6. Cette argumentation, certes cohérente, mais en style figuré, ne tient aucun compte des découvertes scientifiques de l'époque.

Page 97.

1. Explications d'Empédocle, telles que les analyse Lucrèce (I, v. 715 *sq.*), pour ce qui est de l'alliance des contraires, mais plutôt d'Œnopide (air et feu) et de Xénophane (terre et eau) pour ce qui concerne l'existence des deux éléments constitutifs de la matière.

2. Mangeaille : on désignait ainsi la nourriture préparée pour les animaux.

3. C'est ainsi que dans sa *Physique* (187a) Aristote définit la théorie d'Anaxagore, inventeur des homœoméries — ces germes en nombre infini qui déterminent la nature des corps composés. Depuis la rencontre avec Montmagny ont donc défilé, exactement comme chez Lucrèce, les philosophes-physiciens dont il fait la critique dans le *De rerum natura*, avant d'exposer Épicure.

4. Scolares : le mot, déjà vieilli à l'époque, désigne pédants et tenants d'Aristote.

5. Bluteau : sorte de tamis.

6. La théorie d'Anaxagore implique forcément la génération spontanée. Il faudra attendre Pasteur pour la réfuter. Dans la physique traditionnelle le « sel » se trouve dans tous les corps naturels, et le « feu » dans la composition de tous les corps vivants (« animés »).

Page 98.

1. La question des comètes se pose depuis l'Antiquité. À leur apparition sont associés des phénomènes de superstition. Voir Bayle, *Pensées diverses sur la comète de 1680*. Les réponses scientifiques, pourtant convaincantes (de Kepler à P. Petit), tarderont à s'imposer.

2. Gonsalès poursuit la lecture de Lucrèce (VI, v. 535-607, 639-702).

3. Vuide : voir p. 196, n. 2 et p. 213, n. 1. — Nouvelle preuve des errances de Gonsalès : il nie le vide. Mais c'est qu'il lit mal Lucrèce (VI, v. 936-941), qu'il a mal compris la description de la porosité, et qu'il reprend mal l'exemple développé dans les vers 1022-1041.

4. Lucrèce encore, II, v. 114 *sq.*

5. Revoici Anaxagore lu par Lucrèce (I, v. 871 *sq.*), si ce n'est que Dieu (« le sage Créateur ») est intervenu.

Page 99.

1. Le mot « flegme » a été longtemps utilisé en alchimie pour désigner un élément liquide tiré des corps naturels par distillation, fermentation ou coction. Ambroise Paré l'emploie ainsi. Gonsalès est clairement un scientifique du passé.

2. Anaxagore toujours. Voir les *Fragments*.

3. Crudités : caractère de ce qui est humide et froid. On partageait le ciel en trois régions : basse, moyenne et haute.

4. Feu animal : le feu de « l'âme végétative ».

Page 100.

1. Gonsalès en vient maintenant à une physique des quatre éléments définis par Empédocle et à sa suite par Aristote, mais qui ne sont pas absents des développements de Lucrèce.

2. Extrait : le mot suppose une opération chimique de purification. L'affirmation d'une sorte de *continuum* de la vie dans ses formes diverses est tenue par plusieurs protagonistes du roman. C'était donc une conception commune. Je ne sais pas si elle exprime un sentiment de Cyrano lui-même.

Page 101.

1. On a commencé d'importer des animaux sauvages et de les enfermer à l'usage des spectateurs. Le célèbre Jardin des Plantes est fondé, qui après avoir été jardin botanique devient jardin zoologique.

2. Si je n'emplissais point : « si je n'étais pas gros » = « si je n'étais pas enceint(e) ».

3. Simagrées : encore le double renversement à propos de la singerie

4. Récurrence de la monstruosité du Terrien.

5. Arrivât fortune de : arrivât malheur à.

6. C'est Ovide qui, dans ses *Métamorphoses* (I, v. 84-86), avait le mieux exprimé la supériorité de l'homme sur l'animal par le bipédisme. Le sélénocentrisme le prend à revers par l'éloge du quadrupédisme.

Page 102.

1. Les Séléniens sont donc des dieux-en-terre. La formule est audacieuse.

2. Conseil d'en haut : subissant une seconde métamorphose animale — démentie plus tard au Royaume des Oiseaux —, *Je* va connaître la prison à laquelle le condamne une institution qui démarque une des plus particulières instances juridictionnelles de la monarchie fran-

çaise. On peut voir dans le texte la satire d'un pays et d'une époque où toute différence est suspecte et condamnable.

Page 103.

1. Atteinte à la liberté de pensée ? Satire de l'action répressive de l'Église ? Le verbe « croire » est important parce qu'il signifie que dans le système en place tout est matière de foi, de croyance, et que la raison doit s'y soumettre.

2. L'instinct, c'est la manifestation de la Nature et sa voix ; il n'est donc pas un fruit de l'initiative de l'être vivant, de son jugement, de sa volonté, ni de sa puissance de raisonner. Il n'est pas inutile de rappeler ici la querelle qui oppose, sur l'intelligence des animaux, cartésiens et gassendistes : animaux machines ou animaux ayant une forme d'intelligence bien que dénués de conscience. Il y a chez Montaigne, encore une fois si présent chez Cyrano, en même temps qu'une sévère critique des aristotéliciens, une exaltation de l'intelligence et de la sensibilité animales (*Apologie de Raymond Sebond*), dans le dessein d'humilier la prétention des hommes, il est vrai.

3. Nouvelle transposition d'institution française.

4. Opineraient : jugeraient.

5. Régent : professeur de collège.

6. Mêmes formules assassines dans la lettre *Contre les sorciers* (*O. C.*, Belin, p. 63).

Page 104.

1. Troisième métamorphose. Cf. Montaigne : « Ils ont incontinent cette sentence en la bouche, qu'il ne faut pas débattre contre ceux qui nient les principes » (*Apologie de Raymond Sebond*).

2. La religion réduite à quelques objets futiles ou propices à la superstition.

3. Dans ce qui se présentait d'abord comme une sorte de « meilleur des mondes », non seulement l'ostracisme règne, mais le pire des malheurs : la guerre. L'ironie de Cyrano s'exerce sur plusieurs plans : la guerre n'a d'autre cause que la mésentente personnelle des « princes » ; la guerre est une tragédie pour le peuple ; tout aménagement des opérations guerrières est absurde et dérisoire.

Page 105.

1. Maréchal : « le second officier de l'armée... » (Furetière). Nouveau transfert du Monde à l'*Autre*.

2. Condamné pour avoir été couard, qualifié de couard.

3. « De » par anticipation : « il ne se voit point *de* fuyards ».

4. À force ouverte : obtenues par la force (ou la violence).

5. C'est la leçon de Machiavel (*Le Prince*).

Page 106.

1. Pour arriver à un accord.

2. La suite du texte disparaît de « Et » jusqu'à la fin du paragraphe, dans l'édition de 1657, car elle dénonçait violemment l'absurdité de la guerre entre les Français et les Espagnols.

3. Le « roi qui porte une fraise », c'est l'Espagnol ; « celui qui porte un rabat », le Français.

4. Maillé : protégé par une cotte de mailles.

5. Estocade : sorte d'épée.

Page 107.

1. Dans le vocabulaire du temps, les « esprits » étaient des particules subtiles qui assuraient les mouvements du corps et faisaient la liaison entre l'âme et le corps.

2. Crime contre la Nature — puissance de vie.

3. Affiner : ruser.

Page 108.

1. Au terme du développement paradoxal, l'aporie.

2. Dans *Les États et Empires du Soleil*, même châtiment au « Royaume des amants ».

Page 109.

1. Référence à la Genèse et à sa lecture littérale. Mais la question était ouvertement posée par les milieux savants. Voir, par exemple, Mersenne, *Question inouïe* XXIX.

2. Antiphrase ironique.

3. Autre modalité de l'inversion : sur Terre les athées étaient brûlés. Cf. p. 111 : « être noyé ».

4. Le récit est rythmé par les enfermements successifs de *Je*.

5. Espèces : chez les scolastiques, émanations matérielles provenant des corps qu'elles représentent et qui, atteignant les organes des sens, engendrent les perceptions.

Page 110.

1. On peut penser qu'il s'agit de la relation de l'expérience vécue par Cyrano dans les combats où il a été engagé.

2. Le sujet est d'une extrême importance. Qu'est-ce que « croire » ? est-ce adhérer intellectuellement ou est-ce simplement avoir des convictions ? Il faut penser au *pari* de Pascal. D'autre part, au cœur du plaidoyer, on trouve l'idée de *tolérance*, si fortement analysée par Bayle à la fin du siècle.

Page 111.

1. Caprioles : cabrioles.

2. Cyrano aime à jouer subtilement sur les mots, surtout lorsque cela lui permet de dénoncer les abus du « langage cuit ».

3. La « nouveauté » est l'ennemie de la *doxa*, elle met en cause l'opinion toute faite. Elle a, en tout cas, un effet salutaire et nourrit et justifie le paradoxe.

Page 112.

1. Nouvelle manifestation de l'ironie.

2. Cette déclaration a évidemment un caractère contradictoire dans les termes mêmes. On peut faire le rapprochement entre cette parodie de procès et celui qui avait conduit à la condamnation de Galilée en 1633 et avait contraint le savant italien à renier ce qu'il avait prouvé.

3. Die : subjonctif pour « dise ».

4. On a probablement ici un fait d'actualité. Un « grand » avait en France avant 1650 un réel pouvoir de protection, lorsque la justice royale n'était pas directement intéressée dans une affaire ; il pouvait ainsi assurer une certaine liberté des esprits et des corps, quoique arbitraire.

5. Embabouiné : enjôlé, embobiné — retournement de situation : les singes, désormais, ce sont eux.

Page 113.

1. Le texte distribue les rôles de la fiction : le démon de Socrate, précepteur informel, prêt à jouer le rôle de l'arbitre entre *Je* dont il se fait le tuteur et le « fils de l'hôte » présenté comme un provocateur dont les saillies disqualifient le sérieux du discours. J'ai tout lieu de penser que le roman évoque ici une situation réelle : celle de Gassendi veillant sur l'instruction de Chapelle, fils de Lhuillier, pendant que celui-ci l'hébergeait à Paris. Sur les relations entre Chapelle et Cyrano, voir *Libertins du xviiᵉ siècle*, t. I.

2. Le paradoxe vise à dégager une autre vérité possible. Souvenir de Lucien, de Théophile (*Satire Première*, v. 65 *sq.* ; *Pyrame et Thisbé*, II, 2). Thème récurrent chez Cyrano : *Le Pédant joué*, par exemple. Il faut enfin se rappeler que le démon de Socrate s'est lui-même glissé depuis quelque temps dans le corps d'un jeune homme.

Page 114.

1. Défrayait : entretenait, charmait.

Page 115.

1. Dieu foyer : allusion à la religion des Romains pratiquant un culte à une divinité domestique, le plus souvent l'âme d'un défunt de la famille.

2. Extorquée : le texte de l'édition de 1657 s'interrompt ici pendant une page, et ne reprend qu'à «Vous ne tenez, ô mon fils... » (p. 116), deux paragraphes plus loin. Il est vrai que ce passage est un défi aux bons sentiments et aux conventions sociales, et qu'il pouvait passer pour une leçon d'immoralité. Ces pages étaient trop fortes pour l'époque. Mais le démon de Socrate s'en explique plus loin.

3. Précepte de l'Exode : «Honorez votre père et votre mère, afin que vous viviez longtemps... » (20, 12).

4. Fusées : les fils des fuseaux que dévidaient les Parques.

Page 116.

1. Le guide et le repère, c'est la Nature et ses lois. S'agit-il d'un souvenir de Lucrèce ? «La vie n'est la propriété de personne, mais l'usufruit de tous» (*De rerum natura*, III, v. 971).

2. Dévaluation d'une institution centrale de l'organisation sociale, le mariage.

3. «Patrouillis» (mélange confus, comme d'un potage ou d'un bourbier) et «maçonnage» (travail grossier pour boucher une ouverture) sont des termes très violents.

4. Une arme à feu «prend un rat» lorsque le chien s'abat sans que le coup parte.

Page 117.

1. «Impétrer» : obtenir ce qu'on demande. Sous-jacente est la question du suicide, sujet audacieux au XVIIᵉ siècle. Le caractère paradoxal de la tirade ne doit pas faire oublier l'intérêt philosophique des sujets abordés.

Page 118.

1. Le mot annonce une suite du texte.

2. Sur la remise en cause de l'autorité paternelle, on peut se reporter à La Mothe Le Vayer, *De la philosophie sceptique*, in *Dialogues faits à l'imitation des Anciens.*

Page 119.

1. De commandement : obligatoire. Voir la fin des *États et Empires du Soleil.*

2. La femelle crocodile pond ses œufs dans le sable d'où les petits semblent sortir par génération spontanée.

Page 120.

1. L'attaque est frontale : la «religion» n'obéirait pas au *Naturam sequi*, précepte absolu.

2. Ce passage rappelle des termes aussi crus de la lettre *À M. de Gerzan* (*O. C.*, Belin, p. 68).

3. Laïs : célèbre courtisane athénienne.

4. Voici l'interrogation de la sagesse sceptique par excellence. «Savoir» n'a de sens que dans une question.

Page 121.

1. Énerverait : ôterait son énergie à.

2. Cette intervention confirme à la fois la fonction tutorale du démon de Socrate et l'outrance du «fils de l'hôte». La série des «que savez-vous si ?» et «que sait-on ?» inscrit le texte dans la continuité de Montaigne et du pyrrhonisme chrétien.

3. Il y a peut-être ici un rappel de la situation de Gassendi chez Chapelle, et de la familiarité de Cyrano avec eux. Le mot de «précepteur» confère aussi au démon de Socrate une autorité et prépare le lecteur à la fonction d'arbitre modérateur qu'il jouera dans la suite du récit.

Page 122.

1. Privation : dans l'aristotélisme, donc dans la philosophie scolastique, la matière peut prendre deux formes ou deux qualités contraires, par exemple le sec et l'humide ; par le choix de l'une de ces deux formes, elle se «prive» de l'autre. Dieu, créant l'homme, le prive de toute autre forme ; et de même pour le chou.

2. Trois principes de doctrine sont ici évoqués : prescience divine ; référence au péché originel et aux péchés qui suivront ; nature pécheresse de l'homme.

Page 123.

1. L'homme, selon la Bible, a été créé à l'image de Dieu.

2. «Âme» n'a pas chez Cyrano le sens religieux que certains commentateurs lui ont attribué. Le mot désigne selon Furetière la puissance de vie chez les végétaux et les animaux. «Végétative» dans les plantes, «sensitive» dans les animaux, «raisonnable et spirituelle» chez l'homme.

Page 124.

1. Dieu : «premier moteur» chez les aristotéliciens, puisque c'est lui qui imprime leur mouvement aux objets célestes.

2. Il faut remarquer avec intérêt que le démon de Socrate s'exprime comme *Je*, comme un homme-de-la-Terre, par ces «nous», «nôtres».

3. Spéculatifs : l'adjectif s'appliquait en particulier au domaine de la métaphysique.

4. Expression consacrée à propos de Moïse. Voir, par exemple, chez Bossuet, *Discours sur l'Histoire universelle* (premier paragraphe) : « Moïse, le plus ancien des historiens, le plus sublime des philosophes... »

5. Privativement : exclusivement, de préférence.

Page 125.

1. « L'issue », dans un repas, c'est le dernier plat.

2. On a longtemps attribué à Aristote un traité apocryphe, *De la physiognomonie*; et au XVIᵉ siècle Giambattista Della Porta et Juan Huarte avaient écrit de semblables ouvrages. Il y a des physionomes dans la *Civitas Solis* de Campanella. Furetière la juge « science vaine », car associée aux arts de conjoncture (astrologie, chiromancie, etc.).

3. Régime : règle, façon de faire.

4. Teinture : même mot dans la *Lettre diverse* X, *Pour une femme rousse* (*O. C.*, Belin, p. 52).

5. Nous avons appris que les Séléniens se nourrissent de fumées.

Page 126.

1. Par où s'échappe la fumée en direction du nez.

2. Il y avait eu, ainsi, de l'impatience de la part du personnage principal de la *Première journée* de Théophile devant les « cérémonies » qui alambiquent les relations humaines.

3. Voir Platon, *Timée*, 30 *sq.* Cette conception du monde, reprise par le néoplatonisme, se retrouve chez G. Bruno (*Del infinito*) puis chez Campanella. Voir saint Augustin (*La Cité de Dieu*, XIII, 16).

4. L'homme n'est donc pas inerte devant ces mécanismes biologiques. Il y a ici un refus du simple déterminisme.

Page 127.

1. Reprise de la théorie cartésienne des « esprits animaux ». Comme chez Lucrèce, pour ce philosophe, le mouvement c'est la vie, la vie c'est le mouvement.

2. Bubes : boutons, pustules.

3. Apostumes : tumeurs, enflures. Vocabulaire anatomique.

4. Ce paragraphe présente plusieurs intérêts. Le thème du ciron a été déjà évoqué par Hortensius dans *Francion* (livre XI). Et depuis Montaigne et Bruno s'est ébauché ce qui deviendra le développement sur les deux infinis. Swift se souviendra de cette description.

5. Hibernois : Irlandais.

6. Ampoule : cloque.

7. Peste : le mot est employé dans un sens très large.

8. Le lexique médical du temps, emprunté à la médecine des

humeurs, est associé à une terminologie de l'image guerrière, dans une sorte d'esquisse de la théorie immunitaire. Cyrano reviendra dans *Les États et Empires du Soleil* sur la circulation du sang, découverte par Harvey et combattue par Descartes sous cette forme.

Page 128.

1. Grattelle : démangeaison.

2. Critique d'une conception de l'homme qui, faute de réussir à expliquer, multiplie les «facultés», les «vertus» et les «qualités occultes».

Page 129.

1. Le sujet de l'éternité du monde — dans un sens plus rigoureux que lors de la conversation de *Je* avec Montmagny — est à l'époque un sujet grave et périlleux, car il semble mettre en doute la doctrine de la Création par Dieu. Mais nous avons vu que c'est une question que Mersenne n'a pas écartée, bien qu'on en ait fait l'exclusivité des philosophies païennes ou hérétiques.

2. Effigie : ce portrait, cette image, inversent le rapport Père-Fils, puisque le fils est usuellement l'image du Père.

Page 130.

1. Poste : le mot s'utilise pour désigner un jeune garçon malicieux et fripon.

2. C'est la suite de l'antidiscours du Père.

3. Ce «il» est présent dans les trois manuscrits et dans l'édition de 1657 : ce ne peut être donc que le «fils de l'hôte». La suite du texte fera pourtant question quant à l'identité de cet interlocuteur.

Page 131.

1. Dans Rabelais (*Cinquième Livre*), «les chemins cheminent». Pietro Toldo («Les voyages merveilleux de Cyrano de Bergerac et de Swift, et leurs rapports avec l'œuvre de Rabelais», *Revue des études rabelaisiennes*, 1906 et 1907) cite Ortensio Lando (*Commentario delle più notabili e monstruose cose d'Italia*, 1548) qui parle de «*palazzi e sale mobili e discorrenti*» à Brescia. Dans l'édition Pauvert de Cyrano, Claude Mettra et Jean Suyeux reproduisent une planche de maison mobile, allégorie rosicrucienne de T. Schweighardt dans son *Speculum sophicum rodo-stauroticum* (1618).

2. Morfondre : comme dans la *Lettre diverse* I, *Contre l'Hiver* (*O. C.*, Belin, pp. 29-31).

3. Le «fils de l'hôte» a promis de faire parler les «philosophes».

4. Ce trait déconsidère les Séléniens, et même les plus évolués

d'entre eux. Même défaut que les hommes-de-la-Terre, même ipso-
centrisme.

Page 132.

1. Broncher : métaphore animale, hippique : trébucher.

Page 133.

1. On remarquera la volonté pédagogique comme le ton passionné
de l'explication. L'argumentation est de type épicurien et rappelle le
Lucrèce du chant I, v. 146-158. Mais, à nouveau, il faut rappeler que le
sujet était librement débattu dans les milieux savants, et je renvoie
encore à Mersenne (*Questions inouïes*, XXIV), pourtant catholique fer-
vent et avéré.

2. Petits corps : le lexique de la vulgarisation scientifique au XVIIe siècle
peut utiliser indifféremment petit corps, corpuscule, atome. Dans *Les
États et Empires du Soleil*, le mot « parcelle » servira dans la description de
la théorie cartésienne. Sur l'invisibilité des atomes, cf. Lucrèce, I, 265-
270.

3. Dans la *Lettre à Hérodote*, 42-43, Épicure évoque une infinité de
formes. Dans Lucrèce, II, 525-526, « le nombre des formes est limité ».
Dans le *Syntagma philosophiae Epicuri*, Gassendi revient à l'idée d'infinité des formes (*Physica, seu de Natura, Sectio I, caput VII, De Atomorum
Figura*). Infinis en nombre, les atomes épicuriens déterminent par leur
forme la forme des corps et la nature de nos sensations.

4. Et si vous doutez qu'il en soit ainsi.

5. Le personnage transcrit la loi d'inertie exposée quelques années
plus tôt par Galilée, ruinant la théorie aristotélicienne du mouvement.
La démarche démonstrative, énoncée d'un principe illustré par des
exemples concrets et quotidiens, rappelle Lucrèce.

6. Cf. Lucrèce, II, 333 *sq.*; Gassendi, *op. cit., Physica, Sectio I,
caput XIV*.

7. Ce discours a un caractère composite et éclectique. On revient à
Héraclite, et Lucrèce (I, 635 *sq.*) est pris à contre-pied. Je veux souli-
gner cette pollution du discours épicurien.

Page 134.

1. Question centrale de l'atomisme. Voir Gassendi encore, *op. cit.,
Physica, Animadversio 2.*

2. Figures : configurations atomiques.

3. La multiplication de la croyance au « miracle » est dénoncée
comme refus de raisonner et de prendre en compte les opérations de
la Nature.

4. Désigner : constituer un homme. Reconnaissance d'une com-

plexité exceptionnelle de la nature de l'homme. Bien que composé aussi, l'homme tient une place particulière dans la hiérarchie naturelle.

Page 135.

1. Rafle : terme du jeu de dés, coup gagnant où tous les dés présentent le même point.

2. Les mathématiciens de l'époque s'intéressent au calcul des probabilités. Pascal et Fermat préparent Huygens (*De ratiociniis in ludo aleae*, 1657).

3. Horloge : il s'agit d'une horloge hydraulique. Pour l'ensemble de la page sur la question du hasard et de la créativité des atomes, voir Lucrèce, I, 1024 *sq.* ou V, 187-194.

4. Lucrèce (chant IV) commence également par la vue, puis passe à l'ouïe, au goût et à l'odorat, avec de simples allusions au toucher.

Page 136.

1. Émettent. — Cet exposé de la vision combine deux explications. Pythagoriciens et stoïciens tenaient pour l'émission de rayons visuels par les yeux, réfléchis par les objets ; les atomistes et, en partie, Aristote tenaient pour l'émission de simulacres par les objets, venant frapper les yeux. Chez Lucrèce, du sujet regardant émanent des « espèces ». Cf. IV, 230 *sq.* (voir le cas du miroir). — La théorie soutenue dans l'exposé est archaïque et anachronique. Gassendi a émis une explication par un rayonnement de corpuscules lumineux de l'objet regardé au sujet regardant. Dans son *Fragment de Physique*, Cyrano insiste bien plus sur les illusions des sens qu'il ne conviendrait à un atomiste. Le propos du « fils de l'hôte » est dépassé.

2. L'imagination se saisit donc d'« espèces » matérielles, et non de représentations intellectuelles et abstraites. Il y a bien matérialisme de la perception. On peut comparer avec la *Dioptrique* de Descartes.

3. C'est l'ordre de l'exposé de Lucrèce, cf. IV, 524.

Page 137.

1. Lucrèce avait choisi l'exemple de la voix.

Page 138.

1. Dans *Les États et Empires du Soleil*, Cyrano donnera une autre belle définition de la joie.

2. Cf. Lucrèce, IV, 34-36 : « des simulacres qui, telles des membranes détachées de la surface des corps… ». — Dans la *Lettre à Hérodote* d'Épicure les simulacres ou répliques ont la forme des corps solides ; imperceptibles, ils se transportent directement à notre pensée, à une vitesse prodigieuse ; et nous avons avec eux accès à la vérité du réel, si nous ne déformons pas le message.

3. Épreignons : pressons (comme pour faire sortir du jus).

4. Patinons : caressons.

Page 139.

1. Escarre : chair morte dans une plaie (Furetière).

2. Carreau : arme de trait, flèche.

3. Il serait donc question d'aborder toute la mécanique céleste, comme les philosophes de l'Antiquité ou, le plus récemment, Descartes.

Page 140.

1. Le texte semble souffrir d'une inconséquence : « les deux philosophes » qui étaient partis n'étaient donc pas partis, ce qui justifierait qu'on s'interrogeât sur l'identité du « philosophe » qui vient de parler.

2. Nouvelle progression dans les rapports avec le démon de Socrate devenu le précepteur de *Je*.

3. Envoya quelqu'un pour me chatouiller (comme p. 88).

4. L'expression marque la force de l'inversion mentale exigée.

5. Bute : vise.

Page 141.

1. Confirmation des capacités techniques du démon de Socrate.

2. Il n'y a aucune raison d'imaginer que ce titre n'annonce pas la deuxième partie du roman. Je n'y vois pas non plus une allusion à *La Cité du Soleil* de Campanella. L'insistance de l'édition de 1657 sur un texte perdu, *L'Histoire de la République du Soleil*, peut donner lieu à supputation. A-t-il existé, a-t-il été volé, perdu ?

3. Quel peut être cet ouvrage qui n'est pas présenté par son titre ? Chez Héraclite tout naît de l'opposition des contraires. Chez Parménide, puis encore chez Bruno, je trouve l'établissement d'un système de la non-contradiction. L'expression « grand œuvre » renvoie souvent à la recherche alchimique de la pierre philosophale, et le terme « philosophe » désigne communément un alchimiste. Ce titre n'est-il qu'une plaisanterie ? S'agit-il de se moquer de Campanella, dont la croyance à la magie et au merveilleux inspirera l'ironie de tant de pages des *États et Empires du Soleil* ?

4. Il y a une formule analogue chez Descartes : « Je ne peux pas plus concevoir Dieu sans l'existence qu'une montagne sans vallée » (*Méditations*, éd. F. Alquié, Garnier, t. II, 1967, p. 473).

5. Pour la seconde fois le démon de Socrate met *Je* en garde contre le « fils de l'hôte ». Le passage annonce une discussion sur des sujets très importants, par personne interposée ; *Je* va connaître un deuxième moment de mise à l'épreuve intellectuelle. La formule finale de salutation exprime plus qu'un au revoir, une recommandation de type

philosophique. Avec celle qui suit, elle rappelle les saisissantes formules de Gassendi à la fin de ses *Lettres latines* (traduction de Sylvie Taussig).

Page 142.

1. Cette description fameuse — qui pour une fois apparente le roman à une œuvre de science-fiction — semble annoncer nos phonographes ou nos magnétophones. Mais plus intéressante encore est la leçon que *Je* en tire dans le paragraphe suivant. Notons, toutefois, que l'usage en est réservé aux «grands», c'est-à-dire à l'élite sociale, donc culturelle.

Page 143.

1. Ainsi se constituerait une mémoire universelle de la pensée.
2. Que : ce que.
3. Pique : mesure équivalant à 5 pieds.

Page 144.

1. Dans *Le Deuil* Lucien ironise sur l'habitude de pleurer aux enterrements. Dans l'*Utopie* de Thomas More on ne pleure pas lors des obsèques.
2. Dans son commentaire du chant III de l'*Énéide*, Servius rappelle l'usage des Romains. Mais c'est peut-être à Charron (cf. *De la Sagesse*, II, 2) que cette apologie de l'incinération fait référence. Chez les Séléniens, la cérémonie est l'occasion d'un vrai rite.
3. Généreux : le mot a un sens très fort, supposant au-delà de la noblesse de naissance la noblesse de cœur.

Page 145.

1. Amant : homosexualité à l'antique ?
2. Ces lignes constituent un terrible défi aux bienséances. La cérémonie mortuaire permet l'éloge — interdit — du suicide, et bouleverse la conception du Banquet amical tel qu'Érasme l'avait exalté. Il n'est pas exclu qu'il y ait quelque intention de parodier la Cène. Cependant *Je*, par son dégoût, atténue fortement la portée de cette description paradoxale. La nature du passage pourrait d'ailleurs être purement livresque et se trouver dans Hérodote (I, 226) présentant les rites funéraires des Massagètes dans des termes semblables.
3. *Je* touriste ne décrit pas les lieux — nature non utopique de *L'Autre Monde*.

Page 146.

1. Au xvɪᵉ siècle, car l'expression est vieillie, « avoir beau » signifiait : avoir beaucoup d'occasions de, pouvoir facilement.

2. Autre souvenir de Sorel, *Le Berger extravagant*, livre II, et *Remarques* du livre I.

3. Bouchon : enseigne d'un cabaret.

4. L'éloge des grands nez a une tradition : du satirique latin, Martial (I, 3, 6 ou XIII, 2, 1-5) à Giambattista Della Porta (*Della Fisionomia dell'uomo*, II, 7, *Del Naso*). Notons qu'il y a donc des eunuques dans la Lune, et que le texte établit de manière indirecte mais claire un lien entre le nez et le sexe masculin, comme plus tard Bernanos dans *M. Ouine*. Ce passage est une des sources possibles du Cyrano d'Edmond Rostand.

5. Nouvelle ironie de l'inversion.

Page 147.

1. Figuré : moulé en forme de.

2. C'est un des préceptes de la conversation honnête et galante.

3. Écharpe : « grande pièce de taffetas large que portent les gens de guerre, tantôt en guise de ceinture, tantôt à la manière d'un baudrier » (Furetière).

4. Cf. Charron, *De la Sagesse*, I, 23, *De l'amour charnel.*

Page 148.

1. Prométhée : figure mythologique favorite de l'auteur : figure de l'audace et du défi aux dieux, à l'autorité, à l'ordre consacré.

2. Le texte est ici supprimé dans l'édition de 1657 jusqu'à « je vous découvrirai un mystère qui n'a point encore été révélé » (p. 150). Occurrences : particularités.

3. C'est encore la leçon de l'*Apologie de Raymond Sebond.*

Page 149.

1. Cette brève phrase aura son écho dans la scène du Pauvre, acte III, scène 2 du *Dom Juan* de Molière.

2. Critique du droit d'aînesse.

3. N'y ayant : puisqu'il n'y a.

4. Si le démon de Socrate est une des figures de Gassendi, la maison lunaire qui accueille *Je* est donc un de ces cercles où philosophes et savants débattaient librement des questions les plus graves sans souci d'orthodoxie : « débauches » chez La Mothe Le Vayer ou Guy Patin. Placer donc le démon de Socrate en position de contrarier sceptiquement les tirades argumentatives du « fils de l'hôte », c'est sans conteste indiquer que la leçon du roman ne consiste pas à poser des vérités

— même nouvelles — ni surtout des dogmes effaçant les dogmes anciens, mais à établir l'impossibilité de la certitude et la nécessité de toujours tout soumettre à interrogation.

5. Le « fils de l'hôte » est un caractère, une psychologie.

6. Il y a rupture de construction, car la première partie de la phrase demeure sans verbe.

Page 150.

1. Le passage ne se réduit pas à une argumentation pyrrhonienne. Il s'y exprime à petits traits la théologie d'un Dieu incompréhensible, irréductible à la logique humaine.

2. Le texte de l'édition de 1657 reprend ici.

3. Cette théorie de l'évolution s'inspire de la doctrine pythagoricienne de la réincarnation. Elle a ses prolongements sur la prééminence humaine chez Comenius ou Campanella ; beaucoup plus tard chez Teilhard de Chardin (par exemple *Le Phénomène humain*).

4. Philosophie : les termes de « philosophe » ou de « philosophie » ont, évidemment, dans le texte un sens fort et élogieux. Mais ils ne sont réservés à aucun type déterminé de système de pensée. La « philosophie » caractérise simplement — mais c'est capital — l'effort de liberté intellectuelle, le refus de la vérité toute crue, une exigence en somme.

Page 151.

1. Le roman de Cyrano est articulé par une série de syncopes. La dispute à distance entre le « fils de l'hôte » et le démon de Socrate s'achève par la réfutation non dogmatique du premier par le second, mais sans s'y attarder. Ce démon n'est pas de Socrate pour rien : il procède par des questions qui ébranlent les certitudes et détruisent les vanités humaines. Le texte, tournant court, nous laisse en suspens.

2. Dans l'inventaire des vérités supposées et des croyances, le miracle occupe une place centrale. Le miracle est une preuve de l'existence de Dieu, qui se manifeste ainsi par sa toute-puissance sur la Nature. Il implique également une situation privilégiée de l'homme dans la Création. Le débat sur le miracle n'est pas nouveau dans le monde chrétien. Une des sources récentes de réflexion se trouve dans le *De Incantationibus* de Pomponazzi : examen critique non pas de la notion elle-même, puisque Pomponazzi ne nie pas la possibilité du miracle, mais de son usage, qui n'est souvent que le produit de la superstition et de l'incapacité de faire appel à la raison : ce que l'on appelle miracle peut être le fait de causes naturelles incomprises, de purs hasards, de tromperies, ou des pouvoirs de l'imagination. Mais cet examen critique du fait miraculeux n'entre pas en contradiction

avec la tradition patristique. À plusieurs reprises, saint Augustin par exemple, dans *La Cité de Dieu* (XXI, chap. VI) ou *De l'utilité de la foi* (chap. XVI, *Les Miracles*), dénonce le recours à l'explication miraculeuse.

3. Cf. Montaigne, « De la force de l'imagination », *Essais*, I, 21.

Page 152.

1. On a pu voir dans ce passage une sorte de prescience des mécanismes immunologiques, déjà sous-jacente dans la médecine psychosomatique des Anciens, réaffirmée plus récemment chez Paracelse, dans la thérapeutique duquel l'imagination exerce une fonction essentielle. Lire aussi de Cyrano la *Lettre satyrique* XVIII, *Contre les Médecins* (*O. C.*, Belin, pp. 106-109).

Page 153.

1. Les principales objections de Pomponazzi portaient sur les guérisons miraculeuses.

2. « Les quatre premières qualités qu'on attribue aux quatre éléments, le chaud, le froid, le sec et l'humide » (Furetière). Le discours du « fils de l'hôte » se signale de nouveau par sa réelle inconséquence puisque tantôt il récuse et tantôt il reprend la physique héritée d'Aristote.

Page 154.

1. Ce « qu' » répète le « que » précédent.

2. Quinze-vingts : « ce sont des aveugles qu'on reçoit dans un hôpital fondé à Paris » (Furetière). L'hospice des Quinze-Vingts était situé rue Saint-Honoré jusqu'à la veille de la Révolution. — Cette page peut se nourrir de certains passages des *Tusculanes* de Cicéron, et plus sûrement encore de Lucrèce : le thème de l'immortalité de l'âme, ébauché en II, 944 *sq.*, constitue le chœur du chant III où je trouve une démarche argumentative qui inspire le propos du « fils de l'hôte ». Reste à savoir de quelle « âme » il est question. Est-ce le principe spirituel chrétien ? est-ce le principe intellectuel de la tradition aristotélicienne et dont Lucrèce affirme le caractère périssable (III, 445 *sq.*) ? — Sur la diversité des opinions au sein même de la tradition chrétienne et chez les philosophes, on se reportera à Charron, *De la Sagesse*, I, 7, *De l'âme en général* (où l'on trouvera la comparaison avec le peintre), pour qui l'immortalité est un point de foi, non de raison. Un peu plus tard (I, 13), Charron constate que l'âme est organique dans sa fonction intellective et que son activité dépend naturellement du cerveau. — Au moment où Cyrano rédige *L'Autre Monde*, il lui est difficile d'ignorer la définition des rapports de l'âme et du corps proposée par Descartes et qui, pour la plupart des contemporains, apportait une réponse décisive.

3. À partir d'ici, le texte de l'édition de 1657 est totalement différent du texte des manuscrits et constitue en fait une conclusion. Si donc, pour le censeur, il est possible de publier un texte où l'on met en doute l'immortalité de l'âme, il est trop scandaleux d'évoquer les questions de la résurrection des morts ou de l'existence de Dieu. Voici la fin du texte dans 1657 :

« Il voulait continuer dans de si impertinents raisonnements ; mais je lui fermai la bouche, en lui priant de les cesser : comme il fit, de peur de querelle ; car il connaissait que je commençais à m'échauffer. Il s'en alla ensuite, et me laissa dans l'admiration des gens de ce Monde-là, dans lesquels, jusqu'au simple peuple, il se trouve naturellement tant d'esprit, au lieu que ceux du nôtre en ont si peu, et qui leur coûte si cher. Enfin, l'amour de mon pays me détachant petit à petit de l'affection, et même de la pensée que j'avais eue de demeurer en celui-là, je ne songeai plus qu'à mon départ ; mais j'y vis tant d'impossibilité, que j'en devins tout chagrin. Mon Démon s'en aperçut ; et, m'ayant demandé à quoi il tenait que je ne parusse pas le même que toujours, je lui dis franchement le sujet de ma mélancolie ; mais il me fit de si belles promesses pour mon retour, que je m'en reposai sur lui entièrement. J'en donnai avis au Conseil, qui m'envoya quérir et qui me fit prêter serment que je raconterais dans notre Monde les choses que j'avais vues en celui-là. Ensuite, on me fit expédier des passe-ports, et mon Démon, s'étant muni des choses nécessaires pour un si grand voyage, me demanda en quel endroit de mon pays je voulais descendre. Je lui dis que la plupart des riches enfants de Paris, se proposants un voyage à Rome une fois en la vie, ne s'imaginants pas, après cela, qu'il y eût rien de beau ni à faire, ni à voir, je le priais de trouver bon que je les imitasse. "Mais, ajoutai-je, dans quelle machine ferons-nous ce voyage, et quel ordre pensez-vous que me veuille donner le Mathématicien qui me parla l'autre jour de joindre ce globe-ci au nôtre ? — Quant au Mathématicien, me dit-il, ne vous y arrêtez point, car c'est un homme qui promet beaucoup, et qui ne tient rien. Et quant à la machine qui vous reportera, ce sera la même qui vous voitura à la Cour. — Comment ? dis-je, l'air deviendra pour soutenir vos pas aussi solide que la terre ? C'est ce que je ne crois point. — Et c'est une chose étrange, reprit-il, que ce que vous croyez et ne croyez pas ! Eh ! pourquoi les Sorciers de votre Monde, qui marchent en l'air et conduisent des armées de grêles, de neiges, de pluies et d'autres tels météores, d'une province en une autre, auraient-ils plus de pouvoir que nous ? Soyez, soyez, je vous prie, plus crédule en ma faveur. — Il est vrai, lui dis-je, que j'ai reçu de vous tant de bons offices, de même que Socrate et les autres pour qui vous avez tant eu d'amitié, que je me dois fier à vous, comme je fais, en m'y abandonnant de tout mon

cœur." Je n'eus pas plutôt achevé cette parole, qu'il s'enleva comme
un tourbillon et, me tenant entre ses bras, il me fit passer, sans incom-
modité, tout ce grand espace que nos Astronomes mettent entre nous
et la Lune, en un jour et demi ; ce qui me fit connaître le mensonge de
ceux qui disent qu'une meule de moulin serait trois cent soixante et
tant d'années à tomber du Ciel, puisque je fus si peu de temps à tomber du globe de la Lune en celui-ci. Enfin, au commencement de la
seconde journée, je m'aperçus que j'approchais de notre monde. Déjà
je distinguais l'Europe d'avec l'Afrique, et ces deux d'avec l'Asie,
lorsque je sentis le soufre que je vis sortir d'une fort haute montagne ;
cela m'incommodait de sorte que je m'évanouis. Je ne puis pas dire ce
qui m'arriva ensuite ; mais je me trouvai, ayant repris mes sens, dans
des bruyères sur la pente d'une colline, au milieu de quelques pâtres
qui parlaient italien. Je ne savais ce qu'était devenu mon Démon et je
demandai à ces pâtres s'ils ne l'avaient point vu. À ce mot, ils firent le
signe de la croix, et me regardèrent comme si j'en eusse été un moi-
même. Mais, leur disant que j'étais Chrétien, et que je les priais par
charité de me conduire en quelque lieu où je pusse me reposer, ils me
menèrent dans un village, à un mille de là, où je fus à peine arrivé, que
tous les chiens du lieu, depuis les bichons jusqu'aux dogues, se vinrent
jeter sur moi, et m'eussent dévoré si je n'eusse trouvé une maison où
je me sauvai. Mais cela ne les empêcha de continuer leur sabbat, en
sorte que le maître du logis m'en regardait d'un mauvais œil ; et je
crois que, dans le scrupule où le peuple augure de ces sortes d'accidents, cet homme était capable de m'abandonner en proie à ces animaux, si je ne me fusse avisé que ce qui les acharnait ainsi auprès de
moi était le monde d'où je venais, à cause qu'ayant accoutumé
d'aboyer à la Lune, ils sentaient que j'en venais et que j'en avais
l'odeur, comme ceux qui conservent une espèce de relent ou air
marin, quelque temps après être descendus de dessus la mer. Pour me
purger de ce mauvais air, je m'exposai sur une terrasse, durant trois
ou quatre heures, au Soleil : après quoi, je descendis, et les chiens, qui
ne sentaient plus l'influence qui m'avait fait leur ennemi, ne m'aboyè-
rent plus et s'en retournèrent chacun chez soi. Le lendemain, je partis pour Rome, où je vis les restes des triomphes de quelques Grands
Hommes, de même que ceux des siècles : j'en admirai les belles
ruines, et les belles réparations qu'y ont fait les Modernes. Enfin, après
être demeuré quinze jours en la compagnie de M. de Cyrano, mon
Cousin, qui me prêta de l'argent pour mon retour, j'allai à Civita-Vec-
chia, et me mis sur une galère qui m'amena jusqu'à Marseille. Pendant tout ce voyage, je n'eus l'esprit tendu qu'aux merveilles de celui
que je venais de faire. J'en commençai les mémoires dès ce temps-là ;
et, quand j'ai été de retour, je les ai mis autant en ordre que la mala-

die qui me retient au lit me l'a pu permettre. Mais, prévoyant qu'elle sera la fin de mes études et de mes travaux, pour me tenir parole au Conseil de ce Monde-là, j'ai prié M. Lebret, mon plus cher et mon plus inviolable ami, de les donner au Public avec l'*Histoire de la République du Soleil,* celle de l'*Étincelle,* et quelques autres Ouvrages de même façon, si ceux qui nous les ont dérobés les lui rendent, comme je les en conjure de tout mon cœur. »

Page 155.

1. Conte de Peau d'Âne. Avant d'être mis en texte par Perrault, c'était un des récits populaires de la tradition orale.

2. C'est une sorte de question de cours, déjà débattue chez les Pères de l'Église et les théologiens (par exemple chez saint Thomas d'Aquin, *Supplément,* q. LXXV-LXXXI), et qui était en bonne place dans les exercices de *disputatio* scolastique.

Page 156.

1. L'argumentation paraît assez spécieuse. Le « fils de l'hôte » est un personnage de défi à la *doxa.*

2. Ces pages, caractérisées par un bel art de la progression, confirment que *Je* n'est plus qu'une instance de provocation du discours paradoxal.

3. *Je* s'essaie à l'argument du pari, mais de manière niaise, en s'appuyant exclusivement sur la tradition et le principe d'autorité.

Page 157.

1. C'est la doctrine officielle de l'Église, en particulier dans la tradition thomiste. Les contemporains de Cyrano pouvaient aussi se référer à la leçon de l'augustinisme (issue, par exemple, du deuxième *Contre Julien*) sur les relations complexes du libre arbitre, de la volonté, et de la grâce.

2. C'est notre « coucou, le voilà ! ». Amusant reproche d'infantilisme.

3. L'argument du pari est très ancien. Depuis le début du XVIIᵉ siècle il a retrouvé vigueur chez nombre d'apologètes (voir Julien-Eymard d'Angers, *Pascal et ses précurseurs,* Nouvelles Éditions latines, 1954). L'originalité de Cyrano est de mettre dans la bouche du « fils de l'hôte » une démonstration très solide prenant le contre-pied de l'argumentation traditionnelle, et recourant au thème du Dieu caché qu'exploitera Pascal. À bien lire le texte toutefois, le « fils de l'hôte » ne prouve ni même ne prétend prouver que Dieu n'existe pas, mais qu'il n'est ni absurde ni insensé de parier que Dieu n'existe pas. Non pas opposer une vérité à une autre, mais une probabilité, une vraisemblance, à une autre. Quelque audacieux qu'il paraisse, le « fils de l'hôte » demeure donc, malgré tout, libertin.

4. C'est le portrait de la créature diabolique des légendes populaires.

Page 158.

1. Aspects : terme astrologique définissant l'influence des configurations célestes sur l'homme.

2. Cette annonce d'une justice divine préfigure celle du *Dom Juan* de Molière. Le couple formé par *Je* et le « fils de l'hôte », leur dialogue, la distribution des rôles et des textes, leur psychologie, la parenté des dénouements, ont certainement inspiré Molière dans la constitution du couple Dom Juan-Sganarelle. Voir *Cyrano de Bergerac romancier*, p. 103.

3. « Fois, faix ou faux du corps » : l'endroit où s'arrêtent les côtes, donc le milieu du corps.

4. Embrasser : prendre dans ses bras.

5. Dans *Le Pédant joué* (II, 2, *O. C.*, Belin, p. 183), Mathieu Gareau déclare : « Je pense que mon maistre appelet cela le païs des Bassins, où le monde est noir comme des Antechrists. »

6. Dans cette brève description il y a des remarques astronomiques qui seront développées dans *Les États et Empires du Soleil*.

7. Nouvelle moquerie des croyances populaires.

8. Sans doute le Vésuve. *Je* tombe sur le royaume de Naples.

Page 159.

1. Langue et langage. *Je* parle français, grec, latin, espagnol, italien et sélénien.

2. D'une part *Je* arrive de la Lune, comme Adam dans le récit d'Hélie. D'autre part une dernière métamorphose animale fait du « premier Adam » le premier chien de la Création.

3. Tout à l'heure : tout de suite.

Page 160.

1. La remarque n'est pas seulement ironique. La Mothe Le Vayer (*De la vertu des payens*), dans sa critique du jansénisme, insiste sur le fait qu'il est absurde et injuste de considérer comme vouées à la damnation des populations qui n'ont pas pu se convertir puisqu'elles n'ont pas eu connaissance de l'Évangile.

2. Le texte se clôt sur un jeu de mots intéressant qui donne à l'expression une dimension indéfiniment spéculaire.

LES ÉTATS ET EMPIRES DU SOLEIL

Page 163.

1. L'édition de 1657 des *États et Empires de la Lune* se conclut par un embarquement vers Marseille, alors que le texte des manuscrits, plus

imprécis, permet une arrivée à Toulon : l'auteur a voulu, par ce début comme par d'autres notations des premières pages des *États et Empires du Soleil*, assurer la continuité entre les deux récits.

2. Même manifestation fougueuse d'amitié du démon de Socrate à l'égard de *Je*, p. 84.

Page 164.

1. La phrase rappelle opportunément un des thèmes des *États et Empires de la Lune*.

2. Retour sur la thématique du monde renversé.

3. Colignac : le nom de l'hôte chez qui *Je* s'est retiré semble inventé, mais il évoque le Sud-Ouest d'où venaient ces cadets de Carbon de Casteljaloux, camarades de Cyrano lorsqu'il entre dans la Compagnie en 1638 — également région natale de Théophile de Viau et site d'affrontements entre catholiques et protestants.

Page 165.

1. *Les États et Empires de la Lune* avaient annoncé *Les États et Empires du Soleil*. Et ceux-ci exposent la genèse de ceux-là. Cette imbrication du livre dans les livre est une caractéristique de la création cyranienne.

2. Rebattait : répétait, redisait incessamment.

3. Cahier : assemblage de feuillets correspondant à une unité narrative. Le mot peut nous informer sur le processus d'écriture de Cyrano.

4. Prôner : louer en public.

5. Enroué : c'est le mot qui qualifie le langage du premier Canadien rencontré par *Je*.

6. On remarquera que l'auteur se garde d'utiliser l'expression *L'Autre Monde* pour intituler *Les États et Empires de la Lune*. Cela justifie mon hypothèse de lecture d'un roman en deux parties sous un titre commun. L'éditeur de 1657, en proposant le titre *Histoire Comique, par M. Cyrano de Bergerac, contenant les Estats et Empires de la Lune*, laissait d'ailleurs la porte ouverte à un « *et les États et Empires du Soleil* ».

7. Les grands esprits.

8. Philosophe : ce mot magnifique, si fréquent dans le roman, va progressivement prendre au XVIIᵉ siècle un sens inquiétant, servir à désigner les esprits douteurs et questionneurs, pour finir par qualifier dans les dictionnaires du XVIIIᵉ siècle les ennemis de la religion.

9. Les choses s'inversent.

10. Voir p. 155, n. 1.

11. Saint Mathurin : le patron des fous.

Page 166.

1. Preuve de l'importance des phénomènes littéraires dans la vie sociale de l'époque. *Les États et Empires de la Lune* ont donc circulé sous forme manuscrite.

2. Barbes : terme familier pour désigner des personnages qui veulent être pris au sérieux. La mode étant venue de se raser, les « barbes » étaient anachroniques. La « longue robe » est un attribut des doctes et des magistrats.

3. Retirez : offrez retraite à.

4. Toulouse était une ville redoutée des esprits libres. Vanini y avait été exécuté en 1619. Le parlement de Toulouse s'était illustré dans les condamnations pour sorcellerie. Déjà au Canada on avait soupçonné *Je* d'être sorcier.

5. Bête : c'est une des appellations du Diable.

6. Démon : le mot est entendu ici dans son sens infernal.

7. La phrase est très importante : elle prouve que *Les États et Empires du Soleil* s'inscrivent comme la suite des versions manuscrites des *États et Empires de la Lune* où *Je* est emporté avec le « fils de l'hôte » par un diable, et non de la version de 1657 où *Je* est transporté par le démon de Socrate.

Page 167.

1. Que signifie ce verbe « voir » ? Le personnage a-t-il une expérience personnelle, et donc une pratique, des procès de sorcellerie ? Mêle-t-il le « voir » et l'ouï-dire ?

2. Enclouûre : empêchement, obstacle.

3. Par considération pour vous.

4. « Avec sa courte honte » : se dit quand on a échoué dans une entreprise.

5. Une comète était dite « chevelue » lorsque « le soleil et la comète sont diamétralement opposés et que la Terre est entre deux ; car alors... il ne paraît que quelque peu de rayons autour en guise de chevelure » (Furetière).

Page 168.

1. Ceux qu'on brûlait sur un bûcher n'avaient pas droit à une tombe. Depuis le xive siècle le mot « voirie » pouvait signifier « lieu de dépôt des ordures ».

2. Voir la lettre *Contre les sorciers* où Cyrano s'exprime comme *Je.*

3. Ce n'est pas seulement du papier. Les « parchemins de justice » sont menaçants.

4. C'est le vrai paradis terrestre. Mais c'est justement cet usage du divertissement qui engage la réflexion pascalienne.

5. On ne peut pas plus identifier Cussan que Colignac. Mais les amis de *Je* sont de même qualité que ceux que Le Bret attribue à Cyrano dans la Préface de l'édition de 1657.

Page 169.

1. Cette magnifique description de l'*otium* d'une élite sociale et intellectuelle, c'est ce qui s'appelait «débauche». De ce paradis il faudra bien que *Je* soit une deuxième fois chassé.

2. Pasteur : curé.

3. On disait les Normands portés à la chicane. Dans *Le Pédant joué*, Granger propose une étymologie cocasse : «Normandie, quasi venu du Nord pour mendier» (I, 1, *O. C.*, Belin, p. 171).

4. Plaidé : les cas de procès entre un curé et un seigneur n'étaient pas rares. Voir le fameux curé Meslier, au début du XVIIIe siècle.

5. Bénéfice : revenu lié à une église ou à une paroisse. Dans les cas de mésentente le curé pouvait vouloir changer d'église.

6. Qui veut ou fait le Mal (latin : *malignus*). L'expression le Malin désigne souvent le Diable. Ce curé fait penser au Messire Jean de la *Lettre satyrique XII* (*O. C.*, Belin, pp. 96-97).

7. Exécration : au sens étymologique : rejet hors du sacré.

8. Corneille Agrippa de Nettesheim, cité dans la *Lune* (p. 78) et présent chez Naudé dans l'*Apologie pour tous les grands personnages qui ont été faussement soupçonnés de magie*. Suspect de magie.

9. À la poursuite : à l'initiative.

Page 170.

1. Première d'une série d'annonces qui doivent préparer à quelque drame à venir. Procédé romanesque, non sans malice chez Cyrano.

2. Offusqué : assombri, noirci.

3. Matineux : forme plus fréquente à l'époque que «matinal». Tout ce passage fait penser à la *Première Journée* de Théophile (*Libertins du xviie siècle*, t. I).

4. Palissade : haie d'arbres de basse tige dont on étirait les branches latéralement.

5. D'aussi loin que.

Page 171

1. Environ : employé comme préposition au XVIIe siècle.

2. Euterpe : muse de la poésie lyrique et de la musique, souvent représentée avec une couronne de fleurs et une flûte double.

3. Sarbatane : graphie du XVIIe siècle pour «sarbacane». Il faut se rappeler que dans le *Francion* de Sorel, au livre III (Folio, pp. 148-149), une sarbacane provoque de la même façon un envol du héros. Sorel est toujours présent

Page 172.

1. Trois songes prémonitoires vont donner un caractère romanesque au récit.

2. Barbe : cheval de petite taille, très vigoureux.

3. *Je* porte désormais un nom, Dyrcona, anagramme de Cyrano d(e).

4. La phrase comporte une rupture de construction.

5. Travail : fatigue résultant d'un dur effort.

Page 173.

1. J'ai analysé ailleurs l'importance du rêve de Dyrcona (voir *Cyrano de Bergerac romancier*), à la fois expression du rêve d'envol commun à toute l'humanité et peut-être aussi sorte de confidence de l'écrivain. La nature cauchemardesque de l'expérience nocturne, rêve d'angoisse, correspond à un tempérament tourmenté par « l'humeur noire ». Mais voici que vient le rêve heureux, à l'origine même de la fabrication du roman. Le rêve s'achève comiquement au pied du lit, mais l'épisode romanesque marque le début de l'accomplissement du désir d'évasion : l'écriture va permettre d'échapper à un monde où la liberté est entravée. Le rêve de Dyrcona légitime et fonde la fiction romanesque.

2. Mélancolie : bile noire, état médical. Mélancolique ou « atrabilaire », Alceste a la bile noire en excès (*Le Misanthrope*, I, 1). Depuis l'Antiquité rêves et physiologie sont associés.

3. Épreindre : presser.

4. Simple prémonition, et expression de la « sympathie » qui unit les trois amis.

5. L'expression familière est déjà dans Larivey, au XVIᵉ siècle.

6. C'est un des termes de l'exégèse biblique.

Page 174.

1. Le participe est au pluriel car il se rapporte aux trois personnages.

2. Le livre est la première des sources de plaisir.

3. Coureur : cheval.

4. Écoutez : le mot du diseur d'histoires.

5. Rencontre : au masculin chez Cyrano.

6. Plain-chant : type de musique liturgique créé au Moyen Âge, et encore en cours au XVIIᵉ siècle.

7. Premiers mots de l'Évangile selon saint Jean : « *In principio erat verbum…* »

8. Le « phantôme » martyrise le latin de l'exorcisme « *Satanas Diabolus…* »

Page 175.

1. Papillotes : morceaux de papier. — L'épisode, dramatique dans ses implications réelles, est traité sur le mode burlesque. Le fond ironique n'en est que plus riche.

2. Sangué : juron masqué : par le sang de Dieu. Les jurons étaient sévèrement réprimés ; on les cachait sous des formes apparemment innocentes.

3. Grouilles : agites, bouges. On retrouve le vocabulaire patoisant de Mathieu Gareau dans *Le Pédant joué.*

4. Subjonctif : « Que le diable… »

5. Invariable, parce que utilisé comme adverbe.

6. Monument : tombeau.

7. Claveau : maladie spécifique des brebis. Évocation des superstitions liées à la sorcellerie et aux pouvoirs maléfiques des sorciers.

Page 176.

1. Désastres : le mot va revenir. Il est d'origine astrologique : - désastre. Mais, dans le cas d'un voyageur de l'espace, il est employé avec quelque esprit.

2. Émotion : mouvement, poussée.

3. Autrement dit, alias.

4. Acalifourchonné : le mot est créé par Cyrano.

5. Pitaut : paysan, qui autrefois entrait dans la piétaille des armées.

6. Cf. Descartes, *Principes de la Philosophie*, troisième partie, *De mundo aspectabili.* Indice probant d'une lecture de Descartes par l'auteur.

7. Cernes : cercles magiques. Voir le début du *Francion* de Sorel.

8. Cf. *Principes de la Philosophie*, Quatrième Partie, *De terra.* Plusieurs pages sont consacrées à l'aimant, et deux figures correspondent à cette description.

9. Sorte d'ébauche d'un conte populaire. Le crapaud passait pour créature diabolique.

10. Pochettes : petites poches.

11. Grimoires : ouvrages contenant les formules permettant de faire venir les démons.

Page 177.

1. Parce que Dyrcona a été poussé violemment.

2. D'abord que : dès que.

3. Ce passage rappelle sur un ton d'humour le *Theophilus in carcere*, la triste description de la prison de Théophile (*Libertins du XVIIᵉ siècle*, Pléiade, t. I, pp. 47 *sq.*)

4. Vertubleu : par la vertu de Dieu.

Page 178.

1. Je m'en tirerais à mon honneur.
2. Un tel traitement était réservé aux prisonniers les plus prestigieux.
3. Boteau : botte.

Page 179.

1. Limaces. Même graphie dans *Le Pédant joué* (*O. C.*, Belin, p. 185). C'est la description traditionnelle de la geôle chez les poètes satiriques.
2. Jeu de mots avec l'usage médical de « pierre » : la gravelle.
3. Cf. Ancien Testament, Livre de Job, 2, versets 8 et 9.
4. Grosse : trousseau.
5. À la suite.
6. Et si : et pourtant. Le « rustaud » retrouve le ton et tous les tics de Mathieu Gareau. Voir *Cyrano de Bergerac poète et dramaturge* pour l'analyse du parler paysan.
7. D'après.
8. Morguienne : mort de Dieu.
9. Que vous avez.
10. Jerniguay : pour « Je renie Dieu ». Testiguay : tête de Dieu.
11. Le proverbe, à l'origine mot de la sagesse populaire, n'est plus qu'un tic de langage.

Page 180.

1. En disant que.
2. Enseignes : preuves ou marques données de la vérité d'une chose.
3. Le scapulaire est une pièce de vêtement que les ecclésiastiques portaient sur leur soutane, en signe de dévotion à la Vierge. Il existait une Confrérie du Scapulaire, un peu secrète, et dont les membres portaient discrètement un petit scapulaire sous leurs habits.
4. Dea : certes. Graphie contractée dans « oui-da ».
5. Maître des hautes œuvres : le bourreau.

Page 181.

1. Afin que je ne sois pas.
2. Il y a « Commère Massée » dans *Le Pédant joué* (*O. C.*, Belin, p. 188).
3. C'est un des tours dont on soupçonnait les sorciers. Voir la lettre *Pour les sorciers* (*O. C.*, Belin, pp. 57-61).
4. Offrande : moment où l'on offrait quelque chose au prêtre, en même temps que le baiser de paix.
5. Poste : transport en commun de l'époque, tiré par des « chevaux de poste »

Page 182.

1. Mascarade : personnage portant un masque de carnaval.
2. Conjurais : implorais (au nom de ce qu'il y a de plus sacré).
3. Médiocre : normal, ordinaire, de moyenne condition.
4. Admiration : étonnement.
5. Attrapé : pris ou trompé.

Page 183.

1. Au moment de la résurrection des morts, les «corps glorieux» (ceux des «élus») seront libérés des lois de la matière.
2. Fraction : effraction.
3. Porte-chaises : ceux qui ont la charge des chaises à porteurs.
4. Dans la mesure où.
5. Celui qui aide le curé dans la gestion des affaires temporelles de la paroisse. Aucun honneur à être le «marguillier» d'un bourreau.
6. Bayeur : un badaud, qui baye aux corneilles.

Page 184.

1. Sergent : officier de justice.
2. Quaisman : «quaimand» au xvie siècle, «caimand» chez Furetière : mendiant.
3. Bribe : morceau d'aliment, au xviie siècle. Chez Rabelais, au pluriel, le mot a le sens d'«aumônes».
4. Colomb et Magellan : deux de ces grands explorateurs qui ont bouleversé la conception du monde et transformé la perception de l'humanité, en contestant l'européocentrisme.
5. Gagner : vaincre, se rendre favorable.

Page 185.

1. De traverser : la construction «de» suivi de l'infinitif a le sens de «en» suivi du gérondif causal.
2. «Charme» qui vainc un autre «charme» (au sens magique).
3. Vénerie : équipage de chasse à courre.
4. En original : en réalité.

Page 186.

1. Dévalai : descendis, baissai précipitamment.
2. Contagion : maladie de nature épidémique et en particulier la peste.
3. Double : petite pièce qui vaut deux deniers.
4. M'ôter les moyens de fuir.
5. Foudroyèrent : lancèrent comme la foudre.

Page 187.

1. « Le grand prévôt » était « un juge d'épée qui a juridiction dans la Maison du Roi » (Furetière). Il pouvait y avoir rivalité d'intérêt entre ses sbires et ceux d'une autre juridiction.

2. Bâclâmes : fermâmes au moyen de chaînes et de barres.

3. Cyrano poursuit sa métaphore de la chasse, car le « fort » est le lieu où se réfugie une bête traquée. Jeu de mots possible, car la prison est fortifiée.

Page 188.

1. Morgue : dans ce deuxième guichet on maintenait les prisonniers pour que les gardiens se familiarisent avec leur visage afin de les identifier.

2. Jeu de mots sur le sens de « vomir ».

3. Syncope caractéristique du parler paysan chez Cyrano. Voir *Le Pédant joué.*

4. Griller : glisser (comme chez Mathieu Gareau dans *Le Pédant joué*).

5. À cause de l'obscurité. Souvenir du latin où « les yeux » se disent « *lumina* » ?

6. Genouil : forme vieillie de « genou ».

Page 189.

1. « Les serpents ont la langue mince, et à trois fourchons branlants et fort longs » (Furetière).

2. Intervention du narrateur, et jeu sur les temps.

3. La vie est un équilibre (comme dans la médecine des humeurs). La mort est un désordre.

4. Animalisation burlesque.

Page 190.

1. Nicolas : appellation commune du paysan.

2. Connaître : reconnaître.

3. Présager : deviner.

4. Particularisé : détaillé, précisé.

Page 191.

1. Nouvelle raillerie sur la crédulité populaire devant les pouvoirs supposés des magiciens et sorciers.

2. Rencontre frontale.

3. Chez Montaigne aussi (*Apologie...*) l'instinct — présence et voix de la Nature — peut être supérieur à la raison.

Page 192.

1. Buffle : le mot signifie communément « imbécile ». Autre forme de réduction à l'animal.

2. Cela implique qu'il était au plus bas de l'échelle des « bénéficiers ».

3. Patelina : gagna à sa cause.

4. Dîme : redevance due au curé (à l'origine un dixième du revenu) pour les besoins de la paroisse.

5. Franche : une « terre » pouvait être exempte d'imposition, en raison des services rendus ou d'un rachat global préalable.

6. On laissait pendre à un croc le sac dans lequel se trouvaient les pièces d'un procès.

7. Vertigo : attesté, comme « vertige », chez Furetière.

8. Dévolu : droit acquis à un supérieur de conférer un bénéfice en cas de contestation ou de vacance.

Page 193.

1. Rapatriés : réconciliés.

2. Traverser : contrarier, nuire.

3. Ajustée : préparée, meublée et ornée.

4. Nouvelle mention de l'importance du livre.

5. Fossés « escarpés et qui ont peu de talus, dont les deux côtés sont presque à plomb » (Furetière).

6. Manifestation d'amitié, mais preuve aussi de l'émotivité générale des hommes au xviie siècle.

Page 194.

1. Le personnage ne va pas réapparaître, et cette disparition entre dans les indices de l'inachèvement du roman.

2. Six pieds : environ deux mètres.

3. Vaisseau : récipient, petit vase.

4. Pertuis : orifice.

5. Icosaèdre : figure géométrique comportant vingt faces.

6. Ardent : miroir concave. De nombreuses expériences portaient sur ses effets de loupe (grossissement visuel ou mise à feu).

7. Gentillesses : objets séduisants par leur inventivité technique.

Page 195.

1. On connaissait à l'époque les sphères armillaires ; mais horloge à vent ou œil artificiel de nyctalopie sont de pures conjectures. L'horloge pneumatique ne sera inventée qu'au xixe siècle.

2. Ais : pièce de bois, planche.

3. L'effet de prisme a été signalé par Descartes dans sa *Dioptrique* et sera analysé par Newton.

4. Il y a dans ce texte une alliance remarquable de l'imagination technicienne et de la créativité poétique.

5. Début de pages très nouvelles dans la littérature où l'auteur consigne les sensations liées à l'envol, et invente les perceptions du voyageur de l'espace.

Page 196.

1. Devant le résultat, à la suite du résultat.

2. Vuide : ce n'est pas vraiment le vide, mais une dilatation de l'air dont l'ingénieur-narrateur suppose qu'il va provoquer un double mouvement d'expulsion par le haut et d'intrusion par le bas.

3. Qu'en : sans qu'en.

4. Digéré : bien organisé.

5. À plomb : perpendiculairement.

6. Guinda : m'éleva. En fauconnerie «guinder» qualifie le vol de l'oiseau au-dessus des nuages.

7. Entonné : entré comme dans un tonneau.

8. Dans le traité des *Météores* de Descartes, les météores sont des vapeurs et exhalaisons de la Terre, toujours en mouvement, sous l'effet du soleil, et à l'origine des vents. La présence de Descartes dans le roman ne va cesser de s'accentuer : Cyrano lecteur.

9. L'auteur devance les questions possibles, ne manque jamais d'argumenter, d'expliquer.

Page 197.

1. Ardeur : chaleur.

2. Utilisation humoristique de la formule aristotélicienne dénoncée dans la *Lune*.

3. Le passage repose sur l'hypothèse d'une sorte de turbopropulsion.

4. Éther : dans l'ancienne astronomie, l'éther constituait le milieu subtil dans lequel se déplaçaient en orbites parfaites les corps supra-lunaires.

5. Essence : extrait et concentré de substance vitale.

6. Le roman a une visée didactique, ou au moins pédagogique.

7. Comme dans la *Lune*, «chaleur radicale» et «humeur radicale» sont indispensables à la vie.

Page 198.

1. Âme : principe de vie.

2. Brouine : on peut penser à une forme ancienne de «bruine», mais il faut aussi se rappeler que le vieux verbe «brouir» a, en botanique, le sens de «dessécher et brûler» bourgeons et jeunes pousses sous l'effet du soleil ou de la gelée.

3. Considérations théoriques. Synthèse audacieuse entre la pensée d'Héraclite et l'atomisme d'Épicure.

4. Consommaient : consumaient.

5. Bluettes : «petites étincelles de feu» (Furetière). Définition qui fait du feu une sorte d'en-soi.

Page 199.

1. L'adjectif «spirituelle» annonce les développements sur le soleil.

2. Le feu ne se confond ni avec la chaleur ni avec la combustion. Pour Héraclite le feu est un «élément», terme repris par Furetière. Dans Descartes (*Principes*, III, 22) «le soleil n'a pas besoin d'aliment comme la flamme».

3. Le feu élément pur et purificateur. Le mythe solaire des *États et Empires du Soleil* s'exprime d'abord en mythe du Feu.

4. Dans *Les Passions de l'âme* (art. XCIX), Descartes avait exposé de manière comparable la matérialité physiologique des expériences liées à la joie.

5. Âtre : bile noire, atrabile, que l'on croyait sécrétée par les surrénales.

6. Température provoquée par la fièvre, dont le mécanisme est plutôt épicurien que galénien.

Page 200.

1. Retour sans transition à la narration.

2. Phaéton : cette nouvelle comparaison à un personnage mythologique introduit dans le texte une tonalité ambiguë, mi-ludique misérieuse.

3. Étrange lapsus. L'erreur vient-elle de Cyrano lui-même, ou d'un relecteur incompétent ?

4. Qualité de la vision du monde, tel du moins qu'on croyait le connaître.

5. Révolutions : au sens astronomique.

6. Exaltation : altitude atteinte par l'ascension.

7. *Je* ne fait qu'un avec sa machine, alors qu'elle subit l'attraction des corps célestes.

8. Prescience remarquable des phénomènes de la mécanique céleste.

9. Étoile : la suite prouve l'impropriété du terme.

10. Sous la forme d'un croissant. C'est l'observation des phases de Vénus qui avait provoqué la remise en cause progressive du dogme de la circularité des orbites célestes. Gassendi, après Galilée, avait beaucoup travaillé sur le cas de cette planète.

Page 201.

1. Voir aussi Descartes, *Principes*, III, 10 : « Que [la lumière] de la Lune et des planètes est empruntée au Soleil ».

2. Les astronomes étaient en train de découvrir les satellites des planètes.

3. Rêvant : pensant, réfléchissant. Sens courant au XVIIe siècle.

4. C'est dans Empédocle que la matière s'unit par la force de l'Amour. Chez Platon (*Timée*) s'exerce la puissance du « Même ».

5. Cyrano a pu satisfaire sa curiosité scientifique dans la tradition de la physique du ciel ; mais il a dû avoir connaissance de l'œuvre de Descartes : en particulier la Troisième Partie des *Principes* (que le héros du roman transportait quelques pages plus haut). Il y ajoute quelques intuitions qui annoncent les théories de Laplace dans *L'Exposition du système du monde* (1796).

6. Tous les acquis de l'astronomie nouvelle sont présents. Galilée en 1610 a annoncé la découverte de trois satellites de Jupiter.

Page 202.

1. C'est encore Descartes qui propose une théorie corpusculaire de la lumière dans la *Dioptrique*, Première Partie.

2. Depuis le début du siècle tous les observateurs du ciel s'ingéniaient à expliquer ce phénomène ; récemment Scheiner, Gassendi, Descartes (*Principes*, III, 94 *sq.*). La découverte des taches solaires ou macules avait mis fin au mythe de l'incorruptibilité du monde supralunaire, dans la cosmologie antique.

3. Dans *Les États et Empires de la Lune* déjà la question de la mort du Soleil était posée. Descartes (*Principes*, III, 96 *sq.*) pensait que les taches solaires se détruisaient et qu'il en naissait sans cesse de nouvelles.

4. Animaux : êtres vivants. — La page propose une esquisse de théorie de l'évolution. La question des origines est au cœur de l'exploration entreprise par *Je*-Dyrcona.

5. Cf. *Œuvres morales, Les oracles qui ont cessé, et pourquoi*.

6. Aucune révolte des anges dans la Bible. Une allusion dans l'Apocalypse, 12, et dans le Talmud de Babylone (*Sanhédrin* 38b). Dyrcona réécrit une cosmogonie où se mêlent librement tradition judéo-chrétienne et mythologie gréco-latine.

Page 203.

1. Mathématiciens : tous ceux qui calculent, astrologues comme astronomes.

2. Baissai : descendis.

3. Extase : mot masculin chez Cyrano.

4. Trait qui marque un souci de vraisemblance.

5. Ruines : coulées.

Page 204.

1. La langue maternelle.
2. Sciences : connaissances, savoir.
3. Conception : faculté de concevoir.
4. Et pourtant.
5. La langue est donc composée de trois éléments principaux : lettres, mots, syntaxe (logique).
6. Matrice : langue originelle et source des autres.
7. Le xviiie siècle est très riche en réflexion et en recherche sur le langage, sur l'origine des langues. La source principale des linguistes se trouve dans la Bible (Genèse, 2, 19-20), l'exégèse biblique et les commentaires. La langue première, c'est la langue d'Adam qui se voit attribuer le droit de nommer les objets de la Création. Sur la nature de cette langue originelle, le P. Athanase Kircher, le plus célèbre des spécialistes, se prononce dans un ouvrage de référence, *Turris Babel sive Archontologia* : à l'époque d'Adam une langue naturelle a été donnée par Dieu dès le premier jour, antérieure à toute organisation sociale, donc non produite par la nécessité de communiquer ; les mots disaient immédiatement les choses. Adam aurait donc possédé la science universelle, inventé lettres, mots, structures de la langue-mère (opinion de Claude Duret, *Thrésor de l'histoire des langues*, 1613). Tout le siècle rêve de retrouver ou réinventer cette langue. Plus tard, en 1666, Leibniz espérera, avec son *ars combinatoria*, retrouver la langue universelle, « la langue d'Adam ».

Page 205.

1. Cf. Genèse, 1, 28.
2. Police : organisation institutionnelle et sociale.
3. Coction : cuisson.

Page 206.

1. Nombre symbolique appliqué par la Bible au Déluge.
2. Humeur : liquides, eaux.
3. Dans *La Cité du soleil* de Campanella, selon le Génois c'est ce que disent des Solariens.
4. Morfondu : fait passer brutalement du chaud au froid.
5. Bube : petit bouton, tumeur.
6. L'idée de la génération par l'action du Soleil sur une Terre imbibée d'eau remonte à l'Antiquité : voir Empédocle ou Anaxagore. Même opinion dans *La Cité du soleil*. Dans la Genèse Dieu a créé l'homme de limon. — Le discours du « petit homme » est syncrétique : distinction classique des trois âmes, opinion de Galien sur la formation des organes de l'embryon (foie, puis cœur, puis cerveau), recon-

naissance d'un ordre hiérarchique des êtres, enfin recours à la notion alchimique de coction. Écriture d'une nouvelle Genèse où comme chez Sennert (*Hypomnemata Physica*) Dieu ne serait plus une cause physique, mais seulement « cause première et universelle ».

7. La gestation de la jument est de onze mois. Sur les incertitudes et les errances de la question de la procréation au XVIIᵉ siècle, voir Émile Guyénot, *Les Sciences de la vie aux XVIIᵉ et XVIIIᵉ siècles* (Albin Michel, 1941), et Jacques Roger, *Les Sciences de la vie dans la pensée française du XVIIIᵉ siècle* (Albin Michel, 1993).

Page 207.

1. Outre : au-delà (des neuf mois).

2. Période (au masculin) : temps nécessaire pour qu'un astre accomplisse le cycle de ses déplacements. Par extension : durée nécessaire pour qu'une chose se fasse.

3. Susciter l'objection pour animer l'esprit du texte comme d'une discussion.

4. Sans étayer mon raisonnement par.

5. Tradition pythagoricienne qui a ses prolongements dans l'astrologie et chez les cabalistes.

Page 208.

1. L'anthropocentrisme a été contesté, mais subsiste l'idée d'une finalité humaine de la Nature.

2. À la suite de Galien.

3. Phénomène de science infuse. Le petit homme entre dans l'improbable, s'éloigne du sérieux, risque la fable.

4. Dans ou sur les sphères. Le mot « sphère » nous ramène à la vieille cosmologie.

5. Analogiquement, à l'enthousiasme des prophètes de la Terre correspond l'inspiration par le Soleil, puissance spirituelle et source de lumière.

6. Conférence : discours un peu docte de « révélation ».

7. Premier et fort indice de désinvolture, de désintérêt pour un raconteur d'histoires. Voir aussi « taupinière » (p. 209). Nous pénétrons dans la mythographie que sont *Les États et Empires du Soleil.*

Page 209.

1. Avec les « germes » favorisant la génération spontanée et les homœoméries, on retrouve Anaxagore dans ce premier discours des *États et Empires du Soleil* où un personnage prétend répondre à la question de l'origine de la vie et de la composition de la matière.

2. Frères : le mot surprend.

3. Tranchées : douleurs abdominales.

4. La machine à icosaèdre a déjà été « maison ».

5. Comme : quand, lorsque.

6. Jeu de mots sur chasse et châsse. P. 194, il y avait le verbe « enchâsser ».

7. Si ma chemise n'était pas demeurée.

Page 210.

1. La narration inclut constamment des notations scientifiques ou techniques qui sont le fait de *Je*, alors que les personnages qu'il rencontre tiennent le discours du mythe.

2. Embrassée : prise dans mes bras.

3. Se rencontra : ce verbe, répété dans les derniers paragraphes, n'y est pas par simple négligence. Il souligne l'idée de hasard et d'accident. *Je* n'est pas un héros vivant des aventures qu'il dominerait.

4. Développai : enlevai (la chemise qui « enveloppait » le vase).

5. Début d'une magnifique description d'astronautique.

6. Nouvel engagement explicatif.

7. On a donc successivement l'examen des phénomènes biologiques de la traversée du ciel : après la faim, le sommeil. Les « esprits » sont des petits corps subtils qui font le lien entre le corps et l'âme. Un récit marqué par la volonté de vraisemblance.

Page 211.

1. C'est peut-être Empédocle qui le premier, selon Diogène Laërce, émit l'idée que « le ciel est semblable à du cristal », et selon Aetius « que le ciel est solide, formé par la condensation de l'air semblable à de la glace ».

2. Consterna : découragea, abattit.

Page 212.

1. Soleil source de la lumière intellectuelle (connaissance et lucidité) et physique (épurant la matière et faisant du corps de *Je* une sorte de « corps glorieux »).

2. Cf. Descartes, *Discours premier* de la *Dioptrique* : les corps possèdent tous des « pores », par lesquels passe la lumière. Le mot « pores » est utilisé par Cyrano un peu plus loin. La *Dioptrique* a été publiée en 1637 ; on peut penser que Cyrano l'a lue.

3. Transpirer : faire passer à travers comme un souffle. Je me demande s'il ne faudrait pas lire « transférer ».

4. « À travers de », incorrect mais employé à plusieurs reprises par Cyrano.

5. Cf. Descartes, *Dioptrique, Discours second, La Réfraction.*

6. Dans cette leçon d'anatomie, « circulation du sang » n'est pas forcément une référence à Harvey. L'expression figure chez Descartes (*Le Monde, Traité de l'Homme*, 8). Quant aux termes *diastole* et *systole* ils sont dans Ambroise Paré, au masculin comme chez Cyrano. Amusante invention de la radiographie.

7. Et pourtant.

Page 213.

1. Vuide : vide ? L'éther n'est pas vide, mais rare. L'idée que « l'air » se déplacerait dans le vide absolu rendrait le texte absurde.

2. La science accomplit pour *Je* des « miracles ». Le mot, malicieusement, audacieusement, n'est plus entendu dans le sens qui avait irrité le « fils de l'hôte ».

3. Comparer plus haut avec « la source du jour ». « Jour » est plus que « lumière » : il implique l'existence.

4. Père : le Soleil est source de la vie. Mais l'expression servait à désigner Dieu.

5. Cyrano joue ici avec la tradition des occultistes, mais aussi de Campanella ou de Comenius, sur la puissance du désir et de la volonté.

6. Imagination et volonté, deux facultés qui doivent permettre à l'homme d'aller au-delà de lui-même. Cf. *Les États et Empires de la Lune.*

Page 214.

1. Souci de vraisemblance. Il faut faire voir, prendre le lecteur à témoin.

2. L'instinct, dont le texte fait ailleurs l'éloge, n'est donc pas infaillible, surtout chez l'homme.

3. Débris : bris, destruction.

4. À l'humain et au terrestre est réservé l'opaque, l'obscur, le pesant. L'ascension vers le Soleil est bien une libération (voir le songe de Dyrcona).

5. Allusion aux légendes narrées dans les veillées.

6. Cyrano a pu avoir vent des expériences de Buratini en Pologne, grâce à Sorbière qui y était parti en mission.

7. Sur la machine à ailes mobiles de Buratini voir, par exemple, René Taton, « Le dragon volant de Burattini » (*Revue des sciences humaines*, 1982-1983, nos 186-187).

Page 215.

1. Comme certains saints personnages dans de pieux tableaux.

2. Fantaisie : puissance d'imaginer.

3. Microcosme : depuis Empédocle l'être humain était considéré, dans certains systèmes de pensée, comme un abrégé (microcosme) de l'Univers (macrocosme), ce qui suppose la possibilité d'interactions, d'influences réciproques. Cette théorie court chez les occultistes, ou les théosophes comme Robert Fludd.

4. De la fiction scientifique à la logique épistémologique, telle qu'elle se pratique depuis Aristote.

5. Façon courante d'exprimer la loi d'attraction.

6. Galilée a réformé l'analyse des lois définissant le mouvement des projectiles. Mais Gassendi s'y est également intéressé dans le *De motu impresso a motore translato* en 1642.

7. Tant y a : style familier.

8. L'interrogation porte sur la composition même du Soleil : est-il « pesant » ? exerce-t-il une pesanteur ?

9. Remarquable intuition des effets de l'apesanteur.

10. Le Soleil n'est pas le bout du monde. Retour du thème de l'infinitude du monde dans un passage à la fois poétique et comique. La notion de pesanteur va être élaborée de Galilée à Newton. On trouve chez Descartes (*Principes*, IV, 20) une définition proche de celle de Dyrcona, et complétée par les remarques de IV, 27.

Page 216.

1. Vestiges : pas, traces.

2. Apollon.

3. Désister de : renoncer à.

4. La mort par apoplexie pendant le sommeil était très redoutée. Les médecins recommandaient parfois de dormir peu et assis.

Page 217.

1. Coulaient : versaient.

2. Climats : régions.

3. Le sable : ce matériau, bien différent de ceux que Dyrcona a foulés depuis son arrivée, illustre le passage des régions lumineuses aux régions obscures.

4. Aussi loin que je la portais.

5. Cet emploi de « qui » n'est pas contraire aux usages du XVIIᵉ siècle.

6. Escarboucle : pierre précieuse, rouge comme le rubis, et de nature légendaire.

7. Chrysolite : pierre précieuse couleur d'or mêlé de vert.

Page 218.

1. Coupeau : faîte.

2. Le verbe « bouillonner » peut être rapproché de « coction »,

employé précédemment. L'épisode a donné lieu à bien des commentaires : il évoquerait la formation des corps par le mouvement des atomes.

3. Justement : précisément.

4. Page de caractère féerique. On pourrait imaginer que Cyrano se souvient d'un de ces contes du folklore que Perrault a immortalisés : *Le Petit Poucet*. On notera que le *Soleil* est plus volontiers poétique que la *Lune*.

5. « Je » : Dyrcona.

Page 219.

1. Que signifient les points de suspension ? Une censure ? Plutôt un signe par lequel l'auteur manifeste son intention de n'écrire que l'essentiel.

2. Accord avec le sujet le plus proche.

3. Resta dans : conserva.

4. Dyrcona a pour fonction romanesque d'être témoin (garant), ou, posant des questions, de susciter des réponses pour instruire, étonner, déconcerter le lecteur. — Le mot de « métamorphoses » renvoie le lecteur cultivé à Ovide, et a des résonances de poésie et de mythologie. Cette nature bouge, crée, compose et recompose.

Page 220.

1. Dans un monde où tout se transforme, le « véritable » c'est ce qui ne bouge pas ? Le vrai consiste dans la coïncidence du paraître et de l'être.

2. Estrapade : supplice militaire ; le soldat puni, mains liées derrière le dos, était hissé par une corde en haut d'une échelle d'où on le faisait tomber brutalement.

3. Peiner : donner de la peine.

4. Le petit homme de la macule. Le philosophe n'est donc pas seulement le détenteur d'un savoir austère.

5. Brutes : animaux.

6. À mesure qu'il recommence de s'opacifier, Dyrcona retombe dans les infirmités de l'humanité commune. Au royaume du démon de Socrate, il risque de redevenir le faire-valoir de ses interlocuteurs.

7. Cette désinvolture répond au principe de l'élaboration du récit par fragments.

Page 221.

1. Variation sur le thème de la *Lune* : le miracle, produit de l'ignorance de l'homme.

2. Vortice : tourbillon. Le mot évoque peut-être la théorie cartésienne des tourbillons (*Principes*, troisième partie).

3. Phénomène de «sympathie».
4. À jour : laissant passer la lumière du jour.
5. Volubilité : mobilité.
6. De taille moyenne.

Page 222.

1. Proposition assez gauche : au-delà de tout ce que les peintres ont été capables d'imaginer.

2. Ces qualificatifs peuvent faire penser que les «petits danseurs» sont comme des atomes, comme ces grains de poussière qu'on voit «danser» dans un rayon de lumière (cf. Lucrèce, *De rerum natura*, II, 114 *sq.*)

3. Cette autogenèse atomique n'est pas épicurienne. Chez Épicure la nature des corps que constituent les atomes dépend de la forme et du nombre de ceux-ci, non de leur poids. Le passage s'inspire peut-être de quelque phénomène naturel comme la formation d'un essaim d'abeilles autour de la reine, dans un chatoiement de couleurs.

4. Le sens de la proposition relative est obscur. Il faut comprendre que «tous les peuples» n'étaient pour le moment qu'un «chaos».

5. Le petit roi entre dans le corps comme une âme, principe de vie et d'unité. L'image éloigne le texte d'une interprétation lucrécienne (voir le chant III)

6. Élément important de l'*otium*. Cf. Montaigne.

Page 223.

1. Définition de la philosophie idéale, possible au Soleil, impossible sur Terre.

2. Curieusement : avec soin.

3. Rappel des propos du démon de Socrate sur la faillibilité des sens de l'homme.

4. Travail : fatigue, peine.

5. Le pays d'où vient le rossignol est celui où Dyrcona se sent le plus à l'aise. Le rossignol, c'est lui, c'est nous.

6. Barrière des apparences.

7. Dans un épisode fabuleux, la mythologie se multiplie. Le Soleil, lieu où l'on «raconte des histoires».

8. La lettre : les paroles.

Page 224.

1. Soleil et récits d'amours. Amours masculines?

2. Faire l'amour : xviie siècle, signifie se livrer aux galanteries amoureuses.

3. Travail : peine liée à une activité excessive.

4. La Nature imprime à l'animal deux mouvements contradictoires : solidarité, autoconservation ; le second est la loi suprême. Le petit rossignol ne le transgresse que par la force d'une passion qui mène à l'héroïsme.

5. Balança : hésita.

Page 225.

1. Nouveau miracle, mais d'une Nature qui a préservé toute sa puissance originelle.

2. Prévenu : qui croyait par prévention.

3. On est dans une Nature d'avant la Faute. En entrant au Soleil, Dyrcona découvre le monde où corps et âme, chose et pensée, sont si intimes que l'esprit peut commander à la matière.

4. Répétition de la conjonction « que »

Page 226.

1. Syntaxe désuète aujourd'hui.

2. Il : le petit rossignol — le premier « il » représente l'aigle.

3. Le rossignol est une figure de l'homme : incapable de concevoir du réel hors des limites de ses facultés de connaissance, il répète à propos de l'aigle un argument avancé dans la *Lune* à propos de l'Amérique.

4. On se trompe quand on n'a qu'une capacité limitée de raisonnement. Mais sans doute faut-il donner au pronom réfléchi tout son sens ; le rossignol serait en quelque sorte responsable de son erreur, par préjugé ou prévention.

5. À la Cour.

Page 227.

1. Leçons données à *Je* par le démon de Socrate.

2. Nouvelle opposition Nature-Surnature ; la Surnature est écartée.

3. Extension de la théorie atomiste ? Amplification d'un lieu commun ? Le Soleil est le lieu de la chaleur, du feu, de la fusion et de l'effusion de l'effervescence, du bouillonnement intellectuel, de la dilatation, de l'allégement, etc.

4. L'imagination exerce une puissance réelle sur le monde physique. L'effet en est d'autant plus facile que la matière est moins dense. Tous ces développements sur l'imagination ont pu être alimentés par le *De occulta philosophia* de Corneille Agrippa.

5. Sympathie spontanée dans la répartition des tâches. Mais cette complémentarité pose le problème de la liberté individuelle.

Page 228.

1. Batail : battant.
2. Également.
3. La matière n'aurait pas la stabilité atomique, elle serait conjonction de mouvements. Le petit roi suggère au lecteur une autre théorie du réel et de l'origine de la vie.
4. Cet autre monde échappe aux lois universelles de l'attraction et de la pesanteur : même la matière y est libre.
5. Contrairement à la règle énoncée dans la lettre *Contre les sorciers*, le texte fait confiance aux témoignages non vérifiés.
6. Cyrano a sous les yeux Montaigne, *Essais* I, 21, « De la force de l'imagination », et Corneille Agrippa, *De occulta philosophia* (I, 64) où Agrippa revient sur la *vis imaginativa* après Pline (*Histoire naturelle*, XI, 45). Cippus est un personnage légendaire cité par Ovide.

Page 229.

1. Il s'agit de Gallus Vibius : de qui est la faute sur son nom ?
2. Codrus : dernier de la série des rois légendaires d'Athènes. « Poulmonique » : malade des poumons. — Aucun personnage historique. On est bien dans le discours de la fable.
3. Le « mouvement » source et manifestation de la Vie.
4. Cf. Corneille Agrippa, *ibid.* On a longtemps cru que les femmes enceintes pouvaient par force d'imagination ou désir inassouvi marquer l'enfant qu'elles portaient dans leur sein (« taches » de fraise ou lie-de-vin).
5. Hypocondriaque. Selon la médecine ancienne, les hypocondres, situés de part et d'autre de l'épigastre, pouvaient envoyer au cerveau des « vapeurs » qui rendaient fou.
6. Émotion : mouvement, élan.
7. Que réclame, auxquels aspire.

Page 230.

1. Syntaxe relâchée : que l'homme-esprit ayant ouvert [...] je vis...
2. Monde de la métamorphose. Composition et décomposition, qui ne sont pas sans exemple dans la nature (volées d'oiseaux, essaims, etc.).
3. Humeur : peut-être au sens médical.
4. Il y a donc complicité, presque amitié, entre Dyrcona et un oiseau. D'où la surprise de l'épisode qui vient.
5. Racines : mot qui fait image, soit qu'il rappelle les racines d'un végétal (le rocher serait lui-même verdure), soit qu'il évoque les racines d'une dent (le mot commence d'être employé dans ce sens).

Page 231.

1. Le roman prépare désormais l'entrée dans le monde de Campanella, écrivain qui joue dans le *Soleil* le rôle de Lucrèce dans la *Lune*
(voir p. 279, n. 5). On trouve dans le quatrième cercle de *La Cité du
soleil* oiseaux et Phénix ; et le pansensitivisme de Campanella dans le
De sensu rerum et magia va nourrir la verve romanesque de Cyrano : la
fable, qui a été conte de fées, rencontre le mythe, devient nouvelle
fantastique, narration allégorique, jusqu'au moment où l'invention
cyranienne fera la plaisante caricature de l'inspirateur. Pour plus de
détails, consulter *Libertins du XVIIe siècle*, t. I.

2. Balancé : maintenu en équilibre après mouvement.

3. Nouvelle apparition merveilleuse, engendrant une seconde description de type précieux. Voir celle de Pline, *Histoire naturelle*, X, 2

4. Débandé : me relâchant de mon effort.

5. Nouvelle expression de la diversité des parlers. *L'Autre Monde* est
exploration du langage.

6. Or cet oiseau est mythique, produit de l'invention des hommes.

7. Conçoivent : comprennent.

Page 232.

1. Les oiseaux sont doués de raison comme les hommes. On pro-
gresse vers la suite.

2. Apollonios de Tyane, philosophe néopythagoricien, sorte de
démarquage du Christ ; on lui attribue miracles et prodiges (Ier siècle
apr. J.-C.). Anaximandre (v. 610-v. 547), philosophe ionien, auteur d'un
Sur la Nature perdu. Ésope, le célèbre fabuliste, fait parler les animaux.

3. « Tout » adverbe, aujourd'hui invariable, est accordé.

4. Le *Soleil* est un texte de l'imaginaire.

5. Crésus : roi de Lydie (VIe siècle av. J.-C.) qui aurait été tué par un
soldat de Cyrus pendant le siège de Sardes si son fils jusqu'alors muet
n'avait retrouvé la parole pour implorer le soldat (voir Corneille
Agrippa, et Montaigne).

Page 233.

1. Gros : très désireux.

2. Le texte brode sur le mythe du Phénix, né en Égypte, associé au
Soleil à Héliopolis, et dont l'existence est cyclique (il renaît de ses
cendres). Voir Pline, *ibid.* ; ou encore Suidas, *Lexicon*, III.

3. Sur la fortune postérieure de l'hermaphrodisme, Gabriel de Foigny, *La Terre australe connue*, 1676.

4. La tirade s'interrompt sur le scepticisme de Dyrcona, désormais
en position de retrait par rapport aux discours fabuleux.

5. Qu'un aigle : sans qu'un aigle.

6. Admiration : étonnement.

7. Conduisis : accompagnai.

Page 234.

1. Grandes aigles : le mot est tantôt masculin, tantôt féminin au xviie siècle.

2. Entre quatre et cinq mille kilomètres.

3. « Entrer en garde » : venir monter la garde.

4. Pensa : faillit.

Page 235.

1. Cause : sens judiciaire du mot.

2. La narration entre dans un des épisodes les plus forts et les plus ironiques, où le procédé du monde à l'envers finit par s'inverser lui-même, puisque « l'autre monde » va redoubler « le monde ».

3. « Chimère » au sens premier : monstre constitué d'éléments disparates tirés d'êtres réels. « Amassée » : rassemblée.

4. De « ils » à un « Je » collectif ou exemplaire ? est-ce une intervention d'auteur ? Il faut remarquer l'usage très rhétorique de l'anaphore, figure de l'imprécation.

5. Les formules enchérissent sur celles du démon de Socrate.

6. Rappel de la formule aristotélicienne : « il n'y a rien dans l'entendement qui n'ait d'abord été dans les sens ».

7. La commune : le commun, la masse des gens (= des oiseaux).

8. C'est le délit de faciès.

9. L'intérieur réduit à un extérieur qui est, de façon amusante, l'envers de l'idéal des Séléniens.

10. Cyprès : arbre funéraire. Cf. Cyrano, *Lettres diverses*, VIII, *D'un cyprès* (*O. C.*, Belin, pp. 47-48).

Page 236.

1. Sellette : siège en bois, sur lequel (dans le monde des « hommes ») l'accusé devait s'asseoir.

2. Chicot : morceau ou éclat de bois. Plus tard, par métaphore, reste d'une dent.

3. Arctique : la géographie physique et climatique a progressé ; cela justifie sans doute l'emploi de termes savants dans le roman de Cyrano. Mais *arktikos* est un mot grec qu'on trouve déjà chez Aristote, et depuis le Moyen Âge on parle de « climat tempéré ».

4. Nourriture : comme chez les moralistes les trois éléments négatifs de la socialisation sont donc « opinion », « coutume », et « nourriture ». Comme « nourriture » au xviie siècle peut signifier « éducation », Dyrcona énonce la leçon de Montaigne, Charron, et ultérieurement Pascal.

5. Forgé parodiquement sur la périphrase « homme d'honneur ».

Page 237.

1. Fait d'observation sur les animaux captifs.

2. Spécieuse : l'adjectif n'a pas encore de sens négatif : qui apparaît juste ou probable.

3. Le renversement est porté à son comble : c'est désormais l'homme qui est une chimère.

4. Syndics : officiers ou avocats chargés de défendre les intérêts d'un groupe.

5. Le royaume des Oiseaux est une amusante parodie de la France contemporaine, jusque dans les institutions.

6. Gesticuler : faire en gesticulant.

7. En portant des coques de noix.

Page 238.

1. La Nature a ainsi des lois auxquelles aucun vivant ne devrait pouvoir déroger.

2. Dans tout *L'Autre Monde* le voyageur de l'espace rencontre des sociétés qui sont à la fois contrepoints satiriques et redoublements de la communauté des hommes. Il s'agit ici d'exprimer un plus grand scrupule formel, qui ne va pas cependant garantir une meilleure justice, le préjugé étant le plus fort.

3. Jeu avec « autre temps ».

4. Pain du roi : c'était le pain donné aux prisonniers.

5. Guillots : sortes d'asticots.

Page 239.

1. Chardonnerets : petits oiseaux chanteurs, de nature sociable, et qui supportent facilement la captivité.

2. La société idéale doit se fonder sur le culte de l'amitié. La *philia* aristotélicienne, l'*amicitia* cicéronienne, ont été cultivées par les humanistes, et sont la référence des liens personnels chez Montaigne ou Gassendi (voir par exemple ses *Lettres latines* traduites par Sylvie Taussig).

3. Être roi n'est pas un privilège ; il en coûte. Cette punition donne à réfléchir.

4. Fatigues : peines et soucis.

5. Fourchon : intersection d'une fourche.

6. Longue robe : habit du magistrat.

Page 240.

1. Résurgence d'un thème majeur du roman. Dans le cas de la pie il est clair que la communauté de langue crée une sorte de patrie.

2. Tout le comique de la formule tient dans l'alliance de deux expressions toutes faites, mais de registre différent.

3. Aigle : le mot est tantôt masculin, tantôt féminin au XVIIᵉ siècle. L'imaginaire élaboré autour de « l'aigle » est astucieusement analysé par la pie.

4. Brève mais radicale reprise du thème déjà traité dans la *Lune*. Chez les Oiseaux la guerre n'existe sous aucune forme, même aménagée.

5. Rythme bien supérieur à celui de la France, qui démontre une meilleure préoccupation du bien public. Dénonciation implicite de la monarchie absolue. On retrouve le Cyrano des *Mazarinades* (*O. C.*, Belin, pp. 303-349).

Page 241.

1. If : comme le cyprès, l'if est un arbre des cimetières. Le lecteur aura probablement remarqué le rôle considérable joué par l'arbre dans l'imaginaire cyranien.

2. L'alliance de mots surprend si l'on n'est pas entré dans le sens ironique de la fiction ornithologique, qui propose une nouvelle anthropologie.

3. Funeste : parce qu'il annonce la mort.

4. Économie : fonctionnement organisé et structuré.

Page 242.

1. Intelligence : complicité, entente.

2. Étonnée : comme frappée par le tonnerre.

3. Se porteront garants de.

4. Guillery : en Normandie le mot signifiait « moineau ».

5. C'est sa cage qui était pendue, mais...

6. Le mélodrame ornithologique se substitue au fait divers humain.

7. Le « porcher » était l'ouvrier agricole le moins considéré.

8. Avertir : apprendre à ou recommander de.

9. Agacer : tourmenter.

Page 243.

1. Quolibets : du sens scolastique (*Quaestiones quodlibeticae* : questions inattendues posées à la suite d'une leçon) le mot est passé au sens de parole plaisante mais pas toujours spirituelle, puis de raillerie.

2. Cela rappelle certaines « postiqueries » du *Page disgracié*.

3. Me parler davantage, ou encore.

4. Inversion : les points mêmes.

5. Les Oiseaux sont les chantres de la Vie ; les arbres en sont la forme la plus dynamique.

Page 244.

1. Ornithocentrisme et ornithomorphisme prennent la place de l'anthropocentrisme et de l'anthropomorphisme.

2. Vilain : paysan, rustre.

3. Donc sans plumes ni poils.

4. Les dents.

5. Gigots : animalisation des genoux, dans une transcription parodique de la prière.

6. La magie condamnée comme anti-Nature et défi à l'Ordre.

Page 245.

1. Grand thème de la communauté de tous les êtres vivants. Même idée chez Campanella.

2. Manutention : maintien, gouvernement.

3. Idéal athénien, alors que la monarchie absolue s'installe en France. Cf. les *Mazarinades* de Cyrano, mais aussi, antérieurement, la littérature des monarchomaques.

4. Condors, oiseaux considérés comme mythiques au XVIIᵉ siècle.

5. Empire : pouvoir absolu.

6. Condamnation de toutes les formes de la « servitude volontaire ».

7. La satire est violente. Mais le dernier membre de phrase semble supposer la soumission du roi à la Loi — ce qui n'était guère le cas. Redoublement satirique.

Page 246.

1. Derrière le sarcasme, une sorte d'idéal anarchique.

2. Naturel : adjectif employé par antiphrase, placé sans doute dans la bouche de l'homme.

3. Principauté : seigneurie, supériorité.

4. Allusion au privilège de la chasse réservé à la noblesse.

5. Voir dans la *Lune* la discussion entre *Je* et M. de Montmagny (p. 49).

6. Auspices : procédé de divination des anciens Romains. La phrase suivante a trait aux aruspices.

7. Archaïque pour « ne voilà-t-il pas... ».

8. Sur : pour, en raison de.

9. Lanier : oiseau de proie, femelle du laneret; sorte de faucon.

10. Gorge chaude : « viande chaude qu'on donne aux oiseaux de proie du gibier qu'ils ont pris » (Furetière).

Page 247.

1. Étourneau : choix malicieux d'oiseau, en effet « on dit ironiquement à un jeune homme de peu de mérite qui veut se mêler dans une conversation : Vous êtes un bel étourneau pour jaser » (Furetière).

2. La voix de la Nature.

3. Durée : survie, existence.

4. Leçon d'objectivité de la justice des Oiseaux.

5. Inclinaison : inclination.

6. Parodie des rituels humains.

Page 248.

1. Formule féroce.

2. Mouches : le terme, comme on le verra, désigne toutes sortes d'insectes.

3. Comme : au moment où.

4. Ce signe de l'attention des Oiseaux les uns pour les autres a pour pendant l'exclusion de « l'Autre ».

5. Orfraie : oiseau qui passait pour être de mauvais augure.

6. Guiblet : mot inconnu des dictionnaires. Le vieux mot « guibet » désignait moucheron ou moustique. En patois normand « guimblet » ou « vimblet » signifiait vrille. Le « guiblet » serait donc, selon moi, une « mouche » qui pique.

7. Le lexique du monde des hommes appliqué à celui des Oiseaux.

Page 249.

1. Ce sera moins une consolation qu'une méditation.

2. Cf. le propos du « fils de l'hôte » sur la liberté de procréer ou non.

3. On passe de deux oiseaux à un. Ils parlent d'une même voix.

4. Dans le royaume des Oiseaux l'homme n'est qu'un animal-machine. La question de l'âme des animaux est posée depuis l'Antiquité. Platoniciens, aristotéliciens, stoïciens, épicuriens, académiques, puis chrétiens ne cessent d'en débattre.

5. Cf. Pascal (Le Guern, fr. 152). La vie dans l'angoisse du condamné à mort.

6. C'est le propos de Sejanus dans *La Mort d'Agrippine*, V, 6 (*O. C.*, Belin, pp. 293-295). C'est aussi un rappel des *Troyennes* de Sénèque, et de Lucrèce (III, v. 820 *sq.*).

7. Rencontre : souvent masculin.

Page 250.

1. Nécessaire : l'adjectif est accordé avec le substantif le plus proche, mais doit s'appliquer aux autres.

2. Le sentiment est à la source de la conscience. Quelques pages plus haut la « joie » consistait à « sentir » qu'on est en vie.

3. Avec. « Patience » a le sens fort de « constance dans la douleur ».

4. L'ornithocentrisme est tel que l'oiseau de paradis oublie qu'il s'adresse à un être qui pense et parle

5. La matière de leur corps.

6. Parce qu'il fournira le support matériel de cette raison.

Page 251.

1. On peut se représenter Dyrcona suspendu horizontalement et attaché aux quatre arbres comme pour un écartèlement.

2. Un « exploit » est la mission dont s'acquitte un sergent de justice. De plus « bien exploiter » peut signifier : manger de bon appétit. Jeu sur les mots et sur les registres sémantiques.

3. Malicieusement : dans la recherche du mal.

4. « Ne… presque pas » : à peine.

5. Le paragraphe s'achève sur l'aménagement d'un suspens.

Page 252.

1. Tous les accessoires du récit vont changer. Les « tourterelles » (oiseaux de paix et d'amour) succèdent aux « oiseaux de paradis » (au nom prédestiné). Les sombres cormorans vont disparaître. Les aigles perdent leurs « serres » et tendent des « pattes ».

2. Griller : glisser.

3. Me briser.

4. À : sur.

5. L'autruche était « noire » à l'aller.

6. Sur le chemin du supplice Dyrcona n'avait pas décrit le paysage. Celui du retour rappelle les bois inspirés et parfumés de la mythologie.

7. Se retira : recula.

8. Rouer : faire la roue.

9. Espèces : perceptions sensibles.

Page 253.

1. Allusion probable à la querelle des cartésiens et des gassendistes sur l'intelligence animale.

2. La liberté, c'est le bien le plus précieux de tout individu. Les personnages de *L'Autre Monde*, et surtout *Je*-Dyrcona, passent par des phases alternées d'emprisonnement (encagement) et de libération.

3. C'est donc plus chez les Oiseaux que chez les hommes que le proverbe est pratiqué.

4. Dyrcona animalisé.

5. Galopé : transporté au galop (construction transitive attestée chez Furetière).

6. Comme au pays de cocagne.

7. L'agrément du Beau ne réside ni dans l'uniformité ni dans la rigueur de la composition.

Page 254.

1. Tout dans ce monde vit et parle ; tout (monde animal, monde végétal) est doué d'âme et de pensée : oiseaux, arbres. Dans cet épisode les allusions à l'Antiquité grecque vont abonder. Les arbres parlent le grec ancien.

2. Par Hippocrate, la médecine grecque était considérée comme source de toute médecine.

3. Étique : fièvre permanente qui fait maigrir.

4. Étrange : inconnu.

5. Sur l'importance du rire dans la guérison, voir Daniel Ménager, *La Renaissance et le rire* (P.U.F., 1995).

Page 255.

1. Clystère : lavement. Cf. la lettre *Contre les médecins* (*O. C.*, Belin, pp. 106-108).

2. Les oiseaux étaient des êtres de raison.

3. Horreur : le mot qualifie tout sentiment violent.

4. Il y a dans ces pages une présence surabondante du lexique du sentiment.

Page 256.

1. Toldo (voir p. 131, n. 1) avait signalé, à juste titre, la parenté entre ce passage et celui de *Francion* où, dans son rêve (livre III), le personnage se trouve devant « six arbres qui, au lieu de feuilles, avaient des langues menues… ».

2. Cyrano réécrit le mythe.

3. Retour du thème du langage et de la question de la langue universelle.

4. Main : le mot s'emploie à propos de quelques animaux et, en particulier, dans le lexique de la fauconnerie.

5. Ennuyée : tourmentée.

6. Vers le.

7. Singulier collectif.

8. Passage lyrique, avec des cadences métriques de la poésie versifiée.

Page 257.

1. Satire de la superstition humaine.

2. Allusion aux trois « âmes » : végétative, sensitive, intellective.

3. Assaut : troisième personne du singulier du verbe « assaillir ». Cf. Ronsard, *Contre les bûcherons de la forêt de Gastine*.

4. À mesure qu'on approche du duramen, le bois se fait plus dur à l'entaille.

5. Le chêne vire au solennel et au rhétorique

6. Amours : le mot, qui fait écho au thème de la sympathie universelle, annonce les développements qui suivent.

7. Aire : le nid, sur lequel pèse la menace de la cruauté des hommes — justification du réquisitoire.

8. Houbereaux : variété de faucons.

Page 258.

1. Au XVIIe siècle, « chat-huant » s'écrit généralement en un seul mot.

2. L'ouvrir aux prédateurs.

3. Singulier collectif. Le passage est joliment inventif

4. Contempler : au sens fort de considérer avec attention et comme quelque chose qui mérite attention. Le regard humain s'arrête à la surface des choses.

5. Arborique : mot inventé par Cyrano, probablement.

Page 259.

1. Roman d'apprentissage ?

2. Histoire : plutôt roman où chaque personnage rencontré raconte.

3. Médiocre : moyenne.

4. Émotion : mouvement (qui deviendra agitation passionnelle).

5. La sensibilité des arbres n'est jamais silencieuse ; leur voix s'entend ou se devine.

Page 260.

1. Éclipse : métaphore de la mort.

2. De l'amour à l'héroïsme. Cette « histoire » ne correspond à aucun des récits anciens sur Oreste et Pylade, et semble un doublon de celle de Nisus et Euryale (Virgile, *Énéide*, IX). L'arbre raconteur d'histoires bafouille.

3. Le glaive ne fait qu'un avec le bras.

4. Trait d'écriture, comme dans les *Lettres*.

5. Non pas Pylade, mais l'amour qu'il lui porte.

6. « Le plus jeune », peut-être parce que Pylade est traditionnellement le personnage de mentor, de sage, de moins fougueux.

Page 261.

1. Société : compagnonnage.

2. La Terre les nourrit.

3. L'histoire racontée va engendrer d'autres histoires.

4. Jets : le mot, qui peut signifier « pousse végétale », est d'une ambiguïté audacieuse, dans ce passage empli d'allusions sexuelles.

5. Cause : les amours masculines, pudiquement qualifiées plus haut d'« amitié réciproque ».

Page 262.

1. Le fruit ne manquait pas d'être.

2. Répertoire d'amitiés célèbres, de nature diverse.

3. L'Histoire comme mémoire des hommes célèbres.

4. À la ligne : au cordeau.

5. Que : où.

6. On peut soupçonner quelque jeu de mots dans un éloge de l'homosexualité virile telle que les Grecs de l'Antiquité ont pu la vivre.

7. À partir du IVe siècle avant J.-C. les Thébains s'assurèrent l'hégémonie sur la Grèce. Grâce à Épaminondas (v. 418-362) ils avaient vaincu les Lacédémoniens à Leuctres.

Page 263.

1. Cinyre : roi légendaire de Paphos et prêtre d'Aphrodite, il régna sur Chypre jusqu'à son renversement par Agamemnon. Il eut de sa fille un fils, Adonis.

2. Catalogue des amours déviantes. Après l'homosexualité, l'inceste.

3. Pasiphaé : la célèbre fille d'Hélios et de Perséis, mère de Phèdre (Racine : « la fille de Minos et de Pasiphaé »).

4. Le conteur, sans scrupule, multiplie les indicateurs narratifs dans ses récits inventés.

5. Régal : fête organisée en l'honneur de quelqu'un. Étymologiquement c'est le fait du roi (*regalis* en latin : royal).

6. Le mot « couple » au féminin est un peu vieilli pour désigner deux objets de même nature.

7. Dessein : au XVIIe siècle il y a parfois confusion entre « dessein » et « dessin ». Mais le mot désigne ici les structures de la statue, le projet du sculpteur imposé au matériau.

Page 264.

1. C'est le monde fantastique des *Métamorphoses* d'Ovide : Cinyre et Myrrha (livre X), Pasiphaé et le Minotaure (livre VIII), Pygmalion (livre X), Iphis et Yante (livre IX), Narcisse (livre III), Salmacis et Hermaphrodite (livre IV). Les contemporains de Cyrano disposaient de nombreuses traductions d'Ovide depuis le XVIe siècle.

2. Il : pronom masculin qui semble ainsi prévenir la métamorphose.

3. Imbu : imbibé.

4. L'arbre est donc du sexe masculin.

5. Écho : Cyrano associe, comme Ovide, Écho qui se redouble et Narcisse amoureux de son propre reflet.

Page 265.

1. Excita : incita.
2. Consommer comme consumer.
3. Paraissant : sens causal : parce qu'ils paraissaient.
4. Serra : enferma, rangea.

Page 266.

1. Rectifiée : en chimie ou alchimie, signifie distillée jusqu'à parfaite concentration.
2. Sublimée : en chimie ou alchimie, réduite à ses éléments les plus purs.
3. « En » reprend le complément partitif.
4. La Nature ne déroge à ses propres lois qu'une seule fois
5. Besson : jumeau, double.

Page 267.

1. Cambyse : roi de Perse (529-522 av. J.-C.). Ne peut être le père d'aucun des trois Artaxerxès historiques.
2. Enter : greffer. Le platane est effectivement originaire d'Asie Mineure.
3. Retour à l'alchimie, mais aussi à Campanella (*Realis Philosophia Epilogistica*, I, 11, 5, ou *De sensu rerum*, II, 10).
4. Il y a eu trois Artaxerxès dont le premier est le plus connu par la Bible : Artaxerxès Longue-Main (465-423), puis Artaxerxès II (404-358) et Artaxerxès III (358-338).
5. Cette filiation hypothétique et fausse achève de faire perdre à la narration son sérieux.
6. Tempérament : sens usuel de constitution physique avec équilibre entre les humeurs.
7. Souvenir de Théophile (*Pyrame et Thisbé*, IV, 1). Quelques années plus tard l'Amour éprouvera un tel élan de passion dans *Psyché* (III, 3).

Page 268.

1. Miel : on désignait ainsi l'espèce de liquide sécrété le matin par les feuilles de certains arbres.
2. Cf. chez La Fontaine « L'Amateur de jardins ».
3. Depuis le début, plus d'un personnage a déclaré que le Soleil était source et terme de tous les feux.
4. Prodiguaient : donnaient sans compter.
5. L'ironie du détour n'efface pas la force de l'observation.
6. L'arbre est un connaisseur de l'alchimie.
7. Le « verre commun » se fait « avec du sel de cendre de fougère : le tout dans un feu de réverbère très violent » (Furetière).

Page 269.

1. L'arbre conteur n'a lu ni Gilbert (*De magnete*) ni Descartes que Dyrcona possédait au début du *Soleil.*

2. Jeu sur le mot «aimant», qui aime.

3. Quand ils sont séparés.

4. Cette explication n'est pas épicurienne. Il y avait des formules de même type chez Claudien, *Idylle V.*

5. Ramasse : rassemble, condense... pour.

Page 270.

1. Zeus est latinisé en Jupiter ; ses foudres ne sont que des feux d'artifice, et le «père des dieux» n'est plus que roi de Crète. Cyrano se joue de la mythologie.

2. De paragraphe en paragraphe le chêne réécrit l'histoire, la mythologie, la cosmologie, selon des schémas de pensée qui n'ont aucun rapport avec la science moderne.

3. Chez Parménide le Soleil et la Voie lactée sont des soupiraux de feu. Mais voir chez Descartes, *Principes de la Philosophie,* Troisième Partie, 77 *sq.*, les relations particulières entre le Soleil et les pôles.

4. La somme de feu, donc d'énergie, dans l'univers demeure constante.

5. Sur la conservation de l'énergie par un échange perpétuel, il y a le vieux principe attribué à Héraclite : «rien ne se perd, rien ne se crée». On le retrouve chez les épicuriens, mais aussi chez Descartes.

6. Cf. Descartes, *Principes,* Troisième Partie, 105 *sq.*

7. Je n'ai pas trouvé d'expressions grecques ni latines correspondantes.

Page 271.

1. Sans second «plus», cette expression équivaut à «à mesure que».

2. C'est dans Hérodote, et dans Théodose de Bithynie (*Les Lieux géographiques,* 10).

3. L'aurore boréale. Plusieurs explorations au début du xviiᵉ siècle (Hudson, Poole, Fotherby) permettent de corriger ces erreurs. En 1647 Lapeyrère publie sa *Relation de Groenland.*

4. «Âmes» au sens chrétien ? Le Soleil serait un paradis retrouvé. Âmes-principes de vie, dont sont doués tous les objets du réel, minéraux, végétaux, animaux ?

5. Le singulier est un retour au sujet du début du paragraphe.

6. Passe parole : commandement militaire donné par le chef d'une troupe pour que de rang en rang un ordre soit communiqué à tous les soldats.

Page 272.

1. Inflammation : incendie.
2. Périphrase populaire pour « salamandre ».
3. Animal glaçon : voir p. 275 (et n. 3) les raisons pour lesquelles on croyait, après Pline l'Ancien, que les remores méritaient cette appellation.
4. Je savais de quoi mes jambes étaient capables.
5. L'expression fait oxymore.

Page 273.

1. Les explications qu'il se donnait.
2. Un stade mesurait un peu plus de 180 mètres.
3. Cette description associe des traits de la figure atomique, des caractéristiques animales et de la face d'un poêle à bois. Le tout poétisé.
4. Consternation : sentiment de surprise qui paralyse.

Page 274.

1. Situait : disposait.
2. Accord avec le substantif le plus proche.
3. Idée en germe dans *La Magie naturelle* de Corneille Agrippa et dans Cardan, et reprise clairement dans Campanella, *De sensu rerum*, II, 31 (éd. de Francfort, 1620, pp. 190-191).
4. Gémeaux : jumeaux.
5. Il n'y a pas de pensée sans alliance de l'âme avec le corps ; c'est une banalité. Descartes y insiste dans *Les Passions de l'âme*, par exemple art. 30 *sq.* Campanella est intéressant lorsqu'il tire toutes les conséquences de son sensualisme pour déduire que d'une identité des structures et des dispositions physiques de la réception ou de l'émission sensible on parvient à une identité de « pensée ». — Sur les jumeaux depuis Hippocrate (*De la nature de l'enfant*, XXXI, ou *Régime*, I, 30) il y a toute une tradition écrite. Aux xvie et xviie siècles ils sont au mieux objets de curiosité, au pire regardés comme des monstres et prennent place dans des recueils d'histoires extraordinaires.

Page 275.

1. À dos : derrière nous.
2. La salamandre fut longtemps considérée comme douée de la capacité de résister au feu, de s'y complaire et parfois de s'en nourrir. Voir la devise de François Ier. Furetière nie la réalité de ce pouvoir.
3. Remore : petit poisson qui s'attache aux coques de navire. Il passait pour ralentir leur course. Pline prétend (*Histoire naturelle*, XXXII, 2) que des remores ont arrêté le navire d'Antoine à Actium. Voir aussi

Campanella, *De sensu rerum, Appendix de remora* : les remores sont associés aux glaces emprisonnant les navires. Campanella est bien le
héraut du fabuleux, entraînant Dyrcona et le lecteur dans un imaginaire dépourvu de tout sens critique.

4. Allusions au livre de Lapeyrère (voir p. 271, n. 3).

Page 276.

1. Sur le caractère amphibie des remores, aucune source disponible.

2. La ciguë (Pline, *op. cit.*, XXV, 151 *sq.*) et l'aconit (Pline, XXVII,
4 *sq.*) sont des poisons. L'opium (Pline, XX, 199) et la mandragore
(Pline, XXV, 147 *sq.*) sont hypnogènes. Si une des sources principales
de Campanella-personnage est bien Pline, il ne cesse de tout mélan-
ger ; car, dans *Histoire naturelle* (XXIX, 74), c'est la salamandre qui fait
fonction d'animal étouffe-feu et qui peut sans danger consommer
l'aconit.

3. Stigiade : comme l'eau du Styx.

4. En fait les remores fréquentent plutôt les mers équatoriales.
Alexandre mourut d'une « fièvre pernicieuse » — peut-être empoi-
sonné par Antipater.

5. Ce sont les îles du Cap-Vert qui ont une activité volcanique. Mais
« rouge » parle davantage à l'imagination.

6. Nouvelle syncope dans le discours d'un des affabulateurs du
roman.

Page 277.

1. On pensait que c'était la cause des orages.

2. Eau-forte : ou « eau stygiale », dilution de vitriol.

3. Sur la description des effets du froid, voir la lettre *Contre l'hyver*
(*O. C.*, Belin, pp. 29-31) ; sur le chaud, *Pour l'esté* (*O. C.*, Belin, pp. 34-
36).

4. Le retour au pittoresque du quotidien, et à la scène vue.

Page 278.

1. Crémillée : crémaillère.

2. Dès les premières fouilles de l'archéologie naissante, on avait
trouvé des lampes pendues ou posées dans les tombes. Inutilisées dans
les tombes païennes, elles avaient été allumées dans les tombes chrétiennes, sans doute à l'occasion de fêtes. Voir Daremberg et Saglio,
Dictionnaire des antiquités grecques et romaines (1877-1919), article
« Lucerna ».

3. Ce seraient donc des lanternes.

Page 279.

1. Tirant : prenant la direction de.

2. On croyait que le bois humidifié — et même pourrissant — engendrait des organismes vivants par génération spontanée sous l'action de la chaleur du soleil. Cf. Campanella, *De sensu rerum*, II, 5, *Spontaneas generationes* (Francfort, 1620, pp. 57-59). L'Église elle-même autorisait la consommation de macreuses les jours maigres, comme de produits de la mer.

3. La mort.

4. Circonstances : particularités.

5. Tommaso Campanella (1568-1639), né en Calabre. Génie précoce, antiaristotélicien, dominicain soupçonné d'hérésie, il fuit en exil. Poursuivi par l'Inquisition, mais finalement absous, il s'engage dans une entreprise mystico-politique en Calabre contre les Espagnols. Il passe vingt-sept ans en prison et se réfugie en France où il meurt. Auteur d'ouvrages chrétiens, mais marqués d'occultisme et d'illuminisme, signalés dans les différentes notes.

6. Autre monde, même monde, mais où le reste de la Création prend sa revanche sur l'homme.

7. Il y aurait donc une mort après la mort.

Page 280.

1. Les philosophes les plus renommés.

2. Souvenir des juges des Enfers qui chez les Anciens estimaient les mérites des ombres ou des âmes.

3. Bourgeoisie : citoyenneté.

4. Le Soleil de Campanella est tout spirituel, sur le modèle de la mystique orphique. Esprit corporel, matière, et âme, au sens chrétien, aspirant à Dieu et à la connaissance de Dieu. « Esprit » a aussi au XVIIᵉ siècle le sens médical et biologique déjà rencontré (voir p. 210, n. 7).

5. Tout ce qui vit a une âme (on notera que la Lune n'est pas citée dans la liste des planètes abritant la vie…).

Page 281.

1. Image banale, mais qui fait voir.

2. La « grosse matière » s'oppose à la « matière subtile ». L'opération effectuée s'apparente donc à la sublimation alchimique. Dans l'alchimie, d'ailleurs, l'or se nomme soleil.

3. Il faut noter qu'au XVIIᵉ siècle le mot « animal » équivaut souvent à « être vivant ». Campanella brode sur le thème du Soleil-âme du monde. L'hylozoïsme, l'héliozoïsme succèdent au panpsychisme. Platon (*Timée*) avait fait du *Tout* un vivant, dont l'âme est au centre. Pour

Héraclite le soleil est un « feu vivant ». Dans *La Cité du soleil*, Campanella s'était gardé des excès du personnage de Cyrano, plus proche de l'écrivain du *De sensu rerum et magia*.

4. Influe : confère par ses « influences ».

5. Naissance d'une mythologie solaire : le Soleil à l'origine de tout ce qui fait la vie.

6. Cf. Pascal et les trois ordres. Le Soleil n'est pas Dieu, il est le cœur d'un univers où circule une énergie vitale. Ce n'est pas un paradis puisque, sauf les philosophes, personne n'y subsiste après la mort. Mais y rencontrant Campanella et Descartes, Dyrcona — par un paradoxe cyranien — connaît avec son ascension au Soleil une « descente aux enfers ». Cependant — second paradoxe — il ne pourrait accéder à la lumière de la vérité que par une révélation qui se ferait dans les parties obscures, au royaume des ombres.

7. Les esprits des philosophes ne peuvent être dissous.

Page 282.

1. La mention d'Épicure, de préférence à tout autre philosophe, Descartes mis à part, dit son importance pour l'auteur, qui suit ici les leçons de Gassendi.

2. Entamais : engageais la conversation sur.

3. Le voyage sidéral pourrait donc être un voyage initiatique.

4. Comme tous les philosophes il a une âme « tissue de parties bien plus déliées ».

5. Pourquoi royaume, et non république ?

6. S'ennuyer : se mettre en peine, subir une contrainte.

7. Descartes est mort à Stockholm le 11 février 1650. C'est un indice sur la période de rédaction du texte.

8. La *Physique* de Descartes. Voir notes précédentes sur les *Principes*.

9. Occuper d'avance, fournir préalablement de. Descartes emploie le mot dans les *Principes*, II, 5. Cyrano précise les limites du propos de Campanella dans le *Fragment de Physique*.

Page 283.

1. Impugné : combattu l'idée de.

2. Au sens très extensif et abusif, Descartes serait épicurien si l'on retenait de sa physique l'existence d'une matière constituée d'éléments premiers et le rôle du mouvement. Ajoutons-y l'antischolasticisme d'une physique mécaniste. Le XVIIᵉ siècle apparentait mécanisme où ne jouent que les lois de la matière et atomisme épicurien.

3. Cf. *Principes*, III, 46 *sq.*

4. Égrugés : Descartes écrit « émousser » (*op. cit.*, III, 48).

5. Cf. Descartes, *Principes*, II, 16-19. Mais il réfute l'atomisme, s'il est

question de petits corps indivisibles (II, 20). La position de Descartes sur le vide est combattue par Gassendi et les néo-épicuriens, et donne lieu à toute une littérature de débats.

6. Doutes : questions ou objections que Descartes aurait laissées sans réponse.

Page 284.

1. La discussion se termine donc par un hommage au philosophe qu'on a cru capable de mettre fin à toutes les apories de la quête philosophique.

2. Campanella se fait sur Descartes le porte-parole de l'opinion commune, à laquelle Dyrcona (Cyrano ?) semble s'être rallié mais qui n'interdit pas pourtant l'usage du sens critique.

3. Il : l'entendement. Cf. Descartes, *Principes*, I, 24, 25, 26.

4. Campanella expose la doctrine de Descartes. Le texte est donc riche. Mais il faut se rappeler que Campanella est mort en 1639, alors que les *Principes* sont publiés en latin en 1644, et en français en 1647.

5. Chez Descartes pas de jugement ni d'entendement sans la volonté qui est donc à la source de nos erreurs. Les idées claires et distinctes donnent une connaissance certaine, donc l'accès au vrai dès que le savoir par les sens est garanti. Pour « les choses que nos sens n'aperçoivent point, il suffit d'expliquer comment elles peuvent être », *Principes*, IV, 204-206.

6. Dans la Nature, pas de vide, mais la raréfaction d'une matière toujours présente et définie par « l'étendue » ou « extension ». *Principes*, II, 4 et 9 (*ibid.* pour espace et lieu).

7. *Principes*, I, 73.

Page 285.

1. Dyrcona n'est plus le personnage inerte de la Lune.

2. Coupeau : sommet.

3. Liqueur : liquide, eau.

4. Campanella guide Dyrcona dans les *mirabilia.*

5. L'allégorie, a-scientifique par essence, est un procédé par lequel Cyrano nous éclaire sur l'esprit mirobolant de Campanella. Le passage a pu être inspiré par l'Arioste, *Roland furieux*, chant XIV, 92-94.

Page 286.

1. Cf. Campanella, *De sensu rerum*, II, 12 : « Tous les sens sont des touchers. »

2. Ouïe et toucher, les deux sens qui provoquent le réveil, qui s'éveillent les premiers.

3. Brève période poétique qui rappelle le paradis de la *Lune.*

Page 287.

1. Intervention du narrateur sur son propre récit. De la *Lune* au *Soleil*, *Je* manifeste un plus grand retrait critique.

2. Au XVIIᵉ siècle « rêver » peut signifier une activité de la raison, une activité de l'imagination ou de la « fantaisie ». Un philosophe rêveur est donc un imaginatif, quelqu'un qui sollicite et explore l'imaginaire.

3. Marque du retour au récit proprement dit.

4. Mortel : c'est l'appellation réservée aux héros des descentes aux Enfers.

5. Les yeux brillent de mille éclats.

Page 288.

1. On entre dans un Bestiaire où chaque animal caractérise (non sans facilité, avouons-le) un des cinq sens.

2. Forme schématique du pavillon de l'oreille.

3. Le nez avec les narines.

4. Le repas.

5. La bouche.

6. Les dents. Cette topographie mêle allégorie, métaphore et énigme.

Page 289.

1. Ce sont les oiseaux auxquels on apprend à parler. On y trouve certains de ceux que le récit a présentés au royaume des oiseaux.

2. Cacochyme : affecté d'un excès de bile, d'atrabile ou de flegme. Le malade est d'une humeur fantasque ou bourrue.

3. La nymphe Écho ? Trait satirique contre le bavardage des femmes ?

4. Le pédant répète sans réfléchir ; il a la mémoire si encombrée qu'il ne peut faire acte d'appropriation critique. Cf. Granger dans *Le Pédant joué* (*O. C.*, Belin, pp. 167-239).

Page 290.

1. Ce sont des produits de l'alchimie.

2. Ainsi se boucle une boucle du récit. Le monde dans lequel, avec Dyrcona, le lecteur a suivi Campanella n'est que le monde de l'Imagination, le monde de l'invention fabuleuse.

3. Cf. Pline, *Histoire naturelle*, XXXVI. Mais aussi Campanella, *Realis Philosophia*, I, 8, articles 1 à 4.

4. Gygès : roi légendaire de Lydie qui possédait un anneau le rendant invisible, grâce auquel il put tuer le roi Candaule, lui succéder et épouser la reine.

5. Alchimie, magie naturelle, magie noire, et maintenant « fausses religions » et mythologies. Cf. *Coran*, sourate LVI, « L'Événement ».

6. La Discorde, qui n'avait pas été invitée aux noces de Thétis et Pélée, jeta sur la table du banquet une pomme où figuraient les mots « À la plus belle ». Pâris, désigné par Zeus pour choisir entre Héra, Minerve ou Aphrodite, choisit la dernière, provoquant sur Terre les malheurs que l'on sait, dont la guerre de Troie.

7. Cette pomme d'or venait du jardin des Hespérides, ces jolies filles qu'Héraclès allait délivrer en tuant le dragon qui les y gardait.

8. Transposition visuelle, spectaculaire, d'une idée commune. Cyrano visuel ?

9. Le jugement a quelque chose de sec, d'aride.

10. Ellébore : plante qui soignait la folie ; le lièvre la propose à la tortue de La Fontaine.

11. Serpent, animal de sang froid. Allusion à l'intelligence maligne du serpent de la Genèse ?

Page 291.

1. « Le plus spirituel des animaux terrestres » (Furetière). Voir aussi Montaigne dans l'*Apologie.*

2. Germaines : sœurs.

3. On meurt donc sur le Soleil.

4. Comme le démon de Socrate.

5. Le Soleil n'est qu'un des lieux d'exercice de la Nature.

6. Il y a une rupture de construction : « Une fois que l'animal est expiré… »

7. Pour le Campanella de Cyrano, les rayons du Soleil ne sont rien d'autre que l'effusion de « petits corps ignés ». C'est assez conforme à l'esprit du *De sensu rerum*, par exemple III, 1.

8. Cf. *De sensu rerum*, I, 7. Le Soleil se présente dans ces pages comme une allégorie de l'Esprit : à la fois cerveau, topographie des facultés intellectuelles, et refuge de tous les hommes qui se sont distingués par leur génie. La *Lune* était une sévère mise à l'épreuve de la Raison. Le *Soleil* la débride.

Page 292.

1. Cette reprise d'un thème déjà exposé par le démon de Socrate ne trahit pas l'esprit de la *Realis Philosophia* où Campanella affirme l'unité de la matière (I, 5, 6) et l'existence d'un ordre progressif des créatures (I, 10, 2) compatible avec la Création par Dieu et la réalité d'une âme humaine immortelle.

2. Parce qu'elles sont passées par le Lac du Sommeil.

3. Métaphore de la circulation sanguine.

4. Que : plus que.

5. Pour « régner sur les passions » il faut les regarder de haut.

Page 293.

1. Le Soleil n'est qu'un lieu de transit.

2. Métempsycose pythagoricienne.

3. Le sensualisme campanellien est incompatible avec le corpuscu-
lisme épicurien (cf. *De sensu rerum*, dès le chap. 3).

4. Les images sont des «simulacres», émanations matérielles et
représentations des objets sensibles.

5. Calembour à la façon des *Entretiens Pointus* (*O. C.*, Belin, pp. 17-
19) qui dénonce peut-être le propos pseudo-épicurien.

Page 294.

1. Autre monde, même monde encore. Le Soleil a besoin d'un soleil.
Le Soleil du mythe solaire se réduit en soleil du système cosmique. La
répétition assure l'infinité de l'univers, mais désacralise l'objet du mythe.

2. Tandis que Dyrcona aspire au bonheur des régions «éclairées»,
Campanella le ramène aux réalités de la nature humaine. L'homme
n'est pas promis ou pas apte à la lumière.

3. Le rôle actif de la «fantaisie» a été démontré auparavant dans le
roman.

4. Rate : organe régulateur de la mélancolie ou bile noire.

5. Chez les Anciens, le foie était le siège du désir amoureux; et le
cœur, le siège de la volonté.

6. La mémoire, centre de l'affectivité, dépôt des sentiments.

Page 295.

1. Prescience des travaux de la recherche neurobiologique?

2. Caractère éphémère de l'univers. Campanella-personnage est
obsédé par l'écoulement du Temps. La «fin du monde» est prévue
tant par la plupart des systèmes de pensée antiques que par la doctrine
chrétienne.

3. Quand elle fut fort près de nous.

Page 296.

1. Ailleurs on a le «royaume des Philosophes». «Monarchie» fait
plus institutionnel. Même pour un esprit indépendant et rebelle
comme Cyrano, le régime monarchique demeure naturel (voir l'analyse de ses *Mazarinades*, dans *Cyrano de Bergerac poète et dramaturge*).

2. Pratique de l'énigme.

3. Cf. Campanella dans *La Cité du soleil* (*op. cit.*, 1623, pp. 430 *sq.*).

4. Dieu présent, quoique dans une formule toute faite.

5. Éjaculation nocturne involontaire.

Page 297.

1. Croyance populaire. Mais dans *La Cité du soleil*, Campanella est très attentif aux circonstances des accouplements humains qui requièrent médecine, astrologie et préparation pieuse.

2. Sages, les philosophes sont des juges et, un peu, des spécialistes de casuistique. Tradition de Salomon.

3. Cette description a probablement inspiré celle des Urgs de *La Terre australe connue* de G. de Foigny (voir p. 233, n. 3).

4. À mesure qu'avance le récit, les réalités solaires se modifient et font perdre au Soleil son caractère exceptionnel.

5. Condur : le condor qui avait une nature légendaire (cf. p. 245, n. 4). Il offre à Cyrano l'occasion d'un calembour plein de sens.

6. Mandragore : île de fiction. À la mandragore, plante soporifique, sont attachés superstitions et souvenirs de pratiques magiques (il y avait d'ailleurs une « mandragore des magiciens »).

Page 298.

1. Depuis le XVIᵉ siècle en particulier Socrate est tenu pour une des plus hautes figures de la philosophie universelle — surtout dans le domaine moral, contre l'antique jugement des Athéniens qui l'avaient condamné pour avoir corrompu les mœurs de la jeunesse.

2. Nous serions donc en 1642 ou 1643 ?

3. Les traits qui suivent sont souvent empruntés à *La Cité du soleil*. Chez Campanella comme chez Thomas More il y a communauté des biens.

4. Des : avec les.

5. Bréhaignes : mot vieilli qui désigne les femmes stériles.

6. Invention des allocations familiales. Cyrano développe les suggestions utopiques.

Page 299.

1. Mannequin : sorte de grand panier.

2. Détail technique qui vise au vraisemblable.

3. Pouliâmes : néologisme formé sur « poulie ».

4. Parasol : amusant pare-soleil sur le Soleil même.

Page 300.

1. S'amuser : perdre son temps à des choses inutiles.

2. Après moi.

3. Argument qui fonde le raisonnement des partisans de la peine de mort.

4. La Vérité ne peut engendrer qu'un seul vrai.

5. L'amour rend le vrai fertile.

6 Plaisance : plaisir.

Page 301.

1. C'est le rapport causal sur lequel joue l'ironie cyranienne. Le parler métaphorique de la galanterie avait été déjà moqué par Malherbe — voir ses commentaires sur les poésies de Desportes.

2. Par sa candeur à prendre toute déclaration au pied de la lettre, la fille du royaume de Vérité dénonce tous les artifices du style figuré. Nouvelle page où Cyrano illustre son extrême attention à la question du langage.

3. Nouvelle naïveté.

4. Voir Desportes, *Diane*, XLIII.

Page 302.

1. Cette exploration comique du langage a déjà été pratiquée à bien des reprises par Cyrano, dans *Le Pédant joué* (par exemple, III, 2, *O. C.*, Belin, pp. 201-207) ou dans les *Lettres amoureuses* (par exemple, *O. C.*, Belin, p. 147).

2. Souvenir parodique d'«histoire tragique» où la vraisemblance importe peu.

Page 303.

1. Dans *La Cité du soleil* de Campanella la jalousie est interdite. On remarquera d'ailleurs que chez Cyrano le royaume des Amoureux se situe entre «la république de la Paix» et «celle des Justes».

2. M'avait conservée : m'avait sauvé la vie.

3. Vas : forme archaïque de «vais», pourtant approuvée par Vaugelas, mais dénoncée par Ménage dans ses *Observations sur la langue française*, chap. 6.

4. Étonnés : frappés de stupeur.

5. C'est la règle partout dans *L'Autre Monde* que ce scrupule d'exacte justice.

Page 304.

1. Jusqu'au bout Dyrcona refuse de jouer le rôle du crédule, même si Campanella l'a submergé de *mirabilia*. Décidément, le *Je* du *Soleil* n'a plus rien à voir avec celui de la *Lune*. L'épreuve l'a transformé.

2. Dans la théorie épicurienne (*Lettre à Hérodote*) il existe déjà des simulacres très subtils qui pénètrent jusqu'à l'âme. Sur le Soleil se propageraient donc des «espèces» quasi spirituelles, sources des intuitions ou des pressentiments.

3. Le Soleil est bien le lieu privilégié où s'efface la malédiction de la distinction entre la matière et l'esprit.

Page 305.

1. Et pourtant on imaginera difficilement philosophies plus incompatibles que celles de Campanella et de Descartes.

2. Le roman s'interrompt, nous privant de la lecture cyranienne de la pensée de Descartes — une pensée d'une importance rare dans l'histoire de la philosophie puisqu'elle visait à répondre à toutes les questions, et à réconcilier l'homme du xviie siècle avec lui-même, avec le monde et avec Dieu; ce silence accomplit admirablement le projet libertin du roman

Madame de LAFAYETTE : *La Princesse de Clèves*. Édition présentée et établie par Bernard Pingaud.

Jean de LA FONTAINE : *Contes et nouvelles en vers*. Édition présentée et établie par Alain-Marie Bassy.

Charles PERRAULT : *Contes* suivi de *Le Miroir ou la Métamorphose d'Orante, La Peinture* et *Le Labyrinthe de Versailles*. Édition critique présentée et établie par Jean-Pierre Collinet.

Charles PERRAULT : *Contes*. Édition présentée par Nathalie Froloff. Texte établi par Jean-Pierre Collinet.

SCARRON : *Le Roman comique*. Édition présentée et établie par Jean Serroy.

Madeleine de SCUDÉRY : *Clélie*. Textes choisis, présentés, établis et annotés par Delphine Denis.

Charles SOREL : *Histoire comique de Francion*. Édition présentée par Fausta Garavini, établie par Anne Schoysman et annotée par Anna Lia Franchetti.

TRISTAN L'HERMITE : *Le Page disgracié*. Édition présentée et établie par Jacques Prévot.

Honoré d'URFÉ : *L'Astrée*. Choix et présentation de Jean Lafond.